World Literature
Appreciation Famous Article

世界文学名篇鉴赏

汤衡◎编著

陕西出版集团
太白文艺出版社

图书在版编目(CIP)数据

世界文学名篇鉴赏/汤衡编著.—西安:太白文艺出版社,2009.4
ISBN 978-7-80680-698-2

Ⅰ.世… Ⅱ.汤… Ⅲ.①中篇小说—文学欣赏—世界
②短篇小说—文学欣赏—世界 Ⅳ.Ⅰ106.4

中国版本图书馆 CIP 数据核字(2009)第 051330 号

世界文学名篇鉴赏

编 著	汤 衡
编 委	高长青
责任编辑	王大伟 李 丹
封面设计	天之赋设计工作室
版式设计	侯桂英

出版发行	陕西出版集团 太白文艺出版社 (西安北大街147号 71003) E-mail:tbyx802@163.com 　　　　tbwyzbb@163.com
经 销	新华书店
印 刷	陕西安康天宝实业有限公司
开 本	710毫米×1000毫米 1/16
字 数	480千字
印 数	26
版 次	2011年1月第1版第2次印刷
书 号	ISBN 978-7-80680-698-2
定 价	29.80元

版权所有 翻印必究
如有印装质量问题,可寄印刷公司质量科对换
邮政编码 410005

前　言

　　一本书或一批书，往往能影响孩子们一生的走向，雕塑着他们未来的形象，默化着他们的心灵。他们未来是聪明、向上、有为呢，还是愚昧、颓废、低能呢，总是在短暂的激发下奠定了他们的一种性格基础。这一点，许多家长是深有体会的。

　　孩子们读什么书最好？人们常常思索这个问题。考虑到现时环境：随着社会主义市场经济的发展，人们的生活节奏加快，没有更多时间攻读长篇巨帙；我们的中、小学教育体制正待改革，学生作业负担过重，课余时间很少；近几年，文化市场被那些唯利是图者炮制了不少低级的东西。这些东西时刻污染着孩子们的心灵，这就需要有大量的"净化剂"去消抵它们。当然，这中间的家长和教师对孩子们的环境选择起主导作用。

　　2000年美国权威杂志《读者文摘》用了整整一年时间对五大洲文学爱好者做了跟踪调查，公布了一个令人惊讶的数字——2000年全球阅读小说时间的91%都花在了短篇小说上，基于此，得出以下结论：

21世纪将是短篇小说的世纪！

　　为此，我们编选了这本《世界文学名篇鉴赏》一书，精选出30余篇名家名篇向读者献上一份健康的、人生指南型的精神饮料。

　　《世界文学名篇鉴赏》收入世界五大洲数十位小说名家的30余篇中、短篇极品，这些著作都是由我国著名外国文学翻译家、评论家及研究学者们反复评议，认真筛选出的世界文学史上名气最大、流传最广、艺术成就最高的传世之作。世界名著，浩若烟海，不

能在孩子们面前堆一座书山,因而我们采取高度浓缩,精选再精选,尽可能让孩子们看到作品的全貌。以中、短篇为主,全文收录。每篇作品前附有作者简介,后有精短的赏析。

全书汇集了左拉、都德、司汤达、果戈里、海明威、泰戈尔、契诃夫、巴尔扎克、哈代、茨威格、卡夫卡、莫泊桑、莎士比亚、马克·吐温、列夫·托尔斯泰等数十位世界文豪的短篇精品。内容包括《沙漠里的爱情》《变色龙》《最后一课》《项链》《羊脂球》《罗密欧与朱丽叶》《老人与海》《变形记》《警察与赞美诗》等。它们大都集中在18、19世纪,而且都有一个大致共通的特点,表现对现实世界不平事的评判和呼吁,不论地域上有如何大的差异人类的思维历程是相通的。狄更斯、欧·亨利、契诃夫、果戈里、普希金,都有一颗关怀人本身的心;马克·吐温又关怀着伦理和精神世界的意义。虽然手册中的作家远隔千山万水,又风采迥异,但读者尤其是学生读者总可以在他们身上感觉到人性的东西。至于大部头名著,相信孩子们将来会自己去阅读的。

这样一来,这本书倒好似一盒压缩饼干,高浓度营养液和浓缩铀,体积虽小,释放的能量却是巨大的。

这是一本青少年必读的好书,即使作为教材也当之无愧。

编　者

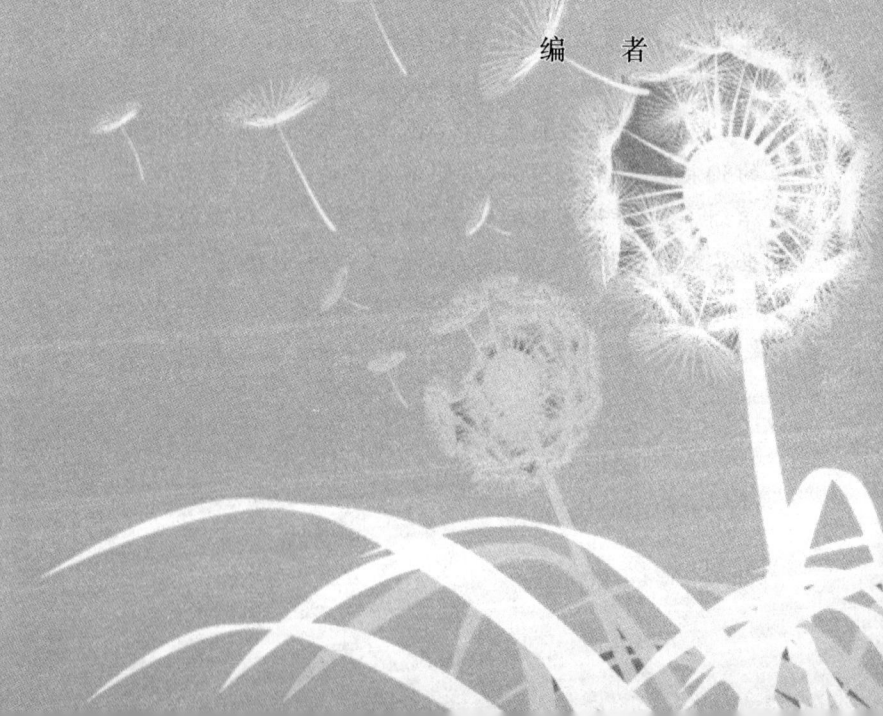

目 录
CONTENTS

〔法国〕巴尔扎克
　　沙漠里的爱情 …………… 1
〔法国〕雨果
　　克洛德·格 …………… 10
〔法国〕司汤达
　　法尼娜·法尼尼 …………… 27
〔法国〕莫泊桑
　　项链 …………… 44
　　羊脂球 …………… 52
　　珠宝 …………… 80
〔法国〕梅里美
　　卡门 …………… 86
〔法国〕左拉
　　陪衬人 …………… 119
〔法国〕都德
　　最后一课 …………… 125
〔英国〕莎士比亚
　　罗密欧与朱丽叶 …………… 129
〔英国〕狄更斯
　　穷人的专利权 …………… 139
〔英国〕哈代
　　儿子的否决权 …………… 144
〔德国〕施托姆
　　茵梦湖 …………… 156
〔德国〕霍夫曼
　　赌运 …………… 175

〔奥地利〕卡夫卡
  变形记 …………………… 191
  判决 ……………………… 218
〔奥地利〕茨威格
  一个陌生女人的来信 ……… 226
〔意大利〕卡尔维诺
  阿根廷蚂蚁 ……………… 249
〔丹麦〕安徒生
  海的女儿 ………………… 270
〔俄国〕普希金
  驿站长 …………………… 284
〔俄国〕果戈里
  钦差大臣 ………………… 292
〔俄国〕列夫·托尔斯泰
  舞会以后 ………………… 304
〔俄国〕契诃夫
  变色龙 …………………… 312
〔美国〕欧·亨利
  麦琪的礼物 ……………… 316
  警察与赞美诗 …………… 321
〔美国〕马克·吐温
  竞选州长 ………………… 326
〔美国〕杰克·伦敦
  热爱生命 ………………… 331
〔美国〕海明威
  老人与海 ………………… 344
〔印度〕泰戈尔
  摩诃摩耶 ………………… 387
〔日本〕川端康成
  伊豆的舞女 ……………… 393

沙漠里的爱情

〔法国〕巴尔扎克

奥诺雷·德·巴尔扎克（1799—1850），十九世纪法国伟大的批判现实主义作家，欧洲批判现实主义文学的奠基人和杰出代表。他是一位具有浓厚浪漫情调的作家，一边因奢华的生活而负债累累，一边以崇高深刻的思想创作出博大精深的文学巨著。他的生活趣事层出不穷，而作品更被誉为"法国社会的一面镜子"。

1829年，巴尔扎克完成长篇小说《朱安党人》，这部取材于现实生活的作品为他带来巨大声誉，也为法国批判现实主义文学放下第一块基石，巴尔扎克将《朱安党人》和计划要写的一百四十五部小说总命名为《人间喜剧》，并为之写了《前言》，阐述了他的现实主义创作方法和基本原则，从理论上为法国批判现实主义文学奠定了基础。

巴尔扎克在艺术上取得巨大成就，他在小说结构方面匠心独运，小说结构多种多样，不拘一格、并善于将集中概括与精确描摹相结合，以外形反映内心本质等手法来塑造人物，他还善于以精细入微、生动逼真的环境描写再现时代风貌。恩格斯称赞巴尔扎克的《人间喜剧》写出了贵族阶级的没落衰败和资产阶级的上升发展，提供了社会各个领域无比丰富的生动细节和形象化的历史材料。

"这样的表演太可怕了！"她一边喊，一边走出马丹先生的巡回动物园。

她刚看过这位大胆的投机商所作的，用海报上的话来说，"驯鬣狗表演"。

"他用什么方法，"她继续说，"把他的动物驯到这种程度，乃至相当能把握住它们的感情呢……"

"这件事对你是一个疑问，"我打断她说，"其实是相当自然的事。"

"噢！"她惊喊了一声，嘴角上露出微笑，表示不相信。

"你以为野兽就完全没有感情吗？"我问她，"要知道我们能够把我们文明社会所产生的恶习，全部传授给它们呢。"

她用惊异的眼光望着我。

"我第一次看见马丹先生表演的时候，"我继续说，"我也像你那样，不由自主地发出一声惊讶的喊声。那时我坐在一个锯断了右腿的老兵旁边，他是同我一起进场的。他的面貌给了我很深的印象。他长着一个勇士的脑袋，上面留着无数战争的烙印和许多拿破仑的战役的记录。此外,这个老兵有一种直爽和快活的神气,使我一见就喜欢。他一定是那种对什么也不震惊的军人,他面对着濒死同伴的愁眉苦脸也能够笑起来,能够愉快地埋葬同伴,或者拿掉死者身上的东西;他在战场上炮弹如雨时也能够安详自若,他很少费时间去深思熟虑,他会毫不犹豫地跟魔鬼交朋友。动物园的老板走出兽房以后,我的同伴把他仔细端详了一下,然后带着轻蔑和嘲弄的神气抿了抿嘴唇,像上流人士那样含有深意地努着嘴,表示自己并没有受骗上当。因此,当我称赞马丹先生的勇敢时,他微笑起来,摇了摇头对我说:'不稀奇!'"

"'怎么,不稀奇?'我问他,'你如果肯把这秘密告诉我的话,我一定非常感谢你。'"

"在几分钟之内我们便互相结识,交上了朋友,我们一同走进我们遇见的第一家饭店里吃饭。吃到餐末甜食的时候,一瓶香槟酒便引出了这个古怪兵士的十分清晰的回忆。听了他的故事,我才明白他的确有理由喊一声:'不稀奇!'"

她回到家里以后,同我纠缠不清,说了多少好话,使我不得不同意把兵士的秘密写下来。第二天她便收到这篇史诗的插曲,这插曲可以题名为《法国健儿在埃及》。

德塞将军[①]远征上埃及之役中,一个普罗旺斯籍[②]的兵士被莫格拉班人[③]俘虏,阿拉伯人把他带到远离尼罗河瀑布的沙漠里去。为了同法国部队之间有一段安全的距离,莫格拉班人使用急行军,直到夜幕落下来才休息。他们在一个被棕榈树遮掩住的水井周围扎营,在这附近他们事先曾埋藏过一些粮食。由于没有想到俘虏会逃走,他们只缚住他的两只手,然后吃了一些椰枣,给马儿喂了一些大麦,就睡觉去了。这位大胆的普罗旺斯人看见敌人不再监视他,便用牙齿衔起一把弯刀,用膝盖帮助将刀锋固定住,切断了缚住他双手的绳子,恢复了自由。他马上拿了一支步枪和一把匕首,为了小心,又拿了一些干椰枣,一小袋大麦,一些火药和子弹,腰里系了一把弯刀,骑上一匹马,拼命赶着马儿向他认为是法国军队所在的方向奔去。由于他急不可耐地想找到法军营地,他便用力驱赶那匹早已疲乏不堪的马儿,终于使那匹可怜的牲口两肋裂伤,断了气,把那个法国人遗留在沙漠里。

他像一个越狱的苦役犯那样勇敢地在沙漠里步行了一些时候,最后不得不停止下来,因为天快亮了。尽管东方的夜晚天空特别美,他也感到没有气力再继续走下去。幸喜他已到达一个丘陵,丘陵顶上挺拔地伸出几株棕榈树,从远处望见这些棕榈树的绿叶,使他的心里产生了无限甜蜜的希望。他太疲劳了,倒头就躺在一块花岗岩石上,这块花岗岩石被大自然随意修削成一张行军床的形状,他在上面呼呼睡着,没有采取任何戒备。他已准备断送他的性命。他最后的想法甚至是后悔。他已后悔不该离开那些莫格拉班人,自从他远离他们孤身无援以后,他就感觉莫格拉班人的流浪生活开始向他微笑了。

[①] 德塞(Desaix,1768—1800),拿破仑的将军,随拿破仑远征埃及,曾征服上埃及。
[②] 普罗旺斯(Provence),法国南部旧省。
[③] 莫格拉班人,是阿拉伯对北非人(如摩洛哥人,阿尔及利亚人)的称呼。

他被阳光晒醒,毫不留情的光线直射到花岗岩石上,使石头烫得难以容忍。普罗旺斯人不够聪明,没有睡在碧绿、庄严的棕榈树的浓荫覆盖的地方……他望了望这几棵孤零零的树,不由得战栗起来:这些树木使他想起了阿尔勒大教堂的圆柱,这些优美的圆柱顶上都覆盖着长长的树叶,这是萨拉森式①圆柱的特色。可是,他数完棕榈树以后,极目四望,最可怕的绝望就侵袭了他的心灵。他看见的是无边无际的一片海洋。四面八方眼睛望得到的地方,都布满沙漠的深灰色沙子,它们像钢板被强烈的光线照射,发出耀眼的光芒。他竟弄不清楚面前到底是一片镜子的海洋,还是无数湖泊结合而成的一面镜子。一股火热的蒸气,被一阵阵的浪潮推动,在这块不停地晃动着的大地上旋转。天空具有东方式的明亮,洁净得叫人失望,因为它不留下任何可以产生幻想的余地。天上和地下都是一团火。一片静寂具有野蛮和可怖的威严,叫人不得不感到害怕。无边无际的大地,无穷无尽的宇宙,从四面八方聚拢来压迫人的心灵。天上没有一片云,空中没有一丝风,沙漠里没有任何崎岖不平,只有沙子不断地被细小的浪头挪动;地平线的尽头,像晴天的海洋一样,有一条细薄得像刀锋一样的光亮的界线。普罗旺斯人抱住一株棕榈树的树干,仿佛抱住一个朋友的躯体;然后,躲在这棵树投在岩石上的笔直而纤细的阴影里,他流起泪来,呆在那里十分凄凉地凝视着呈现在他眼前的无情的景色。他高声叫喊,仿佛要试探一下这个荒漠似的。他的声音消失在丘陵的坑洼里,只听见远处有一下微弱的音响,不能引起任何回声;回声是在他的心里:普罗旺斯人今年22岁,他拿起步枪装上子弹,准备自杀。

"再等一些时候也不算迟"他对自己说,又把那件能够帮助他解脱痛苦的武器放下来。

他一会儿望望深灰色的大沙漠,一会儿望望蔚蓝色的天空,他想念起法国来。他愉快地闻到了巴黎沟渠的气味,他回忆起他经过的城市,他的同伴的容貌,和他一生中最细微的事情。最后,南方人的幻想力不久就使他仿佛看见了他亲爱的普罗旺斯的砂砾,在广阔的沙漠上空飘浮着的热气中出现。这个残酷的海市蜃楼使他害怕起来,他就向丘陵的另一面斜坡走下去,方向同他昨天走上丘陵的方向正相反。他十分快乐地发现构成这个丘陵的基石的巨大花岗岩中间,有一个天然形成的山洞。遗留下来的一张残破的席子说明这山洞以前住过人。在离洞口不远的地方他又发现了几株满载枣子的棕榈树。②于是求生的本能在他的心里觉醒起来。他希望活下去,活着等到莫格拉班人经过,或者,他不久就能听见大炮声!因为这时候拿破仑正在横越埃及。受到这种思想的鼓舞,法国人就打下一些成熟了的椰枣,这些枣子沉重得使枣树似乎弯下腰来。他尝了尝这些天赐的意料不到的食物,确信这些棕榈树是以前居住在这山洞里的人种植的。枣子的鲜甜果肉说明经过种植者的精心培植。普罗旺斯人突然从阴郁的绝望变成近似疯狂般快乐。他再登上山顶,将这一天的其余时间用来砍伐一棵不结果实的棕榈树,这棵棕榈树前一天

---

① 中古时欧洲人把欧洲和非洲的回教徒称为萨拉森。
② 棕榈树又称椰枣树。

夜里曾经荫蔽过他。一种模糊的记忆使他想起了沙漠的野兽;岩石下面有一道泉水,流远一点就消失在沙里,他预料野兽们会到这道泉水边来喝水,就决定在他的隐居所的门口设置一道栏栅,以防止它们进来。尽管他十分卖力,尽管害怕在睡眠中被野兽吞食的想法给了他力量,但他仍然不能在一天中将棕榈树砍成几段,而只能将树砍倒。傍晚时分,这棵沙漠之王倒下来的时候,声震遐迩,仿佛荒漠发出了一声呻吟;兵士打了一个寒噤,似乎听见了一个声音向他预报灾祸。可是,正如一个继承人不会长久哀悼一个死去的亲属一样,他把这棵美丽的树的富有诗意的装饰品——又长又阔的翠绿叶子——剥下来,用来修补他的席子,以便今晚睡觉。炎热和干活使他疲劳极了,他便在潮湿山洞的红色石壁下面睡着了。半夜时分,他被一种奇怪的声音惊醒。他坐起来,周围深沉的静寂使他能够辨别出一下重一下轻的呼吸声,这呼吸声饱含凶猛的精力。绝非人类所有。无限的恐惧,加上黑暗、静寂和乍醒过来的幻觉,使他的心冰凉了。他睁大着眼珠,在黑暗中看见两道微弱的黄色光线,他几乎连毛发直竖的痛苦也感觉不到了。起初,他以为这些光线是他自己瞳孔的反光;可是过了不久,黑夜的亮光帮助他逐步看清了山洞里的事物,他看见一头巨大的野兽躺在离他两步远的地方。这是一头狮子,一只老虎,还是一条鳄鱼呢?普罗旺斯人没有受过充分的教育,不知道应该把他的仇敌列入哪一门类;他愈是无知,就愈是想到种种不幸,这样就使他的恐惧愈发猛烈。他像受苦刑似的耐心倾听和注意这呼吸的各种变化,绝不忽略任何动静,自己却动也不敢动。一阵强烈的臭味,像狐狸的气味一样,可是更刺鼻,更浓重,充满了山洞;普罗旺斯人用鼻子闻到这臭味的时候,他的恐怖达到了极点,因为他已无可怀疑地有了一个可怕的伙伴,他正是在这个伙伴的宫殿里宿营。过了不久,投射到地平线上的月光照亮了山洞,慢慢地使一只金钱豹的带斑点的毛皮闪闪发亮地显现出来。这只埃及狮子睡在那里,像安闲地在旅馆门前的华丽狗舍里蜷伏着的一匹大狗。它的眼睛,睁开了一阵,又闭上了。它的脸对着法国人。千百种混乱的思想涌上这位花豹的囚徒的心头;起初,他想一枪打死它,可是他发觉他同野兽之间没有足够的距离可供瞄准,枪身可能碰到野兽的身体还有余。而且万一把它惊醒了呢?想到这里他就不敢动弹了。在万籁无声中听见自己心跳的声音,他不由得诅咒自己血流得太快,脉搏跳得太急,只怕会吵醒这头睡眠的野兽,这个睡眠可以使他有时间想出一条活命的办法。他两次把手按在弯刀上,想用这武器砍断他的仇敌的脑袋;可是切断僵硬的短毛的困难迫使他放弃了这个大胆的计划。"失误了呢?必死无疑,"他想。他宁愿找个机会同它拚个你死我活,于是他决定等到天亮。他用不着等多久天就亮了。法国人于是仔细端详那头金钱豹,它的嘴上沾满血迹。"她吃饱了!……"他想,却毫不费心去想一想它吃的是不是人肉,"她醒过来时不会饿的。"

这是一只雌豹。肚子和大腿的毛都闪耀着白色的亮光。天鹅绒般的小斑点,散布在她的脚周围,就像套着漂亮的镯子一样。她的筋力坚强的尾巴也是白色的,可是末端有些黑环。全身的毛皮黄得像没有光泽的金子,可是十分平滑而柔软,散布着富有特征的斑点,形状像玫瑰花,这就是花豹同别种猫科动物不同的地方。这位泰然自若而可怕的女主人在那里打呼噜，姿态就像一头雌猫睡在躺椅的垫枕上一样优美。她的染着血迹的爪子，强劲有力而且全副武装，向前伸出，她的脑袋就枕在上面。几根笔直而稀疏的胡子，像银丝一样，从脑袋里伸出来。如果她是这样子睡在兽笼里，那么普罗旺斯人一定会欣赏这只野兽的优雅风度，和她身上鲜明色彩的强烈对照，这些颜色使她的袍子具有帝皇的光泽；可是在这时候，眼前这凶险的景象却使得他手足无措。据说毒蛇注视着黄莺时会产生一股魔力，现在他面对着花豹，即使是睡着了的花豹，也产生同样的效果。这个兵士在这个危险面前暂时丧失了勇气，而他在枪林弹雨中却能够勇气百倍。这时候，一个大胆的念头在他的心里渐渐成熟，使得他额头上流下来的冷汗也干涸了。就像穷途末路的人不得不铤而走险，把自己献身给死亡一样，他不知不觉地把这场遭遇看作一出悲剧，下定决心光荣地把自己担任的角色演到底。

"前天，阿拉伯人也许早已把我杀死……"他对自己说。因此，他当作自己已经死亡，就勇敢地带着激动的好奇心等待他的仇敌醒过来。太阳晒进来以后，花豹突然张开了眼睛；然后她猛力伸出爪子，似乎要使血脉舒展、消除麻木的感觉。最后，她打了一个呵欠，露出那副可怕的牙齿和像锉刀般粗硬的分叉的舌头。"真像一个时髦女郎！……"法国人看见她打了一个滚，又做出许多温柔而娇媚的动作，心里就这么想。她把爪子上、嘴上的血迹舔干净，然后用十分可爱的姿势一再搔她的头。"好！……梳装打扮一下吧！……"法国人心里想。他开始恢复勇气，逐渐愉快起来。"我们来互相道个早安吧。"于是他抓住了那把从莫格拉班人那里偷来的短匕首。

这时候，花豹回过头来对着法国人，牢牢地盯住他，可是没有向前走。她的两只金属似的眼睛十分严峻，眼睛射出来的光芒使人无法忍受，迫使普罗旺斯人战栗起来，尤其是当野兽向他走过来的时候。普罗旺斯人用爱抚的神情注视着她，盯着她的眼睛仿佛要对她行使催眠术，让她一直走到自己身边；然后，用一种十分温柔、充满爱情、仿佛在抚摸一个绝色美人似的动作，用手轻轻拂过她的整个身躯，从头到尾巴，而且用指甲搔了搔平分她的黄色背脊的柔软的脊骨。花豹十分舒适地摆了摆尾巴，眼光也变得温和了；等到法国人第三次进行这个怀着自私目的的诌媚动作时，花豹发出咕噜咕噜声，像猫表示快感时所做的那样；可是这个咕噜声是从强有力而且十分深沉的喉咙里发出来的，因此这声音在整个山洞里荡漾着，就像教堂里风琴的最后几下隆隆声。普罗旺斯人明白这种爱抚的重要性，就加紧重复着去做，想做到能够迷惑和麻痹这位威严万分的交际花。等到他相信自己已经平息了这位变化莫测的伴侣的兽性以后，他就站起来，想走出山洞；幸喜花豹昨夜已经吃饱了肚子，就让他走了出去，可是等到他爬上山岗时，花豹像麻雀跳过树枝那么轻捷地跳到他的前面，走近来在兵士的大腿上摩擦，并且像猫一样隆起背脊。然后，用已经变得稍为柔和的眼光望着她的客人，她发出了一下野性的喊声，这种喊声被生物学家比拟为锯子的声音。

"她在勒索我呢！"法国人微笑着喊道。他设法逗弄她的耳朵，抚摸她的肚子，用指甲使劲地搔她的脑袋。发觉这种做法获得成功，他就用匕首的尖端去搔她的脑壳，一边窥伺着杀她的时机；可是坚固的骨头使他觉得没有成功的希望，他不由得发起抖来。

这沙漠的女王对她的奴隶的才能表示嘉许，她抬起头，伸长脖子，用安静的态度来表达她的喜悦。法国人突然想到，要一刀就能杀死这凶暴的女王，必须刺到脖子上。他举起匕首，那只花豹大概已经感到满足，正在温柔地躺在他的脚下，不时向他望上一眼，眼光里虽然天生带着凶猛的神气，却混杂着善意的表情。可怜的普罗旺斯人靠在一棵棕榈树上，吃着枣子，时而向沙漠投射一下探索的眼光，找寻能解救他的人；时而向他的可怕的伴侣望上一眼，察看她的仁慈是否可靠。花豹望着他把枣核扔下来，每落下一颗，她的眼睛里总流露出一种异常猜疑的表情。她用生意人那种谨慎小心来观察法国人；可是观察的结果对法国人有利，因为他吃完他的那顿简陋的早餐以后，她舐他的鞋子，虽然她的舌头又粗糙又坚硬，她却能够奇迹般地把鞋缝里的灰泥都舐干净。

"可是，等到她肚子饿了呢？……"普罗旺斯人心里想。这个想法使他不寒而栗，然而兵士仍然好奇地衡量着花豹的大小，他发觉她肯定是她的同类中最美丽的一只，因为她有3尺高①、4尺长，尾巴不算在内。尾巴是强有力的武器，像根棍子那么圆，近3尺长。脑袋像一只母狮的脑袋那么粗大，但有一种罕见的优雅细致表情而显得与众不同；在这脑袋上老虎的冷酷与残暴占主导地位，但是模样儿也依稀有点像一个老奸巨滑的女人。在这时候，这位孤寂的王后脸上露出一种喜悦的神情，有点像喝醉了酒的尼罗王②的模样：她已喝够了血，现在想娱乐了。兵士试着走过来走过去，花豹让他自由行动，只用眼睛追随着他，看来花豹不像一条忠心耿耿的狗，却更像一头巨大的安哥拉猫，观察着一切，密切注意主人的一切行动。当他回过头来的时候，他在泉水旁边看见了他的马的残骸，花豹把尸体一直拖到这里来。大约三分之二的肉已被吞吃了。这个景象使法国人宽了心。这时候他就能够解释花豹为什么不在洞里，她为什么让他安安稳稳地睡觉而没有动他。这第一个好运使他胆大起来，敢于去试探一下将来，他怀着疯狂的希望想同花豹好好地度过这一天，绝不忽略任何可以驯服她的方法，设法一直获得她的恩宠。他回到她的身边，看见她用几乎觉察不出的动作摇了摇尾巴，心里便说不出的高兴。他便毫无畏惧地坐在她的身边，他们俩一起玩起来，他拿起她的脚爪，嘴巴，拧她的耳朵，把她翻倒在地，使劲地搔她的温暖而毛茸茸的腰部。她随他摆弄，兵士抚摸她脚上的毛时，她还小心地把钢刀一样的利爪缩进去。法国人的一只手里还拿着匕首，他还想把匕首插进这只过分相信他的花豹的肚子里，可是他害怕在她的最后挣扎中，会把他立即咬死，而且他听见内心深处发出来一种喊声，责备他不该杀害一只没有伤害过他的野兽。他感觉到自己在这无边无际的沙漠里已经找到了个女友。他不由自主地想起他的第一个情妇，他管她叫"美娘"，这是反话，因为她嫉妒到凶暴的程度，在他同她相好的整段期间，他整天提心吊胆地害怕吃她的刀子。这个年轻时代的回忆使他想起了用这个绰号来叫那只花豹，现在他已经不那么害怕她了，反而十分欣赏她的敏捷、优雅和温柔。

---

① 这里所说的尺，每尺等于0.324公尺。
② 尼罗（Ne.ron），古罗马王，以残暴疯狂著名。

天快黑的时候,他已经习惯了他的危险处境,而且几乎爱上了这种处境的痛苦。最后,他的伙伴每次听见他用尖声喊"美娘"时,也习惯了抬起眼睛来望着他。太阳落山的时候,美娘发出了几下深沉而忧郁的叫声。

"她很有教养……"快乐的兵士心里想;"她在作晚祷呢!……"这种精神上的玩笑,只在他看见他的同伴保持和平态度时,才在他的心里产生。"去吧,我的金发美人儿,我让你先睡,"他一边对她说,一边打算依靠两条腿等她睡熟以后就飞奔逃走,去找另外一处夜间住宿的地方。兵士十分不耐烦地等待逃走时刻的到来,等到真的到来以后,他便快步向着尼罗河的方向走去;可是他在沙漠里走了不到一公里地,便听见花豹在他后面跳过来,不时发出一下锯子似的喊声,这喊声比她的沉重的跳跃声更叫人害怕。

"啊!"他对自己说,"她算同我有了交情了!……这只年轻的豹子也许还没有遇见过任何人,得到她的初恋是值得骄傲的!"这时候法国人陷入旅客所最害怕的流沙里,陷进去是没法子自拔。他发觉自己陷了进去,就发出求救的喊声。花豹用牙齿咬住他衣领,用力向后一跃,就像变戏法一样把他从深渊里拉了出来。"啊,美娘!"兵士喊道,一边热烈地抚摸她,"现在我们是生死与共的朋友了。不开玩笑!"于是他走回原处。

从此以后沙漠里仿佛有人居住了。法国人有了一个谈话的对象,这个对象的野性被他驯服了,他自己也不能解释这个难以叫人相信的友谊的来由。尽管他非常想站着警戒,他还是睡了,他醒过来时,不见了美娘;他走上山顶,远远地看见她在跳跃着过来,这类动物的习惯是不能奔跑,因为它们的脊骨十分容易弯曲。美娘回来时满嘴是血,她接受同伴的照常的爱抚,还几次发出咕噜声以表示她感到多么幸福。她的充满柔情的眼睛比昨晚更加温柔地望着普罗旺斯人,普罗旺斯人像对家畜一样对她说话。

"啊,小姐,你是一位好姑娘,是吗?你看见吗?……我们喜欢被人爱抚。你难道不感到害羞吗?你大概又吃了一个莫拉班人?唔,他们跟你一样也是动物啊!……可千万别吃法国人……要不,我就不爱你了!……"

她像一条小狗那样跟它的主人玩耍,听任他轮流地叫她打滚,拍打她,爱抚她;有时她向他伸出爪子,作出恳求的姿势来挑逗他。

几天就这样过去了。有了这个伴侣使普罗旺斯人得以欣赏沙漠的庄严壮丽的美。现在他有了一个想念的对象,有了食物,有了恐惧和平静的时刻,他的心就受相反的事物所激动……他的生活里充满了矛盾。孤寂向他暴露了它的全部秘密,并且把它的美包围着他。他在日出和日落中发现了世人所不知的景象。飞鸟是稀有的过客,云霞是多变而身穿彩衣的旅人,他每听到飞鸟的微弱振翅声和看到云层的交错时,就颤栗起来!夜晚他研究月光在沙漠的海洋上所产生的效果,沙漠的热风经常在这海洋上翻起波浪和造成迅速的变化。他同东方的黎明一同起来,他仰慕这黎明的灿烂光华;时常,在这原野上刮起飓风,飞沙走石,景象可怖,造成红色、干燥的迷雾和能致人于死的云彩,他享受了这一切之后非常愉快地看到夜晚来临,因为夜晚能带来星星的仁慈的清凉。他倾听天空中幻想的音乐。孤寂也教会他怎样去梦想。他花了许多时间去回忆零星的琐事,拿过去的生活同现在的生活作比较,他终于爱上了他的花豹;因为他需要发泄他的感情。也许是他坚强地显示出来的意志改变了他的伙伴的性格,也许是沙漠里正在进行的战斗给她提供了丰富的食物,她居然不去伤害法国人。法国人看见她这么驯服,也开始不怕她了。他把大部分时间花在睡觉上;可是他也不得不像蜘蛛呆在网中一样,密切注意着,以防有人在地平线以内经过,会错过被解救的时机。他已经牺牲了他的衬衫,拿来制成一面旗子,挂在一株没有叶子的棕榈树上。由于需要,他懂得用小木棍把旗子永远撑开,因为他所等待的旅客朝这边望的时候,风可能没有把旗子吹动。

就在他感到绝望的长时间中,他同花豹玩乐。他终于认清了她的各种不同的喊声,各种不同的眼光,他也研究了装饰着她的金色袍子的各种花样的斑点。她的可怕的尾巴的末梢有一撮毛,形成黑色和白色的环,这是十分优雅的装饰品,跟珠宝一样远远地在阳光底下闪耀,当他抓住这撮毛来数有几只环时,美娘连吼叫也不吼叫。他喜欢欣赏她的躯体的柔和、优美的线条,雪白的肚子,雅致的脑袋。但是他最喜欢的,是她游戏的时候,她的敏捷,动作的轻快,总使他惊异;她跳跃,爬行,滑行,躲藏,起立,打滚,蜷缩,以及准备前冲的时候,身腰轻捷,使他赞赏不已。可是无论她的冲刺多么迅猛,无论岩石多么光滑,只要听见一声"美娘",她便立刻就地停了下来……

有一天,阳光灿烂,有一只大鸟在空中飞翔。普罗旺斯人扔下花豹,去观看这位新来的客人;只过了一会儿,被抛弃的沙漠女王就低声地咆哮起来。"我的天啊,我相信她吃醋了,"他看见她的眼光又严厉起来,就大声说。"维吉妮①的灵魂进入她的身体了,肯定的!……"兵士还在赞赏花豹的浑圆的臀部时,那只鹰已经在空中消失。花豹的身躯真是充满了美感和青春!简直像个女人那么标致。金黄色的皮袍的精致色调配合着大腿上没有光泽的白色。大量阳光的照射,使这活跃的金色和赤褐色的斑点闪耀发光,产生难以形容的魅力。普罗旺斯人同花豹意味深长地互相望了一眼,娇媚的小姐感觉她的朋友用指甲搔她的脑壳时,竟打了一个冷战,她的眼睛像雷电似的发出一下闪光,然后紧紧闭上。

"她有一颗灵魂……"他一边说一边端详着安静的沙漠女王,她的金黄色像沙一样,白色像沙一样,孤独和滚烫也像沙一样……

"好吧,"她对我说,"我看过了你的为野兽辩护的大作;可是他们俩达到这么互相了解的地步怎么会散伙的呢?……"

"噢!……他们的结局同一切伟大爱情的结局一样,是由于误会。他们互相怀疑对方不忠实,由于自尊心作祟,谁也不肯去解释一番,结果是因固执而吵散了。"

"可是在最美好的时刻里,"她说,"只要望上一眼或者开一句口就能够解开疙瘩。好吧,把故事讲完吧。"

---

① 维吉妮是圣·比埃尔(Bernardin de Saint—Pierre,1737—1814)的小说《保罗与维吉妮》中的女主人公。

"很难讲完;不过你听完老丘八喝光一瓶香槟酒后对我说的话,你就会明白了。他大声说:'我不知道我触犯了她什么,她转过身来好像生气的样子,用她尖利的牙齿咬住我的大腿,当然是轻轻地咬的罗,我以为她想吃我了,就把我的匕首插进她的脖子里。她滚倒在地,发出一声喊声,使我心都凉了;我看着她挣扎,丝毫没有发怒地望着我。我多么愿意牺牲一切,甚至于我还没有到手的十字勋章,去把她救活啊。这简直像我谋害了一个真正的人似的。那些望见我的旗子奔过来救我的兵士们,发觉我泪流满面……唉!先生,'他沉默了一阵又继续说,'后来我在德国、西班牙、俄国、法国打过仗;我像一具尸首般走过不少地方,我从未见过任何东西能够和沙漠相比……啊!因为沙漠太美了。'——'你在那里的感觉如何?'我问他。'年轻人,这可说不上来啦。其实我也不是经常惋惜我的棕榈树和花豹……我应该为它们而悲伤。你知道,在沙漠里一切都有也是一切都没有的……'——'请你再解释一下。'——'好吧,'他做了一个不耐烦的手势说,'这是只有上帝没有人类的世界。'"

1832年,巴黎。

(郑永慧 译)

赏析

《沙漠里的爱情》是巴尔扎克一篇精致的短篇小说,也是一篇令人无穷回味的隽永之作。作者用人兽的爱情来映衬人与人之间冰水般的冷漠关系。

《沙漠里的爱情》情节十分奇特,细节却写得真实可信。作者讲述了一个士兵同一只雌豹在特定情况下"相恋"后又将其杀害的故事。这篇文章的妙处在于它不仅仅停留在一个平面,在一个向度上展示人性的善或恶;而是在一个分裂的极致上展开,多维度地展现了人性的多面性、复杂性。人在极善中隐藏着极恶,在极恶中隐藏着极善;人是高贵的,也是卑贱的,是美好的,也是丑恶的;人既是万物的灵长,也是摧毁一切的恶魔。作者写了人性本身的善良美好所具有的可以征服一切的力量。人性的力量是多么伟大,它可以战胜一切凶残,可以安抚一切痛苦,可以填平一切沟壑,可以消灭一切战争。在这个人与兽的爱情故事中,士兵和"美娘"的爱情就是在鲜血和死亡中结束的。人欺骗了豹子,又杀死了豹子,"美娘"从头至尾生活在人的圈套中,即使在死亡的痛苦中她对士兵也毫无怨恨。多么善良而又轻信的动物,多么狡诈而又狠毒的人!在表现野兽的善良、可爱、高贵、优雅的同时,作者把人性的虚伪、狡诈、凶残、狠毒表现得淋漓尽致。

巴尔扎克的这篇小说的发表,不但拓宽了中短篇小说的内容,改造和发展了中短篇小说的内涵,还扩大了中短篇小说所反映的社会生活和社会现象的范围。而作者对沙漠景色所作的色彩瑰丽的描写,则体现了其创作的浪漫主义特色。

克洛德·格

〔法国〕雨 果

维克多·雨果（1802—1885），十九世纪前期积极浪漫主义文学运动的领袖，法国文学史上卓越的资产阶级民主作家。一生创作了大量诗歌、戏剧、小说以及文艺理论作品，影响很大，是法国文学史上最重要的作家之一。

人道主义、反对暴力、以爱制"恶"，是贯穿雨果一生活动和创作的主导思想，他的创作期长达60年以上，创作力经久不衰。雨果几乎经历了十九世纪法国的一切重大事变。他从小崇拜法国早期浪漫主义作家夏多布里昂。1827年发表韵文剧本《克伦威尔》和《〈克伦威尔〉序言》，其中《〈克伦威尔〉序言》被称为法国浪漫主义戏剧运动的宣言，是雨果极为重要的文艺论著。1830年他据《〈克伦威尔〉序言》中的理论写成第一个浪漫主义剧本《爱尔那尼》，此剧的演出标志着浪漫主义对古典主义的胜利。其作品包括26卷诗歌、20卷小说12卷剧本、21卷哲理论著，合计79卷之多，给法国文学和人类文化宝库增添了一份十分辉煌的文化遗产。雨果的浪漫主义小说精彩动人，雄浑有力，对读者具有永久的魅力，《巴黎圣母院》《悲惨世界》等长篇小说是他的代表作。

七八年前，巴黎有一个穷苦的工人，名叫克洛德·格。和他一起生活的，是个年轻女人——他的情妇——以及她生的一个孩子。我现在只是如实地叙述，至于事实所留下的教训，有待读者们自己按照事情的经过去记取了。这个工人能干、灵巧、聪明，他没有受到过教育，天赋却很厚。他不识字，可是善于思考。有一年冬天，他找不到工作。他们的破屋子里既没有火，也没有面包。男人、女人和孩子都是又冻又饿。男的去偷了东西。他偷了些什么，在哪儿偷的，我不清楚。我所知道的，就是这次偷窃，给女人和孩子带来了三天的面包和取暖的柴火，而给男人带来的，则是五年的监禁。

男人被送到克莱伏中央监狱里服刑。克莱伏是由一座修道院改成的监狱，禅房成了禁闭室，祭坛成了刑台。当我们讲到进步的时候，有些人就是这样来理解并且这样来实行的。这就是他们在我们所讲的"进步"这个名词底下加上的事实。

我们继续说下去吧。

克洛德·格到了监狱以后，晚上关在牢房里，白天在工场做工。我要谴责的并不是工场。

不久以前,克洛德·格还是一个诚实的工人,而从现在起却成了一个偷窃犯。他显得正直、严肃,虽然年纪还轻,高高的额头上已经有了皱纹,一头的黑发中隐约可见几根灰色的发丝,温和而又充满着威力的眼睛深嵌在凸起的眉骨下面,张开的鼻孔,挺出的下颚,嘴角总是带着蔑视的神情,真是相貌堂堂。我们下面将会看到社会把他变成了什么样子。

他沉默寡言,爱用手势,有着一种使人服从的威严。他神情沉思、严肃,虽然受过很多苦,却没有流露出痛苦的神色。

在囚禁克洛德·格的监狱里,有一个工场场长。他是属于适合管理监狱的那一类小官吏。他既是狱守,又是商人。他向工人订货,把工具交到你的手中,同时则威吓犯人,把铁镣钉到你的脚上。这个工场场长是这类人物的一种。他刻薄无情,专横残暴,刚愎自用,盛气凌人。不过有时候,他又是一个好伙伴、好头头,甚至会性情愉快,优雅地开开玩笑。他的性格与其说是坚强,不如说是冷酷。他对任何人都不讲道理,甚至对自己也是如此。无疑地,他是个好父亲、好丈夫,但这只是出于责任而不是由于品德高尚。总之,他并不存心作恶,但却是一个坏人。有这么一种人,他们既不敏感,又不灵活,毫无生气,对于所接触的任何思想和感情都没有一点反应。他们的愤怒是冷冰冰的,仇恨是阴沉沉的,他们激动的时候也缺乏常人所具有的感情,他们尽管发怒,却是一点火气都没有,全无热量,人们常称之为"木头人"。他们从一端开始燃烧,又从另一端冷了下来。这个工场场长就是这种人中的一个。他的性格中的主要特点,就是顽固。他为自己的顽固而感到自豪,经常自比为拿破仑。其实这只是一种错觉。有很多人,被这种错觉所欺骗,往往天差地远,把顽固看作毅力,把蜡烛当成天上的星星。因此,当他有时在某件荒诞的事情中硬要表现所谓毅力的时候,他总是头抬得高高的,披荆斩棘,非把这件荒唐的事干到底不可。没有智慧的顽固,就是愚蠢加荒谬,并且使得人越来越蠢,事情也就更加糟糕。一般说来,当一场个人的或社会的灾难降临到我们头上的时候,如果我们根据废墟上的断垣残壁查究这场灾难的根源时,我们几乎总是可以发现,一个庸碌无能、固执自信而又自鸣得意的人盲目地造成了这场灾难。世界上到处都注定有这些顽固不化的渺小的人物,他们却自认为天生能对别人造福。

克莱伏中央监狱的工场场长就是这么一个人。他就像一个打火器,社会就用他每天在犯人身上敲打出火星来。

这种打火器在这样的石子上所敲出的火星往往会引起火灾。

我们上面已经说过,到了克莱伏监狱后,克洛德·格就被编上号码,在工场里做工。工场场长认识了他,认为他是一个好工人,待他也很好。有一天,场长的心绪很好,看到克洛德·格总是由于想念他称之为"妻子"的那个女人而十分忧愁时,就半打趣消遣半安慰地告诉他,说那个不幸的女人已经成了妓女。克洛德冷静地问起孩子的情况,却没人知道他的下落。

几个月以后,克洛德习惯了监狱的环境,看来什么都不再去想了。他又恢复了原来性格中就有的一种严肃的宁静。

　　差不多就在同一段时间,克洛德在他所有的同伴中赢得了一种独特的权威。没有人知道为什么,连他自己也不清楚原因,就好像有一种默契似的,大家都来请教他,听取他的意见,钦佩他,钦佩发展到了顶点,甚至变为模仿他。能够得到这些素不听话的人的服从,可不是一般的荣誉。他取得了这种权威,自己都没有想到。这权威是来自他两眼的那种目光。一个人的眼睛是一扇窗户,通过它,可以看到一个人的思想活动。

　　把一个有头脑的人放在不会思考的一群人中间,到了一定的时候,由于一种无法抗拒的引力定律,一切糊涂的头脑就将满怀谦逊和敬仰围绕在清晰的头脑周围。有些人是铁,有些人则是磁石。克洛德就是磁石。

　　不到三个月,克洛德已经成为工场的灵魂、法律和秩序的化身,好像所有时针都围绕着他这个钟面运转似的。甚至他自己有时大概也怀疑他到底是国王呢还是犯人。他就像是一个被俘的教皇和他的红衣主教们在一起。

　　一件事情的效果总是多方面的。他得到了囚犯们的爱戴,因而就为看守们所痛恨,这也是很自然的反应。谁得到下面的拥护,谁就会失去上面的欢心,事情总是这样的。谁要是受到奴隶的爱戴就总会招致主人双倍的仇恨。

　　克洛德·格很能吃,这是他的生理特点之一。他的胃口很大,通常两个人的食物才勉强满足他一个人的需要。德·科塔蒂亚先生就有这样的胃口,并以此而感到高兴;对于一个拥有五十万头羊的西班牙大公爵,这当然是一件可喜的事。但是对于一个工人,则成了一种负担,而对于一个囚犯来说,就是一种不幸了。

　　克洛德·格以前自由地生活在他的小阁楼中的时候,工作一整天可以挣到四斤面包,他都吃了。现在他被关在狱中,工作一整天,却始终只有一斤半面包和二两半肉,这份口粮是非常苛刻的。克洛德在克莱伏监狱中只好经常吃不饱。

　　他饿着肚子,他也就这样,从来不讲什么,这也是他的个性。

　　一天,克洛德刚吞下他那少得可怜的口粮,就又重新工作,想通过劳动来忘掉饥饿。其他的犯人们都在高兴地吃着。这时有一个年轻人来到他的身边。这个人脸色苍白,皮肤洁净,身体看来很虚弱。他手里拿着他那份尚未动过的食物和一把刀。他靠近克洛德,站在那儿,一副想说话又不敢开口的神气。这个人以及他的面包和肉使克洛德不耐烦。

　　"你要干什么?"他终于粗暴地说。

　　"请你帮个忙。"年轻人怯懦地说。

　　"什么事?"克洛德又问。

　　"请你帮我吃掉它,我吃不完。"

　　克洛德的傲慢的眼睛里涌出了泪水。他拿起刀,把年轻人的食物平分成两份,自己拿起一份来吃。

　　"谢谢你。"年轻人说,"如果你愿意的话,我们以后每天都这样分吧。"

"你叫什么名字?"克洛德·格问。

"阿尔班。"

"你怎么会到这儿来的?"克洛德又问。

"我偷了东西。"

"我也一样。"克洛德说。

从此,他们每天就这样分享食物。克洛德那时三十六岁,由于他一贯很严肃,有时看来倒像有五十岁。阿尔班二十岁,这小偷的目光仍然是那样天真纯洁,人们还以为他只有十七岁。两个人结下了亲密的友谊。这友谊与其说是手足之情,还不如说是父子之爱更恰当些。阿尔班几乎还是个孩子,而克洛德则差不多是个老人了。

他们在同一个工场里工作,在同一间屋子里睡觉,在同一个院子里散步,分吃同一块面包。对于这两个朋友,每一个人对于对方都是不可分割的整体。看来他们很幸福。

我们上面已经讲到过工场场长了。对这个人,犯人们恨之入骨。为了要使他们俯首听命,场长不得不经常求助于为大家所爱戴的克洛德·格。当要制止反抗或骚乱的时候,克洛德·格的无名的权力不止一次地帮助了场长的法定的权力。的确,如果要约束犯人,克洛德的十句话抵得上十个宪兵。克洛德多次这样帮助了场长。因此场长对他就恨得要死,对于这个窃贼的声望,他心里总觉得酸溜溜的。他内心深处对克洛德怀着一种无法明言的嫉妒,一种不可调和的仇恨,就像那种法律规定的君主对于事实上的君主、世俗的权力对于精神上的权力的仇恨。

这种仇恨是最恶毒的。

克洛德一心喜爱阿尔班,却没有想到场长。

一天早上,当犯人们一对一对地从寝室走进工场时,一个看守叫住了走在克洛德旁边的阿尔班,告诉他场长叫他去。

"叫你干什么?"克洛德问。

"不知道。"阿尔班回答。

看守把阿尔班带走了。

上午过去了,阿尔班没有回到工场里来。吃午饭的时候到了,克洛德想,在院子里会看到阿尔班的。可是阿尔班不在院子里。当大家都回到工场时,也没有阿尔班。白天就这样过去了。晚上,当犯人们被带回寝室去时,克洛德的眼睛在寝室中搜寻阿尔班,没有看到。这时候,他感到非常苦恼,就去问一个看守,他以前从未这样做过。

"阿尔班生病了吗?"他说。

"没有。"看守回答。

"那么他到哪儿去了?"克洛德又问,"今天怎么没有看到他呢?"

"哦!"看守漫不经心地说,"这是因为给他换了一个地方。"

那些后来就上述事实作证的证人们当时曾经注意到,听到看守的这个回答以后,克洛德拿着一根点燃着的蜡烛的手微微颤抖着。但他平静地问:

"谁下的这个命令?"

"狄先生。"

狄先生就是工场场长。

第二天像前一天一样过去了,阿尔班仍然没有露面。

晚上收工的时候,场长狄先生来到工场进行例行的巡视。克洛德远远地一看到场长,就摘下粗羊毛织的帽子,扣好灰上衣——克莱伏监狱中犯人的囚衣——的扣子,因为在监狱里,一般都认为把上衣的扣子恭恭敬敬地扣好是会取悦上级的。他手里拿着帽子,站在长凳的旁边,等候场长走过。场长走过来了。

"先生!"克洛德叫道。

场长站住了,侧过半个身子。

"先生,"克洛德说,"阿尔班真的换了地方了吗?"

"是的。"场长回答。

"先生,"克洛德接着说,"我没有阿尔班就活不下去。"

他又补充说:"您知道这里的这份口粮是不够我吃的,您也知道阿尔班把面包分给我吃。"

"这是他自己的事情。"场长说。

"先生,难道就没有办法仍旧把我和阿尔班放在一个地方吗?"

"不可能。已经决定了。"

"谁决定的?"

"我。"

"狄先生,"克洛德接着说,"这对我是一个生与死的问题,这全在您了。"

"我作出的决定是从来不收回的。"

"先生,我得罪过您吗?我干过什么对不起您的事情吗?"

"没有。"

"既然这样,"克洛德问,"您为什么要把我和阿尔班拆开呢?"

"因为……"场长说。

这样回答了之后,场长便到别处去了。

克洛德低下头,不去争辩了。可怜的囚笼中的狮子呵,人们把跟它作伴的狗也夺走了。

我们不得不指出,分离的愁苦丝毫没有影响这个囚徒多少带点病态的食欲。另外,他身上也看不出任何显著的变化。他不对任何同伴谈起阿尔班。休息的时候,他单独一个人在院子里散步,饿着肚子。就是这样。

但是那些熟悉他的人却注意到他脸上流露出的那种使人害怕的忧郁的神色一天比一天更厉害了。除此之外,他却比从前更加温和了。

好几个人想要把自己的口粮分给他,他都微笑着拒绝了。

自从场长对他作了那样一番解释以后,每天晚上,他都作出一种类似疯狂的举动。这种举动出自像他那样严肃的人,是令人惊讶的。每当场长在规定的时间进行照例的巡查,从克洛德的机器前经过的时候,克洛德总是抬起眼睛盯住他看,然后仅仅问一句话:"阿尔班呢?"语气中充满着焦虑与愤怒,既像是恳求,又像是威胁。场长不是装作没听见,就是耸耸肩膀一走了之。

其实场长耸肩膀是大错特错了。因为所有目睹这些奇怪场面的人都看得很清楚,克洛德·格心里对某件事情已经下了决心。整个监狱都焦虑不安地等待着这场顽固与决心之间的斗争的结局。

其中有一次,克洛德对场长说:"请听我说,先生,把我的同伴还给我吧。我可以肯定,您这是做了一件好事。请注意,这是我对您说的话。"

又有一次,是星期日,他坐在院子里一块石头上,两肘支着膝盖,双手抱着头,他保持着这么一种姿势,好几个小时一动不动。这时有个叫法耶特的犯人走近他,笑着说:"你在那儿搞什么鬼呀,克洛德?"

克洛德慢慢地抬起他的严肃的脸,说:"我在审判一个人。"

终于,在一八三一年十月二十五日的傍晚,当场长来巡查的时候,克洛德把他早晨在走廊里拾来的一块手表上的玻璃用脚踩碎,发出了声响。场长问这声音从哪儿来的。

"没有什么,"克洛德说,"是我。场长先生,把阿尔班还给我吧,我的同伴还给我。"

"不可能。"场长说。

"可是必须这样做。"克洛德用一种低沉而坚决的声音说。他正视着场长,又加了一句:"请您考虑。今天是十月二十五日,我让您考虑到十一月四日为止。"

一个看守提醒场长先生,说克洛德是在对他进行威胁,这就应该把他关禁闭。

"不,用不着关禁闭。"场长带着蔑视的微笑说,"对这种人应当客气一点。"

第二天,其他犯人都在院子另一端的一小方块阳光底下玩,克洛德却一个人在这头散步,沉思着。一个名叫佩尔诺的犯人走近他,说:"喂!克洛德,你在想什么?看样子你很愁闷啊。"

"我在担心不久会有什么不幸降临到这位好心的狄先生的头上。"克洛德回答。

从十月二十五日到十一月四日有整整九天。克洛德没有一天不严肃地向场长指出阿尔班的失踪使他越来越痛苦。有一次,场长感到厌倦,因为他的恳求简直就像命令,罚他坐了二十四小时的禁闭室。瞧,这就是克洛德所得到的答复。

十一月四日来到了。这一天,克洛德醒来时,脸上神色宁静,这是自从狄先生决定把他的朋友和他分开的那天以来还没有见过的。起床的时候,他在床脚放破衣服的白木箱里搜寻,找出一把裁缝用的剪刀。这把剪刀,加上一本散了装的《爱弥儿》①,是他所爱过的那个女人,他孩子的母亲,他过去幸福的小家庭所留给他的唯一的东西了。这两件

---

① 《爱弥儿》是法国作家卢梭(1712—1778)写的一部论文体小说,又名《论教育》。

东西对克洛德来说是毫无用处的:剪刀只有女人才用得着,书只有读书人才有用,克洛德则既不会缝纫又不识字。

监狱里有一条被沾污了的古旧的回廊,用石灰刷白了,冬天就作为散步的场所。当他穿过这条回廊时,他走近一个名叫费拉里的犯人,后者正注意地看着一扇窗上的粗大的铁栅。克洛德把手里拿着的那把小剪刀给费拉里看,说:"今天晚上,我将用这把剪刀把这些铁栅都剪断。"

费拉里不相信,笑了起来,克洛德也笑了。

这天上午,他比平时工作得更起劲,他从来没有干得这么快、这么好。他似乎颇为重视,要在上午做好一顶草帽。这草帽是特鲁瓦的一位正直的市民布雷西埃先生定做的,工钱已经预付了。

十二点还不到的时候,他找了一个借口,走到底楼的细木工场,就在他工作的那一层楼的下面。在那儿也像在其他地方一样,克洛德是受人爱戴的。但他很少去。

"瞧!克洛德来了!"

大家围住他,屋子里顿时像过节似地热闹起来。克洛德在屋子里迅速地扫了一眼,看守一个也不在。

"谁能借给我一把斧子?"克洛德说。

"干什么用?"人们问他。

他答道:"今天晚上我要把场长干掉。"

人们拿出好几把斧子让他挑选。他拿了一把最小但非常锋利的斧子藏在裤子里,走了出来。细木工场里有二十七个犯人,他并没有叮嘱他们保守秘密,可是大家却守口如瓶,甚至他们互相之间也不谈论这件事。

每个人都各自等待着即将发生的事情。这件事是可怕的,但又是公正的、明白的,没有任何含糊不清之处。既不会有人来劝告克洛德,也不会有人去告发他。

一小时之后,他走到一个正在走廊里打呵欠的十六岁的犯人身边,劝他学会识字。这时候,犯人法耶特走过来,问克洛德裤子里藏着什么鬼玩意儿。克洛德说:"是一把斧子,今天晚上我要用它来杀狄先生。"他又接着问:"这会给人看出来吗?"

"有一点儿。"法耶特说。

白天的剩余时间就像往常一样过去了。晚上七点钟,犯人又都被关起来,每个组都呆在指定的工场里。按照惯例,这时看守们走出了工场,要等到场长巡查完毕后再进来。

克洛德·格也像其他人一样,和自己的伙伴们一道被关在工场里。

这时候,在这个工场里出现了一种异样的场面。这种既庄严又恐怖的场面,任何故事都无法描绘出来。

正如后来进行预审时所证实的,那时连克洛德在内共有八十二个偷窃犯。

一俟看守们留下犯人走出去后,克洛德在他的凳子上站起来,向全屋子的人宣布他有件事要说。大家顿时静了下来。

于是克洛德提高了嗓门,说:

"你们大伙都知道阿尔班是我的兄弟。这里给我的食物根本就不够吃。即使我把我所挣得的一点钱全用来买面包,也还是不够吃。阿尔班把他的口粮分给我。我喜欢他,首先是由于他养活了我,其次是由于他爱我。场长狄先生把我们拆开了。我们在一起对他毫无妨碍。他是一个恶毒的家伙,是一个虐待狂。我向他要阿尔班。你们都看见了吧?他不肯。我给他一个期限,让他在十一月四日以前把阿尔班还给我。他却因为我说了这句话而把我关禁闭。在这段时间里,我审判了他,我判处他死刑。今天是十一月四日了。两小时以后他就要来巡查。我告诉你们,我要杀掉他。对于这点你们有什么要说的吗?"

大家都不作声。

克洛德接着往下讲。他讲话好像具有一种特别的口才,并且显得那么自然。他声明他知道得很清楚,他将要采取暴力的行动,但他并不认为自己做错了。他请听他讲话的八十一个偷窃犯的良心为他作证:

他处于难以忍受的困境之中;

有时一个人陷于绝境的时候,自行复仇是必要的;

事实上他夺去场长的生命是要以付出自己的生命为代价的;但是为了正义而献出自己的生命,他认为是值得的;

仅仅就这个问题,他已经深思熟虑了两个月;

他认为自己的决定并非出于一时气愤,但如果确有这种情况,他请求大家给他指出来;

他诚恳地向周围的正直的人们提出自己的理由,听取他们的意见;

他马上要杀死狄先生,但是,如果有人提出异议的话,他准备听取他的意见。

只有一个人提出,在杀死场长之前,克洛德应当跟他最后谈一次,使他让步。

"有道理。"克洛德说,"我就这么做。"

大时钟敲了八下。九点钟,场长就要来了。

在这个奇特的最高法院可以说已经批准了他的判决之后,克洛德又完全恢复了平静。他把他所有的衬衫和外衣,都放在桌子上,这是这个犯人所剩下的一点可怜的东西了。他把除阿尔班之外跟他最要好的同伴一个个地叫来,把这些东西全部分给了他们,只给自己留下了那把小剪刀。

然后他拥抱了所有的人。有些人哭了,他对这些人笑笑。

根据他的好几个伙伴事后所讲的,在这最后的一小时中,有时候他的谈话是如此安详,甚至还显得快乐,以致他们都暗暗希望他会改变主意。有一次,他甚至玩起游戏来,用鼻孔吹气,把照亮工场的为数不多的几根蜡烛吹熄了一支。由于缺少教育而养成的不良习惯常常不必要地影响了他天生的尊严。没有任何东西能使得这个过去街上的流浪汉不沾染上一点巴黎水沟里的气味。

17

他看见一个年轻的犯人脸色苍白,目不转睛地看着他,显然是由于等待着即将看到的事情而吓得发抖。

"嚯,勇敢些,年轻人!"克洛德温和地对他说,"这事情一下子就过去了。"

他分完了他所有的破旧衣服,向每个人都握手告别之后,看到在工场的暗角落里有些人东一堆西一伙地在不安地议论着,他便打断了这些谈话,要求大家仍旧去工作。所有的人都默默地服从了。

发生事情的这个工场是在一个狭长的房间里,在长的两边上开有窗户,另外两边各开有一扇门,两扇门相对着。机器和凳子都靠着窗排列在西边,凳子挨着墙,与墙壁成直角。两排机器的中间空出了一条长而笔直的过道,穿过整个房间,从一扇门通到另一扇门。场长视察时,就得走过这条狭长的过道。他总是从南边的门口进来,看一遍在左右两边工作的人之后,再从北边的门口出去。通常他都不作停留,相当快地就走过去了。

克洛德重新回到位子上,又开始工作,好像雅各·克莱芒①重新开始祷告一样。

大家都在等待着。时间快到了。忽然,时钟敲了一下,克洛德说:"马上就要开场了。"

于是他站起来,神情严肃地走了一段路,走到进来的大门口那儿,胳膊肘靠在左面第一台机器的角上,脸色十分镇静、和善。

时钟敲了九下。门开了。场长走了进来。

这时候,工场里的人都像塑像般的寂静无声。

只有场长还和往常一样。

他走了进来,脸上露出开心、得意和冷酷的神气。他没有看见站在门的左边、右手藏在裤子里的克洛德。他很快地从最前面的一些机器前走过,点点头,含含糊糊地讲几句话,左右随便看看,根本没有注意到周围所有的眼睛都盯着一个可怕的念头。

突然,他惊讶地听到身后有脚步声,立即迅速地转过身来。

这是克洛德,他悄悄地跟在场长后面已经有一会儿了。

"你在那儿干什么?"场长说,"你为什么不在你的位子上?"

在这种地方,人已经不再是人,而是狗,不称"您"而叫"你"。

克洛德恭敬地回答:

"因为我有话要对您说,场长先生。"

"什么事?"

"关于阿尔班。"

"又是这件事!"场长说。

"总是这件事!"克洛德说。

"哼!"场长一边继续走一边说,"二十四小时的禁闭你还没有坐够吗?"

---

① 雅各·克莱芒(1567—1589)法国教士,天主教联盟成员,由于狂热地信奉旧教,刺死亨利三世并当场被杀。

克洛德仍旧跟着他，回答说："场长先生，把我的伙伴还给我吧。"

"不可能。"

"场长先生，"克洛德说，他的声音连魔鬼听了也会被感动的，"我恳求您，让阿尔班和我在一块吧。您会看到我将很好地干活。因为您是自由的，您不在乎，您不知道一个朋友意味着什么。但是，我，我只有监狱的四堵墙。您可以自由来去，而我只有阿尔班。把他还给我吧。您知道得很清楚，阿尔班养活我。您只要费心说一声行就可以了。一个叫克洛德·格的人和另一个叫阿尔班的人在同一个房间里，这对您有什么妨碍呢？事情不过如此，并不麻烦。场长先生，我的好狄先生，我真是求求您了，看老天的份上！"

克洛德可能从来都没有对看守一下子说这么多的话。费了这番唇舌之后，他精疲力竭地等待着。场长作了一个不耐烦的手势，说：

"不可能。这早已说过了。好吧，以后别再对我谈这件事了，你真令人讨厌。"

由于他忙着走，更加快了步伐。克洛德也加快了步伐。他们这样谈着，两人已经走到了出去的大门口。八十一个偷窃犯焦灼不安地看着他们，听着他们的谈话。

克洛德轻轻地抓住了场长的衣裾。

"但是至少我要知道我为什么被判处了死刑！告诉我为什么您要把我俩拆开？"

"我已经对你说过了，"场长回答，"因为……"

他扭转身子，背朝着克洛德，伸手去拔门上的插销。

听到场长的回答，克洛德后退了一步。像塑像般呆立在那儿的八十一个人看见他从裤子里抽出拿着斧子的右手。这只手举了起来。说来也可怕，场长连喊一声都来不及，三斧头都猛砍在同一个伤口上，把他的天灵盖劈开了。当他仰天跌倒的时候，第四下斧头砍着了他的面部。发作了的狂怒并不能一下子遏制住，克洛德·格随后又在他的右腿上砍了第五斧，其实这用不着了。场长已经死了。

这时，克洛德扔下斧子，叫道："现在轮到另一个了！"另一个，就是他自己。只见他从上衣里掏出他"妻子"的那把小剪刀，还没有一个人想起要去阻止他，他已经把剪刀扎入了自己的胸膛。可是刀刃短，胸膛深。他用剪刀在胸膛里长时间地搅动，连扎了二十多下，一面叫道：

"罪人的心啊，我怎么就找不到你了！"

最后，他浑身鲜血，晕倒在场长的尸体上面。

这两个人中，谁是谁的受害者呢？

当克洛德清醒过来时，已经躺在床上了。他盖着被单，裹着绷带，有人照料着他。在他床头有几个干慈善事业的修女，此外，还有一个正在记录的预审法官。法官很关心地问：

"你觉得怎么样？"

克洛德流了大量的血，但是他用来进行那疯狂而又感人的自杀的剪刀却并没有尽到责任，他被扎到的没有一下是危及生命的。只有在狄先生身上留下的伤口对他才是致命的。

审讯开始了。人们问他,是不是他杀害了克莱伏监狱的工场场长。他回答:"是我。"人们问他什么原因,他回答:"因为……"

但是,有一段时间,他的伤口恶化了,他发着高烧,差点因此而死去。

十一月、十二月、一月和二月在治疗和审讯准备工作中过去了。医生和法官们都在克洛德周围忙碌着。前者治愈他的伤口,后者则为他建造断头台。

细节我们略去不谈了。一八三二年三月十六日,他完全痊愈了,在特鲁瓦的刑事法庭上受审。全城所有能来的人全都来了。

在法庭上,克洛德态度很好。他细心地刮了胡子,头上没戴帽子,穿着克莱伏监狱的两种不同灰色相间的黯淡的囚衣。

皇室检察官事先在大厅里布满了手执刺刀的士兵。他对法庭上的听众们说:

"这是为了弹压那些为这案件出庭作证的恶棍们。"

在要进行审理的时候,发生了一个特殊的困难,因为目睹十一月四日事件的证人中没有一个愿意提出对克洛德不利的证词。庭长威胁说要对他们行使他的自由处理权,但也没有用。这时,克洛德便要求他们提出证词。他们这才开始说话,说出他们所看到的情况。

克洛德全神贯注地听着他们每个人的讲话。当他们中间某一个人,由于遗忘或是出于对克洛德的感情,略掉了一些应由被告承担责任的事实时,克洛德就加以补充。

随着一个又一个的作证,我们刚才叙述过的那一连串事实就展现在法庭面前了。

有一个时候,在法庭上的妇女们哭了起来。法庭的传达员传唤犯人阿尔班,现在轮到他来作证了。他抽泣着,蹒跚地走了进来,扑到克洛德的怀中,法警们也阻挡不住。克洛德扶住他,微笑着对皇室检察官说:

"这就是把自己的面包分给挨饿的人吃的一个恶棍。"

接着,他亲吻了阿尔班的手。

证人传唤完毕之后,检察官先生站了起来,说了下面这些话:

"各位陪审员先生,如果这次公诉不依法惩处像这个人一样身犯大罪的人,整个社会就要从根基上动摇了……"

在这段令人难以忘记的讲话之后,克洛德的辩护律师发言了。在这种类似跑马场的刑事诉讼中,正反两方面的辩护照例总是轮流表演一番。

克洛德认为言犹未尽。现在轮到他站了起来。他讲得这么好,使得每一个出席旁听的富有理解力的人都大为惊异。看上去,这个不幸的工人不像是一个杀人犯,倒像是一个演说家。他站在那儿,眼光明亮、诚实、坚定,差不多总是用同一的手势,但却充满着魅力。他讲得既生动又审慎。他实事求是,直言不讳,说话认真而简洁,既不加油添醋,也不斩头去尾。一切他都承认了。他勇敢地面对着刑法第二百九十六条①，不怕这条法律会要自己的脑袋。有时，他的雄辩使得人们为之激动，听众交头接耳地重复他刚说过的话。这时底下是一片窃窃私语声。克洛德便歇一口气，自豪地环视一下听众。有时，这个不识字的人，却像一个读书人，温文有礼，掌握分寸。有时，他又显得谦虚、认真、审慎、周详，在容易使人动火的那一部分辩论中，从容地一步步前进。他对法官们的态度则是客客气气的。只有一次，检察官在我们上面已经引用的那段话中说到场长并没有什么不好的举动和暴力行为，也就是没有进行过挑衅，因此他断言是克洛德·格谋杀了场长。这时，克洛德忍不住发怒了。

"什么？"克洛德叫了起来，"没人向我挑衅过？啊！是的，确实是这样，我懂得您的意思了。如果一个醉鬼打了我一拳，我把他杀了，那么这是别人向我挑衅，你们就会饶我的命，判我做苦工。但是一个没有喝醉、理智健全的人压在我的心上有四年之久了。这四年中，他侮辱我，每一天，每一小时，每一分钟，他都用针在料想不到的地方扎我！我曾经有过一个女人，为了她我偷了东西，他就用这个女人来折磨我；我有一个孩子，为了孩子我偷了东西，他就用这个孩子来折磨我；我吃不饱，一个朋友给了我面包，他夺走了我的朋友和面包。我向他要我的朋友，他却把我关进禁闭室。对这条看家狗，我称呼他为'您'，他却直叫我'你'。我对他说我感到痛苦，他却回答说我使他讨厌。那么，你们要我怎么办呢？我把他杀了。这事干得对。我是一个魔鬼，因为我杀了这个人，因为他没有向我挑衅。那你们砍我的头吧，砍吧！"

依我们看来，这些话说得好极了。以前存在一种有形的挑衅的观点，常被引为不相称的减刑的依据，现在，在这种观点上面，突然出现了一整套被法律所遗忘了的关于精神上的挑衅的理论。

审理结束时，庭长作了公正而又高超的概括。他得出的结论是：克洛德·格事实上是一个魔鬼，过的是一种见不得人的生活。他开始是和一个妓女过着同居的生活，然后他偷了东西，接着又杀了人。这一切都是事实。

在送陪审员到房间里去商量的时候，庭长问被告对于审讯还有什么意见。

"没什么，"克洛德说，"不过还有几句话要说一说。我是一个偷窃犯和杀人犯。我偷过东西，我杀了人。但是我为什么要偷窃？我为什么要杀人？陪审员先生们，请你们问问自己这两个问题吧。"

十二个被称为陪审员先生的香槟省人讨论了一刻钟，根据他们的意见，克洛德·格被判处死刑。

事实上，从审讯一开始，他们中的好些人就已注意到被告姓格②，这个姓已深印在他们脑中。

人们向克洛德宣读了判决书。克洛德说道："很好。但是这个人为什么偷了东西？

---

① 刑法第二百九十六条是关于预谋杀人罪的。
② 格是法文 gueux 的译音，意为乞丐、流浪汉。

这个人为什么要杀人？这两个问题却没有得到回答。"

他回到了监狱。吃晚饭时，他显得很愉快，说道："我毕竟已经活了三十六岁了！"

他不愿意上诉。曾经照料过他的一个修女含着眼泪来劝他。为了不伤她的心，他才上诉了。看来，直到最后一刻他还不想上诉，因为当他在法院书记室的登记册上签名上诉时，三天的法定期限已经超过几分钟。可怜的修女怀着感谢的心情给了他五个法郎。他谢谢她，把钱收下了。

在他的上诉没有批下来的这段时间里，特鲁瓦的所有犯人都热心地劝他越狱逃跑。他拒绝了。犯人们陆陆续续地把一根钉子、一截铁丝和一个桶上的柄从气窗中扔进他的牢房。对于像克洛德这样聪明的人来说，这三样东西中的一件就足以把镣铐锉断的。然而他却把桶柄、铁丝和钉子交给了看守。

事情已经过去七个月零四天了。一八三二年六月八日，赎罪的时刻终于来到了。正如人们所意识到的，尘世的日子到头了。这一天早上七点钟，法院的书记官走进克洛德的牢房，告诉他，他只有一个小时可以活了。上诉已经被驳回了。

"行啊。"克洛德毫不在乎地说，"昨天晚上我睡得很香，毫不怀疑下一夜我会睡得更好。"

凡是坚强的人在临死之前所说的话总是令人产生某种崇高的感觉。

神父来了，接着刽子手也来了。克洛德对神父很谦恭，对刽子手颇和气。他不吝惜自己的灵魂，也不吝惜自己的肉体。

他的精神一直是非常开朗的。当别人给他剪去头发的时候，有个人在牢房的一角谈起了当时正威胁着特鲁瓦的霍乱。

"至于我，"克洛德微笑着说，"我却不怕霍乱。"

另外，他十分注意地倾听神父的话，深深自责，后悔没有受过宗教的教诲。

在他的要求下，人们把他用来自杀的那把剪刀还给了他。剪刀缺了一边刀刃，因为那刀刃已经断在他的胸膛里了。他请看守代他把这把剪刀送给阿尔班；他还说他希望把自己这一天应得的一份口粮附在这份遗赠上。

他要求捆绑他双手的人把修女给他的那五法郎放在他右手里，这是他剩下来的唯一的东西了。

七点三刻，在一支由犯人组成的平凡而凄恻的队伍的伴送下，他走出了监狱。他走着，脸色苍白，眼光盯着神父拿着的有基督蒙难像的十字架，但他的步伐却是坚定的。

之所以选中这一天执行死刑，是因为这天是赶集的日子，这样就可以让尽可能多的人看到犯人赴刑场。看来在法国还有一些半开化的城镇，在那里，当社会要杀死一个人的时候，还要以此夸耀一番。

克洛德严肃地走上了断头台，眼睛始终盯着基督蒙难的十字架。他要吻教士，接着要吻刽子手，感谢前者，宽恕后者。有人说当时刽子手把他轻轻推开了。当行刑的助手把他绑到令人厌恶的断头机上时，他示意叫神父把他右手里的五法郎拿去，并对他说：

"给穷人吧。"

这时候,钟楼上时钟正敲八点,钟声盖过了他的声音,听忏悔的神父回答说听不见他的话。克洛德趁钟声的间隔时间,温和地重复说:

"给穷人吧。"

第八下钟还没有敲,这颗高贵而又聪明的头已经落地了。

当众处决何等有效!就在这一天,断头机还耸立在市场上的人们中间,血迹尚未洗去,这些人已经为了税率问题造起反来,差一点把一个税务局的职员杀死。你们这些法律造就了如此驯服的人民!

我们认为必须把克洛德的故事详细地叙述出来,因为照我们看来,如果有一本书专门解决十九世纪人民的巨大难题的话,这个故事的每一段都可以用来作为它每一章的引言。

"在他的值得一提的一生中,有两个主要的阶段:出事之前和出事之后。这两个阶段都分别提出了一个问题:一个是教育问题,一个是刑罚问题。而这两个问题则是和整个社会联在一起的。

事情很明白,这个人出身很好,体格健全,天资聪颖。那么他缺少了什么呢?你们好好想想吧。

巨大的难题在于比例:社会所给予人的东西应当和大自然所给予他的一样多。这个难题还有待于解决。可是一旦解决,世界就可以安定。

看看克洛德吧。毫无疑问,他头脑聪明,心地纯正。但是命运把他置于如此糟糕的一个社会里,他终于走上了偷窃的道路。社会又把他抛入如此糟糕的一个监狱里,他最后走上了杀人的道路。

谁是真正的罪犯?是他?还是我们?

这些问题是严重的,也是尖锐的。它们当前引起了一切明智的人的注意。只要我们还有头脑,它们就揪住我们的衣裾不放,并且总有一天,它们会在路上拦住我们,迫使我们正视这些问题,并且懂得这些问题对我们所提出的要求。

写这篇文章的人可能过一会儿试谈谈他对这些问题的理解。

当人们面对着这样的事实,想到这些问题向我们提出的方式,我们不禁怀疑,那些统治者到底在想些什么,他们是否并没有想到这一切。

议会每年都是异常忙碌。毫无疑问,削减闲职、紧缩预算是非常重要的。制订一些法律,以便让我化装成士兵,以爱国者的姿态在我不认识也不愿意认识的洛博伯爵先生的大门口站岗,或者迫使我按照那个当了我的上司的杂货商的愿望,在马里尼广场上操练,这也是非常重要的[①]。

[①] 当然,我们在这儿并不打算抨击城市巡逻队,它对于保卫街道和门户还是有用的;我们这里抨击的,仅仅是那些检阅、军帽上花俏的装饰、虚荣和军队的喧嚷,这都是些可笑的事情,充其量也只是把市民们变成士兵的拙劣的模拟品。——原注。

对于议员和部长们来说,重要的是在那些毫无结果的争论中,把国内所有的头脑都搞得疲惫不堪,把所有的事情都搅得一团糟。我们还可以举一个例子,他们控告十九世纪的艺术,提出一大堆问题,大吵大嚷,连他们自己也不知道在说些什么,而这个伟大、严肃的被告根本不屑去回答他们,它做得很对。在议会里,当权者和立法者可以很方便地在例行的讨论会上消磨时间,但是对于这些会,连郊区小学的教师也耸耸肩膀表示轻蔑。值得指出的是,正是现代戏剧在宣扬乱伦、通奸、弑君、杀婴和毒杀等事情,由此也可表明人们并不通晓《费德尔》、《诺卡斯特》、《哀狄普》、《梅德》和《罗多居纳》。① 还有一件免不了的事,就是这个国家的政治演说家们,连续三天,为了预算,为了拥护高乃衣和拉辛,为了反对不知道的一个什么人,而真刀实枪地打起来,并且利用这个涉及文学的机会,争先恐后地去抓别人法语上的严重错误直到不可开交。

这一切都是重要的。但是我们认为这里还有更重要的事情。

在这些使内阁和反对派互相攻讦的毫无意义的争吵中,如果有一个人突然站起来——是从议席上还是从公共讲台上站起来,那并没有什么关系——说了下面这席严肃的话,那时议会将说些什么呢?

"闭嘴吧,不管你们是谁,凡是在这儿发言的人,闭嘴吧!你们自以为找到了问题的症结所在,其实不然。问题嘛,下面就是。刚刚一年以前,法庭在巴米埃用小刀把一个男人切成了碎块;在第戎,它又刚砍下了一个女人的脑袋;在巴黎的圣·雅克栅栏,法庭执行了一批前所未有的死刑。这就是问题所在。你们还是关心一下这问题吧。至于国民自卫军的纽扣应当是白的还是黄的,'肯定'这个字眼是否比'确定'更好一些,你们留着以后再去吵个明白吧。"

"坐在中间及两边议席上的先生们,大部分的人民正在受苦。不管你们称他们是共和国的人民也好,是君主国的人民也好,人民在受苦。这是一个事实。"

"人民在挨饿,人民在受冻。苦难迫使他走向邪路,男人们犯罪,女人们堕落。可怜可怜这些人民吧。监狱夺走了他们的儿子,妓院又夺去了他们的女儿。你们的苦役犯太多了,你们的妓女太多了。这两个溃疡说明了什么呢?说明社会这个组织的血液里已患了病。你们现在就在病人的床头会诊;治疗这个疾病吧。"

"对这个病,你们治疗得很糟糕。应当更好地研究病情。你们所制订的法律,当你们制订的时候,就是下策,只能起到暂时缓解病情的作用。你们的法典,一半是陈规旧习,一半是经验主义。烙刑是只能使伤口坏死的烧灼法,是一种荒谬的刑罚,使犯罪者终身带着罪行的烙印,无法自拔,使得罪人与罪恶成了朋友和同伴,再也不能分开了!徒刑好比是一种荒诞可笑的发疹药,它所吸出来的毒血会被重新吸收,使得病情更加恶化。死刑则好比是一种残酷的切除术。"

"但是,烙刑、徒刑和死刑这三者是互相依存的。你们已经取消了烙刑,如果你们是

---

① 这儿提到的《费德尔》、《哀狄普》等都是法国十七世纪古典主义悲剧作家高乃衣(1606—1684)和拉辛(1639—1699)的名著,这些剧本暴露、抨击了乱伦、通奸、弑君、杀婴等罪行。

合乎逻辑的话,就把其余的也取消吧。烙铁、铁球①和断头刀,这是三断论的三个组成部分。你们已经拿掉了烙铁,铁球和断头刀就再也没有什么意义了,法利纳斯②的法律是残酷的,但是并不像今天的法律这样荒诞可笑。"

"为我拆毁犯罪和刑罚组成的系统吧,它已经陈腐不堪,摇摇欲坠。重起炉灶吧。应当改变刑罚,重订法典,改造监狱,撤换法官,使法律能够符合风俗习惯。"

"先生们,法国每年砍的头太多了。既然你们要节约,就在这上面节约吧。既然你们对取消这么感兴趣,就把刽子手取消吧。用八十个刽子手的薪俸,你们可以支付六百个小学教师的工资。"

"想想人民的大多数吧。为孩子们办起学校,为男人们开设工厂。你们是否知道,法国是识字的人最少的一个欧洲国家!怎么!瑞士人识字,比利时人识字,丹麦人识字,希腊人识字,爱尔兰人识字,而法国人却不识字?这是一种耻辱。"

"请到监狱去,把所有的囚犯叫到你们身边,一个个地查看所有这些被人类的法律所定罪的人吧。从侧面打量这些人的轮廓,摸摸他们的脑袋,这些堕落的人都带有一种内在的野性,他们中间的每个人似乎都是某一种野兽和人的混合。有的是山猫,有的是猫,有的是猴子,有的是秃鹫,有的是鬣狗。对于这些可怜的有缺陷的人,毫无疑问,首先应当归罪于自然,其次便是教育。自然把雏型搞坏了,教育又没有把雏型修好。请你们把注意力转到这方面来,给人民以良好的教育。应当尽一切努力启发这些不幸的人的头脑,使里面蕴藏着的智慧得以发展。各个民族的头脑是好是坏,取决于他们所受到的教育。罗马和希腊就有着高度发达的头脑。尽可能地使人民的眼界开阔起来吧。"

"当法国人识了字以后,不要让这种你们使之发展了的智慧放任自流。否则就会产生另一种混乱。无知比邪恶的知识强。不能放任自流。请你们记住,有一本书,比《马蒂厄教父》③更富于哲理,比《立宪报》更受读者欢迎,比一八三零年的宪章更能久传;这就是《圣经》。这儿作一点解释。"

"不管你们干什么,大部分人的命运相对来说总是比较贫穷、不幸和悲惨的。他们干着艰苦的工作,有重担,要推、要拉、要背。看看这架天平吧:富人的盘子里全是享乐,穷人的盘子里全是苦难。这两部分难道不是不平等的吗?难道这架天平不应该倾倒,而且随之改变这种状况吗?现在,请你们在穷人的命运里,在苦难的盘子中,加进美好的前途,加进对于永恒的幸福的向往,加进天堂,这是多么美好的平衡锤啊!你们将重新恢复平衡。穷人那部分将和富人的一样充裕。耶稣就是这么认为的,在这点上,他比伏尔泰要知道得多。"

"对于那些在工作和受苦的人民来说,这个世界是不好的。应当使这些人民对于他们将来更美好的世界抱有信心。他们将会平静,将会耐下心来。耐心是从希望中产

---

① 铁球为十八世纪时,法国监狱里用来拴在被判了徒刑的犯人腿上的刑具。
② 法利纳斯(1554—1618),意大利的酷吏和法学。
③ 《马蒂厄教父》是杜洛朗写的一部讽刺天主教会的哲理小说。

生的。"

"在所有的村庄里传播福音吧,每家农户要有一本《圣经》。希望每一本书和每一块田野共同产生出一个道德高尚的劳动者。"

"人民的头脑,这就是问题所在。这个头脑充满了有用的萌芽。你们要运用最光辉、最温柔的美德使它成熟起来并结出硕果。在大道上杀人的人,如果加以更好地指引,本来是可以成为最杰出的公仆的。对于人民的脑袋,要培植、开发、灌溉、繁殖,要加以启发、教诲和使用;你们不需要砍掉它。"

(程晓岗 译)

赏 析

雨果是法国最伟大的诗人和小说家之一。他的小说精彩动人,雄浑有力,以五光十色、气势雄伟的画面见长,为浪漫主义小说开辟了广阔的天地。雨果的创作对后来的作家产生了不小的影响。1834年发表的中篇小说《克洛德·格》是雨果一部重要作品。

《克洛德·格》是雨果三十年代根据真人真事写出的短篇,叙述了贫穷的克洛德通过自我牺牲完成对国家监狱体系和法律制度体系认知的故事。工人克洛德·格失业后,为了妻儿去偷面包,被捕下狱。在狱中由于他的真诚、直爽和才干,博得了周围人的尊敬。然而典狱长却对他不断迫害,克洛德在忍无可忍的情况下杀死了典狱长。我们用美国新修辞学家博克的"认同"说理论来解读,可以得出这样的结论:克洛德的自我牺牲是对自我身份的确认和认同,是一个对人的生存状况探索和思考的过程,其象征意义是久远的。这实际上也是雨果对人的社会生存环境所作的人文思考。在这里作者要通过一个故事来提出一个社会问题的意图远胜于他对艺术形式的关注,他只选择了主人公生活中的几个场面加以集中的描写,表现这个工人善良的本性和高深的心地,以此说明是资本主义社会逼人犯罪。

写作手法上,作者采用了在直接叙述中发表大段议论,直接指出克洛德·格的悲剧的社会原因,对资本主义的社会法律的不公正进行批判。虽然雨果为此开出的药方是改良主义的,但他对那个社会的指责却义正词严,雄辩有力。

法尼娜·法尼尼

——教皇治下发现的烧炭党人末次会议详情

〔法国〕司汤达

司汤达（1783—1842），本名亨利·贝利，法国19世纪杰出的批判现实主义家。他的一生并不长，不到60年，而且他在文学上起步很晚，三十几岁才开始发表作品。然而，他却给人类留下了巨大的精神遗产：数部长篇，数十个短篇或故事，数百万字的文论、随笔和散文，游记。他的长篇代表作《红与黑》，传世100多年，魅力分毫未减。然而，他的短篇小说也写得十分精彩。其代表作《法尼娜·法尼尼》《艾蕾》（直译为《卡斯特罗修道院长》）等，写得生动传神，脍炙人口，堪称世界短篇小说花园里的奇葩。它们与梅里美的《马特奥·法尔戈纳》《塔芒戈》巴尔扎克的《戈布塞克》一起，标志着法国短篇小说创作的成熟。

司汤达的创作以其进步的倾向，对社会和风俗精确的艺术再现以及出色的心理描写著称。司汤达的心理描写在内容层次上分为社会和爱情心理两个层次，描写时代的普遍心理状况和精神面貌，细致分析爱情心理的微妙变化和发展进程。他对人物内心紧张的表现已具有现代意识的特征。为此，他被称为"现代小说之父"。由于他的心理意识所表现的"现代性"，使他至今在世界各国仍拥有广泛读者。

这是1827年春天的一个夜晚。罗马全城轰动：著名的银行家B公爵，在威尼斯广场他的新邸举行舞会。为了装潢府邸，凡是意大利的艺术、巴黎和伦敦所能生产的最名贵的奢华物品，全用上了。人人抢着赴会。高贵的英吉利的金黄头发而又谨饬的美人们，千方百计以获得参加舞会为荣。她们来了许多。罗马的最标致的妇女跟她们在比美。一个少女由她父亲陪伴着进来，她的亮晶晶的眼睛和黑黑的头发说明她是罗马人。人们的视线全集中到她身上。她的一举一动都显示出一种罕见的骄傲。

可以看出，舞会的华贵震惊了前来赴会的外国人。他们说："欧洲任何国王的庆典都赶不上它。"

国王们没有罗马式的宫殿，而且只能邀请宫廷的命妇。B公爵却专约漂亮的妇女。这一夜晚，他在邀请妇女上是成功的，使得男人们几乎眼花缭乱了。值得注目的妇女是那样多，要就中决定谁最美丽可就成为问题了。选择一时决定不下来。最后，法尼娜·法尼尼郡主，那个头发乌黑、目光明亮的少女，被宣布为舞会的皇后。马上，外国和罗马的年轻男子，离开了所有别的客厅，聚到她待着的客厅里。

她的父亲堂·阿斯德卢巴勒·法尼尼爵爷，要她先陪两三位德意志王公跳舞。随后，她接受了几个非常漂亮、非常高贵的英吉利人的邀请。可是她讨厌他们的虚架子。年轻的里维欧·萨外里似乎很爱她，她仿佛也更喜欢折磨他。他是罗马最头角峥嵘的年轻人，而且也是一位爵爷。不过，谁要是给他一本小说读，他读上20页就会把书丢掉，说看书让他头疼。在法尼娜看来，这是一个缺点。

将近半夜的时候，一个新闻传遍舞会，相当耸动。一个关在圣·安吉城堡的年轻烧炭党人，在当天夜晚化装逃走了，当他遇到监狱最后的守卫队，他竟像传奇人物一样胆大包天，拿一把匕首袭击警卫。不过他自己也受了伤，警卫正沿着他的血迹在街上追捕。人们希望把他捉回来。

就在大家讲述这件事的时候，堂·里维欧·萨外里正好同法尼娜跳完舞。他醉心于她的风姿和她的胜利，差不多爱她爱疯了，送她回到她原来待着的地方，对她道："可是，请问，到底谁能够得到你的欢心呢？"法尼娜回答他道："方才逃掉的那个年轻烧炭党人。至少他不是光到人世走走就算了，他多少做了点事。"

堂·阿斯德卢巴勒爵爷来到女儿跟前。这是一个20来年没有同他的管家结过帐的阔人。管家拿爵爷自己的收入借给爵爷，利息很高。你要是在街上遇见他，会把他当作一个年老的戏子，不会注意到他手上戴着五六只镶着巨大钻石的戒指。他的两个儿子做了耶稣会教士，随后都发疯死掉。他也把他们忘了。但是，他的独养女法尼娜不想出嫁，使他不开心。她已经19岁，拒绝了好些最显赫的配偶。她的理由是什么？和西拉①退位的理由相同：看不起罗马人。

舞会的第二天，法尼娜注意到她的一贯粗心大意、从不高兴带过一次钥匙的父亲，正小心翼翼关好一座小楼梯的门。这楼梯通到府里四楼的房间。房间的窗户面向点缀着橘树的平台。法尼娜出去做了几次拜访，回来的时候，府里正忙着过节装灯，把大门阻塞住了，马车只好绕到后院进来。法尼娜往高里一望，惊讶起来了，原来她父亲小心在意关好了的四楼的房间，有一个窗户打开了。她打发走她的伴娘，上到府里顶楼，找来找去，找到一个有栅栏的小窗户，开向点缀着橘树的平台。她先前注意到的开着窗户离她两步远。不用说，这屋子住了人。可是，住了谁？第二天，法尼娜想法子弄到一把开向点缀着橘树的平台的小门的钥匙。

窗户还开着。她悄悄溜了过去，躲在一扇百叶窗后面。屋子靠里有一张床，有人躺在床上。她的第一个动作是退回来。可是她瞥见一件女人袍子，搭在一张椅子上。她仔细端详床上的人，看见这个人是金黄头发，样子很年轻。她断定这是一个女人。搭在椅子上的袍子沾着血。一双女人鞋放在桌子上，鞋上也有血。不相识的女人动了动。法尼娜注意到她受了伤，一大块染着血点子的布盖住她的胸脯，这块布只用几条带子拴住。

---

① 西拉（公元前136—公元前78年），罗马共和国的独裁者，在他得势的末年（公元前79年）忽然宣布退位。退位的理由成了一个隐谜。本文所举的退位理由只是一种推测。

那布这样捆扎,一看就知道不是一个外科医生干的。法尼娜注意到,每天将近四点钟,父亲就把自己锁在自己的房间里,然后去看望不相识的女人,不久他又下来,乘马车到维太莱斯基伯爵夫人府去。他一出去,法尼娜就上到小平台,她从这里可以望见不相识的女人。她对这个十分不幸的年轻女人起了深深的同情。她很想知道她的遭遇。搭在椅子上的沾着血的袍子,像是被刺刀戳破的。法尼娜数得出戳破的地方。有一天,她更清楚地看见不相识的女人:她的蓝眼睛盯着天看,好像在祷告。

不久,眼泪充满了她美丽的眼睛。年轻的郡主眼巴巴直想同她说话。第二天,法尼娜大起胆子,在她父亲来以前,先藏在小平台上。她看见堂·阿斯德卢巴勒走进不相识的女人的屋子。他提着一个小篮子,里头装着一些吃的东西。爵爷神情不安,没有说多少话。他说话的声音低极了,虽说落地窗开着,法尼娜却听不见。没有多久他就走了。

法尼娜心想:"这可怜的女人一定有着一些很可怕的仇人,使得我父亲那样无忧无虑的性格,也不敢凭信别人,宁愿每天不辞辛苦,上120级楼梯。"

一天黄昏,法尼娜拿头轻轻伸向不相识的女人的窗户,她遇见了她的眼睛:全败露了。

法尼娜跪下来,嚷道:"我喜欢你,我一定对你忠实。"

不相识的女人做手势叫她进去。

法尼娜嚷道:"你一定要多多原谅我。我的胡闹和好奇一定得罪了你!我对你发誓保守秘密。你要是认为必要的话,我就决不再来了。"

不相识的女人道:"谁看见你会不高兴?你住在府里吗?"

法尼娜回答道:"那还用说。不过我看,你不认识我。我是法尼娜,堂·阿斯德卢巴勒的女儿。"

不相识的女人惊奇地望着她,脸红得厉害。她随后说道:"希望你肯每天来看我。不过,我希望爵爷不晓得你来。"

法尼娜的心在怦怦地跳。她觉得不相识的女人的态度非常高尚。这可怜的年轻女人,不用说,得罪了什么有权有势的人,或许一时妒忌,杀了她的情人?她的不幸,在法尼娜看来,不可能出于一种寻常的原因。不相识的女人对她说:她肩膀上有一个伤口,一直伤到胸脯,使她很痛苦,她常常发现自己一嘴的血。

法尼娜嚷道:"那你怎么不请外科医生?"

不相识的女人道:"你知道,在罗马,外科医生看病,必须一一向警察厅详细报告。你看见的,爵爷宁可亲自拿布绑扎我的伤口。"

不相识的女人神气委婉温柔,对自己的遭遇没有一句哀怜的话。法尼娜爱她简直发狂了。不过,有一件事很使年轻的郡主奇怪:在这明明是极严肃的谈话之中,不相识的女人费了大劲才抑制住一种骤然想笑的欲望。

法尼娜问她道:"我要是知道你的名字,我就快乐了。"

"人家叫我克莱芒婷。"

"好啊！亲爱的克莱芒婷，明天五点钟,我再来看你。"

第二天,法尼娜发现她的新朋友情形很坏。法尼娜吻着她道:"我想带一个外科医生来看你。"

不相识的女人道:"我宁可死了,也不要外科医生看。难道我想连累我的恩人不成?"

法尼娜连忙道:"罗马总督萨外里·喀唐萨拉大人的外科医生,是我们的一个听差的儿子。他对我们很忠心。由于他的地位,他谁也不怕。我父亲对他的忠心没有足够认识。我叫人找他来。"

不相识的女人嚷道:"我不要外科医生！来看我吧。要是上帝一定要召我去的话,死在你的怀里就是我的幸福。"

她的急切倒把法尼娜吓住了。

第二天,不相识的女人情形更坏了。法尼娜离开她的时候道:"你要是爱我,你就看外科医生。"

"要是医生一来,我的幸福就会完啦。"

法尼娜接下去道:"我一定打发人去找他来。"

不相识的女人什么话也没有说,留住她,拿起她的手吻了又吻,眼里汪着一包泪水。许久,她才放下法尼娜的手,以毅然就死的神情,向她道:"我有一句实话对你讲。前天,我说我叫克莱芒婷,那是撒谎。我是一个不幸的烧炭党人……"

法尼娜大惊之下,往后一推椅子,站了起来。

烧炭党人继续说道:"我觉得,我一讲实话,我就会失去唯一使我依恋于生命的幸福。但是,我不应该欺骗你。我叫彼耶特卢·米西芮里,19岁,父亲是圣·盎其洛·因·伐图的一个默默无闻的外科医生,我哪,是烧炭党人。官方破获了我们的集会。我被戴上锁链,从洛马涅①解到罗马,关在白天黑夜都靠一盏油灯照明的地牢里,过了13个月。一个善心的人想救我出去,把我装扮成一个女人。我出了监狱,走过末道门的警卫室。听见有一个卫兵在咒骂烧炭党人,我打了他一巴掌,我告诉你,我打他并不是炫耀自己胆大,仅仅是一时走神罢了。惹祸以后,一路上被人追捕,我让刺刀刺伤,已经精疲力竭了,最后逃到一家大门还开着的人家的楼上,听见后面卫兵也追了上来,我就跳进一个花园,跌在离一个正在散步的女人几步远的地方。"

法尼娜道:"维太莱斯基伯爵夫人！我父亲的朋友。"

米西芮里喊道:"什么！她说给你听啦！不管怎么样,这位夫人把我救了。她的名字应当永远不讲出来才是。正当卫兵来到她家捉我的时候,你父亲让我坐着他的马车,把我带了出来。我觉得我的情形很坏:好几天了,肩膀挨的这一刺刀,让我不能呼吸。我快死了。我挺难过,因为我将再也看不见你了。"

法尼娜不耐烦地听过以后,很快就走出去了。米西芮里在她那美丽的眼睛里看不出

---

① 洛马涅,古时意大利北部一个省区。

一点点怜悯,有的也只是那种自尊心受到伤害的表情。

夜晚,一个外科医生出现了;只他一个人。米西芮里绝望了,他害怕他再也看不到法尼娜。他问外科医生,医生只是给他输血,不回答他的问话。一连几天,都这样渺无声息。彼耶特卢的眼睛不离开平台的窗户,法尼娜过去就是从这里进来的。他很难过。有一回,将近半夜了,他相信觉察到有人在平台的阴影里面。是法尼娜吗?

法尼娜夜夜都来,脸庞贴住年轻烧炭党人的窗玻璃。

她对自己说:"我要是同他说话,我就毁啦!不,说什么我也不应当再和他见面!"

主意打定了,可是她不由自己地想起,在她糊里糊涂地把他当作女人的时候,她已经爱上了他。在那样亲亲热热了一场之后,难道必须把他忘掉?在她头脑最清醒的时候,法尼娜发现自己来回改变想法,不禁害怕起来。自从米西芮里说出他的真实名姓以后,她习惯于思索每一件事,全像蒙上了一层纱幕,隐隐约约只在远处出现。

一个星期还没有过完,法尼娜面色苍白,颤颤索索地同外科医生走进年轻烧炭党人的屋子。她来告诉他,一定要劝爵爷换一个听差替他来。她待了不到十分钟。但是,过了几天,出于慈心,她又随外科医生来了一回。一天黄昏,虽说米西芮里已经转好,法尼娜不再有为他的性命担忧的借口,她却大着胆子一个人走了进来。米西芮里看见她,真是喜出望外。

但是,他想隐瞒他的爱情,尤其是,他不愿意抛弃一个男子应有的尊严。法尼娜走进他的屋子,涨红了脸,深怕听到爱情的话。然而他接待她用的高贵、忠诚而又并不怎么亲热的友谊,却使她惶惑不安。她走的时候,他也没有试着留她。

过了几天,她又来了,看到的是同样的态度,同样尊敬忠诚与感激不尽的表示。用不到约制年轻烧炭党人的热情,法尼娜反问自己:是不是她自己一个人在单相思。年轻的姑娘一向傲气十足,如今才痛心地感到自己的痴情发展到了何等地步。她故意装出快活、甚至于冷淡的模样。来的次数少了。但是还不能断然停止看望年轻的病人。

米西芮里热烈地爱着。但是,想到他低微的出身和他的责任,决心要法尼娜连着一星期不来看他,他才肯吐露他的爱情。年轻郡主的自尊心正在步步挣扎。最后她对自己道:"好啊!我去看他,是为了我、为了自己开心,说什么我也不会同他讲起他在我心里引起的感情。"于是她又来看米西芮里,而且一待就许久。但是他同她谈话的神情即使有20个人在场也无伤大雅。有一天,她整整一天恨他,决定对他比平时还要冷淡,还要严厉,临到黄昏,却告诉他她爱他。没有多久,她也就做不出什么事来拒绝他了。

法尼娜很痴情,必须承认,法尼娜非常幸福。米西芮里不再想到他自以为应该保持的男子的尊严了。由于"激情、爱"而生的种种思虑,使他不安到了这种程度:他对这位傲气冲天的年轻郡主讲起他用过的要她爱他的手段。他的过度的幸福使她惊讶。四个月很快就过去了。有一天,外科医生允许他的病人自由行动。米西芮里寻思:我怎么办?在罗马最美的美人的家里藏下去?那样混帐的统治者,把我在监狱里头关了13个月,不许我看见白昼的亮光,还以为摧毁了我的勇气!意大利,你真太不幸了,要是你的子女为了一点点小事就把你丢了的话!

  法尼娜相信彼耶特卢的最大幸福是永远同她在一起待下去。他像是太快乐了。但是波拿巴①将军有一句话,在年轻人的灵魂里面,引起痛苦的反应,影响他对妇女的全部态度。1796年,波拿巴将军离开布里西亚,陪他到城门口的市府官吏对他说:"布里西亚人爱自由,远在其他所有意大利人之上。"他回答道:"是的,他们爱同他们的情妇谈自由。"

  米西芮里模样相当拘束,向法尼娜道:"天一黑,我就得出去。"

  "千万留意,天亮以前回到府里,我等你。"

  "天亮的时候,我离开罗马有好几里地了。"

  法尼娜不动感情地道:"很好,你到哪儿去?"

  "到洛马涅,报仇去。"

  法尼娜露出最平静的模样,接下去道:"我阔,我希望你接受我送的军火和银钱。"

  米西芮里不改神色,望了她一时,随后,他投到她的怀里,向她道:

  "我的命根子,你什么也让我忘掉,连我的责任也忘掉。不过,你的心灵越高贵,你越应当了解我才是。"

  法尼娜哭了许久。他们讲定,他推迟到后天才离开罗马。

  第二天她向他道:"彼耶特卢,你常常对我讲起,假如奥地利有一天卷入一场离我们老远的大战的话,一位有名望的人,例如,一位拿得出大批银钱的罗马爵爷,就可以为自由做出最大的贡献。"

  彼耶特卢诧异道:"那还用说。"

  "好啊!你有胆量,你缺的只是一个高贵的地位。我嫁给你,带20万法郎的年息给你。我负责取得我父亲的同意。"

  彼耶特卢扑通跪了下去。法尼娜心花怒放了。他向她道:"我热爱你。不过,我是祖国的一个可怜的仆人。意大利越是不幸,我越应当对它忠心到底。要取得堂·阿斯德卢巴勒的同意,就得好几年扮演一个可怜的角色。法尼娜,我拒绝你。"

  米西芮里急于拿这话约束自己。他的勇气眼看就要丧失了。他嚷道:"我的不幸就是我爱你比爱性命还厉害,就是离开罗马对我最大的刑罚。啊!意大利从野蛮人手里早就解放出来该多好啊!我跟你一起搭船到美洲过活,该多快活啊!"

  法尼娜心冷了。拒绝和她结婚的话激起她的傲气。但是,不久,她就投到米西芮里的怀里。她嚷道:

  "我觉得你从来没有这样可爱过。是的,我的乡下的小外科医生,我永远是你的了。你是一个伟大人物,就和我们古代的罗马人一样。"

  所有关于未来的想法、所有理性的伤心的启示,全无踪无影了;这是一刻完美无缺的

---

  ① 即拿破仑一世。

爱情。等他们头脑清醒过来以后，法尼娜道：

"你一到洛马涅，我差不多也就来了。我让医生劝我到波赖塔浴泉去。靠近佛尔里，我们在圣·尼考洛有一座别墅，我在别墅住下来……"

米西芮里喊道："在那边，我跟你一起过一辈子！"

法尼娜叹了一口气，接下去道："从今以后，我命里注定要无所不为。为了你，我要毁掉自己，不过，管它哪……你将来能爱一个声名扫地的姑娘吗？"

米西芮里道："你不是我的女人、一个我永远膜拜的女人吗？我知道怎么样爱你，保护你。"

法尼娜必须到社会上走动走动。她才一离开，米西芮里就开始感觉他的行为不近情理。他向自己道："'祖国'是什么？不就像一个人一样，一个人对我们有过恩，我们就应当感恩图报，万一他遭到不幸，我们并不感恩图报，他就可能咒骂我们。祖国与自由，就像我穿的外套，对我是一件有用的东西。我父亲没有遗留给我，不错，我就应当买一件。我爱祖国与自由，因为这两件东西对我有用。要是我拿到手不懂得用，要是它们对我就像八月天的一件外套一样，买过来有什么用，何况价钱又特别高？法尼娜长得那样美！她有一种非凡的天资！人家一定要想法子得她的欢心的，她会忘记我的。谁见过女人从来只有一个情人？作为公民，我看不起这些罗马爵爷，可是他们比我方便得多了！他们一定是很可爱的！啊！我要是走的话，她就忘记我了，我就永远失掉她了。"

半夜，法尼娜来看他。他告诉她，他方才怎样犹疑不决，怎样因为爱她，研究过祖国这伟大的字眼。法尼娜很快乐。她心想："要是必须在祖国和我之间决然有所选择的话，他会选我的。"

附近教堂的钟在敲3点，最后分别的时间到了。彼耶特卢挣出女朋友的怀抱。他已经走下小楼梯了，只见法尼娜忍住眼泪，向他微笑道："要是一个可怜的乡下女人照料你一场，你不做一点什么谢谢她吗？你不想法子报答报答她吗？你此去前途茫茫，吉凶未卜，你是要到你的仇人中间去旅行呀。就算谢我这个可怜的女人，给我3天吧，算你报答我的照料。"

米西芮里留下了。3天之后，他终于离开了罗马。仰仗一张从一家外国大使馆买到的护照，他到了他的家乡。大家喜出望外，因为全以为他已经死了。朋友们打算杀一两个宪兵，表示欢迎庆祝。

米西芮里道："没有必要，我们不杀一个懂得放枪的意大利人。我们的祖国不是一座岛，像幸运的英吉利。我们缺乏兵士抵抗欧洲帝王的干涉。"

过了些时候，宪兵们四面搜捕米西芮里，他用法尼娜送给他的手枪杀死了两个。官方悬赏捉拿他。

法尼娜没有在洛马涅出现。米西芮里以为她忘了自己。他的虚荣心受了伤。他开始想到他和他的情妇之间地位上的悬殊。一想起过去的幸福，他又心软了，直想回罗马看看法尼娜在做什么。这种疯狂的念头眼看就要战胜他所谓的责任了，忽然有一天黄昏,山上一座教堂怪声怪调地传出晚祷的钟声,就像敲钟的人心不在焉的样子。这是烧炭党组织集会的一种信号。米西芮里一到洛马涅,就和烧炭党组织有了联系。当天夜晚,大家在树林里的一座道庵聚会。两位隐修士让鸦片麻醉住,昏昏沉沉,一点也意识不出他们的小房子在派什么用场。米西芮里闷闷不乐地来了。在集会上他得知首领被捕,而他——一个不到20岁的年轻人,被推为首领。在这个组织里,有的成员50多岁,从1815年缪拉①远征以来就入党了。得到这意想不到的荣誉,彼耶特卢觉得他的心在跳。剩下他一个人的时候,他决定不再思念那忘了他的罗马姑娘,把他的思想全部献给"从野蛮人手里解放意大利"②的责任。

作为首领,大家一有关于当地人员来往的报告,就送给米西芮里看。集会以后两天,他从报告上看到法尼娜郡主新近来到她的圣·尼考洛的别墅。读到这名字,他心里的骚乱要比快乐大。他拿定主意当天黄昏不到圣·尼考洛别墅去,以为这就保证了他对祖国的忠心。他疏远法尼娜。但是,她的形象妨碍他按部就班地完成他的任务。第二天他见到了她。她像在罗马一样爱他。她父亲要她结婚,延迟了她的行期。她带来两千金币。这意想不到的捐助,大大提高了米西芮里在新职位上的声望。他们在考尔夫定做了一些刺刀;他们收买下奉命搜捕烧炭党人的教皇大使的亲信秘书,这样,他们把给政府做奸细的堂长的名单也弄到了手。

就是在这时期,在多灾多难的意大利,一个最不轻率的密谋计划完成了。我这里不详细叙述,详细叙述在这里也不相宜。我说一句话就够了:起义要是成功了,大部分的荣誉要属于米西芮里。在他的领导之下,只要信号一发,几千起义者就会起来,举起武器,等候上级领导来。然而事情永远是这样子,决定性的时刻到了,由于首领被捕,密谋成了画饼。

法尼娜一到洛马涅,就看出对祖国的爱已经让他的情人忘掉还有别的爱。罗马姑娘的傲气被激起来了,她试着说服自己,无济于事。她心里充满了郁郁不欢:她发现自己在咒骂自由。直到现在为止,她的骄傲还能够控制她的痛苦。但是,有一天,她到佛尔里看望米西芮里,再也控制不住了。她向他道:

"说实话,你就像一个做丈夫的那样爱我,我指望的可不是这个。"

不久,她的眼泪也流下来了。但是,她流泪是由于惭愧,因为她居然自贬身价,责备起他来了。米西芮里心烦意乱地看着她流泪。法尼娜忽然起了离开他、回罗马的心思。她责备自己方才说话软弱,她感到一种残酷的喜悦。静默了没有多久,她下了决心:要是她不离开米西芮里的话,她觉得自己会配不上他。等他在身边找她不到,陷入痛苦和惊慌的时候,她才高兴。没有多久,想到她为这人做了许多荒唐事还不能够取得他的欢心,她难过极了。于是她打破静默,用一切心力,想听到他一句谈情说爱的话。他神不守舍地同她说了一些很温存的话。但是,只有谈起他的政治任务,他的声调才显出深厚的感

---

① 缪拉(1767—1815),拿破仑的妹夫,在那不勒斯当国王,烧炭党就是为了反对他的统治而开始组织的。
② 原注:"这是佩塔尔克在1350年讲的话……"

情。他痛苦地喊道：

"啊！这件事要是不成功，再被政府破获的话，我就离开党不干了。"

法尼娜一动不动地听着。一小时以来，她觉得她是最后一回看见她的情人。他这话就像一道不幸的光，照亮了她的思路。她向自己道："烧炭党人收了我几千金币。他们不会疑心我对密谋不忠心的。"

法尼娜停住幻想，只为向彼耶特卢说：

"你愿意到圣·尼可洛别墅和我过24小时吗？你们今天黄昏的会议用不着你出席。明天早晨，在圣·尼考洛，我们可以散散步，这会让你安静下来；遇到这些重大的情况，你需要冷静的。"

彼耶特卢同意了。

法尼娜离开他，做旅行的准备，和往常一样，把他锁在藏他的小屋子里头。

她有一个使女，结了婚，离开她，在佛尔里做小生意。她跑到这女人家，在她屋子里面找到一本祷告书，在边缘连忙写下烧炭党人当天夜晚集会的准确地点。她用这句话结束她的告密："这个组织是由十九个党员组成的，这里是他们的姓名和住址。"这张名单很正确，只有米西芮里的名字被删去了。她写完名单，对她信得过的女人道：

"把这本书送给教皇大使红衣主教，请他念一下写的东西，再把书还你。这里是十个金币。教皇大使要是说起你的名字，你就死定了。不过，我方才写的东西，你给教皇大使一念，你就救了我的性命。"

一切进行圆满。教皇大使由于畏惧，做事一点也没有大贵人的气派。他允许求见的民妇在他面前出现，不过要戴面具，而且还得把手捆起来。做生意的女人就在这种情形下，被带到大人物面前；她发现他缩在一张铺着绿毯子的大桌子后头。

教皇大使唯恐吸进了容易感染的毒药，把祷告书捧得远远的。他读过那一页，就把书还给做生意的女人，也没有派人尾随她。法尼娜看到她的旧使女转回家，相信米西芮里从今以后完全成了她的。离开她的情人不到40分钟，她又在他的面前出现了。她告诉他，城里出了大事，宪兵从来不去的街道，有人注意到他们也在来回巡逻。她接下去道：

"你要是相信我的话，我们马上就到圣·尼考洛去。"

米西芮里同意了。年轻郡主的马车和她的谨慎而报酬丰厚的心腹伴娘，在城外半英里的地方等她。他们步行到马车那边。

由于行动荒诞，法尼娜心不安了，所以到了圣·尼考洛别墅，对她的情人就加倍温存起来。但是，同他说到爱情，她觉得她就像在做戏一样。前一天，派人告密的时候，她没有想到自己会后悔。现在，把情人搂在怀里，她默默想道："有一句话可以同他讲，可是一讲出口，他马上而且永远就厌恶我了。"

临到半夜，法尼娜的一个听差撞进了她的屋子。这人是烧炭党，而她并不疑心他是，可见米西芮里对她保留秘密，尤其是在这些细节上。她哆嗦了。这人来警告米西芮里，夜晚在佛尔里,19个烧炭党人的家被包围,他们开完会回来,全被捕了。虽说事出仓猝,仍然逃掉了9个人。宪兵捉住10个,押到城堡的监狱。进监狱的时候,其中有一个人跳进井,井非常深,死了。法尼娜张皇失措起来,幸而彼耶特卢没有注意到她,否则,往她眼里一看,他就可以看出她的罪状。……听差接下去说,眼下佛尔里的卫兵,排在所有的街道。每一个兵士离下一个兵士近到可以交谈。居民不能够穿街走,除非是有军官的地点。

这人出去以后,彼耶特卢沉思了一会儿,最后道:
"目前没有什么可做的啦。"
法尼娜面无人色,在情人视线之下哆嗦着。他问她道:
"你到底怎么啦?"
随后,他想着别的事,不再望她。将近中午的时候,她大着胆子向他道:
"现在又一个组织被破获了;我想,你可以安静一些时候了。"
米西芮里带着一种使她颤栗的微笑,回答她道:
"安静得很。"

她要对圣·尼考洛村子的堂长做一次不可少的拜访:他可能是耶稣会方面的奸细。7点钟回来用晚饭的时候,她发现隐藏她情人的小屋子空了。她急死了,跑遍全家寻他,没有一点踪迹。她绝望了,又到那间小屋子,这时候,她才看到一张纸条子,她读着:

我向教皇大使自首去。我对我们的事业灰心了。上天在同我们作对。谁出卖我们的?显然是投井的混帐东西。我的生命既然对可怜的意大利没有用,我不要我的同志们看见只我一个人没有被捕,以为是我出卖了他们。再会了,你要是爱我的话,想着为我报仇吧。铲除、消灭出卖我们的坏蛋吧,哪怕他是我的父亲。

法尼娜跌在一张椅子上,几乎晕了过去,陷入最剧烈的痛苦。她一句话也说不出口,她的眼睛是干枯、炙热的。

最后,她扑在地上跪下来,喊道:
"上帝!接受我的誓言,是的,我要惩罚出卖的坏蛋。不过,首先,必须营救彼耶特卢。"

一小时以后,她动身去了罗马。许久以来,父亲就在催她回来。她不在的期间,他把她许配了里维欧·萨外里爵爷。法尼娜一到,他就提心吊胆地说给她听。他怎么也意想不到,话才出口,她就同意了。当天黄昏,在维太莱斯基伯爵夫人府,父亲近乎正式地介绍堂·里维欧给她。她同他谈了许久。这是最风流倜傥的年轻人,有着最好的骏马。不过,尽管大家认为他很有才情,可是,性格轻狂,政府对他没有一点点疑心。法尼娜心想,让他先迷上她,之后她就好拿他做成一个得心应手的眼线。他是罗马总督萨外里·喀唐萨拉大人的侄子,她揣测奸细不敢尾随他的。

一连几天,法尼娜都待可爱的堂·里维欧很好,过后却向他宣告,他永远做不了她的丈夫,因为照她看来,他做事太不用心思了。她向他道:"你要不是一个小孩子的话,你叔父的工作人员也就不会有事瞒着你了。好比说,新近在佛尔里破获的烧炭党人,他们决定怎么样处置呢?"

两天以后,堂·里维欧来告诉她,在佛尔里捉住的烧炭党人统统逃走了。她显出痛苦的微笑,表示最大的蔑视,大黑眼睛盯着他看,一整黄昏不屑于同他说话。第三天,堂·里维欧红着脸,来对她实说:他们开头把他骗了。他向她道:

"不过,我弄到了一把我叔父书房的钥匙。我在那里看到文件,说有一个什么委员会,由红衣主教和最有势力的教廷官员组成,在绝对秘密之下开了会,讨论在腊万纳还是在罗马审问这些烧炭党人。在佛尔里捉住的九个烧炭党人,还有他们的首领,一个叫米西芮里的,这家伙是自首的,蠢透了,如今全关在圣·奥城堡。"

听到"蠢"这个字,法尼娜拼命拧了爵爷一把。她向他道:

"我要亲自看看官方文件,随你到你叔父书房去一趟。你也许看错了。"

听见这话,堂·里维欧哆嗦了。法尼娜几乎是向他要求一件不可能的事。可是这年轻姑娘的古怪天资让他加倍爱她。过不了几天,法尼娜扮成男子,穿一件萨外里府佣人穿的漂亮小制服,居然在公安大臣最秘密的文件中间待了半小时。她看到关于刑事犯彼耶特卢·米西芮里的每日报告,快活得要命。她拿着这件公文,手直哆嗦。再读这名字,她觉得自己快要病倒了。走出罗马总督府,法尼娜允许堂·里维欧吻她。她向他道:"我想考验考验你,你居然通过了。"

听见这样一句话,年轻爵爷为了讨法尼娜欢心,会放火把梵蒂冈烧了的。当天晚上,法兰西大使馆举行舞会。她跳了许久,几乎总是和他在一起。堂·里维欧沉醉在幸福里面了。必须防止他思索啊。

法尼娜有一天向他道:

"我父亲有时候脾气挺怪,今天早晨他辞掉了两个底下人。他们哭着来见我。一个求我把他安插到罗马总督你叔父的那边;另一个在法兰西人手下当过炮兵,希望在圣·安吉城堡做事。"

年轻爵爷急忙道:

"我把两个人全用过来就是了。"

法尼娜高傲地回道:

"我这样求你来的?我是对你照原来的话重复两个可怜的人的请求。他们必须得到他们要求的事,别的事不相干。"

没有比这更难的事了。喀唐萨拉大人不是一个随随便便的人,他不清楚的人家里是不用的。在一种表面上充满了种种欢娱的生活当中,法尼娜被悔恨折磨着,非常痛苦。进展的缓慢把她烦死了。父亲的经纪人给她弄到了钱。她好不好逃出父亲的家,跑到洛马涅,试一下她的情人越狱?这种想法尽管荒谬,她打算付诸实行。就在她跃跃欲试的时候,上天可怜她了。

堂·里维欧向她道：

"米西芮里一帮烧炭党人,要解到罗马来了,除非是判决死刑之后,在洛马涅执行,那就不来了。这是我叔父今天黄昏奉到的教皇旨意。罗马只有你我晓得这个秘密。你满意了吧？"

法尼娜回答：

"你变成大人了,拿你的画像送我吧。"

米西芮里应当来到罗马的前一天,法尼娜找了一个借口去齐塔·喀司太拉纳。从洛马涅递解到罗马的烧炭党人,就被押在这个城的监狱过夜。早晨米西芮里走出监狱的时候,她看见他了：他戴着锁链,一个人待在一辆两轮车上。她觉得他脸色苍白,但是,一点也不颓丧。一个老妇人扔给他一捧紫罗兰,米西芮里微笑着谢她。

法尼娜看见她的情人,她的思想似乎全部换成了新的。她有了新的勇气。许久以前,她曾经为喀芮院长谋到过一个好位置。她的情人要关在圣·安吉城堡,而院长就是城堡的神甫。她请这位善良的教士做她的忏悔教士。做一位郡主、总督的侄媳妇的忏悔教士,在罗马不是一件小事。佛尔里烧炭党人的讼案并不延宕。极右派不能够阻止他们来罗马,为了报复起见,就让承审的委员会由最有野心的教廷官员组成。委员会的主席是公安大臣。

镇压烧炭党人,律有明文。佛尔里的烧炭党人不可能保存任何希望。但是他们并不因而就不运用一切可能的计谋,卫护他们的生命。对他们的审判不单判决死刑,有几个人还赞成使用残酷的刑罚,像把手剁下来等等。公安大臣已经把官做到头了（因为他卸任下来,只有红衣主教可做）,所以决不需要把手剁下来。他带判决书去见教皇,把死刑全部减成几年监禁。只有彼耶特卢·米西芮里例外。公安大臣把这年轻人看成一个热衷革命的危险分子,而且我们先前说过,他杀死过两个宪兵,早就判处死刑了。公安大臣朝见教皇回来没有多久,法尼娜就晓得了判决书和减刑的内容。

第二天,将近半夜的时候,喀唐萨拉大人回府,不见他的随身听差来。大臣诧异之下,捺了几次铃,最后出现了一个糊里糊涂的老听差。大臣不耐烦了,决定自己脱衣服。他锁住门。天气很热。他脱掉衣服,卷在一起,朝一张椅子丢了过去。他使大了力气,衣服丢过椅子,打到窗户的纱帘,纱帘后显出一个男子的形体。大臣赶快奔向床,抓起一管手枪。就在他回到窗边的时候,一个年纪很轻的男子,穿着他佣人的制服,端着手枪,走到他面前。大臣一看情形不好,就拿手枪凑近眼睛,准备开枪。年轻人向他笑道：

"怎么！大人,你不认识法尼娜·法尼尼啦？"

大臣发怒道：

"什么意思,要这样恶作剧？"

年轻女孩子道：

"让我们冷静下来谈谈吧。首先,你的手枪就没有子弹。"

大臣吃惊了。弄清楚这是事实,他从背心口袋抽出了一把匕首。

法尼娜做出一种神气十足、妩媚可爱的模样向他道:

"让我们坐下吧,大人。"

于是她安安静静地坐到一张安乐椅上。

大臣道:

"至少,就只你一个人吧?"

法尼娜喊道:

"绝对只我一个人,我向你发誓!"

这是大臣所要仔细证实的:他兜着屋子走了一圈,四处张望,然后,他坐在一张椅子上,离法尼娜三步远。

法尼娜露出一种温和、安静的模样道:

"弄死一个心性平和的人,换上来一个性子火暴、足以毁掉自己又毁掉别人的坏家伙,对我有什么好处?"

闹情绪的大臣道:

"你到底要什么,小姐?这场戏对我不相宜,拖长了也不应该。"

法尼娜忽然忘记她温文尔雅的模样,傲然道:

"我下面的话,关于你比关于我多。有人希望烧炭党人米西芮里能够活命。他要是处死了的话,你比他多活不了一星期。这一切同我没有任何关系。你嫌胡闹,其实我胡闹首先是为了消遣,其次是为了帮我一个女朋友的忙罢了。我愿意……"

法尼娜恢复了她上流社会的风度,继续道:

"我愿意帮一个有才的人的忙,因为不久他就要做我的叔父了,而且就目前情形看来,家业兴旺正依靠他呐。"

大臣不再怒形于色了。不用说,法尼娜的美丽是有助于这种迅速的转变的。喀唐萨拉大人对标致妇女的喜好,在罗马是人所皆知的,而法尼娜,装扮成萨外里府的跟班,丝袜子平平整整,红上身,绣着银袖章的天蓝小制服,端着手枪,是十分迷人的。

大臣几乎是笑着道:

"我未来的侄媳妇,你胡闹到了极点,不会是末一回吧。"

法尼娜回答道:

"我希望这样懂事的一位人物帮我保守秘密,特别是在堂·里维欧那方面。为了鼓励你的勇气,我亲爱的叔父,你要是答应我的女朋友保护的人不死的话,我就吻你一下。"

罗马贵族妇女懂得怎样用这种半开玩笑的声调应付最大的事变。法尼娜就用这种声调继续谈话,终于把这场以手枪开始的会见变成年轻的萨外里夫人对她叔父罗马总督的拜访。

喀唐萨拉大人不久就以高傲的心情抛却自己受畏惧胁制的思想,和侄媳妇谈起营救米西芮里性命的种种困难。大臣一边争论,一边和法尼娜在屋里走动着。他从壁炉上拿起一瓶柠檬水,倒进一只水晶杯子。就在他正要拿杯子举到嘴边的时候,法尼娜把杯子抢过来,举了一会儿工夫,好像一失手,让它掉在花园里。过了些时候,大臣从糖盒取一粒巧克力糖,法尼娜一把夺过来,笑着向他道:

"你要当心呀,你屋里的东西全放上毒药了,因为有人要你死。是我救下了我未来叔父的性命,免得嫁到萨外里家,无利可图。"

喀唐萨拉大人大惊之下,谢过侄媳妇,对营救米西芮里的性命,表示很有希望。

法尼娜喊道:

"我们的交易讲成啦!证据是,现在就有报酬。"她一边说话,一边吻他。

大臣接受了报酬。

他接下去道:

"你应当知道,我亲爱的法尼娜,就我来说,我不爱流血。而且,我还年轻,虽说你也许觉得我老了,我可以活到今天流的血将会玷污我的名誉的时代。"

午夜两点,喀唐萨拉大人一直把法尼娜送到花园小门口。

第三天,大臣觐见教皇,想着他要做的事,相当为难。但是圣上向他道:

"首先,有一个人我请你从宽发落。佛尔里那些烧炭党人,有一个还是判了死刑。想起这事,我就睡不着觉:应当救了这人才是。"

大臣一看教皇站在他这方面,就提出了许多反对意见,最后写了一道谕旨,由教皇破例签字。

法尼娜先就想到,她的情人可能得到特赦,不过,是否会有人要毒死他可就难说了。所以,前一天,她通过忏悔教士喀芮院长送了米西芮里若干小包军用饼干,叮咛他千万不要动用政府供应的食物。

过后,听说佛尔里的烧炭党人要移到圣·莱奥城堡,法尼娜希望在他们路过齐塔·喀司太拉纳的时候,设法见到米西芮里一面。她在囚犯来前24小时到了这个城里。她在这里找到喀芮院长,人前几天就来了。他得到狱吏许可,米西芮里半夜可以在监狱的小教堂听弥撒。尤其难得的是:米西芮里要是肯同意拿锁链把四肢捆起来的话,狱吏可以退到小教堂门口,这样可以看得见他负责监视的囚犯,却听不见他在说什么。

决定法尼娜的命运的一天终于到了。她从早晨起,就把自己关在监狱的小教堂里。谁猜得出这整整一天她的起伏的思想?米西芮里爱她爱到能够饶恕她吗?她把他们的组织告发了。但是她也救下了他的性命呀。在这苦闷的灵魂清醒过来的时候,法尼娜希望他会同意和她离开意大利。她从前要是犯了罪的话,也是由于过分爱他的缘故呀。钟敲4点。她听见石道上远远传来宪兵的马蹄声。每一声似乎都在她心里引起回响。不久,她听出递解囚犯的两轮车在滚转。它们在监狱前面的小空场停住,她看见两个宪兵过去搀扶米西芮里,他一个人在一辆车上,戴了一大堆脚镣手铐,简直动弹不得。她流着眼泪,向自己道:"至少他还活着,他们还没有毒死他!"黄昏黯淡凄凉。圣坛的煤,放在一个很高的地方,又因为狱吏省油,灯光微弱,只这一盏灯照着这阴沉的小教堂。几个中世纪的大贵人死在附近的监狱,法尼娜的眼睛在他们的坟上转来转去。他们的雕像有一种恶狠狠的神情。

一切嘈杂的声音早已停止。法尼娜是一脑子的忧郁的思想。半夜的钟声响了不久之后,她相信听见轻轻的响声,像是一只蝙蝠在飞。她想走动,却昏倒在圣坛的栏杆上。就在这时,两个影子离她很近,站在一旁,她先前并没有听见他们来。原来是狱吏和米西芮里。米西芮里一身锁链,活像一个裹着襁褓的小孩。狱吏弄亮一盏手提灯,放在圣坛的栏杆上,靠近法尼娜,好让他清清楚楚看见他的囚犯。随后,他退到紧底,靠近门口。狱吏刚刚走开,法尼娜就扑过去,搂住米西芮里的脖子。把他搂在怀里,她感觉到的只是他冰凉的尖硬的锁链。她心想:谁给他这些锁链戴的?她吻她的情人。却得不到一点快感。紧跟着是一种更锐利的痛苦:他的接待十分冰冷,她有一时真以为米西芮里晓得了她的罪状。

他最后向她道:

"亲爱的朋友,我怜惜你爱我的感情;我有什么好处能够使你爱我,我找不出来。听我的话,让我们回到更符合基督精神的感情吧。让我们忘记从前使我们走上岔路的幻景吧。我不能归你所有。什么缘故我起义,结局经常不幸,说不定就是因为我经常处在罪不可逭的情形的缘故。其实只要凡事谨慎,也就行了。为什么在佛尔里不幸的夜晚,我不和我的朋友一道被捕呢?为什么在危险的时际,我不在我的岗位上?为什么我一不在就会产生最残忍的猜疑呢?因为在要求意大利自由之外,我另有一种激情。"

米西芮里的改变太出法尼娜的意外,她呆住了。他不算了不起瘦,不过模样却像30岁人,法尼娜把这种改变看成他在监狱受到恶劣待遇的结果。她哭着向他道:

"啊!狱吏再三答应他们会好好儿待你的。"

事实是,年轻烧炭党人濒近死亡,可能和要求意大利自由的激情协调的宗教原则,统统在他心里再现了。法尼娜逐渐看出,她的情人的惊人改变,完全是精神的,一点不是身体受到恶劣待遇的结果。她以为她已经苦到不能再苦了,想不到还要苦上加苦。

米西芮里不言语。法尼娜哭得出不来气。他有点受感动的样子,接下去道:

"我要是在人世爱什么东西的话,那就是你,法尼娜。不过,感谢上帝,我这一辈子如今只有一个目的:我不是死在监狱,就是想法子把自由给予意大利。"

又是一阵静默。法尼娜显然开口不得:她试了试,无济于事。米西芮里讲下去:

"责任是残酷的,我的朋友。可是,完成责任,不经一点点苦,英雄主义呢?答应我,你今后不再想法子看我了。"

锁链把他捆得十分紧。他尽可能挪动一下手腕,把手指头伸给法尼娜。

"你要是允许一个你亲爱的人的劝告的话,你父亲要你嫁的有地位的人,你就听话嫁了他吧。你的不愉快的事不必告诉他。另一方面,永远不要想法子再看我了。让我们从今以后彼此成为陌生人吧。你给祖国捐献了一大笔款子,有一天它要是得到解放的话,一定要用国家财产偿还你这笔款子的。"

法尼娜五内俱裂了。彼耶特卢同她说话,只有提到"祖国"的时候,眼睛才亮了亮。

骄傲终于来援助年轻的郡主了,她带了一些金刚钻和小锉刀。她不回答米西芮里,拿它们送给了他。

他向她道:

"由于责任的缘故,我接受了,因为我必须想法子逃走。不过,我永远看不见你了,当着你新送的东西,我发誓。永别了,法尼娜!答应我永远不给我写信,永远不想法子看我。把我完全留给祖国吧。我对你就算死了,永别了!"

气疯了的法尼娜道:

"不,我要你知道,我在爱你的心情之下,做了些什么。"

于是,自从米西芮里离开圣·尼考洛别墅去见教皇大使自首以来她做的事,她一五一十讲给他听。说完这段话,法尼娜道:

"这都算不了什么。为了爱你,我还干别的事来的。"

于是她告诉他出卖的事。

"啊!混帐东西!"

彼耶特卢喊着,他气疯了,扑向她,想拿他的锁链打她。

不是狱吏一听喊叫就跑过来的话,他打着她了。狱吏揪住米西芮里。

"拿去,混帐东西,我什么也不要欠你的!"

米西芮里一边对法尼娜说着,一边尽锁链给他活动的可能,把锉子和金刚钻朝她扔过去,迅速走开了。

法尼娜失魂落魄地待着。

她回到罗马。报纸上登出,她新近嫁了堂·里维欧·萨外里爵爷。

（李健吾　译）

 赏　析

《法尼娜·法尼尼》是一篇短篇小说,发表于一八二九年。在此后的十年时间里,司汤达写作并发表了一些中短篇小说。它们大都取材于意大利的传说。后人把这些小说收集在一起,编成一个集子,取名《意大利遗事》。《法尼娜·法尼尼》是其中最耀眼的一篇。

小说通过对男主人公米西芮里和女主人公法尼娜·法尼尼相遇、相爱到感情破裂的描写,热情地歌颂了十九世纪意大利烧炭党人为谋求祖国解放,将革命利益置于爱情之上的崇高精神境界,是司汤达一篇描写爱情的力作。这篇小说同《阿尔芒斯》一样,也是以女主人公的名字作为标题,大概是作者为了体现"女士优先"吧。其实这篇小说的中心人物是年轻的烧炭党人彼耶特卢·米西芮里,这是一个为了祖国的独立自由而战斗的英雄形象。他把祖国看得高于一切。在祖国和爱情这两者在他的生活中发生矛盾的时候,他总是无条件地服从祖国的利益。只有当他说到祖国的时候,两眼才闪出光芒。他不允

许任何人危害党的利益,即使是自己最爱的人,只要她危害了祖国,他就坚决与之决裂。通过男主人公这一形象,作者歌颂了意大利革命志士英勇斗争的精神和献身祖国的热情。

　　法尼娜的形象塑造得也非常出色,她的独特的个性和惊人的激情给读者留下了深刻的印象。这个贵族少女天真热情,有同情心。她不喜欢庸庸碌碌的贵族子弟,对爱情有自己的追求。但作者更多的是对她进行批判。法尼娜所追求的爱情,是自私的爱,她只想完全地占有情人,却不理解他所从事的斗争,更没有想过要和所爱的人去并肩战斗。在爱情与祖国产生矛盾的时候,她选择的是爱情,最终只能事与愿违。读此作品,让人不能不叹息这位贵族小姐的幼稚和愚蠢。当然,法尼娜·法尼尼毕竟是属于贵族阶级的,她逃不出她那个阶级的樊笼。

　　《法尼娜·法尼尼》故事情节完整,矛盾冲突紧张,通篇作品充满着激荡的感情,突出了自由、爱情、祖国的主题,对人是种灵魂的震撼、精神的陶冶。

项　链

〔法国〕莫泊桑

吉·德·莫泊桑（1850—1893），法国著名的批判现实主义作家。莫泊桑出身于一个没落贵族之家，母亲醉心文艺。他受老师、诗人路易·布那影响，开始多种体裁的文学习作，后在福楼拜亲自指导下练习写作参加了以左拉为首的自然主义作家集团的活动。他以《羊脂球》(1880)入选《梅塘晚会》短篇小说集，一跃登上法国文坛。

其创作盛期是80年代。10年间，他创作了6部长篇小说。这些作品揭露了第三共和国的黑暗内幕：内阁要员从金融巨头的利益出发，欺骗议会和民众，发动掠夺非洲殖民地摩洛哥的帝国主义战争；抨击了统治集团的腐朽、贪婪、尔虞我诈的荒淫无耻。同时还创作了350多部中短篇小说，在揭露上层统治者及其毒化下的社会风气的同时，对被侮辱被损害的小人物寄予深切同情。莫泊桑短篇小说以其布局结构的精巧、典型细节的选用、叙事抒情的手法以及行云流水般的自然文笔，都给后世作家提供了楷模。

　　世上有这样一些女子，面庞儿好，丰韵也好，但被造化安排错了，生长在一个小职员的家庭里。她便是其中的一个。她没有陪嫁，没有前途，没有任何方法可以使一个有钱有地位的男子来结识她，了解她，爱她，娶她；她只好任人把她嫁给了教育部的一个小科员。

　　她没钱打扮，因此很朴素；但是心里非常痛苦，竟有点贵族被迫下嫁的情形；这是因为女子原是没有什么固定阶层或种族的，她们的美丽、她们的娇艳、她们的丰韵就可以作为她们的出身和门第。她们中间所以有等级之分仅仅是靠了她们天生的聪明、审美的本能和脑筋的灵活，这些东西就可以使百姓家的姑娘和最高贵的命妇们并驾齐驱。

　　她总觉得自己生来是为享受各种精美豪华生活的，她因此无休止地痛苦着。住室是那样简陋，壁上毫无装饰，椅凳是那么破旧，衣衫是那么丑陋，她看了都非常痛苦。这些情形，如果不是她而是她那个阶层的另一个妇人的话，可能连理会都没有理会到，但给她的痛苦却很大并且使她气愤填胸。她看了那个替她料理家务的勃勒答涅省的小女人，心中便会发生许多忧伤的感慨和想入非非的幻想。她会想到四壁糊着东方绸、两盏青铜高脚灯照着的静悄悄的接待室；她会想到接待室里两个短裤长袜的高大男仆，如何被暖气管闲人的热度催起了睡意,在宽大的靠背椅里昏然睡去。她会想到四壁糊着古老丝绸的大客厅,上面陈设着珍贵古玩的精致家具和那些精致巧小,香气扑鼻的内客厅,那是专为午后5点钟跟最亲密的男友娓娓清谈的地方,那些朋友当然都是所有的妇人垂涎不已、渴盼青睐、多方拉拢的知名之士。

每逢她坐到那张3天未洗桌布的圆桌旁去吃饭,每当对面坐着的丈夫揭开盆盖心满意足地表示:"啊!多么好吃的炖肉!世上哪有比这更好的东西……",那时候她便想到那些精致的筵席、亮晶晶的银餐具和织着古代人物和仙境森林中的异鸟珍禽,挂在四壁的壁毯;她也想到那些盛在名贵盘碟里的佳肴;她也想到一边吃着粉红色的鲈鱼或松鸡翅膀,一边带着莫测高深的微笑听着男友低诉绵绵情话的情境。

她没有漂亮的衣装,没有珠宝首饰,总之什么也没有。而她呢,爱的却偏偏只是这些;她觉得自己生来就是为享受这些东西的。她最希望的是能够讨男子们的喜欢,惹女人们的欣羡,风流动人,到处受欢迎。

她有一个有钱的女友,那是学校读书时的同学,现在呢,她再也不愿去看望她了,因为每次回来她总感到非常痛苦。她要伤心、懊悔、绝望得哭好几天。

可是有一天晚上,她的丈夫回家的时候手里拿着一个大信封,满脸得意之色。
"拿去吧!"他说,"这是专为你预备的一点东西。"
她赶忙拆开了信封,从里面抽出一张铅印的请帖,上边刻着:

兹订于一月十八日(星期一)在本部大礼堂举行晚会,敬请准时莅临,

此致罗瓦赛尔 先生
　　　　　　 夫人

教育部部长暨部长夫人谨订

她并没有像她丈夫所希望的那样欢天喜地,反而赌气把请帖往桌上一丢,咕哝着说:"我要这个干什么?你替我想想。"
"可是,我的亲爱的,我原以为你会很高兴的。你从来也不出门做客,这可是一个机会,并且是一个千载难逢的机会!我好不容易才弄到这张请帖。大家都想要,这是很难得的东西,一般是不大肯给小职员的。在那儿你可以看见全部官方的人物。"
她眼中冒着怒火瞪着他,最后不耐烦地说出了她的意见:"你可叫我穿什么到那儿去呢?"
这个,他却从未想到;他于是吞吞吐吐地说:
"你上戏园穿的那件袍子呢?那件好像并不太坏呀,照我的看法……"
他说不下去了,他看见妻子已经在哭了,他又是惊奇又是仓皇。两大滴眼泪从他妻子的眼角慢慢地向嘴角流下来;他结结巴巴地问,

"你怎么啦？你怎么啦？"

她使了一个狠劲儿把苦痛压了下去，然后一面试着被泪沾湿的两颊，一面用一种镇静的语声说：

"什么事也没有。不过我既没有衣饰，当然不能去赴会。有哪位同事，他的太太能比我有更好的衣衫，你就把请帖送给他吧。"

他感到很窘。他于是说道：

"玛蒂尔特，咱们来商量一下。得用多少钱，一套过得去的衣服，一套在别的机会还可以穿的，十分简单的衣服？"

她想了几秒钟，心里盘算了一下钱数，同时也考虑到提出怎样一个数目才不致当场遭到这个俭朴的科员的驳斥和惊惶的喊叫。

她终于吞吞吐吐地说了：

"我也说不上到底要多少钱；不过 400 法郎，似乎也就可以办下来了。"

他有点变色，因为他积攒下这样一笔款子打算买一支枪，夏天好和几个朋友一道打猎作乐，星期日到南代尔平原去打云雀。

不过他还是这样说了：

"好吧。我就给你 400 法郎。可是你得好好想法子弄件好看的袍子才好。"

晚会的日子快到了，罗瓦赛尔太太却好像很伤心，很不安、很忧虑。她的衣服可是已经齐备了。有一天晚上她的丈夫就不免这样问她：

"你怎么啦？3 天以来你的脾气太古怪了，倒是为什么呀？"

"我心烦，我既没有首饰，也没有珠宝，身上任什么也戴不出来。那实在是寒酸透顶了。我简直宁愿不赴会了。"

他说："你可以佩几朵鲜花呀。在这个季节里，这是很漂亮的，花上 10 个法郎，你就可以有两三朵十分好看的玫瑰花。"

这个办法一点也没有把她说服。

"一副穷酸相在那些阔太太当中，是再也没有那么丢脸的了。"

她的丈夫忽然喊了起来：

"你可真算是糊涂！为什么不去找你的朋友孚来斯结太太，跟她借几样首饰呢？拿你跟她的交情来说，是很可以这样办的。"

她也高兴地叫了起来：

"这倒是真的。我竟一点儿也没想到。"

第二天她就跑到她那朋友家里，把她的苦恼讲给她听。

孚来斯结太太立刻走到她的带镜子的大立柜跟前，抽出一个大首饰箱，拿过来打开之后，便对罗瓦赛尔太太说：

"挑吧！亲爱的。"

她首先看见的是几只手镯，再便是一串珠项链，一个威尼斯制的十字架，那是镶嵌着

珠宝和黄金,手工极精致的首饰。她把这些首饰在镜子里左试右试,犹豫不定,舍不得摘下来还主人。她嘴里还老是问:

"你再没有别的了?"

"有啊。你自己找吧。我不知道你都喜欢什么?"

忽然她在一个黑锻子的盒里发现一串非常美丽的钻石项链;一种过分强烈的欲望使她的心都跳了。她拿它的时候也直哆嗦。她把它套在颈上衣服的外面,对着镜中的自己看得出了神。

然后她十分焦急地吞吞吐吐地问道:

"你可以把这个借给我吗,我只借这一样。"

"当然可以啊。"

她一把搂住了她朋友的脖子,亲亲热热地吻了她一下,带着宝贝很快地就跑了。

晚会的日子到了。罗瓦赛尔太太非常成功。她比所有的女人都美丽,又漂亮又妩媚,面上总带着微笑,快活得几乎发狂。所有的男子都盯着她,打听她的姓名,求人给介绍。秘书处的人员全都要跟她合舞。部长也注意了她。

她已被乐趣陶醉了,她什么也不想,只是快乐地、兴奋地舞着。她的美丽已战胜了一切,她的成功充满了光辉,所有这些人都对自己殷勤献媚、阿谀赞扬、垂涎欲滴,妇人心中认为最甜美的胜利已完完全全握在手中,她便在这一片幸福的云中舞着。

大约早晨4点钟的时候,她离开了会场。她的丈夫从12点起就在一间没有来宾的小客厅里睡着了。客厅里还躺着其他三位先生,他们的太太也正在尽情欢乐。

他怕她出门受寒,把带来的衣服披在她的肩上,那是平日穿的家常衣服,那一种寒伧气和漂亮的舞装是非常不相称的。她马上感觉到这一点,为了不叫旁边的那些裹在豪华皮衣里的太太们注意,她就急着想要跑出大门。

罗瓦赛尔还拉住她不让走:

"你等一等啊。到外面你要着凉的。我去叫一辆马车吧。"

不过她并不听他这套话,很快地走下了台阶。等他们到了街上,那里并没有出租的马车;他们于是就找起来,远远看见马车走过,他们就追着向车夫大声喊叫。

他们向塞纳河一直走下去,哆哩哆嗦,非常失望。最后在河边找到了一辆夜游神的旧马车,这种马车在巴黎只有夜里才看得见,它们是那么寒伧,白天出来好像会害羞的。

这辆车一直把他们送到殉道街,他们的家门口,他们凄凄凉凉地爬上楼回到自己家里。在她说来,好景是结束了。他呢,他想到的是十点钟就该到部里去办公。

她褪下了披在肩上的衣服,那是对着大镜子褪的,为的是再一次看看在光荣中的自己。但她忽然大叫一声。原来颈上的项链不见了。

她的丈夫这时衣裳已经脱了一半了,便问道:

"你怎么啦?"

她已吓得发狂,转身对丈夫说:

"我……我把孚来斯结太太的项链丢了。"

他兀地站了起来,惊惶得不得了:

"什么!……怎么!……怎么会有这种事呢!"

他们于是在长袍的折缝里,大氅的折缝里,各个衣袋里到处都搜寻一遍。哪儿也找不到。

他问:

"你确实记得离开舞厅的时候,这东西还戴在身上吗?"

"是啊,在部里的衣帽室里我还摸过它呢。"

"不过如果是在街上失落的话,掉下来的时候,我们总该听见响声啊。大概是掉在车里了。"

"对,这很可能。你记下车子的号头了吗?"

"没有。你呢,你也没有注意号头?"

"没有。"

他们你看我,我看你,十分狼狈地看着。最后罗瓦赛尔重新穿好了衣服,他说:

"我先把我们刚才步行的那一段路再去走一遍,看看是否能够找着。"

说完他就走了。她呢,连上床去睡的气力都没有了,就这么穿着赴晚会的新装倒在一张椅子上,既不生火也不想什么。

7点多钟丈夫回来。他什么也没找到。

他随即又到警察厅和各报馆,请他们悬赏代为寻找,他又到出租小马车的各车厂,总之凡是有一点希望的地方他都去了。

她呢,整天地等候着;对这个大灾难一直是处在又惊又怕的状态中。

罗瓦赛尔傍晚才回来,脸也瘦削,发青了;他什么也没发现,他说:

"只好给你朋友写封信,告诉她你把链子的搭扣弄断了,现在正找人去修理。这样我们就可以有周转的时间。"

他说她写,把信写了出来。

过了一星期,他们已是任何希望都没有了。

罗瓦赛尔老了五岁,表示了意见:

"只好想法买一个赔她了。"

第二天,他们拿了装项链的原盒子按照盒里面印着的字号到了那家珠宝店。珠宝商查了查帐说:

"太太,这串项链不是在我这儿买的,只有盒子是我这儿配的。"

他们于是一家一家地跑起珠宝店来,凭着记忆所及的首饰形式要找一个和那个一式无二的项链;两个人连愁带急眼看要病倒。

在王宫街一家店里他们找到了一串钻石的项链,看来跟他们寻找的完全一样。这件首饰原值4万法郎,但如果他们要的话,店里可以减价,36000可以脱手。

他们要求店主3天之内先不要卖它,他们并且说妥条件,如果在2月底以前找着了那个原物,这一串项链便以34000法郎作价由店主收回。

罗瓦赛尔手边有他父亲遗留给他的18000法郎,其余的便须借了。

他于是借起钱来,跟这个借1000法郎,跟那个借500,这儿借5个路易①,那儿借3个。他签了不少借约,应承了不少足以败家的条件。和高利贷者以及种种放债图利的人打交道。他葬送了他整个下半辈子的生活,不管能否偿还,他就冒了险乱签借据。他既害怕未来的忧患,又怕即将压在身上的极端贫困,又怕各种物质缺乏和各种精神痛苦的远景;他就这样满心怀着恐惧,把36000法郎放到那个商人的柜台上,取来了那串新的项链。

等罗瓦赛尔太太把首饰给孚来斯结太太送了回去,这位太太神气很不痛快地对她说:

"你应该早点儿还我呀,因为我也许要戴呢。"

她并没有打开盒子来看,她的朋友担心害怕的就是她当面打开。因为如果她发现了掉包,她该如何想法?她会说些什么?不会把她当作窃盗吗?

罗瓦赛尔太太尝到了穷人那种可怕的生活,好在她早已一下子英勇地拿定了主意。这笔骇人听闻的债务是必须清偿的。因此,她一定要把它还清,他们辞退了女仆,搬了家,租了一间紧挨屋顶的阁楼。

家庭里的笨重活,厨房里的腻人的工作,她都尝到了个中的滋味。碗碟锅盆都得自己洗刷,在油腻的盆上和锅子底儿上她磨坏了她的玫瑰色的手指甲。脏衣服、衬衫、袜布也都得自己洗了晾在一根绳上。每天早上她必须把垃圾搬到街上,并且把水提到楼上,每上一层楼要停一停喘喘气。她穿得和一个平常老百姓的女人一样,手里挎着篮子上水果店,上杂货店,上猪肉店,对价钱是百般争论,一个铜子一个铜子地保护她那一点可怜的钱,这就难免挨骂。

每月都要还几笔债,有一些则要续期,延长偿还的期限。

丈夫傍晚的时候替一个商人去誊写帐目;夜里常常替别人抄写,抄一页挣5个铜子。

这样的生活过了10年。

10年之后,他们把债务全部还清,确是全部还清了,不但高利贷的利息,就是利滚利的利息也还清了。

罗瓦赛尔太太现在似乎是老了。她变成了穷苦家庭里的敢做敢当的妇人,又坚强,又粗暴。头发从不梳光,裙子歪系着,两手通红,高嗓子说话,大盆水洗地板。不过有几次当她丈夫还在办公室办公的时候,她一坐到窗前,总还不免想起了当年那一场晚会,在那里她曾经是那么美丽、那么受人欢迎的那一场舞会。

如果她没有丢失那串项链,今天又该是什么样子?谁知道?谁知道?生活够多么古

---

① 一个路易值二十法郎。

怪！多么变化不定！只需要那么一点点东西就把你断送或把你搭救了。

且说有一个星期天，她到香榭丽舍去散步。劳累了一星期，她要消遣一下，正在此时她忽然看见一个妇人带着孩子在散步。这个妇人原来就是孚来斯结太太，还是那么年轻、那么美丽、那么动人。罗瓦赛尔太太不觉大为震动。可以跟她说话吗？当然可以。现在既已把债务还清，她要把一切都告诉她。为什么不可以呢？

她于是走了过去。

"早安，让娜。"

那一个一点也不认识她了，被这个民间女人这样亲密地一叫觉得很诧异，便吞吞吐吐地说：

"可是……太太！我不知道……您大概认错人了吧。"

"没有。我是玛蒂尔特·罗瓦赛尔。"

她的朋友喊了起来：

"哎哟！……是我的可怜的玛蒂尔特吗？你可变了样儿啦！……"

"是的，自从那一次跟你见面之后，我过的日子可艰难啦，不知遇见多少危急穷困……而这一切都是因为你！……"

"因为我……那是怎么回事啊？"

"你还记得你借给我赴部里晚会去的那串钻石项链吧。"

"是啊。那又怎样呢？"

"那又怎样！我把它丢了。"

"那怎么会呢！你不是给我送回来了吗？"

"我给你送回的是照原物一式无二的另外一串。这笔钱我们整整还了10年。你知道，对我们说来这可不是容易的事，我们是任什么也没有的……现在总算还完了。我太高兴了。"

孚来斯结太太站住不走了。

"你刚才说，你曾买了一串钻石项链赔我那一串吗？"

"是的。你没有发觉这一点吧，是不是？两串原是完全一样的。"

说完她面上显出了微笑，因为她感到一种足以自豪的、天真的快乐。

孚来斯结太太非常激动，抓住了她的两只手。

"哎哟！我的可怜的玛蒂尔特！我那串是假的呀。顶多也就值上500法郎！……"

（赵少侯 译）

赏析

法国作家莫泊桑的短篇小说《项链》，在中国流传甚广。曾多次被选为中学语文教材。

小说通过描写一个醉心于奢华的妇女的遭遇，讽刺了小资产阶级的虚荣心，同时也表达了作者对主人公玛蒂尔特的同情之情。玛蒂尔特很漂亮,经常想象自己嫁给富豪时的场景。但贫寒的家境使她只能做一个小科员的妻子。一次,她的丈夫带回一张舞会请柬。为了能够在舞会上受人注意,她用400法郎买了一套礼服,还向朋友孚来斯结太太借了一条项链。在舞会上她如愿以偿地成为受人瞩目的焦点。可是回家后,她竟找不着那条借来的项链了。玛蒂尔特只得用36000法郎购买了一条和丢失的项链一模一样的钻石项链。为此她和丈夫背上了巨额债务,并且用十年的时间来偿还买项链所欠下的债务。没想到,十年后,当玛蒂尔特还清债务后,又碰到了孚来斯结太太,这时候她才知道,那天借来的项链是赝品,顶多值五百法郎罢了。

出乎意料的结尾加深了对小资产阶级虚荣心和追求享乐的思想的讽刺,又带有一丝酸楚的感叹——对玛蒂尔特的同情。玛蒂尔特的虚荣心不是一种个别的现象,有一定的典型性。不安于辛苦劳动而得以糊口的生活,看不起比自己更穷苦的人,一心想上升为大资产者,而且希望走捷径,借侥幸的机会发迹,这是人的劣根性的表现。文章嘲讽了这种追求虚荣的可鄙社会风气。同时作者也肯定了玛蒂尔特的善良、诚实、质朴的本色和坚韧、忍耐和吃苦的精神,尤其是她的诚信。她用自己的劳动偿还了所有的债务,当她得知假项链的事实后,她的脸上露出灿烂的天真的笑容。这笑是她自信和骄傲的表现。小说发人深省之处是让我们目睹了污浊,虚假,拜金的社会中的一颗金子般的心。因此,我们应该看到玛蒂尔德心灵、性格和品德的亮点,客观公正地评价这个典型的人物形象。

羊 脂 球

〔法国〕莫泊桑

接连好几天,溃退下来的军队零零落落地穿城而过;已不能算作什么队伍,简直是一队一队散乱的乌合之众。那些人脸上是又脏又长的胡子,身上是又破又烂的制服,他们既没有军旗也不分什么团队,懒洋洋地往前走着。所有的人都像是十分颓丧,十分疲惫,再不能想什么念头,也不能拿什么主意,只是由于走惯了路所以还往前走着;只要一站住,便会累得倒下来。人们所看见的主要是一些被动员令征召入伍的平民,那都是爱好和平的人;安静度日的小财主,现在被枪支压得直不起腰来;还有是行动敏捷、年轻的暂编保安队,他们很容易害怕,也很快地能慷慨激昂,随时都准备进攻,也随时准备逃跑;其次是夹在他们中间的几个穿红色裤子的正式步兵,那是一场大战役里被粉碎的一个师团的残余;再便是和这些各种步兵排在一起的、穿着深暗色制服的炮兵;有时也看得见一个顶着亮晶晶钢盔的龙骑兵,他拖着笨重的脚步,很吃力地随着步兵比较轻松的步伐走着。

接着过去的是一些义勇军的队伍,每队都各自起了英勇的称号,如"战败复仇队"、"墓中公民队","视死如归队"等等,他们的神气很像土匪。他们的那些首领,有的从前是呢布商或米粮商,有的以往是油脂商或肥皂商,现在临时当了军人;他们所以被任命为军官,有的是因为金币多,有的是因为胡子长,他们上下穿的都是法兰绒衣服,全身满佩着武器,到处都镶着金线;说起话来声高震耳,经常讨论作战计划,自以为垂危的法国只是靠了他们这群大言不惭的人的肩膀才得以维持;不过他们有时候也惧怕自己的兵士,因为那原是一些亡命之徒,勇敢起来常常超出常规,但是惯于打家劫舍,荒淫纵欲。

据说普鲁士军队就要开进卢昂城。

两个月来,本地保安队一直在附近森林里小心谨慎地侦察敌人,有时开枪打死自己的哨兵;有时一个小兔在荆棘丛中一动,他们便准备作战;现在却都逃回自己的家里。武器、制服以及他们当初在3法里①方圆之内拿来吓唬国道边里程碑的一切杀人的凶器突然都不见了。

最末一批法国士兵总算渡过了塞纳河,预备从圣赛威尔镇和阿沙镇转奥特玛桥去;走在最后的是将军,他已不抱任何希望;带着这些一盘散沙似的败兵残勇,实已无能为力;一个惯于打胜仗的民族竟遭遇了这样的大崩溃,英勇昭著的民族竟败得不可收拾,将

---

① 法里,约合 4.4 公里。

军身处其中也是一筹莫展;他由两个副官左右陪伴徒步走着。

此后,城里便出现一种阴沉的平静气氛和一种静悄悄的惊惶不安的等待状态。许多做生意做得头昏颠倒、大腹便便的小市民忧心忡忡地在等待着战胜者,他们战战兢兢,惟恐敌人把他们烤肉的铁钎或厨下的菜刀也当作武器来处分。

生活好像是停止了;店铺都关着门,街上是鸦雀无声。有时候有一个居民震于这种沉寂,急忙忙挨着墙脚溜过。

等候期间的这种焦躁不安竟使人们希望敌人早来。

法国军队走后第二天下午,不知从哪儿钻出来几个长矛骑兵,很快地穿城而过,随后,过了不大工夫,从圣加德磷的山坡上就开来了黑呼呼一大片人,同时,在通往达纳答尔和卜瓦纪耀姆的两条公路上也出现了两股大队侵略军。这三股队伍的先遣队正好同时在市政府广场上会了师;于是从附近的各街巷,德国军队都开了过来,拉开了队伍,生硬的、整齐的步伐踏得街石囊囊地响。

沿着那些好像无人居住、死气沉沉的房子,升起一片陌生的、喉音很重①的喊口令声;同时在关着的百页窗后面,有许多只眼睛在那里偷偷地瞧着这些战胜者;这些人依据"战时法",现在是本城的主人,财产和生命的主宰了。本城的住户,都留在遮得乌黑的自己屋子里,非常惊慌,就仿佛碰到了洪水泛滥和毁灭性的大地震;多么聪明,多么强壮,都毫无用处了。因为,每逢事物的旧秩序横遭摧毁,安全不再存在,人为的法律或自然法则所保护的一切东西都听凭一种凶残的无意识的暴力来摆布的时候,人们就不免要有这种同样的感觉。地震把整整一个民族压死在倒塌的房下;江河泛滥之后,淹死的乡民、牛尸和房上倒下来的梁柱就一起顺流而下;打胜仗的军队一到,便要屠杀自卫的人,带走被俘虏的人,以腰刀的名义大肆抢劫,以大炮的声音来向某一个神祇表示谢意;所有这一切都是极可怕的大灾害,使我们无法再相信上帝的公道正义,也不能如人们教导我们那样,再信赖上天的保佑和人类的理性。

各家门口都有零星队伍去敲门,跟着就钻进去住了下来。这就是侵略之后的占领行为。战败者的义务从此开始,此后对战胜者必须和蔼驯顺。

过了些时候,第一阵恐怖过去之后,又出现了一种新的安静。在好多家庭里,普鲁士军官都和这家的男女老少同桌吃饭。这种军官有时也颇有教养;为表示礼貌,他常常对法国表示同情;他并且说,尽管参加了这个战争,对战争却十分厌恶。人们当然很感激他有这种情感;何况不知哪一天还要依靠他的保护呢。把他敷衍好了,也许可以少负担几个兵士的供养。并且既然一切都要听凭这个人的摆布,又何必得罪他呢?真要那样办的话,也无非表示大胆冒险,而不能算是勇敢。这时的卢昂市民们已没有那种大胆冒险的毛病,不是当年使本城身价百倍的英勇保卫城池的时代了②。最后他们又从法国人自己处世的礼法中得出了一条至高至上的理由,互相标榜说,只要不在公共场所跟外国兵表

---

① 德国人说话喉音很重。
② 指十五世纪初叶卢昂人民英勇抵抗英王亨利第五的光荣时代。

示亲近,在自己家里客客气气原是允许的。于是到了外面,彼此都变成不相识,可是到了家里,却很高兴谈谈说说,而住在家里的德国军官呢,每晚待在壁炉旁边跟大家一起烤火取暖的时间也就更长了。

就是城市本身也渐渐恢复了平常的面貌。法国人还不大出门,可是普鲁士兵士却已挤满了街道。此外,穿蓝制服的德国骑兵军官虽然盛气凌人地挎着他们的军刀在街上摆来摆去,可是对普通市民的那种蔑视神情,也并不比去年在这些咖啡馆喝酒的那些法国步兵军官格外厉害。

不过在空气中却添了一种东西,一点难于捉摸的、陌生的东西,一种外来的、令人不能忍受的气氛;仿佛有一种气味散布开来了,那就是侵略的气味。这种气味充塞了各住户和各广场,改变了饮食的滋味,使人有在遥远的、野蛮可怕的部落里做客的感觉。

战胜者老是要钱,并且要得很多。居民们总是如数照付。他们原也很有钱。不过一个诺曼底省①的大商人,钱越挣得多,当他受到了牺牲,看见自己的财产一点一点地转移到别人手里时,他的苦痛也越大。

可是从这个城顺着河流往下,向克鲁瓦赛、狄耶卜达尔或比沙尔等市走出二三法里之外,当地的船夫和渔人便常常从水底捞上德国人的尸体来,这些尸体都穿着军服,被水泡得肿胀,有一刀砍死的,有一棍打死的,也有被石头砸在头上砸死的,也有从桥上被人推下水来淹死的。这条河底的污泥里,埋葬着不少这样暗暗的、野蛮的、合法的复仇行为,那是不为人知的一些英勇举动,一种无声的袭击,这远比白天打仗要危险,但享不到光荣的盛名。

要知道,对外国人的仇恨永远鼓励着几个不怕死的人,他们是随时可以为某种理想牺牲生命的。

后来,因为侵略者虽然做到全城都已屈服在他们极严格的纪律之下,但是大家传说的那些他们在乘胜挺进途中所干的凶恶勾当,他们在这里却一样还未干过;于是大家的胆子就壮起来;做买卖的需要在本地大商人的心中又活动起来。那时法国军队还据守着哈佛港,本地有几个大商人在那里是有大笔投资的,他们很想从陆地先到狄耶卜,从那里再乘船到那个港口。

他们利用了几个相熟的德国军官的势力,居然从总司令部弄来了一张准许离境的证书。

有10个人在长途车行里订了座位,定好了一辆四匹马拉的驿车送他们走这一趟;他们决定在一个星期二的清晨,天不亮就动身,以免招惹许多人起来看热闹。

好久以来,地已冻得很硬;到了星期一那天,下午3点钟光景,从北方吹过来的大片黑云里降下雪来,不停地下了一个下午和一整夜。

清晨4点半,旅客们已聚齐在诺曼底旅店的院子里,他们要在那里上车。

---

① 卢昂属诺曼底省。

他们都还睡眼朦胧,身子裹在衣服里面冻得直哆嗦。在黑暗之中,彼此也看不大清楚;这些人身上都披着层层叠叠的厚冬衣,望过去好像是一群穿着长袍的肥胖神父。不过有两个男人终于互相认出来了,紧跟着就有一个第三者走了过来,他们聊起天来。一个说:"我把我的妻子也带了去。"另一个说:"我也一样。"那个说:"我也如此,"第一个又说:"我们不再回卢昂来了,如果普鲁士军队开进哈佛,那我们就奔英国了。"他们都有这种计划,因为他们的气质原是相同的。

不过始终还没有人来套车。一个马夫提了一盏小灯笼不时地从暗洞洞的一个小门里走出来,又立刻钻进了另一个门。耳边有马蹄踢地的声音,声音不大,因为地下铺着稻草,从房的尽头发出来一个男子骂骂咧咧跟马说话的声音。一阵铜铃微响的模糊声息报告有人在挪动马鞍子;这种模糊的响声不久便变成了一种清脆的、不断的铜铃颤动声,这个声响是随着马的动作而变化的,时而声息全无,时而突然一动又响起来,同时发出一只铁蹄踏在地上的沉闷声音。

此后门又突然关上。什么声音也听不见了。这些冻僵了的绅士们早已不说话;他们一动不动僵直地站在那里。

大片的鹅毛雪花组成一幅绵延不断的大帷幕从天上放下来,一面下放一面闪烁发光;万物的形象都看不清楚了,一切事物都蒙上了一层薄冰。在这座严冬笼罩着的安静的城市的无边沉寂中,只听见雪片下降时那种模糊的、无以名之的、捉摸不住的窸窣之声,但这种窸窣之声又不能真正算作一种声响,只好说是我们感觉到有这种声响,因为那不过是一些轻飘飘的微屑掺混在一起,充塞了空间,盖满了世界。

刚才那个人又出现了,手拉着一匹垂头丧气丝毫不想出来的马。他把马拉到车辕旁边,系上了缰绳,在马的前后左右转了半天,才把鞍套收拾妥当,因为他只能用一只手干活,那一只手拿着灯。当他正预备走去拉第二匹马的时候,他看见了这几位一动不动的旅客,他们已经满身是雪,成了白人了,他对他们说:"你们为什么不上车去待着,至少雪不会下在你们身上了。"

毫无疑义他们先没想到车子,一听这话于是急忙忙都奔了过去。那3个男子先把各人的太太安置在车厢尽头,然后自己才上去;随后是几个模模糊糊看不清楚的人影也爬了上去坐在剩下的空位子上,彼此谁也不跟谁说一句话。

车厢的底板上铺着稻草,各人的脚都没在草里。坐在车厢尽头的那几位太太,都随手带着烧化学炭的小铜手炉;她们立刻都把炭点燃起来,并且低声地列举这种手炉的优点,说了好大半天,其实彼此告诉的事情,谁都早已知道。

最后驿车总算套好了,本应套4匹马,现在却套了6匹,因为车重路滑不容易拉。这时车外有人问道:"大家都上车了吗?"车厢里有个人回答:"都上来了。于是车出发了"。

车走的很慢,很慢,很艰难地走着。车轮陷在雪里;整个车身都呻吟着,发出沉闷的咯吱咯吱的响声;那6匹马一步一滑,呼呼喘着,全身冒热气;车夫的那条大鞭四面八方飞舞,不停地吧哒吧哒响着,一会儿卷起,一会儿伸长,活像一条细蛇;有时鞭子突然抽到一个圆圆的马屁股上,那匹马就猛地一用力,把屁股高高地一耸。

谁也没有理会,天已渐渐亮起来了。轻飘飘的鹅毛雪片,就是车里有一位地道卢昂土著的旅客曾把它比作天上降下来的棉花的雪,也不下了。野地里忽而出现一行蒙着白霜的大树,忽而出现一所顶着雪的茅屋;天上覆着大块的黑而浓的云使得大地更显得白茫茫地耀眼,这时候从云间透出了一片模糊的光亮。

在车厢里,借着这种黎明时的凄凉的光亮,人们互相好奇地打量着。

车厢尽头最好的位子上,坐的是住在大桥街的葡萄酒批发商人鸟先生夫妇,他们正面对面坐着打瞌睡。鸟先生从前给人当伙计,老板买卖破产以后,他就把铺底顶了过来,发了财。他做的买卖是以很低的价格把很坏的葡萄酒批发给乡间的小贩,因此认识他的人以及他的朋友都认为他是个花招最多的奸商,是个诡计多端、爱说爱笑的真正诺曼底人。

他这种奸商的名声已是十分昭著,因此本地的文人杜尔奈先生,一位文笔尖刻而细致、专编寓言和歌谣的名家,一天晚上在省府的晚会上,看见太太们都有睡意,便向她们提议玩鸟飞①的游戏,马上这个字就飞遍了省府的各个客厅,后来又飞向全城的各个客厅,在一个月之久使得全省的人都咧着嘴笑个不住。

鸟先生的出名,还有另外一个缘故,那就是他善弄恶作剧,爱开玩笑,不管是恶毒的或是无伤大雅的玩笑,在他都无所谓;所以任何人一谈到他,就立刻要加上这样一句话:"这个鸟,真是有钱也买不到的宝贝。"

他的身量很矮小,挺着一个大皮球似的肚子,双肩上扛着一张通红的脸,两腮上各有一绺灰色的胡须。

他的妻子是一个高大、强壮,意志坚强的妇人;说话总提高了嗓门,主意来得特别快;她在铺子里是秩序和算术的化身,多亏有鸟先生欢天喜地跳跳钻钻,店里才显得有生气。

在这对夫妇旁边的是属于更高一个阶层,道貌岸然的加雷—拉玛东先生,他是一个非常了不起的人物,在棉织业里有很高的地位,开着三座纺织厂,得过四等荣誉勋章,是参议会的参议。在整个帝国时期②,他一直是温和的反对派的首领,他所以当这反对派的首领,唯一的目的是当政府需要他投票同意某项设议时,他可以要求更高的代价;他这样投同意票的议案,往往是按照他自己的说法,他曾经用彬彬有礼的武器攻击过的议案。加雷—拉玛东太太比丈夫年轻的多,那些派到卢昂来驻扎的好人家出身的军官们常常在她身上找到安慰。

她此刻面对着丈夫坐着,蜷缩在皮大衣里,又小巧,又娇憨,又漂亮,睁着一双凄凉的眼睛看着车厢的令人愁惨的内部。

坐在她旁边的是于贝尔·德·布雷维尔伯爵和夫人。他们的氏族是诺曼底省最古老、最高贵的氏族。伯爵本人是一位气派很大的贵族绅士,他用尽心机在服装上修饰摆

---

① 法文 woler 有"偷窃"和"飞翔"两个意义。所以"鸟飞"也可以当作"鸟偷",这里是强调"偷"的意义。
② 指第二帝国(1852—1870)。

布,为的是加重他和国王亨利第四生理上的相似之处。按照一种对他的家族大有光荣的传说,亨利第四曾使布雷维尔家族中一个女子怀了身孕,这女子的丈夫便因此晋封伯爵并荣任了省长。

布雷维尔伯爵也在参议会,和加雷—拉玛东先生是同僚。他在州里代表着奥尔良派。他怎样会和南特城一个小船主的女儿结婚,这是外人从不曾了解的一件秘密。不过伯爵夫人气派很雍容,待人接物比谁都能干,并且社会上还认为她曾被路易·菲力普[①]的某一王子爱过,整个贵族阶级都殷勤招待她。她的客厅在本地首屈一指,只有她的客厅里还保持着旧日的情调和礼节,因此很不容易踏进去做座上客。

布雷维尔家里的产业全是不动产,据说达到50万法郎一年的收入。

上述的6个人算是车上的基本队伍,是社会上每年有靠得住的收入、生活安定、势力雄厚一方面的人,同时也是信奉宗教、服膺原则、有权威的上等人。

凑巧得出奇的是3位太太同坐在一条长凳上。伯爵夫人旁边却还坐着两位善良的修女,她们手捻着长串念珠,口里嘟哝着圣父经和圣母经,其中的一个年纪已老,满脸都是天花留下的麻子,就仿佛有一架机关枪摆在她面前对准了她的脸放过一梭子弹似的。那一个身子很瘦小,一张好看而带病容的脸长在一个痨病胸腔的上面;这个胸腔正被一股使人甘心殉教、超凡入圣的贪婪的信心在蚕食着。

在这两位修女的对面,坐着一男一女,大家的眼光都注意着他们。

男的,大家都认识,是别号"民主党"的高尼岱,他是一切有身分的人最怕碰见的人。20年来,他那一部棕色大胡子在一切有民主风味的咖啡馆的啤酒杯里拂过来拂过去。他的父亲当年是个糖果商,给他留下一分相当像样的产业,他和弟兄朋友们把它吃了个精光,现在迫不及待地等候共和国降生,以便获得他为革命喝了这么多杯啤酒之后分所应得的地位。在9月4日[②]那天,也许是有人跟他开玩笑,他以为自己已被任命为本省的省长;可是等他上任就职时,办公室的侍役,那时是办公室的唯一主人,却拒绝承认他这项资格,他只好悄悄退了出来。好在他本是个好好先生,平常与人无争,最喜帮助别人,因此他又鼓起无比的热忱,从事本地的军事防卫工作。他叫人在平原上挖了许多洞穴,把附近树林中的小树一齐砍倒,在公路上密层层埋伏下许多陷阱;他很满意自己这些准备工作,所以等敌人快开到的时候,他就很快地回到城里。现在他以为到哈佛去更可以为国效劳,在那个地方新的防御工事会成为迫切需要的东西。

那个女的是一个妓女。因为不到中年就身体发胖而出了名,外号叫"羊脂球"。身量矮小,浑身都是圆圆的,肥得要滴出油来,十个手指头也都是肉鼓鼓的,只有每节周围才凹进去好像箍着一个圈圈,颇像是几串短的香肠;她的肉皮绷得紧紧的发着光,极丰满的胸腔隔着衣服向前高耸着;不过尽管如此,大家对她却都馋涎三尺,趋之若鹜,因为她那种鲜艳的气色实在叫人看了喜欢。她的脸庞儿好像一个红苹果,又像一朵含苞将放的芍

[①] 法国国王(1830—1848在位)。历史上称他统治的时期为七月王朝。
[②] 1870年法国遭受普鲁士的侵略,9月4日人民组织起来推翻拿破仑第三的第二帝国,成立第三共和国。

药;在这副脸蛋儿的上端睁着两只非常美的大黑眼睛,四周遮着一圈长而浓的睫毛,睫毛的阴影一直映在眼睛里;下端是一张窄窄的妩媚的嘴唇,是那么湿润正好亲吻,嘴里是两排细小光亮的牙齿。

据说,她还具有许多无法估计的本领。

当大家一认出她是什么人之后,在那几位正经妇人之间便起了一阵耳语,什么"婊子"啦,"社会之羞"啦等等名词,尽管是低声说的,却是那么响。她不禁抬起头来。她来回看了同车人一遍,眼光含着那么多的挑战意味,并且是毫无畏惧之意,立刻大家都不再声响,低下了头;只有鸟先生还偷偷儿看着她,神气颇为轻佻。

可是过了不大一会儿,那3位太太之间谈话又开始了,由于车里有了这个妓女,她们突然间彼此成了朋友,几乎是知己之交了。在她们看来,好像在这个无耻的卖淫女人面前,她们便必须把她们为人妻的尊严组织在一起;因为合法的爱情总是看不起不合法的自由爱情的。

那3个男的,也因为有高尼岱在面前,一种保守派的本能使他们彼此更为靠拢,他们现在正用一种看不起穷人的口气谈论着金钱。布雷维尔伯爵谈的是普鲁士军队给他带来的损害以及将来牲畜被抢走,庄稼收不了等等可能造成的损失,说话的时候显出千百万家财的封建地主满不在乎的神情:这种损害也不过使他不方便一年半载罢了。加雷一拉玛东先生在棉织业上面受到过很大的损失,因此曾经留了一分心往英国汇了60万法郎以备不时之需。至于鸟先生呢,他已安排妥当,把酒窖里剩下的普通酒一股脑儿卖给了法国后勤部,这样一来政府欠下了他一笔惊人的巨款,他现在准备到哈佛去领款。

这3位都用颇有友情的眼光一瞥一瞥地互相看着。他们虽然彼此社会地位不同,可是借了金钱的牵引,他们彼此感觉到和弟兄一样;他们本都是双手插在裤袋里弄得金钱丁当响的阔人,他们感觉到阔人之间的同行同业的那种义气。

车子走得是那样慢,到了上午10点,他们还没走出4法里。男子们曾下车3次,步行爬上坡的路。大家有点着急,因为原定在多特吃中饭,现在看来天黑以前到达那里都没有希望了。每个人都在注意,顶好在大道边发现一个小酒馆;这时候驿车却陷进一个大雪坑里,费了两个钟头的时间才把它拖出来。

大家的食欲慢慢地增长,弄得人心慌意乱;可是看不见一个小饭馆,看不见一个卖酒的小店,因为普鲁士军队越来越近,饿着肚子的法国队伍不断经过,所有的买卖都吓得停止了。

车里的先生们都跑到路旁那些农庄里去找吃的东西,可是他们连面包都找不到,因为多疑多惧的农民生怕挨抢,早把存储的物品隐藏起来,那些嘴里找不着一点吃的兵士们是发现什么就要硬拿走的。

快到下午1点钟的时候,鸟先生明白表示,毫无疑义他已感觉到胃里空得发慌。其实大家也都跟他一样早就难受得要命;这种想吃东西的强烈的需要一直在增长,谈话的劲头也就没有了。

时常有人打哈欠；一个人打完，马上就有另一个人跟着打；并且人人轮流着都打起来，按照各人的性情、礼貌和社会地位，各有各的打法：有的张着嘴大声打，有的很谦虚地赶紧拿手挡住往外冒着热气、张大了的嘴打。

羊脂球好几次弯下腰去，仿佛在裙子下面找什么东西。每次她都迟疑一下，看一看旁边那些人，然后若无其事地直起腰来。那些人的脸都白煞煞的，绷得很紧。鸟先生表示他肯出一千法郎买一只小火腿。他的妻子身子动了一下，好像表示反对；可是马上就安静下去。她一听见说浪费金钱，心里总要难受，甚至于对这方面开玩笑的话，也会认以为真。伯爵说："说实话，我也觉得很不舒服，我怎么会没想到带点吃的来呢？"于是每个人都这样埋怨自己为什么没带吃的东西。

不过高尼岱带着一瓶甘蔗烧酒；他请大家喝一点，大家都冷冰冰拒绝了。只有鸟先生接受这番好意喝了一点点，他退还酒瓶的时候还道谢说："倒是不错，也暖和了，也忘了饿了。"烧酒一下肚，他高兴了，他提议歌谣里唱的小船上一样，吃那个最肥胖的旅客。这是暗射羊脂球，那几位有教养的人听了是刺耳的。谁也不回答他，只有高尼岱微微地笑了一笑。那两位修女已停止念经，双手抄在肥袖管里，她们动也不动，下死劲地低头看着地，不用说是在默默忍受上天降给她们的苦痛，作为对上天的献礼。

3点钟时，他们来到了一片四望无边的平原，眼前连一个小村落都没有了。羊脂球一弯腰急忙忙从长凳底下抽出了一个上面蒙着一块白色饭巾的大篮子。

从篮里，她先拿出一只洋瓷的碟子，一只小银杯，然后是一只大盆，里面装着两只切碎的整只小鸡，上面盖着凝结的冻；大家看见篮里还有不少别的好东西，什么点心啊、水果啊、糖食啊等等，总之是为3天旅程预备下的食品，3天之内可以不沾旅馆厨房做出来的任何东西。在那些食品包儿的中间还露着四个酒瓶的瓶颈。她拿起了一个鸡翅膀，仔细地吃着，一面嚼着一块小面包，就是诺曼底省大家叫作"摄政时代"的那种小面包。

先是所有的眼睛都向她盯着。随后，香味一散开，大家的鼻翅就都张开，口里涌起了大量的口涎，耳朵下面那块颚骨也绷得直发痛。那几位太太对这个妓女的轻视现在更厉害了。她们恨不得把她杀死或把她扔下车去，抛到雪地里，连她，连她的酒杯、篮子以及那些食品一齐丢下去。

不过鸟先生的眼睛死盯着那盆鸡不放松。他说："真是妙不可言。这位太太比我们想的周到得多。世上是有这样一些人的，他们总是样样都想得到。"她于是抬起头向着他，然后说："您吃一点吗，先生？从早上一直到现在可真不好受啊。"他点头打了招呼就说："老实说，我还真不能拒绝，我实在支持不住了。到哪一步就得说哪一步，您说是不是，太太？"然后朝四周瞟了一眼，他又接着说道："遇到像现在这种时候，能够碰见好心肠帮忙的人，可真叫人痛快呀！"他身边原有一张报纸，他此时就把它摊了开来，免得弄脏了裤子，随后从袋里掏出他永远掖着的一把小刀，用刀尖挑起一个满裹着冻子的鸡腿，拿牙把它撕碎，细嚼起来；嚼得那么明显地津津有味，在车里引起了一片失望的长叹声。

可是羊脂球这时又用谦逊而温和的声音邀请那两位善良的修女也参加她这顿便餐。

这两位马上就答应,眼皮也不抬,嘟囔了几句道谢的话之后,很快地就吃起来。高尼岱也没有拒绝羊脂球的邀请;连修女一起,各人把报纸摊在膝上,就拼成了一张饭桌。

几张嘴不停地张开了闭拢,闭拢了张开,咽啊,嚼啊,吞啊,非常地凶猛。鸟先生在自己的角落里吃得十分起劲,并且低声劝他的妻子也这样做。她拒绝了好半天,后来五脏六腑都一齐抽筋似地痛起来,她也不坚持了。她的丈夫于是使用出极委婉的词句请问他的"亲爱的伴侣"是否允许他拿一块鸡给他的妻子吃。羊脂球说:"那还用问吗?当然可以的,先生。"一面极和蔼地微笑着把盆子递了过来。

等把第一瓶红葡萄酒一打开,为难的问题就来了,因为只有一只酒杯。大家只好把杯子揩抹一下互相传递着喝。只有高尼岱一个人不揩抹酒杯,却故意找羊脂球唇迹未干的地方喝,毫无疑义他是有意向她献媚。

现在布雷维尔伯爵夫妇和加雷一拉玛东夫妇四周的人已都吃东西了,食物的香味把他们逼得喘不出气,他们挨受的那种可怕的苦难是有名堂的,叫作"当答尔的苦难"[①]。忽然,那个棉织业厂主的年轻太太叹了一口长气,大家都不禁转过脸来;她的脸色跟车外的雪一般白;好眼皮一合,头一低,晕过去了。她的丈夫吓得不知怎样好,要求大家帮忙。谁也都是束手无策,这时候那个年老的善良修女却扶起了病人的头,把羊脂球的酒杯轻轻放在她的唇边,喂了她几滴葡萄酒。那位美丽的太太这才微微一动,睁开了眼,面上显出了一丝微笑,有气无力地说她现在觉得很舒服了。不过,为避免再犯病,那位修女逼着她又满满地喝了一杯,她说:"就是因为饿极了,没有别的缘故。"

这时,羊脂球满脸涨得通红,很为难的样子,眼睛看着那4位饿着肚子的旅客,吞吞吐吐地说道:"天啊,我要是不怕冒昧的话,真想请这4位先生和两位太太也……"她不再往下说,怕惹出一场无趣,白受侮辱。鸟先生说话了:"唉!在这种时候,四海之内皆兄弟,都应该互相帮助。来吧,太太们,别客气,凭什么还要拒绝!我们能否找到一个住处过夜,都还不知道呢,像这样的走法,明天正午以前决到不了多特。"他们还在犹疑不决,谁也不敢负责任说一声"好吧"。

后来还是伯爵解决了问题。他转过脸来对着那个不知所措的肥胖姑娘,摆出了一副贵族绅士高不可攀的架子说道:"好,我们不客气,领情了,夫人。"

迈第一步是很困难的。第一道关口一过,大家就毫不客气了。一篮子东西吃了个精光。这篮子里原来还装着一块鹅肝冻、一块铁雀冻、一块熏牛舌、克拉桑的梨、主教桥镇出产的甜面包、细巧甜点心、一罐醋泡的王瓜和蒜头,羊脂球跟别的妇人一样最爱吃生的青菜和水果。

既吃了这个姑娘的东西,就不能不和她说话。于是就聊起天来,一开始大家都很矜持,可是她说话很知道分寸,大家也就不再拘束。布雷维尔太太和加雷—拉玛东太太都是熟悉交际礼貌的人,知道怎样对她表示和气而又不失身份。特别是伯爵夫人,她显出

[①] 当答尔是古代一位国王,因得罪了宙斯被投入地狱,罚他永远受饥渴的折磨。

最高贵的夫人不怕接触任何污秽的那种屈尊俯就的和蔼态度来,她对羊脂球显得格外和气。只有鸟太太,她本着一种宪兵的精神,仍旧是那么不可侵犯的样子,说得少,吃得多。

他们谈起了战争,这是很自然的事。他们讲了许多普鲁士兵士的残暴行为和法国人的英雄事迹;这些人自己是在逃亡,却都衷心钦佩着别人的勇敢。慢慢讲到各人经历过的事了,于是羊脂球把怎样离开卢昂的情形讲给他们听,她的愤慨是真实的,言词也非常激烈;妓女们发泄真实的愤怒时往往是这样激烈的。她说:"我先以为我是可以不走的。我家里存着很多的食品,供给几个兵士吃喝总比离乡背井乱跑乱奔好些。可是等到我真见着了他们,这些普鲁士兵,我可就控制不住自己了。他们把我的肚子都快气破了,我羞惭得哭了一整天。如果我是个男子的话,那当然就好办了!我老在我的窗口望着他们,这些顶着尖角钢盔的大肥猪,我真想把我屋里的家具丢下去砸他们,但我的女仆紧紧握着我的手,不让我动手。后来有人要住到我的家里来了。第一个走进我家大门的人就被我扑上去掐住了脖子。掐死他们这些人并不比掐死别人更费事。如果没有人抓住我的头发往后拉,这个家伙一定是叫我给结果了。这样一来我只好隐藏起来,最后算是找着了机会,我才走出来,来到这辆车里。"

大家很夸奖了她一番。同车的这些伴侣并没有表现得像她这么果敢大胆,在他们的心目中,她的地位是增高了。高尼岱一直是带着微笑听她讲,他的微笑是教会布道者面上常有的那种表示赞许的、善意的微笑;一位神父听见了一个虔诚的教徒颂扬上帝,其表情也不过如此,因为爱国是这些留着长胡子的民主党人独家经营的专卖品,正如宗教是那些穿长袍的教士们的专卖品一样。最后他说了话,口吻是说教者的口吻,并且用了一大堆从每天张贴在墙壁上的宣言中学来的慷慨激昂的词句;最后他真的搬出了一段演说词,在演说词里他狠狠地把那个"无赖子巴丹盖"①痛骂了一顿。

可是羊脂球立刻勃然大怒,因为她是崇拜拿破仑皇帝的,她面色变得比野樱桃还红,气得说话也结巴了,她说:"你们这些人,你们不妨坐到他的位子上去试试看。那可就不知成什么样子了!这个人,他是被你们给出卖了!要是你们这些光棍都上台去治理法国,我只好远离法国了。"高尼岱很镇静,面上还保留着一丝轻蔑的、自觉比人高一等的微笑;但是大家却感到快要听见骂人的粗话了。这时伯爵却挺身而出,用权威者的口气宣称一切真诚的意见都应该受到尊重,这才好容易把这个气愤填胸的姑娘的气平了下去。可是伯爵夫人和那位棉织业厂主的太太在心灵里原抱着一切有身分人对共和国所抱的毫无理由的憎恨,并且对一切讲究排场的专制政府天生就有爱慕之情,因此不由自主地觉得这个妓女颇有可爱之处;她是那么庄严自重;令人钦敬;她的情感和她们的情感又是那么彼此相像。

那一篮子东西是吃光了。10个人吃这一篮子东西毫不费力就把它打扫干净,大家视为遗憾的是篮子只有这么大而不更大一点。自从把东西吃完以后,谈话稍稍冷淡了一

---

① "巴丹盖"是拿破仑第三即路易•波拿巴的绰号。

些,但还继续了一些时候。

夜慢慢地来了,天色一点一点黑下来,一个人正在消化食物的时候,对寒气的感觉来得格外锐敏;羊脂球尽管身上肥油多也不免阵阵打寒战。布雷维尔太太愿意把手炉借她烤一下,炉里的炭从早上起已经换过多少次;羊脂球立刻就接了过来,因为她觉得她的脚已冻得冰冷。加雷—拉玛东太太和鸟太太也把各人的手炉递给那两位修女。

车夫已点上了车灯。在强烈的灯光照耀下,看出那几匹马,汗出如注的屁股上冒着一片云雾似的热气,同时也看见道路两旁的雪在灯光闪耀之下滚滚向后飞驰。

在车厢里是什么也看不清楚,不过在羊脂球和高尼岱之间突然有一种动作。鸟先生的两眼是一直在那里搜索的,他好像看见那位长着大胡子的人急忙地向旁一闪,似乎挨了不声不响打过来的很结实的那么一个耳光。

大道前面现出不少的星星小火光。那便是多特了。整整走了12小时,加上4次停下来叫马吃荞麦和喘息的两小时休息时间,一共是14小时。车开进了镇市,在商业旅馆前停了下来。

车门开了。一种很耳熟的声音使所有的旅客都不由得一惊;他们听见了腰刀皮鞘触地的声音。跟着就是一个德国人的语声在喊叫什么话。

车虽然已经停住不动,可是没有一个人下车,好像预料到一走出去就会被屠杀似的。这时车夫出现了,手里提了一个灯笼,灯光一直射到车厢尽头,照出了那两行恐慌万状的脸,都张着嘴,睁着又惊又怕的眼。在车夫身旁站着一位德国军官,灯光照得很清楚,他是一个大高个子的青年,身材非常细长,头发非常金黄,上身紧紧裹在制服里,好像女子裹在束胸带里一样;歪戴着漆布遮檐的平顶军便帽,这就使他颇有点像英国旅馆里的侍役;嘴上两撇长长短短的胡子,长的几根笔直地无尽无休地向两旁伸着,越来越稀,稀到尖上只剩了一根金黄色的长须,长到简直令人无法看出它到底有多长。这两撇胡子好像很有分量,垂在嘴角,把脸蛋坠得往下搭拉着,嘴唇便成了两头向下的一道弧线。

他用亚尔萨斯①人说的法国话请旅客下车,口吻很不客气:"先生们和太太们,你们还不下来吗?"

两位修女首先服从命令,她们是惯于依从一切命令的圣洁女子,所以非常驯服。伯爵和伯爵夫人也走了出来,后面跟着的是棉织业厂主和他的妻子,再便是鸟先生从后面推着他的大个子老婆。他脚一挨地就对那军官来了一个:"你好!先生!"与其说是表示礼貌,毋宁说是心虚多加小心。有权有势的人总是傲慢无礼的,对方也不例外,看了他一眼并不答礼。

高尼岱和羊脂球虽然坐在车门口却最末下来;在敌人面前,他们显示出严肃高傲的气概。那位胖姑娘竭力控制着自己,努力叫自己镇静;那位民主党人不住地用手揉搓着自己棕色的长胡,手有点哆嗦,颇有点悲剧的意味。他们二人的意图是要保持自己的尊

---

① 亚尔萨斯系法国西北部的一省,该处的法国话,德国音颇重。

严,他们知道在这种场合下,每个人多多少少代表着自己的祖国;两个人看见同行伙伴那种恭顺态度,心里起着同样的反感;她呢,想法子要比那些同行的正经妇人表示得更豪迈;他呢,感到自己应该树立榜样,于是在整个态度中都显出他仍在继续当初在大路上挖洞刨沟时所开始的抗敌任务。

他们走进了旅馆的宽阔的厨房,遵照那个德国军官的吩咐呈验了总司令签发的离境准许证;每人的姓名、年貌、职业,在证上原是注得明明白白的,那德国人于是一面看证一面看本人,把这批人端详了好大半天,然后他突然说道:"好了,"说完他就走了。

大家这才透了一口气。因为肚子还感到饿,赶紧叫旅馆准备晚餐。准备晚餐,半小时是不能少的,于是,两个女侍在那里忙碌的时候,他们就去参观一下各人的住室。他们的住室都集中在一条长廊里,廊的尽头有一扇玻璃门,门上写着"第一百号"①。最后要坐下吃饭了,这时旅馆的老板出现了。他当初是个马贩子,现在改了业。他是个有哮喘病的胖子,老是嘶嘶哈哈喘着气,喉咙里老发着呼噜呼噜的痰声。他的姓是弗朗维。他问道:

"谁是爱丽萨白·鲁赛小姐?"

羊脂球不由得一惊,转身答道:

"就是我。"

"小姐,普鲁士军官要马上跟您谈话。"

"跟我?"

"是的,如果您就是爱丽萨白·鲁赛小姐。"

她先是一阵为难,但仔细考虑了一秒钟,就很痛快地回答道:

"也许是找我,但是我不去。"

在她四周起了一阵骚动;大家都讨论起来,研究发这个命令的理由是什么。伯爵走了过来:

"您这样做是不妥当的,夫人;因为您这样一拒绝,可能引起很大的麻烦,不仅对您本人不利,也对您这些旅伴们不利。遇到最强大的人是永远不应抵抗的。他这种举动不会包含什么危险;那一定是有什么手续忘记办了。"

大家也都附和着帮伯爵说话,又央求,又催逼,又讲大道理;因为大家都害怕她这种轻举妄动会引起纠纷。后来终于把她说服了。她说了这样一句话:

"好,我去,这可是为了你们大家我才去的。"

伯爵夫人赶紧握住她的手:

"所以我们都很感激您呀。"

她出去了。大家先不吃饭等着她。每人心里都有点懊丧,懊丧的是为什么偏偏请这位脾气暴、性子躁的姑娘上去而不请自己。都默默在准备一些老生常谈,以便轮着自己

---

① 一百号是厕所的隐语。

被请时好说。

可是过了十分钟,她回来了,大喘着气,脸红得好像要背过气去,竟是怒气填胸无法遏制的样子,嘴里不停地嘟哝:"噢,这个浑蛋!这个浑蛋!"

大家都急于要知道底细,可是她什么也不说;伯爵还再三追问,她于是神气十足地回道:"不,这和你们不相干,我是不能说的。"

大家围了一个高大的汤盆落了座,盆里冒着白菜香味。虽然经过了那场惊慌,这顿饭还是吃得很高兴。鸟先生夫妇和两位修女为了省钱都喝苹果酒,苹果酒味道也不错。其他各位都要了葡萄酒;高尼岱要了啤酒;他喝啤酒,是有自己的一套特别方法的,怎样把瓶盖揭下,怎样让酒多起白沫,怎样把杯子歪举着仔细端详,都和别人不同;然后他把杯子高举到灯和自己的中间,好好赏鉴一番酒的颜色这才喝下去。喝的时候,他那部跟他所喜爱的饮料颜色相仿的大胡子仿佛也会感动得颤动起来;他的一双眼斜盯着啤酒杯一刻也不肯放松;他生在世上唯一的职务好像就是这一些事,而他现在就在那里执行这个职务。简直可以说他在脑海里一直是把占据他一生的两大爱好:浅色啤酒和革命,当作两种互相关联并且交相化合的东西;因此他细尝这一个滋味的时候就不能不想到那一个。

弗朗维先生和他的妻子在桌子的那一头用饭。男的像一个破火车头那样呼呼地喘着,胸膛里抽进抽出这么多的气,是无法边吃边说话的;可是女的,话却没个停止的时候。先讲普鲁士人一到本地时,她对他们所发生的感想,随后讲他们都干了些什么,说了些什么;她所以恨他们,首先是因为他们害她花了不少钱,其次是因为她有两个孩子在军队里打仗。她特别爱跟伯爵夫人谈天,跟一位有身分的贵妇人说话,她感到荣耀。

后来她把嗓子放低,谈起一些不能随便说的事,她的丈夫便不时地拦阻她:"弗朗维太太,你还是不说的好。"不过她一点也不理会他的劝告,仍旧说下去:

"是的,太太,这些家伙,他们不吃别的东西,除了土豆和猪肉,还是猪肉和土豆。可别以为他们多么洁净。他们才不洁净呢。他们到处拉屎撒尿,请原谅我使用这些肮脏的字眼。幸亏您没看见过他们下操,一操就是整整几小时或几天,全都待在大空地里:老是向前走,向后走,向这儿转,向那儿转。这些人如果都去种地,或者回他们家乡去修路,那至少总还算不错呀!可是不,太太,这些军人,谁也得不到他们的好处!可怜的老百姓养着他们,就为得叫他们可以什么也不学,光学会大批杀人!不错,我不过是个没受过教育的老婆子,可是看见他们从早到晚老是踏来踏去,把各人的身体踏得个精疲力尽,我心里可就不免这样想了:有些人发明这么多的东西,为的是于人有益,可是另有一批人吃尽辛苦却只为得损害旁人,这难道是应该的吗?杀人总是丑恶可憎的事,不管杀的是普鲁士人,或是英国人,或是波兰人,或是法国人。人损害了你,你就报复,这当然是不对的,所以你要受刑事处分;可是拿着枪大批屠杀我们的小伙子,跟杀飞禽走兽似地那么杀,那就对了吗?如果说不对,那末为什么还要把勋章奖给杀人最多的那个人呢?这是怎么回事;我简直弄不明白。"

高尼岱提高了嗓子说话了：

"如果是攻击一个与世无争的邻国，那末战争是野蛮行为；如果是保卫自己的祖国，战争是一种神圣的责任。"

那个老婆子低下了头，然后说：

"是的，要是为得自卫，那是另一回事；不过那些专为寻欢作乐而打仗的帝王，是不是应该把他们都杀个干净呢？"

高尼岱的眼里好似着了火，他说：

"说的真好，女公民！"

加雷—拉玛东先生不免沉思起来。虽然他一向是盲目崇拜那些名将的，但这个乡下女人的常识却使他想到这样一件事，就是这么多的人手，废而不用任他们坐耗国帑，这么大的力量被弃置在不生产之地，如果一旦把它们用到几百年才能完成的大工业上去，给国家该带来多大的财富。

这时鸟先生已离了座，走去低声和旅店老板谈话。那个胖子又笑，又咳嗽，又吐痰；听了对方打诨逗趣的话，他的大肚子快活得一起一伏不住地跳动；他向鸟先生订购了6大桶红葡萄酒，等春天普鲁士人走了再交货。

晚饭刚一吃完，大家本已累得腰酸背驼，也就都去就寝。

可是有些事，鸟先生却已看在眼里，他把太太服侍上床以后，便一忽儿把耳朵贴在锁孔上听，一忽儿又用眼贴着锁孔望，他要看一看那个大家称为"长廊的秘密"的勾当。

差不多一个钟头之后，他听见一阵衣裙的声音，他赶快一看，看见了羊脂球穿着一件四周镶白色花边的蓝呢睡衣，样子显得格外臃肿，手里拿着一盏蜡台，向长廊尽头那个一百号门走去；离他不远的地方，却有一扇门推开了一条缝。等过了几分钟羊脂球回来了，跟在她后面走的是高尼岱，上身只穿着衬衫。他们说话很低，后来停下不走了。羊脂球好像在坚决地阻拦他进自己的屋子。倒楣的是鸟先生听不见他说什么话；不过到最后他们声音高了起来，他总算耳边括着了几句。高尼岱是一个劲儿地央求，他说：

"您瞧，您够多么傻，对您来说，这有什么关系？"

她大概很不痛快，回道：

"不行，我的亲爱的，在某些时候，这种事是做不得的；那简直是丢脸的事。"

他当然一点也不明白其中的道理，还在问什么缘故。她于是生气了，嗓子又高了一点：

"什么缘故？您不知道是什么缘故吗？普鲁士人不就在这所房子里，也许就在隔壁屋子里吗？"

他不再说话了。敌人在身旁，这个妓女便不肯接受男人的温存，这种爱国主义的节操不能不在他心里唤醒了正在丢盔卸甲的自尊心；他只抱住她吻了一下，便蹑手蹑脚回了自己的房间。

鸟先生心里跟火烧一般，离开了锁孔，在屋子中央打了个飞脚，戴上了他的棉布睡帽,掀起了盖着妻子粗硬身躯的被子,吻了妻子一下把她扰醒,低低说道:"亲爱的,你爱我吗?"

整所房子里于是声息全无了。但不久的工夫,不知哪儿,说不清是从哪方,也许是从地窖里,也许是从阁楼里,发出了一种有力的、单调的、有规则的鼾声;一种低沉的、拉着长腔的声音,好像汽锅憋足了气抖动的响声。弗朗维先生睡着了。

原来决定的是第二天八点钟动身,所以到时候大家都已聚在厨房里;可是那辆车子,盖车的布上是一层厚雪,却孤零零地丢在院子中央,也没有马也没有车夫。马房里、堆草房里、车房里都找过,哪儿也找不着车夫。于是所有的男子决定到镇上去搜寻这个人,他们一齐走了出去。他们来到了广场,广场的正面是一座教堂,两旁都是低矮的房子,里面都有普鲁士兵。他们最先看见的兵是在削土豆皮。再过去一点,又看见一个兵在那里替理发店洗刷屋子。还有一个满脸胡子的兵正在吻一个小孩的面孔,孩子直哭,那个兵就把孩子放在膝上颠动摇晃,哄着,让他别哭。那些胖胖的乡妇——男人们是到军队打仗去了——正比着手势指挥那些驯顺的胜利者在那里做应该做的工作,比方劈柴,看守汤锅,磨咖啡等等;有一个兵竟在替他的房主人洗衣服,房主是一个手脚不灵的老婆子。

伯爵大为吃惊。恰好一个教堂职员正从神甫住宅出来,他于是请问了他。这个老信徒回道:"噢!这些人可不是坏人;听人说,他们不是普鲁士人。他们住得还远些;我也说不清是什么地方,他们都把老婆孩子丢在家乡;战争,他们并不觉得好玩。我敢肯定,他们那里也在哭哭啼啼挂念男人;将来跟咱们这儿一样,也会穷得走投无路。这儿,目前还不算太倒霉,因为他们并不干坏事,他们跟在他们家里一样干活做事。看见没有?先生,穷人对穷人就得彼此帮点忙……是那些大人物,他们要打仗。"

高尼岱看见战胜者和战败者之间会成立了这样一种友好的谅解,感觉非常气愤,马上走开;他宁愿回到旅馆里去一个人待着。鸟先生说了一句笑话:"他们正在补充人口。"加雷—拉玛东先生也说了一句话,倒还严肃:"他们正在补救过失。"可是车夫还是找不着。最后才在村里的咖啡馆里把他找到,他正和普鲁士军官的副官弟兄似的坐在一桌上喝酒。

伯爵很不客气地问他:

"没吩咐你叫你八点钟套车吗?"

"吩咐过的,不过后来我又接到了一道别的命令。"

"什么命令?"

"叫我千万不要套车。"

"谁给你的这道命令?"

"那还用说,不就是普鲁士司令官吗?"

"为什么发这样的命令?"

"我可不知道,你们去问他吧。他们不准我套车,因此我就不套车。事情就是这样。"

"这是他亲自对你说的吗?"

"不，先生，是旅店老板代他对我传的命令。"

"什么时候传的？"

"昨天晚上，我正要去睡的时候。"

3个男子心里十分不安，回了旅馆。

他们要见弗朗维先生，可是女仆回说弗朗维先生因为有气喘病，10点钟以前是从来不起床的。他甚至严词禁止过在这以前把他叫醒，除非是赶上火灾。

他们想见军官，但那是万万办不到的；尽管他就住在旅馆里，他却只允许弗朗维先生一个人和他谈老百姓的事情。只好等着吧。妇人们只好重新回到卧室，做一些无关紧要的琐事。

高尼岱舒舒服服坐到厨房里那座高大壁炉的下面，炉里燃着一堆熊熊大火。他叫人替他搬来了一张小咖啡桌，外带一瓶啤酒，然后叼着烟斗抽他的烟。他那只烟斗在那些民主党人中间几乎和他本人一样那么受人重视，它虽只是为高尼岱服务，但仿佛也在为祖国服务。那是一只海沫石做的十分美丽的烟斗，乌黝黝和主人的牙齿一般黑，不过烟斗是香喷喷的、弯弯的、亮晶晶的，和主人的手已经混得很熟；有了这个烟斗在手，主人的神气才显得十足。高尼岱坐在那里一动也不动，两只眼忽而盯住炉里的火苗，忽而盯住杯中的酒沫；每喝一口，总要带着得意的神色伸出他的又瘦又长的手指头掠一下油腻的头发，一面用嘴吸着短胡子上挂着的泡沫珠儿。

鸟先生借口活动活动腿脚，却跑到本地各家零售商店去推销他的葡萄酒。伯爵和棉织业厂主谈论政治。他们对法兰西的前途有种种的看法。这一个把希望寄托在奥尔良党人身上，那一个指望出一个无名的救主，等到大局全盘无望的时候才挺身出来，也许又出来一位魁克兰①，一位让娜·达克，或者另一位拿破仑！如果皇太子②不是那么年轻，那该多么好！高尼岱听着他们说话，微微笑着，表示他是一个懂得命运的奥妙的人。他抽着烟斗把厨房熏得喷鼻香。

敲10点钟的时候，弗朗维先生出现了。大家马上请教他；可是他只能把下面几句话一字不改地重复了两三遍："军官这样对我说的：'弗朗维先生，你必须告诉车夫，明天不准给这些旅客套车。没有我的命令，他们不能动身。你听明白了？好，不用再多说了。'"

他们要求见军官。伯爵拿出自己的名片，加雷—拉玛东先生在伯爵名片上又附上了自己的姓名和所有的头衔。普鲁士军官派人传话给他们，说他可以接见这两个人，可是得等他吃完午饭，那就是说午后一点左右。

太太们又下了楼，大家虽然都提心吊胆，还是胡乱吃了一点东西。羊脂球好像是病了，并且异常惶恐。

大家刚喝完咖啡，副官就来传这两位先生。

鸟先生也跟着他们一起上去；大家本想把高尼岱也邀了去，以便使他们的这番活动

---

① 魁克兰是十四世纪的法国民族英雄，屡次击溃英军，收复很多失地。
② 指拿破仑第三的儿子，普法战争时只有十四岁。

格外显得郑重,可是他很高傲地声称,他永远不愿意和德国人有什么来往;他又躲到壁炉下面,又要了一瓶啤酒。

那3个人上了楼,被领到旅馆中最华美的那间房里,那个军官就在那里接见他们;他躺在一张靠背椅上,双脚蹬着壁炉,嘴里抽着一支长的瓷烟斗,身穿一件鲜艳夺目的睡衣,不用说那是在某个低级趣味的财主的空房子里偷来的。他也不起来,也不打招呼,一眼也不看他们。他可以算是战胜军人本性带来的那种卑怯无赖的一种极完美的样品。

过了好半天,他终于发了话:

"你们有什么事?"

伯爵赶紧发言:"我们想启程上路,先生。"

"不行。"

"我可以不可以请问一下,因为什么不让我们走?"

"因为我不愿意。"

"我以极大的敬意请您注意,先生,您的总司令曾经发给我们到狄耶卜去的通行证;我想我们也没有做什么错事,可以惹起您的严厉待遇。"

"我不愿意……没有别的缘故……你们可以下去了。"

3个人都鞠了躬,退了下来。

下午过得很愁惨。谁也不明白这个德国人何以有这种怪脾气;大家的脑子里都有最奇怪的念头搅扰着。他们全都待在厨房里,想象出种种不近情理的情形来讨论个不休。也许要把他们留下做抵押?——不过目的又是什么呢?——莫非要把他们当俘虏带走?更可能的是要向他们勒索一笔大数目的赎款吧?一想到这个,他们突然吓得要发疯。其中最有钱的人害怕得最厉害;他们好像已经看见自己为赎命把一袋一袋的金钱倒在这个蛮不讲理的大兵手里。他们绞尽脑汁想找出一些可以让人相信的诳言,来掩饰他们的富有,好冒充穷人,冒充很穷的人,鸟先生还把表链摘下来藏在衣袋里。天色黑下来了,这更增加了他们的恐惧。灯已点上,但吃晚饭还要等两小时,鸟夫人提议打31点。这是一种消遣解闷的好方法。大家都同意。高尼岱熄灭了烟斗表示知礼①,他也凑一把手。

伯爵洗了牌——分了牌——羊脂球一下子就得了31点;不久,玩牌的兴趣就把各人心里盘踞着的恐惧平息下去了。可是高尼岱发觉鸟先生夫妇商商量量在闹鬼作弊。

他们正预备坐到桌上去用餐,弗朗维先生又出现了,用他那痰堵着喉咙的声音说:"普鲁士军官叫我问爱丽萨白·鲁赛小姐,她是不是还没有改变主意?"

羊脂球一听这话就脸色煞白,不坐下去了,随着是突然满脸通红,一阵怒气上冲,说不出话来。最后她才爆发:"去告诉这个无赖,这个下流东西,这个普鲁士臭死尸,说我决不能答应,听明白了? 决不,决不,决不。"

胖老板一出去,大家就围住了羊脂球打听,央求她把访问军官的秘密说个明白。她

---

① 按西方礼节,有妇女在坐不能抽烟。

先不肯说,可是过不多久,她心里的愤慨再也压不下去,她大声喊道:"他想干什么吗?……他想干什么吗?他想跟我睡觉!"这样的粗话,竟没有人觉得刺耳,因为大家都是那样气愤填胸。高尼岱使劲把酒杯往桌上一放,把酒杯都打碎。当时只是一片谴责这个无耻丘八的呼声,一片暴怒的怨声;全体团结起来抵御敌人了,仿佛敌人要羊脂球牺牲的那个事里,每人也都有一份。伯爵愤慨地表示这些人的行为简直和古代野蛮民族一样。特别是那几位太太,更是对羊脂球显出十分怜惜爱护的样子。那两位修女是只有吃饭才下楼的,现在早已低下了头,一言不发。

头一阵暴怒过去之后,大家还照常用晚餐,不过不大说话,因为都在想心事。

妇人们早早回了卧房;男人们抽着烟就把牌局组织起来,他们邀了弗朗维先生参加,他们的意思是想要巧妙地从他身上打听出好方法来克服军官的执拗主张。可是他一心只想着牌,什么也不听,什么也不答;他只是不停地说:"打牌吧!先生们,打牌吧!"他是那么专心一意地玩牌,连痰都想不起吐;胸腔里有时候便跟风琴似的奏着音乐。呼哧呼哧扇动着的肺叶发出哮喘病的种种声响,从浑厚的、深沉的音节起一直到小公鸡练习打鸣时的那种嘶哑的尖叫声,无一不有。

他的太太熬不住困,来找他去睡的时候,他竟拒绝上楼。太太只好一个人走了,因为她是"值早班的",总是太阳一出就起床;而他呢,是"值晚班的",随时都可以和朋友们熬夜。"你把我那罐牛奶熬蛋黄放在火边上煨着!"他说完又打起牌来。等大家看出从他身上是什么也打听不出来的时候,就宣布应该散局,各人都回去睡觉。

第二天他们还是老早都起了床,心里都抱着一种模糊的希望;想动身的欲望也更大,他们很怕在这丑恶的小旅馆里还要过一天。

可叹!拉车的马还是留在马房里,车夫还是无影无踪。他们无事可做,就在车的周围绕来绕去。

那餐午饭吃得非常凄凉;大家对羊脂球好像有点冷冰冰了。因为夜晚常常叫人深思,过了一夜,他们的看法改了样儿。他们现在几乎有点怨恨这个女子:为什么她不偷偷地跑去找那个普鲁士人?那样一来,她这些旅伴们一觉醒来,不就可以惊喜若狂吗?还有比这事更简单的吗?并且又有谁知道呢?她的面子是可以顾住的,她只要叫人告诉军官,说她是看了那些旅伴们可怜才答应的,那就行了。在她说来,那个事确实没有多大关系!

不过这些想法,倒还没有人从口里说出来。

下午,大家实在厌烦得要死,伯爵提议到村子附近去散散步。各人都小心地穿好了衣服,这一小队人就出发了,只有高尼岱不去,他宁愿留在旅馆里烤火;那两位修女也不去,她们这几天不是在教堂里就是在神甫住宅里消磨光阴。

日益严峻的寒气针扎似的刺着人的耳鼻;两脚冻得生疼,走一步就是一阵痛楚;等到看见了田野,望过去是无尽无休的一片白,那么凄怆悲凉,大家立刻感到寒入骨髓,愁上心头,马上掉转身子往回走。4个妇人走在前面,3个男人离不远在后面跟着。

鸟先生把目前的情况看得很清楚,忽然发问说,这个"女流氓"莫非还有意要害他们在这种地方多待些日子吗?伯爵永远是彬彬有礼的,他说不能硬逼一个妇人做这样一种艰苦的牺牲,这种事只能听她自愿。加雷—拉玛东先生也发表意见,他说如果法国人,真如大家所议论的那样,从狄耶卜攻过来,那末两军接触只能是在多特地方。另外那两个人听了他这种说法,心里可就有点着急。鸟先生说:"那咱们就徒步逃下去吧。"伯爵耸了耸肩膀:"这样的大雪,又带着几位太太,那怎么行呢?他们马上会追下来,十分钟的工夫就把我们抓住,当俘虏带回来,那就任凭这些大兵摆布了。"他的话是实情实理的话,大家都不再作声。

太太们在那里谈的是装饰和衣着;可是好像各人都有所顾忌,彼此不大说得拢。

忽然在街口出现了那个普鲁士军官。在一望无边的雪地上摇摇摆摆的是他那穿着制服的细腰蜂的身体,他故意把膝盖向两旁撇着,使双脚成八字形那么走着,这种走法是军人生怕弄脏刚擦亮的长靴特有的走法。

他走到妇人们面前时,哈了哈腰,可是对那些男子却十分看不起似地看了一眼,好在这些人也颇知自爱,并没有脱帽,尽管鸟先生做了一种仿佛要摘帽的手势。

羊脂球一阵面红过耳;那3位有丈夫的妇人则感觉到一种很大的耻辱,她们觉得可耻的是和妓女一起散步时偏偏让军官碰见;而这个妓女又是那个军人如此不客气地对待过的妓女。

她们跟着就谈起这个军官来,既谈他的体态又谈他的容貌。加雷—拉玛东夫人曾结交过许多军官,区别军官的好坏是很在行的;她觉得这个军官很过得去;她甚至惋惜他不是法国人,否则倒是一个很漂亮的轻骑兵,一定会惹得所有的妇人若醉若痴。

回到了旅馆,大家都不知干什么才好。对一些极不关紧要的事,彼此交谈起来,话语都非常尖刻。晚饭不声不响地吃了,吃得很快;各人都上了楼去睡觉,希望快快睡着把时间混过去。

第二天早起下楼的时节,大家的脸色都显得疲惫不堪,并且各人都是满腔的愤怒。那几位太太几乎不跟羊脂球说话了。

这时教堂里响起了钟声。有孩子要领洗。这位胖姑娘生过一个孩子,寄在依佛多的农民家里喂养着。她一年也不见得去看他一次,平常也从不想他;可是一想到这马上要领洗的小孩,心里忽然对自己孩子发生了一种强烈的母爱,她于是不顾一切,要去参加这个仪式。

她一走开,大家先是你看我,我看你,看了一下,然后把椅子往前挪了挪,因为他们都感觉到,既已到了这一步,就必须决定个办法。鸟先生忽然灵机一动,他主张向军官建议叫他只把羊脂球一个人留下,让别的人走路。

仍旧是弗朗维先生担任了这个传话的使命,可是他几乎马上就回到楼下。那个德国人是深知人类的本性的,所以把他赶了出来。他的意思是他的希望一天得不到满足,就必须把全部的人扣留下来。

鸟夫人的市井下流脾气可就爆发了:"我们总不能老死在这儿啊。跟所有的男子干这种事,这原是这个下流东西的本行,我以为她就没有权利拒绝这个人或接受那个人。我倒要请问一下,这个东西在卢昂城是碰着谁就要谁的,就是马车夫,她也要!是的,太太,她接过府衙门的马车夫!这个事,我知道得很清楚,那马车夫就在我们店里买葡萄酒。可是今天,要她帮我们解决困难了!她这个肮脏女人,她可假充起正经人来了!……这个军官,我觉得他的行为很正派。他也许好久没近女人了;我们这3个女人当然比羊脂球更对他的胃口。可是,不,他只想把这个人尽可夫的妇人弄到手就满意了。他对有丈夫的妇人是知道尊重的。请你们想一想,他可是此地的主人。只要他开口说一声:'我要',带着他那些大兵,他是可以把我们强奸的。"

那两个妇人打了一个小小的寒战。漂亮的加雷—拉玛东夫人眼里闪出了光芒,并且面色有点发白,好像觉得自己已被那个军官强施无礼似的。

男子们原躲在一旁商量,现在都走了过来。鸟先生怒气冲天,主张把这个"贱货"手脚都捆起来移交给敌人。不过伯爵出身于三代都做过外交大使的家庭,自己又是满身外交家的气派,仍主张运用计谋,他说:"还是应该好好地劝她。"

于是大家秘密商量起来。

妇人们紧凑在一起,说话的声音放得很低,各人都发表了意见,讨论因之渐渐便不那么集中。好在这样更合乎她们的身份。这些太太们总是找出一些委婉曲折的说法和文雅奥妙的字眼来暗示最伤风化的事物。她们言语间是那么谨慎小心,吞吞吐吐,一个局外人是一点也听不懂的。不过上流社会的每个妇人拿来作护符的那薄薄一层廉耻心只是掩遮了表面,这些太太们遇到这件猥亵肮脏的意外事故,却也止不住心花怒放,骨子里竟是觉得异常散心解闷,颇有如鱼得水之势。她们是抱了一种跃跃欲试的心在为别人撮合,正如一个馋嘴厨子馋涎欲滴地在为另一个人作羹汤。

在这些人的眼中,这故事本是那么古怪可笑,因此不由自主地大家都轻松愉快起来。伯爵想出了一些相当大胆的趣话妙语,但是说得那么巧妙,并不刺耳而是引起了微笑。鸟先生发出了一些更粗鲁的猥亵词句,大家听了也不觉得难听;他的太太于是直截了当表示了她的看法,得到所有在座人的同意,她说:"这原是这个姑娘的本行,她为什么对别人不拒绝却偏偏要拒绝这个人?"那位和善的加雷—拉玛东夫人似乎竟有这样的想法,就是如果她是羊脂球,她是宁肯拒绝别人而不肯拒绝这个人的。

他们费了好半天的时间商量包围的办法,就好比要包围一个被困的炮台。每人都定好了自己应担任的职务,应根据的论点和应玩的手法。大家共同决定了进攻的计划,应施展的妙计和乘其不备的若干次袭击,以便强迫这座活炮台开门迎接敌人。

不过高尼岱始终躲在一边,丝毫不过问这桩事。

各人的脑筋是如此紧张地注意着这件事,竟没有听见羊脂球进来。幸亏伯爵嘘了一声,大家才抬起头来。她已经在身旁了。他们突然闭口无言,感到十分尴尬,一时无法和她搭话。伯爵夫人究竟比别人更惯于交际场中的两面派作风,就问她:"好玩吗,那个洗礼?"

那个胖姑娘心里的激动还没平息下去,于是把一切都讲给他们听:她都看见了什么面孔,那些人是什么态度,甚至教堂里的情况什么样,她都讲到。最后她还找补上那么一句:"偶尔祷告一番倒是有好处。"

一直到吃午饭,这几位太太都对她很和气,为的是过一会儿好叫她更容易相信她们的话,更容易听从她们的劝告。

等到一坐上饭桌,双方的接触就开始了。先谈如何献身,如何效忠。他们举了些古代的事例,先举茹蒂特和霍洛芳①;又毫无理由地举了鲁克雷斯和塞克都斯②,又谈起克雷奥佩特拉③说她曾把敌军所有的将领先后引到自己床上,使他们奴隶似地服从自己。于是一整套怪异的故事出现了,故事是从这些不学无术的百万富翁脑中产生的;按照这个故事,罗马的全部女公民都跑到加布把阿尼巴搂在怀中哄他睡觉④不但搂他,还搂他那些将领和统率雇佣兵的军官。凡是曾经阻挡过敌人前进的妇人,凡是曾把自己的身体作为战场,把自己的身体作为掌握某种武器的工具的妇人,凡是施展过自己英雄的迷人手段战胜丑恶可恨的败类的妇人,凡是曾经为复仇与效忠而牺牲贞操的妇人,他们都一一举了出来。

他们还用隐约之词谈到英国一个名门贵族的女子,这个女子故意染上了一种可怕的、有传染性的病,准备传染给拿破仑;靠天保佑,幸亏拿破仑正预备赶这次不幸的幽会时,突然感到兴趣索然,才算幸免。

这一切都是用一种适当的、有分寸的方式讲述出来,有时还故意流露出一种颇足令人兴奋的爱国热诚。

听他们的说法,最后简直可以使人相信,妇人在世界上唯一的职务就是永恒不断地牺牲自己的身体,无尽无休地听从丘八老粗们的摆布了。

那两位修女好像什么也没听见,她们只是在思索某些深奥莫测的事情。羊脂球也什么话都没有说。

整个下午,他们都不打扰她,容她仔细考虑。不过谁也说不出为什么,大家却都改了口,简单地称呼她"小姐"而不像已往那样称呼她"夫人"了,用意好像是要把她从现已爬到的、颇受尊敬的地位往下拉一级,让她感觉出她所处的不体面的地位似的。

吃饭刚一开始,汤刚刚送上来,弗朗维先生又出现了,还是昨晚那句话:"普鲁士军官叫我问爱丽萨白·鲁赛小姐,她是不是还没有改变主意。"

羊脂球干巴巴地回道:"没有,先生。"

---

① 茹蒂特据传说是古犹太某城的一个寡妇。依仗自己的姿色,深入敌营,灌醉了敌军大将(即霍洛芳),砍下了他的头,敌军因而惊溃。

② 鲁克雷斯是古罗马大将之妻,夜间被本族人塞克都斯奸污,次日把受辱事告诉父亲和丈夫后,愤而自杀。

③ 克雷奥佩特拉是指古埃及王后,美而淫,曾几次毒死本夫改嫁别人。

④ 阿尼巴是古代迦太基的大将,攻罗马不克,屯兵罗马附近的加布等待援兵。有些历史家硬说他沉睡于加布的温柔乡中。小说里的这些富人又附会其词大事渲染,所以莫泊桑说他们不学无术。

吃饭中间,同盟军的势力不那么强大了。鸟先生说了三句话,效果都很坏。每人都搜索枯肠寻找新的事例,但是枉费心机,一点也找不出来。伯爵夫人泛泛地感到此时有抬出宗教颂扬一番的需要;她于是向那位年长的修女打听圣者们都有什么丰功伟绩,这也许事先并未存什么深意,只是偶然一问。哪知许多圣者都曾干过我们看来可算是罪大恶极的勾当,不过这些罪行如果是为了上帝的光荣或是为了别人的福利,那末教会便毫不费事地加以宽恕。这是一种有力的论据,伯爵夫人马上加以利用。也许仅是由于双方默契,也许是由于一方面暗献殷勤,凡是身披教会法衣的人都善于干这一手,也许仅是由于适逢其会的误解,也许是由于爱帮人忙的糊涂傻劲儿,总之这位老修女却给他们的阴谋帮了一个大忙。大家原以为她是个胆小、怯于说话的人,哪知她很胆大,话也很多并且很激烈。这位修女,对于是非之辨,从不自寻苦恼,根据教义去反复研讨;她主张的教理有如一根铁棍那么僵直;她的信仰从来也没有犹疑不决的时候;她的良心从没有任何不安的时候。她觉得亚伯拉罕①杀子祭天没有丝毫可惊奇的地方,因为只要天上有命令下来叫她杀父杀母,她也是立刻会动手的;依她的看法,只要用意正当,作什么事也不会惹得上天不高兴。这位意想不到的同谋者是有她的权威的,伯爵夫人赶紧乘机利用,逼她说出一句注解似的话,来支持"但问结果不问手段"那句道德格言。她是这样问修女的:

"那末,我的姑奶奶,您认为,无论用什么方法,上帝总是允许的吗?只要动机纯洁,行为本身总是可以得到上帝原谅的吗?"

"有谁能怀疑这个呢,太太?本身应该受谴责的行为,常常因为启发行动的念头良好而变成可敬可佩。"

她们就这样继续谈下去,既解释天主的意志又预计天主的决议,逼使天主关怀操心许多与他实在毫不相干的事情。

这一些话说得隐隐约约、很巧妙、很有分寸。不过这位戴元宝帽的圣女的每一句话,对那个妓女的愤怒的抗拒来说,都起着攻破缺口的作用。后来谈话稍稍离开了本题,手执念珠的女人谈到了姣小的同伴,那个亲爱的圣妮赛福尔修女。她们是应召到哈佛那些医院里去看护好几百身染天花的兵士。她描绘了那些可怜人的形状,仔仔细细讲述了他们的病情。因为这个普鲁士军官任性横行,他们被截在半路途中。在这个时候很多法国人可能送了命,他们如果在那里,也许可能把他们救转来。看护军人原是她的专长;克里米亚、意大利、奥地利战役她都在场;在她讲述她那些战役的时候,突然使人感到了她竟是那些打着军鼓、吹着军号的修女队中一位健者,这些修女好像天生成是为随着兵营奔走,在战争的漩涡中抢救伤兵的;她们比官长还能干,能够一句话便制服那些不守纪律的老兵。她可以算是一个真正随军的好修女,那一张被天花蚕食过、数不清有多少麻瘢痘痕的面孔就好像是残酷的蹂躏成性的战争的小影。

她说完之后,效果是那么好,别人也就不再说什么了。

---

① 神要试验亚伯拉罕,叫他把独生儿子杀来祭天。亚伯拉罕就遵命亲自动手杀子。刚要举刀,耶和华的使者止住了他。——见旧约创世纪。

饭一吃完,大家很快都回了各人的房间,并且第二天早晨也下来得相当晚。

午饭也是风平浪静地过去了。他们容头天晚上播下的种子抽芽结果。

午后,伯爵夫人提议大家出去散步;于是伯爵按照预定计划,挽了羊脂球的胳膊,和她一起走在最后面。

他跟她谈着话,口气是有地位的人对卖笑女子说话的口气,脱俗随便,老气横秋,多少还带着轻蔑的气息;口口声声"我的孩子";总是忘不了他的社会地位,总以自己的无可争辩的崇高身份屈尊俯就地对待她。他马上单刀直入讲到了本题:

"那末,您是宁愿让我们留在这里和您一样担惊冒险,等普鲁士军队吃败仗之后,遭受他们的种种强暴,而不肯随和一点答应那个您一生经常做的事?"

羊脂球什么话也不回答。

他于是改用怀柔、说理、触动感情的手段来进攻。但他知道怎样保持"伯爵先生"的身份,而在必要时仍不妨殷勤献媚、恭维夸奖,对她表示好感。他竭力渲染她可以帮他们的忙是多么大,也谈到他们将如何感激她;然后突然满面喜色地改了称呼,而亲密地称呼她"你",说道:"你知道,我的亲爱的,他将来还可以夸耀,曾尝过一个他们国内不多见的美女的滋味呢。"

羊脂球一语不答,走到大伙中间。

一回到旅馆,她就上了楼,再也不露面。大家的忧虑已达到极点。她倒是要怎么办呢?如果她还是抗拒,那该多么叫人为难!

吃晚饭的铃响了,大家枉自等着她。后来弗朗维先生走了进来,通知大家说鲁赛小姐身体有点不舒服,大家可以先吃,人人都竖起了耳朵听着。伯爵走到老板身旁,低低问道:"行了?"——"行了。"为顾全面子,他对同伴们什么也没说,只是用头比划了一下。立刻所有的人都如释重负长长地叹了一口气,脸上也立刻露出轻松愉快之色。鸟先生大喊道:"我请大家喝香槟酒,这旅馆里不知有没有?"鸟太太却不免心惊肉跳,因为老板马上手里拿着四瓶酒重新走进来了。每一个人都突然间变得心里再也憋不住话而爱说爱叫;各人心里都怀着一种不大正派的快乐。伯爵好像突然感到加雷—拉玛东夫人丰韵很足,而那个纺织业厂主,加雷—拉玛东先生则不住地向伯爵夫人献殷勤。谈话很是活跃、愉快,有很多精彩的妙语趣话。

忽然鸟先生满面惊恐,高举双臂大吼起来:"都别作声!"大家先吃了一惊,后来又有点害怕,果然停止了谈话。鸟先生这时支着耳朵正在听,一面双手拢着嘴发出"嘘"的声音,眼睛望着天花板;过后他又用心听了一会,然后恢复了本来的语声说道:"你们放心吧,没事。"

最初大家都有点茫然,但不久又都露出了微笑。

这出滑稽剧,一刻钟之后他又重演了一次,并且这一晚经常地重演:他常常装出和楼上某个人搭话的样子,把那些从他的市侩脑子里挖掘出来的主意花招,用语意双关的词句告诉对方。有时他装作愁眉苦脸叹着气说:"这个可怜的女孩子呀。"要不就怒气填胸地咬着牙嘟囔："混帐的普鲁士人！"有时候，大家谁也不想这件事了，他却提高了嗓子喊叫好几次："够啦！够啦！"然后仿佛跟自己说话似的又说："但愿我们还能见她的面，可别叫这个恶徒给收拾死啊！"

虽然这些玩笑话属于低级趣味，是十分不堪的，但没有一个人觉得刺耳，大家还都觉得好玩；原来一个人的义愤和其他东西一样是和环境有关系的，而在这些人周围逐渐形成的气氛里，猥亵的念头是十分浓厚的。

吃到点心水果时，妇人们也不免说了些很俏皮但颇蕴藉的暗示主题的隐语。大家眼里都亮光闪闪，因为酒喝了不少。伯爵本来总是保持住他那副庄重外表，即使独自躲在一边时也是如此的，现在却打了一个颇为大家所欣赏的比喻，他说他们好像被冰冻封在北极的一群难民，现在冰封初解看见南方有了路，因此快活异常。

鸟先生一经提起了兴头便无法遏止，这时站了起来，手中举着一杯香槟，说道："为庆贺我们的解放，我喝这一杯！大家都站了起来，一齐对他欢呼。那两位修女被那几位太太横劝竖劝，也把嘴唇在这个她们从没尝过的起泡沫的酒里抿了一抿。她们声言这有点像柠檬汽水，不过味道更甜一点。

鸟先生的话可以说把当时的情况概括尽净，他说：

"可恨的是没有钢琴，不然很可以来一场双双舞。"

高尼岱一直没有说话，也没有动；他好像深深埋藏在严肃的冥想中；有时他狠狠地抓一把自己的大胡子，仿佛想把它拉得更长些。末了，快到12点的时候，眼看大家要散了，喝得东倒西歪的鸟先生，忽然在高尼岱的肚子上轻轻打了一下，口里含糊不清地说道："您今晚话也不说，很不高兴吗，公民？"哪知高尼岱却突然抬起了头，两目凶光闪闪地把所有在座的人扫视了一周，说道："告诉你们大家，你们刚才干的事简直是无耻透顶。"说完他就站起，向门边走去；又说了一遍："无耻透顶！"才走出去不见了。

最初大家都感到一阵冰凉。鸟先生冷不防碰了这个钉子也有点手足无措；可是他跟着就恢复了原状，并且突然弯了腰大笑起来，口里不住念叨："对，吃不着葡萄就说葡萄酸，我的老伙计，吃不着的葡萄是酸的。太酸了。"大家当然不明白他这句话的意思，他便把"长廊的秘密"讲给他们听。于是大家重新兴高采烈起来。几位太太快乐得跟疯子一样。伯爵和加雷－拉玛东先生笑得直流泪。他们不能相信会有这个事。

"怎么！您没弄错吗？他真想……"

"告诉你们说，我是亲眼看见的。"

"她居然不答应……"

"那是因为普鲁士人就住在隔壁房间里。"

"哪儿会有这种事呢？"

"我向你们发誓。"

伯爵笑得喘不过气来。加雷－拉玛东先生两手紧捧着肚子。鸟先生还不肯住口：

"你们当然明白，今天晚上，他更觉得她不平常了，太不平常了。"

3个人又大笑起来,笑得肚子痛,气都透不过来。

笑完大家也就各自散了。鸟太太的性情是从不饶人的;当夫妇一睡到床上,她就告诉她的丈夫,说那个加雷—拉玛东太太,那个目空一切的小女人整个晚上都在苦笑:"你知道,妇人们要是看中了穿军服的人,那就不管是法国人或普鲁士人,全都欢迎的。这还不够丢人吗?我的天啊!"

这一整夜,在黑暗的过道里,老像有微风吹过,老听见轻得几乎听不见的、跟人的呼吸相似的、轻悄悄的响声;也听见光着脚底板在地上擦过的声音和极轻微的地板咯吱吱的声音。当然大家都很晚才睡着,因为好久好久还有一丝光亮从那些卧室的门下透出来。这一切都是香槟酒的效果;据说香槟酒会扰人的睡眠。

第2天,一片清洁的冬日阳光把白雪映得晶光耀眼。驿车总算套上马,在门外等着了;一大群粉红眼圈黑眼睛的白鸽子,脖子缩在厚厚的羽毛里,一本正经地在6匹马的腿底下绕来绕去,啄着还冒热气的马粪,从中寻找吃的东西。

车夫围着他那块羊皮,在座上叼着烟斗苦苦地抽;所有的旅客都心花怒放,叫店里的人快快给他们包食物,以便在剩下的这段路程上食用。

只等羊脂球一人了。她露了面。她好像有点忸怩羞惭;她怯生生地向旅伴们这边走过来,这些人一齐别过脸去,就像没看见她,伯爵昂然搀了太太的胳膊把她领在一边,躲开这种不干净的接触。

那位胖姑娘十分诧异,就站住不再往前走;随后才鼓起了全部勇气对那纺织业厂主的太太打招呼,很客气地轻轻说:"早安,太太。"那一位只是点了点头,极傲慢地还了礼,同时朝她那么一看,表示道德受了侮辱。人人都仿佛很忙碌,并且都离她远远的,仿佛她在裙里带来了什么传染病,后来大家都急急上了车,把她丢在最末尾,独自一人爬上车,一声不响坐到前一段路程坐的原位上。

大家仿佛没有看见她这个人,也不认识她;可是鸟太太还满脸怒气远远地用眼盯着她,用不高不低的声音对她的丈夫说道:"幸亏我不坐在她的旁边。"

笨重的车晃动起来,旅行又开始了。

最初谁也不说话。羊脂球头也不敢抬。她对这些旅伴感到气愤,同时又自觉羞愧,羞愧的是没有坚持到底而让了步,被他们假仁假义地推到这个普鲁士人的怀中受了他的侮辱。

伯爵夫人打破这种难堪的沉寂,她转身向加雷—拉玛东夫人问道:

"您大概认识得·哀特来尔夫人吧?"

"认识的,还是我的朋友呢。"

"那是多么可爱的妇人啊!"

"太招人喜欢了!那是顶儿尖儿的人物,并且学问还挺好,各样的艺术都精通;唱得一口好歌,画得一手好画。"

纺织业厂主在和伯爵聊天,在车窗玻璃的巨响中间,不时地钻出像息票——到期——奖金——限期,等等字样。

鸟先生和他的太太在斗纸牌,牌是他从旅馆里偷来的,在没揩抹干净的桌上已摩擦了5年,满是油腻。

两位修女把腰带上挂着的长念珠取下来拿在手里,一齐划了十字,突然嘴唇很快地动起来,并且越来越快,跟比赛念经似地叽哩咕噜飞快地乱念起来,时时刻刻还拿出一块圣像牌放在嘴上吻,吻完又划十字,然后嘴唇又飞快不停地动起来。

高尼岱一动不动在想心事。

走了3个钟头之后,鸟先生收拾了纸牌。"肚子饿了!"他说。

他的太太伸手拿过来细绳捆好的一个纸包,从里面掏出一块冷牛肉。她很利落地把它切成薄而整齐的片儿,两个人就吃起来。

"我们也吃,好不好?"伯爵夫人问。

大家都同意;她于是把预备他们两家吃的食品都打了开来。原来他们带来了一个椭圆形的盆,盆盖上有一个洋瓷的野兔,表示盆里盛的是一只熟的野兔,那是一种滋味鲜美的熟肉,紫堂堂兔肉上横着一排一排白色的肥猪肉丁,还拌着别种剁得很碎的肉,此外还有一大块瑞士出产的奶酪,是用一张报纸包着的,报上的"琐闻"二字也印在油汪汪的奶酪面上了。

两位修女从纸包拿出了一截香肠,发出一阵大蒜的气味;高尼岱两手同时插进了他那件外套的肥大口袋里,从一只口袋里掏出4个带皮煮熟的鸡蛋,从另一只口袋里掏出一段面包。他剥掉了蛋壳,把壳扔在脚下的稻草里,就咬起他的鸡蛋来,淡黄色的末屑落在他那部宽大的胡子上很像一颗一颗的星星。

羊脂球原是急忙忙慌张起的床,什么也没来得及预备;看见这些人行若无事地吃着东西,不觉气愤填胸,憋得喘不过气来。她先是一阵狂怒,她张了嘴已经预备把他们好好地教训一顿;一大堆辱骂的话已经涌到嘴边;可是她说不出话来,怒火是那样强烈,竟锁住了她的嗓门。

没有一个人看她,没有一个人想到她。她觉得这些正直的恶棍对自己的那种轻视使自己简直好像沉没在水底了;这些人先是把她当作牺牲品,然后把她看作仿佛是一件肮脏无用的东西,远远地丢开。她于是想起了她那满满装着好东西的一篮食品,他们是那样贪狠地把它吞个精光;她想起了她那两只冻得亮晶晶的小鸡,她那些点心、梨子,她那4瓶波尔多红葡萄酒;这时她的怒气,好像一根绳子绷得太紧绷断了似的,反倒平息下去,她觉得要哭出来。她拚命地熬住,绷紧了面皮,跟孩子似地把呜咽硬咽下去,可是眼泪还是涌上来,亮晶晶地挤在眼圈边儿上,一忽儿工夫两颗大泪珠离开了眼睛,慢慢地顺着两颊流了下来。跟着又流下别的泪珠,流得更快,就好比岩石里渗出来的水珠,一滴一滴落在她的圆鼓鼓的胸膛上。她腰板笔挺,眼睛定着向前看,脸绷得紧紧的,煞白没有一点血色,只希望别人不要看她。

可是伯爵夫人偏偏看出来了,并且递了个眼色通知了她的丈夫。他耸了耸肩膀,那意思仿佛说:"有什么法子呢!这不能怪我啊。"鸟夫人冷笑了一声表示胜利,嘴里嘟囔道:"她在痛哭自己丢脸的事。"

两位修女把吃剩的香肠卷在一张纸里,又念起经来。

高尼岱正在消化刚吃下去的几个鸡蛋,把两条长腿伸到对面的长凳下面,向后一靠,两臂交叉放在胸前,好像一个人刚刚找到了作弄人的办法微微一笑,随着撮唇吹起《马赛曲》的调子来。

所有的人都涨红了脸。毫无疑义,同车的那些人是不喜爱这个人的歌声的。他们都感觉心里烦躁、激怒,仿佛要大嚷大叫才好,就好比狗听见了乞丐的手风琴声音总要狂吠一样。他看出了这种情形,再也不肯住嘴。有时候甚至把歌词也哼哼出来:

对祖国的神圣的爱,

快来领导、支持我们复仇的手,

自由,最亲爱的自由,

快来跟保卫你的人们一道战斗!

雪地比较坚硬,车子也走得比较快了。在旅途的漫长的愁惨的这几小时内,在车子颠簸振动的声响中,不管是黄昏刚黑的那一刹那,也不管是车里已经漆黑乌暗的时候,一直到狄耶卜为止,他便是这样一直执拗顽固地继续吹着他那带复仇性的、单调的调子,逼得那些人,脑筋尽管非常疲乏,心情尽管十分愤怒,却也无法不从头至尾倾听着他的歌声,并且每听一拍,还不由得要把唱的每句歌词都记起来。

羊脂球一直是哭着,有时候在两节歌声的中间,黑暗里送出一声呜咽,那是她没能忍住的一声悲啼。

(赵少侯 译)

赏析

《羊脂球》是莫泊桑发表的第一篇小说,也是其短篇小说中的珍品。福楼拜将这部作品称之为杰作。该篇亦成为世界文学史上的经典之作。

小说讲述了在普法战争时期,被敌军占领的里昂城里十名居民同乘一辆马车出逃的故事。居民中有贵族地主、资本家、暴发户以及他们各自的妻子、还有两位天主教的修女、一名自称"革命党"的人,一名外号为"羊脂球"的妓女。一辆马车就是当时社会的一个缩影。起初,三位有产者的太太悄声辱骂羊脂球为"卖淫妇"、"社会耻辱",而三位有产者则用一种看不起穷人的口吻谈论着金钱和吃喝。当马车颠簸了一天,路上又买不到食物,只有羊脂球准备了三天的食品时,气氛发生了戏剧性的转折。羊脂球的食品被吃光了,于是蔑视变成了亲昵,辱骂变成了夸奖。

马车在普鲁士士兵设的关卡受阻这一场是情节发展的关键,也是展现人物性格的重要环节。为了迫使这位女同胞屈从普鲁士军官的无耻要求,车上乘客施展了种种阴谋:暴发户主张把羊脂球捆起来交给敌人;伯爵因出身于三代做过大使的贵族之家,且具有外交家的风度,主张用巧妙的手腕使羊脂球就范。老修女则引用《圣经》里的故事说明,只要用意正当,动机纯洁,任何行动都可得到上帝的原谅。善良的羊脂球为了全车同胞,终于牺牲了自己的贞操。马车又上路了。车上的气氛再次发生了转变。大家都像是看不见她,不认得她,更没有一个惦记她。他们各自享用着自己的佳肴。而为了这一车人的生命牺牲了贞操,在慌忙中没有准备食物的羊脂球却在挨饿受冻。这与马车上第一个场面形成了鲜明的对照。小说就在羊脂球的哭泣和呜咽声中结束。

  作者将毫无民族气节、伪善而自私的资产阶级绅士与善良而具有民族自尊心的妓女两相对照,从而充分显示出本篇主角极富正义感和同情心的美好心灵以及被抨击对象的极端自私、寡廉鲜耻的丑陋灵魂。正因为运用比现实更全面、更鲜明、更使人信服的场景,本文才成为在思想性和艺术性方面都堪称楷模的名篇。全文并不以纤巧华美的词藻取胜,而是以平易通俗、准确有力的文学语言彻底地征服了读者。

珠　宝

〔法国〕莫泊桑

自从郎丹先生在他的副科长家里的晚会上遇见了那个青年女子,他就堕入了情网。

那是一个去世好几年的外省税务局长的女儿。父亲死后,她和母亲到了巴黎,母亲时常和本区几个资产阶级人家往来,目的是要给年轻女儿找配偶。

母女俩都是贫穷而可敬的,安静而温和的。那年轻女儿像是一位贤妻良母的典范,明哲的青年男子是梦想把自己的生活托付给这种典型人物。她那种带着含羞意味的美,具有一种安琪儿式的纯洁风韵,那阵绝不离开嘴角的无从察觉的微笑仿佛是她心弦上的一种反射。

大家全赞美她。凡是认识她的人都不住地重复说:"将来娶她的那一个真有福气。我们找不出更好的了。"

郎丹先生当时是内政部的一个主任科员,每年的薪水是三千五百金法郎,他向她求婚,娶了她。

最初和她在一块儿,他过着一种令人难以相信的幸福生活。她用一种那般巧妙的经济手腕治家,两个人好像过得很阔气。她对待丈夫的注意、细心、体贴、真是罕有的,并且她本身的诱惑力非常之大,以至于在他俩相遇6年之后,他之爱她更甚于初期。

他仅仅责备她两个缺点:爱看戏和爱假的珠宝。

她的女朋友们(她认识三五个小官儿的妻子)随时替她找得到包厢去看流行的戏,甚或去看那些初次上演的戏;而她呢,不管好歹总要拉着丈夫同去散心,不过他在整天工作之后,这类的散心事是教他骇然感到疲乏的。于是他央求她跟着熟识的太太们去看戏并且由她们送她回家。她认为这种办法不大相宜,经过长久的时间不肯让步。末了她由于体恤才答应了他,他因此对她十分感激。

谁知这种看戏的兴趣,不久就在她身上产生了装饰的需要。她的服装固然始终是简单的,真是具有风雅的趣味的,不过究竟朴素;而她的幽娴的媚态,她的不可抵抗的、谦逊的和微笑的媚态,仿佛由于她那些裙袍上的简洁获得一种新的丰姿,但是她养成了习惯,爱给自己挂上一双假充金刚钻的大颗儿莱茵石的耳环,并且佩上人造珍珠的项圈,人造黄金的镯子,嵌着冒充宝石的五彩玻璃片儿的押发圆梳。

这种恋恋于浮光的爱好引起了丈夫的不满,他时常说:"亲爱的,一个人在没有方法为自己购买种种真的珠宝的时候,那么只能靠着自己的美貌和媚态来做装饰了,这是举世无双的珍品。"

但是她从容地微笑着说:"你教我怎样?我爱的是这个。这是我的毛病。我明明知道你有理由,不过人是改变不了本性的。我当然更爱真的珠宝哦!"

于是她拿着珍珠软项圈在手指头儿之间转动,又教宝石棱角间的小切面射出回光,一面不断地说:"赶紧瞧吧,这制造得真好。简直就像真的。"

他在微笑中高声说:"你真有波希米亚女人的风趣。"

偶尔到晚上,他俩坐在火炉角儿上相伴的时候,她就在他俩喝茶的桌子上摆出她那只收藏郎丹先生所谓"劣货"的小羊皮匣子来;接着她用热烈的专心态度来着手细看那些人造的珠宝,俨然是玩味着什么秘密而深刻的享受;末了她固执地把一个软项圈绕在她丈夫的脖子上,随即不住地哈哈大笑起来,一面嚷着:"你的样子真滑稽!"后来扑到了他的怀里,并且兴奋过度地吻着他。

某一个冬天夜里,她到大歌剧院看戏,回家的时候她冻得浑身发抖。

第二天,她咳嗽了。8天之后,她害肺炎死了。

郎丹几乎跟着她到坟墓里去了。他的失望是非常惊人的,以至于在一个月之间头发全变成了白的。他整天从早哭到晚,心灵被一种不堪忍受的痛苦撕毁了,亡妻的回忆,微笑,声音和一切娇憨姿态始终缠绕着他。

光阴绝没有减少他的悲恸。每每在办公钟点之内,同事们谈着点儿当日的事情,他们忽然看见了他的腮帮子鼓起来,他的鼻子收缩起来,他的眼睛满是眼泪;他做出一副苦相,随即开始痛哭起来。

他把他伴侣的卧房保留得原封不动,为了思念她,他每天把自己关在卧房里面;并且一切家具,甚至于她的衣着,也同样如同她去世那天的情形一般留在原来的地方。

不过生活对于他是困难的了。他的薪水,从前在他的妻子手里,够得应付一家的种种需要,而现在应付他一个人的用途反而变成不够的了。后来他发呆地问自己:她从前用什么巧妙方法教他一直喝上等的酒和吃鲜美的东西,而眼下他自己竟不能够依靠菲薄的财源去备办从前的饮食。

他借过债,并且千方百计想法子弄钱。终于某天早上,他连一个铜子儿都没有了,而且和月底发薪的日子相距还有整整一周,他想起要卖掉一点儿东西了;接着立刻动了念头要把他妻子的"劣货"卖掉一点,因为他的内心深处,对于从前那些害得他生气的冒牌假货早已是怀着一种憎恨的。甚至于那些东西的影子,使他每天对他至爱至亲的亡妻的回忆,也多少损害了一点。

他在她遗留下来的那堆假货里找了许久,因为直到最后的那些日子里,她还始终固执地买进过许多,几乎每天晚上,她必定带回来一件新的东西,现在,他决定卖掉她仿佛最心爱的那只大项圈了,他以为它很可以值得六个或者八个法郎,那固然是假东西,不过也的确是下过一番很细致的功夫的。他把它搁在衣袋里,后来他沿着城基大街向他部里走,想找一家使他感到有信用的小珠宝店。

末了他看见了一家就走进去了,因为如此表白自己的穷困而设法出卖一件很不值钱的物事,他免不得有点儿难为情。"先生,"他对那商人说,"我很想知道您对这件小东西的估价。"

那个人接了东西,左看右看了好一阵,掂着它的轻重,拿起一枚放大镜,教他手下的店员过来,低声给他讲了几句,他把项圈搁在柜台上边了,并且为了格外好好儿鉴定它的印象,他又远远地瞧着它。

郎丹先生被这一套程序弄得不好意思,开口正预备说:"唉!我很知道这东西没有一点价值。"然而珠宝商人先说话了:"先生,这值得一万二千到一万五千金法郎;不过,倘若您能够正确地教我知道这东西的来源,我才能够收买它。"

那个丧偶的人睁着一双大眼睛并且一直张着嘴,他弄不清楚了。末了他吃着嘴问:"您说?……您可有把握。"另一个误解了他的惊讶,后来,干脆地说:"您可以到旁的地方问问是不是多给价钱。在我看来,顶多值得一万五千。倘若您找不着更好的买主,将来您可以再来找我。"

郎丹先生简直成了傻子了,收回了自己的项圈并且走了,他心里只模模糊糊觉得应该一个人好好地想一想了。

然而一走出店门,他简直忍不住大笑了,他暗自说道:"低能儿!唉!低能儿!倘若我真地照他说的去做!眼见得那是一个不知道分辨真假的珠宝商人!"

后来他又走到另一家珠宝店里了,地点正在和平街口上。那商人一看见那件珠宝就高声说:

"哈!不用多说,我很认识它,这个项圈,它是我店里卖出去的。"

郎丹先生被人弄得很糊涂了,他问:

"它值多少?"

"先生,从前我卖了两万五千金法郎。倘若您为了服从政府的命令,能够把这东西怎样到您手里的来由告诉我,我可以立刻用一万八千金法郎收回来。"

这一次,郎丹先生由于诧异而呆呆地坐下了。他接着又说:"不过,……不过请您仔仔细细看一看这东西吧,先生,直到现在,我一直以为它是……假的。"

珠宝商人问:

"可愿意把尊姓大名告诉我,先生?"

"愿意,我姓郎丹,是内政部科员,住在舍身街16号。"

那商人打开了他的好些本帐簿,寻了一阵就高声说道:

"这项圈从前的确是送往郎丹太太家里去的,地点是舍身街16号,时间是1876年7月20日。"

后来这两个人都定住眼光彼此互相瞅着,科员吃惊得发昏,老板觉得遇见了一个扒儿手。

后者接着说:

"您可愿意暂时把这东西在我店里搁24点钟?我立刻给您一张收据。"

郎丹吃着嘴说:

"有什么不愿意,当然。"

后来他折起收条搁在自己衣袋里就一面走出店门了。随后他穿过街面,朝着上坡道儿走,发见自己弄错了路线,又朝着杜勒里宫走下来,过了塞纳河,认出了自己又走错了路,重新回到了香榭丽舍大街,头脑里连一个主意也没有了。他极力去推测,去了解。他妻子从前原没有能力去买一件这样大价钱的东西。——没有,自然。——但是那么一来,那是一件馈赠品了!一件馈赠品!一件谁送给她的馈赠品?为的是什么?

他停住脚步了,并且立在大街当中不动了。他微微地感到骇人的疑问了。——她?——那么其余所有的珠宝也全是馈赠品了!他觉得天旋地转了;觉得一株大树对着他正面倒下来;他张开了一双胳膊并且失去知觉跌倒了。

他被路过的人抬到了一家药房里才醒过来。他请人送他回家,后来就关起门躲着。

一直到深夜,他始终神经错乱地哭着,口里咬着一块手帕,免得自己号啕出来。随后,他疲劳而且悲恸地上了床,终于沉沉地睡着了。

一道日光照醒了他,后来他慢慢地起了床,正想到部里去。在那样一番精神打击之后再去工作是困难的。于是他考虑自己可以在科长跟前要求原谅;接着他写了信给他。随后他想起自己应当再到珠宝店里去了;然而一阵羞耻之心教他脸上发红。他思索了好半天。可是他不能把项圈留在那个汉子那里。他穿好了衣裳走到了街上。

天气是和暖的,蔚蓝的晴空展开在这座微笑着似的城市顶上。好些闲逛的人双手插在衣袋里向前走过去。

郎丹瞧着他们经过一面对自己说:"一个人有点儿财产的时候,真是舒服!有了钱,可以连伤心的事都扫得干干净净,要到哪儿就到哪儿,旅行,散心,全做得到!哈!倘若我是一个富人!"

他发觉自己饿了,从前天夜晚起就没有吃过什么。不过他衣袋是空的,于是他重新记起了项圈。一万八千金法郎!一万八千金法郎!数目不小呀,那笔款子!

他走到了和平街,于是开始在珠宝店对面的人行道上一来一往地散步了。一万八千金法郎!他几乎有一二十次要走进店里去,只是羞耻之心始终阻住了他。

然而他饿了,很饿了,而且没有一个铜子儿。他突然一下打定了主意,跑着穿过了街面,教自己没有思索的功夫,接着就扑到了珠宝店里。

一下望见了他,那珠宝商人就忙个不住。他用一种微笑的礼貌对他献了一个座儿。店员们本来在一旁望着郎丹,现在都自动地走过来,眼睛里面和嘴唇上面全露出快活的神气。掌柜的高声说道:

"我已经打听明白了,先生,因此倘若您始终没有改变意思,我可以立刻照我从前和您说起过的数目兑价。"

科员支吾地说:

"当然可以。"

掌柜从一只抽屉里取出了十八张大钞票,数了一遍,交给了郎丹。郎丹签了一张收条,然后用一只抖抖嗦嗦的手儿把钱搁在自己的衣袋里。

随后,正当走出去的时候,他重新向那个始终微笑的商人回过来,低着眼睛对他说:

"我有……我有……许多别的珠宝……那全是我从……那全是我从……同样的继承权得来的。您可愿意也从我手里收买那些东西吗?"

掌柜欠着身子说道:

"当然愿意,先生。"

可是一个店员为了放声大笑跑出了店门;另一个使劲用手帕撝着鼻涕。

镇静的郎丹脸色绯红了,不过神情很沉着,他高声向他说:

"我就去把那些东西带到您这儿来。"

于是他叫了一辆马车坐回去取那些珍贵的首饰了。等到一小时之后赶到珠宝店里的时候,他还没有吃午饭。

他们着手一件一件地审查那些东西了,估量每一件的价值。几乎全是从前由那家店里卖出去的。

郎丹呢,现在争论那些估定的价值了,以至于发脾气了,坚决地教店里把销货的帐簿翻给他看,并且遇着数目增高的时候,他说话的声音也愈来愈高了。

耳环上的那些大的金刚钻共值两万金法郎,手镯共值三万五千,扣针,戒指和牌子之类共值一万六千,一件用翡翠和蓝宝石镶成的头面值一万四千;独粒头大金刚钻悬在金项链底下做坠子的值四万;全部的数目一共达到十九万六千金法郎。

掌柜用一种带嘲笑意味的正经态度高声说:"这是由一个把全部积蓄都搁在珠宝上面的人遗下来的。"

郎丹郑重地发言了:

"这是存钱的一个方法,正和其他的方法一样。"

后来,他在和买主决定到明天举行一次复验之后就走开了。

等得走到街上的时候,他瞧着旺多姆纪念柱,把它看成了一枝爬高竞赛的桅竿,很想攀到它的尖端。他觉得自己浑身轻松了,可以跨过那座高入云端的大皇帝铜像的顶上和它表演"跳羊"的游戏。

他到伏瓦珊大饭店吃了午饭,并且喝了一瓶价值二十金法郎的葡萄酒。

随后,他叫了一辆马车,在森林公园兜了一个圈子。他用一种颇为轻蔑的态度瞧着公园里的那些华丽的私人马车,恨不得要向着游人叫唤:"我现在也是富人了。我现在得了二十万金法郎!"

他想到他的部里了,于是教马车载了他到部里去,毅然决然走进了他科长的办公室说道:

"我来向您辞职,先生。我现在得了一份二十万金法郎的遗产。"

他和他旧有的同事们握过了手,又把自己的新生活计划告诉了他们;随后他在英吉利咖啡馆吃夜饭。

一个被他看做出众的绅士正坐在旁边,郎丹忍不住心里的痒,要把事情告诉他,于是用一种相当卖弄的姿态说自己新近继承了四十万金法郎遗产。

他第一次在戏院里感到不厌烦,后来又和女孩子们过了夜。

半年之后,他续娶了。他的第二个妻子是个很正派的,但是脾气不好。她使他很感痛苦。

(王铭 译)

赏析

莫泊桑的短篇小说以精巧的布局、细致入微的描写以及行云流水般的文笔著称。《珠宝》可以看作是《项链》的姊妹篇。

小说刻画了一对平庸的"小人物"夫妇,他们爱金钱胜过爱一切。小说一开篇就多方面渲染这对夫妻感情的融洽。妻子出嫁前是"一位贤妻良母的典范"、"具有一种安琪儿式的纯洁风韵"。婚后凭其"巧妙的经济手腕治家",使丈夫"过着一种难以相信的幸福生活""以至于在他俩相遇6年后,他之爱她甚于初期"。随后,轻轻点出妻子的缺点:爱看戏和爱假珠宝。但突然之间,她看戏着了凉。"第二天,她咳嗽了。8天之后,她害肺炎死了。"于是,一切都由这关键的一笔而发生变化。丈夫失掉妻子,不但情感空虚,而且经济窘迫。过去尚可充裕度日的工资,现在只供他一人花销都不够。他无措了,借债,追求金钱只好在发薪前去卖妻子留下的"假"珠宝。不料,却驱散了夫妻"恩爱"的迷雾。原来妻子爱他是"假","假"珠宝却货真价实,是妻子用爱情和色相的代价换来的。故事到此或许可以结束了,但作者并未放下"解剖刀",又深入到丈夫的灵魂。第二个假象又出现了:他知道珠宝是真之后,对妻子的贞洁产生怀疑,竟昏倒在地。真是痛苦至极、羞愧难当。然而,当他走在街上,看到有钱人悠悠然的样子,羡慕之情,由然而生,他不顾一切的把妻子留下的珠宝全部卖掉,得到了近20万金法郎的巨款。此时,先前的震惊、羞愧、伤心,全部一扫而光了。他不但心安理得地接受妻子用欺骗手段所获得的珠宝,而且恬不知耻地以此夸耀于人。至此,爱情、家庭、名誉……一却都是假的,惟有珠宝,惟有金钱才是真的,它能够主宰和奴役一切。

《珠宝》所揭示的事实和道理,本来是资本主义社会司空见惯的最寻常的生活现象和逻辑,莫泊桑化平淡为新奇,写出了这篇真真假假,以假衬真的故事,且深刻剖析了人物的灵魂,所以才会令人读了"啼笑皆非",慨叹不已,充分体现作者奇特构思所产生的艺术力量。

卡 门

〔法国〕梅里美

普罗斯佩·梅里美，(1803—1870)是十九世纪法国极富艺术魅力的作家，中短篇小说大师，剧作家，历史学家。出身于巴黎一个画家家庭。原攻读法律，但对希腊语、西班牙语、英语、俄语及这些语种的文学有更浓厚的兴趣。十九岁开始创作，他从道德的角度"研究人的心灵"，发掘未经现代文明"洗礼"的自然状态下雄伟顽强的原始生命形态。因此，他的创作具有浓郁的异国情调、神秘的宿命色彩、鲜明的地方特色和卓越的心理分析。同时他的作品把引人入胜的故事情节和性格不循常规的人物结合起来，形成鲜明的画面，是法国现实主义文学中难得一见的手笔，所以仅以十几个短篇就奠定了在法国文学史上颇高的地位。

作品有剧本集《克拉拉·加苏尔戏剧集》和历史剧《雅克团》；长篇小说《查理九世的轶事》和中、短篇小说《马特奥·法尔哥内》、《攻占棱堡》、《塔曼果》、《高龙巴》、《伊尔的美神》等。此外，还有游记《航海札记》和历史学、考古学方面的论著发表。《卡门》（又名《嘉尔曼》）(1840年)和《高龙巴》(1845年)是他的后期作品，其中以《卡门》最为有名。《卡门》经法国音乐家比才改编成同名歌剧而取得世界性声誉，"卡门"这一形象亦成为西方文学史上的一个典型。

一

一般地理学家说孟达一仗的战场是在古代巴斯多里一包尼人①的区域之内，靠近现在的芒达镇，在玛尔倍拉商埠北七八里的地方：我一向疑心这是他们信口开河。根据佚名氏所作的《西班牙之战》，和奥须那公爵皮藏丰富的图书馆中的材料，我推敲之下，认为那赫赫有名的战场，凯撒与罗马共和国的领袖们背城一战的地点，应当到蒙底拉②附近去寻访。1830年初秋，因为道经安达鲁齐③，我就作了一次旅行，范围相当广大，以便解答

---

① 巴斯多里一包尼人为古代迦太基族之一支。公元前八世纪时迦太基族散布于地中海沿岸，包括西班牙滨海地区在内。
② 罗马共和时代末期（公元前四十九年），凯撒自高卢戍地进军罗马，将执政庞培及元老逐出意大利半岛，又回军入西班牙，击溃庞培派驻该地的军队；史家称为西班牙之战。孟达一仗为该战中之主要战役。——玛尔倍拉为西班牙南端位于地中海上之商埠，蒙底拉在玛尔倍拉北约七十余英里。
③ 安达鲁齐为西班牙南部一大行省，包括八州；上文所举城镇均在辖境内。

某些悬而未决的疑问。我不久要发表的一篇报告,希望能使所有信实的考古学家不再彷徨。但在我那篇论文尚未将全欧洲的学术界莫衷一是的地理问题彻底解决以前,我想先讲一个小故事;那故事,对于孟达战场这个重大的问题,决不先下任何断语。

当时我在高杜城内雇了一名向导,两匹马,出发探访,带的全部行装只有一部凯撒的《出征记》和几件衬衣。有一天,我在加希那平原的高地上踯躅,又困乏,又口渴,赤日当空,灼人肌肤,我正恨不得把凯撒和庞培的儿子们一齐咒入地狱的时候,忽然瞥见离开我所走的小路相当远的地方,有一小块青翠的草坪,疏疏落落长着灯芯草和芦苇。这是近旁必有水源的标志。果然,走近去就发现所谓草坪原是有一道泉水灌注的沼泽,泉水仿佛出自一个很窄的山峡,形成那个峡的两堵危崖靠在加勒拉山脉上。我断定缘溪而上,山水必更清洌,既可略减水蛭与虾蟆之患,或许还有些荫蔽之处。刚进峡口,我的马就嘶叫了一声,另外一匹我看不见的马立即响应。走了不过百余步,山峡豁然开朗,让我看到一个天然的圆形广场,四周巉石拱立,恰好把整个场地罩在阴影中。出门人中途歇脚,休想遇到一个比此更舒服的地方了。峭壁之下,泉水奔腾飞涌,直泻入一小潭中,潭底细沙洁白如雪。旁边更有橡树五六株,因为终年避风,兼有甘泉滋润,故苍翠雄伟,浓荫匝地,掩覆于小潭之上。潭的四周铺着一片绿油油的细草;在方圆几十里的小客店内决没有这样美好的床席。

可是我不能自鸣得意,说这样一个清幽的地方是我发现的。一个男人已经先在那儿歇着,在我进入山谷的时候一定还是睡着的。被马嘶声惊醒之下,他站起来朝着马走过去;它却趁着主人打盹跑在四边草地上大嚼。那人是个年轻汉子,中等身材,看来长得很结实,目光阴沉,骄傲。原来可能很好看的皮色被太阳晒得比头发还黑。他一手拉着坐骑的缰绳,一手拿着一支铜的短铳。说老实话,我看了那副凶相和短铳,最初有点吃惊;但我已经不信有什么土匪了,因为老是听人讲起而从来没遇到过。并且老实的庄稼人全副武装的去赶集,我也见得多了,不能看到一件武器就疑心那生客不是安分良民。心里还想:我这几件衬衣和几本埃尔才维版①的《出征记》,他拿去有什么用呢?我对拿枪的家伙亲热的点点头,笑着问他是否被我打扰了清梦,他不回答,只把我从头到脚的打量;打量完毕,似乎满意了,又把我那个正在走近的向导同样细瞧了一番。不料向导突然脸色发青,站住了,显而易见吃了一惊。"糟了糟了,碰到坏人了!"我私下想;但为谨慎起见,立即决定不动声色。我下了马,吩咐向导卸下马辔;然后我跪在水边把头和手浸了一会,喝了一大口水,合扑着身子躺下了,像基甸手下的没出息的大兵一样。②

同时我仍暗中留神我的向导和生客。向导明明是很不乐意地走过来……生客似乎对我们并无恶意,因为他把马放走了,短铳原来是平着拿的,此刻也枪口朝下了。

我觉得不应当因对方冷淡而生气,便躺在草地上,神气挺随便的问那带枪的人可有

---

① 埃尔才维为十六、十七世纪时荷兰有名的出版家,所印图书后来均成为珍本。
② 《旧约·士师记》第七章载,以色列入基甸反抗米甸人,耶和华令基甸挑选士卒,以河边饮水为试:凡用手捧水如狗舐饮者入选,凡跪下喝水者均被淘汰。

火石,同时掏出我的雪茄烟匣。陌生人始终一声不出,在衣袋里掏了一阵,拿出火石,忙着替我打火。他显然变得和气了些,竟在我对面坐下了,但短铳还是不离手,我点着了雪茄,又挑了一支最好的,问他抽不抽烟。

他回答说:"抽的,先生。"

这是他的第一句话,我发觉他念的 S 音不像安达鲁齐口音①,可见他和我同样是个旅客,只是不干考古这一行罢了。

"这支还不错,你不妨试试,"我一边说一边递给他一支真正哈瓦那的王家牌。

他略微点点头,拿我的雪茄把他的一支点上了,又点点头表示道谢,然后非常高兴的抽起来。

"啊,我好久没抽烟了!"他这么说着,把第一口烟从嘴里鼻子里慢慢的喷出来。

在西班牙,一支雪茄的授受就能结交朋友,正如近东一带拿盐和面包敬客一样。出我意料之外,那人倒是爱说话的。虽然自称为蒙底拉附近的人,他对这地方可并不太熟悉。他不知道我们当时歇脚的那可爱的山谷叫什么名字,周围村子的名字,他也一个都说不上来;我问他有没有在近边见到什么残垣断壁,卷边的大瓦,雕刻的石头等等,他回答说从来没留意过这一类东西。另一方面,他对于马的一道非常内行,把我的一匹马批评了一阵,那当然不难;接着又背出他那一匹的血统,有名的高杜养马场出身,据说是贵种,极其耐劳,有一回一天之中赶了 120 多公里,而且不是飞奔便是疾走的。那生客正说在兴头上,忽然停住了,仿佛说了这么多话连他自己也觉得奇怪而且懊恼了。"那是因为我急于赶到高杜,为了一件官司要去央求法官……"他局促不安的补充,又瞧着我的向导安东尼奥,安东尼奥马上把眼睛望着地。

既有树荫,又有山泉,我不由得身心舒畅,想起蒙底拉的朋友们送我的几片上等火腿放在向导的褡裢②内。我就教向导给拿来,邀客人也来享受一下临时点心。他固然好久没有抽烟,我看他至少也有 48 小时没吃过东西:狂吞大嚼,像只饿极的狼。可怜虫那天遇到我,恐怕真是天赐良缘了。但我的向导吃得不多,喝得更少,一句话都没有,虽然我一上路就发觉他是个头等话匣子。有了这生客在场,他似乎很窘;还有一种提防的心理使他们互相回避,原因我可猜不透。

最后一些面包屑和火腿屑都给打发完了,各人又抽了一支雪茄,我吩咐向导套马,预备向新朋友告别,他却问我在哪儿过夜。

我还没注意到向导对我做的暗号,就回答说上居尔伏小客店。

"像你先生这样的人,那地方简直住不得……我也上那边去,要是许我奉陪,咱们可以同路。"

"欢迎欢迎,"我一边上马一边回答。

---

① 安达鲁齐人读 S 音,一如西班牙人之读柔音 C 与 Z,等于英语中之 th。故仅听 senor(先生)一字,即能辨出安达鲁齐口音。——原注

② 一种长形的布袋,中间开口,两头装物,可以背在肩上或挂在牲口上。

向导替我拿着脚镫,又对我眨眨眼睛,我耸耸肩膀表示满不在乎,然后出发了。

安东尼奥那些神秘的暗号,不安的表情,陌生人的某些话,特别是一天赶120公里的事和不近情理的说明,已经使我对旅伴的身分猜着几分。没有问题,我是碰上了一个走私的,或竟是个土匪;可是有什么关系呢?西班牙人的性格,我已经摸熟了,对一个和你一块儿抽过烟,吃过东西的人,尽可放心。有他同路,倒反是个保障,不会再遇到坏人。并且我很乐意知道所谓土匪究竟是何等人物。那可不是每天能碰上的;和一个危险分子在一起也不无奇趣,尤其遇到他和善而很斯文的时候。

我暗中希望能逐渐套出陌生人的真话,所以不管向导如何挤眉弄眼,竟自把话扯到剪径的土匪身上,当然用的是颇有敬意的口吻。那时安达鲁齐有个出名大盗叫做若瑟—玛丽亚,犯的案子都是脍炙人口的。"谁知道在我身边的不就是若瑟—玛丽亚呢?"我一边思忖,一边把听到的关于这位好汉的故事,拣那些说他好话的讲了几桩;同时又对他的勇武豪侠称赞了一番。

"若瑟—玛丽亚不过是个无赖小人,"那生客冷冷地说。

"这算是他对自己的评语呢,还是过分的谦虚?"我暗暗问自己,因为越看这同伴越觉得他像若瑟—玛丽亚了;我记得安达鲁齐许多地方的城门口都贴着告示,把他的相貌写得明明白白。——对啦,一定是他……淡黄头发,蓝眼睛,大嘴巴,牙齿整齐,手很小;穿着上等料子的衬衣,外罩银钮丝绒上装,脚登白皮靴套,骑一匹浑身棕色而鬣毛带黑的马……一点不错!但他既然要隐姓埋名,我也不便点破。

我们到了小客店;旅伴的话果然不虚,我寄宿过的小客店,这一个算是最肮脏最要不得的了。一间大屋子兼作厨房、餐厅与卧室。中间放着一块平的石板,就在上面生火煮饭;烟从房顶上一个窟窿里出去。其实只停留在离地几尺的空中,像一堆云。靠壁地下铺着五六张骡皮,就算客铺了。整个屋子只有这间房;屋外一二十步有个栅子似的东西,算是马房。这个高雅的宾馆当时只住着两个人:一个老婆子和一个十一二岁的小姑娘,都是煤烟般的皮色,衣服破烂不堪。——我心上想:古孟达居民的后裔原来如此;噢,凯撒!噢,撒克多斯·庞培①!要是你们再回到世界上来,一定要惊诧不已呢!

老婆子一看见我的旅伴,就大惊小怪地叫了一声。

"啊!唐·若瑟大爷!"她嚷着。

唐·若瑟眉头一皱,很威严的举了举手,立刻把老婆子拦住了。我转身对向导偷偷递了个暗号,告诉他关于这同宿的伙伴,不必再和我多讲什么。晚饭倒比我意料中的丰盛。饭桌是张一尺来高的小桌子,第一道菜是老公鸡煨饭,辣椒放得很多,接着是油拌辣椒,最后是迦斯巴曲,一种辣椒做的生菜。三道这样刺激的菜,使我们不得不常常打酒囊的主意,那是山羊皮做的一种口袋,里头装的蒙底拉葡萄酒确是美好无比。吃完饭,看到壁上挂着一只曼陀铃,——西班牙到处都有曼陀铃,——我问侍候我们的小孩子会不

---

① 撒克多斯·庞培为庞培次子。庞培死后,诸子仍与凯撒为敌。

会弹。

她回答说:"我不会;可是唐·若瑟弹得真好呢!"

我便央求他:"能不能来个曲子听听?我对贵国的音乐非常喜欢。"

"你先生人这么好,给了我这样名贵的雪茄,还有什么事我好意思拒绝呢?"唐·若瑟言语之间表示很高兴。

他教人摘下曼陀铃,自弹自唱起来。声音粗野,可是好听;调子凄凉而古怪;至于歌词,我连一个字都不懂。

"不知道我猜得对不对,"我跟他说,"你唱的不是西班牙调子,倒像我在外省①听见过的左旋歌,②歌词大概是巴斯克语。"

"对啦。"唐·若瑟脸色很阴沉。

他把曼陀铃放在地下,抱着手臂,呆呆地望着快熄灭的火,有种异样的忧郁的表情。小桌上的灯光映着他的脸,又庄严,又凶猛,令人想起弥尔顿诗中的撒旦。或许和撒旦一样,我这旅伴也在想着离别的家,想着他一失足成千古恨的逃亡生活。③ 我逗他继续谈话,他却置之不答,完全沉溺在忧郁的幻想中去了,老婆子已经在屋子的一角睡下;原来两边壁上系着根绳子,挂着一七穿八洞的毯子作掩蔽,专为妇女们过宿的。小姑娘也跟着钻进那幔条子。我的向导站起身来,要我陪他上马房;唐·若瑟听了突然惊醒过来,厉声问他上哪儿去。

"上马房去。"向导回答。

"干什么?马已经喂饱了。睡在这儿罢,先生不会见怪的。"

"我怕先生的马病了;希望他个儿去瞧瞧,也许他知道该怎么办。"

显而易见,安东尼奥要和我私下讲几句话;但我不愿意让唐·若瑟多心,当时的局面,最好对他表示深信不疑。因此我回答安东尼奥,我对于马的事一窍不通,想睡觉了。唐·若瑟跟着安东尼奥上马房,一忽儿就单独回来,告诉我马明明很好,但向导把它看得名贵得不得了,用上衣替它摩擦,要它出汗,预备通宵不寐,自得其乐的搅这个玩艺儿。——我已经横倒在骡皮毯上,拿大衣把身体仔细裹好,生怕碰到毯子。唐·若瑟向我告了罪,要我原谅他放肆,睡在我旁边,然后他躺在大门口,可没有忘了把短铳换上门药④,放在当枕头用的褡裢底下。彼此道了晚安以后5分钟,我们俩都呼呼入睡了。

大概我劳累得很了,才能在这种客店里睡着;可是过了一小时,奇痒难熬的感觉打扰了我的好梦。等到弄明白了是怎么回事,我马上起来,私忖与其睡在这个欺侮客人的屋

---

① 所谓外省,系指在法律上享有特权的几个省份,即阿拉伐,皮斯加伊,奇皮谷阿,以及拿伐的一部分。当地的语言为巴斯克语。——原注(译者按:在庇莱南山脉两侧的法国与西班牙居民,为一种特殊民族,称巴斯克人,所用语言即巴斯克语。)

② 左旋歌是巴斯克各省通行的一种带歌唱的舞蹈,拍子为八分之五。

③ 英国诗人弥尔顿(1608—1674)的史诗《失乐园》中描写撒旦的阴沉壮烈的面貌,故作者借此譬喻唐·若瑟。撒旦原为天使之一,以反抗上帝而入魔道,卒为群首领;但其脱离天堂等于逃亡,故作者以一失足成千古恨为譬。

④ 门药为旧式枪械上用的发火药。

子里,不如露天过夜,便提着脚尖走到门口,跨过唐·若瑟的铺位;他睡梦正酣,我的动作又极其小心,居然走出屋子没把他惊醒。门外有一条阔凳,我横在上面,尽量的安排妥帖,准备把后半夜对付过去。正当要第二次合上眼睛的时候,仿佛有一个人和一匹马的影子,声息全无的在我面前闪过。我坐起一瞧,认出是安东尼奥。他这个时间跑出马房,不由得令人纳闷;我站起来向他走过去,他先瞧见了我,站住了。

"他在哪儿呀?"安东尼奥轻轻的问。

"在屋子里睡着呢;他倒不怕臭虫。你干嘛把马牵出来呢?"

那时我才发觉,为了要无声无息的走出栅子,安东尼奥撕了一条破毯子,把马蹄仔细裹上了。

"天哪!轻声点儿。"安东尼奥和我说,"你还不知道这家伙是谁吗?他便是若瑟·拿伐罗①,安达鲁齐顶出名的土匪!今天一天我对你递了多少眼色,你都不愿意理会。"

我回答:"土匪不土匪,跟我有什么相干!他又没抢劫我们,我敢打赌,他也决无此意。"

"好吧;可是通风报信,把他拿住的人,有 200 杜加②的赏洋可得。离此 5 公里,有个枪骑兵的驻扎所;天没亮以前,我还来得及带几个精壮结实的汉子来。我想把他的马骑着去,无奈它凶悍得厉害,除了拿伐罗,谁也近不得身。"

"该死的家伙!他什么事得罪了你,你要告发他?并且你敢断定他真是你所说的那个土匪吗?"

"当然罗。刚才他跟我上马房,对我说,你好像认得我;倘你胆敢向那位好心的先生说出来,仔细你的脑袋。——先生,你留在这儿,待在他身边,不用害怕。只要知道你在这儿,他就不会疑心。"

说话之间,我们已经走了一程,和屋子离得相当远,人家不会再听到马蹄铁的声音。安东尼奥一霎眼就把裹着马脚的破布扯掉,准备上马了。我软骗硬吓,想留住他。

他回答说:"先生,我是一个穷光蛋,不能轻易放过 200 杜加,同时又为地方除一大害。可是你得小心点儿;倘若拿伐罗醒过来,一定会抓起他的短铳,那可不是玩的!我事情已经做到这一步,不能后退了;你自个想办法对付罢。"

那坏东西跨上马,踢了两下,一忽儿便在黑影里不见了。

我对我的向导不大高兴,心中也有点儿不安。想了一会,我打定了主意,回进屋子。唐·若瑟还睡着,大概他餐风宿露,辛苦了几日,此时正在补偿他的疲乏和瞌睡。我只得用力把他推醒。他那凶狠的目光和扑上短铳的动作,我永远忘不了;幸而我早防他一着,先拿他的武器放在离床较远的地方。

我说:"先生,很抱歉把你叫醒;可是我有句傻话要问你:倘若来了五六个带枪骑兵,你心里是不是乐意?"

---

① 唐·若瑟为拿伐人,故称之为若瑟·拿伐罗(拉丁系统的语言,形容词常放在后面)。
② 杜加为西班牙的一种金币,等于 12 法郎。

他一跃而起，厉声喝问："这话是谁告诉你的？"

"只要消息准确，别管从哪儿来的。"

"一定是你的向导把我出卖了；哼，我不会饶了他的。他在哪儿？"

"不知道……大概在马房里吧……可是另外有人告诉我……"

"谁？……总不会是老婆子吧？……"

"是一个我不认识的人……闲话少说，只问你愿不愿意看到大兵来；如果不愿意，那么别耽误时间；不然的话，我向你告罪，打搅了你的好梦。"

"啊，你那向导！你那向导！我早就防着了……可是……我不会便宜他的！……再见了，先生。你帮我的忙，但愿上帝报答你。我不完全像你所想的那么坏……是的，还有些地方值得侠义君子的哀怜呢……再会了，先生……我只抱憾一件事，就是不能报你的大恩。"

"唐·若瑟，希望你别猜疑人，别想到报复，那就等于报答我了。这儿还有几支雪茄给你路上抽；祝你一路平安！"

说罢，我向他伸出手去。

他一声不出握了握我的手，拿起他的短铳和褡裢，和老婆子说了几句我不懂的土话，立刻奔往棚子，不多一忽儿，我已经听见他的马在田野里飞奔了。

我呢，我又躺在凳上，可是再也睡不着。我心上盘算：把一个土匪，也许还是个杀人犯，从吊台上救下来，单单因为我跟他一起吃过火腿吃过煨饭，是不是应当的。向导倒是站在法律方面，我不是把他出卖了吗？不是使他有受到恶徒报复的危险吗？但另一方面，朋友之间的义气又怎么办呢？……我承认那是野蛮人的偏见；这个土匪以后犯的罪，我都有责任……可是凭你多大理由都打消不了的这种良知良能，果真是偏见吗？在我当时所处的尴尬局面中，也许不论怎么办良心都不会平安的。我对于自己的行为是否合乎道德的问题，还在左思右想、委决不下的时候，忽然出现了五六名骑兵和安东尼奥，他可是小心翼翼的躲在大兵后面。我迎上前去，告诉他们土匪已经逃走了不止两小时。老婆子被班长讯问之下，回答说她认识拿伐罗，但是单身住在乡下，不敢冒了性命的危险把他告发。她又说，他每次到这儿来，照例半夜就动身。至于我这方面，得走上好几里地，拿护照交给区里的法官查验，具了一个结，然后他们允许我继续作考古的采访。安东尼奥对我心怀怨恨，疑心我拦掉了他 200 杜加的财源。但回到高杜，我们还是客客气气的分手了；我尽我的财力重重的给了他一笔犒赏。

二

我在高杜耽留了几天。有人指点我，多明各会修院①的图书馆藏有一部手稿，可能供给我关于古孟达城的宝贵的材料。仁厚的教士们把我招待得非常殷勤；白天我呆在修道

---

① 多明各会为基督教中的一支派，与芳济会、本多会、耶稣会等并为重要宗派，于十三世纪时由圣·多明各创立，因以为名。

院中,傍晚到城里去闲逛。太阳下山的时候,高杜很多闲人挤在高达奎弗河①的右岸。那儿有一股浓烈的皮革味,因为当地制革的历史很悠久,至今享有盛名;同时你还可欣赏一个别有风味的景致。晚钟没响起以前几分钟,就有一大批妇女聚集在河边,站在很高的堤岸之下。那队伍可没有一个男人敢混进去的。只要晚祷的钟声一响,大家便认为天黑了。钟敲到最后一下,所有的女人都脱了衣服下水。于是一片喊声,嬉笑声,闹得震天价响。堤岸高头,男人们欣赏这些浴女,把眼睛睁得挺大,可惜看不见什么。但那些模糊的白影映在深蓝的河水上,使一般有诗意的人见了悠然神往;你只要略微用点想象力,就可把她们当作狄阿纳与水神们的入浴,还不用怕自己遇到阿克泰翁的厄运。②——有人告诉我,有一天几个轻薄无赖凑了钱,向大寺司钟的人行贿,教他把晚钟的时间提早20分钟。虽然天色还很亮,高达奎弗河的浴女却毫不迟疑,对晚祷的钟声比对太阳更信任,泰然自若的换了浴装,那装束一向是最简单的。那一回我没有在场。我在高杜的时代,司钟的并不贪污;暮色朦胧,只有猫眼才分得出最老的卖橘子女人和高杜城中最漂亮的女工。

一天傍晚,日光已没,什么都看不见了,我正靠着堤岸的栏杆抽着烟,忽然河边的水桥上走来一个女的,过来坐在我旁边:头上插着一大球素馨花,夜晚特别发出一股醉人的香味。她穿扮很朴素,也许还相当寒酸,像大多数女工一样浑身都是黑衣服。因为大家闺秀只有白天穿黑,晚上一律是法国打扮的。我那个浴女一边走近来,一边让面纱卸落在肩头上③;我在朦胧的星光底下看出她矮小,年轻,身腰很好,眼睛很大。我立刻把雪茄扔掉。这个纯粹法国式的礼貌,她领会到了,赶紧声明她很喜欢闻烟味,遇到好纸现卷的烟叶,她还抽呢。碰巧我烟匣里有这种烟,马上拿几支敬她。她居然拿一支,花一个小钱问路旁的孩子要个引火绳点上了。我跟美丽的浴女一块儿抽着烟,不觉谈了很久,堤岸上差不多只剩下我们两个人了。我觉得那时约她上饮冰室④饮冰也不能算冒昧。她略微谦让一下也就应允了,但先要知道什么时间。我按了按打簧表,她听着那声音大为惊奇。

"你们外国人的玩艺儿真新鲜!先生,您是哪一国人呢?一定是英国人罢⑤?"

"在下是法国人。您呢,小姐或是太太,大概是高杜本地人罢?"

"不是的。"

"至少您是安达鲁齐省里的。听您软声软气的口音就可以知道。"

"先生既然对各地的口音这么熟,一定能猜到我是哪儿人了。"

"我想您是耶稣国土的人,和天堂只差几步路。"

(这种说法是我的朋友,有名的斗牛士法朗西斯谷·塞维拉教给我的,意思是指安达

---

① 高达奎弗河为西班牙南部大河,自东北至西南,中游经高杜城,下游经塞维尔而入地中海。
② 据希腊神话,森林女神狄阿纳方在水中沐浴,被猎人阿克泰翁撞见,狄阿纳一恼之下,将猎人变而为鹿,使其被自己的猎犬啮死。
③ 西班牙女子所用的面纱,尺幅特别宽大,头脸肩膀都可裹入。
④ 这是一种附有冰栈的咖啡馆,实际是藏的雪水。西班牙村子很少没有这种冰栈的。——原注
⑤ 在西班牙凡不带着卡里谷布或绸缎样品兜销的外国人,都被视为英国人,近东一带亦然。——原注

鲁齐。)

"嗬！天堂！……这里的人说天堂不是为我们的。"

"那么难道您是摩尔人吗？……再不然……"我停住了，不敢说她是犹太人。

"得了罢，得了罢！您明明知道我是波希米亚人；要不要算个命？您可听人讲起过卡门西太吗？那便是我呀。"

15年前我真是一个邪教徒，哪怕身边站着个妖婆，我也决不会骇而却走。当下心里想："好罢，上星期才跟剪径的土匪一块儿吃过饭，今天不妨带一个魔鬼的门徒去饮冰。出门人什么都得瞧一下。"此外我还另有一个动机想和她结交。说来惭愧，我离开学校以后曾经浪费不少时间研究巫术，连呼召鬼神的玩艺也试过几回。虽然这种癖早已戒掉，但我对一切迷信的事照旧感到兴趣；见识一下巫术在波希米亚人中发展到什么程度，对我简直是件天大的乐事。

说话之间，我们已经走进饮冰室，拣一张小桌子坐下，桌上摆着个玻璃球，里头点着一支蜡烛。那时我尽有时间打量我的奚太那①了；室内几位先生一边饮冰，一边看见我有这样的美人作伴，不禁露出错愕的神气。

我很疑心卡门小姐不是纯血统，至少她比我所看到的波希米亚女人不知要美丽多少倍。据西班牙人的说法，一个美女必须具备30个条件，换句话说，她要能用到10个形容词，每个形容词要适用于身上3个部分。比如说，她要有三样黑的：眼睛、眼皮、眉毛；三样细致的：手指、嘴唇、头发。欲知详细，不妨参阅布兰多姆的大作②。我那个波希米亚姑娘当然够不上这样完满的标准。她皮肤很匀净，但皮色和铜差不多；眼睛斜视，可是长得挺好挺大；嘴唇厚了一些，但曲线极美，一口牙比出壳的杏仁还要白。头发也许太粗，可是又长，又黑，又亮，像乌鸦的翅膀一般闪着蓝光。免得描写过于琐碎，惹读者厌烦，我可以总括一句；她身上每一个缺点都附带着一个优点，对照之下，优点变得格外显著。那是一种别具一格的，犷悍的美，她的脸使你一见之下不免惊异，可是永远忘不了。尤其是她的眼睛，带着又妖冶又凶悍的表情；从那时起我没见过一个人有这种眼神。波希米亚人的眼是狼眼，西班牙人的这句俗语表示他们观察很准确。倘若诸位没空上植物园去研究狼眼③，不妨等府上的猫捕捉麻雀的时候观察一下猫眼。

当然，在咖啡馆里算命难免教人笑话。我要求美丽的女巫允许我上她家里去；她毫无难色，马上答应了，但还想知道一下钟点，要我把打簧表再打一次给她听。

她把表细瞧了一会，问："这是真金的吗？"

我们重新出发的时候，天色已经全黑，大半铺子都已在关门，差不多没有行人了。我们穿过高达奎弗大桥，到城关尽头的一所屋子前面停下。屋子外表绝对不像什么官邸。

---

① 波希米亚人在西班牙被称为奚太诺（女性为奚太那）。
② 布兰多姆（1540—1614）为法国贵族，生平游踪甚广，著有笔记多种。此处系指其所作的《名媛录》。该书第二卷《论专宠的秘诀》，详述西班牙美女标准，所谓十个形容词，及每个形容词能适用于身上的部分，均历举无遗。
③ 巴黎的植物园为兼带动物园性质之大公园。

一个孩子出来开门,波希米亚姑娘和他讲了几句话,我一字不懂,后来才知道那叫做罗马尼或是岂泼·加里,就是波希米亚人的土话。孩子听了马上走开了,我们进入一间相当宽敞的屋子,中间放着一张小桌,两只圆凳,一口柜子,还有一瓶水,一堆橘子和一串洋葱。孩子走后,波希米亚姑娘立即从柜子里拿出一副用得很旧的纸牌,一块磁石,一条干瘪的四脚蛇,和别的几件法器。

她吩咐我左手握着一个钱划个十字,然后她作法了。她的种种预言在此不必细述,至于那副功架,显而易见她不是个半吊子的女巫。可惜我们不久就受到打搅。突然之间,房门打开了,一个男人裹着件褐色大衣,只露出一双眼睛,走进屋子很不客气的对着波希米亚姑娘吆喝。我没听清他说些什么,但他的音调表示很生气。奚太那看他来了,既不惊奇,也不恼怒,只迎上前去,叽叽呱呱和他说了一大堆,用的仍是刚才对孩子说的那种神秘的土语。我所懂的只有她屡次提到的外江佬这个名词。我知道波希米亚人对一切异族的人都这样称呼的。想来总是谈着我罢。看情形,来客不免要和我找麻烦了,所以我已经抓着一只圆凳的脚,正在估量一个适当的时间把凳子向不速之客摔过去。他把波希米亚姑娘粗暴的推开了,向我走来,接着又退了一步,嚷道:

"啊!先生,原来是你!"

于是我也瞧着他,认出了我的朋友唐·若瑟。当下我真有些后悔前次没让他给抓去吊死。

"啊!老兄,原来是你!"我勉强笑着,可竭力不让他觉得我是强笑。

"小姐正在告诉我许多未来之事,都挺有意思,可惜被你打断了。"

"老是这个脾气!早晚得治治她,看她改不改!"他咬咬牙齿,眼露凶光,直瞪着她。波希米亚姑娘继续用土话跟他说着,渐渐的生气了。她眼睛充血,变得非常可怕,脸上起了横肉,拼命的跺脚:那光景好像是逼他做一件事,而他三心两意,委决不下。究竟是什么事,我很明白,因为她一再拿她的小手在脖子里抹来抹去。我相信这意思是抹脖子,而且那多半是指我的脖子。

唐·若瑟对于这一大堆滔滔汩汩的话,只斩钉截铁的回答几个字。波希米姑娘不胜轻蔑地瞅了他一眼,走到屋子的一角盘膝而坐,捡了一个橘子,剥着吃起来了。

唐·若瑟抓着我的胳膊,开了门把我带到街上。我们一声不出,走了一二百步,然后他用手指着远处,说:

"一直往前,就是大桥了。"

说完他掉过背去很快的走了。我回到客店,有点狼狈,心绪相当恶劣。最糟的是,脱衣服的时候发觉我的表不见了。

种种的考虑使我不愿意第二天去要回我的表,也不想去请求当地的法官替我找回来。我把多明各会藏的手稿研究完了,动身上塞维尔。在安达鲁齐省内漫游了几个月,想回马德里,而高杜是必经之路。我没有意思再在那里久住,对这个美丽的城市和高达奎弗河的浴女已经觉得头疼了。但是有几个朋友拜访,有几件别人委托的事要办,使我在这个伊斯兰教王的古都①中至少得逗留三四天。

我回到多明各会的修院,一位对我考据古孟达遗址素来极感兴趣的神甫,立刻张着手臂嚷道:

"噢,谢谢上帝!好朋友,欢迎欢迎。我们都以为你不在人世了;我哪,就是现在跟你讲话的我,为超度你的灵魂,念了不知多少天父多少圣哉②,当然我也不后悔。这样说来,你居然没有被强盗杀死!因为你被抢劫,我们是知道的了。"

"怎么呢?"我觉得有些奇怪。

"可不是吗,你那只精致的表,从前你在图书馆里工作,我们招呼你去听唱诗的时候,你常常按着机关报钟点的;那表现在给找到了,公家会发还给你的。"

"就是说,"我打断了他的话,有点儿窘了,"就是说我丢了的那只……"

"强盗现在给关在牢里;像他这种人,哪怕只为了抢一个小钱,也会对一个基督徒开枪的,因此我们很担心,怕他把你杀了。明儿我陪你去见法官领回那只美丽的表。这样,你回去可不能说西班牙的司法办的不行啦!"

我回答说:"老实告诉你,我宁可丢了我的表,不愿意到法官面前去作证,吊死一个穷光蛋,尤其因为……因为……"

"噢!你放心;他这是恶贯满盈了,人家不会把他吊两次的。我说吊死还说错了呢。你那土匪是个贵族,所以定在后天受绞刑③,决不赦免。你瞧,多一桩抢案少一桩抢案,根本对他不生关系。要是他只抢东西倒还得谢谢上帝呢!但他血案累累,都是一桩比一桩残酷。"

"他叫什么名字?"

"这儿大家叫他若瑟·拿伐罗,但他还有一个巴斯克名字,音别扭得厉害,你我都休想念得上来,真的,这个人值得一看;你既然喜欢本地风光,就该借此机会见识一下西班牙的坏蛋是怎样离开世界的。他如今在小教堂里,可以请玛蒂奈士神甫带你去。"

那位多明各会的修士一再劝我去瞧瞧"挺有意思的绞刑"是怎么安排的④,我倒不好意思推辞了。我就去访问监犯,带了一包雪茄,希望他原谅我的冒昧。

我被带到唐·若瑟那儿的时候,他正在吃饭,对我冷冷的点点头,很有礼貌的谢了我的礼物,把我递在他手里的雪茄数了数,挑出几支,其余的都还给我,说再多也没用了。

我问他,是不是花点儿钱,或者凭我几个朋友的情面,能把他的刑罚减轻一些。他先耸耸肩膀,苦笑一下;然后又改变主意,托我做一台弥撒超度他的灵魂。

---

① 高杜(西班牙语称高本伐)城为伊斯兰教王阿勒拉·埃尔·拉芒一世于七八七年建立,古迹极多,风景幽美,为西班牙名城之一。当地所制皮革及金银器物均驰名国外。
② "天父"为旧教中的一种祈祷,首句均有拉丁语的天父一词。"圣哉"为祈祷圣母的祷文,首句有拉丁语的圣哉一词。
③ 一八三零年时,西班牙贵族尚享有此项特权。现在(译者按:此系指作者写作的年代,一八四五年。)改了立宪制度,平民也有受绞刑的权利了。——原注(译者按:此种绞刑是让囚犯坐于凳上,后置一柱,上有铁箍,可套在死囚颈上,逐渐旋紧柱后螺丝。此种绞刑以西班牙为最盛行。
④ 西班牙惯例,死囚行刑之前均被送往教堂忏悔,所谓"安排"即指此项手续。

他又怯生生的说:"你肯不肯为一个得罪过你的人再做一台?"

"当然肯的,朋友;可是我想来想去,这里没有人得罪过我呀。"

他抓着我的手,态度很严肃地握着,静默了一会,又道:

"能不能请你再办一件事?……你回国的时候,说不定要经过拿伐省;无论如何,维多利亚是必经之路,那离拿伐也不太远了。"

我说:"是的,我一定得经过维多利亚;绕道上邦贝吕纳①去一趟也不是办不到的事;为了你,我很乐意多走这一程路。"

"好罢!倘若你上邦贝吕纳,可以看到不少你感到兴趣的东西……那是一个挺美丽的城……我把这个胸章交给你(他指着挂在脖子上的一枚小银胸章),请你用纸给包起来……"说到这儿他停了一忽儿,竭力压制感情,"……或是面交,或是托人转交给一位老婆婆,地址我等会告诉你。——你只说我死了,别说怎么死的。"

我答应一切照办。第二天我又去看他,和他消磨了大半天。下面那些悲惨的事迹便是他亲口告诉我的。

三

他说②:我生在巴兹丹盆地上埃里仲杜地方。我的姓名是唐·若瑟·李查拉朋谷阿。先生,你对西班牙的情形很熟,一听我的姓名就知道我是巴斯克人,世代都是基督徒③。姓上的唐字是我僭称的④;要是在埃里仲杜的话,我还能拿出羊皮纸的家谱给你瞧呢。家里人希望我进教会,送我上学,可我不用功,我太喜欢玩回力球了,一生倒霉就为这个。我们拿伐人一朝玩了回力球,便什么都忘了。有一天我赌赢了,一个阿拉伐省的人跟我寻事:双方动了玛基拉⑤,我又赢了;但这一下我不得不离开家乡。路上遇到龙骑兵,我就投入阿尔芒查联队的骑兵营。我们山里人对当兵这一行学得很快。不久我就当上班长;正要升作排长的时候,我走了背运,被派在塞维尔烟厂当警卫。倘若你到塞维尔,准会瞧见那所大屋子,在城墙外面,靠着高达奎弗河。烟厂的大门和大门旁边的警卫室,至今还在我眼前。西班牙兵上班的时候,不是玩纸牌就是睡觉;我却凭着规规矩矩的拿伐人脾气,老是不肯闲着。一天我正拿一根黄铜丝打着链子,预备拴我的枪铳针,冷不防弟兄们嚷起来,说:"打钟啦,姑娘们快回来上工了。"你知道,先生,烟厂里的女工有四五百,她们在一间大厅上卷雪茄,那儿没有二十四道⑥的准许,任何男子不得擅入,因为天热的时候她们装束挺随便,特别是年纪轻的。女工们吃过中饭回厂的时节,不少青年男子特意来看她们走过,油嘴滑舌的跟她们打诨。宁绸面纱一类的礼物,很少姑娘会拒绝的;一般风流人物拿这个作饵,上钩的鱼只要弯下身子去捡就是了。大家伙儿都在那里张望,我始

---

① 邦贝吕纳为拿伐省的首府。
② 本章全部为唐·若瑟口述,但原文不用引导,兹亦因之。
③ 欧洲大陆上的人所称的基督徒均指旧教徒。
④ 西班牙人姓氏上冠有唐字(或译作堂),乃贵族之标记。
⑤ 玛基拉为巴斯克人所用的一种铁棍。——原注
⑥ 二十四道为西班牙城市的警察局长兼行政长官。——原注

终坐在大门口的凳上。那时我还年轻,老是想家乡,满以为不穿蓝裙子,辫子不挂在肩上的①,决不会有好看的姑娘。况且安达鲁齐的女孩子教我害怕;我还没习惯她们那一套:嘴里老是刻薄人,没有一句正经话。当时我低着头只管打链子,忽然听见一些闲人叫起来:哟!奚太那来了。我抬起眼睛,一瞧就瞧见了她。我永远记得清楚,那天是星期五。我瞧见了那个你认识的卡门,几个月以前我就是在她那儿遇到你的。

她穿着一条很短的红裙,教人看到一双白丝袜,上面的破洞不止一个,还有一双挺可爱的红皮鞋,系着火红的缎带。她撩开着面纱,为的要露出她的肩膀和拴在衬衣上的一球皂角花。嘴角上另外又衔着一朵皂角花。她向前走着,把腰扭来扭去,活像高杜养马场里的小牝马。在我家乡,见到一个这等装束的女人,大家都要划十字的。在塞维尔,她的模样却博得每个人对她说几句风情话;她有一句答一句,做着媚眼,拳头插在腰里,那种淫荡无耻不愧为真正的波希米亚姑娘。我先是不喜欢她,便重新作我的活儿;可是她呀,像所有的女人和猫一样,叫她们来不来,不叫她们来偏来,竟在我面前站住了,跟我说话了:

"大哥,"她用安达鲁齐人的口语称呼我,"你的链子能不能送我,让我拿去系柜子上的钥匙呢?"

"我要挂我的枪铳针的,"我回答。

"你的枪铳针!"她笑起来了。"啊,你老人家原来是做挑绣的,要不然怎么会用到别针呢②?"

在场的人都跟着笑了,我红着脸,一个字都答不上来。

她接着又道:"好吧,我的心肝,替我挑七尺镂空黑纱,让我做条面纱罢,亲爱的卖别针的!"

然后她拿嘴角上的花用大拇指那么一弹,恰好弹中我的鼻梁。告诉你,先生,那对我好比飞来一颗子弹……我简直无地自容,一动不动的愣住了,像木头一样。她已经走进工厂,我才瞧见那朵皂角花掉在地下,正好在我两脚之间;不知怎么心血来潮,我竟趁着弟兄们不注意的当口把花捡了起来,当作宝贝一般放在上衣袋里。这是我做的第一桩傻事!

过了二三小时,我还想着那件事,不料一个看门的气喘吁吁,面无人色的奔到警卫室来。他报告说卷雪茄的大厅里,一个女人被杀死了,得赶快派警卫进去。排长吩咐我带着两个弟兄去瞧瞧。我带了两个人上楼了。谁知一进大厅,先看到 300 多个光穿衬衣的,或是和光穿衬衣相差无几的女人,又是叫,又是喊,指手划脚,一片声响,闹得连上帝打雷都听不见。一边地下躺着个女的,手脚朝天,浑身是血,脸上给人用刀扎了两下,划了个斜十字,几个心肠最好的女工在那里忙着救护。在受伤的对面,我看见卡门被五六个同事抓着。受伤的女人嚷着:"找忏悔师来呀!找忏悔师来呀!我要死啦!"卡门一声不出,咬着牙齿,眼睛像四脚蛇一般骨碌碌的打转。我问了声:"什么事啊?"但一时也摸

---

① 此乃拿伐及巴斯克各省乡下女子的装束。——原注
② 枪铳针与别针,在原文中只差结尾三个字母,故能用作双关的戏谑语。

不着头脑,因为所有的女工都跟我同时讲话。据说那受伤的女人夸口,自称袋里的钱足够在维里阿那集上买匹驴子。多嘴的卡门取笑她:"呵!你有了一把扫帚还不够吗①?"对方听着恼了,或许觉得这样东西犯了她的心病,回答说她对扫帚是外行,因为没资格做波希米亚女人或是撒旦的干女儿,可是卡门西太小姐只要陪着法官大人出去散步,后面跟着两名当差赶苍蝇的时候,不久就会跟她的驴子相熟了。卡门说:"好吧,让我先把你的脸掘个水槽给苍蝇喝水②,我还想在上面画个棋盘呢。"说时迟,那时快,卡门拿起切雪茄烟的刀在对方脸上画了个 X 形的十字。

案情很明白;我抓着卡门的胳膊,客客气气的说:"姊姊,得跟我走了。"她瞅了我一眼,仿佛认出是我,接着装出听天由命的神气,说:"好,走吧,我的面纱在哪儿?"

她把面纱没头没脑的包起来,一双大眼睛只露出一只在外面,跟着我两个弟兄走了,和顺得像绵羊。到了警卫室,排长认为案情重大,得送往监狱。押送的差事又派到我身上。我教她走在中间,一边一个龙骑兵,我自己照班长押送犯人的规矩,跟在后面。我们开始进城了,波希米亚姑娘先是不作声;等到走进蛇街,——你大概认得那条街吧,那么多的拐弯真是名副其实,——到了蛇街,她把面纱卸在肩膀上,特意让我看到那个迷人的脸蛋,尽量的扭过头来,和我说:

"长官,您带我上哪儿去呢?"

"上监狱去,可怜的孩子,"我尽量用柔和的口气回答;一个好军人对待囚犯,尤其是女犯,理当如此。

"哎哟!那我不是完了吗?长官大人,您发发慈悲罢。您这样年轻,这样和气!……"然后她又放低着声音说道:"让我逃走罢,我给您一块巴尔·拉岂,可以教所有的女人都爱您。"

巴尔·拉岂的意思是磁石,据波希米亚人的说法,有秘诀的人可以用来作出许多妖术:比如磨成细粉,和入一杯白葡萄酒给女人喝了,她就不会不爱你。我却是尽量拿出一本正经的态度回答:

"这儿不是说废话的地方;我们要送你进监狱,这是上头的命令,无法可想的。"

我们巴斯克人的乡音非常特别,一听就知道跟西班牙人的不同;另一方面,像巴伊·姚那③这句话,也没有一个西班牙人说得清。所以卡门很容易猜到我是外省人。先生,你知道波希米亚人没有家乡,到处流浪,各地的方言都能讲;不论在葡萄牙,在法兰西,在外省,在加塔罗尼亚,他们到处为家;便是跟摩尔人和英国人,他们也能交谈。卡门的巴斯克语讲得不坏。她忽然跟我说:

"拉居那·埃纳·皮霍察雷那(我的意中人),你跟我是同乡吗?"

先生,我们的语言真是太好听了,在外乡一听到本土的话,我们就会浑身打颤……

(说到这里,唐·若瑟轻轻的插了一句:"我希望有个外省的忏悔师。"停了一会,他又

---

① 相传扫帚为女巫作法用具之一,可当马骑。
② 苍蝇喝水的槽是一句成语,指又宽又长的伤口。因上文提到苍蝇,故卡门用此双关语。
③ 巴伊·姚那为巴斯克语,意思是"是的,先生。"——原注

往下说了。)

我听她讲着我本乡的话,不由得大为感动,便用巴斯克语回答说:"我是埃里仲杜人。"

她说:"我是埃查拉人,——(那地方离开我本乡只有4个钟点的路程。)——被波希米亚人骗到塞维尔来的。我在烟厂里作工,想挣点儿钱回拿伐。回到我可怜的母亲身边,她除了我别无依靠,只有一个小小的巴拉察①,种着20棵酿酒用的苹果树。啊!要是能够在家乡,站在积雪的山峰底下,那可多好!今天人家糟蹋我,因为我不是本地人,跟这些流氓,骗子,卖烂橘子的小贩不是同乡;那般流氓婆齐了心跟我作对,因为我告诉她们,哪怕她们塞维尔所有的牛大王一齐拿着刀站出来,也吓不倒我们乡下一个头戴蓝帽,手拿玛基拉的汉子。好伙计,好朋友,你不能对个同乡女子帮点儿忙吗?"

先生,这完全是她扯谎,她老是扯谎的。我不知这小娘儿一辈子有没有说过一句真话;可是只要她一开口,我就相信她,那简直不由我作主。她说的巴斯克语声音是走腔的,我却相信她是拿伐人。光是她的眼睛,再加她的嘴巴,她的皮色,就说明她是波希米亚人。我却是昏了头,什么都没注意。我心里想,倘若西班牙人敢说我本乡的坏话,我也会划破他们的脸,像她对付她的同伴一样。总而言之,我好像喝醉了酒,开始说傻话了,也预备做傻事了。

她又用巴斯克语和我说:"老乡,要是我推你,要是你倒下了,那两个加斯蒂人休想抓得我……"

真的,我把命令忘了,把一切都忘了,对她说:

"那么,朋友,你就试一试罢,但愿山上的圣母保佑你!"

我们正走过一条很窄的巷子,那在塞维尔是很多的。卡门猛的掉过身来,把我当胸一拳。我故意仰天翻倒。她一纵就纵过了我的身子,开始飞奔,教我们只看到她两条腿!……俗语说巴斯克的腿是形容一个人跑得快;她那两条腿的确比谁都不输……不但跑得快,还长得好看。我呀,我立刻站起身子,但是把长枪②横着,挡了路,把弟兄们先给耽搁了一会;然后我望前跑了,他们跟在我后面;可是穿着马靴,挂着腰刀,拿着长枪,不用想追上她!还不到我跟你说这几句话的时间,那女犯早已没有了踪影。街坊上的妇女还帮助她逃,有心指东说西,跟我们开玩笑。一忽儿往前,一忽儿往后,白跑了好几趟,我们只得回到警卫室,没拿到典狱长的回单。

两个弟兄为了免受处分,说卡门和我讲过巴斯克语;而且那么一个娇小的女孩子一拳就把我这样一个大汉打倒,老实说也不近情理。这种种都很可疑,或者是太明显了。下了班,我被革掉班长,判了一个月监禁。这是我入伍以后第一次受到惩戒。早先以为唾手可得的排长的金线就这样的吹了。

进监的头几天,我心里非常难过;当初投军的时候,想至少能当个军官。同乡龙迦,米那,都是将军了;夏巴朗迦拉,像米那一样是个黑人,也像他一样亡命到你们贵国去的,

---

① 巴拉察为巴斯克语,意思是园子。——原注
② 西班牙的骑兵均持长枪。——原注

居然当了上校；他的兄弟跟我同样是个穷小子，我和他玩过不知多少次回力球呢。那时我对自己说：过去在队伍里没受处分的时间都是白费的了。现在你的纪录有了污点；要重新得到长官的青睐，必须比你以壮丁资格入伍的时候多用十倍的苦功！而我的受罚又是为的什么？为了一个取笑你的波希米亚小贼娘！此刻也许就在城里偷东西呢。可是我不由得要想她。她逃的时候让我看得清清楚楚的那双七穿八洞的丝袜，——先生，你想得到吗？——竟老在我眼前。我从牢房的铁栅中向街上张望，的确没有一个过路女人比得上这鬼婆娘。同时我还不知不觉闻到她扔给我的皂角花，虽然干瘪了，香味始终不散……倘若世界上真有什么妖婆的话，她准是其中的一个！

有一天，狱卒进来递给我一块阿加拉面包①，说道：

"这是你的表妹给捎来的。"

我接了面包，非常纳闷，因为我没什么表妹在塞维尔。我瞧着面包想道：也许弄错了吧；可是面包那么香，那么开胃，我也顾不得是哪儿来的，送给谁的，决意拿来吃了。不料一切下去，刀子碰到一点儿硬东西。原来是一片小小的英国锉刀，在面包没烘烤的时候放在面粉里的。另外还有一枚值两块钱的金洋。那毫无疑问是卡门送了的。对于她那个种族的人，自由比什么都宝贵，为了少坐一天牢，他们会把整个城市都放火烧了的。那婆娘也真聪明，一块面包就把狱卒骗过去了。要不了一小时，最粗的铁栅也能用这把锉刀锯断；拿了这块金洋，随便找个卖旧衣服的，就能把身上的军装换一套便服。你不难想象在山崖上掏惯老鹰窠的人，决不怕从至少有三丈高的楼窗口跳到街上；可是我不愿意逃。我还顾到军人的荣誉，觉得开小差是弥天大罪。但我心里对那番念旧的情意很感动。在监牢里，想到外边有人关切你总是很高兴的。那块金洋使我有点气恼，恨不得还掉；但哪儿去找我的债主呢？这倒不大容易。

经过了革职的仪式以后，我自忖不会再受什么羞辱了；谁知还有一件委屈的事要我吞下去。出了监狱重新上班，我被派去和小兵一样的站岗。你真想不到，对于一个有血性的男子，这一关是多么难受。我觉得还是被枪毙的好。至少你一个人走在前面，一排兵跟在你后面，大家争着瞧你，你觉得自己是个人物。

我被派在上校门外站岗。他是个有钱的年轻人，脾气挺好，喜欢玩儿，所有年轻的军官都上他家里去，还有许多老百姓，也有女的，据说是女戏子。对于我，那好比全城的人都约齐了到他门口来瞧我。呕！上校的车子来了，赶车的旁边坐着他的贴身当差。你道下来的是谁？……就是那奚太那。这一回她装扮得像供奉圣徒骨殖的神龛一般，花花绿绿，妖冶无比，从上到下都是披绸戴金的。一件缀着亮片的长袍，蓝皮鞋上也缀着亮片，全身都是金银铺绣的滚边和鲜花。她手里拿着个博浪鼓儿。同来的有两个波希米亚女人，一老一少，照例还有个带头的老婆子，和一个老头儿，也是波希米亚人，专弄乐器，替她们的跳舞当伴奏的。你知道，有钱人家往往招波希米亚人去，要他们跳罗马里舞，这是她们的一种舞蹈，还教她们搞别的玩艺儿。

卡门把我认出来了。我们的眼睛碰在了一起，我恨不得钻下地去。

---

① 阿加拉为塞维尔城外七八里的小镇，所制小面包特别可口，每日均有大批运至城中发卖。——原注

她说:"阿居·拉居那①长官,你居然跟小兵一样站岗吗?"

我来不及找一句话回答,她已经进了屋子。

所有的人都在院子里;虽然人多,我隔着铁栅门②差不多把一切都看在眼里。我听见鼓声、响板声、笑声、喝采声,她擎着博浪鼓儿往上纵的时候,我偶尔还能瞧见她的头。我又听见军官们和她说了不少使我脸红的话。她回答什么,我不知道。我想我真正的爱上她大概是从那天起的;因为有三四回,我一念之间很想闯进院子,拔出腰刀,把那些调戏她的小白脸全部开肠破肚。我受罪受了大半个时辰;然后一群波希米亚人出来了,仍旧由车子送回。卡门走过我身边,用那双你熟悉的眼睛瞅着我,声音很轻的说:

"老乡,你要吃上好炸鱼,可以到德里阿那③去找里拉·巴斯蒂阿。"

说完,她身子轻得像小山羊似的钻进车子,赶车的把骡子加上一鞭,就把全班卖艺的人马送到不知哪儿去了。

不消说,我一下班就赶到德里阿那;事先我剃了胡子,刷了衣服,像阅兵的日子一样。她果然在里拉·巴斯蒂阿的铺子里。他专卖炸鱼,也是波希米人,皮肤像摩尔人一般的黑;上他那儿吃炸鱼的人很多,大概特别从卡门在店里歇脚之后。

她一见我就说:"里拉,今儿我不干啦。明儿的事明儿管④!——老乡,咱们出去遛遛罢。"

她把面纱遮着脸;我们到街上,我却是糊里糊涂的不知上哪儿。

"小姐,"我对她说,"我该谢谢你送到监狱来的礼物。面包,我吃了;锉刀,我可以磨枪头,也可以留作纪念;可是钱哪,请你收回罢。"

"呦! 你居然留着钱不花,"她大声笑了。"可是也好,我手头老是很紧;管它! 狗只要会跑就不会饿死⑤。来,咱们把钱吃光算了。你好好请我一顿罢。"

我们回头进城。到了蛇街的街口上,她买了一打橘子,教我用手帕包着。再走几步,她又买了一块面包,一些香肠,一瓶玛查尼拉酒;最后走进一家糖果店,把我还她的金洋,和从她口袋里掏出来的另外一块金洋和几个银角子,一齐摔在柜台上,又要我把身上的钱统统拿出来。我只有一个角子和几个小钱,如数给了她,觉得只有这么一点儿非常难为情。她好像要把整个铺子都买下来,尽挑最好最贵的东西,什么甜蛋黄,杏仁糖,蜜饯果子,直到钱花完为止。这些都给装在纸袋里,归我拿着。你大概认得刚第雷育街罢,街

---

① 巴斯克语:"伙计,你好。"——原注
② 塞维尔多数屋子皆有院子,四面围着游廊。夏天大家都待在院中。院子顶上张着布幔,日间浇水,晚上撤去。屋子大门终日洞开,大门与院子之间有一道刻花甚精的铁栅门则是严扃的。——原注
③ 德里阿那为塞维尔附近的小镇,为当地的波希米亚人麇集之处。
④ 西班牙成语。——原注
⑤ 波希米亚成语。——原注

上有个唐·班特罗王的胸像①,那倒值得我仔细想一想呢。在这条街上,我们在一所屋子前面停下。她走进过道,敲了底层的门。开门的是个波希米亚女人,十足地道的撒旦的侍女。卡门用波希米亚语和她说了几句。老婆子先咕噜了一阵。卡门为了安慰她,给她两个橘子,一把糖果,又教她尝了尝酒;然后替她披上斗篷,送到门口,拿根木闩把门拴了。等到只剩我们两人的时候,她就像疯子一般的又是跳舞,又是笑,嘴里唱着:

"你是我的罗姆,我是你的罗米②。"

我站在屋中央,捧着一大堆食物不知放哪里好。她把一切摔在地下,跳上我的脖子,和我说:

"我还我的债,我还我的债!这才是加莱③的规矩!"

啊!先生,那一天啊!那一天啊!……我一想到那一天,就忘了还有什么明天。

(唐·若瑟静默了一会,重新点上雪茄,又往下说了。)

我们一块儿待了一天,又是吃,又是喝,还有别的。等到她像五六岁的孩子一般吃饱了糖,便抓了几把放在老婆子的水壶里,说是"替她做冰糖酒";又把甜蛋黄扔在墙上,摔得稀烂,说是"免得苍蝇跟我们麻烦……"

总之,所有刁钻古怪的玩艺儿都做到家了。我说很想看她跳舞,可是哪里去找响板呢?她听了马上把老婆子独一无二的盘子砸破了,打着珐琅碎片跳起罗马舞来,跟打着紫檀或象牙的响板一般无二。和她在一起决不会厌烦,那我可以保险。天晚了,我听见召集归营的鼓声,便说:"我得回营去应卯了。"

"回营去吗?"她一脸瞧不起人的样子,"难道你是个黑奴,给人牵着鼻子走的吗?简直是只金丝雀,衣服也是的,脾气也是的④。去吧去吧,你胆子跟小鸡一样。"

我便留下了,心里发了狠预备回去受罚。第二天早上,倒是她先提分手的话。

"听着,若瑟多,我可是报答你了?照我们的规矩,我再也不欠你什么,因为你是个外江佬;但你是个漂亮小伙子,我喜欢你。咱们这是两讫了。再会吧。"

我问她什么时候能跟她再见。

她笑着回答:"等到你不这么傻的时候。"然后她又用略微正经一些的口吻,说:"你知道吗,小子?我有点儿爱你了,可是不会长久的。狗跟狼做伴,决没多少太平日子,倘若你肯做埃及人⑤,也许我会做你的罗米。但这些全是废话,办不到的,哎,相信我一句话,你运气不坏。你碰到了魔鬼,——要知道魔鬼不一定是难看的,——他可没把你勒死。我身上披着羊毛,可不是绵羊。快快到你的圣母面前去点支蜡烛吧;她应该受这点儿孝

---

① 相传唐·班特罗王(译者按:系十四世纪时葡萄牙王,称比埃尔一世。)素喜在塞维尔城内微服夜游。某夜在街上与人争风,拔剑相斗,将对方刺死。其时仅有一老妇,闻击剑声持小灯开窗出视,此小灯即名刚第雷育。班特罗王身体畸形,故为老妇所认。翌日,大臣奏晚间有人决斗,酿成命案。王问凶手已否发见。王答曰:"然。"王又问何不法治。臣答:"谨待王命。"王曰:"执法毋徇。"大臣乃将城内王之雕像锯下首级,置于肇事街上。今塞维尔尚有刚第雷育街,街上仍有一石像,人皆谓为唐·班特罗王之胸像,但此系近时所塑。因旧像于十七世纪时已极剥落,故市政当局易以新塑。——原注
② 罗姆为丈夫,罗米为妻子,均为波希米亚语。——原注
③ 波希米亚人自称为加莱(男女性多数),男的为加罗,女的为加里,意义是"黑"。——原注
④ 西班牙的龙骑兵制服是黄色的,故以金丝雀作譬。——原注
⑤ 波希米亚人常自称为埃及人。

敬。再见了。别再想卡门西太,要不然她会教你娶个木腿寡妇①的。"这么说着,她卸下门闩,到了街上,拿面纱一裹,掉转身子就走。她说得不错。我要从此不想她就聪明啦;可是从刚第雷育街相会了一场以后,我心里就没第二个念头:成天在街上遛遛,希望能遇上她。我向那老婆子和卖炸鱼的打听。两人都回答说她上红土国去了,那是他们称呼葡萄牙的别名。大概是卡门吩咐他们这么说的,因为不久我就发觉他们是扯谎。在刚第雷育街那天以后几星期,我正在某一个城门口站岗。离城门不远,城墙开了一个缺口;日中有工人在那里做活,晚上放个步哨防走私的。白天我先看见里拉·巴斯蒂阿在岗亭四周来回了几次,和好几个弟兄说话;大家都跟他相熟,跟他的炸鱼和炸面块更其熟。他走近来问我有没有卡门的消息。

我回答说:"没有。"

"那么,老弟,你不久就会有了。"

他说的倒是实话,夜里,我被派在缺口处站岗。班长刚睡觉,立刻有个女人向我走来。我心里知道是卡门,嘴里仍旧喊着:"站开去! 不准通行!"

"别吓唬人好不好?"她走上来让我认出了。

"怎么! 是你吗。卡门?"

"是的,老乡。少废话,谈正经。你要不要挣一块银洋?等会有人带了私货打这里过,你可别拦他们。"

"不行,我不能让他们过。这是命令。"

"命令! 命令! 那天在刚第雷育街,你可没想到命令啊。"

"啊!"我一听提到那件事,心里就糊涂了。"为了那个,忘记命令也是划得来的。可是我不愿意收私贩子的钱。"

"好吧,你不愿意收钱,可愿意再上陶洛丹老婆子那里吃饭?"

"不! 我不能够。"我拼命压制自己,差点儿透不过气来。

"好极了。你这样刁难,我不找你啦。我会约你的长官上陶洛丹家。他神气倒是个好说话的,我要他换上一个睁一只眼闭一只眼的哨兵。再会了,金丝雀。等到有朝一日那命令变成了把你吊死的命令,我才乐呢。"

我心一软,把她叫回来,说只要能得到我所要的报酬,哪怕要我放过整个的波希姆②也行。她赌咒说第二天就履行条件,接着便跑去通知她那些等在近旁的朋友。一共是5个人,巴斯蒂阿也在内,全背着英国私货。卡门替他们望风,看到巡夜的队伍,就用响板为号,通知他们;但那夜不必她费心。走私的一眨眼就把事情办完了。

第二天我上刚第雷育街。卡门让我等了好久,来的时候也很不高兴。

"我不喜欢推三阻四的人,"她说。"第一回你帮了我更大的忙,根本不知道有没有报酬。昨天你跟我讨价还价。我不懂自己今天怎么还会来的,我已经不喜欢你了。给你一块银洋做酬劳,你替我走罢。"

---

① 木腿寡妇是指处决死犯的吊台。——原注
② 此处所谓波希姆非中欧的地理名称,而系波希米亚民族之总称。

我几乎把钱扔在她头上,我拼命压着自己,才没有动手打她。我们吵架吵了一个钟点,我气极了,走了。在城里遛了一会,东冲西撞,像疯子一般;最后进了教堂,跪在最黑的一角大哭起来。忽然听见一个声音说着:"喝!龙①的眼泪倒好给我拿去做媚药呢。"

我举目一望,原来是卡门站在我面前。

她说:"喂,老乡,还恨我吗?不管心里怎么样,我真是爱上你了。你一走,我就觉得六神无主。得了吧,现在是我来问你愿不愿意上刚第雷育街去了。"

于是我们讲和了;可是卡门的脾气像我们乡下的天气。在我们山里,好好儿的大太阳,会忽然来一场阵雨。她约我再上一次陶洛丹家,临时却没有来。陶洛丹老是说她为了埃及的事上红土国去了。

凭着过去的经验,我明白这话是什么意思,便到处找卡门,凡是她可能去的地方都去了,尤其是刚第雷育街,一天要去好几回。我不时请陶洛丹喝杯茴香酒,差不多把她收服了。一天晚上我正在那儿,卡门进来了,带着一个年轻的男人,就是我们部队里的排长。

"快走罢,"她和我用巴斯克语说。

我愣住了,憋着一肚子的怒火。

排长吆喝道:"你在这儿干么?滚,滚出去!"

我却是一步也动不得,仿佛犯了麻痹症。军官大怒,看我不走,连便帽也没脱,便揪着我的衣领狠狠的把我摇了几摇。我不知道说了些什么。他拔出剑来,我的刀也出了鞘,老婆子抓住我的胳膊,我脑门上便中了一剑,至今还留着疤。我退后一步,摆了摆手臂,把陶洛丹仰面朝天摔在地下;军官追下来,我就把刀尖戳进他的身子,他合扑在我刀上倒下了。卡门立刻吹熄了灯,用波希米亚语教陶洛丹快溜。我自己也窜到街上,拨步飞奔,不知往哪儿去,只觉得背后老是有人跟着。后来定了定神,才发觉卡门始终没离开我。她说:

"呆鸟!你只会闯祸。我早告诉过你要教你倒霉的。可是放心,跟一个罗马的法兰德女人②交了朋友,一切都有办法。先拿手帕把你的头包起来,把皮带扔掉,在这条巷子里等着,我马上就来。"

说完她不见了,一忽儿回来,不知从哪儿弄了件条子花的头篷,教我脱下制服,把斗篷套在衬衣上。经过这番化装,再加包扎额上伤口的手帕,我活像一个华朗省的乡下人,到塞维尔来卖九法③甜露的。她带我到一条小街的尽里头,走进一所屋子,模样跟早先陶洛丹住的差不多。她和另外一个波希米亚女人替我洗了伤口,裹扎得比军医官还高明,又给我喝了不知什么东西;最后我被放在一条褥子上,睡着了。

我喝的大概是她们秘制的一种麻醉药,因为第二天我很晚才醒,但头痛欲裂,还有点发烧,半晌方始记起上一天那件可怕的事。卡门和她的女朋友替我换了绷带,一齐屈着

---

① 唐·若瑟为龙骑兵,而龙骑兵在原文中只用一个"龙"字称呼。
② 此处的罗马并非那个不朽的城市;波希米亚人称夫妇为罗马(译者按:此与他们称丈夫妻子的字同出一源,同时即以罗马一字自称其民族。西班牙的波希米亚人,最早大概来自荷兰一带,故又自称为法兰德人。——原注
③ 九法是一种球根类植物的根须,可制饮料——原注

腿坐在我褥子旁边,用她们的土话谈了几句,好像是讨论病情。然后两人告诉我,伤口不久就会痊愈,但得离开塞维尔,越早越好;倘若我被抓去,就得当场枪毙。

"小伙子,你得找点儿事干啦。"卡门对我说:"如今米饭和鳕鱼①,王上都不供给了,得自个儿谋生啦。你太笨了,做贼是不行的。但你身手矫捷,力气很大;倘若有胆量,可以到海边去走私。我不是说过让你吊死吗?那总比枪毙强。弄得好,日子过得跟王爷一样,只要不落在民兵和海防队手里。"

这鬼婆娘用这种怂恿的话指出了我的前途;犯了死罪,我的确只有这条路可走了。不用说,她没费多大事儿就把我说服了。我觉得这种冒险和反抗的生活,可以使我跟她的关系更加密切,她对我的爱情也可以从此专一。我常听人说,有些私贩子跨着骏马,手握短铳,背后坐着情妇,在安达鲁齐省内往来驰骋。我已经在脑子里看到,自己挟着美丽的波希米亚姑娘登山越岭的情景。她听着我的话笑弯了腰,说最有意思的就是搭营露宿的夜晚,每个罗姆拥着他的罗米,进入用三个箍儿一个帐幔支起来的小篷帐。

我说:"一朝到了山里,我就对你放心了!不会再有什么排长来跟我争了。"

"啊,你还吃醋呢!真是活该。你怎么这样傻呀?你没看出我爱你吗,我从来没向你要过钱。"

听她这么一说,我真想把她勒死。

闲话少说,言归正传。卡门找了一套便服来,我穿了溜出塞维尔,没有被发觉。带着巴斯蒂阿的介绍信,我上吉莱市去找一个卖茴香的商人,那是走私贩的聚会的地方。我和他们相见了,其中的首领绰号叫做唐加儿,让我进了帮子。我们动身去谷尚,跟早先和我约好的卡门会合。逢到大家出去干事的时节,卡门总替我们当探子;而她在这方面的本领的确谁也比不上。她从直布罗陀回来,和一个船长讲妥了装一批英国货到某处海滩上交卸。我们都上埃斯德波那附近去等。货到之后,一部分藏在山中,一部分运往龙达。卡门比我们先去,进城的时间又是她通知的。这第一次和以后几次的买卖都很顺利。我觉得走私的生活比当兵生活有意思得多;我常常送点东西给卡门。钱也有了,情妇也有了。我心里没有什么悔恨,正像波希米亚俗语说的,一个人花天酒地的时候,生了疥疮也不会痒的。我们到处受到好款待,弟兄们对我很好,甚至还表示敬意。因为我杀过人,而伙伴之中不是每个人都有这等亏心事的。但我更得意的是常常能看到卡门。她对我的感情也从来没有这么热烈;可是在同伴面前,她不承认是我的情妇,还要我赌神罚咒不跟他们提到她的事。我见了这女人就毫无主意,不论她怎么使性,我都依她。并且这是她第一遭在我面前表示懂得廉耻,像个正经女人;我太老实了,竟以为她把往日的脾气真改过来了。

我们一帮总共是8个到10个人。只在紧要关头才聚在一起,平日总是两个一组,三个一队,散开在城里或村里。表面上我们每人都有行业:有的是做锅子的,有的是贩马的,我卖针线杂货,但为了那件塞维尔的案子,难得在大地方露面。有一天,其实是夜里了,大家约好在凡日山下相会。唐加儿和我二人先到。他似乎很高兴,对我说:

---

① 米饭与鳕鱼均为西班牙士兵的日常粮食。——原注

"咱们要有个新伙计加入了。卡门这一回大显身手,把关在泰里法陆军监狱的她的罗姆给释放了。"

所有的弟兄们都会讲波希米亚土话,那时我也懂得一些了;罗姆这个字使我听了浑身一震。

"怎么,她的丈夫!难道她嫁过人吗?"我问我们的首领。

"是的,嫁的是独眼龙迦奇阿,跟她一样狡猾的波希米亚人。可怜的家伙判了苦役。卡门把陆军监狱的医生弄得神魂颠倒,居然把她的罗姆恢复自由。啊!这小娘儿真了不起,她花了两年功夫想救他出来,没有成功。最近医官换了人,她马上得手了。"

你不难想象我听了这消息以后的心情。不久我就见到独眼龙迦奇阿,那真是波希姆出的最坏的坏种:皮肤黑,良心更黑,我一辈子也没遇到这样狠毒的流氓。卡门陪着他一块儿来,一边当着我叫他罗姆,一边趁他掉过头去的时候对我眨眼睛,扯鬼脸。我气坏了,一晚没和她说话。第二天早上,大家运着私货出发,不料半路上有10来个骑兵跟踪而来。那些只会吹牛,嘴里老是说不怕杀人放火的安达鲁齐人,马上哭丧着脸纷纷逃命,只有唐加儿、迦奇阿、卡门和一个叫做雷蒙达杜的漂亮小伙子没有着慌;其余的都丢下骡子,跳入追兵的马过不去的土沟里。我们没法保全牲口,只能抢着把货扛在肩上,翻着最险陡的山坡逃命。我们把货包先望底下丢,再蹲着身子滑下去。那时,敌人却躲在一边向我们开枪了;这是我第一遭听见枪弹飕飕的飞过,倒也不觉得什么。可是有个女人在眼前,不怕死也不算希奇。终于我们脱险了,除掉可怜的雷蒙达杜;他腰里中了一枪,我扔下包裹,想把他抱起来。

"傻瓜!"迦奇阿对我嚷着,"背个死尸干什么?把他结果了罢,别丢了咱们的线袜。"

"丢下他算了!"卡门也跟着嚷。

我累得要死,不得不躲在岩石底下把雷蒙达杜放下来歇一歇。迦奇阿过来拿短铳朝着他的头连放12枪,把他的脸打得稀烂,瞧着说:"哼,现在谁还有本领把他认出来吗?"

你瞧,先生,这便是我过的美妙的生活。晚上我们在一个小树林中歇下,筋疲力尽,没有东西吃,骡子都已丢完,当然是一无所有了。可是你猜猜那恶魔似的迦奇阿干些什么?他从袋里掏出一副纸牌,凑着他们生的一堆火,和唐加儿俩玩起牌来。我躺在地上,望着星,想着雷蒙达杜,觉得自己还是像他一样的好。卡门蹲在我旁边,不时打起一阵响板,哼哼唱唱。后来她挪过身子,像要凑着我耳朵说话似的,不由分说亲了我两三回。

"你是个魔鬼,"我对她说。

"是的,"她回答。

休息了几小时,她到谷尚去了;第二天早上,有个牧童给我们送了些面包来。我们在那儿待了一天,夜里偷偷的走近谷尚,等卡门的消息。可是一点消息都没有。天亮的时候,路上有个骡夫赶着两匹骡,上面坐着一个衣着体面的女人,撑着阳伞,带着个小姑娘,好像是她的侍女。迦奇阿对我们说:

"圣·尼古拉[①]给我们送两个女人两匹骡子来了。最好是不要女人,全是骡子;可是

[①] 盗贼均奉圣·尼古拉为祖师。

也罢,让我去拦下来!"

他拿了短铳,掩在杂树林中往小路走下去。我和唐加儿跟着他,只隔着几步。等到行人走近了,我们一齐跳出去,嚷着要赶骡的停下来。我们当时的装束大可以把人吓一跳,不料那女的倒反哈哈大笑。

"啊!这些傻瓜竟把我当作大家闺秀了!"

原来是卡门;她化妆得太好了,倘若讲了另一种方言,我简直认不出来。她跳下骡子,跟唐加儿和迦奇阿咕哝了一会,然后对我说:

"金丝雀,在你没上吊台以前,咱们还会见面的。我为埃及的事要上直布罗陀去了,不久就会带信给你们。"

她临走指点我们一个地方,可以躲藏几天。这姑娘真是我们的救星。不久教人送来一笔钱,还带来一个比钱更有价值的消息,就是某一天有两个英国爵爷从格勒拿特到直布罗陀去,要经过某一路段。俗语说得好:只要有耳朵,包你有生路。两个英国人有的是金基尼①。迦奇阿要把他们杀死。我跟唐加儿两人反对。结果只拿了他们的钱和表,和我们最缺少的衬衣。

先生,一个人的堕落是不知不觉的。你为一个美丽的姑娘着了迷,打了架,闯了祸,不得不逃到山里去,而连想都来不及想,已经从走私的变成土匪了。自从犯了那两个英国人的案子以后,我们觉得待在直布罗陀附近不大妥当,便躲入龙达山脉。——先生,你和我提的若瑟—玛丽亚,我便在那儿认识的。他出门老带着他的情妇。那女孩子非常漂亮,人也安分,朴素,举动文雅,从来没一句下流话,而且忠心到极点!……他呀,他可把她折磨得厉害,平时对女人见一个追一个;还要虐待她,喜欢吃醋。有一回他把她扎了一刀。谁知她反倒更爱他。唉,女人就是这种脾气,尤其是安达鲁齐的女人。她对自己胳膊上的伤疤很得意,当作宝物一般给大家看。除此以外,若瑟—玛丽亚还是一个最没义气的人,决不能跟他打交道!……我们一同做过一桩买卖,结果他偷天换日,把好处一个人独吞,我们只落得许多麻烦和倒霉事儿。好了,我不再扯开去了。那时我们得不到卡门的消息。唐加儿说:

"咱们之中应当有一个上直布罗陀走一遭;她一定筹划好什么买卖了。我很愿意去,可是直布罗陀认识我的人太多了。"

独眼龙说:"我也是的,大家都认得我;我跟龙虾②开了那么多玩笑,再加我是独眼,不容易化装。"

我说:"那么应当是我去了。该怎么办呢?"一想到能再见卡门,我心里就高兴。

他们和我说:"或是搭船去,或是走陆路经过圣·洛克去,都随你。到了直布罗陀,你在码头上打听一个卖巧克力的女人,叫做拉·洛洛那;找到她,就能知道那边的情形。"

大家决定先同到谷尚山中,我把他们留在那边,自己扮做卖水果的上直布罗陀。到

---

① 基尼为英国货币,值一镑一先令,今已废止。
② 西班牙人把英国兵叫做龙虾,因为他们制服的颜色与龙虾相似。(译者按:直布罗陀为英属,故驻有英国军队。)——原注

了龙达,我们的一个同党给我一张护照;在谷尚,人家又给我一匹驴:我载上橘子和甜瓜,上路了。到了直布罗陀,我发觉跟拉·洛洛那相熟的人很多,但她要不是死了,就是进了监牢。据我看,她的失踪便是我们跟卡门失去联络的原因。我把驴子寄在一个马房里,自己背着橘子上街,表面上是叫卖,其实是为碰运气,看能不能遇到什么熟人。直布罗陀是世界各国的流氓汇集之处,而且简直是座巴别塔①,走十步路能听到十种语言。我看到不少埃及人,但不敢相信他们;我试探他们,他们也试探我,明知道彼此都是一路货,可弄不清是否同一个帮子。白跑了两天,关于拉·洛洛那和卡门的消息一点没打听出来,我办了些货,预备回到两个伙伴那里去了;不料傍晚走在一条街上,忽然听见窗口有个女人的声音喊着:"喂,卖橘子的!……"我抬起头来,看见卡门把肘子靠在一个阳台上,旁边有个穿红制服,戴金肩章,烫头发的军官,一副爵爷气派。她也穿得非常华丽:又是披肩,又是金梳子,浑身是绸衣服;而且那婆娘始终是老脾气,吱吱格格在那里大笑。英国人好不费事的说着西班牙文叫我上去,说太太要买橘子;卡门又用巴斯克语和我说:

"上来罢,别大惊小怪!"

的确,她花样太多了,什么都不足为奇。我这次遇到她,说不上心中是悲是喜。大门口站着一个高大的英国当差,头上扑着粉,②把我带进一间富丽堂皇的客厅。卡门立刻用巴斯克语吩咐我:

"你得装做一句西班牙文都不懂,也不认识我。"

然后她转身对英国人说:

"我不是早告诉你吗,我一眼就认出他是巴斯克人;你可以听听他们说的话多古怪。他模样长得多蠢,是不是?好像一只猫在食柜里偷东西,被人撞见了。"

"哼,你呢,"我用我的土话回答,"你神气完全是个小淫妇儿;我恨不得当着你这个姘夫教你脸上挂个彩才好呢。"

"我的姘夫!你真聪明,居然猜到了!你还跟这傻瓜吃醋吗?自从刚第雷育街那一晚以后,你变得更蠢了。你这笨东西,难道没看出我正在做埃及买卖,而且做得挺好吗?这屋子是我的,龙虾的基尼不久也是我的;我要他东,他不敢说西;我要把他带到一个永远回不来的地方去。"

"倘若你还用这种手段做埃及买卖,我有办法教你不敢再来。"

"哎唷!你是我的罗姆吗,敢来命令我?独眼龙觉得我这样办很好,跟你有什么相干?你做了我独一无二的小心肝,还不满足吗?"

英国人问:"他说些什么呀?"

卡门回答:"他说口渴得慌,很想喝一杯。"

她说罢,倒在双人沙发上对着这种翻译哈哈大笑。

告诉你,先生,这婆娘一笑之下,谁都会昏了头的。大家都跟着她笑了。那个高大颠

---

① 据《旧约·创世纪》,巴别塔是诺亚预备登天而造的塔。上帝怒其狂妄,使造塔的工人讲种种不同的语言,彼此无法了解,造塔工程因此无法继续。

② 十九世纪很多人还戴假发,假发上再扑粉;要有某种颜色的头发,就扑某种颜色的粉。

预的英国人也笑了,教人拿酒给我。

我正喝着酒,卡门说:

"他手上那个戒指,看见没有?你要的话,我将来给你。"

我回答:"戒指!去你的罢!嘿,要我牺牲一只手指也愿意,倘若能把你的爵爷抓到山里去,彼此拿着玛基拉比一比。"

"玛基拉,什么叫做玛基拉?"英国人问。

"玛基拉就是橘子。"卡门老是笑个不停,"把橘子叫做玛基拉,不是好笑吗?他说想请你吃玛基拉。"

"是吗?"英国人说,"那么明天再拿些玛基拉来。"

说话之间,仆人来请吃晚饭。英国人站起来,给我一块钱,拿胳膊让卡门搀着,好像她自个儿不会走路似的。卡门还在那里笑着,和我说:

"朋友,我不能请你吃饭;可是明儿一听见阅兵的鼓声,你就带着橘子上这儿来。你可以找到一间卧房,比刚第雷育街的体面一些。那时你才知道我还是不是你的卡门西太。并且咱们也得谈谈埃及的买卖。"

我一言不答,已经走到街上了,英国人还对我嚷着:"明天再拿玛基拉来!"我又听见卡门哈哈大笑。

我出了门,决不定怎么办,晚上没睡着,第二天早上我对这奸细婆娘恨死了,决意不再找她,径自离开直布罗陀;可是鼓声一响,我就泄了气,背了橘子篓直奔卡门的屋子。她的百叶窗半开着,我看见她那大黑眼睛在后面张望。头上扑粉的当差立刻带我进去;卡门打发他上街办事去了。等到只剩下我们两人,她就像鳄鱼般张着嘴大笑一阵,跳上我的脖子。我从来没看见她这样的美,装扮得像圣母似的,异香扑鼻……家具上都披着绫罗绸缎,挂着绣花幔子……啊!……而我却是个土匪打扮。

卡门说:"我的心肝,我真想把这屋子打个稀烂,放火烧了,逃到山里去。"

然后是百般温存!……又是狂笑!……又是跳舞!她撕破衣衫的褶裥,栽跟斗,扯鬼脸,那种淘气的玩艺连猴子也及不上。过了一会,她又正经起来,说道:

"你听着,我告诉你埃及的买卖。我要他陪我上龙达,那儿我有个修道的姊姊……(说到这儿又是一阵狂笑。)我们要经过一个地方,以后再通知你是哪儿。到时你们上来把他抢个精光!最好是送他归天,可是,——(她狞笑着补上一句,某些时候她就有这种笑容,教谁见了都不想跟着她一起笑的。)——你知道该怎么办吗?让独眼龙先出马,你们退后一些;龙虾很勇敢,本领高强,手枪又是挺好的……你明白没有?……"

她停下来纵声大笑,我听了毛骨悚然。

"不行,"我回答说:"我虽然讨厌迦奇阿,我们可是伙计。也许有一天我会替你把他打发掉,可是要用我家乡的办法。我当埃及人是偶然的;对有些事,我像俗语说的始终是个拿伐的好汉。"

她说:"你是个蠢货,是个傻瓜,真正的外江佬。你像那矮子一样,把口水唾远了些,就自以为是长人①。你不爱我,你去罢。"

她跟我说:你去罢;我可是不能去。我答应动身,回到伙伴那儿等英国人。她那方面也答应装病,直病到离开直布罗陀到龙达去的时候。我在直布罗陀又待了两天。她竟大着胆子,化了装到小客店来看我。我走了,心里也拿定了主意。我回到大家约会的地方,已经知道英国人和卡门什么时候打哪儿过。唐加儿和迦奇阿等着我。我们在一个林子里过夜,拿松实生了一堆火,烧得很旺。我向迦奇阿提议赌钱。他答应了。玩到第二局,我说他作弊;他只是嘻嘻哈哈的笑。我把牌扔在他脸上。他想拿他的短铳,被我一脚踏住了,说道:"人家说你的刀法跟玛拉迦最狠的牛大王一样厉害,要不要跟我比一比?"唐加儿上来劝解。我把迦奇阿搥了几拳。他一气之下,居然胆子壮了,拔出刀来;我也拔出刀来。我们俩都叫唐加儿站开,让我们公平交易,见个高低。唐加儿眼见没法阻拦,便闪开了。迦奇阿弓着身子,像猫儿预备扑上耗子一般。他左手拿着帽子挡锋,把刀子扬在前面。这是他们安达鲁齐的架式。我可使出拿伐的步法,笔直站在他对面,左臂高举,左腿向前,刀子靠着右面的大腿。我觉得自己比巨人还勇猛。他像箭一般直扑过来;我把左腿一转,他扑了个空,我的刀却已经戳进他的咽喉,而且戳得那么深,我的手竟到了他的下巴底下。我把刀一旋,不料用力太猛,刀子断了。他马上完了。一道像胳膊价粗的血望外直冒,把断掉的刀尖给冲了出来。迦奇阿像一根柱子似的,直僵僵的扑倒在地下。

"你这是干什么呀?"唐加儿问我。

"老实告诉你,我跟他势不两立。我爱卡门,不愿意她有第二个男人。再说,迦奇阿不是个东西,他对付可怜的雷蒙达杜的手段,我至今记着。现在只剩咱们两个了,咱们都是男子汉大丈夫。你说,愿不愿意跟我结个生死之交?"

唐加儿向我伸出手来。他已经是个50岁的人了。

"男女私情太没意思了,"他说。"你要向他明讨,他只要一块钱就肯把卡门卖了。如今我们只有两个人了,明儿怎办呢?"

"让我一个人对付吧。现在我天不怕地不怕了。"埋了迦奇阿,我们移到200步以外的地方去过宿。第二天,卡门和英国人带着两个骡夫一个当差来了。我跟唐加儿说:

"把英国人交给我。别的几个归你,他们都不带武器。"

英国人倒是个有种的。要不是卡门把他的胳膊推了一下,他会把我打死的。总而言之,那天我把卡门夺回了,第一句话就是告诉她已经做了寡妇。她知道了详细情形,说道:

"你是个呆鸟,一辈子都改不了。照理你是要被迦奇阿杀死的。你的拿伐架式只是胡闹,比你本领高强的人,送在他手下的多着呢。这一回是他死日到了。早晚得轮到你的。"

我回答说:"倘若你不规规矩矩做我的罗米,也要轮到你的。"

"好罢;我几次三番在咖啡渣里看到预兆,我跟你是要一块儿死的。管它!听天由命罢。"

---

① 此系波希米亚的俗谚。——原注

她打起一阵响板；这是她的习惯，表示想忘掉什么不愉快的念头。一个人提到自己，不知不觉话就多了。这些琐碎事儿一定使你起腻了罢，可是我马上就讲完了。我们那种生活过得相当长久。唐加儿和我又找了几个走私的弟兄合伙；有时，不瞒你说，也在大路上抢劫，但总得到了无可如何的关头才干一下。并且我们不伤害旅客，只拿他们的钱。有几个月功夫，我对卡门很满意，她继续替我们出力，把好买卖给我们通风报信。她有时在玛拉迦，有时在高杜，有时在格勒拿特；可是只要我捎个信去，她就丢下一切，到乡村客店，甚至也到露宿的帐篷里来跟我相会。只有一次，在玛拉迦，我有点儿不放心。我知道她勾上了一个大富商，预备再来一次直布罗陀的把戏。不管唐加儿怎么苦劝，我竟大清白日闯进玛拉迦，把卡门找着了，立刻带回来。我们为此大吵了一架。

"你知道吗？"她说，"自从你正式做了我的罗姆以后，我就不像你做我情人的时候那么喜欢你了。我不愿意人家跟我麻烦，尤其是命令我。我要自由，爱怎么就怎么。别逼人太甚。你要是惹我厌了，我会找一个体面男人，拿你对付独眼龙的办法对付你。"

唐加儿把我们劝和了；可是彼此已经说了些话，记在心上，不能再跟从前一样了。没有多久，我们倒了霉，受到军队包围。唐加儿和两位弟兄被打死，另外两个被抓去。我受了重伤，要不是我的马好，早落在军队手里了。当时我累得要命，身上带着一颗子弹，去躲在树林里，身边只剩下一个独一无二的弟兄。一下马，我就晕了，自以为就要死在草堆里，像一头中了枪的野兔一样。那弟兄把我抱到一个我们常去的山洞里，然后去找卡门。她正在格勒拿特，马上赶了来。半个月之内，她目不交睫，片刻不离的陪着我。没有一个女人能及得上她看护的尽心和周到，哪怕是对一个最心爱的男人。等到我能站起来了，她极秘密的把我带进格勒拿特。波希米亚人到哪儿都有藏身之处；我在一所屋子里躲了6个星期，跟通缉我的法官的家只隔两间门面。好几次，我掩在护窗后面看见他走过。后来我把身子养好了。躺在床上受罪的时期，我千思百想，转了好多念头，打算改变生活。我告诉卡门，说我们可以离开西班牙，上新大陆去安安分分过日子。她听了只是笑我：

"我们这等人不是种菜的料，天生是靠外江佬过活的。告诉你，我已经和直布罗陀的拿打·彭·约瑟夫接洽好一桩买卖。他有批棉织品，只等你去运进来。他知道你还活着，一心一意的倚仗着你。你要是失信，对咱们直布罗陀的联络员怎么交代呢？"

我被她说动了，继续干那不清不白的营生。

我躲在格勒拿特的时节，城里有斗牛会，卡门去看了。回来她说了许多话，提到一个挺有本领的斗牛士，叫做吕加。他的马叫什么名字，绣花的上衣值多少钱，她全知道。我先没留意。过了几天，我那唯一的老伙计耶尼多，对我说看见卡门和吕加一同在查加打一家铺子里。我这才急起来，问卡门怎么认识那斗牛士的，为什么认识的。

她说："这小伙子，咱们可以打他的主意。只要河里有声音，不是有水，便是有石子①。他在斗牛场中挣了1200块钱。两个办法随你挑；或是拿他的钱，或是招他入伙。他骑马的功夫很好。胆子又很大。咱们的弟兄这个死了，那个死了，反正得添人，你就邀他入伙罢。"

---

① 此系波希米亚的俗谚。——原注

我回答说："我既不要他的钱,也不要他的人,还不准你和他来往。"

"小心点儿,"她说"人家要干涉我做什么事,我马上就做!"

幸亏斗牛士上玛拉迦去了,我这方面也着手准备把犹太人的棉织品运进来。这件事使我忙得不可开交,卡门也是的;我把吕加忘了,或许她也忘了,至少是暂时。先生,我第一次在蒙底拉附近,第二次在高杜城里和你相遇,便是在那一段时间。最后一次的会面不必再提,也许你知道的比我更多。卡门偷了你的表,还想要你的钱,尤其你手上戴的那个戒指,据说是件神妙的宝物,对她的巫术极有用处。我们为此大闹一场,我打了她,她脸色发青,哭了。这是我第一次看见她哭,不由得大为震动。我向她道歉,但整天怄气,我动身回蒙底拉,她也不愿意和我拥抱。我心中非常难受;不料三天以后,她来找我了,有说有笑,像梅花雀一样的快活。过去的事都忘了,我们好比一对才结合了两天的情人。分别的时候,她说:

"我要到高杜去赶节;哪些人是带了钱走的,我会通知你。"

我让她动身了。剩下我一个人的时候,我把那个节会,和卡门突然之间那么高兴的事,细细想了想。我对自己说,她先来迁就我,一定是对我出过气了。一个乡下人告诉我,高杜城里有斗牛。我听了浑身的血都涌起来,像疯子一般出发了,赶到场子里。有人把吕加指给我看了;同时在第一排凳上,也看到了卡门。一瞥之下,我就知道事情不虚。吕加不出我所料,遇到第一条牛就大献殷勤,把绸结子①摘下来递给卡门,卡门立刻戴在头上。可是那条牛替我报了仇。吕加连人带马被它当胸一撞,翻倒在地下,还被它在身上踏过。我瞧着卡门,她已经不在座位上了。我被人挤着,脱身不得,只能等到比赛完场。然后我到你认得的那所屋子里,整个黄昏和大半夜功夫,我都静静的等着。清早两点左右,嘉尔曼回来了,看到我觉得有些奇怪。

我对她说:"跟我走。"

"好,走吧!"

我牵了马,教她坐在马后;大家走了半夜,没有一句话。天亮的时候,我们到一个孤零零的小客店中歇下,附近有个神甫静修的小教堂。到了那里,我和她说:

"你听着,过去的一切都算了,我什么话都不跟你提;可是你得赌个咒:跟我上美洲去,在那边安分守己的过日子。"

"不,"她声音很不高兴,"我不愿意去美洲。我在这儿觉得很好。"

"那是因为你可以接近吕加的缘故;可是仔细想一想罢,即使他医好了,也活不了多久。并且干么你要我跟他生是非呢?把你的情人一个一个的杀下去,我也厌了;要杀也只杀你了。"

她用那种野性十足的目光直瞪着我,说道:

"我老是想到你会杀我的。第一次见到你之前,我在自己门口遇到一个教士。昨天夜里从高杜出来,你没看到吗?一头野兔在路上蹿出来,正好在你马脚中间穿过。这是

---

① 绸结子的颜色是每头牛出身的畜牧场的标记,结子用钩子勾在牛皮上。斗牛士从活牛身上摘下此结献给妇女,是表示极大的爱慕。——原注

命中注定的了。"

"卡门西太,你不爱我了吗?"

她不回答,交叉着脚坐在一张席上,拿手指在地下乱划。

"卡门,咱们换一种生活罢,"我用着哀求的口吻,"住到一个咱们永远不会分离的地方去。你知道,离此不远,在一株橡树底下,咱们埋着120盎斯的黄金……犹太人彭·约瑟夫那儿,咱们还有存款。"

她笑了笑回答:"先是我,再是你。我知道一定是这么回事。"

"你想想罢,"我接着说,"我的耐性,我的勇气,都快完了;你打个主意罢,要不然我就决定我的了。"

我离开她,走到小教堂那边,看见隐修的教士作着祈祷。我等他祈祷完毕,心里也很想祈祷,可是不能。看他站了起来,我走过去和他说:

"神甫,能不能请您替一个命在顷刻的人作个祈祷?"

"我是替一切受难的人祈祷的。"他回答。

"有个灵魂也许快要回到造物主那里去了,您能为它做一台弥撒吗?"

"好罢。"他把眼睛直瞪着我。

因为我的神气有点异样,他想逗我说话。

"我好像见过你的。"他说。

我放了一块银洋在他凳上。

"弥撒什么时候开始呢?"

"再等半个钟点。那边小客店老板的儿子要来帮我上祭。年轻人,你是不是良心上有什么不安?愿不愿意听一个基督徒的劝告?"

我觉得自己快哭出来了,告诉他等会儿再来,说完赶紧溜了。我走去躺在草地上,直到听见钟声响了才走近去,可是没进小教堂。弥撒完了,我回到客店,希望卡门已经逃了;她满可以骑着我的马溜掉的……但她没有走。她不愿意给人说她怕我。我不在的时候,她拆开衣衫的贴边、拿出里头的铅块;那时正坐在一张桌子前面,瞅着一个水钵里的铅块,那是她才溶化了丢下去的。她聚精会神的作着她的妖法,一时竟没发觉我回来。一忽儿她愁容满面的拿一块铅翻来翻去,一忽儿唱一支神秘的歌,呼召唐·班特罗王的情妇,玛丽·巴第拉,据说那是波希米亚族的女王①。

"卡门,"我对她说,"能不能跟我来?"

她站起来把她的水钵扔了,披上面纱,预备走了。店里的人把我的马牵来,她仍旧坐在马后,我们出发了。

走了一程,我说:"卡门,那么你愿意跟我一块儿走了,是不是?"

"跟你一块儿死,是的;可是不能再跟你一块儿活下去。"

我们正走到一个荒僻的山峡,我勒住了马。

---

① 相传玛丽·巴第拉以妖术蛊惑唐·班特罗王,把一根金带献给王后,王见身上缠有毒蛇,从此即深恶后而专宠玛丽·巴第拉。

"是这儿吗?"她一边问一边把身子一纵,下了地。她拿掉面纱,摔在脚下,一只手叉在腰里,一动不动,定着眼直瞪着我。

她说:"我明明看出你要杀我;这是我命该如此,可是你不能教我让步。"

我说:"我这是求你;你心里放明白些。你听我的话呀!过去种种都甭提啦。可是你知道,是你把我断送了的;为了你,我当了土匪,杀了人。卡门!我的卡门!让我把你救出来罢,把我自己和你一起救出来罢。"

她回答:"若瑟,你的要求,我办不到。我已经不爱你了;你,你还爱着我,所以要杀我。我还能对你扯谎,哄你一下;可是我不愿意费事了。咱们之间一切都完了。你是我的罗姆,有权杀死你的罗米;可是卡门永远是自由的。她生来是加里,死了也是加里。"

"那么你是爱吕加了?"我问她。

"是的,我爱过他,像对你一样爱过一阵,也许还不及爱你的情份。现在我谁都不爱了,我因为爱过了你,还恨自己呢。"

我扑在她脚下,拿着她的手,把眼泪都掉在她手上。我跟她提到我们一起消磨的美妙时间。我答应为了讨她喜欢,仍旧当土匪当下去。先生,我把一切,一切都牺牲了,但求她仍旧爱我!

她回答说:"仍旧爱你吗?办不到。我不愿意跟你一起生活了。"

我气疯了,拔出刀来,巴不得她害了怕,向我讨饶,可是这女人简直是个魔鬼。

我嚷道:"最后再问你一次,愿不愿意跟我走?"

"不!不!不!"她一边说一边跺脚。

她从手上脱下我送给她的戒指,往草里扔了。

我戳了她两刀。那是独眼龙的刀子,我自己的一把早已断了。在第二刀上,她一声不出倒了下去。那双直瞪着我的大眼睛,至今在我眼前;一忽儿她眼神模糊了,闭上了眼。我在尸体前面失魂落魄,呆了大半天。然后我想起来,卡门常常说喜欢死后葬在一个树林里。我便用刀挖了一个坑,把她放下。我把她的戒指找了好久,终于找到了,放在坑里,靠近着她,又插上一个小小的十字架。也许这是不应该的。然后我上了马,直奔高杜,遇到第一个警卫站就自首了。我承认杀了卡门,可不愿意说出尸身在哪儿。隐修的教士真是一个圣者。他居然替她祷告了,为她的灵魂做了一台弥撒……可怜的孩子!把她教养成这样,都是加莱的罪过。

四①

这个散布在全欧洲的流浪民族,或是称为波希米亚,或是称为奚太诺,或是称为吉卜赛,或是称为齐格耐②,或是叫做别的名字,至今还是在西班牙为数最多。他们大半都住在,更准确的说是流浪于南部东部各省。例如安达鲁齐、哀斯德拉玛杜、缪西,加塔罗尼

---

① 《卡门》第一次发表于1845年10月1日出版的《两球杂志》,全文至第三章为止。此第四章乃作者于1847年印单行本时加入。

② 齐格耐是德国人称呼波希米亚人的名字,吉卜赛是英国人称呼波希米亚人的名字。

亚省内也有很多①——这方面的波希米亚人往往流入法国境内。我们南方各地的市集上都有他们的踪迹。男人的职业不是贩马,便是替骡子剪毛,或是当兽医;别的行业是修补锅炉铜器,当然也有作走私和其他不正当的事的。女人的营生是算命、要饭、卖各种有害或无害的药品。

  波希米亚人体格的特点,辨认比描写容易;你看到了一个,就能从一千个人中认出一个与他同种的人。跟住在一地异族相比,他们的不同之处是在相貌与表情方面。皮色黑沉沉的,老是比当地的土著深一点。因为这个缘故,他们往往自称为加莱(黑人)②。眼睛的斜视很显著,但长得很大很美,眼珠很黑,上面盖着一簇又浓又长的睫毛。他们的目光大可比之于野兽的目光,大胆与畏缩兼而有之;在这一点上,他们的眼睛把他们的民族性表现得相当准确:狡猾,放肆,同时又天生的怕挨打,像巴汝奇③一样。男人多半身段很好,矫捷,轻灵;我记得从来没遇到一个身体臃肿的。德国的波希米亚女人好看的居多;但西班牙的奚太那极少有俊俏的。年轻的时候,她们虽然丑,还讨人喜欢;但一朝生了孩子就不可向迩了。不论男女,都是出人意外的肮脏,谁要没亲眼见过一个中年妇女的头发,决计想象不出是怎么回事,纵使你用最粗硬,最油腻,灰土最多的马鬃来比拟,也还差得很远。在安达鲁齐省内某几个大城市里,略有姿色的姑娘们对身上清洁比较注意一些。这般女孩子靠跳舞挣钱,跳的舞很像我们在狂欢节的公共舞会中禁止的那一种。英国传教士鲍罗先生,受了圣经会的资助向西班牙境内的波希米亚人传教,写过两部饶有兴味的著作;他说奚太那决不委身于一个异族的男人,绝无例外。我觉得他赞美她们贞操的话是过分的。第一,大半的波希米亚女人都像奥维特书中的丑婆娘:俏姑娘,你们及时行乐罢。贞洁的女人决没有人请教④。长得好看的也和所有的西班牙女子一样,挑选情人的条件很苛;既要讨她们喜欢,又要配得上她们。鲍罗先生举一个实例证明她们的贞操,其实倒是证明他自己的贞操,或者更准确的说,是证明他的天真。他说,他认识一个浪子,送了好几盎斯黄金给一个奚太那,结果一无所得。我把这故事讲给一个安达鲁齐人听,他说这个浪子倘若拿出两三块银洋,倒还有得手的希望;把几盎斯的黄金送给一个波希米亚女人其无用正如对一个乡村客店的姑娘许上一二百万的愿。——虽然如此,奚太那对丈夫的赤胆忠心却是千真万确的。为了救丈夫的患难,她们能受尽辛苦,历尽艰难。他们对自己民族的称呼之一,罗梅,原义是夫妇,足以说明他们对婚姻关系的重视。以一般而论,他们最主要的优点是乡情特别重,我的意思是指他们对同族的人的忠实,患难相助的热心,和作奸犯科的时候严守秘密的义气。但在一切不法的秘密社团中都有类似的情形。

  几个月以前,我在伏越山中⑤参观一个定居在那里的波希米亚部落。在一个女族长

---

  ① 哀斯德拉玛杜省位于西班牙西部偏南,与葡萄牙接壤;缪西省在西南部的地中海滨;加塔罗尼亚省在北部,与法国接壤。
  ② 德国的波希米亚人虽很了解加莱一词的意义,但不喜欢人家这样称呼他们。——原注
  ③ 巴汝奇为法国十六世纪作家拉伯雷《巨人传》中的人物,机智、狡猾、富于冒险精神。
  ④ 见奥维特(公元前一世纪时的拉丁诗人)所著《论爱情》第一卷《哀歌》第七首;上引二语系作者假托鸨母所说。
  ⑤ 伏越山脉在法国东部偏北,介于德、法两国之间。

的小屋子里,住着一个非亲非故,得了不治之症的波希米亚人。他原来住在医院里受到妻子很好的看护,但特意出来死在同乡人中间。他在那儿躺了十三个星期。主人把他招待得比同住一屋的儿子女婿还要好。他睡的是一张用干草与藓苔铺得很舒服的床,被褥相当干净;家里别的人,一共有十三个,却是睡的木板,每块板只有三尺长。这是他们待客的情谊。但那个如此仁厚的女人竟当着病人和我说:"快了,快了,他要死了。"归根结蒂,这些人的生活太苦了,死亡的预告对他们并不可怕。波希米亚人的另一特点是对宗教问题毫不关心,并非因为他们是强者或是怀疑派,他们从来不标榜什么无神论。反之,他们所在地的宗教便是他们的宗教,换一个国家就换一种宗教。在文化落后的民族,迷信往往代替宗教情绪,但对波希米亚人也毫不相干。利用别人的轻信过日子的人,怎么自己还会迷信呢?可是我注意到西班牙的波希米亚人最怕接触尸首。他们很少肯为了钱而帮丧家把死人抬往坟墓的。

我说过波希米亚女人会算命。她们在这方面的确很有本领;但最主要的收入还是卖媚药。她们不但抓着虾蟆的脚,替你羁縻朝三暮四的男人的心,或是用磁石的粉末使不爱你已经无法交谈,虽然他们只要听几句话,就能知道彼此的土语同出一源。有些极常用的字,我认为在各种土语中都相同,例如在任何地方的波希米亚字汇中都能找到的:巴尼(水)、芒罗(面包)、玛斯(肉)、隆(盐)。

数目字几乎到处一样。我觉得德国的波希米亚语比西班牙的纯粹得多,因为前者保留不少原始语法的形式,不像奚太诺采用加斯蒂①语的语法形式。但有几个例外的字仍然足以证明两种方言的同源。②

既然我在此炫耀我关于罗马尼的微薄的知识,不妨再举出几个法国土语中的字,是我们的窃贼向波希米亚人学来的。《巴黎的秘密》③告诉我们,刀子叫做旭冷(chourin),这是纯粹的罗马尼。所有罗马尼的方言都把刀叫做旭利(tchou—ri)。维杜克④把马叫做格兰(gr. es)也是波希米亚语:gras,gre,graste,gris。还有巴黎土语把波希米亚人叫做罗马尼希(ro manichel),是从波希米亚语的罗马南·察佛(rommane,tchave)一字变化出来的。可是我自己很得意的,是找出了弗里摩斯(frimousse)一字的字源,意义是神色,脸;那是所有的小学生,至少我小时候的同伴都用的切口。乌打于1640年份编的字典就有飞尔里摩斯(firlimouse)一字。而罗马尼中的飞尔拉,飞拉(firla,fila)便是脸孔的意思;摩伊(mui)也是一个同义字,等于拉丁语中的奥斯(os)与摩索斯(musus)都可作脸孔解。把飞尔拉(firla)和摩伊(mui)连在一起,变成飞尔拉摩伊(firlamui),在一个波希米亚修辞学者是极容易了解的,而我认为这种混合的办法与波希米亚语的本质也相符。

对于《卡门》的读者,我这点儿罗马尼学问也夸耀得够了。让我用一句非常恰当的波

---

① 加斯蒂为西班牙中部地区的旧行省名。
② 以下原文尚有十余行,均讨论波希米亚语动词的语尾变化,叙述每字末尾几个字母的不同,纯属语言学范围,对一般读者尤为沉闷费解,但须直书原文,故略去不译。
③ 《巴黎的秘密》为法国十九世纪作家欧仁·苏的小说,内容很多关于下流社会及盗贼的描写。
④ 维杜克(1775—1857)为法国有名的冒险家,行窃拐骗,无所不为,入狱越狱,不止一次;后充任巴黎警察厅的侦缉队队长,卒仍以犯案而去职。

希米亚俗语作结束罢,那叫做:嘴巴闭得紧,苍蝇飞不进。

(傅雷 译)

 赏 析

　　法国梅里美的作品《卡门》1847一经发表,便成为经典之作。以该小说改编的歌剧就有几十部之多,其中尤以法国著名作曲家比捷谱写的最为著名,几乎传遍了全世界;主人公卡门这一光彩动人的形象,在欧美更是家喻户晓。

　　《卡门》是极富浪漫色彩的爱情悲剧。主人公是一个"拥有娇小而出色的姿态、热情如火的大眼睛不时射出凶暴的眼神"的奔放而浪荡的吉卜赛女郎。她以衔着一朵玫瑰、粉拳紧握于腰际的撩人姿态,让众多男人为之倾倒。她的女性魅力使军曹唐·若瑟陷入情网,不但因此放弃了原来的情人,而且因放走了与人打架的卡门而被捕入狱失去军职,后来甚至与上司陶洛丹排长中尉拔刀相见将其杀死,不得不逃离军队,加入卡门所在的走私贩行列。但是,热爱自由、勇于反抗和讲究真诚又是她的天性。当唐·若瑟希望卡门能为自己保持贞操时,卡门渴望自由的生活不希望受到别人的干预。她无法原谅唐·若瑟,并不再爱他,无视唐·若瑟的哀求与威胁,毫不犹豫地离开。她终于被唐·若瑟杀害。

　　小说展示了卡门鲜明而复杂的性格,描写了卡门热情奔放、魅力诱人的形象。卡门同时也是具有强烈的个性解放精神的女性叛逆者。从这个充满野性与性感的女人身上,作者发掘并放大了现代文明之处的原始的生命力。卡门作为一个真正的人,永不褪色的留在了追求自由和个性的人们中间。

陪衬人

〔法国〕左 拉

爱弥尔·左拉 (1840—1902),法国小说家,自然主义创始人。其父是移居法国的意大利工程师,在左拉7岁时病死;其母是希腊人。少年时家境贫寒,中学毕业后做过打包工人和记者。

左拉的作品除小说和自然主义理论著作外,还有一些中、短篇小说集,剧本、译著作以及杂文、序言、讲演集和大量书简。主要作品有《卢贡—马卡尔家族》(共20卷,重要的有《萌芽》、《金钱》、《崩溃》、《小酒店》等)、《三名城》三部曲(《鲁尔德》、《罗马》、《巴黎》)和未完成的《四福音书》(《多产》、《劳动》、《真理》)等长篇小说以及相当数量的中短篇小说。左拉的成就在于通过描写各阶级、各领域的大量作品,相当真实地再现了十九世纪后半期法国从资本主义向帝国主义过渡的社会场景,基本正确地反映了那一时期的一系列重大事件和社会矛盾。其小说的基本艺术风格是气势雄浑,笔力酣畅。在艺术上,他的作品以场景壮阔,气魄宏大,文体粗犷道劲,以喜作夸张描写和大量的细节描写著称。

一

在巴黎,一切都能出卖:愚笨的姑娘和伶俐的女郎,谎言和真理,泪水和微笑。

你不会不知道,在这个商业国度,美,是一种商品,可以拿来做骇人听闻的交易。大眼睛和小嘴儿可以买卖;鼻子和脸蛋儿都标有再精确不过的市价。某种酒窝,某种痣点,代表着一定的收入。伪造术真是巧夺天工,竟然连仁慈的上帝制造的商品也能仿制。用燃过的火柴棒描绘的假眉,用长长的夹子连在头发上的假髻,售价更是奇昂。

这一切都是合情合理、合乎逻辑的。我们是文明的民族,请问,文明如果无助于我们欺骗人和受人欺骗,从而使我们生活得下去,又有何用?

不过老实说,当我昨天听说工业家老杜朗多(你跟我一样了解他)起了一个奇妙而惊人的念头,要拿丑来做买卖的时候,我真的为之愕然。出卖美,这我能理解;甚至出卖伪造的美,这也是十分自然的,这是进步的一个标志。所以我要宣布:由于把人们称之为"丑"的这种迄今一直是死的物质纳入商品流通,杜朗多应该受到全法兰西的感戴。请听明白我的意思,我这里说的丑,是丑陋的丑,直言不讳的丑,光明正大的当作丑来出卖的丑。

想必你有时会见到一些妇女,成双成对地走在宽阔的人行道上。她们灵巧而引人注目地曳着长裙,缓缓地踱着步子,在商店的橱窗前停下来,发出忍俊不禁的笑声。她们像契友良知般地臂挽着臂,往往以"你"字相称,差不多相同的年龄,穿着一样地雅致。但是,其中一个总是貌不出众,生着一张不会招人议论的面孔,人们不会对她回眸顾盼,倘若偶然打个照面,也不会产生反感。而另一个却总是其丑无比,丑得刺眼,使路人不禁要看她几眼,并且拿她和她的同伴作个比较。

要知道,你上了圈套。那个丑女子要是独自走在街上,会吓你一跳;那个相貌平常的,会被你毫不在意地忽略过去。但当她们结伴而行时,一个人的丑就提高了另一个人的美。

好吧!我告诉你,那个丑陋不堪的女子,就是杜朗多代办所的。她属于"陪衬人"。伟大的杜朗多以每小时五个法郎的价格,把她出租给那个相貌无可称道的女人。

二

下面就是我要讲的故事。

杜朗多是个百万富翁,具有独创精神的工业家。而今又在商业上显露出他的才华。多年来,每当他想到人们尚未在丑女身上赚过分文,总是兴叹不已。在美女身上固然可以钻营,但这种投机事业易担风险,我敢向你保证,有着巨富们惯有的审慎的杜朗多,连想都没有想过去干这种事。

有一天,杜朗多忽然心有灵犀。正像许多大发明家常有的情形一样,他的头脑中一下子闪现出一个新的念头。他在大街上蹓跶的时候,看见前面走着一美一丑两个姑娘。一望之下,他领悟到丑陋女子正可作为那漂亮女子的装饰品。他想,就像花边、脂粉和假辫子可以买卖一样,美女买丑女作装饰品,也是合情合理、合乎逻辑的。

杜朗多回到家里深思熟虑。他策划的这场商业攻势,需要绝顶的巧妙。他可不愿卷到那种成则一鸣惊人、败则贻笑大方的事业中去冒险。他整夜掐指盘算,攻读那些对男人的愚蠢和女人的虚荣心阐述得最透彻的哲学家们的著作。第二天黎明时,他主意已定。算术向他表明这种买卖一本万利,而哲学家们所说的人类缺点又是那么严重,他预料准会顾客盈门。

三

如果我有神来之笔,一定会写出一部杜朗多代办所创业的史诗来。那将是一部既滑稽又凄惨的史诗,充满泪水和欢笑。为采办一批货底,杜朗多费了意想不到的力气。最初,他想直截了当地行事,只在楼道上、墙壁上、树干上和僻静的角落里贴一些方纸条,上写着:"征求年轻丑女从事简单劳动。"

他等了一个星期,没有一个丑女登门应召,倒有二十五六个漂亮姑娘,哭哭啼啼地来要求工作;她们面临要么挨饿、要么卖身的绝境,巴不得能找个正当职业以自救。杜朗多好不为难，他再三向她们说明，他们长得美，不符合他的要求。但她们硬说自己丑，并且认为，杜朗多说她们美，不是出于礼貌，就是出于恶意。今天，她们既然不能出卖她们所不具备的丑，那就出卖她们所具备的美吧！

面对这种后果，杜朗多懂得了只有美女才有勇气承认她们无中生有的丑。至于丑女，她们永远也不会找上门来，承认自己的嘴过分的大，眼出奇的小。他想，不如到处张贴广告，说明将对每位前来应征的丑女悬赏十个法郎，即使这样，我杜朗多也穷不了多少！

不过，杜朗多放弃了贴广告的办法。他雇了六七个捐客，让他们在城里遍访丑女。这真是对巴黎丑女的一次全面的征募。捐客，这些嗅觉灵敏的人，遇上了一项棘手的差事。他们根据对象的性格和处境对症下药。如果对方急需用钱，他们就单刀直入；如果和一个绝不至于挨饿的姑娘打交道，那就得委婉一些。有的事对讲礼节的人是沉重负担，他们却视若等闲，比方说走上去对一位妇女讲："太太，你长得丑，我要按天买你的丑。"

在这场对顾影自叹的可怜姑娘的逐猎中，有多少令人难忘的插曲啊！有时，捐客们看到一个丑得十分理想的妇女在街上走过，他们一心要把她献给杜朗多，作为对主子的报答，即使赴汤蹈火，也在所不辞。有些捐客甚至使出了极端的手段。

杜朗多每天上午接见和验收前一天采购到的货色。他身穿一黄色睡衣，头戴黑缎子圆帽，四肢舒展地坐在安乐椅中。新招募来的妇女，由各自的捐客陪同，在他面前一个一个地走过。他身体后仰着，眨眼示意，像个业余爱好者一样，不时作出反感或者满意的表情。不慌不忙地猎取一个镜头，便凝神玩味，然后，为了看得清楚些，让商品转一转身，从各个角度细细端详；有时他甚至站起身来，摸摸头发，瞧瞧面孔，就像裁缝摸摸料子，杂货商察看蜡烛和胡椒的质量。如果被检验的女子的丑确证无疑，相貌真的蠢笨而又迟钝，杜朗多就拍手称快，向捐客祝贺，甚至要同那丑女拥抱。但是对于丑得有特色的女子，他却存有戒心：如果她目光炯炯有神，嘴角带着富有刺激性的微笑，他就皱皱眉头，喃喃地说：这种丑陋不堪的女人，虽然天生不会引起男人的爱慕，却会激起男性的冲动。于是，便对捐客表示冷淡，对那女人说：等老了再来吧。

要成为判断丑的行家，要搜罗一批真正丑陋的女子而又不得罪前来应征的美丽姑娘，并非人们想象的那么轻而易举。杜朗多表明他确有挑选丑女的天才，因为他表现出自己对心理和情欲的理解是何等深刻。他认为主要问题在于外貌，他只录取令人望而生厌的面孔，以及呆若木鸡、冷若冰霜的面孔。

代办所终于人马齐全，可以向美貌女子们供应同她们的皮肤色泽和美的类型相适应的丑女了，杜朗多便贴出如下广告。

四

杜朗多陪衬人代办所

一八××年五月一日开业

巴黎M街十五号

营业时间　每日上午十时——下午四时

夫人：

兹有幸向您宣告，敝人新创一所商号，旨在永葆夫人之美貌。敝人发明一种新的饰物，其神效可使夫人之天然风韵凭添异采。

悉观今日，化妆用品名目繁多，然皆不能天衣无缝。花边首饰，一目了然；假发盘头，难免破绽；粉面朱唇，世人尽知乃涂抹之功。

有慨于此，敝人立志彼此难解之题，为夫人提供装饰，且使众目莫辨新风韵之由来。无须一条丝带，无须一点脂粉，只消为夫人觅得一种手段，引人注目，而又不露蛛丝马迹。

敝人自信可以夸口，此一无法解决之难题，业已迎刃而解。

倘夫人不弃，枉驾光临敝所，廉价一试，定令满城倾倒！

此种饰品，使用极为简便，效能万无一失。稍作描述，夫人自能渗透其中奥妙。

君不见着绫罗、戴手套之美貌夫人伸出纤手向女丐施舍？君不见比之褴褛衣衫，盛装艳服何等耀目；比之寒酸女丐，贵妇更形高雅？

夫人，敝人所欲贡献于娇容者，乃丑脸最丰富之集锦。破衣烂衫衬托，可使新衣价值倍增。敝所专备之丑脸，亦有异曲同工之妙。

再毋庸假牙、假发、假胸！再毋庸敷面点唇，簪金戴玉！再毋庸购买绫罗绸缎，徒然耗费！租一陪衬人，与之携手同行，足使夫人陡增姿色，博得男性青睐！

如蒙惠顾，不胜荣幸！届时，最丑陋、最完备之货色将呈现于夫人之目，任您视自身之美貌，挑选相应之丑女，俾使相反相成，相得益彰！

价格：每小时五法郎，全天五十法郎。

谨向您，夫人，致以崇高敬意。

杜朗多

注意：价格公平。亲爹亲娘，叔伯姑婶，一视同仁。

五

广告果然取得了巨大的功效。从第二天起，代办所就忙碌起来，营业部挤满顾客，她们乐不可支地带走自己挑选好的陪衬人。天晓得一位美女倚在丑女的臂上有多少快感。她们即将在别人的丑陋衬托之下增加自己的姿色了。杜朗多真是伟大的哲学家！

别以为做这门生意不费吹灰之力。种种出人意料的障碍接踵而来，如果说在招募人员方面曾经颇费周折的话，要达到顾客满意则尤其不易。

一位贵妇人前来雇个陪衬人。营业员把商品陈列出来任凭她挑选，并在一旁婉转地发表一点意见。这贵妇挨个儿把陪衬人巡视一遍，露出满脸鄙夷的神色，不是嫌这个丑得过分，就是嫌那个丑得不够，声言谁的丑也不配衬托她的美。营业员天花乱坠地夸奖这个姑娘鼻子歪，那个姑娘嘴巴大，这个姑娘额头塌，那个姑娘模样傻，尽管他们巧舌如簧，也是白搭。

又一次,一位太太自己也丑得可怕,如果杜朗多在场,定会疯狂地以重金相聘。但她是为增加自己的美色而来,她要雇一个年轻而又不太丑的陪衬人,因为,据她说,她只需"稍加点缀"。营业员简直无计可施,他们请她站在一面大镜子前面,让所有陪衬人一个一个从她身边走过。结果,她还是荣获最丑奖,这才悻悻然地离去,并且还责怪营业员竟敢向她提供这样的货色。

然而,渐渐地,顾客固定下来了,每个陪衬人都有挂好钩的主顾。杜朗多可以踌躇满志地休息一下了,因为他使人类迈出了新的一步。

我不知道人们是否能理解陪衬人的境遇。她们有在大庭广众间强装愉快的欢笑,她们也有在暗地里悲伤涕泣的泪水。

陪衬人生得丑,就被人当作奴隶,当顾客付钱给她时,她心如刀割,因为她是奴隶,她容貌丑陋。可是,她又穿着华丽。她跟风流场上的佼佼者们形影相随,她以车代步,她宴饮于名家菜馆,她在剧院里消磨夜晚,她跟美貌的淑女们以"你"字相称。天真的人还以为她是出席赛马会和首场演出的上流社会的人物呢!

整整一天,她都高高兴兴。但到了夜间,她就悲愤交加,呜咽啜泣。她离开代办所的化妆室,独自回到自己的亭子间里,迎面的镜子向她道出真相,丑陋赤裸裸地摆在眼前,她感到自己永远也不会被人爱了。她为别人引来爱情,而她却永远得不到爱情的温暖。

六

今天,我只想叙述代办所的创举,以使杜朗多的大名留芳后世。这样的人,历史上理应有其显要地位。

也许有一天,我会写一部《一个陪衬人的衷肠》。我认识这么一个不幸的女子,她向我倾吐过她的苦情,使我深有所感。她的主顾有些是名噪巴黎的女士,但她们对她冷酷无情。太太小姐们,发一点善心吧,不要蹂躏装饰着你们的花边,对这些丑姑娘要温和些,没有她们,你们毫无美貌可言!

我认识的那个陪衬人,有着火一样的灵魂,我猜想她读过不少瓦特·司各特的作品。我不知道有谁比多情的驼背人和渴求爱情幸福的丑姑娘更忧伤了。可怜的姑娘爱上一个小伙子,她的面貌吸引了他的目光,但又把这目光转送到她的主顾身上,就好像她把百灵鸟唤到猎人的枪口下。

她经历过许多悲剧。对那些像买一盒发膏或一双短靴一样付钱给她的贵妇人,她怀着强烈的愤恨。她是按小时出租的物品,可是这物品是有感情的啊!你能设想得到,当她微笑着同偷去她一部分爱情的女人以"你"字相称时,她是多么辛酸吗?那些在人前装做她的知心朋友,善用甜言蜜语打趣她的女人,内心是拿她当奴隶看待的;她们任性地糟蹋她,就像摔碎书架上的磁人儿一样。

当然,一个痛苦的灵魂于进步是无伤大雅的!人类在前进。未来将对杜朗多感谢不尽,因为他把迄今一直是死的商品投入贸易,因为他发明了一种装饰品,给爱情提供了方便。

(张英伦 译)

 赏 析

《陪衬人》写于1865年,是左拉早期的优秀短篇小说之一。

小说通过企业家杜朗多筹办"陪衬人事务所"出租丑女的故事,揭露了资产阶级和资本主义社会践踏人的尊严、把一切都变成商品牟取金钱的剥削本质。这一主题主要是通过杜朗多这个形象来体现的。他是一个腰缠万贯、有独创精神、与众不同的企业家,做生意已经达到炉火纯青的地步。有天他突然想到了既然一切可以用来做生意,那么卖"丑"也可以算是一门赚钱的行当。正如"红花需要绿叶来衬托"这个道理,每个女人走出去,总是希望自己能光彩夺目,优点显现,那么找些丑点的女人用来出租,一定会受太太小姐们、尤其是那些本身并不出众的太太小姐的欢迎。所以他决定筹办"陪衬人事务所"。作者在写他筹办"陪衬人事务所"的过程中,描写他的"独创精神"和精细、老练的性格,写他经验之丰富,手段之独到,以及随机应变之本领,从不同的方面刻画出这个个性鲜活的资本家形象,真实地写出了资本主义商品经济活动的残酷性和资产阶级唯利是图的本性。

小说构思奇特,选材新颖,悬念迭出,人物刻画虚实结合,疏密相间,行文夸张而不失漫画化,笔调幽默嘲讽,议论画龙点睛,生动形象地为读者展示了一幕令人发指而又震撼人心的资本主义商品世界图景,显示了作者杰出的创作匠心和娴熟的语言功力。整篇小说在短篇创作中别具一格。

最后一课

阿尔萨斯①省一个小孩的自叙

〔法国〕都德

那天早晨,我很迟才去上学,非常害怕挨老师的训,特别是因为哈墨尔先生已经告诉过我们,他今天要考问分词那一课,而我,连头一个字也不会。这时,我起了一个念头,想逃学到野外去玩玩。

天气多么温暖!多么晴朗!

白头鸟在林边的鸣叫声不断传来,锯木厂的后面,黎佩尔草地上,普鲁士军队正在操练。这一切比那些分词规则更吸引我;但我毕竟还是努力克服了这个念头,很快朝学校跑去。

经过村政府的时候,我看见一些人围在挂着布告牌的铁栅栏前面。这两年来,那些坏消息,吃败仗啦,抽壮丁啦,征用物资啦,还有普鲁士司令部的命令啦,都是在这儿公布的;我没有停下来,心想:

"又有什么事了?"

这时,正当我跑过广场的时候,带着徒弟在那里看布告的铁匠瓦什泰,朝着我喊着:

"小家伙,不用这么急!你去多晚也不会迟到了!"

我以为他是在讽刺我,于是,气喘喘地跑进了哈墨尔先生的小院子。

往常,刚上课的时候,教室里总是一片乱哄哄,街上都听得见,课桌开开关关,大家一起高声诵读,你要专心,就得把耳朵捂起来,老师用大戒尺不停地拍着桌子喊道:

"安静一点!"

我本来打算趁这一阵乱糟糟,不被人注意就溜到自己的座位上去;但是,恰巧那一天全都安安静静,像星期天的早晨一样。我从敞开的窗子,看见同学们都整整齐齐坐在各自的位子上,哈墨尔先生挟着那根可怕的铁戒尺走来走去。我非得把门打开,在一片肃静中走进去,你想,我是多么难堪,多么害怕!

可是,事情并不是那样。哈墨尔先生看见我并没有生气,倒是很温和地对我说:

"快坐到你的位子上去吧!我的小弗朗茨,你再不来,我们就不等你了。"

我跨过条凳,马上在自己的课桌前坐下。当我从惊慌中定下神来,这才注意到我们的老师这天穿着他那件漂亮的绿色礼服,领口系着折叠得挺精致的大领结,头上戴着刺绣的黑绸小圆帽,这身服装是他在上级来校视察时或学校发奖的日子才穿戴的。此外,

---

① 阿尔萨斯,法国东北部一行省,普法战争后割让给普鲁士。

整个课堂都充满了一种不平常的、庄严的气氛。但最使我惊奇的,是看见在教室的尽头,平日空着的条凳上,竟坐满了村子里的人,他们也像我们一样不声不响,其中有霍瑟老头,带着他那顶三角帽,有前任村长,有退职邮差,还有其他一些人。他们都愁容满面;霍瑟老头带来一本边缘都磨破了的旧识字课本,摊开在自己的膝头上,书上横放着他那副大眼镜。

正当我看了这一切感到纳闷的时候,哈墨尔先生走上讲台,用刚才对我讲话的那种温和而严肃的声音,对我们说:

"我的孩子们,这是我最后一次给你们上课,从柏林来了命令,今后在阿尔萨斯和洛林两省的小学里,只准教德文了……新教师明天就到,今天,是你们最后一堂法文课,我请你们专心听讲。"

这几句话对我简直就是晴天霹雳。啊!那些混帐东西,原来他们在村政府前面公布的就是这件事。

这是我最后一堂法文课!……

可是我刚刚勉强会写!从此,我再也学不到法文了!只能到此为止了!……我这时是多么后悔啊,后悔过去浪费了光阴,后悔自己逃学去掏鸟窝,到萨尔河上去滑冰!我那几本书,文法书,圣徒传,刚才我还觉得背在书包里那么讨厌,显得那么沉,现在就像老朋友一样,叫我舍不得离开。对哈墨尔先生也是这样。一想到他就要离开这儿,从此再也见不到他了,我就忘记了他以前给我的处罚,忘记了他如何用戒尺打我。

这个可怜的人啊!

原来他是为了上最后一堂课,才穿上漂亮的节日服装,而现在我也明白了,为什么村里的老人今天也来坐在教室的尽头,这好像是告诉我们,他们后悔过去到这小学里来得太少。这也好像是为了向我们老师表示感谢,感谢他40年来勤勤恳恳为学校服务,也好像是为了对即将离去的祖国表示他们的心意……

我正在想这些事的时候,听见叫我的名字。是轮到我来背书了。只要我能从头到尾把这些分词的规则大声地、清清楚楚、一字不错地背出来,任何代价我都是肯付的啊!但是刚背头几个字,我就结结巴巴了,我站在座位上左右摇晃,心里难受极了,头也不敢抬。只听见哈墨尔先生对我这样说:

"我不好再责备你了,我的小弗朗茨,你受的惩罚已经够了……事情就是这样。我们每天都对自己说:'算了吧,有的是时间,明天再学也不迟。'但是,你瞧,今天发生了什么事……唉!过去咱们阿尔萨斯最大的不幸,就是把教育推延到明天。现在,那些人就有权利对我们说:'怎么,你们自称是法国人,而你们既不会读也不会写法文!在这件事里,我可怜的弗朗茨,罪责最大的倒不是你,我们都有应该责备自己的地方。"

"你们的父母并没有尽力让你们好好念书。他们为了多收入几个钱,宁愿把你们送到地里和工厂去。我难道就没有什么该责备我自己的?我不是也常常叫你们放下学习替我浇园子?还有,我要是想去钓鲈鱼,不是随随便便就给你们放了假?"

接着,哈墨尔先生谈到法兰西语言,说这是世界上最美的语言,也是最清楚、最严谨的语言,应该在我们中间保住它,永远不要把它忘了,因为,当一个民族沦为奴隶的时候,只要好好保住了自己的语言,就如同掌握了打开自己牢房的钥匙……随后,他拿起一本文法课本,给我们讲了一课。我真奇怪我怎么会理解得那么清楚,他所讲的内容,我都觉得很好懂,很好懂。我相信,我从来没有这样专心听过讲,而他,也从来没有讲解得这样耐心。简直可以说,这个可怜的人想在他走以前把自己全部的知识都传授给我们,一下子把它们灌输到我们的脑子里去。

讲完了文法,就开始习字。这一天,哈墨尔先生特别为我们准备了崭新的字模,上面用漂亮的花体字写着:"法兰西,阿尔萨斯,法兰西,阿尔萨斯。"我们课桌的三角架上挂着这些字模,就像是许多小国旗在课堂上飘扬。每个人都那么专心!教室里是那么肃静!这情景可真动人。除了笔尖在纸上划写的声音外,听不到任何别的声响。这时,有几个金龟子飞进了教室;但谁也不去注意它们,就连那些最小的学生也不例外,他们专心专意在划他们的一横一竖,好像这也是法文……在学校的屋顶上,有一群鸽子在低声咕咕,我一面听着,一面想:

"那些人是不是也要强迫这些鸽子用德国话唱歌呢?"

有时,我抬起头来看看,每次都看见哈墨尔先生站在讲台上一动也不动,眼睛死死盯着周围的东西,好像要把这个小学校舍都吸进眼光里带走……请想想!40年来,他一直待在这个地方,老是面对着这个庭院和一直没有变样的教室。只有那些条凳和课桌长期使用而变光滑了;还有院子里那棵核桃树也长高了,他亲手栽种的啤酒花现在也爬上窗子碰到了屋檐。这可怜的人听着他的妹妹在楼上房间里来来去去收拾他们的行李,他们第二天就要动身,告别本乡,一去不复返。他即将离开眼前的这一切,这对他来说是多么伤心的事啊!

不过,他还是鼓起勇气把这天的课教完。习字之后,是历史课;然后,小班学生练习拼音,全体一起诵唱 Ba,Be,Bi,Bo,Bu。那边,教室的尽头,霍瑟老头戴上了眼镜,两手捧着识字课本,也和小孩一起拼字母。看得出他也很用心;他的声音由于激动而颤抖,听起来有一种说不出的味道,叫人又想笑又想哭。唉!我将永远记得这最后一课……

忽然,教室的钟打了12点,紧接着响起了午祷的钟声。这时,普鲁士军队操练回来的军号声在我们窗前响了起来……哈墨尔先生面色惨白,在讲台上站了起来。他在我眼里,从来没有显得这样高大。

"我的朋友们,"他说,"我的朋友们,我,我……"

他的嗓子被什么东西堵住了,他无法说完他那句话。

于是,他转身对着黑板,拿起一支粉笔,使出了全身的力气按着它,用最大的字母写出:

法兰西万岁

写完,他仍站在那里,头靠着墙壁,不说话,用手向我们表示:

"课上完了……去吧。"

(柳鸣九 译)

赏 析

都德的《最后一课》是短篇小说中的精品,自1873年发表以来,曾被译成世界各国文字,并常被选为中小学的语文教材,流传广泛,脍炙人口。

小说以1870年普法战争中,普鲁士战胜法国后强行兼并阿尔萨斯和洛林两省为背景,通过小学生小佛朗茨在上最后一堂法文课时的所见所闻与内心感受,集中的典型的表现了人民在异国统治下的痛苦。而这悲惨的事件又是通过一个无知顽童还带有稚气的语言叙述出来的,这最后一课甚至使他也在精神上受到极大的震动,并由懵懂的状态而开始觉悟,就更是加强了小说的感人力量和对外国占领者的控诉,深刻表现了法国人民的爱国情怀。小说以小见大,结构严谨,情节层层递进,语言质朴简洁,对比手法和心理刻画运用极为成功。小佛郎茨的心理活动,描写得细腻动人。教师哈墨尔先生作为一个爱国知识分子的典型,形象栩栩如生。全文短短两三千字,容纳了极为深广丰富的内涵。

小说以其精湛的艺术性和深刻的思想性取得了非凡的成功,一百多年来,它不仅激励过法国人民,也感染了世界各国人民,产生了巨大影响,至今仍可供我们欣赏和借鉴,具有极其深刻的教育意义,不愧为世界优秀短篇小说的典范之作。

罗密欧与朱丽叶(根据戏剧改写)

〔英国〕莎士比亚

威廉·莎士比亚(1564—1616),有史以来最富盛名的作家,他被誉为"奥林比亚山上的宙斯",他的戏剧已被公认为是不可企及的典范。在西方,一般人家必备的两本书,一本是《圣经》,一本是《莎士比亚全集》。1984年选举世界十大作家,莎士比亚名列第一。他出生于沃里克郡斯特拉特福镇的一个富裕市民家庭,曾在当地文法学校学习。13岁时家道中落辍学经商,约1586年前往伦敦。先在剧院门前为贵族顾客看马,后逐渐成为剧院的杂役、演员、剧作家和股东。1597年在家乡购置了房产,一生的最后几年在家乡度过。

莎士比亚的生平资料极少。他一生留下两首长篇叙事诗,154首十四行诗和少数杂诗,以及37部震撼舞台的戏剧。莎学已成为一门世界性学问,被称为世界学术的奥林匹克。大家将他比较著名的《哈姆雷特》、《奥瑟罗》、《李尔王》、《麦克白》称之为四大悲剧。当然最为人们所熟悉的爱情经典名著《罗密欧与朱丽叶》更是闻名世界。

有钱的凯普莱特家和蒙太古家是维洛那城的两个大族。两家之间旧日发生过一场争吵,后来越吵越厉害,仇恨结得非常深,连最远的亲戚,甚至两方的侍从和仆役都牵连上了,弄得只要蒙太古家的仆人偶然碰到凯普莱特家的仆人,或是凯普莱特家的人偶然碰到蒙太古家的人,他们就会骂起来,有时候还会接着闹出流血的事情。这种偶然碰到就吵起来的事情时常发生,把维洛那街巷可喜的清静都扰乱了。

老凯普莱特大人举办了一次盛大的晚宴,邀了许多漂亮的太太和高贵的宾客。维洛那所有受人称赞的漂亮姑娘都来了。只要不是蒙太古家的人,一切来客都是受欢迎的。在凯普莱特家的这次宴会上,老蒙太古大人的儿子罗密欧所爱的罗瑟琳也在场。尽管蒙太古家的人要是到这个宴会上来给人看到是很危险的,可是罗密欧的朋友班伏里奥还是怂恿这个少爷戴上假面具去参加宴会,好让他看到他的罗瑟琳。(班伏里奥说)看见她以后,再把她跟维洛那出色的美人比一比,罗密欧就会觉得他心目中的天鹅也不过是一只乌鸦罢了。罗密欧不信班伏里奥的话,可是为了爱罗瑟琳,他还是同意去了。罗密欧是个真挚多情的人,他为爱情睡不着觉,一个人躲得远远的,想念着罗瑟琳。可是罗瑟琳看不起他,从来也不对他表示一点点礼貌或感情来酬答他的爱。班伏里奥想让他的朋友见识各色各样的女人和伴侣,这样好医治他对罗瑟琳的痴情。于是,年轻的罗密欧、班伏里奥和他们的朋友茂丘西奥就戴上假面具去参加凯普莱特家的这次宴会。老凯普莱特对他们说了些欢迎的话,告诉他们说,只要姑娘们脚趾上没生茧子,谁都愿意跟他们跳舞。老人的心情是轻松愉快的,说他自己年轻的时候也戴过假面具,还能低声在美丽的姑娘耳朵旁边说东道西呢。于是,他们跳起舞来了。忽然间,罗密欧给正跳着舞的一位姑娘的美貌打动了,他觉得灯火好象因为她的缘故燃得更亮了,她的美貌象是黑人戴的一颗贵重的宝石,在晚上特别灿烂。这样的美在人间是太贵重了,简直舍不得碰!她的美貌和才艺大大超出跟她在一起的姑娘们,(他说)就象一只雪白的鸽子跟乌鸦结群一样。他正在这样赞美着她的时候,给凯普莱特大人的侄子提伯尔特听见了,他从声音里认出是罗密欧来。这个提伯尔特的脾气很暴躁,容易发火,他不能容忍蒙太古家的人居然戴着面具混进来,对他们这样隆重的场合加以(他是这样说的)嘲弄讽刺。他狂暴地发起脾气,大声叫嚣着,恨不得把年轻的罗密欧打死。可是他的伯父老凯普莱特大人认为一来作主人的对宾客应该尊敬,二来罗密欧的举止很有正派人的风度,全维洛那城人人都夸他是个品行好、教养好的青年;所以不肯让提伯尔特当场去伤害他。提伯尔特不得已,只好捺住性子,可是他发誓说,改天一定要对这个闯进来的卑鄙的蒙太古重重报复。跳完了舞,罗密欧还紧紧望着那位姑娘站着的地方。由于有面具遮着,他的放肆好象得到了一些谅解。罗密欧壮起胆子来,非常温柔地握了一下她的手,管她的手叫作神龛;既然他亵渎地触着了它,作为一个羞怯的朝香人,他想吻它一下,来赎罪。

"好个朝香人,"姑娘回答说,"你朝拜得太殷勤,太隆重了吧。圣人有手,可是朝香人只许摸,不许吻。"

"圣人有嘴唇,朝香人不是也有嘴唇吗?"罗密欧说。

"是啊,"姑娘说,"他们的嘴唇是为祈祷用的。"

"哦,那么我亲爱的圣人,"罗密欧说,"请你倾听我的祈祷,答应了我吧,不然我就绝望啦。"他们正说着这种影射和比拟的情话的时候,姑娘的母亲把她叫走了。

罗密欧一打听她的母亲是谁,才知道打动了他的心的这位顶标致的姑娘原来是蒙太古家的大仇人凯普莱特大人的女儿和继承人朱丽叶,才知道他无意中爱上了他的仇人。这件事叫他很苦恼,然而却不能叫他放弃那份爱情。当朱丽叶发觉跟她谈话的那个人是蒙太古家的罗密欧的时候,她也同样感到不安,因为她也没加思索就轻率地爱上了罗密欧,正象他爱上她一样。朱丽叶觉得这个爱情产生得真是奇怪,她必得去爱她的仇人,她的心必得属于从家庭方面来考虑是她顶应该恨的地方。

到了半夜,罗密欧和他的同伴走了。可是过不久他们就找不到他了,因为罗密欧把他的心留在朱丽叶的家里了,他走不开,就从朱丽叶住的房子后面一座果园的墙头跳了进去。他在那里默默地想着刚刚发生的恋爱,想了没多久,朱丽叶从上面的窗口出现了。她的卓绝的美貌就象东方的太阳那样放出光采。这时候,映在果园上空的暗淡月色在这轮旭日的灿烂光辉下,看起来倒显着憔悴苍白得象是怀着忧愁的样子。朱丽叶用手托着腮,罗密欧热切希望自己是她手上的一只手套,这样他好摸她的脸。她一直以为只有她一个人在那儿,就深深地叹了口气,然后喊了声:

"啊!"

罗密欧听到她说话,就狂喜起来。他轻轻地说,轻得朱丽叶没能听见:"啊,光明的天使,再说点儿什么吧!因为你在我上面出现,正象一个从天上降下来的有翅膀的使者,凡人只能仰起头来瞻望。"

朱丽叶没意识到有人偷听她的话,她心里充满了那晚上的奇遇所引起来的柔情,就叫着她情人的名字(她以为罗密欧不在那儿)说:"啊,罗密欧,罗密欧!"她说,"你在哪儿哪,罗密欧?为了我的缘故,别认你的父亲,丢掉你的姓吧!要是你不肯的话,只要你发誓永远爱我,我就不再姓凯普莱特了。"

罗密欧受到这番话的鼓舞,满心想说话,可是他还要多听一下她说的话。那位姑娘继续热情地独自说着(她以为是这样),仍然怪罗密欧不该叫罗密欧,不该是蒙太古家的人;但愿他姓别的姓,或者把那可恨的姓丢掉;那个姓并不是他本身的任何一部分,丢掉就可以得到她自己的一切了。罗密欧听到这样缠绵的话,再也按捺不住了。就象她刚才是直接对他说的话,而不是想象着对他说的一样,他也接下去说了。他要她管他叫作"爱",或者随便叫他别的什么名字;如果她不高兴罗密欧这个名字的话,他就不再叫罗密欧了。朱丽叶听到花园里有男人讲话的声音,就大吃一惊。最初她不晓得是谁,趁着深更半夜躲在黑暗里偷听了她的秘密。

可是一个情人的耳朵尖得很,罗密欧再一开口,还没说到一百个字,她却马上就认出那正是年轻的罗密欧。她说爬果园的墙是很危险的事,万一给她家里人发现了,他既然是蒙太古家的人,就一定得把命送掉。

"唉,"罗密欧说,"你的眼睛比他们二十把剑还要厉害。姑娘,你只要对我温存地望一眼,我就不怕他们的仇恨了。我宁可死在他们的仇恨下面,也不愿意延长这可恨的生命而得不到你的爱。"

"你怎么到这儿来的?"朱丽叶说,"谁指引你的?"

"爱情指引我的,"罗密欧回答说,"我不会领情,可是哪怕你身在天外的海边,为了这样的宝贝,我也会冒着风险去找到的。"

朱丽叶想到自己无意中让罗密欧知道了她对他的爱,脸上就泛起一阵红晕;可是因为夜色昏暗,罗密欧没有看见。她满想收回她的话来,可是那已经不可能了。她满想按照谨慎的闺秀们的习惯守着礼法,跟情人保持一定的距离,皱着眉头,耍耍脾气,先狠狠地给求婚的人几个钉子碰;心里明明很爱,却装作很冷淡、羞怯,或者满不在乎,这样,情人才觉得她们不是轻易能得到的:因为一件东西追求起来越是吃力,它的声价就越高。可是在目前的情况下,她已经不能使用推却、拒绝、或是求婚时候经常使用的什么旁的推三推四的手腕了。在她做梦也没料到罗密欧会在她身边出现的时候,他已经听到她亲口吐露出她对他的爱。由于朱丽叶处的形势跟一般的不一样,她就只好坦率地承认他刚才听到的都是真心话,并且称呼他作俊秀的蒙太古(爱情可以把一个刺耳的姓变得甜蜜了)。她要求他不要看她容易答应就以为她轻佻或是不端庄。如果这是个错儿的话,只能怪今天晚上遇得太不巧,没料到会这么暴露了她的心思。她还说,尽管用妇女的礼法来衡量,她的举止也许不够端庄,可是比起那些假装出来的端庄和矫揉造作的腼腆来,她要真实多了。

罗密欧刚开口对苍天起誓,说他绝对没意思怪这样可尊敬的姑娘有一丝一毫不体面的地方,朱丽叶赶快拦住他,求他不要起誓,因为尽管她很喜欢罗密欧,可是她不喜欢当天晚上就交换誓言:那样做未免太仓促、太轻率、太突兀了。可是罗密欧还是急着要在当天晚上就跟她交换爱情的盟誓,朱丽叶说,在他没要求她发盟誓以前,她就已经对他发过了——意思是他已经偷听到她自己倾吐的话了。可是她要把已经发的誓再收回来,为了好享受重新对他发誓的快乐,因为她的恩情象海那样没有边际,她的爱也象海那样深。两个人正在情话绵绵的时候,朱丽叶给她的奶妈叫去了。天快亮了,跟她一道睡的奶妈觉得她该睡觉了。可是她急急忙忙地跑回来,又跟罗密欧说了三四句话。她说的是:如果他真心爱她,想要娶她,那么明天她就派一个人来见他,约好结婚的时间,她要把自己的整个命运委托给他,嫁给他,跟他走到天涯海角。他们正商量这件事的时候,奶妈不断地喊着朱丽叶。她进去又出来,又进去,又出来,因为她舍不得叫罗密欧走开,正象一个年轻姑娘舍不得放走她的鸟儿一样;她让它从手掌上跳出去一点儿,又用丝线把它拽回来。罗密欧也同样舍不得离开她,因为在情人的耳朵里,最甜蜜的音乐就是他们在深夜里互相倾吐的话语。可是他们终于还是分手了,彼此祝福着那晚上睡得香,休息得安宁。他们分手的时候天已经亮了。罗密欧一心想念着他的情人和他们那幸福的会见,不想去睡觉。他没有回家,却弯到附近的修道院找劳伦斯神父去了。这位好神父已经起床在祷告了,看到年轻的罗密欧这么早就出来,猜出准是有什么青春的恋爱的烦恼叫他合不上眼,他一定通宵没睡觉。他把罗密欧没睡觉的原因归在爱情上是猜对了,可是爱的是谁他却猜错了,他以为罗密欧睡不着觉是为了对罗瑟琳的爱。可是当罗密欧告诉劳伦斯神父他新近爱上了朱丽叶,并且请神父帮忙当天就替他们主持婚礼的时候,那位圣洁的人抬起眼睛,举起手来,对罗密欧的感情忽然起的变化感到惊奇,因为罗密欧对罗瑟琳的爱和他屡次埋怨罗瑟琳看不起他的情形,神父全知道。他说年轻人的爱不是真正放在心里,只是放在眼睛里。可是罗密欧回答说,神父自己不是常常责备过他不该对不能爱他的罗瑟琳那么痴情吗,如今,他爱朱丽叶,朱丽叶也爱他。神父同意了他的一部分理由,心里想,也许可以借着年轻的朱丽叶跟罗密欧的亲事把凯普莱特跟蒙太古两家多年的冤仇好好消解了呢。这位好神父跟这两家都很要好,他时常想替他们调解,总没成功,因此,没有人比他更惋惜这种冤仇的了。一半为了达到这个目的,一半也为了神父喜欢年轻的罗密欧,他要求什么都难以拒绝,老人家就答应替他们主持婚礼。

这时候罗密欧真是幸福极了,朱丽叶照约好的派人来,她通过那人晓得了罗密欧的心意以后,就尽早赶到劳伦斯神父修道的密室,他们在那里举行了神圣的婚礼。好神父祈祷上天祝福这个姻缘,并且希望借着年轻的蒙太古跟年轻的凯普莱特的结合,把他们两家旧日的争吵和长时期的不和给埋葬掉。

婚礼举行完了以后,朱丽叶赶紧回家去,焦急地盼着天黑,罗密欧答应天一黑就到头一天晚上他们见面的果园去跟她相会。当中的一段时间对她真是难熬啊,就象是大节日前夕的一个焦灼急切的孩子,虽然做了新衣裳,可是非要等到第二天早晨才能穿。

当天大约中午的时候,罗密欧的朋友班伏里奥和茂丘西奥走过维洛那城的街上,碰到凯普莱特家的一簇人,走在前头的是性情暴躁的提伯尔特。在老凯普莱特大人的宴会上想跟罗密欧打架的,正是这个气冲冲的提伯尔特。他看到茂丘西奥,就粗鲁地责备他不该跟蒙太古家的罗密欧来往。茂丘西奥也跟提伯尔特一样血气方刚,性情暴躁,他对这个指责回答得有些尖刻。虽然班伏里奥竭力劝解来平息他们的怒气,两个人还是吵起来了。罗密欧刚好从那里路过,于是,凶悍的提伯尔特丢开茂丘西奥;又找罗密欧的碴儿,并且用"恶棍"这样侮蔑的话骂罗密欧。罗密欧特别想避免跟提伯尔特冲突,因为他是朱丽叶的亲戚,朱丽叶也很爱他。同时,这个年轻的蒙太古为人聪明温和,从来没有参加过这种家族间的争吵,而且凯普莱特现在是他亲爱的姑娘的姓,这个姓与其说是引起愤怒的暗号,不如说是消解仇恨的灵符。所以他竭力跟提伯尔特讲理,和蔼地管他叫作"好凯普莱特",就象他虽然是个蒙太古,叫起凯普莱特这个姓来的时候却暗自可以得到一种快乐。可是提伯尔特把蒙太古家所有的人恨得就象地狱一样,怎么讲理他也不听,一下子就把剑拔了出来。茂丘西奥不晓得罗密欧想跟提伯尔特讲和的秘密原因,就把当前他这种容忍看作怕事的不体面的屈服,于是就用许多轻蔑的话来激怒提伯尔特,叫他继续刚才跟自己的争吵。提伯尔特和茂丘西奥交手了。罗密欧和班伏里奥正竭力把两个格斗者分开的时候,茂丘西奥受了致命伤,倒下了。茂丘西奥一死,罗密欧实在按捺不住了,就回口用提伯尔特骂他的"恶棍"那句轻蔑的话骂了提伯尔特。他们动起手来,最后,罗密欧把提伯尔特杀死了。这件可怕的乱子是中午时候出在维洛那城市的中心。消息一传出去,一群人很快就奔到出事地点,其中也有老凯普莱特夫妇和老蒙太古夫妇。过不久,亲王自己也来了。亲王跟提伯尔特杀死的茂丘西奥是亲戚,而且凯普莱特和蒙太古两家的争吵时常扰乱归他治理的这个地方的安宁,就决定要查出犯法的人来,严加惩办。班伏里奥是亲眼看到这场格斗的,亲王吩咐他说说事情是怎么闹出来的。他在不连累罗密欧的情形下尽量把实情说了,还竭力替他的朋友开脱。凯普莱特夫人非常痛心她家的提伯尔特被杀死,无论如何要报复,要求亲王严办凶手,不要理会班伏里奥的话——他既然是罗密欧的朋友,又是蒙太古家的人,说话一定有偏袒。她就这样告了她的新女婿的状,虽然她还不知道罗密欧已经成为她的女婿和朱丽叶的丈夫了。在另一边,蒙太古夫人又在恳求饶她孩子的命,她很有些道理地争辩说:尽管罗密欧杀了提伯尔特,可是他应该受到处分,因为提伯特尔先杀了茂丘西奥,他自己已经犯了法。亲王没有被这两个女人激动的喊叫所动,他仔细调查了事实,然后宣布他的判决;根据那个判决,罗密欧要从维洛那被放逐出去。

对年轻的朱丽叶说来,这是个很沉重的消息。她刚作了几个钟头的新娘子,如今,一道命令,她就好比是永远离了婚。这个消息传到她耳朵里的时候,最初她生罗密欧的气,因为他杀了她亲爱的堂兄,她管罗密欧叫"俊秀的暴君","天使般的魔鬼","象乌鸦的鸽子","性情象豺狼的羔羊","花一样的脸蛋儿里藏着一颗蛇一样的心"这一类自相矛盾的名字,表示她心里是在爱和恨之间挣扎着。可是最后还是爱情占了上风。她最初为了堂兄被罗密欧杀害流出的伤心泪,后来却变成快乐的泪水,因为她的丈夫本来会给提伯尔特杀死的,如今却仍然活着。随后她又流起泪来了,这完全地因为罗密欧被放逐而伤心才流的。对于她,听到罗密欧被放逐要比听到死了好几个提伯尔特还可怕。

那场格斗发生以后,罗密欧就躲到劳伦斯神父的密室里,这时候他才听到亲王的判决,他觉得放逐比死刑要可怕多了。罗密欧认为维洛那的城墙外头就再没有了世界,看不见朱丽叶他就活不下去。朱丽叶所在的地方是天堂,这以外全是炼狱、酷刑和地狱。那位好神父本想用哲理来安慰他,可是这个疯狂的青年什么也听不进去。他像疯子一样揪自己的头发,整个儿身子挺在地上,说是要量一量他的墓穴的尺寸。罗密欧正在这样见不得人的情形下,忽然他的亲爱的妻子派人送信来了,他的精神才恢复过一点儿来。神父趁机会规劝他说,象他刚才那样软弱太不够男子气了。他已经把提伯尔特杀了,难道他还要杀了自己,杀了跟他相依为命的亲爱的妻子吗?他说,人要是外表上高贵,而里头没有坚定的勇气,那就不过是个蜡人儿。法律对他是宽大的,他犯的本来是死罪,亲王却亲口只判了他放逐;本来提伯尔特想把他杀死,他却把提伯尔特杀死了:这本身就是一种侥幸。朱丽叶仍然好好地活着,并且(万万也想不到)成为他亲爱的妻子,在这一点上他是无比幸福。罗密欧听神父指出这种种幸福来,却象一个乖张的、不懂规矩的小姑娘一样,理都不理。神父要他当心,(他说)自暴自弃的人是不会得好死的。等罗密欧平静了一些,神父劝他当天晚上偷偷去跟朱丽叶告别,然后马上就到曼多亚去,在那里住下来,一直等神父找到适当的机会来公布他跟朱丽叶的婚姻,这个喜讯也许可以使两家和解,神父相信那时候一定可以恳求亲王赦免他。罗密欧现在是伤着心走的,到那时候他就可以欢天喜地回到维洛那来了。罗密欧被神父这些贤明的劝告说服了,就向他告辞,然后去看他的妻子,打算当天晚上跟她住在一起,天明就独自动身到曼多亚去。那位好神父还答应不时地给他往那里捎信,让他晓得家里的情况。

那天晚上,罗密欧就从头一天晚上在里面听到朱丽叶倾吐她的爱情的那个果园,偷偷爬进她的绣房,跟他亲爱的妻子一起过了一夜。那是充满了真挚的快乐和狂欢的一夜,可是想到两个人马上就得分手,并且回想起头天不幸的遭遇,他们那一夜的欢乐和两个人相处感到的快活又给悲哀的心情冲淡了。不受欢迎的天明好象来得太快。朱丽叶听到云雀早晨的歌声,她还竭力想叫自己相信那是晚上唱歌的夜莺呢。然而那的确是云雀在唱,而且那歌声她听起来很不和谐,很不悦耳。同时,东方的曙光无疑地也指出是这对情人分别的时候了。罗密欧怀着一颗沉重的心跟他亲爱的妻子分手了,答应到曼多亚一定时时刻刻写信给她。罗密欧从她绣房的窗口爬下来,站在地上抬头望她,朱丽叶怀着悲怆的、充满了凶兆的心情;在她看来,他仿佛是坟坑底儿上的一具尸首。罗密欧对朱丽叶也有同样的错觉,不过他现在必须赶快离开,如果天亮以后他在维洛那城里被发现,就得处死刑。

然而这仅仅是这一对不幸的情人悲剧的开始。罗密欧走了没几天,老凯普莱特大人就替朱丽叶提了一门亲事。他作梦也没料到女儿已经结过婚,他替她挑的丈夫是帕里斯伯爵,是一位年少英俊的高贵绅士;如果年轻的朱丽叶没遇到过罗密欧的话,他倒也是个配得上她的求婚人。担惊受怕的朱丽叶听到她父亲议婚的话,困惑苦恼极了。她央求说:她年纪还轻,不适宜结婚;又说最近提伯尔特的死也叫她提不起精神来,没法用笑脸去见丈夫;而且凯普莱特家丧事刚办完就举行婚筵,也未免太不成体统。她提出一切想得到的理由来反对这门亲事,可就没提那个真正的理由:她已经结过婚了。可是凯普莱特大人对她提出的这些理由都不加理睬。他很坚决地吩咐她准备好,因为下星期四她就得嫁给帕里斯。他既然给朱丽叶找到这样又年轻又有钱的一位高贵的丈夫,维洛那城里最骄傲的女孩子也会愿意接受的一位人物,他就把朱丽叶的拒绝看作是假装出来的羞涩,他不能听任她这样阻碍她自己的大好前途。

在这种极端绝望的情景下,朱丽叶就去请教那位乐意帮人忙的神父了,遇到患难他总是她的顾问。神父问她有决心采取一个迫不得已的办法没有,她说她宁可让人把她活埋了,也不能在她亲爱的丈夫活着的时候和帕里斯结婚。他交给她一小瓶药,叫她第二天晚上,也就是婚礼的头天晚上,把它吞下去;那以后四十二小时的工夫,她看上去是僵冷、毫无知觉的。这样,第二天早晨新郎来接她的时候,他就会认为她已经死了。然后,人们就会把她照当地的风俗,脸也不蒙地把她放在柩车上运走,埋葬到本族的墓穴里。如果她能够克服女人的胆怯,同意这个可怕的尝试,那么吃了那瓶药四十二小时以后她就一定会醒过来(这是一准灵验的),象做了一场梦似的。在她醒过来以前,他先把这些安排告诉她丈夫,叫他必须半夜里赶来,把她带到曼多亚去。对罗密欧的爱和对跟帕里斯结婚的惧怕使年轻的朱丽叶有魄力去进行这一可怕的尝试。她从神父手里接过药瓶来,答应按照他所吩咐的去做。

从修道院回来的路上,朱丽叶遇到年轻的帕里斯伯爵,她装得很羞涩,答应嫁给他。对老凯普莱特夫妇说来,这真是个值得高兴的消息,它好象使老人家变得年轻多了。当初朱丽叶拒绝跟伯爵结婚的时候,凯普莱特大人很不高兴她;现在看见她答应了,又宠爱起她来了。全家都为就要举行的婚礼奔忙着,凯普莱特家花了无数的钱来布置维洛那这次空前隆重的婚礼。

星期三晚上,朱丽叶把药喝下去了。最初她有很多顾虑:她怕神父为了逃避主持她跟罗密欧结婚的责任,给她吃的是毒药,然而大家一向知道他是个圣洁的人。她又怕没等罗密欧来接,她就先醒过来了,那样,那个满满放着凯普莱特家的尸骨,又躺着满身是血、在尸衣里腐烂着的提伯尔特的可怕的墓穴会不会把她吓得神经错乱呢?她又想起以前听见过的一些故事:鬼魂怎样在停着它们尸体的地方转。然后她又想起她对罗密欧的爱和对帕里斯的厌恶来了,她不顾死活地把药吞了下去,随着就失去了知觉。

大清早,年轻的帕里斯来了,他想用音乐来叫醒他的新娘子,然而他看到的不是活生生的朱丽叶,绣房里呈现出一片可怕的景象,那里躺着朱丽叶的死尸。对他的一腔热望,这是多么大的一个打击呀!家里是怎样一片混乱呀!可怜的帕里斯哀痛着他的新娘子给最可恨的死神从他手里骗了去,甚至没等他们结合就把他们拆散了。老凯普莱特夫妇的号哭听起来更惨了,他们膝下就只有这么一个孩子,这么一个可怜的孝顺孩子,给他们快乐和安慰。正当这两位办事慎重的父母就要看见她跟一位有前途、门第又好的女婿结婚(他们这样认为),从此地位可以更高的时候,残酷的死神把她从他们身边夺去了。这么一来,本来为喜事预备好的一切,就都改了用场,拿来办丧事了。婚宴改成为悲哀的丧席,婚礼时候唱的颂诗改成为沉痛的挽歌,轻快的乐器改成为忧郁的丧钟;鲜花本来准备撒在新娘走过的路上,现在只拿来撒在她的尸身上了。本来预备请位神父来替她主持婚礼,现在得请神父来主持她的葬礼了。她果然被抬到教堂里去了,然而那不是为了给活着的人增添喜悦的希望,却是为了给死人堆里又加上了一名不幸者。

劳伦斯神父派人去通知罗密欧说葬礼是假的,死是装出来的;他亲爱的妻子只是在墓穴里停留一会儿,希望罗密欧赶快来把她从那坐阴森森的巨室里救出去。可是坏消息总是比好消息传得快。劳伦斯神父派去的人还没走到,罗密欧在曼多亚就晓得了他的朱丽叶死去的噩耗。在这以前,罗密欧曾经感到分外轻松愉快。他夜里梦见自己死了(这真是个奇怪的梦,在梦里,死人还能想事情),他的妻子赶来,看到他死了,就使劲吻他,把生命吐进他的嘴唇里,他终于又活过来,并且成为一个皇帝!就在这时候有人从维洛那城里送信来了,他想这一定是来证实他梦见的好兆头。可是他听到发生的事跟他梦见的如意情景正相反,原来死了的是他的妻子,而且他怎样吻也吻不活了。于是,他吩咐替他备上马,决定当天晚上去维洛那,到他妻子的坟墓上看她。人到了绝境,很快就会想出坏念头来。他记起曼多亚有一个可怜的药剂师,他新近还从他门口走过。那人穷得象个乞丐,面黄肌瘦,他那肮脏的货架子上排列着一些空盒子,使店里显得很寒伧,另外还有一些别的迹象说明他十分贫困。罗密欧当时看到这些就说(他感到自己多灾多难的生活也许会落到这样不可挽救的结局):"根据曼多亚的法律,卖毒药的要处死刑。谁要是需要毒药的话,这儿有个可怜虫一定肯卖给他。"现在他又想起自己这句话来了。他找到那个药剂师,药剂师先装了一会犹豫不决,等罗密欧掏出金子来,贫穷就不允许他再抵抗了。他卖给罗密欧一盒毒药,说要是吃了这药,哪怕他有二十个人的力气,也能一下子就叫他死掉。

罗密欧带着药动身到维洛那去,到墓穴里看看他亲爱的妻子,意思是看够了再吞下毒药,然后好埋在她的身畔。他是半夜到的维洛那,找到了教堂墓地,正中间就是凯普莱特家古老的坟墓。他预备下火把、铲子和铁钳。正要打开墓门的时候,一个声音打断了他。那个人叫他作"卑鄙的蒙太古",要他马上住手,不许再做这种犯法的事。说话的人是年轻的帕里斯伯爵,不巧他刚在晚上这个时分到朱丽叶的墓上来,想替她撒些鲜花,到这个本来应该成为他的新娘的朱丽叶坟上哭一场。他不晓得罗密欧跟死者的关系,可是知道他是蒙太古家的,跟(他这样认为)凯普莱特家所有的人都是死敌。他估计罗密欧这样深更半夜跑来,一定是存心来侮辱尸体的。因此,他才气愤愤的在叫他住手,并且说罗密欧是被维洛那的法律判了刑的罪犯,进了城就要处死刑,帕里斯要逮住他。罗密欧劝帕里斯走开,不然的话,他的下场会跟埋葬在那里的提伯尔特一个样。他警告帕里斯不要惹他发火,逼着他把帕里斯也杀死,叫他再犯一次罪。可是伯爵轻蔑地不理他的警告,动手要把他当作一个重罪犯抓住。罗密欧想挣脱,于是,两个人打了起来,帕里斯倒下了。罗密欧借着灯光看了看他杀死的是谁,等到看出是本来预备娶朱丽叶的帕里斯(这是他从曼多亚来的路上知道的),就一把拉着那死了的青年的手,象是恶运使帕里斯跟他成了伙伴一样,说要把帕里斯葬在胜利的坟墓里——他指的是朱丽叶的坟墓。这时候他已经打开了她的坟墓,那里躺着他妻子,她仍然是艳丽无比,看来死神好象一点也没有能力改变她的容貌和肤色,又好像死神也爱上了她,所以这个削瘦、讨厌的恶魔故意把她保存下来,供他欣赏,因为她躺在那里仍然是那么娇嫩鲜艳,就象她刚吞下那付麻醉药睡去的时候一样。她旁边就躺着裹了血殷殷的尸衣的提伯尔特。罗密欧看见就向他的死尸道歉,并且为了朱丽叶的缘故,管他叫作"堂兄",说他马上就要替死者做一件事:把提伯尔特的仇人①杀死。

在这里，罗密欧吻了他妻子的嘴唇，跟它们告了永别。在这里，他从疲乏的身上卸去恶运的负担，一口把那药剂师卖给他的毒药吞下去。罗密欧的这付药是地地道道吃了就要送命的毒药，跟朱丽叶服的那付假毒药可不一样；她的那付效力已经快完了，过不久她就会苏醒过来，抱怨罗密欧不守时刻，或者应该说他来得太早了。

这时候，神父答应她苏醒的时刻到了。神父听说他派到曼多亚送信的人不幸在路上耽搁了，一直没把信送到罗密欧手里，就亲自带着鹤嘴锄和灯笼赶来，准备把关在这里的朱丽叶救出来。可是他看到凯普莱特家的灵堂里已经点上了火把，并且在附近还看到剑和血迹，又看到罗密欧和帕里斯倒在灵堂旁边，已经没有了气息，就大吃一惊。

没等神父猜出这件不幸的意外是怎样发生的，朱丽叶就从昏迷状态里醒过来了。她看到神父在旁边，才恍然想起她身在什么地方，和为什么到了这里。她问起罗密欧。可是神父听到外面有声音，就叫她离开这个死亡和不自然的睡眠的地方，因为一种超乎人力的力量已经挫败了他们的计划。神父听到有人走近的声音，害怕起来，赶快逃掉了。可是朱丽叶看到她忠实的情人手里攥着杯子，她猜出他是服毒而死的。要是杯子里还留些毒药的渣滓，她也会吞下去的。她吻他那仍然有些热气的嘴唇，想舔到一些残余的毒质。然后，听到人声越逼越近，她赶快拔出身边佩带的一把短剑，刺死自己，倒在她忠实的罗密欧身旁。

这时候，看守人来到这地方。帕里斯伯爵的一个僮儿亲眼看到他的主人跟罗密欧格斗，就去喊人来救。于是，消息在市民当中传遍了，市民在维洛那的街道上跑来跑去，大家听到的谣言都是片断的；于是有的喊：“帕里斯！”有的喊：“罗密欧！”有的喊：“朱丽叶！”吵吵嚷嚷的人声终于叫蒙太古大人和凯普莱特大人下了床，跟亲王一道来查看骚乱的原因。神父已经给一些看守人抓到了，他正从墓地里走出来，浑身哆嗦着，叹着气，流着泪，形迹十分可疑。凯普莱特家的灵堂那儿挤得人山人海。关于这件又离奇又悲惨的事，亲王吩咐神父把他所知道的情形说出来。这样，神父就当着老蒙太古大人和凯普莱特大人的面，把他们两家儿女这场不幸的恋爱一五一十地讲了出来。他也说起他怎样促成他们的婚姻，希望借这个结合来消除两家多年来的冤仇。他指出死在那里的罗密欧是朱丽叶的丈夫，死在那里的朱丽叶是罗密欧的忠实的妻子；可是没等他找到一个合适的机会来宣布他们的婚姻，又有人给朱丽叶提婚了。为了避免犯重婚罪，朱丽叶就（照他指点的）服了安眠剂。于是，大家都认为她死了。同时他写信给罗密欧，叫他来，等药力过去的时候把她带走。可是不幸送信的人又误了事，罗密欧一直没接到信。这底下的事神父就说不上来了，他只知道他亲自跑来，打算把朱丽叶从这个死亡的地方救出去，可是他看到帕里斯和罗密欧被刺死了。剩下的情节就由那个看到帕里斯和罗密欧交手的僮儿和随着罗密欧到维洛那来的那个人来补充。忠实的情人罗密欧曾经把写给他父亲的信交给这个仆人，嘱咐仆人如果他死了，就替他送去。罗密欧这信证实了神父的话，他承认跟朱丽叶结了婚；要求他父母饶恕他，也提到从那个可怜的药剂师手里买到毒药，和他到这灵堂

---

① 指罗密欧自己。

来就是为了寻死，好跟朱丽叶永眠在一起。所有这些情世都十分吻合，把原以为神父可能参加这次复杂的凶杀的嫌疑都洗清了，证明他原是一番好意，不过他想的办法太玄妙、太不自然了，这只能说是他无意之中闯的祸。

然后亲王转过身来，责备老蒙太古大人和老凯普莱特大人彼此不该怀着这种又野蛮又没理性的仇恨，指出他们已经触犯天怒，上天甚至借着他们子女的恋爱来惩罚他们这种人为的冤仇。这两家旧日的冤家同意把他们多年的争吵埋葬在子女的坟墓里，不再作对头了。凯普莱特大人要求蒙太古人跟他握手，管他叫作"兄长"，好象承认两家借着小凯普莱特和小蒙太古的婚姻已经结了亲。他要求蒙太古大人把手伸给他（作为和好的表示），这就算是给他的女儿唯一的赠养吧。可是蒙太古大人说他愿意给得更多一些，他要用纯金替朱丽叶铸一坐像，只要维洛那的名字存在一天，哪一坐塑像都不会比真实忠诚的朱丽叶的像更辉煌更精致。凯普莱特表示也要替罗密欧铸一坐像。两个可怜的老人家就这样到了无可挽救的时候才彼此争着表示好感。过去他们的愤怒和仇恨是那样深，只有经过他们儿女这样可怕的毁灭（作了他们这些争执纠纷的可怜的牺牲品），才消除了两个贵族家庭之间根深蒂固的仇恨和嫉妒。

（张伟　译）

赏　析

《罗密欧与朱丽叶》是莎士比亚（1564—1616）早期创作的著名悲剧。它诗意盎然，热情充沛，洋溢着浓郁的浪漫气息和喜剧氛围。其艺术风格与作家早期创作的大多数喜剧相一致，被人们称为抒情悲剧。《罗密欧与朱丽叶》是莎士比亚戏剧在世界各国中最受欢迎的一部。

故事发生在南欧的意大利半岛，描写了出生于维洛那两个世仇家族的一对青年男女罗密欧与朱丽叶，为了争取自由幸福，不惜双双以身殉情，并用他们年轻的生命和解了家族的世仇的故事。悲剧的冲突是罗密欧与朱丽叶的恋情与两个家族间的仇恨和对立，它表现出自由的爱情与封建势力之间的尖锐的矛盾冲突。故事的发生地维洛那城实际上是英国十六世纪末伊丽莎白女王鼎盛时期社会现实的艺术再现。一方面以亲王为代表，象征了王权统一的力量，受到广大市民的拥护；另一方面是贵族蒙太古家族和凯普莱特家族世代的仇怨，代表着从中世纪延续下来的相互争夺的封建集团的势力。可是时代在前进，这两大世仇的新一代人竟在一次舞会上一见钟情，彼此相爱，于是家族的怨仇与个人爱情之间便形成了尖锐、巨大的戏剧冲突。罗密欧与朱丽叶都无视于家族的仇怨，他们轻蔑地觉得，妨碍他们结合的只是虚有其名的姓氏。真正的爱情，使他们变得勇敢而无畏，他们背着父母到劳伦斯神父的寺院里秘密成婚。最后他们因为反抗封建家族势力和封建的包办婚姻不惜以死殉情，谱写了一曲最为悲壮动人的爱情颂歌。

整个戏剧充满着青春的气息，爱情的赞歌，生活的理想和青年人特有的纯洁美好的心灵。由于此剧写作于莎士比亚喜剧丰盛时期，所以悲剧的喜剧色彩较浓，悲喜混合的特色比较突出。

穷人的专利权

〔英国〕狄更斯

查理斯·狄更斯（1812—1870），英国批判现实主义小说家。出生于海军小职员家庭，幼年时全家被迫迁入负债者监狱，11岁就承担起繁重的家务劳动。曾在皮鞋作坊当学徒，17岁时在律师事务所当缮写员，后担任报社采访记者。他只上过几年学，全靠刻苦自学和艰辛劳动成为知名作家。

他以"博兹"的笔名写特写，1836年集成选集出版，颇受读者欢迎。接着又写《匹克威克外传》，就这样开始了写作生涯。狄更斯一生共创作了14部长篇小说，许多中、短篇小说和杂文、游记、戏剧、小品。主要作品有揭露劳资矛盾的《艰难时世》，揭露司法机关的《凄凉屋》，揭露监狱的《小杜丽》，揭露孤儿院的《雾都孤儿》和揭露教育制度的《尼古拉斯·尼克贝》等。1842年曾访问美国，后把他对美国社会的失望写在长篇小说《马丁·朱述尔维特》内。狄更斯是十九世纪英国现实主义文学的主要代表。艺术上以妙趣横生的幽默、细致入微的心理分析，以及现实主义描写与浪漫主义气氛的有机结合著称。马克思把他和萨克雷等称誉为英国的"一批杰出的小说家"。

我这个人向来是不习惯写什么东西发表的。一个工人，每天（除了有几个礼拜一、圣诞节以及复活节之外）干活从来不少于十二或十四小时，情况可想而知！既然是要我直截了当地把想说的话写下来，那我也就只好拿起纸笔尽力而为了，欠缺不妥之处还希望能得到谅解。

我出生在伦敦附近，不过，自从满师之后就在伯明翰一家工场做工（你们叫工厂，我们这儿叫工场）。我在靠近我出生地但脱福特当学徒，学的是打铁的行当。我的名字叫约翰。打十九岁那年起，人家看见我没几根头发，就一直管我叫"老约翰"了。现时我已经五十六岁了，头发并不比上面提到的十九岁的时候多，可也不比那时候少，因此，这方面也就没有什么新的情况好说。

下一个四月是我结婚三十五周年。我是万愚节那天结婚的。让人家去笑话我的这个胜利品好了。我就是在那天赢了个好老婆的，那一天可真是我平生最有意思的日子哩。

我们总共生过十个孩子，活下来六个。我的大儿子在一条意大利客轮上当机师，这条船的招牌叫做"曼佐·纪奥诺号"，往返马赛、那不勒斯，停靠热那亚、莱格亨以及西维太·范切埃。他是个好工匠,发明过许多很派用场的小玩意儿,不过,这些发明却从来没有给过他一丁点好处。我还有两个儿子,一个在悉尼,一个在新威尔士,全都干得挺不错,上回来信的时候都还没有成家呢。我另外一个儿子(詹姆士)想法有点疯疯癫癫,居然跑到印度去当兵,就在那里挨了颗枪子儿,肩胛骨里嵌着粒子弹头,在医院里躺了六个礼拜,这还是他自己写信告诉我的。几个儿子当中要数他长得顶俊。我有个女儿(玛丽)日子过得满舒服,可就是得了个胸积水的毛病。另一个女儿(夏洛蒂),让她丈夫给遗弃了,那事儿可真卑鄙到了极点,她带了三个孩子跟我们一起过。我最小的一个孩子,这会儿才六岁,在机械方面已经很有点爱好了。

我不是个宪章派,从来就不是。我确实看到有许许多多的公共弊病引起大家的怨恨,不过我并不认为宪章派的主张是纠正弊端的什么好办法。我要是那么认为的话,那可就真成了宪章派了。可我并不那么认为,所以我也就不成其为一名宪章派。我阅读报纸,也上伯明翰我们称为"会堂"的地方去听听讨论,所以,我认得宪章派的许多人。不过,各位请注意,他们可全都不主张凭蛮力解决问题。

要是我说自己向来有创造发明的癖好,这话也不好算是自吹自擂(我这个人要是不当即把想到要说的话统统记下来,就没有办法把整个事情写完全)。我发明过一种螺丝,挣了二十镑钱,这笔钱我这会儿还在用。整整有二十年工夫,我都在断断续续地搞一样发明,边搞边改进。上一个圣诞节前夜十点钟,我终于完成了这个发明。完成之后,我喊我妻子也进来看一看。这时候,我跟我妻子站在机器模型旁边,眼泪簌簌地落到它身上。

我的一位名叫威廉·布彻的朋友是个宪章派,属于温和派。他是位挺棒的演说家,谈锋相当雄健。我经常听他说,咱们工人之所以到处碰壁,就是因为要奉养长期以来形成的那些多如牛毛的衙门,就是因为咱们得遵从官场的那些敝习陋规,还得缴付一些根本就不应当缴付的费用去养活那些衙门的人。"不错,"威廉·布彻说,"全体公众都分担了一份,但是工人的负担最重,因为工人仅有糊口之资;同样道理,在一个工人要求匡正谬误、伸张正义的时候,谁要是给他设置障碍,那可就是最不公平的事了。"各位,我只不过是笔录威廉·布彻所说。他是在演说里刚刚这么说过的。

现在,回头再来说说我的机器模型。那是在差不多一年之前的圣诞节前夜十点钟完成的。我把凡是能节省下来的钱统统都用在模型上了。碰上时运不济,我的女儿夏洛蒂的孩子生病,或者祸不单行,两者俱来,模型也就只好搁在一旁,一连几个月也不会去碰它。我还把它统统拆卸开来,加以改进,再重新做好,这样不知道弄过多少回,最后才成了上面所说的模型的样子。

关于这个模型,威廉·布彻和我两个人在圣诞节那天作了一次长谈。威廉是个很聪明的人,不过有时候也有点怪脾气。他说:"你打算拿它怎么办,约翰?"我说:"想弄个专利。"威廉说:"怎么个弄法,约翰?"我说:"申请个专利权呗。"威廉这才说给我听,有关专利的法律简直是坑死人的玩意儿。他说:"约翰,要是在取得专利之前你就把发明的东西公之于众,那末,别人随时都会窃走你艰辛劳动的成果,你可就要弄得进退两难啦,约翰。你要么干一桩亏本买卖,事先就请好一批合伙人出来承担申请专利的大量费用,要么你就让人给弄得晕头转向,到处碰壁,夹在好几批合伙人中间又是讨价还价,又是摆弄你发明的玩意儿。这么一来,你的发明很可能就一个不当心让人给弄走。"我说:"威廉·布彻,你想得挺怪的,你有时是想得挺怪。"威廉说:"不是我怪,约翰,我把事情的真实情况给你说说。"于是他进一步给我讲了一些详细情况。我对威廉·布彻说,我想自己去申请专利。

我的姻兄弟,西布罗密奇的乔治·贝雷(他的妻子不幸染上了酗酒的恶习,弄得倾家荡产,先后十七次被关进伯明翰监狱,最后病死狱中,万事皆休),临死的时候遗留给我的妻子、他的姊妹一百二十八镑零十个先令的英格兰银行股票。我和我妻子一直还没有动用过这笔钱。各位,咱们都会老的,也都会丧失工作能力。因此,我们俩都同意拿这个发明去申请专利。我们说过,我们甚至都打算用掉上面提到的那笔钱去申请专利。威廉·布彻替我写了一封信给伦敦的汤姆斯·乔哀。这位汤姆斯·乔哀是个木匠,身长六英尺四英寸,玩掷绳圈的游戏最内行。他住在伦敦的契尔西,靠近一座教堂边上。我在工场里请了个假,等我回来的时候好恢复工作。我是个好工匠。我并不是禁酒主义者,可是从来也没有喝醉过。过了圣诞假期,我乘"四等车"上了伦敦,在汤姆斯·乔哀那里租了一间为期一个礼拜的房子。乔哀是个结过婚的人,有个当水手的儿子。

汤姆斯·乔哀说(他从一本书里看来的),要申请专利,第一步得向维多利亚女王提交一份申请书。威廉·布彻也是这么说,而且还帮我起了草稿。各位,威廉可是个笔头很快的人。申请书上还要附上一份给大法官推事的陈述书,我们也把它起草好了。费了一番周折以后,我在靠近司法院法官弄的桑扫普顿大楼里找到了一位推事,在他那儿提交了陈述书,付了十八便士。他叫我拿着陈述书和申请书到白厅的内务部去,(找到这个地方之后)把这两份东西留在那里请内务大臣签署,缴付了两镑两先令又六便士。六天后,大臣签好了字,又叫我拿到首席检察官公署去打一份调查报告。我照他说的去办了,缴付了四镑四先令。各位,我从头到尾碰到的这些人可以说没有一个在收钱的时候是表示感谢的,相反,他们全是些毫无礼貌的人。

我临时住在汤姆斯·乔哀那里,租期已经展延了一个礼拜,这会儿五天又过去了。首席检察官写了一份所谓的例行调查报告(就像威廉·布彻在我出发之前跟我讲的那样,我的发明未遭反对,获得顺利通过了),打发我带着这份东西到内务部去。内务部根据它搞了个复本,他们把它叫做执照。为了这张执照,我付出了七镑十三先令六便士。这张执照又要送到女王面前去签署,女王签署完毕,再发还下来。内务大臣又签了一次。我到部里去拜访的时候,里面的一位绅士先生把执照往我面前一掷,说:"现在你拿着它到设在林肯旅社的专利局去。"我现在已经在汤姆斯·乔哀那里住到了第三个礼拜了,费用挺大,我只好处处节俭过日子。我感到自己都有点泄气了。

在林肯旅社的专利局里,他们替我的发明搞了一份"女王法令草案"的东西,还准备了一份"法令提要"。就为这份东西,我付了五镑十先令六便士。专利局又"正式誊写两份法令文本,一份送印章局,另一份送掌玺大臣衙门"。这道手续下来,我付了一镑七先令六便士,外加印花税三镑。这个局里的誊写员誊写了女王法令准备送呈签署,我付了他一镑一先令。再加印花税一镑十先令。接下来,我把女王法令再送到首席检察官那儿签署。我去取的时候,付了五镑多。拿回来后,又送给内务大臣。他再转呈女王。女王又签署了一次。这道手续我又付了七镑十六先令六便士。到现在，我呆在汤姆斯·乔哀那儿已经超过了一个月。我都不大有耐心了，钱袋也掏得差不多了。

汤姆斯·乔哀把我的全部情况都告诉了威廉·布彻。布彻又把这事儿说给伯明翰的三个"会堂"听，从那儿又传到所有的"会堂"，我还听说，后来竟传遍了北英格兰的全部工场。各位，威廉·布彻在他所在的"会堂"做过一次演讲，还把这件申请专利的事说成是把人们变成宪章派的一条途径呢。

不过，我可没那么干。女王法令还得送到设在河滨大道上桑莫塞特公馆的印章局去——印花商店也在那里。印章局的书记搞了一份"供掌玺大臣签署的印章局法令"，我付了他四镑七先令。掌玺大臣的书记又准备了一份"供大法官签署的掌玺大臣法令"，我付给他四镑两先令。"掌玺法令"转到办理专利的书记手里，誊写好后，我付了他五镑七先令八便士。在此同时，我又付了这件专利的印花税，一整笔三十镑。接着又缴了一笔"专利置匣费"，共九镑零七便士。各位，同样置办专利的匣子，要是到汤姆斯·乔哀那里，他只要收取十八个便士。接着，我缴付了两镑两先令的"大法官财务助理费"。再接下来，我又缴了七镑十三先令的"保管文件夹书记费"。再接着，缴付了十先令的"保管文件夹协理书记费"。再接下来，又重新给大法官付了一镑十一先令六便士。最后，还缴付了十先令六便士的"掌玺大臣助理及封烫火漆助理费"。到这时，我已经在汤姆斯·乔哀那里呆了六个礼拜了。这件获得顺利通过的发明已经花掉了我九十六镑七先令十八便士。这还仅仅在国内有效。要是带出联合王国的境界，我就要再花上三百镑。

要知道，在我还年轻的那会儿，教育是很差劲的，即使受了点教育，也是十分有限的。你可能会说这事儿对我可太糟了。我自己也这么说。威廉·布彻比我年轻二十岁，可他懂的东西比我足足要多出一百年。如果是威廉·布彻给他自己的发明申请专利，也让人给从这个衙门到那个衙门这么推来操去的，他可就不会像我这么好对付。各位，威廉这个人有时是有股倔脾气的，要知道，搬运夫、信差和做文书的都有那么点倔脾气。我并不想拿这个说明，经过申请专利这件事，我已经厌倦了生活。不过，我要这么说，一个人搞了一件巧妙的技术革新总是桩好事吧，可是竟弄得他像是做了什么错事似的，这公平吗？一个人要是到处都碰上这种事，他不这么想又叫他怎么想呢？所有申请专利的发明家都会这么想的。你再看看这些花销。一点事情都还没有办成，就让我这样破费，你说这有多刻薄；要是我这个人有点才能的话，这对整个国家又是多么刻薄！（我要感激地说，现在我的发明总算被接受啦，而且还应用得不错呢。）你倒帮我算算看，花掉的钱多达九十六镑七先令八便士哪！不多也不少，是花了这么多钱。

关于这么多的官职的问题，我实在拿不出话来反驳威廉·布彻。你瞧：内务大臣、首席检察官、专秘局、誊缮书记、大法官、掌玺大臣、办理专利书记、大法官财务助理、主管文件夹书记、主管文件夹协理书记、掌玺助理、还有封烫火漆助理。在英国，任何一个人想要给那怕是一根橡皮筋或是一只铁箍申请个专利，也不得不跟这一长串衙门打交道。其中有的衙门，你还要一遍又一道地同它们打交道。我前后就总共费了三十六道手续。我从跟英王宝座上的女王打交道开始，到跟封烫火漆助理打交道结束。各位，我倒真想亲眼瞧瞧这位封烫火漆助现究竟是个人呢，还是个别的什么玩意儿。

我心里要说的,我都说了。我把要说的都写下来了。我希望自己所写的一切都清楚明了。我不是指的书法(这方面我没有什么好自夸的),我是指这里边的意思。我想再说说汤姆斯·乔哀作为结束吧。咱们分手的时候,汤姆斯跟我讲过这么句话:"约翰,要是国家法律真的像它所说的那么公平正直的话,你就上伦敦吧——给你的发明弄一份精确详尽的图解说明——搞这么一份东西大概要花半个五先令银币——凭这份东西你就可以办好你的专利了。"

我现在的看法可就跟汤姆斯·乔哀差不离了。还不但如此呢。我都同意威廉·布彻的这个说法:"什么'文件夹主管',还有'封烫火漆主管',那一帮子人都非得废除不可,英国已经叫他们给愚弄糟蹋够了。"

(赵守垠 译)

《穷人的专利权》写于1850年,是狄更斯的短篇小说代表作之一。

英国从十九世纪三十年代中期以后,到1848年止,经历了宪章运动(英国无产阶级为争取实行《人民宪章》的革命运动)的三次高潮,标志着英国无产阶级开始作为一支独立的政治力量登上了历史舞台,揭开了同资产阶级争夺政治权力的斗争的序幕,影响很大。此篇小说讲述了英国宪章运动期间,一个勤劳温厚的老铁匠约翰,在向政府申请发明专利权的过程中遇到的种种令人啼笑皆非的波折的故事,从一个侧面揭露了当时英国庞大官僚机构的种种繁文缛节和鱼肉人民的实质。小说模拟一个文化程度不高的工人的口气,采用第一人称自述方式,平易朴实,叙述自然,以小见大,以一斑显全豹,所叙人物,上至英国女王,下至小协理书记,揭露矛头,从衙门的腐朽文牍作风,直至官员对人民的盘剥,生动形象地描绘出一幅黑暗官场讽刺图,也显示了狄更斯小说创作中夸张而不失真实的含蓄温厚的讽刺力量。

《穷人的专利权》不仅深刻揭露了英国资本主义制度的黑暗和司法机构的腐败,而且表现了对受压迫的劳动人民的极大同情,小说运用形象描绘、幽默讽刺的笔法突出了主题,使读者在体会作品主题思想的同时,享受到作品的艺术美。

儿子的否决权

〔英国〕哈代

托马斯·哈代（1840—1928），英国著名小说家、诗人。出身于建筑师家庭，从小熟悉农村生活，对英国农民的生活和感情有深切的感受。哈代的文学生涯开始于诗歌，后因无缘发表，改事小说创作。他的第一部长篇小说《计出无奈》问世于1871年。成名作是他的第四部小说《远离尘嚣》(1874)。哈代一生共发表了近20部长篇小说，其中最著名的当推《德伯家的苔丝》、《无名的裘德》、《还乡》和《卡斯特桥市长》。诗集，共918首，此外，还有许多以"威塞克斯故事"为总名的中短篇小说，其中最著名的有《儿子的否决权》等；长篇史诗剧《列王》。

哈代的作品反映了资本主义侵入英国农村城镇后所引起的社会经济、政治、道德、风俗等方面的深刻变化以及人民（尤其是妇女）的悲惨命运，揭露了资产阶级道德、法律和宗教的虚伪性。他的作品承上启下，既继承了英国批判现实主义的优秀传统，也为二十世纪的英国文学开拓了道路。

一

一个人要是从后面来看这栗色头发，会觉得那是一桩奇迹，也是一种神秘。这头发上罩着一顶黑色獭皮的高帽子，帽子上还插着一束黑色的羽毛，显得帽子更加高。帽子下面露出一股一股的长头发，它们是先编成一根一根小辫子，随后又绞成几根大辫子，再盘绕起来，就像编好在一个篓子上面的灯心草。把头发弄成这般模样，可以算是很少见的、一个精巧艺术的例子，虽然带点原始的风味。谁都明白，这样编好和盘好的一股股头发，可以经得起一年，少说点也经得起一个整月，都不会散开来；但是每天到了睡觉的时候，这个仅仅保持了一整天的编盘好的头发，又照例得统统拆散，就好像让一件成功的艺术制作，毫不在意的便给糟踏掉了。

而且可怜的是，她完全凭自己一个人的力量来干这桩事。她没有女佣，盘弄头发几乎是她足以自豪的唯一的成就。因此她也就不惜天天这样辛苦了。

她是一个年纪还轻、身体却不很健全的妇人——但还不是一个长年患病的人。她坐在一张椅子上，椅下装着轮子，被推到那圈绿色草地的前方，停在一座露天音乐台的附近，那里正在举行一个音乐会，时间是温暖的6月的下午。这类音乐会，对于伦敦近郊所有那些小型公园或私人花园来说,还算有相当的地位,是由一个什么地方性的协会合力举办,来给某项慈善事业筹款的。虽说除了这最近的地区以外,谁也没有听说过有这么一桩慈善事业,或者这么一个乐队,或者这么一座花园,然而在这块草地上却挤满了兴趣很高的听众,他们对于所有这类的事情,却都头头是道。在一座大城市里,真可以说是世界之中还有世界。

当一个一个的乐曲在演奏着的时候,听众里面有许多人注视着那位坐在椅中的妇人。由于她是处在显著的位置,那披在脑后的头发,就惹得大家去细细观赏。她的脸不容易看得清楚,但是,除了编得巧妙的发辫以及白的耳朵和耳边的短发外,还有尚未松弛的皮肉和粉红的面颊所表现的那条曲线——所有这些成为一个标记,引得大家去期望那正面该有一副姣好的容貌。一般说来,等到看了正面之后,像这类的期望时常会落空。至于目前的情况却是这样的:这个妇人把头一回,终于显露了她自己,原来她倒不像在她背后的那些人所设想甚至希望的那般貌美——而他们也不知道为什么竟会是这样的。

还有一点(哎!他们这样的埋怨未免太庸俗了),她也没有像他们所想象的那样年轻。然而,毫无问题,她的面貌是动人的,并且一点也没有病容。每当她回过头来和一个男孩子说话,她脸上那些细微的部分便陆续展露出来。这男孩有十二、三岁,站在她身旁,他的高顶帽和外衣的式样,说明了他是在公立学校里念书。紧靠近她俩的那些人,能够听到他管她叫"母亲"。

独奏的节目终了,听众也散了,有许多人出去的时候,特意拣了一条路,可以很近地掠过她的身边。差不多所有这些人都回过头去,把这位引人入胜的妇人,全面地、逼近地看了一下,而她呢,老是呆坐椅上,直等到空出一条够宽的路,可以把她送出园去,而不致遇到什么阻碍。她好像盼望他们都向她瞥一眼,又好像不惜满足他们的好奇心,抬起头来,以自己的目光去迎合那些望着她的目光,这时候,她的眼珠就温和的棕色的一往情深的,还带点凄惋的情绪。

她给送出这公园,经过行人道,直待看不见了,一路上这学生总走在她身边。有些人望着她出去,彼此之间问长问短,终于得出一个答案,那就是:她是邻近一个教区①的在职牧师的第二位太太,并且她的脚是跛了的。很多人都相信,她是个有着一段历史的妇人——那历史是清白的,但带有不是这样便是那样的一番身世。

一路回家的时候,这男孩子挨近她的身边走,和她谈话,说是希望父亲不会因为她俩出来,独自一个耽在家里而感到寂寞。

"过去几个钟点里,他一直那样的舒服,所以我相信此刻他是不会觉得冷清的。"她回答。

"亲爱的母亲,'父亲'的代名词'他'是第三人称,后面所用的动词'是'也该是第三人称,不能用第一人称或第二人称!"②这个在公立学校念书的男学生大声说,他这种挑剔显得很不耐烦,几乎流为粗暴了。他又说:"到了今天,你也应该懂得这些了!"

---

① 教会所划分的行政区。
② 原文是说:该用"has"been,而不该用"have"been。

他的母亲连忙照样改正,并不埋怨他这样的做法也不去报复一下,虽然这时候她本也可以吩咐儿子,揩一揩他那张沾满了饼屑的嘴。原来他衣袋里藏着一块饼干,偏偏不把它掏出来就偷偷地吃了。在这以后,这美丽的妇人和这男孩就一声不响,又往前去。

这个语法的问题和她的历史有关系,她现在也显然为了这个问题而精神恍惚,多少有些伤感起来。读者们也许可以这样假定:她正在怀疑,自己既然因为照着以往的那样过日子,才会演成像今天这般的结果,那么在她说来,那样的过日子究竟是不是个聪明的做法呢?

在北威塞克斯的一个遥远的角落里,离开伦敦40英里,靠近那个很繁荣的阿伯力坎镇,有一个美丽的乡村,村里有一座教堂和一个在职牧师的住宅。这地方她很熟悉,可是她的儿子从来不曾见到过。这里也就是她的故乡,叫做该米德,与她目前这种情况有关的第一桩事情,便是发生在这里。那时候她还只是一个19岁的姑娘。

说起她这个微不足道的悲欢离合的悲喜剧,其中第一幕便是她所尊敬的丈夫的第一位夫人的逝世。这桩事,她如今还记得多么清楚。那是发生在一个春天的傍晚,许多年来,直到现在,代替着第一位夫人的她,当时还是牧师家里收拾房间的一个女佣。

当一切的后事都已料理好,讣告也已发出,她就在这天晚上去看一看住在同一村里的她的父母,告诉他们这个不幸的消息。她推开一扇白色的半节活门,望着那些向西高耸、遮断了天空里苍然暮色的树木,却看见有个人影站在篱笆那边。这时候,她并不十分惊异,却装出像煞有介事,很调皮地嚷道:"啊,山姆,你这不是要吓唬我吗?"

这人是她相熟的一个青年园丁。她把最近的事情一五一十告诉他之后,他们就站在那里,没有说什么。这两个年轻人虽然都已有了心事,很是兴奋,却还能保持镇静,大凡人们已经接近悲剧却还不曾卷了进去的时候,都会有这样的精神状态。然而这场悲剧终于还是影响了这两人之间的关系。

"那么,你现在是不是还照旧在牧师家里耽下去呢?"他问。

她以前几乎不曾想到这一点。"啊,是的——我也是这样想!"她说,"我想一切都还会照旧吧?"

他挨近她身边,陪她上她母亲家里去。忽然间他的手臂偷偷地搂着她的腰。她轻轻把这手臂推开;可是他又把手放回原处,跟着她便接受了。"事情是这样的,亲爱的索菲,你怎么知道你一定会耽下去呢?也许你该有一个家了;我准备有一天会送你一个家,虽说直到现在,我也许还没有准备好。"

"哎呀,山姆,你怎么可以这样急?我连'我喜欢你'这句话都还不曾说过;全都是你自己要这样干,老是跟着我!"

"不过,要是说我没有像别的那些男子一样,对你也曾试探一下子,那可就不对啦。"他俯身下去,要先吻她再告别,因为他们已到了她母亲的家门口。

"不,山姆,你不要这样!"她嚷道,用手去遮他的嘴,"在今天这样的夜晚,你应该更加严肃一点才对。"接着她跟他说了声"再会",没有让他吻着,或是跟着她进屋里去。这位新近成了鳏夫的牧师,如今是个大约40来岁的人,家世很好,并且没有孩子。他一向过着一种牢狱式的生活,跟外界隔绝。这是一部分由于他只喜欢和地主们往来,而此地偏偏没有长住的地主；同时也因为他丧偶以后，怕见外人的习惯更加厉害了。如今，大家更难得看到他了，至于外面的世界虽有所谓向前的发展，并且在种种运动之中表现着节奏和混乱，可是他对于这些已经更加不能投合了。他的夫人死后，有好几个月，他家里的开支依然照旧；厨子，打杂的女仆，收拾房间的女仆，以及出外跑跑的男仆，高兴就做活，或是不高兴就撇下不做——到底是怎样，牧师也都不清楚。这时候有人向他说，他的小家庭只剩下一个人，仆人们都似乎无事可做了。这话说得有理，所以才提醒他，于是他决定紧缩他的场面。但是他却给这个收拾房间的女仆索菲抢了个先，因为有天傍晚，她已说出她想离开他。

"为什么呢？"牧师问道。

"老爷，山姆·霍伯生要我嫁给他。"

"那么——你愿意出嫁吗？"

"不很愿意。不过我要是出嫁，就会有个住处了。我们已经听说，我们这些仆人中间总有一个，得要离开你这里。"

过了两天，她又来说："老爷，如果你不情愿我走的话，我也不想马上就离开。最近山姆跟我吵了一场。"

他抬起头来望望她。他以前从未仔细的看过她，虽然他时常感到房间里她一来便添上一股温和。她是多么像只小猫，活泼而又温柔！讲到这些仆人，只有索菲，是他所接近的，而且时常和他在一起。要是索菲走了，他又该怎么办呢？

索菲不走了，走的是别一个，往后一切又归于平静。

特魏柯特先生，这位牧师，生病了，索菲端饭给他吃。有一天，她刚走出房外，牧师就听到楼梯上砰的一声响。原来她连人带饭盘滑倒了，把她的脚也蹩伤，站不起来。村里的外科医生给请了来，牧师的病逐渐痊愈，可是索菲倒有许多时候不能做活；医生告诉她，千万不可以再像往常那样多走动，或是去干那种需要久站的工作。等到她稍稍好了一些，她立刻独自一个人去和牧师谈话。她说，既然医生嘱咐她不要来往的走动，而且她也真的不能多动，那末她就应该离开这里了。她很可以做些坐着做的工作，并且她还有一位姑母是个女裁缝。

牧师觉得她是为了自己才遭到苦痛，心里很感动，于是他大声说道："索菲，快别这样想；跛也好，不跛也好，我不能让你走。你千万不要再离开我啊！"

他挨近她。虽然她还弄不清这是怎么一回事，可是她觉得他的嘴唇已贴在她的颊上。跟着他就要求索菲嫁给他。如果说索菲爱上这位牧师，这倒不见得全对，但是她对他却有一种尊敬，几乎到了崇拜的程度。即使她想离开他，可是她对于自己所认为如此庄严可畏的一个人物，简直不大敢拒绝，于是她就马上答应做他的太太了。

所以就有这样的事情：一个晴朗的早晨，教堂的几扇门都敞着，好让里面的空气流通，唱着歌的鸟儿鼓着翅膀，飞进教堂停在屋顶下面的悬梁上；这时候，在圣餐台前的栏杆那边，举行着一个几乎谁都不知道的婚礼。这牧师和附近的一个副牧师从一扇门进来,索菲从另一扇门进来,后面跟着两个必须到场的人①,因此没有好大工夫,就从这里出现了一对新婚的夫妇。

特魏柯特先生十分懂得,尽管索菲的人格是纯洁无瑕的,可是他走的这一步却断送了自己在社会上的前途,他既然明白这一点,所以就采取了相应的步骤。伦敦南部一个教堂里,有一位和他相熟的在职牧师,他设法跟那牧师对调,接着这一对夫妇就赶快搬到那边去。他们既放弃了乡间自己美丽的房屋以及四周的大树小树和园地,换来一所窄小的、枯燥乏味的房子,位置在一条又长又直的街上;他们也放弃了他们不时听到的编钟齐鸣的宏亮悦耳的声音,换来孤钟独鸣的可怜的声音,使人的耳朵受不住。这一切,都是为了她的缘故。不过,他们总算离开了每一个知道她以前地位的人;而且他们倘若耽在任何一个乡间的教区里,都得引起外间的注意,如今到了此地,这种注意毕竟减少了一些。

索菲这样的女子,是男子所能获得的最最美好的配偶,虽然在社会交际这方面,她有一些缺点。她对于琐细的家政,只要是关于穿衣和仪表方面的事情,都表示一种天生的兴趣;可是在所谓文化或教养上,她却不够敏感,不够直觉。如今她嫁过去已有14年了,她的丈夫对于她的教育,花去不少的心血;但是他在使用"是"或"存在"这类动词的过去时和第三人称以及它们的过去时和第一人称上面,依旧有着混乱的概念,因此,便是跟她最相熟的那两三个人,都不尊敬她。这桩事更连带的给她造成很大苦闷,那就是关于她这个独养子的问题。虽则过去和今后,在儿子的教育费上既不曾、也不会少花一个钱,然而如今他的年纪已经够大,要注意到他母亲的这些缺点了,他不仅看出这些缺点,并且为了这些缺点老是改不掉,而生起气来。

她就这样在城里住下去,把时间都糟踏在编盘她那美丽的头发上,直待她两颊上的深苹果红,消退到最淡最淡的粉红了。自从出了那桩意外以来,她的脚一直不曾恢复原有的气力,她时常不得不尽量避免步行。她的丈夫逐渐喜欢伦敦,因为在这里有自由,可以整天耽在家里;不过他是比他的索菲要大上二十岁的一位长者,并且新近又给一场大病纠缠着。然而,在故事开头所说的这一天,他的病似乎好了些,还能够让她陪着她的儿子朗多尔甫到音乐会上去。

二

我们下一次看到她的时候,她是穿着一身寡妇的丧服出现的。原来特魏柯特先生不曾复原,如今已躺卧在这座大城市南边的一处坟地里,所有的尸体都安排得很匀整,假如死者们竟都笔直的挺起身子而且活了过来的话,其中没有一个会认识特魏柯特先生,或者叫得出他的名字。儿子把他送到坟地上,完成自己的责任,现在又回到学校里去了。在所有这些事变中,大家对待索菲就像对待一个孩子,因为她还有孩子的天真,虽然已经没有孩子的年龄。她除了个人那份微薄的收入外,无权支配那些属于前夫的财物。他生怕她不通世故,会受到欺骗,就尽可能的把所有可以托人保管的财产,都托人去保管。孩

---

① 指索菲的母亲和姑母。

子读完公立中学，紧接着就进牛津大学，此外还要向教会申请，任命他一个教会的工作；所有这些事情的费用，都已全部预先筹划好，并且安排妥贴，所以她活在世上，真的没有什么要使她烦神的地方，只是吃吃喝喝，找点儿消遣，编弄栗色头发，把家里收拾好，准备儿子在放假期间，随时可以回到她这里来。

她的丈夫预料自己可能比她早死好几年，所以在世的时候，就在他俩所住的这条长而且直的街上，买下一所一半靠街却有乡间风味的房屋，这也是为了要投合她的生活习惯。这所房屋面对教堂和牧师的住宅，只要她高兴的话，可以在这里一直住下去。如今她就住在这所房子里，前面可以望见房子外边的半边草地，从栏杆的空隙，也可以看到街上来往不断的人和载运的货物，或者靠在2层楼的窗槛上，俯身向前，上下的看，还可以扩展她的视域到一排阴暗的树木、烟雾弥漫的天空以及临街的一些灰黄颜色的房屋，而沿着这些房屋，更传来了市郊那条主要大路上通常所有的种种声响。

她的孩子自从在学校里学到了一些贵族式的知识，他的那套语法以及对于某些事物的憎恶，不知怎样地使他失去孩子们所有的广泛的同情心，甚至连太阳和月亮都不喜爱了。他和旁的孩子们一样，生下来原也有着这种同情心，他的母亲自己既然也是一个满怀天真的儿童，所以也正是为了他的这种同情心，才去爱他的。如今他把他所同情的范围，局限于几千个有金钱、有头衔的人，这些人只不过好像用一层薄薄的木板，掩盖了其他千百万的群众，所以群众便一点也不曾引起他的关心了。他跟她越来越疏远。索菲的社会环境是一些小商人小店员的社会环境，而她自己家里的两个仆人就几乎成了她唯一的伴侣。所以丈夫死后不久，她便失去以前从他那里学来的一些虚伪造作的小趣味，这也是毫不足怪的。不过在儿子眼里，她可就变成这样一个母亲——她的一些语法错误和家庭出身竟使一位像他那样的上等人物遭到苦恼的命运，而脸上很不光彩。诚然她有些地方不合上流社会的风尚，因此造成她的罪过，但除此以外，她却还有着诚挚的爱，只是又被禁闭在心里，期待着有一天儿子或者旁人或者什么事物，能够更加充分的去接受它。可是直到现在，儿子呢，也说不上是个堂堂的男子汉，他距离这个标准实在太远了——也许他永远就是这样子——所以他既无从衡量她这些罪过所含的真正的却又十分细微难辨的价值，更不能认识她那诚挚的爱了。假如他能够住在家里，跟她一起，他会获得这爱的全部；但是处于目前的情况下，他对这爱的需要，似乎如此之少，于是这爱便依旧收藏了起来。

她的生活越来越阴郁，使她不能忍受；她既不能走动，又没有兴致坐车到外面逛一会，或者真的上哪里去旅行。差不多有两年的光景，不曾有过新鲜事，她照旧眼睛望着市郊的那条路，心里想念着那一个乡村、她的生长地；她觉得如果回到那里去——哪怕是在田里做点活——嗳，这该是多么的快活啊！

她因为缺乏运动，所以常常不能安睡，半夜或清早就起身，望着空无一人的大街，那街上的灯就像哨兵似的站在那里，等候着人们成群结队的走过去。其实，早在每天上午1点钟的光景，便有一个很像这样的行列，那就是一辆辆的车子从乡下来，车上满装着蔬菜,经过这里,往修道院花园①那边的市场上去了。她常常看见这些车子在这么一个寂静而且幽暗的时辰,缓缓前进——一辆过了,又是一辆,车上装的,有砌成绿色城墙般的卷心菜,点头晃脑,就好像要跌落下来似的,却又从不跌下来;有排成围墙似的筐篓,围绕着一堆一堆的大豆和豌豆;有堆成金字塔般的雪白的萝卜;还有各色的蔬果放在顶高的地方,犹如像背上搁着椅子,摇晃得不停。这些东西就跟随在一匹匹专走夜路者的马的后面,缓缓前进。这些老马一阵一阵的干咳,似乎在耐心揣测着:为什么当这般寂静的时候,它们总是要工作,而所有其它有着感觉的动物,却都有休息的权利呢?她每当心里抑郁,神思恍惚,难以入睡的时候,便用一件外套裹着身体,去看街上的这些事物,向它们表示同情,并且细心观察那新鲜的绿色的货品,迎着街灯前进,如何放出了生命的光辉,那些走了许多里路、淌着汗的畜生,身上又是如何冒着热气,如何发亮;她看了这些,倒反得着一点安慰。

这些人大半是乡下人,虽然赶着他们的车子上城市里面来,但是他们所过的生活,比起日间在这条街上往来奔走的人,却很有区别。对索菲来说,这些人有着一种趣味,甚而几乎有着一种魅力。有一天早晨,在一车马铃薯的边上,走着一个人,这人经过她的门口时,瞪着眼睛老是望。她觉得这人的模样好生相熟,不禁产生奇特的感情。后来她又留意看这个人。原来他赶的是一辆旧式的车子。车身前部涂上黄颜色,很容易辨别。跟着就在第3天夜里,她又一次看见这辆车子。在车旁的这个人,正如她两天前所猜想,是往日在该米德的那个园丁山姆·霍伯生,一度原想娶她的。她有时候也曾想到他,并且也盘算过,如果跟他一起住在一所乡下的房子里,会不会比她现在所过的生活要幸福一些。虽说她过去还不曾怎样热情的怀念过他,但是她如今这般凄凉的境遇,却使她回味起他往日对她的恩情——不过这只是稍稍回味一下,我们倒也不能把它过分夸张。于是她回到床上,开始在想。她想,这些人把自己所种的蔬果送往市场去卖,既然照例每天上午一两点钟的时候总要往城里去,那么他们又是什么时候才回来呢?她还隐约的记得,自己曾经看见过他们的空车子杂在日间街上往来的人群和货运的中间,只不过不大容易被人注意,而且总在每天中午以前的某个时刻就回转去了。

那还只是4月里的一个早晨,她吃过早饭,把窗子打开,坐着往外望,稀微的阳光满照着她。她装着在刺绣,但是她的眼光从没离开这条街上。在10点和11点之间,她所找的那辆车子,现在是空的,又出现在它的归途上了。可是这时候,山姆倒没有四下里望,却一面在想什么似的,一面赶着车子。

"山姆!"她喊道。

他吃了一惊,转过头来,他的脸上一阵子欢喜。他叫一个小男孩到他的身边来,牵住那匹马,自己下车,走了过来,站在她的窗口下。

"山姆,我下楼不大便当,不然我就下来了!"她说,"你知道我就住在此地吗?"

"啊,特魏柯特夫人,我知道你就住在这一带。我老是在找你。"

他简单说明了为什么他时常从这里经过。他说,他早就不干阿伯力坎附近那个乡村

---

① 即伦敦圣彼得大寺所属的修道院和它四周的园地,这地方后来成为伦敦的一个主要的花、果、蔬菜市场。

里的园艺工作,现在管理着伦敦南部的一个菜圃,他一部分的任务就是一星期有两三次,用车子装了农产品,上修道院花园去。因为她寻根问底,所以他就直说出来:他之所以特地来到这里,是由于一两年前在阿伯力坎的报上见到前任该米德的牧师死在南伦敦的讣告,这个消息就重新唤起来了他所没法消除的心念,要去找寻她的住处,这才使他老是在这一带地方转来转去,直到他获得今天的这个职位为止,没有一刻不找她。

他们谈起那依依难忘的旧日的北威塞克斯、他俩的家乡,特别是他俩童年时代一起玩耍的那些地方。她起先还企图这样想,自己现在既然已是一个地位很高的人,就不应该把什么话都对山姆讲。但是她哪里还能维持这个身份,而且她说话的声音已使山姆知道她是满眶眼泪了。

"特魏柯特夫人,你也许是不很开心吧!"他说。

"哎,当然不开心! 我的丈夫死了还不到两年。"

"啊! 我的意思不是说这样的不开心。我想问问你,你还高兴回到你的家里去吗?"

"这一个就是我的家——我这辈子的家。这所房子是我自己的。不过,我也懂得——"她说到这里就捺不住了,"不错,山姆。我是希望要有一个家——我们俩的家!我真情愿住在那儿,永不离开它,死也死在那儿。"但是过了一会,她又想回来,想到自己的情况,"方才只不过是我一时的感情。你知道,我有一个儿子了,一个可爱的男孩。他如今在学校里念书。"

"大概是在这附近的什么地方吧? 我看见这条街上就有不少的学生。"

"啊,不是的! 他并不在这穷人堆里的一个什么学校里! 他是在一个公立学校里!——那是英格兰最最著名的学校中间的一个。"

"你用不着说啦! 当然是那样的学校! 太太,我倒忘了你已经做了这么许多年的贵妇人。"

"不,我并不是一个贵妇人,"她说的时候很苦痛,"我永远不是一个贵妇人。可是他呢,倒是一个体面的男子,情形——就是如此——哎,这又使我多么为难啊!"

三

他们两人便是这样意想不到的重又相熟,双方的感情很快的发展下去。或者在白天,或者在夜晚,她总时常探首窗外,去跟他谈几句话。她感到苦闷的,是不能陪同她的这个老朋友走上一小段路,因为在路上跟他谈话,要比让他站在窗前来得痛快些。有一个晚上,正当6月的初头,她已有几天不曾坐在窗口,现在她又上那边去往外望。这时候,他已走过来,很温和地说:"你看,出来透一透空气,这对你该是很好吧? 今天早晨,我的车子只装了半车的东西。你何不跟我一起坐着车子,上修道院花园去呢? 蔬菜堆上有一个好座位,我在那里已铺了一个口袋。趁着谁都还没有起身,你就可以坐辆马车回家来。"

她起先还不肯去,后来,她激动得浑身颤抖,赶紧把自己打扮好了,披上了外套,蒙上面纱,接着就用她那根扶手帮助自己,侧着身子走下楼来。这原是她遇到意外的时候所能采用的办法。她开了门,看见山姆已在门口的阶石上,他就用他那只强壮的手臂,把她整个身体抱起来,穿过屋前的小空地,上了他的车子。这条笔直的、平坦的大路,望去不知道有多长,一盏盏的路灯排在路边,像似永远在等候着什么似的。从每一个方向看去,这些灯都集中到一个焦点上,可是看不见一个人,也听不到一个人的声响。这时候的空气就像乡间的空气那样新鲜,满天是星星照耀,只东北角有片白光——那边已是黎明了。山姆很当心地把她放到那个座位上,赶着车子往前去。

他们像往日一般的谈话,山姆不时的发觉自己表现得太亲昵了,便连忙抑制住自己。她不止一次,带着疑惧的心情说,她不很懂得自己是否应该抱着这种过分的幻想。"但是,我在我的家里,觉得那样的孤单,"她接着又说,"出去这一会,却使我多么快活!"

"亲爱的特魏柯特夫人,下次你应该再出来。白天里没有机会呼吸到像这样的空气。"

天越来越亮了。条条街上,麻雀飞个不停,环绕着他俩周围的那个城市也越来人越多了。他们到达河边的时候,已是白昼,他们在桥上看到早晨太阳的饱满的光辉,射向圣彼得大寺,同时激起河面的闪光,又向着大寺反映,河里却还没有一只船在行动。

到了靠近修道院花园的地方,他把她安置到一辆马车里,他俩分手的时候,就如很老的朋友一般,你望我的脸,我望你的脸。她一路没有意外回到家,跛着脚走到门前,使了一下她的那把通开门闩的钥匙,就进去了,谁都没有看见。

这新鲜的空气,还有和山姆的会面,恢复了她的生命力:她的两颊浅红——差不多可以说是艳丽了。她除了她的儿子以外,更有了旁的事物,值得为它活下去。她是一个完全给本能支配着的妇人,她知道出外去走这么一趟,原也没有真的过错可言,但是她又想到,如果按照时下的习惯来说,这样做必定是十分不对的。

然而,过了不多几天,她经不起劝诱,又和他一同外出。这一次,他俩的谈话显然来得温存亲切。山姆说,他永远也不会忘记她,纵然她从前曾经一度对他很不好。经过相当的踌躇之后,他告诉了她一个自己能够实行的、也是愿意实行的计划,因为他心里原不在乎目前伦敦的这个工作:那就是回到他俩的家乡阿伯力坎镇上去,在那里自己来搞一家蔬果铺。他知道有这么一条线索——一家商店的老板年纪大了,现在正想要退休。

"山姆,那么你为什么不干呢?"她问的时候,觉得心里很不自在。

"因为我还没有把握,你——是不是高兴和我一起干?我知道你不会——而且也不能够!你当了这么多年的贵妇人,就不能够再做像我这样一个人的妻子了。"

"我很难设想我能够!"她一面承认,一面却为了对方这样的想法而惊惶失措起来。

"假如你能够的话,"他抱着一股热忱说,"你只需当我偶尔出外的时候,坐在店面后头的那间屋子里,隔着玻璃往前望——照料一下前面的那些货物。跛脚是不会有什么妨碍的……亲爱的索菲,我要尽我所能,让你不致丢掉贵妇人的身份——只要我想得到的话!"他进一步恳求。

"山姆,我喜欢老老实实的,"她说,把自己的手放在他的手上,"假如只是我一个人的话,我愿意这样干,而且也高兴这样干,即使为了再嫁而丧失了我所有的一切。"

"你丢了这些,我倒不在乎;你反而少些牵累了。"

"亲爱的,亲爱的山姆,你待我真好。可是我还有一些旁的东西。我有一个儿子……

我有时自己觉得太凄凉,便会想到他哪里是我的,只不过是我替死去的丈夫保管着的一个人罢了。他直接属于我的地方,好像如此之少,他整个都是他那死去的爸爸的。他受的教育这么多,我受的这么少,所以我觉得我自己的身份,也不够做他的妈妈……不过,我还是应该把这桩事告诉他。"

"不错。毫无疑问,是应该这样的。"山姆看出了她的心事和她的畏惧。"不过,索菲—特魏柯特夫人,你还是能够高兴怎样做就怎样做,"他接着又说,"你又不是这孩子,毕竟你是你,他是他。"

"哎呀,你哪里知道!山姆,要是我真的能够这样做的话,总有这一天,我会嫁给你的。但是你必须等一等,让我再想想。"

从他的方面来说,话既已讲到这个地步,也就够了,所以在他俩分手的时候,他很快活。可是,她却不然。要把这桩事告诉朗多尔甫,似乎不可能。她本也可以拖延下去,一直等到他上牛津去念书,因为那时候,她的行动或许不会怎样影响他了。然而,即使如此,他难道就会勉强同意这么一个意见吗?假如他不会的话,她又能否对他表示反抗呢?

伦敦公立学校每年一度,在伦敦的板球场举行校际的板球竞赛,现在又轮到这个竞赛的时期了,然而她还是没有向儿子吐露一个字,虽然山姆这时候已经回到阿伯力坎去了。特魏柯特夫人觉得身体比往常好一点:她便和朗多尔甫一同去看球赛,她还能够偶尔离开她的椅子,走动一下。她的思想也乐观起来,因为孩子对于这场球赛,兴高采烈,倘若他把家里的事情和今天的胜利放在天秤上称一下,他会觉得家中之事轻如鸿毛,这时候她就能够出于无意似地漏出这个题目来。母子两个在6月天黄里带灰的阳光下面散步——他俩是隔得这样远,却又靠得这样拢。索菲看见这些男孩子里面有一大部分都像她自己的男孩一样,穿着白色衬衫,领口翻了过来,戴着扁扁的帽子;她又看见大家一齐围拢着一排排的大马车,他们一顿丰盛的午餐所吃剩的东西,横七竖八地堆在车子的下面;那里还有许多的骨头,糕饼的硬皮以及香槟酒的瓶子、杯子、盘子、饭巾和家庭所用的银质餐具;她又看见在车子上坐着那些得意洋洋的父亲和母亲,其中却没有一个像她这样可怜的母亲。倘使朗多尔甫并不属于这一群人,并没有把自己所有的兴趣都集中在这些人的身上,也不曾一味地关心着他们所隶属的这一个阶级,此外什么都不管,那么,一切事情又将会怎样的令人高兴啊!只要球棒来了一个什么小小的动作,便博得一阵极大的欢呼从这堆人里面爆发出来,于是朗多尔甫也就发了狂,跳到半空里,去看一看那是怎么一回事。索菲把那句已经准备好了要说的话,重又想得很周全清楚;可是她毕竟不能把它说出来。她觉得这可能还是一个不很适当的时机。因为目前正是上流社会在那儿夸耀他们的时髦,而朗多尔甫又已变了,自认也是这时髦中人,如果把她的那段身世跟儿子的这种嗜好相对照,那么结果可能给她很大的打击。她只好等待一个更好的时机。那是一天的傍晚,只有母子两个耽在他们朴素的郊外住宅里,他们过的日子与其说是阴郁的,不如说是充满了沉思或冥想。她终于打破沉寂,把她可能再嫁的这个声明,加上一番润色,要让儿子相信这桩事是在许久以后才会实行的,也就是要拖延到他可以离开她而独立生活的时候。这孩子认为这个主意倒也十分合理,因此就问她有否选定了什么人?她踌躇起来;这时候他似乎也有些怀疑。他说,他希望自己的继父可能是一位上等人。

"不是你所说的那种上等人，"她回答，胆子又小下来，"他倒很像我认识你爸爸以前的我自己。"于是她逐步的把整个情形都让他知道了。这青年人的脸呆了半响；接着他就把脸涨红了，伏在桌上，痛哭起来。

他的母亲走到他身边，吻他的脸，凡是能够吻的地方全都吻到了，又轻轻拍着他的背，好像他依旧还是老早那样的婴儿一般，她自己这时也哭了。后来，他的这场激动多少平息下去，他就赶快回到自己房里，把房门锁上。

于是，母亲打算通过门上的钥匙洞，跟儿子进行磋商，她在这洞外边等候着，静听着。过了许久，他才肯回答，而他所谓回答，乃是从房里向她厉声的这样说："我替你害臊！这一来就要把我毁掉了！原来是个下贱的土佬儿！是个毫无教养的家伙！是个村夫！这一下英格兰所有的上等人都会看我不起了！"

"不要再说下去了——也许是我的不对！我要去解决这个困难就是啦！"她哭了，哭得很悲惨。

那年夏天，在朗多尔甫离开她之前，从山姆那里来了一封信，告诉她说，他是意外的侥幸，已经把那家店铺弄到手。他是这店铺的主人；这店铺是市里最大的一家，既卖水果，又卖蔬菜，而且他认为总有这末一天，这店够得上做她的一个家呢！他可以不可以赶到城里来看她？

她偷偷的会见他，告诉他还需要等她最后的回答。秋天捱过，到了圣诞节，朗多尔甫放假回家，她又谈起这桩事。可是这位年轻的上等人依旧很坚决。

这桩事又搁下了几个月；重新又提起；由于他那极端相左的意见，只好还是放弃掉；后来又曾试过一试；这个温良委婉的人便是这样连解说带恳求的，直待四五个年头都过去了，这时候，忠诚的山姆用了毅然决然的态度，再一次求婚。索菲的儿子如今已是一个应届毕业的大学生，趁着一次复活节的假期从牛津回来，于是她又和他讨论这个题目。她向他这样说明：他已经接受了教会所委派的职位，跟着就该给自己成立一个小家庭，而她既然语法不通，又愚昧无知，倘若还耽在这种家庭里，岂不成了他的一个障碍。所以，倒不如尽可能的把她丢开不管吧。

他发火了，这一次可比以前更显出一个成年男子的暴怒，而且依旧不同意。在她这一面呢，态度也比以前坚决了，于是他就怀疑到自己不在家的时候，她是否还能信任得过。他觉得索菲这样一种偏好既可恼，又可鄙，因此就越发要维持自己的权力；最后索性把她带到自己的卧室，在这里，他为了个人祷告之用，曾建立一个装有基座的小小的十字架，这时候，便叫她跪在十字架前，并且发誓，说她没有得到儿子的允许，决不和山姆·霍伯生结婚。"我对我的父亲负责，所以须得这样做！"他说。

这可怜的妇人发了誓，心里还以为他既干了教会的工作，事体一忙，也许不久之后，会在这个上面放松一些的。然而，他并没有放松。因为，他所受的教育，到了这个时候已足够充分来摧残自己的仁爱之心，因此态度表现得很坚决；尽管他的母亲原可以和她那个忠实的卖蔬果的过着乡村的生活，尽管世界之上谁也不会因此而变得坏一些。

日子越往后去，她的跛脚病越厉害，她很少离开，或者从未离开过这条南面长街上的那所房子,她好像就该耽在那里来折磨自己的一颗心。

"为什么我就不可以跟山姆说,我要嫁给他呢?为什么我就不可以这样说呢?"当身边没人的时候,她便凄然的向着自己低声这样说。

在此以后,大约又过了4年,这时候,有一个中年男子站在阿伯力坎一家最大的水果店的门口。他是这店的主人,可是今天,他脱下平常做事的时候所穿的衣服,换上一套整洁的、黑色的衣服;店面的窗子有一部分上了窗板。从火车站那边,可以看见一个送殡的行列走近前来;这行列经过他的门口,走出市区,向着该米德的乡间而去。当那些车辆走过的时候,这个人满眼是泪,手里拿着他的帽子;在一辆送殡的车厢里,有一个头发梳得挺光的青年牧师,身上罩着一件大背心,看去就像一层黑云笼罩了站在那边的店主人。

(伍蠡甫 译)

赏 析

《儿子的否决权》是十九世纪末、二十世纪初英国著名批判现实主义作家托马斯·哈代的"乡村故事"中具有代表性的短篇小说。

小说讲述了女主人公索菲一生婚姻的悲剧,深刻地揭露了资产阶级道德的虚伪和对人的天性的戕害。哈代用其独特的悲剧意识很好地诠释了小说中四个主人公不同的宿命论以及在面对坎坷命运时所体现出来的反抗精神。女主人公索菲的两次婚姻,第一次是为了生存,婚姻对她来说是向上爬的工具,因此她走进了自己给自己设定的鸟笼中;第二次婚姻,她的反抗精神有所复苏但并不彻底。在争取儿子同意的过程中虽有抗争但最后仍然妥协,并把这一切都归于是命运的安排。朗多尔甫,索菲的儿子,认为人的命运生来就被注定,包括婚姻、财富、地位等。他是彻底的传统教条的卫道人士,因此他对于母亲的再婚势必要反对到底。山姆这个一直深爱着索菲的下层社会的劳工,凭借自己的智慧闯出了一番天地,但仍得不到上层社会的认可,无法拥有和索菲的爱情。特魏柯特,索菲的丈夫,则是彻底的反抗者,他时刻把握着自己的命运,不认同传统的婚姻制度和社会等级制度。

全篇文字简洁、含蓄而又刻画入微,只用了几千字的篇幅就生动地刻画了人物的性格特征、思想感情,成功地营造出一种凄凉的气氛,强烈地批判了资本主义社会道德的虚伪性和宗教的欺骗性,给予了读者巨大的艺术感染力。

茵 梦 湖

〔德国〕施托姆

台奥多尔·施托姆（1817—1888），德国十九世纪中叶著名的小说家和抒情诗人，德国诗意现实主义的杰出代表。生于石勒苏益格——荷尔斯泰因的胡苏姆小镇，早年曾从事法律工作，于十九世纪四十年代后期开始文学创作。他的主要成就在中短篇小说方面，从 1847 至 1888 年间，他共创作了 58 篇中短篇小说。其中最受读者欢迎的是发表于 1850 年的《茵梦湖》，它为施托姆赢得了小说家的声誉。创作后期，他的作品显示出了更深的内心洞察力、更贴切的现实主义和更广泛的题材，包括阶级矛盾、社会问题及宗教迷信。这在他发表于 1888 年的中篇小说《骑白马的人》中得到了集中体现，这部作品是他最后也是最伟大的小说。另外，他较为著名的小说还有《在大学里》《来自大洋彼岸》《双影人》等。

老 人

一个晚秋的下午，有一位服装整齐的老人慢慢地沿街走来。他好象是散步后回家似的，他的旧式的扣鞋已经盖满了灰尘。他腋下挟着他的金头的长手杖；他一双暗黑的眼睛里仿佛还藏着他整个失去了的青春，它们同他雪白的头发恰恰成了显著的对照。他用这对眼睛安静地看看四周，又望着他面前那个躺在黄昏的芳香中的城市。——他有点象是外乡人；因为过路的人中间只有寥寥几个同他打招呼，虽然有好些人不由得要看看这一对严肃的眼睛。最后他在一所人字形屋顶的房屋门前站住了，他又看了看城市，才走进了门廊。门铃响了响，房里对着门廊的窥视窗的绿窗帷拉开了，窗后现出一个老妇人的脸。这男人用手杖向她招呼。"还没有点灯！"他带一点南方的口音说；管家妇又把窗帷放了下来。老人走过宽敞的门廊，然后穿过一间靠墙立着几个放磁瓶的橡木柜的宽大屋子；他又走过对面的门，进了一条窄小的过道，这里有一道窄的楼梯通到后屋的楼上。他慢慢地走上楼梯，开了上面的一道房门，走进一间宽大的屋子里去。这里又安适、又幽静；一面墙差不多全被书橱遮盖了；另一堵壁上挂着人物和风景的图片；一张铺着绿桌布的桌子上凌乱地摊开了几本书，桌子前面放着一把笨重的靠背椅，椅上摆着红天鹅绒坐垫。——老人把帽子和手杖放到角落里，便在靠背椅上坐下来，他两手交叉着，仿佛在享受散步后的休息。他这样坐着的时候，天渐渐地黑了；后来一线月光透过玻璃窗射进来，射到壁上挂的画上面,那一道亮光慢慢地向前移动,他的眼光也不知不觉地跟随着,现在亮光移到了一张嵌在朴素的黑镜框里的小照片。"伊利沙白!"老人轻轻唤了声;他刚刚吐出这个字,时间就变了;他是在他的青年时代了。

孩　子　们

不久一个小女孩的秀美的身子到他面前来了。她名叫伊利沙白,大约有五岁的光景;他的年纪大她一倍。她脖子上围着一条小红绸巾,这使她的一对褐色眼睛显得更加好看。

"来因哈德!"她叫道,"我们放假了,放假了! 今天一天不去上学,明天也不去。"

来因哈德连忙把他胳膊下挟的演算板放到门背后,两个孩子从屋里跑进花园,又穿过园门到外面草地上去。这意外的放假真是来得太凑巧了。来因哈德得到伊利沙白帮忙已经在这里用草皮盖了一所房屋;他们打算夏天晚上住在这里面,可是还少一条长凳。现在他立刻动手做起来,钉子、锤子和必需的木板都准备好了的。这时伊利沙白便到沟边去采集环形的野葵子,用围裙兜着;她想拿它们给自己做项链和项圈;等到来因哈德敲弯了好些钉子终于把凳子做好以后,回到太阳光下面来时,她已经走得远远地,到草地的另一端去了。

"伊利沙白!"他唤道,"伊利沙白!"她立刻来了,她的鬈发一路飞舞着。"来,"他说,"我们的房子好了。你也很热,进来,我们要坐坐新凳子。我给你讲个故事。"

两个孩子便走了进去,在新凳子上坐下来。伊利沙白从围裙里拿出她那些小环儿,把它们一一穿在长线上;来因哈德便讲道:"从前有三个纺纱的女人——"

"啊,"伊利沙白说,"这个我记得烂熟了。你不该老是讲同样的一个故事。"

现在来因哈德只好把三个纺纱女人的故事抛开,另外讲一个给扔在狮子洞里的不幸的人的故事。

"现在是夜里了,"他说,"你知道吗? 非常黑暗,狮子也睡觉了。可是它们在睡梦中时而打起呵欠来,又伸出它们的红舌头;那个人吓得打哆嗦,他以为天亮了。他四周忽然现出一道亮光,他抬起头来看,他面前站着一位天使,天使对他招手,随后一直走进山岩里去了。"

伊利沙白注意地听着。"天使?"她说,"他有翅膀吗?"

"这只是故事里这么说,"来因哈德答道,"其实并没有天使。"

"呵,呸,来因哈德!"她说,注意地望着他的脸。可是她看见他皱着眉头在看她,她不觉疑惑地问他道:"那么为什么她们老是讲起这个呢? 母亲同婶婶,还有学堂里也是这样讲的。"

"这我就不知道了。"他答道。

"可是你,"伊利沙白说,"那么狮子也是没有的吗?"

"狮子? 有没有狮子? 印度就有;在那儿那些拜偶像的教士把它们套在车子前头;用它们拖车走过沙漠。等我长大了,我自个儿也要上那儿去。那儿比我们这儿漂亮几千倍;那儿没有冬天。你也得跟我一块儿去。你要去吗?"

"是啊,"伊利沙白说,"不过母亲也得一块儿去,你的母亲也去。"

"不,"来因哈德说,"她们那个时候太老了,她们不会跟我们一块儿去。"

"可是我不可以一个人去。"

"你应该可以的,你那个时候真的会做了我的妻子了,那个时候你不用听别人的话了。"

"可是我母亲要哭的。"

"我们真的要回来的,"来因哈德急躁地说,"你爽快地讲出来吧,你是不是愿意跟我一块儿旅行?不然我就一个人去,那么我就永远不回来了。"

这个小姑娘差不多要哭了。"请你不要做这样的凶相,"她说,"我真的愿意跟你一块儿到印度去。"

来因哈德带着万分高兴的样子捏住她的两手,把她拉出来到草地上去。"到印度去,到印度去!"他唱道,便拉着她一块儿转起圈子来,她的红绸巾也从脖子上飘落了。可是他突然放开她的手,认真地说,"这件事不会成功的,你没有勇气。"

"伊利沙白!来因哈德!"有人在花园门口唤道。"这儿!这儿!"两个孩子回答着,便手牵手地跑向屋里去了。

林　中

两个孩子就这样地一块儿生活下去;他常常觉得她太沉静,她也常常觉得他太激烈,可是他们并不因此就分开,差不多凡是空闲的时候他们都在一块儿玩,冬天在他们母亲的窄小的屋子里,夏天在树林和田野里。——有一次,伊利沙白在来因哈德面前挨了教师的骂,来因哈德便生气地拿石板在桌子上碰,想把那个人的怒气引到自己的身上。并没有人理他。可是来因哈德就不再注意地听地理课了,他却做了一首长诗,在诗里他把自己比作一只小鹰,把教师比作一只灰色的老鸦,伊利沙白是一只白鸽,小鹰发誓等他的翅膀一旦长成,马上就向灰色老鸦报仇。这个年轻诗人眼里含着泪水,他非常自豪。他回到家里便弄到一本羊皮纸封面的本子,里面有不少的空白页。在开头的几页上他工整地抄下他的第一首诗。——这以后不久他便到另一个学校上学去了;在那儿他在那些和他同年纪的少年中间结交了好些新朋友,可是这并没有妨害他跟伊利沙白的交往。他把他从前对她讲过并且不只讲过一遍的故事,选择了一些她最喜欢的抄下来;在抄写的时候他常常想把自己的思想编一些进去;可是他不知道为了什么缘故,他总没有能够做到。因此他便照他所听到的那样的内容老老实实地写下来。后来他把他抄写好的活页拿给伊利沙白,伊利沙白小心地将它们放在她的小首饰匣的抽屉里面;要是间或在傍晚,伊利沙白当着他把他抄写的本子里的这些故事读给她母亲听,这就使他愉快满意了。

七年过去了。来因哈德为了他自己的深造应该离开这个城市。伊利沙白简直不能够想到来因哈德走后她怎样过日子。有一天他对她说他会照常给她抄写故事,附在给他母亲的信里寄给她,不过她得写回信告诉他,她是不是喜欢它们,她听了这番话,心里非常高兴。行期近了,可是在这以前羊皮纸封面的本子里又添了许多首诗。这些诗渐渐加多,差不多占了一半的空白页,虽然伊利沙白唤起了写成这本册子和大部分诗歌的灵感,但是唯独她一点儿也不知道。

这是在六月里,来因哈德第二天便要动身。这时大家还想在一块儿再玩一天。因此他们组织了一次到附近树林里去的较大的野餐会。起先到树林入口那一段需要一小时的路程大家坐车,然后他们把装食物的篮子拿下来,再步行前去。他们首先得穿过一个松树林,那里又凉,又阴暗,地上到处都是细的松针。走了半点钟之后他们出了黑暗的松林,又走进一个新鲜的山毛榉树林;这里的一切都是明亮的、碧绿的,有时一道日光穿过多叶的树枝射进来,一只小松鼠在他们头上树枝间跳来跳去。——在一块空地上,古老的山毛榉树梢交织成一顶透明的叶华盖,众人便停下来在这里休息。伊利沙白的母亲打开了一只篮子,一位老先生来做伙食管理员。"你们这些小鸟儿,大家都来围住我!"他唤道,"你们留心听我要对你们讲的话。每个人拿两块光光的面包做早饭;黄油留在家里没有带出来,配面包的东西要各人自己去找。林子里有很多草莓,这就是说只有找到草莓的人才得吃。不灵活的人就只好吃光面包;生活里到处都是这样。你们懂了我的话吗?"

"懂了!"年轻人大声答道。

"听着,"老人又说,"我还没有说完呢。我们老年人这一辈子也奔波够了;所以我们留在家里,就是说在这儿这几棵大树下面,削土豆皮,生火,安排开饭,到十二点钟还要煮鸡蛋。为了这个你们得分一半的草莓,给我们做餐后果品。现在你们快去吧,往东往西都好,要老老实实啊!"

年轻人做出各式各种顽皮的表情。"站住!"老人又唤道,"我想,用不着对你们说,空手回来的人也不必拿出什么来;可是你们得好好记住,我们老年人也没有东西给他。那么你们今天就会得到不少好的教训了,要是你们找到了草莓回来,你们今天就算是很幸运了。"

年轻人都赞成这个意见,便一对一对地跑进树林找草莓去了。

"来,伊利沙白。"来因哈德说,"我知道长莓子的地方,你不会吃光面包的。"

伊利沙白扎紧她草帽的绿带子,把帽子挂在胳膊上。"走吧,"她说,"篮子准备好了。"

于是他们走进了树林,越走越深;他们走进潮湿的、浓密的树荫里,四周非常静,只有在他们头上天空中看不见的地方,响起了鹰叫声;以后又是稠密的荆棘挡住了路,荆棘是这样地稠密,因此来因哈德不得不走在前面去开一条小路,他这儿折断一根树枝,那儿牵开一条蔓藤。可是不多久他听见伊利沙白在后面唤他的名字。他转过身去。"来因哈德!"她叫道,"等一下,来因哈德!"他看不见她;后来他看见了她在稍远的地方同一些矮树挣扎,她那秀美的小头刚刚露在凤尾草的顶上。他便走回去,把她从乱草杂树丛中领出来,到一块空旷的地方,那里正有一些蓝蝴蝶在寂寞的林花丛中展翅飞舞。来因哈德把她冒热气的小脸上润湿的头发揩干,然后他要给她戴上草帽,她却不肯;可是他一再要求,她终于同意了。

"可是你的草莓在哪儿呢?"她停了步深深呼吸了一口气,末了问道。

"它们本来在这儿,"他说,"可是癞蛤蟆比我们先来了,不然就是貂鼠,或者多半是妖精。"

"是呀,"伊利沙白说,"叶子还在,不过你不要在这儿讲起妖精的话。你过来,我还不觉得一点儿疲倦;我们再往前去找吧。"

他们前面是一条小河,过了小河又是树林。来因哈德把伊利沙白抱起来走过去了。不到一会儿他们又从浓密的树荫里走到林中空旷的地方。"这儿应该有莓子了,"女孩说,"气味香得很。"

他们走过阳光照着的地方去寻找,可是他们一点也找不到。

"不,这是石南的气味。"

遍地都是覆盆子和冬青;石南和短草相间地盖满了林中的空地,空气里弥漫着浓郁的石南香。"这儿静得很。"伊利沙白说,"别的人都在哪儿呢?"

来因哈德并没有往回走的意思。"等等吧;风从哪儿来的?"他说,向空中举起他的一只手。可是并没有风来。

"不要响,"伊利沙白说,"我好象听见他们在讲话。向那边再唤一声吧。"

来因哈德把手做了个空筒罩在嘴上唤着:"到这儿来!"——"这儿!"有了应声。

"他们回答了!"伊利沙白叫道,她拍起手来。

"不,这不是,这只是回声哩。"

伊利沙白抓住来因哈德的手。"我害怕!"她说。

"不,"来因哈德说,"你不应该害怕。这儿很不错。你在这儿草间荫凉处坐下吧,让我们休息一会儿,我们马上就会找到别的人。"

伊利沙白在一棵枝叶悬垂的山毛榉下面坐下来,留心地向四面倾听;来因哈德坐在离她几步远的一个树桩上,默默地望着她。太阳正在他们的头上,现在是中午的炎热了;一群金光灿烂的、钢青色的小小的苍蝇动着翅膀在空中飞舞;她的四周有一种轻微的营营嗡嗡的声音,有时还可以听见树林深处啄木鸟的剥啄声和别的林鸟的叫唤。

"听,"伊利沙白说,"钟响了。"

"在哪儿?"来因哈德问道。

"我们后面。你听见吗?是正午了。"

"那么城市就在我们后面了;倘使我们朝这个方向一直走过去,我们就会找到别人的。"

他们便动身回去了;他们不再去寻找草莓,因为伊利沙白疲乏了。后来同伴们的笑声从树丛中送过来,不久他们便看见一幅白布亮晃晃地铺在地上,这就是餐桌,上面放着大堆的草莓。那位老先生的钮孔里扣着一条餐巾,他继续对年轻人作他的道德的训话,一面起劲地切一块熏肉。

"落后的人来了。"那些年轻人看见来因哈德同伊利沙白穿过树丛走来,便大声说。

"这儿!"老先生唤道,"把手帕和帽子里的东西都倒出来!现在把你们找到的给我们看看。"

"只有饥同渴!"来因哈德说。

"倘使就只有这一点的话,"老年人答道,他端起那只装满了的盆子,给他们看,"那么你们也只好把它留着。你们知道规定的办法,偷懒的人没有东西吃。"不过后来经过大家劝说,他也答应分给他们一点,现在是开饭的时候了,同时画眉鸟在杜松丛中唱起歌来。

那一天便这样地过去了。——来因哈德毕竟找着了一样东西,虽然这并不是草莓,可是它也是在树林里生长的。他回到家中便在他那个旧的羊皮纸封面的本子里写下来:

　　山坡上,
　　风静止,
　　树枝低垂,
　　下面坐着女孩子。

　　她坐在百里香丛中,
　　她坐在芬芳里;
　　一群营营的青蝇,
　　带着闪光在空中飞舞。

　　林子里非常静,
　　她向四周探望,眼光十分灵活,
　　在她那褐色鬈发上,
　　闪动着太阳的光辉。

　　杜鹃在远处笑了,
　　我心里忽然想起:
　　她有一对金色的眼睛,
　　象那林间仙女的那样。

这样看来她不仅是一个受他保护的人;她还是他的青春时期中一切可爱的和神奇的事物的象征了。

孩子站在路旁

圣诞夜快到了。——来因哈德和别的几个大学生在市政厅地下室①里围了一张橡木桌子坐着,那时还只是下午。墙上的灯已点了起来;因为在这儿下面已经黑暗了;可是只有寥寥几个客人,伙计们都闲散地靠在墙柱上。在这间圆顶屋的角落里坐着一个提琴师和一个有着秀丽的吉卜赛人容貌的弹八弦琴的姑娘,他们把乐器放在膝上,没精打采地望着前面。

---

① 市政厅地下室:过去德国大城市中用作啤酒馆和饮食店的地方。

在大学生们的那一桌上香槟酒的瓶塞打开了。"喝吧,我的波希米亚①爱人!"一个阔公子模样的年轻人说,把满满的一杯酒递给她。

"我不要喝。"她说,连动也不动一下。

"那么唱吧!"阔公子嚷道,他掷了一个银币到她的怀里,姑娘伸手慢慢地掠她的黑发,提琴师在她的耳边低声讲了几句话。她却仰起头,把下巴支在八弦琴上面。"我不为这个。"她说。

来因哈德手里拿着酒杯跳起来,站到她面前去。

"你要做什么?"她傲慢地问道。

"看你的眼睛。"

"我的眼睛跟你有什么相干?"

来因哈德两眼发亮地朝她的脸望下来。"我知道它们是假的!"——她用手掌托着腮,仔细地打量着他。来因哈德把杯子举到嘴边。"祝你这一对漂亮的、害人的眼睛!"他说,便把酒喝了。

她笑起来,动了动头。

"给我!"她说,一双黑黑的眼睛盯住他的两眼,一面喝干了杯中的残酒。然后她拨起弦来,用深情的低声唱道:

> 今天,只有今天
> 我还是这样美好
> 明天,啊明天
>
> 一切都完了!
> 只有在这一刻
> 你还是我的,
> 死,啊死,
> 留给我的只有孤寂。

提琴师快速地弹到终曲的时候,一个新客人从外面走了进来。

"我去找过你,"他说,"你已经出去了,可是有人给你送圣诞节礼物来过了。"

"圣诞节礼物?"来因哈德说,"它再也不会到我这儿来了。"

"喂,真的来了!你满屋子都是圣诞树同棕色姜汁饼的香味。"

来因哈德放下手里的酒杯,拿起帽子来。

"你要做什么?"少女问道。

"我就要回来的。"

她蹙了蹙前额。"不要去!"她轻轻唤道,并且亲密地望着他。

---

① 波希米亚:指艺术家。

来因哈德犹豫起来。"我不能够。"他说。

她笑着用脚尖踢了他一下。"去吧!"她说,"你这个不中用的;你们大家全不中用。"等她转过身去,来因哈德慢慢地走上了地下室的阶梯。

外面街上天已经完全暗了;他觉得清冷的冬天空气向着他的灼热的前额扑来。从好些窗户里射出来点燃了蜡烛的圣诞树的灿烂光辉,那些屋子里一阵一阵地送出小笛子和洋铁皮喇叭的声音,里面还夹杂着小孩们的欢乐的喧哗。一群群的讨饭的孩子从这家走到那家或者爬上台阶的栏杆,想从窗户偷看一眼他们享受不到的豪华情景。有时候一扇门忽然打开了,接着一阵叱骂声把整群这样的小客人从光亮的房屋赶到黑暗的巷子里去;在另一个人家的门廊里正唱着一首古老的圣诞歌,歌声中听得出清脆的少女的声音。来因哈德没有去听这歌声,他匆匆地走了过去,从一条街又走进另一条街。他走到自己住处的时候,天色差不多黑尽了;他连忙跑上楼梯,进了他的屋子。一股甜香迎面扑来;这使他想起了家乡,这仿佛是在家里过圣诞节的时候母亲那间小屋子的气味。他用颤抖的手点燃了灯;桌上有一个大的包裹,他把包裹打开,棕色的节饼从里面落了出来;有几块饼上有着他的名字的简写字母,是用糖涂上去的;这只有伊利沙白会做。其次映入他眼帘的是一个小包,里面是一些绣得很精致的衬衣、手帕和袖口,最后是他母亲和伊利沙白写给他的信。来因哈德先把伊利沙白的信拆开;伊利沙白这样写着:

这些美丽的糖字可以告诉你是谁帮忙做好饼子的;给你绣袖口的也就是这个人。在我们这儿今年的圣诞节一定是冷清清的;我母亲总是到九点半钟就早把纺车放到角落里去了;今年冬天你不在这儿,真是寂寞得很。上个星期天你送我的那只梅花雀死了;我哭得很伤心,不过我平日照料它也很小心。这只鸟,每当下午太阳照在它笼子上的时候,便唱起歌来;你知道它唱得挺起劲的时候,母亲便在笼子上挂起一块布,遮住阳光,使它静下来。因此我们屋子里现在更清静了,只有你的老朋友埃利克间或来看望我们。你有一回对我讲过,他很象他身上穿的那件棕色大衣。他每次走进门来,我就会想到你那句话,这太滑稽了;不过你不要对母亲说,她容易生气。——你猜猜,过圣诞节,我拿什么礼物送给你母亲?你猜不着吧?就是我自己!埃利克用炭笔给我画像,我已经在他面前坐了三次了,每次都是整整坐一个钟点。我真不高兴一个陌生人把我的面貌看得这样熟。我本来不愿意,可是母亲一定要我这样;她说这会使好心的维尔纳太太欢喜的。

可是你没有守信呵,来因哈德。你没有给我寄故事来。我常常对你母亲抱怨你;她老是说,你现在有更多的事情做,顾不到这种小孩事情了。可是我并不相信,那一定有别的原因。

来因哈德又读他母亲的信,他把两封信都读完了,慢慢地折起它们,放到一边,这时候一种无法控制的乡愁抓住了他。他在屋子里来回踱了好一会儿;他小声自语着,后来又含含糊糊地哼着:

> 他几乎迷失路途
> 寻不着自己的家屋;
> 孩子站在路旁
> 指给他回家的路!

随后他走到他的书桌前面,拿出一点钱来,又走到街上去了。——这时街上已经静多了,圣诞树也熄了,小孩们的游行也停止了。风吹过荒凉的街道;无论是老年人或者年轻人都在自己家里团聚;圣诞夜的第二个时期已经开始了。——

来因哈德走近市政厅地下室的时候,听见了下面传来的提琴声和那个弹八弦琴的姑娘的歌声,下面地下室的门叮当地响了,一个黑影从那宽阔的、灯光黯淡的阶梯摇摇晃晃地走了上来。来因哈德连忙退到房屋的阴影里去,然后急匆匆地走过去了。过了一会他走到一家灯烛辉煌的珠宝店的窗前;他在这店里买了一个红珊瑚的小十字架,便又顺着原路回去。

在他的住处附近,他看见一个穿破衣的小女孩站在一道高高的门前,她想打开门却没有办法。"要我帮忙吗?"他说。女孩并不回答,却放开了沉甸甸的门柄。来因哈德已经打开了门。"不。"他说,"他们会赶你出来的;跟我来吧,我会给你圣诞饼。"于是他又把门关上,抓起女孩的手,她一声不响地跟着他到了他的住所。

他先前出去的时候并没有灭灯。"这些饼子你拿去,"他说,把他的全部宝贝分了一半倒在她的围裙里,不过有糖字的却一个也没有给她,"现在回家去,分一点给你母亲。"女孩抬起头羞怯地看着他;她对这种好意好象感到不惯似的,也回答不出一句话来。来因哈德打开房门,照亮她下楼,这个小女孩便象一只小鸟似地带着她的饼子飞跑下楼梯到门外去了。

来因哈德拨了拨炉里的火,把那个灰尘盖满的墨水壶放在桌上;随后他坐下来写信,他整夜地写着,给他母亲的,给伊利沙白的信。剩下的圣诞饼还堆在他手边没有人动过,可是伊利沙白做的袖口都已经扣上了,这跟他那件白色厚呢上衣配起来显得很古怪。他一直坐到冬天的太阳照在结了冰的玻璃窗上的时候,那时他对面的镜子里映出了一个苍白的、严肃的脸庞。

回　　家

复活节一到,来因哈德便动身回家去了。他到家后第二天早晨,去看伊利沙白。"你大得多了!"他看见那个美丽苗条的少女含笑迎上来的时候,就这样说。她红了脸,可是并不回答他;他在问好的时候握着她的手,她却想轻轻地缩回手去。他疑惑地望着她,她以前从没有这样做过;现在好象他们两个中间有了什么隔膜似的。——他在家住了一些日子,并且照常天天去看她,可是这种情形仍旧继续下去。只要他们两人单独在一起的时候,谈话总要发生间断,这使他感到痛苦,并且他总是很担心地提防着它。为了要在这个假期中找一样固定的事情做,他便教伊利沙白学一点植物学,这门功课是他在进大学的最初几个月中特别热心研究过的。伊利沙白对什么事都肯依他的话,并且也聪明好学,因此她很高兴地答应了。他们一个星期出去旅行几次,或者去田野或者到灌木林里;要是到了中午他们带了装满花草的绿色植物采集箱回家,那么过了几个钟头来因哈德便要再来,同伊利沙白分他们共同找到的东西。

有一天下午他为了这样的目的到她的屋子里去,看见伊利沙白站在窗前把新鲜的繁缕草搭在一只他以前在这儿没有见过的镀金鸟笼上面。笼里有一只金丝雀,它不停地拍着翅膀,同时,带着叫声啄伊利沙白的手指。来因哈德的小鸟从前就是挂在这个地方的。"是不是我那只可怜的梅花雀死后就变成金丝雀了?"他高兴地问道。

"梅花雀不会变的,"坐在扶手椅上纺纱的伊利沙白的母亲说,"您的朋友埃利克今天中午从他的庄子上差人给伊利沙白送来的。"

"从什么庄子?"

"您不知道吗?"

"知道什么?"

"埃利克在一个月前继承了他父亲在茵梦湖上的第二个庄子。"

"可是关于这个您并没有对我讲过一句。"

"啊,"这母亲说,"您自己对您那朋友的事情也没有问过一句呢!他是一个很可爱、很懂事的年轻人。"

母亲走出屋子煮咖啡去了;伊利沙白背向着来因哈德,仍旧忙着给她那只鸟笼做凉亭。"请等一会儿,"她说,"我马上就好了。"——来因哈德不象平日那样,他没有答话,她便转过身来看他。他的眼里有一种突然发生的烦恼的表情,她以前从没有在他的眼里看见过。"你有什么不舒服吗,来因哈德?"她问道,走到了他的身边。

"我吗?"他顺口说道,两眼象做梦似地望着她的眼睛。

"你的样子很不高兴。"

"伊利沙白,"他说,"我不喜欢这只黄鸟。"

她惊奇地望着他;她不懂他的意思。"你真古怪。"她说。

他拿起她的两只手,她静静地让他捏着。不久母亲便回来了。

他们喝了咖啡以后,母亲在她的纺车前面坐下;来因哈德和伊利沙白到隔壁屋子里整理他们的植物去了。他们数了花蕊,又把叶同花小心地放平,然后把每一种挑出了两份标本夹在一本对开本的大书里去压干。这个晴朗的下午很清静,只有隔壁屋子里母亲纺车的咿唔声,此外便是时时响起来的来因哈德的低沉的声音了,那时他正在解释那些植物的门类或者替伊利沙白改正她读拉丁学名时笨拙的发音。

"这次我还是没有找到铃兰。"他们采集的标本全部分类整理了以后,她说。

来因哈德从衣袋拿出了一本白羊皮纸封面的小本子。"这儿一枝铃兰给你。"他说着,便拿出那枝半干的花来。

伊利沙白看见那些写满了字的篇页,便说道:"你又在编故事吗?"

"这不是故事。"他说着,便把书递过去。

这里面全是诗,大多数都很短,每首至多占一页的篇幅。伊利沙白便一页一页地翻下去;她似乎只是在看题目。《她受教师责斥的时候》《他们在林中迷路的时候》《同复活节故事一起》《她第一次给我写信的时候》,差不多都是这一类的题目。来因哈德用一种侦察的眼光偷偷看她,她只顾一页一页地翻下去,他看见她那张纯洁的脸上最后泛起一阵娇羞的红晕,渐渐地布满了整个脸庞。他想看她的眼睛,可是伊利沙白并没有抬起头,最后她默默地把书放在他面前。

"不要这样地还给我!"他说。

她从洋铁匣子里取出了一小枝棕色的花。"我把你心爱的花草放进去。"她说,把书递到他的手里。……

假期的最后的一天终于到了,现在是来因哈德动身的早晨了。驿车站同伊利沙白的住处只隔了几条街,伊利沙白得到母亲的允许去送她的朋友上车。他们走出大门以后,来因哈德让她挽住他的胳膊,他默默地这样同她并肩走着。他们离目的地愈近,他愈觉得他有一桩心事必须在他这次同她长期分别之前对她说出来,这桩心事是他日后生活中一切的价值和一切的甜美所依靠的,可是他却找不到简单扼要的话来表明他的心意。他有点胆怯;他的脚步愈走愈慢了。

"你会到得太晚的,"她说,"圣玛利(教堂)的钟已经打过十点了。"

可是他并没有加快脚步。最后他结结巴巴地说,"伊利沙白,你会有整整两年见不到我。……我下次回来的时候,你会象现在这样地跟我要好吗?"

她点了点头,亲切地望着他的脸,——"我还替你辩护过呢。"她停了一会儿说。

"替我?你用得着对谁替我辩护呢?"

"对我母亲。昨晚你走了以后,我们还谈了你许久。她觉得你没有从前那么好了。"

来因哈德沉默了一会儿;可是后来他便拿起她的手,恳切地望着她那天真的眼睛,一面说:"我还是象从前一样地好;你要牢牢地相信啊!你相信吗,伊利沙白?"

"相信的。"她说。他放开她的手,急急地同她走过最后一条街。分别的时刻愈近,他的脸色愈显得高兴;他走得太快了,差一点叫她跟不上。

"你这是怎么一回事,来因哈德?"她问道。

"我有一个秘密,一个美丽的秘密!"他说,并且用发亮的眼睛望着她,"等我两年以后回来,你就会知道的。"

这个时候他们到了驿车前面,刚刚赶得及上车。来因哈德又拿起她的手。"再见!"他说,"再见,伊利沙白!不要忘记啊。"

她摇了摇头。"再见!"她说。来因哈德上了车,马就动了。

车子辘辘地在这条街角转弯的时候,她正慢慢地走回家去,他又一次看见她的可爱的身影。

一 封 信

将近两年之后,来因哈德坐在灯前,前面堆着书籍和文件,他在等待一个和他一起学习的朋友。有人走上楼来。"进来!"——来的是房东太太。"您有一封信,维尔纳先生。"随后她又走了。

来因哈德自从上次回家以后没有写过一封信给伊利沙白,也没有接过她一封信。现

在的这封信也不是她写来的;这是他母亲的手迹。来因哈德拆开信,读着,不久他便读到下面这一段:

在你这样的年纪,我亲爱的孩子,差不多一年有一年的面目;因为年轻人总不愿意让自己消沉下去。我们这儿也发生了大的变化,倘使我对你的了解并不错,那么这件事起初会使你很痛苦。埃利克昨天终于得到伊利沙白的同意了,最近三个月当中他向她求过两次婚,都没有能够如愿。她对这件事老是打不定主意;现在她终于还是决定了;她毕竟还太年轻。婚礼不久就要举行,那时她母亲也要同他们一块儿去。

茵 梦 湖

又是几年过去了。——一个暖和的春天的下午,在一条向下倾斜的树林里的路上,一个脸色健康的、被日光晒黑了的年轻人慢慢地走着。他那双严肃的、灰色的眼睛急切地望着远处,好象他在盼望这条单调的路会发生变化,而这变化却始终不肯出现似的。后来他终于看见一辆大车从下面慢慢地上来。"喂!好朋友,"这个行人向车旁走着的农人喊道,"这就是到茵梦湖去的路吗?"

"尽管一直走。"那个人伸手推一下他的垂边帽子答道。

"那么离这儿还远吗?"

"先生已经到了跟前了。不消半袋烟的工夫就走到湖边了,主人的宅子就在湖上。"

农人过去了;行人便加快脚步沿着树下的路向前走去。过了一刻钟光景,他忽然在左边树荫下站住了,那条路转入一个山坡,坡下百年老橡树的树梢差不多跟山坡一样高。从树梢望过去,前面展开一片宽阔的、当阳的景色。下面低低地躺着一片平静的、深蓝的湖水,湖的四周差不多全让阳光照耀的绿树环绕着;只有在一个地方树木分开了,露出一派远景,可以一直望到远远的一带青山。对面望过去,绿叶丛中笼罩着一片雪似的白色,都是开花的果树,树后在湖畔高高的岸边耸立着庄主的宅子,白墙红瓦,显得格外分明。一只鹳鸟从烟囱上飞起来,在水上慢慢地盘旋飞绕。

"茵梦湖!"行人叫道。现在他差不多象是到了他的旅程的终点;他站住不动,并且从他脚下树梢望过去,眺望着对岸,庄主宅子的倒影浮在那儿水面上,轻轻地荡漾,随后他突然又继续往前走了。

现在路差不多陡直地引下山去,因此刚才在他脚下的树木却又罩在头上给他遮荫了,可是它们同时也遮住了湖景,只偶尔从树枝缝隙间露出闪光的湖水来。一会儿路又渐渐地往上斜去,左右两边树木都不见了,沿路换了一些长满葡萄藤的小山;两旁都是正在开花的果树,花间充满了嗡嗡叫着的忙碌的蜜蜂。一个穿棕色大衣的相貌堂堂的男子迎着这个行人走来。他快到了行人面前,便挥着帽子欢呼起来:"欢迎,欢迎,来因哈德兄!欢迎你到我茵梦湖的庄上来!"

"你好啊,埃利克,谢谢你欢迎的盛意!"行人回应道。

这时他们走到一块儿了,彼此伸出手来。

"那么这真的是你吗?"埃利克清清楚楚地看了看他老同学的严肃的面貌,便说道。

"当然是我啦,埃利克,我也认得你呢;只是你看来气色比一向显得更好了。"

埃利克听见这句话露出了喜悦的微笑,这使他朴质的面容显得更愉快了。"是啊,来因哈德兄,"他说,又伸出手去握来因哈德的手,"我从那个时候起还中了大奖;你是知道的。"接着他搓了搓自己的手,快乐地叫道:"这可是一桩意外的事! 她绝没有想到,永远想不到的。"

"一桩意外的事?"来因哈德问道,"对谁呢?"

"对伊利沙白。"

"伊利沙白! 你没有对她说过我要来吗?"

"一句话也没有说,来因哈德兄,她没有想到你来,她母亲也没有想到。我完全偷偷地邀请你来,好让她们那时更高兴一点。你知道,我也总有我的一些诡秘的小花招。"

来因哈德显出沉思的样子;他们愈走近那庄子,他的呼吸愈显得急促起来。在路的左边葡萄园又到了尽头,现在是一片大菜园,差不多一直连到湖边。那只鹳鸟已经飞下来了,它正在菜畦中间庄严地散步。"喂!"埃利克拍着手叫道,"这个长脚埃及人又在偷我的短豆荚了!"鹳鸟又慢慢地飞起来,飞到一座新房子的屋顶上,这所房屋位置在菜园的尽头,墙上盖满了用人工盘上去的桃杏的枝条。"这是酿酒场,"埃利克说,"我两年前造的。农场的房屋却是先父加造的,住宅还是我祖父修建的。我们这样一代一代地增加一点。"

他们这样谈着,就到了一片大的空场,两边是农场的房屋,后面是庄主的宅子,宅子的两翼连接着一面高高的园墙;墙后是一排一排的繁茂的紫杉,随处还有一些丁香树把它们的开花的枝子伸进庭院里来。一些因日光晒灼和工作忙碌而脸上发红流汗的人走过这个空场,向这两个朋友行礼问好,埃利克便对这个吩咐了一些事,又对那个问几句关于这一天的工作的话。——这时他们已经到了宅子前面。他们走入一道又高又凉爽的走廊,在走廊的尽处,向左边转一个弯又进了一条稍稍阴暗的侧廊。埃利克在这儿打开了一扇门,他们便走进一间宽大的花厅,覆盖在对面窗户上的一簇簇浓密的绿叶使这个厅子的两边充满了绿色的微光;可是在窗户之间两扇大开着的高高的折门,让春天的阳光满满地射了进来,并且使人看见花园的景色,园中布置着一些圆形的花坛,种着一行一行的壁立的高树,中间隔一条宽的直路,顺着这条路望过去,便可以望见湖水,再远一些,还可以望见对岸的树林。两个朋友进来的时候,迎面一股微风把一阵香气送了过来。

花园门前阳台上坐着一个白衣少女的身形。她站起来迎接他们;可是在中途她忽然站住了,好象脚生了根似的,她呆呆地望着那位生客,他微笑地对她伸过手来。"来因哈德!"她叫道,"来因哈德! 我的上帝,你来了! ——我们好久不见了。"

"好久不见了。"他说了这半句,就再也接不下去;因为他听见她的声音,他心里便感到一种隐隐的肉体的痛楚,他看她,她分明地站在他面前,依旧是那轻盈柔美的体态,和几年前他在故乡向她道别的时候并没有两样。

埃利克留在门口,脸上带着喜色。"你看,伊利沙白,"他说,"喂,这不是你决没有想到、万万想不到会见着的吗?"

伊利沙白用了姊妹般的神情望着他。"埃利克,你真好。"她说。

他亲热地把她的纤柔的小手捏在自己手里。"现在他在我们这儿了,"他说,"我们不会让他就走。他在外面待得太久了;我们要叫他再过一过家乡的生活。你只看,他样子多么象外乡人,样子多么高雅。"

伊利沙白羞涩地瞥了来因哈德一眼。"这是因为我们相别太久的缘故。"他说。

正在这时她母亲走了进来,胳膊上挂了一个放钥匙的小篮子。"维尔纳先生!"她看见他便说道,"呵,真是一位又亲切又想不到的客人。"——于是他们的谈话就这样一问一答顺利地继续下去。两个女人坐下来做她们的事情,来因哈德吃着他们给他预备的饮食,埃利克点燃了他那只海泡石的烟斗,坐在来因哈德身边,一面抽烟,一面谈话。

第二天来因哈德便同埃利克出去参观田地、葡萄园、酵母花园和酿酒场。全都现出兴盛的样子,在田地上和大锅旁边工作的人都带着健康和愉快的脸色。中午全家的人聚在那间花厅里,一天里大家或多或少总要在一块儿过一些时候,这得看主人们的空闲来决定。只有在晚饭以前和大清早的时间里来因哈德才单独在他自己的屋子里工作。他这几年来对那些在民间流传的歌谣,每逢碰到的时候,就搜集起来,现在他便着手整理他的珍品,并且只要有机会,他还要在这附近一带增加一些新的材料。伊利沙白什么时候都是温柔而亲切的,她差不多用一种带谦卑的感谢来接受埃利克经常的关切,来因哈德有时候禁不住要想,从前那个活泼的女孩想不到会变成一个这么沉静的妻子。

从他到后的第二天起,他便习惯了在傍晚时分沿着湖滨散步。那条路就在花园下面,是傍着花园筑的。花园尽处,在一个突出的碉堡上有一条凳子放在几株高大的桦树下面;伊利沙白的母亲叫它做"傍晚凳",因为这地方朝西,每天一到这个时刻便有人到这儿来观赏落日。——有一个傍晚来因哈德在这条路上散步回来,遇到了骤雨。他躲到一棵长在水边的菩提树下;可是不久大的雨点从树叶间落了下来。他全身湿透了,便索性不管它,又慢慢地往回家的路上走去。天差不多全黑了,雨也落得愈急。他走近"傍晚凳"时,他觉得仿佛看见那些发亮的桦树干中间有一个白衣女人的身形。她静静地站在那里,等他走近了些,就他可以辨别的情景看来,她的脸正朝着他,好象在等待谁似的。他相信这是伊利沙白。可是等他加快了脚步,想到她跟前,同她一块儿穿过花园回屋子去的时候,她却慢慢地掉转身子,隐入黑暗的侧路去了。他不了解这是怎么一回事,他差一点要生伊利沙白的气了。但是他又有点怀疑这究竟是不是她,可是他又不好意思向她问起,而且他回屋子的时候也不进花厅去,他害怕碰见伊利沙白从园门进来。

依了我母亲的意思

几天后的傍晚,全家的人照往常的习惯按时坐在花厅里面。门开着,太阳已经落在对岸林子后面了。

来因哈德这天下午得到一个住在乡下的朋友寄给他的民歌,众人请他读一点给他们听,他回到他的屋子里去,过一会儿他拿了一卷纸出来了,这卷纸仿佛全是些写得很整洁的散页。

大家围了桌子坐下来,伊利沙白坐在来因哈德旁边。"我们随便拿点出来念吧,"他说,"我自己也还没有看过。"

伊利沙白展开了稿纸。"这儿还有谱,"她说,"这应该你来唱,来因哈德。"

他起先读了几首蒂罗尔地方的小曲,他读着,有的时候还小声哼那个愉快的曲子。这几个人中间产生了一种共同的快感。"这些美丽的歌是谁做的?"伊利沙白问道。

"呵,"埃利克说,"从歌词就可以听出来;裁缝店伙计啦,剃头匠啦,就是这一类的好玩的浪子。"

来因哈德说,"它们都不是做出来的;它们生长起来,它们从空中掉下来,它们象游丝一样在地上飞来飞去,到处都是,同一个时候,总有一千个地方的人在唱它们。我们在这些歌里面找得到我们自己的经历和痛苦,好象是我们大家帮忙编成它们似的。"

他又拿起另一页:"我站在高山上……"①

"这个我知道!"伊利沙白嚷道,"你唱起来吧,来因哈德,我来同你一块儿唱。"现在他们唱起了这个曲子,它是这么神秘,使人不能相信它是从头脑里想出来的。伊利沙白用她柔和的女低音和着男高音唱下去。

母亲坐在那里忙碌地动她的针线;埃利克两只手放在一起,凝神地听着。这首歌唱完了,来因哈德默默地把这一篇放在一边。——在黄昏的静寂中,从湖滨送上来一阵牛铃的叮当声;他们不知不觉地听下去,他们听见一个男孩的清朗的声音在唱着:

> 我站在高山上
> 望下面的深谷……

来因哈德微微笑起来:"你们听见吗? 就是这样一个传一个的。"

"在这一带地方,常常有人唱的。"伊利沙白说。

"对,"埃利克说,"这是放牛娃卡斯帕尔,他赶牛回家了。"

他们又听了一会儿,直到铃声渐渐上去,消失在农庄后面。"这是些古老曲子,"来因哈德说,"它们沉睡在山林深处;只有上帝知道是谁把它们找出来的。"

他抽出一篇新的来。

天色已经暗得多了;一片红色晚霞象泡沫似地浮在对岸的林梢上面。来因哈德摊开了这一篇,伊利沙白用手将纸的一端按住,也在看纸上的歌。来因哈德读起来:

> 依了我母亲的意思,
> 我得嫁给别一个人;
> 从前我想望的事,
> 现在要我心里忘记;
> 我实在不愿意。

---

① 这是一首古老的民歌,有各种的标题,如《女尼》、《年轻伯爵的歌》等等,内容是:一个美丽的贫家姑娘,不能如愿嫁给所爱的年轻伯爵,在修道院里度过一生。

> 我埋怨我母亲，
> 实在是她误了我；
> 从前的清白和尊荣，
> 现在却变成了罪过。
> 叫我怎么办啊！
>
> 拿我的骄傲同欢快，
> 换得无穷的痛苦来。
> 啊，要是事情能挽回，
> 啊，我情愿走遍荒野，
> 去做一个乞丐！

来因哈德读的时候，觉得纸上有一种轻微的颤动；他读完了，伊利沙白轻轻地把她的椅子往后一推，默默地走下园里去了。她母亲的眼光送她出去。埃利克想跟着出去；可是母亲说："伊利沙白到外面去有事情。"埃利克就不走了。

可是外面在园子里的上空和湖上的夜色渐渐地浓了，飞蛾嗡嗡地飞过开着的门，花树的芳香一阵浓似一阵地吹进来；水面浮起了一片蛙声，窗下有一只夜莺在歌唱，另一只夜莺在园子的深处和着；明月在树梢出现了。伊利沙白的秀美的身影已经消失在花叶繁茂的幽径中了，来因哈德还向那个地方望了一会儿；于是他卷起了稿纸，又向在座的人告了罪，便穿过房屋走到湖滨。

树林静静地立在那里，把它们的黑影投在湖上，同时湖心又给笼罩在闷热的朦胧月光里。有时一种低微的飒飒声颤动地穿过树丛；可是并没有风，这只是夏夜的气息。来因哈德沿着湖继续往前走着。他看到一朵白色的睡莲开在离岸不十分远的地方。他忽然想起要走近去看看它，他便脱去衣服，走下水去。水很浅，尖利的水草和石子割痛他的脚，他始终找不到可以让他游泳的水深的地方。忽然地在他脚下陷了下去，水在他的头上旋转，过了好一会儿他才浮到水面上来。于是他动着手脚游泳起来，他绕了一个圈子才认清了他入水的地点。不久他又看到那朵莲花了，它孤单地躺在那些闪光的大叶子中间。——他慢慢地游过去，常常把胳膊举出水来，顺着胳膊滴下的水点在月光里闪耀；可是他同那朵花之间的距离好象一点儿也没有缩短似的；只有湖岸（当他回过头去看的时候）却被罩在愈来愈模糊的香雾中了。他还不肯放弃这件事，便打起精神继续朝着这个方向游过去。最后他毕竟游到离花很近的地方，他可以借着月光看清楚了那些银白的花瓣；可是同时他觉得自己好象陷在一个网里面了；湖底那些滑湿的草梗漂浮上来，缠住他的光赤的四肢。一片茫茫的水黑黑地横在他的四周，他听见背后一条鱼跳动的声音，他在水里忽然觉得非常不安，便用力挣断水草的网，连气都不出地急急游回岸上来。到了岸他再掉转头去看湖，那朵睡莲仍旧躺在黑沉沉的湖心，依旧是那么远，那么孤单。——他穿好衣服，慢慢地走回家去。他从园中走进厅子里的时候，正看见埃利克同她的母亲在预备行装,他们第二天要出门去办一件事。

"这么夜深您在什么地方?"她母亲向他问道。

"我?"他答道,"我想去看看睡莲;可是没有办到。"

"这倒叫人不懂了!"埃利克说,"你跟睡莲有什么相干呢?"

"我从前跟睡莲很熟,"来因哈德说,"可是这是多年以前的事情了。"

伊利沙白

第二天下午来因哈德同伊利沙白到湖的对岸去散步,他们一会儿穿过了树林,一会儿又走到那段高高耸起的湖滨。埃利克嘱咐过伊利沙白,要她在他和她母亲出门的时候领着来因哈德去看看附近一带最美丽的风景,尤其是从湖对岸望庄子这边的景致。现在他们一处一处地游览。后来伊利沙白累了,便在垂枝的树荫里坐下来,来因哈德站在她对面,靠在一棵树干上;他听见杜鹃在树林深处叫着,他忽然觉得这一切情景都是从前有过的。他带着一种奇特的微笑望着她。"我们要去找莓子吗?"他问道。

"这不是莓子熟的时节。"她说。

"可是莓子熟的时节快到了。"

伊利沙白默默地摇摇头;她随即站了起来,两个人又继续往前走了;她这样在他身边走着的时候,他的眼光老是掉向着她;她走路的姿势很美,她好象是让她的衣服带着走似的。他常常不自觉地落后一步,去看她的整个身形。这样他们走到了一块空旷的灌木丛生的地方,从这里可以望见一片远景,一直到田野那边。来因哈德弯下身去,在地上生长的野草中间摘起一枝什么来。他再抬起了头,他的脸上露出一种非常痛苦的表情。"你认得这朵花吗?"

她惊疑地看了他一眼。"这是石南。我常常在林子里摘过它们。"

"我在家里有一本老书,"他说,"我从前常常在那上面写下各种各样的诗歌,不过这已经是很久以前的事了。书页中间也夹着一朵石南;不过那只是一朵枯萎了的。你知道,那是谁给我的?"

她默默地点点头,可是她却埋下眼睛,凝神地望着他拿在手里的草。他们就这样立了好一会儿。等到她张开眼睛看他的时候,他看见她的眼里装满了泪水。

"伊利沙白,"他说,"我们的青春就埋在那些青山背后。现在它在哪儿去了呢?"

他们不再说什么了;他们并着肩默默地走下湖滨去。空气闷热,黑云正从西方涌上来。"快有雷雨了。"伊利沙白说,便加快了她的脚步。来因哈德默默地点点头,两个人沿着湖滨急速地走着,后来就到了他们停船的地方。

渡过湖的时候,伊利沙白拿手扶着船舷。来因哈德一边摇桨,一边在看她;可是她的眼光却经过他眼前眺望着远方。他埋下眼睛去望她的手;这只苍白的手却把她的脸不曾表示出来的感情泄露给他了。他在这只手上看出了一种隐痛的微痕,女人的纤手夜间放在伤痛的心上的时候常常会现出这种痕迹来。——伊利沙白觉察到他在看她的手,她便慢慢地把手从船舷上放进水里去了。

他们到了庄上的时候,看见宅子前面放着一架磨剪刀的小车,一个生着长长的黑色鬈发的男人忙着踏动车轮,嘴里哼着吉卜赛人的曲子,同时一只套在车上的狗正躺在旁边喘气。门廊上站着一个衣服破烂的姑娘,她有一张憔悴的美丽的脸,伸出手来向伊利沙白讨钱。

来因哈德伸手进衣袋里去;可是伊利沙白抢了先,她匆忙地把她钱袋里所有的钱都倾倒在讨饭姑娘摊开的手掌心里。于是她急急地转身走了,来因哈德听见她一路哭着走上楼去。

他想留住她,可是他思索了一下,便在楼梯口停住了。那个姑娘仍旧呆呆地站在门廊上,手里拿着刚才讨到的钱。"你还要什么呢?"来因哈德问道。

姑娘吃了一惊。"我不要什么了。"她说,随即回过头来向着他,用惊惶的眼光呆呆地望了他一会儿,她慢慢地向门口走去。他叫出了一个名字,可是她听不见了;她垂着头,两只胳膊交叉地放在胸前,穿过庄院走下去了。

死,啊死,
留给我的只有孤寂!

一首旧的歌在他的耳里响了起来,他简直喘不过气了,这只有一会儿的工夫,随后他便掉转身子,走到楼上他的屋子里去了。

他坐下来工作,可是他没有心思。他勉强试了一个钟点,并没有用,他便下楼到客堂里去。那里一个人也没有,只有阴凉的绿色的黄昏。伊利沙白的缝纫桌上放着一条红带子,她这天下午在脖子上戴过的。他把它拿在手里,可是它使他痛苦,他又把它放下了。他心里还是静不下来,他便走到湖滨,解开了船;他划起桨来,将他刚才同伊利沙白一块儿走过的那些路再走一遍。他回来的时候,天已经黑了;他在院子里遇见了马车夫,马车夫正要把拖车的马拉去吃草;出门的人刚刚回来了。他走进门廊,便听见埃利克在厅里来回走着的脚步声。他不进去会他;他静静地站了一会儿,然后轻轻地走上楼,回到他的屋子里。他坐在窗前一把靠背椅上;他极力想象着他在这里听下面紫杉篱间夜莺的歌声;可是他听见的只有自己的心跳,楼下宅子里众人都睡了,夜渐渐地逝去,他却没有觉得。——他这样地坐了几个钟点。最后他站了起来,探身到开着的窗外去。夜晚的露水正在树叶间滴着,夜莺已经停止歌唱了。夜空的深蓝色渐渐地被一片从东方升上来的淡黄的微光赶走了;一股清凉的风吹起来,抚摩着来因哈德的发热的前额;第一只云雀欢欣地飞上了高空。——来因哈德突然转过身来,走到桌前。他摸索着去找一支铅笔,找到了,便坐下来,在一张白纸上写了几行字。他写完了,便拿起帽子同手杖,却把字条留着,他小心地开了门,走下去到了廊上。——曙光还停留在每个角落;那只大的家猫正在草席上伸腰,他无意地向它伸过手去,它便在他的手下耸起背来。可是外面花园里麻雀已经在枝上吱吱喳喳地叫了,告诉大家,夜已过去了。他听见楼上开门的声音,有人走下楼来,等到他抬头一看,伊利沙白就站在他面前。她把一只手按在他的胳膊上,她的嘴唇动了一下,可是他一个字也没有听见。"你不会再来了。"她最后才说了出来,"我知道,你不要骗我;你永不会再来了。"

"永不。"他说。她把手放了下来,也不再说话了。他走过门廊到了门口,他又一次转过身来。她仍旧呆呆地站在原处,用失神的眼光望着他。他走了一步,朝着她伸出两只胳膊。随后他猛然掉转身走出门去了。——外面一切都躺在清新的晨光里,蜘蛛网上挂着露珠在最初的阳光里闪耀。他不再回头去看;他急急地走了出去;静静的庄子渐渐地在他后面隐去,广大的世界却在他的眼前展开了。

老 人

月光不再照进玻璃窗里来了,现在完全黑暗了;可是老人仍旧抄着手坐在他的靠背椅上,望着眼前屋子的空间。他四周这一片黑暗渐渐地消失了,现在变成一个宽大、幽暗的湖;黝黑的水波一个跟随着一个不停地向前滚去,水波愈滚愈深,也愈远,最后的一个离得极远,老人的眼光差一点儿追不上了,在这个水波上,一朵白色的睡莲孤单地浮在许多大叶子中间。

房门打开了,一道亮光照进屋子里来。"您来得正好,布利吉特,"老人说,"只消把灯放在桌上就行了。"

于是他把椅子拉到桌子前面,拿起一本摊开的书,他又埋头去研究他年轻时候用过功的学问了。

(巴金 译)

《茵梦湖》是德国著名小说家施托姆最受读者欢迎的一部作品,也是他的成名之作,写于1849年,最初收在《夏天的故事和歌集》里,于1850年正式出版。此篇小说是描写感伤爱情的经典名篇,展现德语语言魅力的典范之作,也是世界文学和民族文学中影响恒久的珍品。

小说描写一对青年男女的爱情悲剧,通篇充满浓郁的伤感情调。主人公来因哈德和伊利沙白青梅竹马,情爱甚笃;长大后感情愈深。伊利沙白的母亲明知这个情况,却由于贪图富贵,趁来因哈德外出求学期间,把女儿嫁给了继承了遗产的埃利克。多年后,来因哈德应邀去埃利克在茵梦湖的庄园,旧日的恋人相见却是一片惆怅。于是,伊利沙白抱恨终生,来因哈德也终生未娶,一生埋首于业务。作者通过这简单的情节揭示了婚姻与财富、社会伦理道德观念和传统偏见等社会现象,提出了具有极大意义的社会问题,揭露了资本主义社会中拜金主义的罪恶,小说中所描写的男女主人公的逆来顺受在一定程度上也反映了德国1848年革命失败后资产阶级的软弱妥协。

小说篇幅极短,文体简洁,整篇并没有连贯鲜明的情节、紧密的结构和激烈的矛盾冲突,作者只是通过主人公一些零碎的记忆片段,用极为平缓的语气展开了叙述。但是《茵梦湖》却深受千万读者的喜爱,并译成多个版本,在世界广为流传,主要还是在于小说写得富有诗意,体现了作家鲜明、独特和优美动人的艺术风格。

赌　运

〔德国〕霍夫曼

霍夫曼　(1776—1822)，十九世纪德国杰出的小说家兼画家和音乐家，浪漫派的重要代表。其作品对黑贝尔、施托姆、瓦格纳、霍夫曼斯塔尔、托马斯·曼以及大仲马、巴尔扎克、陀思妥耶夫斯基、狄更斯等人都有很大影响。他一生热爱音乐，写了许多以音乐为主题的文学作品，以及许多乐评和音乐创作。他对浪漫(Romantik)一词的诠释，将德国浪漫文学的境界引进了音乐的世界，开启德国音乐浪漫主义的先河，对德国音乐在十九世纪惊人的长足发展以及音乐与文学结合的情形卓有影响与贡献。

霍夫曼的文学创作受浪漫派的影响，作品具有神秘怪诞的色彩，常常把悲剧因素和喜剧因素、崇高的东西和卑贱的东西、幻想成分和现实成分糅合在一起，以离奇荒诞的情节反映现实，发展了一种别具一格的轻快的讽刺文学。代表作为：《金罐》、《雄猫穆尔的人生观》，童话小说《跳蚤师傅》、《小怪物查哈斯》，短篇小说集《谢拉皮翁兄弟》等。

一八××年夏天，皮尔蒙特①盛况空前。世界各地的达官贵人纷至沓来，游客人数一天多似一天。形形色色的投机家们都劲头十足，各显身手；其中，法娄牌②赌场的局主们都是训练有素的老猎人，他们也把自己台面上亮晃晃的金元叠得更高，以便引诱和捕捉那些珍禽异兽。

谁都知道，赌博这玩艺儿有着难以抗拒的诱惑力，特别是在温泉疗养地的疗养季节，人人都摆脱了日常事务，存心来闲散闲散，消遣消遣的时候，情况更有过之。我们见过一些从不摸牌的人，这时候也成了赌迷；而且为了表现良好的赌风——至少在上流社会是这样——他们还得每天都上场，甚至把相当多的钱输掉为止。

唯独有个年青的德国男爵——我们叫他西格弗里特好了——却似乎对具有不可抗拒的诱惑力的赌博和良好的赌风不感兴趣。就算所有人都跑到赌场上去了，就算他完全失去了进行他爱好的有意义娱乐的办法和希望，西格弗里特也宁肯要么在孤寂的小径上散步，以驰骋自己的幻想；要么在房中拿起这本那本书来读，甚至还尝试着写诗撰文。

---

① 德国著名温泉浴场，在汉诺威附近。
② 一种在庄家和押家间赌输赢的扑克牌戏，与我国解放前的牌九类似。

西格弗里特年青富有，无牵无挂，仪表堂堂，风度优雅，因此自然受人敬重、爱慕，在与女士们打交道时一直是个幸运儿。而且不管干什么，他一上手仿佛总是吉星高照，无不成功。人们谈论着他一次次惊险离奇的艳遇，说其他任何人碰上了准保大倒其霉，在他偏偏就应付裕如，逢凶化吉，真是难以置信。说起他的好运气，熟悉他的老人们更津津乐道一段在他未成年时发生的关于表的故事。当时他还处于长辈的监护之下，在一次旅途中不期然出现了极大的经济困难，仅仅为了继续前进，便不得不卖掉自己那块镶嵌了许多宝石的金表。他本已打算把这只珍贵的表贱价抛出；谁知在他下榻的同一家旅馆里住着一位年青侯爵，此人碰巧要找这么一件宝物，便付给了他比表的价值更多的钱。一年过去了，西格弗里特已经自立，他到了另一个城市，在报上读到一条用抽彩的办法出售一只表的启事。他买了一张不值几文钱的彩票，结果赢回来了他卖出去的那块镶着许多宝石的金表。不久，他又用这块表换了一只贵重的戒指。后来，他在G侯爵手下当了短时间的差，临离职时，侯爵赠给他一件纪念品，想不到又是那只镶着许多宝石的金表，而且还配了一条很值钱的表链！从这表的故事，人们自然又扯到西格弗里特死不碰牌的倔脾气，说以他那样的好运气，真是难以理解。不过，众人很快便取得了一致的看法，认为男爵尽管具有其它优秀品质，骨子里却是个吝啬鬼，胆子小，心眼窄，输一点点钱也受不了。其实，男爵的作风本身就完全推翻了这种说法；可对此却谁也不加理会，跟常有的情形那样，世人往往渴望对一位品格高尚的人的名誉提出疑问，并且也总能——虽然仅仅只在自己的想象中——找到这种疑问；因此在把西格弗里特对赌博的反感作了上述解释后，大伙儿便心安理得了。

男爵很快便知道了人家对他的闲话。作为一位心高气傲、豁达开朗的人，他最恨最反感的莫过于吝啬了；因此决定不管自己多讨厌赌博，也要去输掉几百金路易，以洗去蒙受的嫌疑，打一打诽谤者的嘴巴。

男爵上了牌桌，决心无论如何也要把装在口袋里的一大笔钱输掉；谁料跟他做任何事情一样，运气始终忠实地伴随着他。他押每一张牌都赢。那班精于此道的赌棍再怎么老谋深算，仍通通败在他的手下。他改押其它牌也好，老押同一张牌也好，反正都是赢，赢，赢。如此牌风大顺，使男爵几乎要发起火来，这在他本人是近乎情理的表现，对于一个赌客却十分稀罕；因此大伙儿都忧心忡忡，面面相觑，生怕男爵这个本来就怪僻的人最后会发狂；要晓得一个赌客必定是神经错乱了，否则是绝不至于因为运气好而生气的。

男爵赢了一大笔钱，这就逼着他继续赌下去，以实现他原定的计划。根据一般情况判断，大赢之后必有大输。男爵的情况却大出人们所料。他后来的手气始终和开初一样好。

不知不觉间，男爵心中也产生了对法娄牌的兴趣，而且这兴趣越来越浓。说起法娄牌，它赌法虽然简单，却最要人老命。

如今，男爵不再讨厌自己的好运气，赌博已经迷上了他的心，使他通宵泡在赌场里。现在吸引他的已不是输或赢，而是赌博本身，因此他最终不得不相信赌博的特殊魔力；从前，他是绝对不承认朋友们所讲起的这种魔力的。

一天夜里，庄家刚发完牌，男爵一抬头便看见自己对面站着一个老头子，用忧郁而严肃的目光死死盯着他。以后,每当男爵玩着玩着抬起头来,目光总和这个陌生人阴沉沉的目光相遇,心里禁不住产生一种压抑和不祥的感觉。一直到牌局散了,陌生人才离开赌场。第二天夜里,他又站在男爵对面,用他那对幽灵似的阴沉沉的眼睛,直直地瞪着男爵。男爵仍然耐着性子;可到第三夜,陌生人又来了,又目光灼灼地盯着他,他便发火了:

"我说先生,我必须请您另外找个位置;您现在这样妨碍我玩牌哩。"

陌生人苦笑着鞠了一躬,一句话没讲便离开牌桌,走出赌场去了。接下去的那天夜里,陌生人却仍出现在男爵对面,眼里射出阴冷的光,像是想把男爵的身体看透似的。

这一来,男爵便气得比昨天夜里更厉害了:

"先生,您如果这么猴子似的瞅着我心头好受的话,那我劝您另外选个地点和时间,眼下您可给我——"男爵用手一指门,代替了几乎脱口而出的粗话。

和前一天一样,陌生人又苦笑了笑,点了点头,走出大厅里去了。赌博、酗酒,特别是那个陌生人在他心头引起的气恼和激动,使西格弗里特怎么也睡不着。曙光已经照临,陌生人的影子还在他眼前晃动。男爵看见他那张给人留下强烈印象的、皱纹很深的、饱经风霜的脸,看见他那对死死盯着自己的、阴郁深陷的眼睛,发现他衣着尽管寒伧,举止却还文雅,说明他是个颇有教养的人。——还有陌生人受到申斥时忍辱退让的态度,以及他强压着巨大悲痛离开赌场时的神情!——

"不!"西格弗里特大声自言自语道,"我不该这样对待他!——很不该!——难道我的身份允许我像个鲁莽小伙子似的,无缘无故就凶人家,侮辱人家么?"

末了,男爵甚至确信,陌生人之所以死死盯着自己,是因为他痛感到了他们两人之间的巨大差异:在同一时刻,他自己穷愁潦倒,苦苦挣扎;男爵却挥金如土,豪赌不已。男爵决定,第二天早上就去找陌生人,挽回昨天的事情。

说也凑巧,男爵在林荫道上散步所碰见的第一个人,便是那个老头儿。

男爵招呼他,诚恳地就自己昨天晚上的行为向他道歉,请他务必原谅自己。陌生人说,他完全没有什么好怪他的,因为一个赌客赌到了兴头上,就顾不得这些那些了,人家必须包涵他,更何况自己是固执地老站在一个位置上,妨碍了男爵玩牌才挨骂的呢。

接下去,男爵便谈到生活中往往有些尴尬的时候,使一个有教养的人也感到痛苦颓丧;然后相当明显地表示,他准备把自己赢的全部钱或者更多一些送给陌生人,设若这样做能对他有所帮助的话。

"先生,"陌生人回答,"您当我手头十分拮据么?才不是哩。就我目前所过的简单生活来讲,我与其说穷,勿宁说富。再则,您自己也会同意我的下述看法:你以为侮辱了我,便想花一笔钱来挽回此事,我作为一个有体面的人断断不能接受,更何况我还是一个骑士。"

"我相信。"男爵困窘地回答,"我相信我明白了您的意思,因此准备奉陪,如果您要求的话。"

"啊,天啊!"陌生人接下去道,"呵,天啊!我俩之间要决斗可太不相当啦!——我确信,您和我一样不会把决斗当儿戏,而且也绝不至于认为,几滴鲜血,也许是从划破的指头上流出来的,就能洗刷干净遭到玷污的荣誉吧。在这个世界上,的确也有两个人不能并存的情况,即便一个住在高加索,另一个住在台伯河①,但只要一想到自己的仇人还活着,他们便势不两立。这时就该由决斗才回答问题:谁该向谁腾出地球上的这块地方。——至于我们之间呢,我刚才说过,要作为决斗双方是太不相当了:因为我的生命远不如您的高贵。要是我戳倒了您,那就杀死了一个前途远大的人;而我被戳倒了呢,则仅仅结束了一个可怜人饱经忧患的痛苦的一生!——但主要的,还是我根本不认为自己受到了侮辱。——您叫我走,我走就是呗!"

陌生人讲最后一句话的声调,流露出了他内心感到的屈辱。这就足以使男爵再一次向他表示抱歉,说自己也不知道为什么,陌生人的目光就像钻了他的心似的,使他简直不能忍受。

"可能的。"陌生人说,"可能我的目光真的钻进了您心中,使您意识到自己正处在危险里面。您年轻豪爽,站在悬崖边上还高高兴兴的,岂知只须再轻轻一推,您就会掉到无底深渊去啊。——一句话,您正要变成一个狂热的赌徒,正要自己毁掉自己。"

男爵断言,陌生人是大错特错了。他详细讲述了自己怎样玩起牌来的,声称他毫无赌瘾,唯一的希望只是输掉几百个金路易,一旦目的达到,马上就可断赌;只可惜至今赌运是太好了。

"哎,哎!"陌生人说,"这样的赌运才是最险恶的敌人和最可怕的诱惑哩!正是您玩牌时的好运气,您第一次上赌场的经过情形,您在牌桌上的整个神态——它清楚地表明您对赌博的兴趣越来越浓——这一切的一切,都让我生动地回忆起一个不幸者的可怕遭遇。这个人有许多和您相似之处,而且也是像您一样开始玩起牌来的。因此,我忍不住要目不转睛地瞧着您,忍不住想用言语告诉您我原本要以目光让您猜出的意思!——啊,快看,魔鬼正伸出利爪来拖您下地狱去啦!——我真想对您这么喊。——我渴望与您结识,现在我至少成功了。——请听我给您讲刚才已提到的那个不幸者的故事吧,这样您也许会相信,我认为您处境极端危险,对您发出警告,并不是我自己凭空臆造,想入非非。"

陌生人和男爵两个在僻静处找了一条长椅坐下来,接着,陌生人便开始讲下面这个故事:

梅内尔骑士有着和您——男爵阁下一样的出类拔萃的品格,因此博得了男人们的敬仰与钦佩,成了女士们宠爱的人。只是在财富方面,他运气赶不上您。他可以说相当穷困,必须节俭度日,才勉强维持住一位世家子弟的门面,不致丢脸。哪怕输掉很少一点钱吧,也会使他心痛,破坏他的整个生活,因此他从来不敢进赌场;加之他又对赌博毫无兴趣,所以要做到不赌也很容易。除此而外,他干任何事情都特别顺利,竟使人家把"梅内尔骑士的好运气"变成了一句口头语。

一天夜里,他打破了自己的习惯,让人硬劝着进了赌场。陪他一道去的朋友很快都入了局,一个个玩得难分难解。

骑士却心不在焉地一会儿在大厅里踱来踱去,一会儿又盯着牌桌,看见金元正从四

---

① 高加索在中亚,台伯河在意大利。

面八方流到庄家面前去。这当儿,一位老上校发现了骑士,突然大声喊道:

"老天啊!梅内尔骑士和他的好运气不是到咱们中间来了吗?咱们之所以老不赢,就为他既未站在庄家一边,也未站在咱们一边。这样下去可不成,我得马上请他来为我下注!"

不论骑士说自己牌艺低劣也好,缺少经验也好,上校都不答应,结果硬把他拉上了桌子。

他的手气正好和您——男爵阁下一样,牌张张顺手,不一会儿就为上校赢了一大堆钱,使上校对自己借用梅内尔骑士的好运这个妙主意高兴得不得了。

骑士的赌运尽管使所有人惊异,对他自己却未产生丝毫影响;是的,他本人也不知怎么一来,反而更加讨厌赌博了。他硬撑着熬过了那一夜,第二天清晨精疲力竭,便下了最大决心,以后无论如何也不再跨赌场的门槛了。

那个老上校的做法更增强了他的决心。这家伙一摸牌就输,因此莫名其妙地想让骑士为他摆脱恶运,死乞白赖地要骑士去代他押牌,要不至少也得在他赌钱时站在他身边,用骑士的福体祛除那个老是把输牌推到他手中的妖魔。——众所周知,在赌友中间比哪儿都有更多的无聊的迷信。——骑士只是在态度十分严厉的情况下,甚至声明宁可和他决斗,也不再为他打牌以后,才摆脱了上校的纠缠;上校本来也不是个决斗爱好者嘛。过后,骑士还一直骂自己当初不该对这个老傻瓜让步。

然而,骑士赌运亨通的故事却不胫而走,甚至还牵强附会地加上了种种离奇神秘色彩,把骑士描绘成了一个能与鬼神打交道的人。骑士尽管赌运很好,却不摸牌,这再清楚不过地表明他性格坚毅,更增加了人们对他的敬重。

大概又过了一年,骑士由于意外地失去了一小笔维持生活的款子,陷入了极其狼狈困窘的境地。他不得已向自己最忠心的朋友告穷,朋友毫不迟疑地帮助他,给了他所急需的款子,同时却又骂他是古往今来的第一大怪人。

"命运在向你我招手,"他说,"告诉了我们走什么路子去寻找并且找到自己的幸福;只有我们麻木不仁,才不加注意,不予理会。我们头上的神灵已凑近你的耳朵,明明白白地告诉你:'喂,你要发财吗?那玩牌去吧!否则你会终生穷困潦倒,无以自立。'"

到了这会儿,他心里才生动地出现了自己在牌桌上大走红运的情景,于是醒里梦里都只看见一张张的牌,听见庄家那一声声单调的"赢——输"、"赢——输",以及金元叮叮当当的响声。

"可真是哩!"他自己嘀咕着,"像那天的情况,我一夜之间便可脱离穷困难堪的处境,不再成为自己朋友的拖累;是的,我有义务听从命运的召唤。"

那位劝他去玩牌的朋友,陪他进了赌场,再给了他20个金路易,使他能放心大胆去下注。

要是说骑士上次为老上校已经押得很准了的话,这回就更是如此。他只管闭着眼睛不加选择地下注好了,反正都是赢,仿佛不是他自己,而是一只看不见的神手,一个把运气操在手中或者干脆就是运气本身的神灵,在斟酌调弄他的牌。一夜赌下来,骑士赢了上千金路易。

第二天早上醒来,他还处在陶醉之中。他赢的金圆堆在旁边一张桌子上。有一忽儿他以为自己是在做梦,揉了揉眼睛,抓住桌子,把它拖到面前。他回忆着发生的事情,手在钱堆里掏来掏去,把它们数了一遍又一遍。这当儿,那种对于罪恶的金钱的迷恋,便第一次如烈性毒气一般渗透了他全身,使他失去了长期保持住的心灵的纯洁!

他急不可耐地盼着天黑,天黑了好去打牌。自此,他夜夜必下赌场,而且运气又好,因此不出几个礼拜便赢了很大一笔财产。

好赌的人可分两类:一类不在乎输赢,而只是从赌博本身获得一种无以名之的神秘的乐趣;在玩牌的过程中,种种偶然性奇妙地凑合在一起,那种冥冥中起支配作用的力量便再清楚不过地显现出来,激励着我们的精神,使它鼓动双翼,力图飞进那朦胧的国度里去,以窥探那个制造人类命运的工场的秘密。——我认识一个人,他没日没夜地独个儿关在房中开局,又当庄家又当押家,依我看这人才算得一个真正的赌迷。——另一类人,一心只想着赢钱,视赌博为一种迅速发财的手段。我们的骑士便归入这一类;由此证明,真正的更高一级的赌兴都是与生俱来,存在于一个人的天性之中这一说法是正确的。

正因为如此,他不久便觉得光当押家已施展不开,遂用自己所赢的为数可观的钱开起一个局来,结果运气仍然十分之好,短时间里全巴黎就数他那个局最兴旺了。作为最豪富、最走运的局主,涌到他身边来的赌客也最多,这是十分自然的事。

一个赌迷过的那种放荡粗鄙的生活,使骑士很快失去了一切曾经博得人们尊敬爱戴的优点和德行。他不再是一个忠实的朋友,快活的游伴,具有骑士风度的妇女崇拜者。他已无心于科学和文艺,也放弃了扩大自己眼界的一切努力。他那死人一般苍白的脸上,阴沉沉地射着寒光的眼中,充分流露出一种最可怕的狂热;他已被这种狂热紧紧包裹住了。——不是对于赌博的酷好,不是的;而是魔鬼亲自在他心中点燃的对金钱的欲火!——一句话,他成了世界上所能找到的最不折不扣的庄家!

一天夜里,骑士手风不如平时那么顺,可也并未怎样输。这当儿,一个干巴老头儿出现在他的局上,衣着寒伧,模样猥琐,手抖抖颤颤地抽了一张牌,押上一个金币。多数赌客见到他都吃了一惊,对他显出鄙夷的神气;但老头儿一点也不在乎,更没说半句不高兴的话。

老头儿输了,一盘接一盘地输了,而且他输得越多,其他赌客便越高兴。可不,老头儿把赌注一倍一倍地往上加,最后在一张牌上竟押了五百个金路易。在他翻牌的一刹那,旁边一个人大笑道:

"转运罗,韦尔杜阿先生转运罗!唉,别丧气,继续押下去吧!我瞧您这模样,临了准能大赢一注,把他这个局给炸垮的!"

老头儿恶狠狠地瞪了说风凉话那位一眼,冲出了赌场,但半小时后又跑回来,口袋里鼓鼓地装着钱。然而玩到最后一盘,老头儿只得歇手,他取来的钱又输光了。

骑士尽管已滥赌成癖,可仍注意在自己的局上保持良好的赌风,对众人讥讽和鄙视老头儿的做法极为不满。散局了,老人已经离去,他便叫住那位说风凉话的老兄以及另外几个对老头儿作践得最厉害的赌友,对他们提出了严肃的责问。

"哎,"一个赌友回答,"您不了解弗朗西斯科·韦尔杜阿这老家伙;您要了解他,就不会怪我们和我们对他的态度啦,相反还会大大称赞我们。告诉您,这个韦尔杜阿出生在那不勒斯,十五年前在巴黎住了下来,眼下是全巴黎最卑鄙无耻、凶狠毒辣的吝啬鬼和放印子钱的人,一点儿人味都没有。哪怕就是他亲兄弟痛苦得死去活来,在他面前打滚,也休想求他拿一个金路易出来救自己兄弟的命。由于他干的投机勾当,一些人,不,一些家庭便坠入了痛苦的深渊;他们都诅咒他,骂他不得好死,凡认识他的人,无不痛恨他,无不希望他遭到恶报,尽快结束其罪恶累累的一生。他从来不赌钱,至少在巴黎这十五年没赌过;因此,当这老吝啬鬼出现在局上时,难怪我们大家都很诧异。同样,我们对他输了很多钱不能不高兴;试想,要是这个恶棍运气反倒好,那就可悲,太可悲了!很显然,这老傻瓜是让您局上的财富给迷了心窍啦,骑士。他原想来拔您身上的羽毛,结果反倒给烫罗。本人不解的是,韦尔杜阿这个悭吝成性的家伙,怎么能有决心下那么大的注。哼,他大半不会再来了,咱们总算甩掉了这混蛋!"哪知事情完全出乎所料,韦尔杜阿第二天夜里又来到了骑士局上,而且押的和输的都比前一天多。他仍然不动声色,甚至有时还自我解嘲地苦笑一笑,好似他已经预先知道,风向很快就会完全转过来。可是,接下去几天夜里,老头儿输的钱跟滚雪球似越滚越快,越滚越多。有人最后代他总结了一下,他已在骑士局上送掉3万金路易。后来有一夜,牌局已经开始了很久,他才面无人色、目光迷茫地走进来,站在离牌桌老远的地方,眼睛瞪着骑士正在翻的牌。终于,骑士重新洗完牌,让人端过了,正准备开第二盘,老头儿却突然嘎声哑气地喊道:"且慢!"把几乎所有赌客都吓得回过头去。只见他拼命挤过人群,来到骑士身边,凑近他耳朵压低嗓门儿说:

"骑士!我在圣沃诺内街的住宅连同家具、陈设、金银、珠宝,统统估计在内总共值八万法郎,这个注您敢认么?"

"请吧。"骑士冷冷地回答,连瞧都没瞧老头儿一眼便开始分牌。

"皇后!"老头儿嚷道。

翻牌结果,皇后输啦!——老头儿一个踉跄退了回去,身子靠在墙壁上动弹不得了,就像根石头柱子似的。以后便谁也不再去理睬他。局散了,赌客们纷纷离去,骑士和他的助手们将钱装进了银箱;这当儿,韦尔杜阿老头子才跟个幽灵似地从角落里踱出来,到骑士跟前,用有气无力的低沉的嗓音说:

"还有一句话,骑士,就一句话!"

"嗯,啥话?"骑士回答,一边从银箱上拔下钥匙,然后露出鄙夷的神气,从头到脚打量着老头儿。

"我的全部家产,"老人接下去说,"都败在了您的局上,骑士,一点儿也没剩给我,丝毫也没剩给我,我已不知道明早上去何处安身,用什么来填自己的肚子。没奈何,我只好找您,骑士。求您从赢我的钱中,借个十分之一给我吧,好让我拿去重开旧业,挣脱这可怕的困境呵。"

"瞧您想到哪儿去啦,"骑士回答,"瞧您想到哪儿去啦,韦尔杜阿先生!您难道不晓得,庄家从来不能把他赢的钱借出去么?这是从来就有的规矩,咱可不干违背规矩的事儿。"

"您讲得对,"韦尔杜阿继续说,"您讲得对,骑士。我的要求是不像话,太过分了,竟要十分之一！——不，不，就借我二十分之一吧！"

"老实告诉您，"骑士不耐烦地回答，"我从自己赢的钱里一个子儿也不借出去！"

"也是实话，"韦尔杜阿脸色越见苍白，目光越见呆滞，说："也是实话，您的确不能借任何一点钱出来——我过去也是这样的！——不过，您就算打发一个叫花子，从您今天的飞来之财中施舍我一百个金路易吧！"

"果真名不虚传！"骑士怒气冲冲地吼道，"您老兄真会折磨人哩，韦尔杜阿先生！实话对您讲，您从我这儿别说一百个金路易，五十个金路易——就连二十个金路易，一个金路易也得不到。我除非疯了，不然就绝不会借哪怕一点点钱给您，使您能够重新去做那可耻的买卖。命运已把您像条毒蛇似地踩到了泥土里，再扶您起来就是罪过。去吧，您活该倒霉！"韦尔杜阿双手捂面，长叹一声，蹲到了地上。骑士吩咐助手把银箱搬上马车，然后提高嗓门问道：

"喂，您什么时候移交您的住宅您的财产，韦尔杜阿先生？"

韦尔杜阿从地上站起来，口气坚决地回答：

"现在——立刻，请跟我走吧，骑士！"

"好的。"骑士说，"您可以搭我的车，回您那明天一早就要永远离开的家去。"

一路上，骑士也好，韦尔杜阿也好，谁都一言不发。——到了圣沃诺内街的住宅前，韦尔杜阿拉了拉门铃。一个老婆婆出来开门，一见韦尔杜阿就唠叨开了：

"呵，上帝，您到底回来啦，韦尔杜阿先生！昂热拉为了您已急得半死了！"

"别嚷嚷！"韦尔杜阿回答，"上帝保佑，千万别让昂热拉听见这门铃声呵！不能让她知道我回来了。"

说着，他便从惊呆了的老婆婆手中接过燃着许多支蜡烛的烛台，走在前面为骑士照路。

"我对一切都心中有数。"韦尔杜阿说，"您恨我，瞧不起我，骑士！你毁了我，您自己和其它人都因此感到开心；可您并不了解我。我告诉您我曾经也是一个跟您一样的大赌家，运气之好和您今天不相上下。我到过半个欧洲，在多多赢钱的欲望引诱下，哪儿大赌便去哪儿，我局上的金圆越堆越高，就跟您眼下似的。我有一个美丽忠实的妻子，却把她置之不顾，让她在众多的财富中凄苦度日。一次，我在热那亚设局，一个年青的罗马人把一大宗遗产全部输在了我的局上。就像我今天求您一样，他也求我借给他一点钱，使他至少能够回故乡去。我哈哈大笑，断然拒绝了他；他气疯了，绝望之中从身上拔出一把匕首，一下子深深刺进了我的胸部。医生们好不容易才救了我的命。可我长期卧床不起，痛苦难捱。这时我妻子照护我，安慰我，在我痛不欲生之际鼓起我活下去的勇气。随着伤势慢慢好转，我心中朦朦胧胧产生了一种感觉，这感觉越来越强烈，越来越强烈，在我还是从来不曾体验过的。作为一个赌徒，我丧失了一切人的情感，全不了解爱情是什么东西，一个妻子的忠诚眷顾有什么意义。这当儿，我心灵上起了内疚，觉得为那罪恶的勾当而牺牲了自己的妻子，很对她不起。与此同时，那些一生幸福以至生命都被我冷酷地葬送了的人的影子，又像复仇幽灵似地不断出现在我眼前，令我痛苦万分。我听见他们从坟墓中发出嘎哑低沉的喊叫，诉说我所播下的诸多罪孽。只有我的妻子，能够驱走我感到的无名的痛苦,以及往后时时向我袭来的恐怖!——我起了誓,从此再不摸牌。我躲在家中,断绝了一切联系,抵抗住了我那些伙计们的诱惑;这些人离不开我和我的好运气。我在罗马郊外买了一幢别墅,伤好以后便带着妻子逃到了那儿去。唉,可惜好景不长,我只过了一年好日子,在这一年中获得了意想不到的安宁、幸福和满足!我妻子为我生了一个女儿,产后几个礼拜便离开了人世。我绝望了,怨天怨地,也诅咒我自己,诅咒我从前所过的罪恶生活。因为它,天神今天才给了我报应,夺走了我的妻子,夺走了使我免于毁灭、唯一给了我安慰与希望的人!就像一个害怕孤独的罪人一样,我离开了罗马乡下的别墅,逃到巴黎来了。昂热拉长大起来,温柔可爱得跟她母亲一模一样。她是我的心肝,为了她我才感到必须获得一宗巨产,并且使其不断增加。不错,我是放印子钱;但要说我欺骗借债人,却纯属无耻诽谤。那些中伤我的是些什么人呢?一班轻浮之辈罢了!他们不断地来折磨我,要我借钱给他们;可钱一到手,他们又随意挥霍,好像扔破烂儿似的。但这些钱并不属于我,而属于我女儿,我把自己只不过看成是她的管家而已,因此就要无情地去追讨债款,这一来那班人便受不了了。前不久,我借了一大笔钱给一个青年,使他能免遭屈辱与毁灭。他当时一贫如洗;我在他后来继承一宗巨产之前压根儿未想到要他还。过后我去找他讨债。——您猜怎么着,骑士,这轻狂之徒竟忘记了我对他的救命之恩,公然赖起帐来。我不得已诉诸法庭,法庭强迫他还钱,他便骂我是一个卑鄙的吝啬鬼。——我还可以给您讲很多这类的故事,它们使我在碰上轻狂卑劣的人时,变得冷酷无情起来。——此外,我还可以告诉您,我已经多次因悔恨而痛哭流涕,并为我和我的昂热拉向上天祈祷。不过,您也许会认为我是在撒谎哄您,或者根本不当这是一回事,因为您是一位赌客呀!——我原以为,上帝已经宽宥了我;谁知才是妄想!因为他让魔鬼来引诱我,给我造成了空前的灾难。他让我听说了您的赌运,骑士!每天都有人对我讲,谁跟谁在您局上赌输了,沦为了乞丐。我于是便心血来潮,以为命运注定我要以自己始终保持着的好赌运来对抗您的赌运,以为命运将假我之手,来终止您的为非作歹。这样一个纯属狂妄的念头,搞得我食不甘味,卧不安寝。这样,我便上了您的局;这样,我便没命地狂赌下去,直至我的财产——昂热拉的财产,完全成了您的!如今一切全完啦!——您该会允许我女儿把她的衣服带走吧?"

"您女儿的穿戴与我无干。"骑士回答,"您还可以把床铺和必需的用具也搬出去。我拿这些破烂儿何用!不过您得当心,别偷偷弄走任何一件属于我的有价值的东西。"

韦尔杜阿老头儿一声不吭地瞪了骑士几秒钟,然后泪如泉涌,完全失去了自制,痛苦而绝望地跪在骑士脚下,举起双手来喊道:

"骑士啊,您要是心中还有一点点人的感情,就可怜可怜我吧!可怜可怜我吧!——将被您推下毁灭的深渊的不是我,而是昂热拉,我那跟天使一般纯洁的昂热拉!——呵,可怜可怜她吧!借给她,借给我的昂热拉,她那被您抢去的财产的二十分之一吧!——呵,我知道您会接受这个请求。——呵,昂热拉!呵,我的孩子!"

老人不断地泣,哀嚎,呻吟,以撕肝裂肺的声音呼唤着自己女儿的名字。

"瞧您又做起戏来啦,真没意思,真无聊。"骑士无动于衷地、深表厌恶地说。然而就在此刻,房门一下子大打开了,一个穿着白色睡衣的女孩子冲了进来,头发散乱,面色惨

白,跑上前去扶起韦尔杜阿老头儿,双手把他抱住,嘴里喊着:

"呵,我的父亲,我的父亲!——我听见了,全都听见了!——你说你已经失掉了一切吗?一切吗?难道你不还有你的昂热拉?一定要钱和财产干什么呢?难道昂热拉不能供养你,照料你么?呵,父亲,别再对这个卑鄙下流、没有心肝的人低声下气啦。——穷而可怜的不是我们,而是他,而是这个拥有大量肮脏财富的人;因为他遭到众人唾弃,处于可怕而绝望的孤独之中。在这广大的世界上,没有一个真心爱他的人,在他对人生绝望,对自己绝望之际,与他开诚相见。——走吧,父亲,跟我一块儿离开这所房子,越快越好,别让这个可怕的家伙老拿你的痛苦开心!"

韦尔杜阿老头儿神志恍惚地跌在一把椅子里,昂热拉跪在他脚边,拉着他的手又是吻,又是抚摸,一边还小孩儿似的数说着自己的种种知识和技能,表示要用它们去挣钱供养自己的父亲,并且眼泪汪汪地求他老人家。一定不要再难过,说什么她要是能为了赡养父亲而刺绣、缝纫、唱歌、弹琴,不只是仅仅为了好玩的话,那么生活对她就真正有了意义。

昂热拉用温柔甜蜜的语调安慰着自己的老父,打心坎里流露出对他的挚爱和孝敬,使这位少女身上仿佛蒙了一层圣洁美丽的光辉。此情此景,又有谁,又有哪个执迷不悟的罪人,见了能无动于衷呢?骑士的感觉更有所不同。他良知复萌,心里跟下了地狱似地充满着痛苦和恐怖。昂热拉恰似上帝派来惩罚他的天使;在她的光辉面前,掩护他为非作歹的雾障尽行散去,他那十恶不赦的自我原形毕露,使他一见之下大为震动。地狱之火在他胸中熊熊燃烧;但在这地狱之中,也闪过了一道神圣的光芒,带给他心里以天国的幸福与欢乐,然而,也正因为如此,他那无名的痛苦就更加难以忍受了!

骑士有生以来还未恋爱过。他在看见昂热拉的一刹那,心中既产生了热烈的爱情,也产生了绝望的痛苦。在天使一般纯洁温柔的昂热拉面前,像当时骑士这样一个男人是绝无希望的。

骑士想说话,可又张口结舌说不出来。最后总算鼓足了勇气,声音颤抖地结结巴巴道:

"韦尔杜阿先——先生,听——听我说!我没——没有——赢——赢您的钱,一点也——也没有!那是我的银——银箱,归——归您啦。——不!——我还要给您更——更多!我欠——欠了您的债。收——收下吧!收下吧!"

"呵,我的孩子!"韦尔杜阿惊呼。可昂热拉站起来走到骑士面前,眼神骄傲地望着他,庄重而平静地说:

"骑士,您听着,世界上还有比金钱和财产更可贵的东西,那就是您所不了解的高尚思想。这种思想使我们心中充满天国的安慰,指示我们以藐视的态度拒绝您的施舍与恩惠!——收起您的钱吧,它将给您这个没心肝的下贱赌徒带来永远也逃不掉的诅咒!"

"是啊!"骑士大吼一声,目光疯狂,声音可怕,"是该受诅咒!——我愿意受诅咒,愿意被打下十八层地狱,如果什么时候我再摸牌的话!——在这种情况下,您要是还赶我走,昂热拉,那就是您,就是您带给我了不可挽救的毁灭。——啊,您不知道,您不理解我——您也许叫我疯子——可您将会感觉到的,将会知道一切,在我有朝一日脑浆迸流地倒在您面前的时候！——昂热拉，我不是生，就是死！——别了！"

说完，骑士便绝望地冲出门去。韦尔杜阿看透了他，知道他心里是怎么回事，便极力打通昂热拉的思想，使她明白将会出现某些情况，使他们有必要接受骑士的礼物。昂热拉在听懂了父亲的话以后大吃一惊。她看不出在将来有任何改变对骑士的蔑视态度的可能。

然而，一个人的命运往往在他自己还不知不觉之间，已从他心灵最深邃的地方开始成形，最后使料想不到的事成为现实。

骑士好似从一场恶梦中突然醒来，发现自己正站在地狱的深渊旁边，面前有个光辉灿烂的形象，他伸出双手去抓又抓不着；她出现在面前并非为了救他，相反只是为了提醒他，他就要掉下地狱去了啊。

使整个巴黎感到奇怪的是，梅内尔骑士的牌局从赌场中消失了，他本人也不知去向。于是谣诼四起，一个比一个离奇。骑士避免与任何人接触，独个儿在那里饱尝着相思的苦味。一天，他在马门松公园的幽径上走着，不期撞着了韦尔杜阿老头和他的女儿。

原以为只能以厌恶与蔑视的眼光看他的昂热拉，这时发现骑士脸色苍白、心慌意乱、诚惶诚恐地站在自己面前，连头也不敢抬，心里异常感动。她知道得很清楚，自从那个可怕的夜晚以后，骑士便戒了赌，生活方式也来了个彻底改变。而这一切又都是她，是她一个人促成的；是她把骑士救出了罪恶的渊薮！试问，还有什么会比这个更满足一个女子的虚荣心呢？

所以，在韦尔杜阿和骑士寒暄了几句以后，昂热拉就以透着温柔与同情的语气问道："您怎么啦，梅内尔骑士？看样子您是病了或不高兴吧？说真的，您该去看看医生才好哩。"

可以想象，昂热拉这几句话给了骑士心中以怎样的希望和安慰。他立刻变成了另一个人，抬起头来，说出了从心灵深处涌到嘴边的话；用这样的话，他本可以打动所有人的心呵。韦尔杜阿老头儿提醒他，希望他别忘了去接收他所赢得的住宅。

"好的。"骑士兴高采烈地回答，"好的，韦尔杜阿先生！我要来，我明天就到府上来。不过，您得允许咱们仔细谈一谈条件，即使谈几个月也不要紧。"

"行啊行啊，"韦尔杜阿笑吟吟地回答，"我想，只要慢慢儿来，一切都是好说的，包括目前咱们还不肯去想的事。"

这以后，骑士由于心中宁贴了，便又恢复了他在染上赌瘾之前具有的种种优点，变得殷勤和蔼了。他拜访韦尔杜阿老先生的次数越来越勤，他的守护神昂热拉对他也越来越倾心，直到终于相信自己是全心全意地爱他了，便答应了他的求婚。韦尔杜阿老头儿大喜若狂，对他把家产输给骑士这件事总算完全放了心。

一天，骑士幸福的未婚妻坐在窗前，脑子里转着一般做未婚妻的女子总有的甜蜜愉快念头。这当儿，窗下响起一阵欢快的军乐声，原来是一个猎骑兵团正开赴西班牙前线。昂热拉同情地注视着那些注定去可怕的战争中送死的人们。突然，队伍中一个非常年青的小伙子勒转马头，仰起脸来望着昂热拉，使昂热拉手脚一软，便倒在了椅子里。

唉，这个正要去送死的年青骑兵不是别人，正是迪韦内特，昂热拉一位邻居的儿子。

他从小与她一起长大,几乎天天都在她家里玩,直到梅内尔骑士出现以后,才不再来了。

从小伙子满含责备的目光中——这目光里也有死亡的痛苦——昂热拉如今不只看出他说不出地爱她,不,她也看出自己对他也是一往情深,怪只怪过去没有意识到,只一味让骑士身上越来越明亮的光辉迷惑了自己。如今,她懂得了那小伙子的唉声叹气,懂得了他对自己耐心的默默无言的追求;如今,她才懂得了自己那颗不平静的心,知道了为什么每当迪韦内特来到,每当听见他脚步声的时候,自己胸中会那么激动。

"晚了,太晚了,我已永远失去了他!"昂热拉在心里说。稍后,她鼓起勇气,克制那撕碎她心肝的绝望情绪;由于她有勇气这么做,也就做到了。

可是,尽管如此,出现了干扰这点仍未逃脱骑士锐利的目光;不过,他考虑问题很细心,决不去揭开这个她觉得有必要对他保守的秘密,只满足于提前和他结婚,以彻底挫败任何可能的情敌。他把婚礼安排得极为分寸,很好地照顾了可爱的未婚妻目前的处境和情绪,使她又一次赞叹自己丈夫殷勤的为人。

骑士对妻子体贴入微,百依百顺,真诚敬重,无比钟爱,使昂热拉心中对迪韦内特的思念很快便自然地完全消失了。给他俩明媚的生活投下第一片阴影的,是韦尔杜阿老头儿的病倒和死去。

自从那夜把家产全部输给骑士以后,他再没摸过牌;谁知道到了弥留之际,他的心灵却似乎全让赌博给占据了。牧师来给他送临终,对他讲升天之道,他却躺在床上闭着眼睛,牙齿缝里不住地喃喃着"输——赢"、"输——赢",一双垂死时颤抖的手还不停比划,就跟在发牌和抽牌似的。昂热拉和骑士向他俯下身,亲切地唤着他的爱称,他都视而不见,似乎已认不得他们。临了儿,他发自肺腑地叹息了一声,说出一个"赢"字,便咽了气。

昂热拉痛苦万分,每想起老人死时的情景就心里害怕。她第一次看见骑士那个可怕的夜晚——当时他还是个不可救药的、没有心肝的赌棍——又历历如在眼前,使她担心有朝一日骑士会扯下天使的面具,重新开始旧日的生活,现出他那魔鬼的原形。

昂热拉这可怕的预感,不幸很快成了现实。韦尔杜阿老头儿临终仍念念不忘过去的罪恶生活,竟藐视教会的安慰,令梅内尔骑士也感到不寒而栗。他自己也不知怎么回事,从此以后就老想到赌钱的事,夜夜做梦都坐在局上,赢来一堆又一堆的钱。

昂热拉呢,她受到对骑士本来面目的回忆的袭扰,便越闷闷不乐,对骑士也不能像过去那样温柔信赖了。同样,骑士心里也产生了怀疑,以为昂热拉的郁郁寡欢与曾经扰乱过她心境、至今仍对自己秘而不宣的那桩隐情有关。于是怀疑产生出烦闷与气恼,他动不动就发脾气,伤了昂热拉的心。由于心理上的奇妙反作用,对不幸的迪韦内特的思念又在昂热拉胸中复苏过来,使她对他俩的爱情遭到了不可挽救的破坏,这从年青心房中萌生的最绚丽的花朵遭到了摧残,产生了绝望的情绪。夫妇俩感情越来越坏,使骑士觉得生活在家里单调寂寞,枯燥无味,急欲到外面去活动活动。

骑士的恶运重新降临。他内心的烦闷和气恼引起的演变,由一个坏家伙来最后完成了。此人是骑士过去局上的一名助手,他劝死劝活,硬要拉骑士下赌场去,那劲头儿令骑士也感到可笑。他狡狯地说,他简直想不通,骑士怎能为一个女人就抛开那唯一使他值得在世上活一场的事。没过多久,梅内尔骑士的牌局上便金光灿烂,比任何时候都更兴旺了。他照样赌运亨通,对手一个接一个倒下,他的财富越聚越多。然而,昂热拉的幸福却如春梦一场,从此遭到了破坏,可怕地遭到了破坏。骑士对她漠不关心,甚至表示轻蔑!他常几周几周、几月几月不见她一面,家事全丢给一个老管家处理,而且对佣人是想换就换,弄得昂热拉在自己家里也成了个陌生人,从谁那儿都得不到一点儿安慰。她经常在失眠的夜里听见骑士的马车在大门口停下,沉重的银箱被拖上楼来,骑士粗声大气地吩咐这个那个两句,便砰地一声关上了他那离得远远的卧室的门。这时候,昂热拉便热泪纵横,心如刀绞,在深沉的哀痛中千百遍地呼唤迪韦内特的名字,恳求万能的主快快了却她这悲惨凄凉的残生!

后来发生了一件事:一个良家子弟在骑士局上输光了全部家产,便在赌场中,在骑士设局的赌台边上,朝自己头上开了一枪,血污和脑浆直溅到赌客们身上,一个个吓得四散逃奔。唯有骑士不动声色,他问那班打算回家去的赌友,这样为了个没气派的傻瓜便提前散局,可符合赌场的老规矩。

这件事大为轰动。连一些最堕落、最狠毒的烂赌棍,也对骑士这不见先例的行径愤愤不平。于是乎所有人都起来反对他。警方取缔了骑士的赌局。还有人控告他弄虚作假;而当作铁证的,便是他那闻所未闻的好赌运。他怎么洗刷也洗刷不了,结果被处以罚金,夺去了他财产的很大一部分。他遭人唾骂,受人蔑视,于是便又回到他备受虐待的妻子怀抱中。浪子回头,昂热拉也高高兴兴地欢迎他。想到自己的父亲也曾在狂赌之后收了手,她心中又产生出一线希望:如今骑士已是上了年岁的人,从此该真正改邪归正了吧。

梅内尔骑士带着妻子离开巴黎,迁居到了昂热拉出生的城市热那亚。在热那亚,骑士起初还老老实实地呆在家里。可是,他与昂热拉之间恬静的夫妻生活一经遭到魔鬼破坏,要想恢复就怎么也不行了。不久,他心里又产生出烦躁情绪,逼着他一天到晚在外面跑,一刻不得安静。他的坏名声也跟着他从巴黎传到了热那亚,使他不敢去设局,尽管他心痒难熬,急欲一试。

当时,在热那亚最有钱的局主,是一个受了重伤不能再服役的法国上校。骑士心里怀着对他的嫉妒和仇恨,到了上校局上。他希望自己红运如初,能马上结果掉这个对手。上校呢,却一反常态,变得快活而幽默起来,高声对骑士道:有赌运亨通的梅内尔骑士到他局上来,玩牌才真正有了一点意义;眼下可以进行那场唯一使他对赌博发生兴趣的战斗啦。事实上,骑士在头几盘手气仍然很好。他便相信了自己的赌运不可战胜,终于叫了一声"Vabanque"①,结果一下子输掉很大一笔钱。

在这之前时输时赢的上校,洋洋得意地把赢的钱捞到自己身边。从此以后,骑士便完完全全倒了运。

他夜夜赌,夜夜输,直到他全部财产萎缩成了手中仅存的几千杜卡登票据。

为了把这些票证兑现,他整天在外面跑,傍晚很迟才回家。可夜幕一降临,他口袋里揣着最后一点金币又往外走,昂热拉猜准他要去哪儿,便出来拦住他,跪在他脚下泪如泉

---

① 法语:"炸局"意即下一个与庄家台面上全部赌金相等的大注,一举打垮庄家。

涌,求他看在圣母和全体圣者份上,别再去干那可怕的勾当,别把她推下痛苦穷困的深渊。

骑士扶起她来,心情沉痛地把她抱在怀中,声音低低地说:

"昂热拉,我亲爱的,我的好妻子!这是没有办法的事呵,我必须去,我不能不去。可明天,明天你的一切忧愁都会没有了,我以支配我们的永恒的命运起誓,今天赌最后一次!——放心吧,我的好乖乖!去睡觉,去做一个好梦,梦见我们将来的幸福时光,美满生活,以及我今晚的好赌运!"

说着骑士便吻了吻妻子,匆匆忙忙跑出家门。

两盘下来,骑士输了个精光!

他站在上校身边呆若木鸡,眼睛茫然地瞪着台面。

"您不押了吗,骑士?"上校边洗牌边问。

"我输光了呵!"他强作镇静地回答。

"什么也没有了么?"上校发着下一盘的牌,问。

"我成乞丐了!"骑士又气恼,又心痛,声音都哆嗦起来。他仍目不转睛地瞪着赌台,对其他押家正从上校手里赢走越来越多的钱的情况却视而不见。

上校继续心平气和地玩着。

"您可还有位漂亮的妻子哩。"他压低嗓子说,对骑士望也没望一眼,手里洗着下一盘的牌。

"您这话什么意思?"骑士怒气冲冲地问。上校只顾翻牌,根本不答理他。

又过了一会儿。

"一万杜卡登——赌昂热拉。"上校一边让人端牌,一边转过半个脸来道。

"您疯啦!"骑士大吼一声。可同时,他已渐渐恢复了冷静,发现上校正一个劲儿地在输。

"那就两万杜卡登好了。"上校手中停下洗牌,放低声音说。

骑士默不作声,上校继续赌着,牌几乎张张都对押家有利。

"行啊。"在开新的一盘时,骑士凑近上校耳朵说,同时把皇后推到台面上。

抽牌结果,皇后输了!

骑士咬牙切齿地退到一边,绝望而面无人色地靠在窗台上。

局散了,上校走到骑士跟前,刻薄地问了一句:

"喏,这下怎么说?"

"嗨!"骑士气急败坏地吼道,"您把我变成了乞丐啦。可您必定是发了狂,才想到可以赢走我的妻子。难道我们是生活在荒岛上,难道我妻子是个女奴,可以让无耻的男人任意买进卖出,赢来输去? 不错,要是皇后赢了,您就得付我两万杜卡登;反过来,要是我妻子肯抛下我而跟您去的话,那就算我输掉了一切对她的权利。——随我来吧,您会大失所望的。我妻子才不会像个下贱妓女似地跟人走,而将充满厌恶地赶走您的!"

"大失所望的将是您自己。"上校讥笑骑士道,"当昂热拉厌恶地赶走您这个使她不幸的可耻罪人,满怀欣喜地投进我的怀抱中来,您自己才会大失所望哩! 当您听见教会的祝福将我与她结合在一起,无比美满,无上幸福,您才会大失所望哩!——您说我发了狂!——哈哈,我要赢的正是您对于您妻子的权利;至于她这个人,肯定是我的!哈哈,我告诉您,骑士,您的妻子可真十分爱我啊,这我知道的——告诉您吧,我并非别人,正是那个迪韦内特,正是那个和昂热拉青梅竹马,相亲相爱,后来却被您用鬼蜮伎俩赶走了的邻家少年!——唉,直到我不得不上战场去了,昂热拉才明白过来,明白了她是怎样爱我——这一切我现在才知道——可当时却后悔莫及了!——是魔鬼点醒了我,我可以在赌博中把您毁掉,所以便拼命玩起牌来,并跟踪您到了热那亚。如今我大功告成啦!走,见您妻子去吧!"

骑士失魂落魄地站着,像遭一千个响雷击中了似的。那神秘而可怕的命运明明白白摆在他面前,这时他才完全看清楚了自己给可怜的昂热拉造成了何等巨大的不幸。

"让昂热拉,我的妻子,决定一切吧。"他声音沮丧地说,同时跟上急急忙忙冲出去了的上校。

到了家中,上校一把抓住昂热拉卧室的门手,骑士却推开他,说:

"我妻子睡了,您想把她从香甜的睡梦中搅醒吗?"

"唔。"上校回答,"在您使她遭受了无数痛苦之后,她什么时候还能睡得香甜啊?!"

上校坚持要进房去,骑士便猛然扑在他脚下,绝望地喊道:

"可怜可怜我啊!——把我的妻子留给我吧!您已经使我倾家荡产了呀!"

"想当初,韦尔杜阿老头儿也这么跪在您这个没人性的恶棍跟前,也没能使您那石头一般坚硬的心肠变软一点,眼下就是老天对您的报应!"说完,上校又朝昂热拉的卧室走去。

骑士抢先冲到门边,一把推开门,奔向躺着他妻子的床前,用手分开帐幔,呼唤道:

"昂热拉!昂热拉!"然后俯下身去抓住她的手……蓦地却面如死灰,浑身哆嗦,声音怕人地叫喊起来:"您瞧啊!您赢到了——我妻子的尸体!"

上校惊惶失色,冲到床边;昂热拉已经没有一丝儿生气,她死了——死了!

上校冲空中举起拳头,狂叫一声,奔出门去。从此便销声匿迹,杳无音信!

陌生人这么结束了自己的故事,从长椅上站起来走了,大为震惊的男爵连一句话也没来得及对他讲。

几天后,有人发现他在自己房里得了脑溢血,不多一会儿便一命呜呼,临终时没说任何话。他的证件表明,这个自称包达逊的陌生人并非别人,原来就是不幸的梅内尔骑士。

男爵认识到是上天派梅内尔骑士来救他,使他悬崖勒马,便发誓无论如何不再受骗人的赌运的引诱。

直到今天,他还谨守着自己的誓言。

(杨武能 译)

赏 析

霍夫曼醉心于描写自然和人生的"夜的方面",作品情调阴暗诡异,被同时代人称为

"幽灵霍夫曼"。尽管如此,他的小说仍然应当看作是现实生活的反映,有时甚至是很鲜明的反映。他的短篇小说《赌运》看似描写赌博欲望的魔力,实际却揭示出阶级社会中金钱的罪恶,堪称典型的"霍夫曼小说"。

《赌运》内容奇异怪诞,情节曲折诡异,一气呵成地讲了两个虽有联系却各自独立的赌徒的故事,提供了又一种"框形结构"的样本。故事用一个亲历者的口吻讲行叙述,主人公骑士是个赌局怪才,逢赌必赢,很容易发财,于是也很容易使人失去人性。有一天在赌局上,他遇到了同自己一样爱赌但运气极差的韦尔杜阿先生,韦尔杜阿先生把所有财产都输给了他。在同这个老头回去点收他所赢回的财产时,他了解了这个老赌徒的一生,让他顿时醒悟,决定同赌博决裂,并因此赢得了昂热拉的爱情。但老赌徒临终的行为有力地诠释了赌徒死性不改的本质,最终骑士还是投回了赌博的怀抱,不但输光了所有财产,还逼死了他心爱的妻子。小说入木三分地揭示了赌博影响和控制人心的巨大魔力,细腻入微地刻画了赌徒复杂、微妙和矛盾的内心世界,完全合乎生活实际,却令正常的人感到不可思议乃至震惊;而穿插其间的爱情描写,则使通篇的神秘、诡异、阴暗、窒闷中透出了一丝人性的温馨和希望的亮光。

赌博这个自古便存在于不同国家和民族的消极社会现象,在小说中成为了具体、直接的批判靶子,而作家真正要谴责和鞭笞的,却是导致人性丧失的对于财富的追逐和贪婪,这点升华了小说的主题,使得小说极具教育意义。

变形记

〔奥地利〕卡夫卡

弗兰茨·卡夫卡 (1883—1924)奥地利二十世纪著名小说家,与乔伊斯、普鲁斯特鼎足而立,视为西方现代派文学的开山祖师之一。在二十世纪西方现代派文学中,表现主义、超现实主义、意识流、存在主义、荒诞派、新小说派、黑色幽默等,都将其视为自己这一派的大师。他出生在犹太商人家庭,18岁入布拉格大学学习文学和法律,1904年开始写作,主要作品为4部短篇小说集和3部长篇小说。最著名的小说《变形记》、《地洞》、《饥饿的艺术家》,与合称为"卡夫卡三部曲"的《城堡》、《审判》、《美国》三部长篇小说。他生活在奥匈帝国行将崩溃的时代,又深受尼采、柏格森哲学影响,对政治事件也一直抱旁观态度,故其作品大都用变形荒诞的形象和象征直觉的手法,表现被充满敌意的社会环境所包围的孤立、绝望的个人。他的短篇小说也多用象征、隐喻、夸张的手法,故事离奇,情节新颖,给人以神秘、奇特之感。其作品成为席卷欧洲的"现代人的困惑"的集中体现,并在欧洲掀起了一阵又一阵的"卡夫卡热"。

一

一天早晨,格里高尔·萨姆沙从不安的睡梦中醒来,发现自己躺在床上变成了一只巨大的甲虫。他仰卧着,那坚硬得像铁甲一般的背贴着床。他稍稍抬了抬头,便看见自己那穹顶似的棕色肚子分成了好多块弧形的硬片,被子几乎盖不住肚子尖,都快滑下来了。比起偌大的身躯来,他那许多只腿真是细得可怜,都在他眼前无可奈何地舞动着。

"我出了什么事啦?"他想。这可不是梦。他的房间,虽是嫌小了些,的确是普普通通人住的房间,如今仍然安静地躺在四堵熟悉的墙壁当中。在摊放着打开的衣料样品——萨姆沙是个旅行推销员——的桌子上面,还是挂着那幅画,这是他最近从一本画报上剪下来装在漂亮的金色镜框里的。画的是一位戴皮帽子围皮围巾的贵妇人,她挺直身子坐着,把一只套没了整个前臂的厚重的皮手筒递给看画的人。

格里高尔的眼睛接着又朝窗口望去,天空很阴暗,可以听到雨点敲打在窗槛上的声音,他的心情也变得忧郁了。"要是再睡一会儿,把这一切晦气事统统忘掉该多好。"他想,但是完全办不到,平时他习惯于侧向右边睡,可是在目前的情况下,再也不能采取那样的姿态了。无论怎样用力向右转,他仍旧滚了回来,肚子朝天。他试了至少一百次,还闭上眼睛免得看到那些拼命挣扎的腿,到后来他的腰部感到一种从未体味过的隐痛,才不得不罢休。

"啊,天哪,"他想,"我怎么单单挑上这么一个累人的差使呢!长年累月到处奔波,比坐办公室辛苦多了,再加上还有经常出门的烦恼,担心各次火车的倒换,不定时而且低劣的饮食,萍水相逢的人也总是些泛泛之交,不可能有深厚的交情,永远不会变成知己朋友。让这一切都见鬼去吧!"他觉得肚子有点痒,就慢慢地挪动身子,靠近床头,好让自己头抬起来更容易些;他看清了发痒的地方,那儿布满着白色的小斑点,他不明白这是怎么回事,想用一条腿去搔一搔,可是马上又缩了回来,因为这一碰使浑身起了一阵寒颤。

他又滑下来恢复到原来的姿势。"起床这么早,"他想,"会使人变傻的。人是需要睡觉的。别的推销员生活得像贵妇人。比如,当我有一天上午赶回旅馆里登记取回的定货单时,别的人才坐下来吃早餐。我若是跟我的老板也来这一手,准定当场就给开除。也许这样对我倒更好一些,谁说得准呢。如果不是为了父母亲而总是谨小慎微,我早就辞职不干了,我早就会跑到老板面前,把肚子里的气出个痛快。那个家伙准会从写字桌后面直蹦起来!他的工作方式也真奇怪,总是那样居高临下坐在桌子后面对职员发号施令,再加上他的耳朵又偏偏重听,大家不得不走到他跟前去。但是事情也未必毫无转机;只要等我攒够了钱还清父母欠他的债——也许还得五六年——可是我一定能做到。到那时我就会时来运转了。不过眼下我还是起床为妙,因为火车五点钟就要开了。"

他看了看柜子上滴滴嗒嗒响着的闹钟。"天哪!"他想道。已经六点半了,而时针还在悠悠然向前移动,连六点半也过了,马上就要七点差一刻了。闹钟难道没有响过吗?从床上可以看到闹钟明明是拨到四点钟的,显然它已经响过了。是的,不过在那震耳欲聋的响声里,难道真的能安宁地睡着吗?嗯,他睡得并不安宁,可是却正说明他还是睡得不坏。那么他现在该干什么呢?下一班车七点钟开;要搭这一班车他得发疯一般赶才行,可是他的样品都还没有包好,他也觉得自己的精神不甚佳。而且即使他赶上这班车,还是逃不过上司的一顿申斥,因为公司的听差一定是在等候五点钟那班火车,这时早已回去报告他没有赶上了。那听差是老板的心腹,既无骨气又愚蠢不堪。那么,说自己病了行不行呢?不过这将是最最不愉快的事,而且也显得很可疑,因为他服务五年以来没有害过一次病。老板一定会亲自带了医药顾问一起来,一定会责怪他的父母怎么养出这样懒惰的儿子,他还会引证医药顾问的话,粗暴地把所有的理由都驳掉。在那个大夫看来,世界上除了健康之至的假病号,再也没有第二种人了。再说今天这种情况,大夫的话是不是真的不对呢?格里高尔觉得身体挺不错,只除了有些困乏,这在如此长久的一次睡眠以后实在有些多余,另外,他甚至觉得特别饿。

这一切都飞快地在他脑子里闪过,他还是没有下决心起床——闹钟敲六点三刻了。这时,他床头后面的门上传来了轻轻的一下叩门声。"格里高尔,"一个声音说,这是他母亲的声音,"已经七点差一刻了。你不是还要赶火车吗?"好温和的声音!格里高尔听到自己的回答声时却不免大吃一惊。没错,这分明是他自己的声音,可是却有另一种可怕的叽叽喳喳的尖叫声同时发了出来,仿佛是陪音似的,使他的话只有最初几个字才是清清楚楚的,接着马上就受到了干扰,弄得意义含混,使人家说不上到底听清楚没有。格里高尔本想回答得详细些,好把一切解释清楚,可是在这样的情形下他只得简单地说:"是的,是的,谢谢你,妈妈,我这会儿正在起床呢。"隔着木门,外面一定听不到格里高尔声音的变化,因为他母亲听到这些话也满意了,就拖着步子走了开去。然而这场简短的对话使家里人都知道格里高尔还在屋子里;这是出乎他们意料之外的,于是在侧边的一扇门上立刻就响起了他父亲的叩门声,很轻,不过用的却是拳头。"格里高尔,格里高尔,"他喊道,"你怎么啦?"过了一小会儿他又用更低沉的声音催促道:"格里高尔!格里高尔!"在另一侧的门上他的妹妹也用轻轻的悲哀的声音问:"格里高尔,你不舒服吗?要不要什么东西?"他同时回答了他们两个人:"我马上就好了。"他把声音发得更清晰,说完一个字过一会儿才说另一个字,尽力使他的声音显得正常。于是他父亲走回去吃他的早饭了,他妹妹却低声地说:"格里高尔,开开门吧,求求你。"可是他并不想开门,所以暗自庆幸自己由于时常旅行,他养成了晚上锁住所有门的习惯,即使回到家里也是这样。

首先他要静悄悄地不受打扰地起床,穿好衣服,最要紧的是吃饱早饭,再考虑下一步该怎么办,因为他非常明白,躺在床上瞎想一气是想不出什么名堂来的。他还记得过去也许是因为睡觉姿势不好,躺在床上时往往会觉得这儿那儿隐隐作痛,及至起来,就知道纯属心理作用,所以他殷切地盼望今天早晨的幻觉会逐渐消逝。他也深信,他之所以变声音不是因为别的而仅仅是重感冒的征兆,这是旅行推销员的职业病。

要掀掉被子很容易,他只需把身子稍稍一抬,被子就自己滑下来了。可是下一个动作就非常之困难,特别是因为他的身子宽得出奇。他得要有手和胳臂才能让自己坐起来;可是他有的只是无数细小的腿,它们一刻不停地向四面八方挥动,而他自己却完全无法控制,他想屈起其中的一条腿,可是它偏偏伸得笔直;等他终于让它听从自己的指挥时,所有别的腿却莫名其妙地乱动不已。"总是呆在床上有什么意思呢。"格里高尔自言自语地说。

他想,下身先下去一定可以使自己离床,可是他还没有见过自己的下身,脑子里根本没有概念,不知道要移动下身真是难上加难,挪动起来是那样的迟缓;所以到最后,他烦死了,就用尽全力鲁莽地把身子一甩,不料方向算错,重重地撞在床脚上,一阵彻骨的痛楚使他明白,如今他身上最敏感的地方也许正是他的下身。

于是他就打算先让上身离床,他小心翼翼地把头部一点点挪向床沿。这却毫不困难,他的身躯虽然又宽又大,也终于跟着头部移动了。可是,等到头部终于悬在床边上,他又害怕起来,不敢再前进了,因为,老实说,如果他就这样让自己掉下去,不摔坏脑袋才怪呢。他现在最要紧的是保持清醒,特别是现在;他宁愿继续呆在床上。

可是重复了几遍同样的努力以后,他深深地叹了一口气,还是恢复了原来的姿势躺着,一面瞧他那些细腿在难以置信地更疯狂地挣扎;格里高尔不知道如何才能摆脱这种荒唐的混乱处境,他就再一次告诉自己,呆在床上是不行的,最最合理的做法还是冒一切危险来实现离床这个极渺茫的希望。可是同时他也没有忘记提醒自己,冷静地、极其冷静地考虑到最最微小的可能性还是比不顾一切地蛮干强得多。这时际,他尽力集中眼光望向窗外,可是不幸得很,早晨的浓雾把狭街对面的房子也都裹上了。看来天气一时不会好转,这就使他更加得不到鼓励和安慰了。"已经七点钟了,"闹钟再度敲响时,他对自己说,"已经七点钟了,可是雾还这么重。"有片刻工夫,他静静地躺着,轻轻地呼吸着,仿佛这样一养神什么都会恢复正常似的。

可是接着他又对自己说:"七点一刻前我无论如何非得离开床铺不可。到那时一定会有人从公司里来找我,因为不到七点公司就开门了。"于是他开始有节奏地来回晃动自己的整个身子,想把自己甩出床去。倘若他这样翻下床去,可以昂起脑袋,头部不至于受伤。他的背似乎很硬,看来跌在地毯上并不打紧。他最担心的还是自己控制不了的巨大响声,这声音一定会在所有的房间里引起焦虑,即使不是恐惧。可是,他还是得冒这个险。

当他已经半个身子探到床外的时候——这个新方法与其说是苦事,不如说是游戏,因为他只需来回晃动,逐渐挪过去就行了——他忽然想起如果有人帮忙,这件事该是多么简单。两个身强力壮的人——他想到了他的父亲和那个使女——就足够了;他们只需把胳臂伸到他那圆鼓鼓的背后,抬他下床,放下他们的负担,然后耐心地等他在地板上翻过身来就行了,一碰到地板他的腿自然会发挥作用的。那么,姑且不管所有的门都是锁着的,他是否真的应该叫人帮忙呢?尽管处境非常困难,想到这一层,他却禁不住透出一丝微笑。

他使劲地摇动着,身子已经探出不少,快要失去平衡了,他非得鼓足勇气采取决定性的步骤了,因为再过五分钟就是七点一刻——正在这时,前门的门铃响了起来。"是公司里派什么人来了。"他这么想,身子就随之而发僵,可是那些细小的腿却动弹得更快了。一时之间周围一片静默。"他们不愿开门。"格里高尔怀着不合常情的希望自言自语道。可是使女当然还是跟往常一样踏着沉重的步子去开门了。格里高尔听到客人的第一声招呼就马上知道这是谁——是秘书主任亲自出马了。真不知自己生就什么命,竟落到给这样一家公司当差,只要有一点小小的差池,马上就会招来最大的怀疑!在这一个所有的职员全是无赖的公司里,岂不是只有他一个人忠心耿耿吗?他们的一个职员,早晨只占用公司两三个小时,不是就给良心折磨得几乎要发疯,真的下不了床吗?如果确有必要来打听他出了什么事,派个学徒来不也够了吗——难道秘书主任非得亲自出马,以便向全家人,完全无辜的一家人表示,这个可疑的情况只有他那样的内行来调查才行吗?与其说格里高尔下了决心,倒不如说他因为想到这些事非常激动,因而用尽全力把自己甩出了床外。砰的一声很响,但总算没有响得吓人。地毯把他坠落的声音减弱了几分,他的背也不如他所想象的那么毫无弹性,所以声音很闷,不惊动人。只是他不够小心,头翘得不够高,还是在地板上撞了一下;他扭了扭脑袋,痛苦而忿懑地把头挨在地板上磨蹭着。

"那里有什么东西掉下来了。"秘书主任在左面房间里说,格里高尔试图设想,今天他身上发生的事有一天也让秘书主任碰上了;谁也不敢担保不会出这样的事。可是仿佛给他的设想一个粗暴的回答似的,秘书主任在隔壁房间里坚定地走了几步,他那漆皮鞋子发出了吱嘎吱嘎的声音。从右面的房间里,他妹妹用耳语向他通报消息:"格里高尔,秘书主任来了。""我知道了。"格里高尔低声嘟哝道;但是没有勇气提高嗓门让妹妹听到他的声音。

"格里高尔。"这时候,父亲在左边房间里说话了,"秘书主任来了,他要知道为什么你没能赶上早晨的火车。我们也不知道怎么跟他说。另外,他还要亲自和你谈话。所以,请你开门吧。他度量大,对你房间里的凌乱不会见怪的。""早上好,萨姆沙先生。"与此同时,秘书主任和蔼地招呼道。"他不舒服呢。"母亲对客人说。这时父亲继续隔着门在说话:"他不舒服,先生,相信我吧。他还能为了什么原因误车呢!这孩子只知道操心公事。他晚上从来不出去,连我瞧着都要生气了;这几天来他没有出差,可他天天晚上都守在家里。他只是安安静静地坐在桌子旁边,看看报,或是把火车时刻表翻来覆去地看。他惟一的消遣就是做木工活儿,比如说,他花了两三个晚上刻了一个小镜框;您看到它那么漂亮一定会感到惊奇;这镜框挂在他房间里;再过一分钟等格里高尔开门您就会看到了。您的光临真叫我高兴,先生;我们怎么也没法使他开门;他真是固执;我敢说他一定是病了,虽然他早晨硬说没病。""我马上来了。"格里高尔慢吞吞地小心翼翼地说,可是却寸步也没有移动,生怕漏过他们谈话中的每一个字。"我也想不出有什么别的原因,太太,"秘书主任说,"我希望不是什么大病。虽然另一方面我不得不说,不知该算福气呢还是晦气,我们这些做买卖的往往就得不把这些小毛小病当作一回事,因为买卖嘛总是要做的。""喂,秘书主任现在能进来了吗?"格里高尔的父亲不耐烦地问,又敲起门来了。"不行。"格里高尔回答。这声拒绝以后,在左面房间里是一阵令人痛苦的寂静;右面房间里他妹妹啜泣起来了。

他妹妹为什么不和别的人在一起呢?她也许刚起床,还没有穿衣服吧。那么,她为什么哭呢?是因为他不起床让秘书主任进来吗,是因为他有丢掉差使的危险吗,是因为老板又要开口向他的父母讨还旧债吗?这些显然都是眼前不用担心的事情。格里高尔仍旧在家里,丝毫没有弃家出走的念头。的确,他现在暂时还躺在地毯上,知道他的处境的人当然不会盼望他让秘书主任走进来。可是这点小小的失礼以后尽可以用几句漂亮的辞令解释过去,格里高尔不见得会马上就给辞退。格里高尔觉得,就目前来说,他们与其对他抹鼻子流泪苦苦哀求,还不如别打扰他的好。可是,当然啦,他们的不明情况使他们大感不解,也说明了他们为什么有这样的举动。

"萨姆沙先生,"秘书主任现在提高了嗓门说,"你这是怎么回事?你这样把自己关在房间里,光是回答'是'和'不是',毫无必要地引起你父母极大的忧虑,又极严重地疏忽了——这我只不过顺便提一句——疏忽了公事方面的职责。我现在以你父母和你经理的名义和你说话,我正式要求你立刻给我一个明确的解释。我真没想到,我真没想到。我原来还认为你是个安分守己、稳妥可靠的人,可你现在却突然决心想让自己丢丑。经理今天早晨还对我暗示你不露面的原因可能是什么——他提到了最近交给你管的现款——我还几乎要以自己的名誉向他担保这根本不可能呢。可是现在我才知道你真是执拗得可以,从现在起,我丝毫也不想袒护你了。你在公司里的地位并不是那么稳固的。这些话我本来想私下里对你说的,可是既然你这样白白糟蹋我的时间,我就不懂为什么你的父母不应该听到这些话了。近来你的工作叫人很不满意;当然,目前买卖并不是旺季,这我们也承认,可是一年里整整一个季度一点买卖也不做。这是不行的,萨姆沙先生,这是完全不应该的。"

"可是,先生,"格里高尔喊道,他控制不住了,激动得忘记了一切,"我这会儿正要来开门。一点小小的不舒服,一阵头晕使我起不了床。我现在还躺在床上呢。不过我已经好了。我现在正要下床。再等我一两分钟吧!我不像自己所想的那样健康。不过我已经好了,真的。这种小毛病难道就能打垮我不成!我昨天晚上还好好儿的,这一点我父亲母亲也可以告诉您,不,应该说我昨天晚上就感觉到了一些预兆。我的样子想必已经不对劲了。您要问为什么我不向办公室报告,可是人总以为一点点不舒服一定能挺过去,用不着请假在家休息。哦,先生,别伤我父母的心吧!您刚才怪罪于我的事都是没有根据的;从来没有谁这样说过我。也许您还没有看到我最近兜来的定单吧。至少,我还能赶上八点钟的火车呢,休息了这几个钟点我已经好多了。千万不要因为我而把您耽搁在这儿,先生,我马上就会开始工作的,这有劳您转告经理,在他面前还得请您多替我美言几句呢!"

格里高尔一口气说着,自己也搞不清楚自己说了些什么,也许是因为有了床上的那些锻炼,格里高尔没费多大气力就来到柜子旁边,打算依靠柜子使自己直立起来。他的确是想开门的,的确是想出去和秘书主任谈话的;他很想知道,大家这么坚持以后,看到了他又会说些什么。要是他们都大吃一惊,那么责任就再也不在他身上,他可以得到安静了,如果他们完全不在意,那么他也根本不必不安,只要真的赶紧上车站去搭八点钟的车就好了。起先,他好几次从光滑的柜面上滑下来,可是最后,在一使劲之后,他终于站直了;现在他也不管下身疼得像火烧一般了。接着他让自己靠向附近一张椅子的背部,用他那些细小的腿抓住了椅背的边。这使他得以控制自己的身体,他不再说话,因为这时候他听见秘书主任又开口了。

"你们有哪个字听得懂吗?"秘书主任问,"他不见得在开我们玩笑吧?""哦,天哪,"他母亲声泪俱下地喊道,"也许他病得不轻,倒是我们在折磨他呢。葛蕾特!葛蕾特!"接着她嚷道。"什么事,妈妈?"他妹妹打那一边的房间里喊道。她们就这样隔着格里高尔的房间对嚷起来。"你得马上去请医生。格里高尔病了。去请医生,快点儿。你没听见他说话的声音吗?""这不是人的声音。"秘书主任说,跟母亲的尖叫声一比他的嗓音显得格外低沉。"安娜!安娜!"他父亲从客厅向厨房里喊道,一面还拍着手,"马上去找个锁匠来!"于是两个姑娘奔跑得裙子飕飕响地穿过了客厅——他妹妹怎能这么快就穿好衣服呢?——接着又猛然打开了前门,没有听见门重新关上的声音;她们显然听任它洞开着,什么人家出了不幸的事情时情况就总是这样。

格里高尔现在倒镇静多了。显然,他发出来的声音人家再也听不懂了,虽然他自己听来很清楚,甚至比以前更清楚,这也许是因为他的耳朵变得适应这种声音了。不过至少现在大家相信他有什么地方不太妙,都准备来帮助他了。这些初步措施将带来的积极效果使他感到安慰。他觉得自己又重新进入人类的圈子,他对大夫和锁匠都寄予了莫大的希望,却没有怎样分清两者之间的区别。为了使自己在即将到来的重要谈话中声音尽可能清晰些,他稍微清了清嗓子,他当然尽量压低声音,因为就连他自己听起来,这声音也不像人的咳嗽。这时候,隔壁房间里一片寂静。也许他的父母正陪了秘书主任坐在桌旁,在低声商谈,也许他们都靠在门上细细谛听呢。

格里高尔慢慢地把椅子推向门边,接着便放开椅子,抓住了门来支撑自己——他那些细腿的脚底上倒是颇有粘性的——他在门上靠了一会儿,喘过一口气来。接着他开始用嘴巴来转动插在锁孔里的钥匙。不幸的是,他并没有什么牙齿——他得用什么来咬住钥匙呢?——不过他的下颚倒好像非常结实;靠着这下颚他总算转动了钥匙,他准是不小心弄伤了什么地方,因为有一股棕色的液体从他嘴里流出来,淌过钥匙,滴到地上。"你们听,"门后的秘书主任说,"他在转动钥匙了。"这对格里高尔是个很大的鼓励;不过他们应该都来给他打气,他的父亲母亲都应该喊:"加油,格里高尔,"他们应该大声喊道,"坚持下去,咬紧钥匙!"他相信他们都在全神贯注地关心自己的努力,就集中全力死命咬住钥匙。钥匙需要转动时,他便用嘴巴衔着它,自己也绕着锁孔转了一圈,好把钥匙扭过去,或者不如说,用全身的重量使它转动。终于屈服的锁发出响亮的咔嗒一声,使格里高尔大为高兴。他深深地舒了一口气,对自己说:"这样一来我就不用锁匠了。"接着就把头搁在门柄上,想把门整个打开。

门是向他自己这边拉的,所以虽然已经打开,人家还是瞧不见他。他得慢慢地从对开的那半扇门后面把身子挪出来,而且得非常小心,以免背脊直挺挺地跌倒在房间里。他正在困难地挪动自己,顾不上作任何观察,却听到秘书主任"哦"的一声大叫——发出来的声音像一股猛风——,现在他可以看见那个人了,他站得最靠近门口,一只手遮在张大的嘴上,慢慢地往后退去,仿佛有什么无形的强大压力在驱逐他似的。格里高尔的母亲——虽然秘书主任在场,她的头发仍然没有梳好,还是乱七八糟地竖着——先是双手合掌瞧瞧父亲,接着向格里高尔走了两步,随即倒在地上,裙子摊了开来,脸垂到胸前,完全看不见了。他父亲握紧拳头,一副恶狠狠的样子,仿佛要把格里高尔打回到房间里去,接着他又犹豫不定地向起居室扫了一眼,然后把双手遮住眼睛,哭泣起来,连他那宽阔的胸膛都在起伏不定。

格里高尔没有接着往起居室走去,却靠在那半扇关紧的门的后面,所以他只有半个身子露在外面,还侧着探在外面的头去看别人。这时候天更亮了,可以清清楚楚地看到街对面一幢长得没有尽头的深灰色的建筑——这是一所医院——上面惹眼地开着一排排呆板的窗户;雨还在下,不过已成为一滴滴看得清的大颗粒了。大大小小的早餐盆碟摆了一桌子,对于格里高尔的父亲,早餐是一天里最重要的一顿饭,他边吃边看各式各样的报纸,这样要吃上好几个钟点。在格里高尔正对面的墙上挂着一幅他服兵役时的照片,当时他是中尉,他的手按在剑上,脸上挂着无忧无虑的笑容,分明要人家尊敬他的军人风度和制服。前厅的门开着,大门也开着,可以一直看到住宅前的院子和最下面的几级楼梯。

"好吧,"格里高尔说,他完全明白自己是惟一多少保持着镇静的人。"我立刻穿上衣服,等包好样品就动身。您是否还容许我去呢?您瞧,先生,我并不是冥顽不化的人,我很愿意工作;出差是很辛苦的,但我不出差就活不下去。您上哪儿去,先生?去办公室?是吗?我这些情形您能如实地反映上去吗?人总有暂时不能胜任的时候,不过这时正需要想起他过去的成绩,而且还要想到以后他又恢复了工作能力的时候,他一定会干得更勤恳更用心。我一心想忠诚地为老板做事,这您也很清楚。何况,我还要供养我的父母和妹妹。我现在景况十分困难,不过我会重新挣脱出来的。请您千万不要火上加油。在公司里请一定帮我说几句好话。旅行推销员在公司里不讨人喜欢,这我知道。大家以为他们赚的是大钱,过的是逍遥自在的日子。这种成见也犯不着特地去纠正。可是您呢,先生,比公司里所有的人看得都全面,是的,让我私下里告诉您,您比老板本人还全面,他是东家,当然可以凭自己的好恶随便不喜欢哪个职员。您知道得最清楚,旅行推销员几乎长年不在办公室,他们自然很容易成为闲话、怪罪和飞短流长的目标,可他自己却几乎完全不知道,所以防不胜防。直待他精疲力竭地转完一个圈子回到家里,这才亲身体验到连原因都无法找寻的恶果落到了自己的身上。先生,先生,您不能不说我一句好话就走啊,请表明您觉得我至少还有几分是对的呀!"

可是格里高尔才说头几个字,秘书主任就已经在跟跄倒退,只是张着嘴唇,侧过颤抖的肩膀直勾勾地瞪着他。格里高尔说话时,他片刻也没有站定,却偷偷地向门口踅去,眼睛始终盯紧了格里高尔,只是每次只移动一寸,仿佛存在某项不准离开房间的禁令一般。他好不容易退入了前厅,他最后一步跨出起居室时动作好猛,真像是他的脚跟给火烧着似的。他一到前厅就伸出右手向楼梯跑去,好似那边有什么神秘的救星在等待他。

格里高尔明白,如果要保住他在公司里的职位,不想砸掉饭碗,那就决不能让秘书主任抱着这样的心情回去。他的父母对这一点还不太了然。多年以来,他们已经深信格里高尔会在这家公司里要呆上一辈子的,再说,他们的心思已经完全放在当前的不幸事件上,根本无法考虑将来的事。可是格里高尔却考虑到了。一定得留住秘书主任,安慰他,劝告他,最后还要说服他;格里高尔和他一家人的前途全系在这上面呢!只要妹妹在场就好了!她很聪明;当格里高尔还安静地仰在床上的时候她就已经哭了。总是那么偏袒女性的秘书主任一定会乖乖地听她的话;她会关上大门,在前厅里把他说得不再惧怕。可是她偏偏不在,格里高尔只得自己来应付当前的局面。他没有想到自己的身体究竟有什么活动能力,也没有想一想他的话人家仍旧很可能听不懂,而且简直根本听不懂,就放开了那扇门,挤过门口,迈步向秘书主任走去,而后者正可笑地用两只手抱住楼梯的栏杆;格里高尔刚要摸索可以支撑的东西,忽然轻轻喊了一声,身子趴了下来,他那许多只腿着了地。还没等全部落地,他的身子已经获得了安稳的感觉,从早晨以来,这还是第一次;他脚底下现在是结结实实的地板了;他高兴地注意到,他的腿完全听从指挥了;它们甚至努力地把他朝他心里所想的任何方向带去;他简直要相信,他所有的痛苦总解脱的时候终于快来了。可是就在这一瞬间,当他摇摇摆摆一心想动弹的时候,离他不远,事实上就躺在他前面地板上的母亲,本来似乎已经完全瘫痪,这时却霍地跳了起来,伸直两臂,张开了所有的手指,喊道:"救命啊,老天爷,救命啊!"一面又低下头来,仿佛想把格里高尔看得更清楚些,同时又偏偏身不由己地一直往后退,根本没顾到她后面有张摆满了食物的桌子;她撞上桌子,又糊里糊涂傀地坐了上去,似乎全然没有注意她旁边那把大咖啡壶已经打翻,咖啡也汩汩地流到了地毯上。

"妈妈,妈妈。"格里高尔低声地说道,抬起头来看着她。这时他已经完全把秘书主任撇在脑后;他的嘴却忍不住哑巴起来,因为他看到了淌出来的咖啡,这使他母亲再一次尖叫起来。她从桌子旁边逃开,倒在急忙来扶她的父亲的怀抱里。可是格里高尔现在顾不得他的父母;秘书主任已经在走下楼梯了,他的下巴探在栏杆上扭过头来最后回顾了一眼。格里高尔急走几步,想尽可能追上他;可是秘书主任一定是看出了他的意图,因为他往下蹦了几级,随即消失了;可是他还在不断地叫喊"噢",回声传遍了整个楼梯。

不幸得很,秘书主任的逃走仿佛使一直比较镇定的父亲也慌乱万分,因为他非但自己不去追赶那个人,反而阻拦格里高尔去追逐,他右手操起秘书主任连同帽子和大衣一起留在一张椅子上的手杖,左手从桌子上抓起一张大报纸,一面顿脚,一面挥动手杖和报纸,要把格里高尔赶回到房间里去。格里高尔的恳求全然无效,事实上别人根本不理解;不管他怎样谦恭地低下头去,他父亲反而把脚顿得更响。另一边,他母亲不顾天气寒冷,打开了一扇窗子,双手掩住脸,尽量把身子往外探。一阵劲风从街上刮到楼梯,窗帘掀了起来,桌上的报纸吹得啪嗒啪嗒乱响,有几张吹落在地板上。格里高尔的父亲无情地把他往后赶,一面嘘嘘叫着,简直像个野人。可是格里高尔还不熟悉怎么往后退,所以走得很慢。如果有机会掉过头,他能很快回进房间的,但是他怕转身的迟缓会使他父亲更加生气,他父亲手中的手杖随时会照准他的背上或头上给以狠狠的一击。到后来,他竟不知怎么办才好,因为他绝望地注意到,倒退着走连方向都掌握不了;因此,他一面始终不安地侧过头瞅着父亲,一面开始掉转身子,他想尽量快些,事实上却非常缓慢。也许父亲发觉了他的良好意图,因为父亲并不干涉他,只是在他挪动时远远地用手杖尖拨拨他。只要父亲不再发出那种无法忍受的嘘嘘声就好了。这简直要使格里高尔发狂。他已经完全转过身去了,只是因为给嘘声弄得心烦意乱,甚至转得过了头。最后他总算对准了门口,可是他的身体又偏巧宽得过不去。但是在目前精神状态下的父亲,当然不会想到去打开另外半扇门好让格里高尔得以通过。他父亲脑子里只有一件事,尽快把格里高尔赶回房间。不过让格里高尔直立起来,侧身进入房间,就要作许多麻烦的准备,父亲是绝不会答应的。父亲现在发出的声音更加响亮,他拼命催促格里高尔往前走,好像他面前没有什么障碍似的;在格里高尔听来他后面响着的声音不再像是父亲一个人的了;现在更不是闹着玩的了,所以格里高尔不顾一切狠命向门口挤去。他身子的一边拱了起来,倾斜地卡在门口,腰部挤伤了,在洁白的门上留下了可憎的斑点,不一会儿他就给夹住了,不管怎么挣扎,还是丝毫动弹不得,他一边的腿在空中颤抖地舞动,另一边的腿却在地上给压得十分疼痛。这时,他父亲从后面使劲地推了他一把,实际上这倒是支援,使他一直跨进了房间中央,汨汨地流着血。在他后面,门砰的一声用手杖关上了,屋子里终于恢复了寂静。

二

直到薄暮时分格里高尔才从沉睡中苏醒过来,这与其说是沉睡还不如说是昏厥。其实再过一会儿他自己也会醒的,因为他觉得睡得很长久,已经睡够了,可是他仍觉得仿佛有一阵疾走的脚步声和轻轻关上通向前厅房门的声音惊醒了他。街上的电灯,在天花板和家具的上半部投下一重淡淡的光晕,可是在低处他躺着的地方,却是一片漆黑。他缓慢而笨拙地试了试他的触角,只是到了这时,他才初次学会运用这个器官,接着便向门口爬去,想知道那儿发生了什么事,他觉得有一条长长的、绷得紧紧的不舒服的伤疤,他的两排腿事实上只能瘸着走了。而且有一只细小的腿在早晨的事件里受了重伤,现在毫无用处地曳在身后——仅仅坏了一条腿,这倒真是个奇迹。

他来到门边,这才发现把他吸引过来的事实上是什么:食物的香味,因为那儿放了一只盆子,盛满了甜牛奶,上面还浮着切碎的白面包。他险些儿要高兴得笑出声来,因为他现在比早晨更加饿了,他立刻把头浸到牛奶里去,几乎把眼睛也浸没了。可是很快他又失望地缩了回来;他发现不仅吃东西很困难,因为柔软的左侧受了伤——他要全身抽搐地配合着才能把食物吃到口中——,而且他也不喜欢牛奶了,虽然牛奶一直是他喜爱的饮料,他妹妹准是因此才给他准备的;事实上,他几乎是怀着厌恶的心情把头从盆子边上扭开,爬回到房间中央去的。

他从门缝里看到起居室的煤气灯已经点亮了,在平日,到这时候,他父亲总要大声地把晚报读给母亲听,有时也读给妹妹听,可是现在却没有丝毫声息。也许是父亲新近抛弃大声读报的习惯了吧,他妹妹在谈话和写信中经常提到这件事。可是到处都那么寂静,虽然家里显然不是没有人。"我们这一家日子过得多么平静啊。"格里高尔自言自语道,他一动不动地瞪视着黑暗,心里感到很自豪,因为他能够让他的父母和妹妹在这样一套挺好的房间里过着满不错的日子。可是如果这一切的平静、舒适与满足都要恐怖地告以结束,那可怎么办呢?为了使自己不致陷入这样的思想,格里高尔活动起来了,他在房间里不断地爬来爬去。

在这个漫长的夜晚,有一次一边的门打开了一道缝,但马上又关上,后来另一边的门上也发生了这样的事;显然是有人打算进来但是又犹豫不决。格里高尔现在紧紧地伏在起居室的门边,打算劝那个踌躇的人进来,至少也想知道那人是谁;可是门再也没有开过,他白白地等待着。清晨那会儿,门锁着,他们全都想进来;可是如今他打开了一扇门,另一扇门显然白天也是开着的,却又谁都不进来了,而且连钥匙都插到外面去了。

一直到深夜,起居室的煤气灯才熄灭,格里高尔很容易就推想到,他的父母和妹妹久久清醒地坐在那儿,因为他清晰地听见他们蹑手蹑脚走开的声音。没有人会来看他了,至少天亮以前是不会了,这是肯定的;因此他有充裕的时间从容不迫地考虑他该怎样重新安排生活。可是他匍匐在地板上的这间高大空旷的房间使他充满了一种不可言喻的恐惧,虽然这就是他自己住了五年的房间——他自己还不大清楚是怎么回事,就已经毫不害臊地急急钻到沙发底下去了。他马上就感到这儿非常舒服,虽然他的背稍有点被压住,他的头也抬不起来。他惟一感到遗憾的是身子太宽,不能整个藏进沙发底下。

他在那里呆了整整一夜,一部分时间消磨在假寐上,腹中的饥饿时时刻刻使他惊醒,而另一部分时间里,他一直沉浸在担忧和渺茫的希望中。但他想来想去,总是只有一个结论:那就是目前他必须静静地躺着,用忍耐和极度的体谅来协助家庭克服他在目前的情况下必然会给他们造成的不方便。

拂晓时分,其实还简直是夜里,格里高尔就有机会考验他的新决心是否坚定了,因为他的妹妹衣服还没有完全穿好就打开了通往客厅的门,表情紧张地向里面张望。她没有立刻看见他,可是一等她看到他躲在沙发底下——说到究竟,他总得呆在什么地方,他又不能飞走,是不是?——她大吃一惊,不由自主就把门砰地重新关上。可是仿佛是后悔自己方才的举动似的,她马上又打开了门,踮起脚尖走了进来,似乎她来看望的是一个重病人,甚至是陌生人。格里高尔把头探出沙发的边缘看着她。她会不会注意到他并非因为不饿而留着牛奶没喝,她会不会拿别的更合他的口味的东西来呢?除非她自动注意到这一层。他情愿挨饿也不愿唤起她的注意,虽然他有一股强烈的愿望,想从沙发底下冲出来,伏在她脚下,求她拿点食物来。可是妹妹马上就注意到了,她很惊讶,发现除了泼了些出来以外,盆子还是满满的,她立即把盆子端了起来,虽然不是直接用手,而是用手里拿着的布,她把盆子端走了。格里高尔好奇得要命,想知道她会换些什么来,而且还作了种种猜测。然而心地善良的妹妹实际上所做的却是他怎么也想象不到的。为了弄清楚他的嗜好,她给他带来了许多种食物,全都放在一张旧报纸上。这里有不新鲜的半腐烂的蔬菜,有昨天晚饭剩下来的肉骨头,上面还蒙着已经变稠硬结的白酱油;还有些葡萄干和杏仁;一块两天前格里高尔准会说吃不得的乳酪;一块陈面包,一块抹了黄油的面包,一块撒了盐的黄油面包。除了这一切,她又放下了那只盆子,往里倒了些清水,这盆子显然算是他专用的了。她考虑得非常周到,生怕格里高尔不愿当她的面吃东西,所以马上就退了出去,甚至还锁上了门,让他明白他可以安心地随意进食。格里高尔所有的腿都嗖地向食物奔过去。而他的伤口也准是已经完全愈合了,因为他并没有感到不方便,这使他颇为吃惊,也令他回忆起一个月以前,他用刀稍稍割伤了一只手指,直到前天还觉得疼痛。"难道现在我感觉迟钝些了不成?"他想,紧接着便对着乳酪狼吞虎咽起来,在所有的食物里,这一种立刻强烈地吸引了他。他眼中含着满意的泪水,逐一地把乳酪、蔬菜和酱油都吃掉;可是新鲜的食物却一点也不给他以好感,他甚至都忍受不了那种气味,事实上他是把可吃的东西都叼到远一点的地方去吃的。他吃饱了,正懒洋洋地躺在原处,这时他妹妹慢慢地转动钥匙,仿佛是给他一个暗示,让他退走。他立刻惊醒了过来,虽然他差不多睡着了,就急急地重新钻到沙发底下去。可是藏在沙发底下需要相当的自我克制力量,即使只是妹妹在房间里这短短的片刻,因为这顿饱餐使他的身子有些膨胀,他只觉得地方狭窄,连呼吸也很困难。他因为透不过气,眼珠也略略鼓了起来。他望着没有察觉任何情况的妹妹在用笤帚扫去不光是他吃剩的食物,甚至也包括他根本没碰过的那些,仿佛这些东西现在根本没人要了,扫完后又急匆匆地全都倒进了一只桶里,把木盖盖上就提走了。她刚扭过身去,格里高尔就打沙发底下爬出来舒展身子,呼哧呼哧喘了几口气。

格里高尔就是这样由他妹妹喂养着,一次在清晨他父母和使女还睡着的时候,另一次是在他们吃过午饭,他父母睡午觉而妹妹把使女打发出去随便干点杂事的时候。他们当然不会存心叫他挨饿,不过也许是他们除了听妹妹说一声以外,对于他吃东西的情形根本不忍心知道吧,也许是他妹妹也想让他们尽量少操心吧,因为眼下他们心里已经够烦的了。

至于第一天上午大夫和锁匠是用什么借口打发走的,格里高尔就永远不得而知了。因为他说的话人家既然听不懂,他们——甚至连妹妹在内——就不会想到他能听懂大家的话,所以每逢妹妹来到他的房间里,他听到她不时发出的几声叹息,和向圣者做的喁喁祈祷,也就满足了。后来,她对这种情形略微有点习惯了——当然,完全习惯是绝对不可能的。这时,她间或也会让格里高尔冷耳听到这样好心的或者可以作这样理解的话。"咦,他喜欢今天的饭食。"要是格里高尔把东西吃得一干二净她会这样说;但是近来下面的情形越来越多了,她总是有点忧郁地说:"又是什么都没有吃。"

虽然格里高尔无法直接得到任何消息,他却从隔壁房间里偷听到一些,只要听到一点点声音,他就急忙跑到那个房间的门后,把整个身子贴在门上。特别是在头几天,几乎没有什么谈话不牵涉到他,即使是悄悄话。整整两天,一到吃饭时候,全家人就商量该怎么办;就是不在吃饭时候,也老是谈这个题目,那阵子家里至少总有两个人,因为谁也不愿孤单单地留在家里,至于全都出去那更是不可想象的事。就在第一天,女仆——她对这件事到底知道几分还弄不太清楚——来到母亲跟前,跪下来哀求让她辞退工作。当她一刻钟之后离开时,居然眼泪盈眶,感激不尽,仿佛得到了什么大恩典似的。而且谁也没有逼她,她就立下重誓,说这件事她永远一个字也不对外人说。

女仆一走,妹妹就得帮着母亲做饭了;其实这事也并不太麻烦,因为事实上大家都简直不吃什么。格里高尔常常听到家里一个人白费力气地劝另一个人多吃一些,可是回答总不外是"谢谢,我吃不下了",或者诸如此类的话。现在似乎连酒也没人喝了。他妹妹总是一次又一次地问父亲要不要喝啤酒,并且好心好意地说要亲自去买,她见父亲没有回答,便建议让看门的女人去买,免得父亲觉得过意不去。这时父亲断然地说一个"不"字,大家就再也不提这事了。

在头几天里,格里高尔的父亲便向母亲和妹妹解释了家庭的经济现状和远景。他常常从桌子旁边站起来,去取一些文件和帐目,这都放在一只小小的保险箱里,这是五年前他的公司破产时保存下来的。他打开那把复杂的锁,窸窸窣窣地取出纸张又重新锁上的声音都一一听得清清楚楚。他父亲的叙述是格里高尔幽禁以来所听到的第一个愉快的消息,他本来还以为父亲的买卖什么也没有留下呢,至少父亲没有说过相反的话;当然,他也没有直接问过。那时,格里高尔惟一的愿望就是竭尽全力,让家里人尽快忘掉父亲事业崩溃使全家沦于绝望的那场大灾难。所以,他以不寻常的热情投入工作,很快就不再是个小办事员,而成为一个旅行推销员,赚钱的机会当然更多,他的成功马上就转化为亮晃晃圆滚滚的硬币,好让他当着惊诧而又快乐的一家人的面放在桌子上。那真是美好的时刻啊,这种时刻以后就没有再出现过,至少是再也没有那种光荣感了,虽然后来格里高尔挣的钱已经够维持一家的生活,事实上家庭也的确是他在负担。大家都习惯了,不论是家里人还是格里高尔,收钱的人固然很感激,给的人也很乐意,可是再也没有那种特殊的温暖感觉了。只有妹妹和他最亲近,他心里有个秘密的计划,想让她明年进音乐学院。她跟他不一般,爱好音乐,小提琴拉得很动人。进音乐学院费用当然不会小,这笔钱一定得另行设法筹措。他逗留在家的短暂期间,音乐学院这一话题在他和妹妹之间经常提起,不过总把它当作一个永远无法实现的美梦;只要听到关于这件事的天真议论,他的父母就感到沮丧;然而格里高尔已经痛下决心,准备在圣诞节之夜隆重地宣布这件事。

这就是他贴紧门站着倾听时涌进脑海的一些想法,这在目前当然都是毫无意义的空想了。有时他实在疲倦了,便不再倾听,而是懒懒地把头靠在门上,不过总是立即又得抬起来,因为他弄出的最轻微的声音隔壁都听得见,谈话也因此完全停顿下来。"他现在又在干什么呢?"片刻之后他父亲会这样问,而且显然把头转向了门,这以后,被打断的谈话才会逐渐恢复。

由于他父亲很久没有接触经济方面的事,他母亲也总是不能一下子就弄清楚,所以他父亲老是一遍又一遍地反复解释,使格里高尔了解得非常详细:他的家庭虽然破产,却有一笔投资保存了下来——款子当然很小——而且因为红利没有动用,钱数还有些增加。另外,格里高尔每个月给的家用——他自己只留下几个零用钱——没有完全花掉,所以到如今也积成了一笔小数目。格里高尔在门背后拼命点头,为这种他没料到的节约和谨慎而高兴。当然,本来他也可以用这些多余的款子把父亲欠老板的债再还掉些,使自己可以少替老板卖几天命,可是无疑还是父亲的做法更为妥当。

不过,如果光是靠利息维持家用,这笔钱还远远不够;这项款子可以使他们生活一年,至多二年,不能再多了。这笔钱根本就不能动用,要留着以备不时之需;日常的生活费用得另行设法。他父亲身体虽然还算健壮,但已经老了,他已有五年没做事,也很难期望他能有什么作为了;在他劳累的却从未成功过的一生里,他还是第一次过安逸的日子,在这五年里,他发胖了,连行动都不方便了。而格里高尔的老母亲患有气喘病,在家里走动都很困难,隔一天就得躺在打开的窗户边的沙发上喘得气都透不过来,又怎能叫她去挣钱养家呢?妹妹还只是个十七岁的孩子,她的生活直到现在为止还是一片欢乐,关心的只是怎样穿得漂亮些,睡个懒觉,在家务上帮帮忙,出去找些不太花钱的娱乐,此外最重要的就是拉小提琴,又怎能叫她去给自己挣面包呢?只要话题转到挣钱养家的问题,最初格里高尔总是放开了门,扑倒在门旁冰凉的皮沙发上,羞愧与焦虑得心中如焚。

他往往躺在沙发上,通夜不眠,一连好几个小时在皮面子上蹭来蹭去。他有时也集中全身力量,将扶手椅推到窗前,然后爬上窗台,身体靠着椅子,把头贴到玻璃窗上,他显然是企图回忆过去临窗眺望时所感到的那种自由。因为事实上,随着日子一天天过去,稍稍远一些的东西他就看不清了;从前,他常常诅咒街对面的医院,因为它老是逼近在他眼面前,可是如今他却看不见了,倘若他不知道自己住在虽然僻静却完全是市区的夏洛蒂街,他真要以为自己的窗子外面是灰色的天空与灰色的土地浑然成为一体的荒漠世界了。他那细心的妹妹只看见扶手椅两回都靠在窗前,就明白了;此后她每次打扫房间总把椅子推回到窗前,甚至还让里面那层窗子开着。

如果他能开口说话,感激妹妹为他所做的一切,他也许还能多少忍受她的怜悯,可现在他却受不住。她工作中不太愉快的那些方面,她显然想尽量避免,日子一天天过去,她的确逐渐达到了目的,可是格里高尔也渐渐地越来越明白了。她走进房间的样子就使他痛苦。她一进房间就冲到窗前,连房门也顾不上关,虽然她往常总是小心翼翼不让旁人看到格里高尔的房间。她仿佛快要窒息了,用双手匆匆推开窗子,甚至在严寒中也要当风站着做深呼吸。她这种吵闹急促的步子一天总有两次使得格里高尔心神不定;在这整段时间里,他都得蹲在沙发底下,打着哆嗦。他很清楚,她和他呆在一起时,若是不打开窗子也还能忍受,她是绝对不会如此打扰他的。

有一次,大概在格里高尔变形一个月以后,其实这时她已经没有理由见到他再吃惊了,她比平时进来得早了一些,发现他正在一动不动地向着窗外眺望,所以模样更像妖魔了。要是她光是不进来格里高尔倒也不会感到意外,因为既然他在窗口,她当然不能立刻开窗了,可是她不仅退出去,而且仿佛是大吃一惊似地跳了回去,并且还砰地关上了门;陌生人还以为他是故意等在那儿要扑过去咬她呢。格里高尔当然立刻就躲到了沙发底下,可是他一直等到中午她才重新进来,看上去比平时更显得惴惴不安。这使他明白,妹妹看见他依旧那么恶心,而且以后也势必一直如此。她看到他身体的一小部分露出在沙发底下而不逃走,该是作出了多大的努力呀。为了使她不致如此,有一天他花了四个小时的劳动,用背把一张被单拖到沙发上,铺得使它可以完全遮住自己的身体,这样,即使她弯下身子也不会看到他了。如果她认为被单放在那儿根本没有必要,她当然会把它拿走,因为格里高尔这样把自己遮住又蒙上自然不会舒服。可是她并没有拿走被单,当格里高尔小心翼翼地用头把被单拱起一些看她怎样对待新情况的时候,他甚至仿佛看到妹妹眼睛里闪出了一丝感激的光辉。

　　在最初的两个星期里,他的父母亲鼓不起勇气进他的房间,他常常听到他们对妹妹的行为表示感激,而以前他们是常常骂她的,说她是个不中用的女儿。可是现在呢,在妹妹替他收拾房间的时候,老两口往往在门外等着,她一出来就问她房间里的情形,格里高尔吃了什么,他这一次行为怎么样,是否有些好转的迹象,过了不多久,母亲想要来看他了,起先父亲和妹妹都用种种理由劝阻她,格里高尔留神地听着,暗暗也都同意。后来,他们不得不用强力拖住她了,而她却拼命嚷道,"让我进去瞧瞧格里高尔,他是我可怜的儿子!你们就不明白我非进去不可吗?"听到这里,格里高尔想也许还是让她进来的好,当然不是每天都来,每星期一次也差不多了;她毕竟比妹妹更周到些,妹妹虽然勇敢,总还是个孩子,再说她之所以担当这件苦差事恐怕还是因为年轻稚气,少不更事罢了。

　　格里高尔想见见他母亲的愿望很快就实现了。在大白天,考虑到父母的脸面,他不愿趴在窗子上让人家看见,可是他在几平方米的地板上没什么好爬的,漫漫的长夜里他也不能始终安静地躺着不动,此外他很快就失去了对于食物的任何兴趣,因此,为了锻炼身体,他养成了在墙壁和天花板上纵横交错地爬来爬去的习惯。他特别喜欢倒挂在天花板上,这比躺在地板上强多了,呼吸起来也轻松多了,而且身体也可以轻轻地晃来晃去;倒悬的滋味使他乐而忘形,他忘乎所以地松了腿,直挺挺地掉在地板上。可是如今他对自己身体的控制能力比以前大有进步,所以即使摔得这么重,也没有受到损害。他的妹妹马上就注意到了格里高尔新发现的娱乐——他的脚总要在爬过的地方留下一种粘液——于是她想到应该让他有更多地方可以活动,得把挡路的家具搬出去,首先要搬的是五斗柜和写字桌。可是一个人干不了;她不敢叫父亲来帮忙;家里的佣人又只有一个十六岁的使女,女仆走后她虽说有勇气留下来,但是她求主人赐给她一个特殊的恩惠,让她把厨房门锁着,只有在人家特意叫她时才打开,所以她也是不能帮忙的;这样,除了趁父亲出去时求母亲帮忙之外,也没有别的法子可想了。老太太真的来了,一边还兴奋地叫喊着,可是这股劲头没等她来到格里高尔房门口就烟消云散了。格里高尔的妹妹当然先进房间,她来看看是否一切都很稳妥,然后再招呼母亲。格里高尔赶紧把被单拉低些,并且把它弄得皱褶更多些,让人看了以为这是随随便便扔在沙发上的。这一回他也不打沙发底下往外张望了;他放弃了见到母亲的快乐,她终于来了,这就已经使他喜出望外了。"进来吧,他躲起来了。"妹妹说,显然是搀着母亲的手在领她进来。此后,格里高尔听到了两个荏弱的女人使劲把那口旧柜子从原来的地方拖出来的声音,他妹妹只管挑重活儿干,根本不听母亲叫她当心累坏身子的劝告。她们搬了很久,在拖了至少一刻钟之后,母亲提出相反的意见,说这口柜还是放在原处的好,因为首先它太重了,在父亲回来之前是绝对搬不走的;而这样立在房间的中央当然只会更加妨碍格里高尔的行动,况且把家具搬出去是否就合格里高尔的意,这可谁也说不上来。她甚至还觉得恰恰相反呢;她看到墙壁光秃秃,只觉得心里堵得慌,为什么格里高尔就没有同感呢,既然好久以来他就用惯了这些家具,一旦没有,当然会觉得很凄凉。最后她又压低了声音说——事实上自始至终她都几乎是用耳语在说话,她仿佛连声音都不想让格里高尔听到,——他到底藏在哪儿她并不清楚,因为她相信他已经听不懂她的话了。"再说,我们搬走家具,岂不等于向他表示,我们放弃了他好转的希望,硬着心肠由他去了吗?我想还是让他房间保持原状的好,这样,等格里高尔回到我们中间,他就会发现一切如故,也就能更容易忘掉这期间发生的事了。"

听到了母亲这番话,格里高尔明白,两个月不与人交谈以及单调的家庭生活,已经把他的头脑弄糊涂了,否则他就无法解释,为什么会把房间里的家具清出去看成一件严肃认真的事。难道他真的要把那么舒适地放满祖传家具的温暖的房间变成光秃秃的洞窟,好让自己不受阻碍地往四面八方乱爬,同时还要把做人的时候的回忆忘得干干净净作为代价吗?他的确已经濒于忘却一切,只是靠了好久没有听到的母亲的声音,才把他拉了回来。什么都不能从他房间里搬出去;一切都得保持原状;他不能丧失这些家具对他精神状态的良好影响;即使在他无意识地到处乱爬的时候家具的确挡住他的路,这也绝不是什么妨碍,而是大大的好事。

不幸的是,妹妹却有不同的看法;她已经惯于把自己看成是格里高尔事务的专家了,自然认为自己要比父母高明,这当然也有点道理,所以母亲的劝说只能使她决心不仅仅搬走柜子和书桌,这只是她的初步计划,而且还要搬走一切,只剩下那张不可缺少的沙发。她作出这个决定当然不仅仅是出于孩子气的倔强和她近来自己也没料到的、花了艰苦代价而获得的自信心。她的确觉得格里高尔需要许多地方爬动,另一方面,他又根本用不着这些家具,这也是不言而喻的。另一个原因也可能是她这种年龄的少女的热烈气质,她们无论做什么事总要迷在里面,这个原因使得葛蕾特夸大哥哥环境的可怕,这样,她就能给他做更多的事了。对于一间由格里高尔一个人主宰的光有四堵空墙的房间,除了葛蕾特是不会有别人敢于进去的。

因此,她不因为母亲的一番话而动摇自己的决心,母亲在格里高尔的房间里越来越不舒服,所以也拿不稳主意,旋即不作声了,只是尽力帮她女儿把柜子推出去。如果不得已,格里高尔也可以不要柜子,可是写字桌是非留下不可的。这两个女人哼哼着刚把柜子推出房间,格里高尔就从沙发底下探出头来,想看看该怎样尽可能温和妥善地干预一下。可是真倒霉,是他母亲先回进房间来的,她让葛蕾特独自在隔壁房间拽住柜子摇晃着往外拖,柜子当然是一动也不动。母亲没有看惯他的模样;为了怕她看了吓出病来,格里高尔马上退到沙发另一头去,可是还是使被单在前面晃动了一下。这就已经使她大吃一惊了。她愣住了,站了一会儿,这才往葛蕾特那儿跑去。

虽然格里高尔不断安慰自己,说根本没有出什么大不了的事,只是挪动了几件家具,但他很快就不得不承认,这两个女人跑过来跑过去,她们的轻声叫喊以及家具在地板上的拖运,这一切给了他很大影响,仿佛动乱从四面八方同时袭来,尽管他拼命把头和腿都蜷成一团贴紧在地板上,他也不得不承认他忍受不了多久了。她们在搬清他房间里的东西,把他所喜欢的一切都拿走;安放他的钢丝锯和各种工具的柜子已经给拖走了;她们这会儿正在把几乎陷进地板去的写字桌抬起来,他在商学院念书时所有的作业就是在这张桌子上做的,更早的还有中学的作业,还有,对了,小学的作业——他再也顾不上体会这两个女人的良好动机了,他几乎已经忘了她们的存在,因为她们太累了,干活时连声音也发不出来。除了她们沉重的脚步声以外,旁的什么人也听不见。

因此他冲出去了——两个女人在隔壁房间正靠着写字桌略事休息——他换了四次方向,因为他真的不知道应该先拯救什么;接着,他看见了对面的那面墙,靠墙的东西已给搬得七零八落了,墙上那幅穿皮大衣的女士的像吸引了他,格里高尔急忙爬上去,紧紧地贴在镜面玻璃上,这地方倒挺不错,他那火热的肚子顿时觉得惬意多了。至少,这张完全藏在他身子底下的画是谁也不许搬走的。他把头转向起居室,以便两个女人重新进来的时候自己可以看到她们。

她们休息了没多久就已经往里走来了;葛蕾特用胳膊围住她母亲,简直是在抱着她。"那么,我们现在再搬什么呢?"葛蕾特说,向周围扫了一眼,她的眼睛遇上了格里高尔从墙上射来的眼光。大概因为母亲也在场的缘故,她保持住了镇静。她向母亲低下头去,免得母亲的眼睛抬起来,说道,"走吧,我们要不要再回起居室去呆一会儿?"她的意图格里高尔非常清楚;她是想把母亲安置到安全的地方,然后再来把他从墙上赶下来。好吧,让她来试试看吧!他抓紧了他的图片绝不退让。他还想对准葛蕾特的脸飞扑过去呢。

可是葛蕾特的话却已经使母亲感到不安了,她向旁边跨了一步,看到了印花墙纸上那一大团棕色的东西,她还没有真的理会到她看见的正是格里高尔,就用嘶哑的声音大叫起来:"啊,上帝,啊,上帝!"接着就双手一摊倒在沙发上,仿佛听天由命似的,一动也不动了。"唉,格里高尔!"他妹妹喊道,对他又是挥拳又是瞪眼。自从变形以来这还是她第一次直接对他说话。她跑到隔壁房间去拿什么香精来使母亲从昏厥中苏醒过来。格里高尔也想帮忙——要救那张图片以后还有时间——可是他已经紧紧地粘在玻璃上,不得不使点劲才让身子能够移动;接着他就跟在妹妹后面奔进房间,好像他像过去一样,真能给她什么帮助似的;可是他马上就发现,自己只能无可奈何地站在她后面;妹妹正在许许多多小瓶子堆里找来找去,等她回过身来一看到他,真的又吃了一惊;一只瓶子掉到地板上,打碎了;一块玻璃片划破了格里高尔的脸,不知什么腐蚀性的药水溅到了他身上;葛蕾特才愣住一小会儿,就马上抱起所有拿得了的瓶子跑到母亲那儿去了;她用脚砰地把门关上。格里高尔如今和母亲隔开了,她就是因为他,也许快要死了;他不敢开门,生怕吓跑了不得不留下来照顾母亲的妹妹;目前,除了等待,他没有别的事可做;他被自我谴责和忧虑折磨着,就在墙壁、家具和天花板上到处乱爬起来,最后,在绝望中,他觉得整个房间竟在他四周旋转,就掉了下来,跌落在大桌子的正中央。

过了一小会儿,格里高尔依旧软弱无力地躺着,周围寂静无声;这也许是个吉兆吧。接着门铃响了。使女当然是锁在她的厨房里的,只能由葛蕾特去开门。进来的是他的父亲。"出了什么事?"他一开口就问;准是葛蕾特的神色把一切都告诉他了。葛蕾特显然把头埋在父亲胸口上,因为她的回答听上去闷声闷气的:"妈妈刚才晕过去了,不过这会儿已经好点了。格里高尔逃了出来。""果然不出我的所料,"他父亲说,"我不是告诉过你们吗,可是你们这些女人根本不听。"格里高尔清楚地感觉到他父亲把葛蕾特过于简单的解释想到最坏的方面去了,他大概以为格里高尔做了什么凶狠的事呢。格里高尔现在必须设法使父亲息怒,因为他既来不及也无法替自己解释。因此他赶忙爬到自己房间的门口,蹲在门前,好让父亲从客厅里一进来便可以看见自己的儿子乖得很,一心想立即回自己房间,根本不需要赶,要是门开着,他马上就会进去的。

可是父亲在目前的情绪下完全无法体会他那细腻的感情。"啊!"他一露面就喊道,声音里既有狂怒,同时又包含了喜悦。格里高尔把头从门上缩回来,抬起来瞧他的父亲。啊,这简直不是他想象中的父亲了;显然,最近他太热衷于爬天花板这一新的消遣,对家里别的房间里的情形就不像以前那样感兴趣了,他真应该预料到某些新的变化才行。不过,不过,这难道真是他父亲吗?从前每逢格里高尔动身出差,他父亲总是疲惫不堪地躺在床上;格里高尔回来过夜总看见他穿着睡衣靠在一张长椅子里,他连站都站不起来,把手举一举就算是欢迎。一年里有那么一两个星期天,还得是盛大的节日,他也偶尔和家里人一起出去,总是走在格里高尔和母亲当中,他们走得已经够慢的了,可是他还要慢。他裹在那件旧大衣里,靠了那把弯柄的手杖的帮助艰难地向前移动,每走一步都先要把手杖小心翼翼地支好,逢到他想说句话,往往要停下脚步,让卫护的人靠拢来。难道那个人就是他吗?现在他身子笔直地站着,穿一件有金色钮扣的漂亮的蓝制服,这通常是银行的杂役穿的;他那厚实的双下巴鼓出在上衣坚硬的高领子外面;从他浓密的睫毛下面,那双黑眼睛射出了神气十足咄咄逼人的光芒;他那头本来乱蓬蓬的头发如今从当中整整齐齐一丝不苟地分了开来,两边都梳得又光又平。他把那顶绣有金字——肯定是哪家银行的标记——的帽子远远地往房间那头的沙发上一扔,把大衣的下摆往后一甩,双手插在裤袋里,板着严峻的脸朝格里高尔冲来。他大概自己也不清楚要干什么;但是他却把脚举得老高。格里高尔一看到他那大得惊人的鞋后跟简直吓呆了。不过格里高尔不敢冒险听任父亲摆弄,他知道从自己新生活的第一天起,父亲就是主张对他采取严厉措施的。因此他就在父亲的前头跑了起来,父亲停住他也停住,父亲稍稍一动他又急急地奔跑。就这样,他们绕着房间转了好几圈,并没有真出什么事;事实上这简直都不太像是追逐,因为他们都走得很慢。所以格里高尔也没有离开地板,生怕父亲把他的爬墙和上天花板看成是一种特别恶劣的行为。可是,即使就这样跑他也支持不了多久,因为他父亲迈一步,他就得动好多下。他已经感到气喘不过来了,他从前做人的时候肺就不太强。他跌跌撞撞地向前冲,因为要把精力全部集中在奔走上,连眼睛都几乎不睁开来;在昏乱的状态中,除了向前冲以外,他根本没有想到还有别的出路;他几乎忘记自己是可以随便上墙的,而且在这个房间里,靠墙放着精雕细镂的家具,凸出来和凹进去的地方多的是——正在这时,突然有一样扔得不太有力的东西飞了过来,落在他紧后面,又滚到他前面去。这是一只苹果,紧接着第二只苹果又扔了过来。格里高尔惊慌地站住了,再跑也没有用了,因为他父亲决心要轰炸他了。他把碗柜上盘子里的水果装满了衣袋,也没有好好地瞄准,就把苹果一只接一只地扔出来。这些小小的红苹果在地板上滚来滚去,仿佛有吸引力似的,都在互相碰撞。一只扔得不太用力的苹果轻轻擦过格里高尔的背,没有带给他什么损害就飞走了。可是紧跟着马上飞来了另一只,正好打中了他的背并且还陷了进去;格里高尔挣扎着往前爬,仿佛能把这种可惊的莫名其妙的痛苦留在身后似的;可是他觉得自己好像被钉住在原处,就六神无主地瘫在地上。在清醒的最后一刹那,他瞥见他的房门猛然打开,母亲抢在尖叫着的妹妹前头跑了过来,身上只穿着内衣,她女儿为了让她呼吸舒畅好缓过气来,已经替她把衣服都解开了。格里高尔看见母亲向父亲扑过去,解松了的裙子一条接着一条都掉在地板上,她绊着裙子径直向父亲奔去,抱住他,紧紧地搂住他,双手围在父亲的脖子上,求他别伤害儿子的生命;可是这时,格里高尔的眼光逐渐暗淡了下去。

三

格里高尔所受的重创使他有一个月不能行动——那只苹果还一直留在他身上,没人敢去取下来,仿佛这是一个公开的纪念品似的——他的受伤好像使父亲也想起了他是家庭的一员,尽管他现在很不幸,外形使人看了恶心,但是也不应把他看成是敌人。相反,家庭的责任正需要大家把厌恶的心情压下去,而用耐心来对待,只能是耐心,别的都无济于事。

虽然他的创伤损害了,而且也许是永久地损害了他行动的能力,目前,他从房间的一端爬到另一端也得花好多好多分钟,活像个老弱的病人——至于上墙在目前更是连提也不用提。可是,在他自己看来,他的受伤还是得到了足够的补偿,因为每到晚上——他早在一两个小时以前就一心一意等待着这个时刻了,起居室的门总是大大地打开,这样他就可以躺在自己房间的暗处,家里人看不见他,他却可以看到三个人坐在点上灯的桌子旁边,可以听到他们的谈话,这大概是他们全都同意的。比起早先的偷听,这可要强多了。

的确,他们的关系中缺少了先前那种活跃的气氛。过去,当他投宿在客栈狭小的寝室里,疲惫不堪,要往潮滋滋的床铺上倒下去的时候,他总是以一种渴望的心情怀念这种气氛的。他们现在往往很沉默。晚饭吃完不久,父亲就在扶手椅里打起瞌睡来;母亲和妹妹就互相提醒谁都别说话;母亲把头低低地俯在灯下,给一家时装店做精细的针线活;他妹妹已经当了售货员,为了将来更好的工作,在利用晚上的时间学习速记和法语。有时父亲醒了过来,仿佛根本不知道自己已经睡了一觉,还对母亲说:"你今天干了这么多针线活呀!"话才说完又睡着了,于是娘儿俩又交换一下疲倦的笑容。

父亲脾气真执拗,连在家里也一定要穿上那件制服。他的睡衣一无用处地挂在钩子上。他穿得整整齐齐,坐着坐着就睡着了,好像随时要去应差,即使在家里也要对上司唯命是从似的。这样下来,虽则有母亲和妹妹的悉心保护,他那件本来就不是簇新的制服已经开始显得脏了,格里高尔常常整夜整夜地望着钮扣老是擦得金光闪闪的外套上的一摊摊油迹,老人就穿着这件外套极不舒服却又是极安宁地坐在那里进入了睡乡。

一等钟敲十下,母亲就设法用婉言款语把父亲唤醒,劝他上床去睡,因为坐着睡休息不好,可是他最需要的就是休息,因为他六点钟就得去上班。可是自从他在银行里当了杂役以来,不知怎的脾气越来越犟,他总想在桌子旁边再坐上一会儿,可是又总是重新睡着,到后来得花九牛二虎之力才能把他从扶手椅弄到床上去。不管格里高尔的母亲和妹妹怎样不断用温和的话一个劲儿地催促他,他总要闭着眼睛,慢慢地摇头,摇上一刻钟,就是不肯站起来。母亲拉着他的袖管,对着他的耳朵轻声说些甜蜜的话,他妹妹也扔下了功课跑来帮助母亲。可是格里高尔的父亲还是不上钩。他一味往椅子深处退去。直到两个女人抓住他的胳肢窝把他拉了起来,他才睁开眼睛,看看这个,又看看那个,而且总要说:"我过的是什么日子呀。这就算是我安宁、平静的晚年了吗?"于是就由两个人搀扶着挣扎站起来,好不费力,仿佛自己对自己都是一个沉重的负担,还要她们一直扶到门口,这才挥挥手叫她们回去,独自往前走,可是母亲还是放下了针线活,妹妹也放下笔,追上去再搀他一把。在这个操劳过度疲倦不堪的家庭里,除了做绝对必需的事情以外,谁还有时间替格里高尔操心呢?家计日益窘迫;使女也给辞退了;一个蓬着满头白发高大瘦削的老妈子一早一晚来替他们做些粗活;其他的一切家务事都落在格里高尔母亲的身上。此外,她还得缝一大堆一大堆的针线活。连母亲和妹妹以往每逢参加晚会和喜庆日子总要骄傲地戴上的那些首饰,也不得不变卖了。一天晚上,家里人都在讨论卖得的价钱,格里高尔才发现了这件事。可是最使他们悲哀的就是没法从与目前的景况不相称的住所里迁出去,因为他们想不出有什么法子搬动格里高尔。可是格里高尔很明白,对他的考虑并不是妨碍搬家的主要原因,因为他们满可以把他装在一只大小合适的盒子里,只要留几个通气的孔眼就行了;他们彻底绝望了,还相信他们是注定了要交上这种所有亲友都没交过的厄运,这才是使他们没有迁往他处的真正原因。世界上要求穷人的一切,他们都已尽力做了:父亲在银行里给小职员买早点,母亲把自己的精力耗费在替陌生人缝内衣上,妹妹听顾客的命令在柜台后面急急地跑来跑去,超过这个界限就是他们力所不及的了。把父亲送上了床,母亲和妹妹就重新回进房间,她们总是放下手头的工作,靠得紧紧地坐着,脸挨着脸,接着母亲指指格里高尔的房门说:"把这扇门关上吧,葛蕾特。"于是他重新被关入黑暗中,而隔壁的两个女人就涕泗交流起来,或是眼眶干枯地瞪着桌子;逢到这样的时候,格里高尔背上的创伤总要又一次地使他感到疼痛难忍。

不管是夜晚还是白天,格里高尔都几乎不睡觉。有一个想法老是折磨着他:下一次门再打开时他就要像过去那样重新挑起一家的担子了;隔了这么久以后,他脑子里重又出现了老板、秘书主任、那些旅行推销员和练习生的影子,他仿佛还看见了那个蠢笨无比的听差,两三个在别的公司里做事的朋友,一个乡村客栈里的侍女,这是个一闪即逝的甜蜜的回忆;还有一个女帽店里的出纳,格里高尔殷勤地向她求过爱,但是让人家捷足先登了——他们都出现了,另外还有些陌生的或他几乎忘却的人,但是他们非但不帮他和他家庭的忙,却一个个都那么冷冰冰,格里高尔看到他们从眼前消失,心里只有感到高兴。另外,有的时候,他没有心思为家庭担忧,却因为他们那样忽视自己而积了一肚子的火,他自己也弄不清楚到底爱吃什么,却打算闯进食物储藏室去把本该属于他份内的食物叼走。他妹妹再也不考虑拿什么他可能最爱吃的东西来喂他了,只是在早晨和中午上班以前匆匆忙忙地用脚把食物拨进来,手头有什么就给他吃什么,到了晚上只是用笤帚一下子再把东西扫出去,也不管他是尝了几口呢,还是——这是最经常的情况——连动也没有动。她现在总是在晚上给他打扫房间,她的打扫不能再草率了。墙上尽是一道道的灰尘,到处都是成团的尘土和脏东西。起初格里高尔在妹妹要来的时候总呆在特别肮脏的角落里,他的用意也算是以此责难她。可是即使他再蹲上几个星期也无法使她有所改进;她跟他一样完全看得见这些尘土,可就是决心不管。不但如此,她新近脾气还特别暴躁,这也不知怎的传染给了全家人,这种脾气使她认定自己是格里高尔房间惟一的管理人。他的母亲有一回把他的房间彻底扫除了一番,其实不过是用了几桶水罢了——房间的潮湿当然使得格里高尔大为狼狈,他摊开身子阴郁地一动不动地躺在沙发上,可是母亲为这事也受了罪。那天晚上,妹妹刚察觉到他房间所发生的变化,就怒不可遏地冲进起居室,而且不顾母亲举起双手苦苦哀求,竟号啕大哭起来,她的父母——父亲当然早就从椅子里惊醒站立起来了——最初只是无可奈何地愕然看着,接着也卷了进来;父亲先是责怪右边的母亲,说打扫格里高尔的房间本来是女儿的事,她真是多管闲事;接着又尖声地对左边的女儿嚷叫,说以后再也不让她去打扫格里高尔的房间了;而母亲呢,却想把父亲拖到卧室里去,因为他已经激动得不能控制自己了;妹妹哭得浑身发抖,只管用她那小拳头捶打桌子;格里高尔也气得发出很响的嘘嘘声,因为没有人想起关上门,免得他看到这一场好戏,听到这么些吵闹。

可是,即使妹妹因为一天工作下来疲惫不堪,已经懒得像先前那样去照顾格里高尔了,母亲也没有自己去管的必要,而格里高尔也根本不会给忽视,因为现在有那个老妈子了。这个老寡妇的结实清瘦的身体使她经历了漫长的一生中所有最坏的打击,她根本不怕格里高尔。她有一次完全不是因为好奇,而纯粹是出于偶然打开了他的房门,看到了格里高尔,格里高尔吃了一惊,便四处奔跑起来。其实老妈子根本没有追他,只是叉着手站在那儿罢了。从那时起,一早一晚,她总不忘记花上几分钟把他的房门打开一些来看看他。起先她还用自以为亲热的话招呼他,比如:"来呀,嗨,你这只老屎壳郎!"或者是:"瞧这老屎壳郎哪,嘻!"对于这样的攀谈格里高尔置之不理,只是一动不动地呆在原处,就当那扇门根本没有开。与其容许她兴致一来就这样无聊地干扰自己,还不如命令她天天打扫他的房间呢,这粗老妈子!有一次,是在清晨——急骤的雨点敲打着窗玻璃,这大概是春天快来临的征兆吧——她又来罗嗦了,格里高尔好不恼怒,就向她冲去,仿佛要咬她似的,虽然他的行动既缓慢又软弱无力。可是那个老妈子非但不害怕,反而把刚好放在门旁的一张椅子高高举起,她的嘴张得老大,显然是要等椅子往格里高尔的背上砸下去才会闭上。"你又不过来了吗?"看到格里高尔掉过头去,她一面问,一面镇静地把椅子放回墙角。

格里高尔现在简直不吃东西了。只有在他正好经过食物时才会咬上一口,作为消遣,每次都在嘴里嚼上一个小时,然后又重新吐掉。起初他还以为他不想吃是因为房间里凌乱不堪,使他心烦,可是他很快也就习惯了房间里的种种变化。家里人已经养成习惯,把别处放不下的东西都塞到这儿来,这些东西现在多得很,因为家里有一个房间租给了三个房客。这些一本正经的先生——他们三个全都蓄着大胡子,这是格里高尔有一次从门缝里看到的——什么都要井井有条,不光是要求他们的房间理得整齐,因为他们既然已经是这个家庭的一员了,他们就要求整个屋子所有的一切都得如此,特别是厨房。他们无法容忍多余的东西,更不要说脏东西了。此外,他们自己用得着的东西几乎都带来了。因此就有许多东西多了出去,卖出去既不值钱,扔掉也舍不得。这一切都千流归大海,来到了格里高尔的房间。同样,连煤灰箱和垃圾箱也来了。凡是暂时不用的东西都干脆给那老妈子扔了进来,她做什么事都那么毛手毛脚,幸亏格里高尔往往只看见一只手扔进来一样东西,也不管那是什么。她也许是想等到什么时机再把东西拿走吧,也许是想先堆起来再一起扔掉吧,可是实际上东西都是她扔在哪儿就在哪儿,除非格里高尔有时嫌挡路,把它推开一些。这样做最初是出于必需,因为他无处可爬了,可是后来却从中得到越来越多的乐趣,虽则在这样的长距离跋涉之后,由于忧郁和极度疲劳,他总要一动不动地一连躺上好几个小时。

  由于房客们常常要在家里公用的起居室里吃晚饭,有许多个夜晚房门都得关上,不过格里高尔很容易也就习惯了,因为晚上即使门开着他也根本不感兴趣,只是躺在自己房间最黑暗的地方,家里人谁也不注意他。不过有一次老妈子把门开了一道缝,门始终微开着,连房客们进来吃饭点亮了灯的时候也是如此。他们大模大样地坐在桌子的上首,在过去,这是父亲、母亲和格里高尔吃饭时坐的地方,三个人摊开餐巾,拿起了刀叉。立刻,母亲出现在对面的门口,手里端了一盘肉,紧跟着她的是妹妹,拿的是一盘堆得高高的土豆。食物散发着浓密的水蒸气。房客们把头俯在他们前面的盘子上,仿佛在就餐之前要细细察看一番似的,真的,坐在当中像是权威人士的那一位,等肉放到碟子里就割了一块下来,显然是想看看够不够嫩,是否应该退给厨房。他做出满意的样子,焦急地在一旁看着的母亲和妹妹这才舒畅地松了口气,笑了起来。

  家里的人现在都到厨房去吃饭了。尽管如此,格里高尔的父亲到厨房去以前总要先到起居室来,手里拿着帽子,深深地鞠一躬,绕着桌子转上一圈。房客们都站起来,胡子里含含糊糊地哼出一些声音。父亲走后,他们就简直不发一声地吃他们的饭。格里高尔有个特殊的本事,他竟能从饭桌上各种不同的声音中分辨出他们牙齿的咀嚼声,这声音仿佛在向格里高尔示威:要吃东西就不能没有牙齿,即使是最坚强的牙床,只要没有牙齿,也算不了什么。"我饿坏了,"格里高尔悲哀地自言自语道,"可是又不能吃这种东西。这些房客拼命往自己肚子里塞,可是我却快要饿死了!"

  就在这天晚上,厨房里传来了小提琴的声音——格里高尔蛰居以来,就不记得听到过这种声音。房客们已经用完晚餐了,坐在当中的那个拿出一份报纸,给另外那两个人一人一页,这时他们都舒舒服服往后一靠,一面看报一面抽烟。小提琴一响他们就竖起耳朵,站起身来,蹑手蹑脚地走到前厅的门口,三个人挤成一堆,厨房里准是听到了他们的动作声,因为格里高尔的父亲喊道:"拉小提琴妨碍你们吗,先生们? 可以马上不拉的。""没有的事,"当中那个房客说,"能不能请小姐到我们这儿来,在这个房间里拉,这儿不是方便得多舒服得多吗?""噢,当然可以。"格里高尔的父亲喊道,仿佛拉小提琴的是他似的。于是房客们就回到起居室去等了。很快,格里高尔的父亲端了琴架,母亲拿了乐谱,妹妹挟着小提琴进来了。妹妹静静地作着一切准备;他的父母从来没有出租过房间,因此过分看重了对房客的礼貌,都不敢在自己的椅子上坐下来了;父亲靠在门上,右手插在号衣两颗钮扣之间,钮扣全扣得整整齐齐的;有一位房客端了一把椅子请母亲坐,她也没敢挪动椅子,就在椅子角上坐了下来。

格里高尔的妹妹开始拉琴了;在她两边的父亲和母亲用心地瞧着她双手的动作。格里高尔受到吸引,也大胆地向前爬了几步,他的头实际上都已探进了起居室。他对自己越来越不为别人着想几乎已经习以为常了;有一度他是很以自己的知趣而自豪的。这样的时候他实在更应该把自己藏起来才是,因为他房间里灰尘积得老厚,稍稍一动就会飞扬起来,所以他身上蒙满灰尘,背部和两侧都沾满了绒毛、发丝和食物的渣滓,走到哪里就带到哪里;他现在对一切都无动于衷,已经不屑于像过去有个时期那样,一天翻过身来在地毯上擦上几次了。尽管现在这么邋遢,他却老着脸皮走前几步,来到起居室一尘不染的地板上。

显然,谁也没有注意到他。家里人完全沉浸在小提琴的音乐声中;房客们呢,他们起先双手插在口袋里,站得离乐谱那么近,以致都能看清乐谱了,这显然对他妹妹是有所妨碍的,可是过不了多久他们就退到窗子旁边,低着头窃窃私语起来,使父亲向他们投来不安的眼光。的确,他们表示得不能再露骨了,他们对于原以为是优美悦耳的小提琴演奏已经失望,他们已经听够了,只是出于礼貌才让自己的宁静受到打扰。从他们不断把烟从鼻子和嘴里喷向空中的模样,就可以看出他们的不耐烦。可是格里高尔的妹妹琴拉得真美。她的脸侧向一边,眼睛专注而悲哀地追遁着乐谱上的音符。格里高尔又往前爬了几步,而且把头低垂到地板上,希望自己的眼光也许能遇上妹妹的视线,音乐对他有这么大的魔力,难道因为他是动物吗?他觉得自己一直渴望着某种营养,而现在他已经找到了这种营养了。他决心再往前爬,一直来到妹妹的跟前,好拉拉她的裙子让她知道,她应该带了小提琴到他房间里去,因为这儿谁也不像他那样欣赏她的演奏。他永远也不让她离开他的房间,至少,只要他还活着;他那可怕的形状将第一次对自己有用;他要同时守望着房间里所有的门,谁闯进来就啐谁一口;他妹妹当然不受到任何约束,她愿不愿和他呆在一起那要随她的便;她将和他并排坐在沙发上,俯下头来听他吐露他早就下定的要送她进音乐学院的决心,要不是他遭到不幸,去年圣诞节——圣诞节准是早就过了吧?——他就要向所有人宣布了,而且他是完全不容许任何反对意见的。在听了这样的倾诉以后,妹妹一定会感动得热泪纵横,这时格里高尔就要爬上她的肩膀去吻她的脖子,由于出去做事,她脖子上现在已经不系丝带,也没有高领子。

"萨姆沙先生!"当中的那个房客向格里高尔的父亲喊道,一面不多说一句话地指着正在慢慢往前爬的格里高尔。小提琴声戛然停了,当中的那个房客先是摇着头对他的朋友笑了笑,接着又瞧起格里高尔来。父亲并没有来赶格里高尔,却认为更要紧的是安慰房客,虽然他们根本没有激动,而且显然觉得格里高尔比小提琴演奏更为有趣。他急忙向他们走去,张开胳膊,想劝他们回到自己房间去,同时也是挡住他们,不让他们看见格里高尔。他们现在倒真的有点儿恼火了,也说不上来到底是因为老人的行为呢还是因为他们如今才发现住在他们隔壁的竟是格里高尔这样的邻居。他们要求父亲解释清楚,也跟他一样挥动着胳膊,不安地拉着自己的胡子,万般不情愿地向自己的房间退去。格里高尔的妹妹从演奏给突然打断后就呆若木鸡,她拿了小提琴和弓垂着手不安地站着,眼睛瞪着乐谱,这时也清醒了过来。她立刻打起精神,把小提琴往坐在椅子上喘得透不过气来的母亲的怀里一塞,就冲进了房客们的房间,这时,父亲像赶羊似的把他们赶得更急了。可以看见被褥和枕头在她熟练的手底下在床上飞来飞去,不一会儿就摊得整整齐齐。三个房客尚未进门她就铺好了床溜出来了。

老人好像又一次让自己的犟脾气占了上风,竟完全忘了对房客应该尊敬。他不断地赶他们,最后来到卧室门口,那个当中的房客都用脚重重地顿地板了,这才使他停下来。那个房客举起一只手,一边也对格里高尔的母亲和妹妹扫了一眼,他说:"我要求宣布,由于这个住所和这家人家的可憎厌的状况,"说到这里他斩钉截铁地往地板上啐了一口。"我当场通知退租。我住进来这些天的房钱当然一个也不给;不但如此,我还打算向你提出对你不利的控告,所依据的理由——你们尽管放心好了——也是证据确凿的。"他停了下来,瞪着前面;仿佛在等待什么似的。这时,他的两个朋友也就立刻冲上来助威,说道:"我们也当场通知退租。"说完为首的那个就抓住把手砰的一声带上了门。

格里高尔的父亲用双手摸索着跟跟跄跄地往前走了几步,跌进了他的椅子;看上去仿佛打算摊开身子像平时晚间那样打个瞌睡,可是他的头分明在颤抖,好像自己也控制不了了,这证明他根本没有睡着,在这些事情发生前后,格里高尔还是一直安静地呆在房客发现他的原处。计划失败带来的失望,也许还有极度饥饿造成的衰弱,使他无法动弹。他很害怕,心里算准这样极度紧张的局势随时都会导致对他发起总攻击,于是他就躺在那儿等待着。就连听到小提琴从母亲膝上、从颤抖的手指里掉到地上,发出了共鸣的声音,他还是毫无反应。

"亲爱的爸爸妈妈,"妹妹说话了,一面用手在桌子上拍了拍,算是引子。"事情不能再这样拖下去了。你们也许不明白,我可明白,对着这个怪物,我没法开口叫他哥哥,所以我的意思是:我们一定得把它弄走。我们照顾过它,对它也算是仁至义尽了,我想谁也不能责怪我们有半点不是了。"

"她说得对极了。"格里高尔的父亲自言自语地说。母亲仍旧因为喘不过气来憋得难受,这时候又一手捂着嘴干咳起来,眼睛里露出疯狂的神色。

他妹妹奔到母亲跟前,抱住了她的头。父亲的头脑似乎因为葛蕾特的话而茫然不知所从了。他直挺挺地坐着,手指抚弄着他那顶放在房客吃过饭还未撤下去的盆碟之间的制帽,还不时看看格里高尔一动不动的身影。

"我们一定要把它弄走,"妹妹又一次明确地对父亲说,因为母亲正咳得厉害,根本连一个字也听不见。"它会把你们拖垮的,我知道准会这样。咱们三个人都已经拼了命工作,再也受不了家里这样的折磨了,至少我是再也无法忍受了。"说到这里她痛哭起来,眼泪都落在母亲脸上,于是她又机械地替母亲把泪水擦干。

"我的孩子,"老人同情地说,心里显然非常明白。"不过我们该怎么办呢?"

格里高尔的妹妹只是耸耸肩膀,表示虽然她刚才很有自信心,可是哭过一场以后,又觉得无可奈何了。

"如果他能懂得我们的意思，"父亲半带疑问地说；还在哭泣的葛蕾特猛烈地挥了一下手，表示这是根本无法思议的。

"如果他能懂得我们的意思，"老人重复说，一面闭上眼睛，考虑女儿的反面意见。"我们倒也许可以和他谈妥。不过事实上……"

"他一定得走，"格里高尔的妹妹喊道，"这是唯一办法，父亲。你们一定要抛开这个念头，认为这就是格里高尔。我们好久以来都这样相信，这就是我们一切不幸的根源。这怎么会是格里高尔呢？如果这是格里高尔，他早就会明白人是不能跟这样的动物一起生活的，他就会自动地走开。这样，我虽然没有了哥哥，可是我们就能生活下去，并且会尊敬地纪念着他。可现在呢，这个东西把我们害得好苦，赶走我们的房客，显然想独霸所有的房间，让我们都睡到沟壑里去。瞧呀，父亲，"她立刻又尖声叫起来，"他又来了！"在格里高尔所不能理解的惊慌失措中她竟抛弃了自己的母亲，事实上她还把母亲坐着的椅子往外推了推，仿佛是为了离格里高尔远些她情愿牺牲母亲似的。接着她又跑到父亲背后，父亲被她的激动弄得不知如何是好，也站了起来张开手臂仿佛要保护她似的。

可是格里高尔根本没有想吓唬任何人，更不要说自己的妹妹了。他只不过是开始转身，好爬回自己的房间去，不过他的动作瞧着一定很可怕，因为在身体不灵活的情况下，他只有昂动头部一次又一次地支着地板，才能完成困难的向后转的动作。他的良好的意图似乎给看出来了。他们的惊慌只是暂时性的。现在他们都阴郁而默不作声地望着他。母亲躺在椅子里，两条腿僵僵地伸直着，并紧在一起，她的眼睛因为疲惫已经几乎全闭上了；父亲和妹妹彼此紧靠地坐着，妹妹的胳膊还围在父亲的脖子上。

也许我现在又有气力转过身去了吧，格里高尔想，又开始使劲起来。他不得不时时停下来喘口气。谁也没有催他；他们完全听任他自己活动。一等他转过身子，他马上径直爬回去。房间和他之间的距离使他惊讶不止，他不明白自己身体怎么这样衰弱，也不明白刚才是怎么不知不觉就爬过来的。他一心一意地拼命快爬，几乎没有注意家里人连一句话或是一下喊声都没有发出，以免妨碍他的前进。只是在爬到门口时他才扭过头来，也没有完全扭过来，因为他颈部的肌肉越来越发僵了，可是也足以看到谁也没有动，只有妹妹站了起来。他最后的一瞥是落在母亲身上的，她已经完全睡着了。

还不等他完全进入房间，门就给仓促地推上，闩了起来，还上了锁。后面突如其来的响声使他大吃一惊，身子下面那些细小的腿都吓得发软了。这么急急忙忙的是他的妹妹。她早已站起身来等着，而且还轻快地往前跳了几步，格里高尔甚至都没有听见她走近的声音。她拧了拧钥匙把门锁上以后就对父母亲喊道："总算锁上了！"

"现在又该怎么办呢？"格里高尔自言自语地说，向四周的黑暗扫了一眼。他很快就发现自己已经完全不能动弹了。这并没有使他吃惊，相反，他依靠这些又细又弱的腿爬了这么多路，这倒真是不可思议。其他也没有什么不舒服的地方了。的确，他整个身子都觉得酸疼，不过这酸疼也好像正在逐渐减轻，以后一定会完全不疼的。他背上的烂苹果和周围发炎的地方都蒙上了柔软的尘土，早就不太难过了。他怀着温柔和爱意想着自己的一家人。他消灭自己的决心比妹妹还强烈呢，只要这件事真能办得到。他陷在这样空虚而安谧的沉思中，一直到钟楼上打响了半夜三点。从窗外的世界透进来的第一道光线又一次地唤醒了他的知觉。接着他的头无力地颓然垂下,他的鼻孔里也呼出了最后一丝摇曳不定的气息。

清晨,老妈子来了——一半因为力气大,一半因为性子急躁,她总把所有的门都弄得乒乒乓乓,也不管别人怎么经常求她声音轻些,别让整个屋子的人在她一来以后就睡不成觉——她照例向格里高尔的房间张望一下,也没发现什么异常之处。她以为他故意一动不动地躺着是装模作样;她对他作了种种不同的猜测。她手里正好有一把长柄笤帚,所以就从门口用它来撩格里高尔。这还不起作用,她恼火了,就更使劲地捅,但是只能把他从地板上推开去,却没有遇到任何抵抗,到了这时她才起了疑窦。很快她就明白了事情的真情,于是睁大眼睛,吹了一下口哨,她不多逗留,马上就去拉开萨姆沙夫妇卧室的门,用足气力向黑暗中嚷道:"你们快去瞧,它死了;它躺在那里蹬腿儿了,完全没气儿了!"

萨姆沙先生和太太从双人床上坐起身体,呆若木鸡,直到弄清楚老妈子的消息到底是什么意思,才慢慢地镇定下来。接着他们很快就爬下床,一个人爬一边,萨姆沙先生拉过一条毯子往肩膀上一披,萨姆沙太太光穿着睡衣;他们就这么打扮着进入了格里高尔的房间。同时,起居室的房门也打开了,自从收了房客以后葛蕾特就睡在这里;她衣服穿得整整齐齐,仿佛根本没有上过床,她那苍白的脸色更是证明了这一点。"死了吗?"萨姆沙太太说,怀疑地望着老妈子,其实她满可以自己去看个明白的,但是这件事即使不看也是明摆着的。"当然是死了。"老妈子说,一面用笤帚柄把格里高尔的尸体远远地拨到一边去,以此证明自己的话没错。萨姆沙太太动了一动,仿佛要阻止她,可是又忍住了。"那么,"萨姆沙先生说,"让我们感谢上帝吧。"他在身上画了个十字,那三个女人也照样做了。葛蕾特的眼睛始终没离开那个尸体,她说:"瞧他多瘦呀。他已经有很久什么也不吃了。东西放进去,出来还是原封不动。"的确,格里高尔的身体已经完全干瘪了,现在他的身体再也不由那些腿脚支撑着,所以可以不受妨碍地看得一清二楚了。

"葛蕾特,到我们房里来一下。"萨姆沙太太带着忧伤的笑容说道,于是葛蕾特也不回过头来看看尸体,就跟着父母到他们的卧室里去了。老妈子关上门,把窗户大大地打开。虽然时间还很早,但新鲜的空气里也可以察觉一丝暖意。毕竟已经是三月底了。

三个房客走出他们的房间,看到早餐还没有摆出来觉得很惊讶;人家把他们忘了。"我们的早饭呢?"当中的那个房客恼怒地对老妈子说。可是她把手指放在嘴唇上一言不发,却很快地做了个手势,叫他们上格里高尔的房间去看看。他们照着做了,双手插在不太体面的上衣的口袋里,围住格里高尔的尸体站着,这时房间里已经大亮了。

卧室的门打开了。萨姆沙先生穿着制服走出来,一只手挽着太太,另一只手挽着女儿。他们看上去有点像哭过似的,葛蕾特时时把她的脸偎在父亲的怀里。

"马上离开我的屋子!"萨姆沙先生说,一面指着门口,却没有放开两边的妇女。"你这是什么意思?"当中的房客说,往后退了一步,脸上挂着谄媚的笑容。另外那两个把手放在背后,不断地搓着,仿佛在愉快地期待着一场必操胜券的恶狠狠的殴斗。"我的意思刚才已经说得很明白了。"萨姆沙先生答道,同时挽着两个妇女笔直地向房客走去。那个房客起先静静地坚守着自己的岗位,低了头望着地板,好像他脑子里正在产生一种新的思想体系。"好,咱们走就走。"他终于说道,同时抬起头来看看萨姆沙先生,仿佛他既然这么谦卑,对方也应对自己的决定作出新的考虑才是。但是萨姆沙先生仅仅睁大眼睛很快地点点头。这样一来,那个房客真的跨着大步走到门厅里去了,好几分钟以来,那两个朋友就一直在旁边听着,也不再磨拳擦掌,这时就赶紧跟着他走出去,仿佛害怕萨姆沙先生会赶在他们前面进入门厅,把他们和他们的领袖截断似的。在门厅里他们三人从衣钩上拿起帽子,从伞架上拿起手杖,默不作声地鞠了个躬,就离开了这套房间。萨姆沙先生和两个女人因为不相信——但这种怀疑马上就证明是多余的——便跟着他们走到楼梯口,靠在栏杆上瞧着这三个人慢慢地然而确实地走下长长的楼梯,每一层楼梯一拐弯他们就消失了,但是过了一会又出现了;他们越走越远,萨姆沙一家人对他们的兴趣也越来越小。当一个头上顶着一盘东西的得意洋洋的肉铺小伙计在楼梯上碰到他们又走过他们身旁以后,萨姆沙先生和两个女人立刻离开楼梯口,回进自己的家,仿佛卸掉了一个负担似的。

他们决定这一天完全用来休息和闲逛。他们干活干得这么辛苦,本来就应该有些调剂,再说他们现在也完全有这样的需要。于是他们在桌子旁边坐了下来,写三封请假信,萨姆沙先生写给银行的管理处,萨姆沙太太给她的东家,葛雷特给她公司的老板。他们正写到一半,老妈子走进来说要走了,因为早上的活儿都干完了。起先他们只是点点头,并没有抬起眼睛,可是她老在旁边转来转去,于是他们不耐烦地瞅起她来了。"怎么啦?"萨姆沙先生说。老妈子站在门口笑个不住,仿佛有什么好消息要告诉他们,但是人家不寻根究底地问,她就一个字也不说,她帽子上那根笔直竖着的小小的驼鸟毛,此刻居然轻浮地四面摇摆着,自从雇了她,萨姆沙先生看见这根羽毛就心烦。"那么,到底是怎么回事?"萨姆沙太太问了,只有她在老妈子的眼里还有几分威望。"哦,"老妈子说,简直乐不可支,都没法把话顺顺当当地说下去,"这么回事,你们不必操心怎么弄走隔壁房里的东西了。我已收拾好了。"萨姆沙太太和葛蕾特重新低下头去,仿佛是在专心地写信;萨姆沙先生看到她一心想一五一十地说个明白,就果断地举起一只手阻住了她。既然不让说,老妈子就想起自己也忙得紧呢,她满肚子不高兴地嚷道:"回头见,东家。"急急地转身就走,临走又把一扇扇的门弄得乒乒乓乓直响。

"今天晚上就告诉她以后不用来了。"萨姆沙先生说,可是妻子和女儿都没有理他,因为那个老妈子似乎重新驱走了她们刚刚获得的安宁。她们站起身来,走到窗户前,站在那儿,紧紧地抱在一起。萨姆沙先生坐在椅子里转过身来瞧着她们,静静地把她们观察了好一会儿。接着他嚷道:"来吧,喂,让过去的都过去吧,你们也想想我好不好。"两个女人马上答应了,她们赶紧走到他跟前,安慰他,而且很快就写完了信。

于是他们三个一起离开公寓,已有好几个月没有这样的情形了,他们乘电车出城到郊外去。车厢里充满温暖的阳光,只有他们这几个乘客。他们舒服地靠在椅背上谈起了将来的前途,仔细一研究,前途也并不太坏,因为他们过去从未真正谈过彼此的工作,现在一看,工作都满不错,而且还很有发展前途。目前最能改善他们情况的当然是搬一个家,他们想找一所小一些、便宜一些、地点更合适也更易于收拾的公寓,要比格里高尔选的目前这所更加实用。正当他们这样聊着,萨姆沙先生和他太太在逐渐注意到女儿的心情越来越快活以后,老两口几乎同时突然发现,虽然最近女儿经历了那么多的忧患,脸色苍白,但是她已经成长为一个身材丰满的美丽的少女。他们变得沉默起来,而且不自觉地交换了互相会意的眼光,他们心里下定主意,快该给她找个好女婿了。仿佛要证实他们新的梦想和美好的打算似的,在旅途终结时,他们的女儿第一个跳起来,舒展了几下她那充满青春活力的身体。

(李文俊 译)

赏 析

《变形记》是卡夫卡的代表性作品,也是西方现代派文学的经典之作。文学评论家、文学史家一般把卡夫卡和他的作品归入"表现主义文学"中。

整个故事荒诞离奇。主人公格里高尔·萨姆在一家公司任旅行推销员,长年累月到处奔波,挣钱养活家人。一天早晨格里高尔一觉醒来,突然发现自己变成一只大甲虫,腹部长了两排细腿,背部变成硬壳,翻不了身,下不了床。他感到恐慌,担心失去工作,也无法见人。他的父母和妹妹葛蕾特见到这个情景,极为震惊。父亲不理他,母亲悲伤并害怕,妹妹开始同情他、照顾他。由于他失去了挣钱养家的能力,家境江河日下,他们只得出租房屋增加收入。一天格里高尔被妹妹的小提琴声吸引爬了出来,房客惊恐得要退租,妹妹表示无法忍受,一定要把这个"怪物"弄走。此时,他消灭自己的决心比妹妹还强,他反锁自己不再进食。很多天后,老妈子发现他已经死了,成了一具干瘪的尸体,全家人仿佛卸掉了沉重的包袱。

整个故事看似荒诞不经,完全可以看作是作家的一场"梦魇"或者一种潜意识活动。小说所表现的是不少现代派作品共同的主题:丧失自我的悲哀和寻找自我的失败。格里高尔在"累人的差事"和生活的重压下,已经完全失掉了自我。他想找回生活的乐趣、自我的价值,但彻底失败了,变成了一只人人恐惧、厌恶的大甲虫。大甲虫是一个绝妙的艺术象征,它象征了人在现实生活中的"异化"处境,它象征了自我的一种怯懦、逃避和封闭。卑微的小人物是无力同现实抗衡的,他只能躲进甲壳中,忍受孤独,冷眼世界。作品通过格里高尔的变形及变形后的遭遇及悲惨结局,深刻地揭露了资本主义社会里人与人之间赤裸裸的利害关系,表现了人的"异化"。

判　决

——献给费丽丝·鲍①小姐的故事

〔奥地利〕卡夫卡

在最美好的春季里一个星期天的上午，年轻的商人格奥尔格·本德曼正坐在二层楼自己的房间里，他的住所是沿河一长溜构造简易的低矮的房屋中的一座，这些房屋几乎只是在高度和颜色上有所区别。他刚写完给居住在国外的青年时代的朋友的一封信，正漫不经心地将信装进信封，然后双肘撑在书桌上，凝望窗外的小河、桥梁和对岸淡绿的小山岗。

他寻思着他这位朋友如何由于不满自己在国内的前程，几年前当真逃到俄国去了。现在他在彼得堡经营一家商店，开始时买卖兴旺，但时间一长生意显然清淡，他归国的次数越来越少，而每逢归国来访时总要这样抱怨一番。他就这样在国外徒劳无益地苦心经营着，外国式的络腮胡子并不能完全遮盖住他那张从孩提时代起令人熟悉的脸庞，他的皮肤蜡黄，看来好像得了什么病，而且病情正在发展。据他自己说，他从来不和那儿的本国侨民来往，同俄国人的家庭也几乎没有什么社交联系，并且准备独身一辈子了。

对于这样一个显然误入歧途、只能替他惋惜而不能给予帮助的人，在信里该写些什么呢？或许应该劝他回国，在家乡定居，恢复同所有旧日朋友的关系——这不会有什么障碍的——此外还要信赖朋友们的帮助？但是这样做不就等于告诉他，他迄今为止的努力都已经成为泡影，他最终必须放弃这一切努力，回到祖国，让人们瞪大着眼睛瞧他这个回头的浪子；这不就等于告诉他，只有他的朋友才明白事理，而他只是个大孩子，必须听从那些留在国内并已经取得成就的朋友的话去行事。你愈是爱护他，却愈会伤害他的感情。更何况使他蒙受这一切痛苦烦恼，是否就一定有什么意义呢？也许，要他回国是根本不可能办到的——他自己说过，他已经不了解家乡的情况。这样的话，他将不顾一切地继续留在异乡客地，而朋友们的规劝又伤了他的心，使他和朋友们更加疏远一层。如果他真的听从了朋友的劝告回归祖国，而在国内又感到抑郁——当然不是故意这样，而是由于事实所造成的——既不能和朋友相处，又不能没有他们，他会抱愧终日，而且当真觉得不再有自己的祖国和朋友了，那倒不如听凭他继续留在外国，岂不更好吗？考虑到这些情况，怎能设想他回来后一定会前程似锦呢？

鉴于这些原因，如果还想要和他继续保持通信联系的话，就不能像对一个即便是远在天涯的熟人那样毫无顾忌地把什么话都原原本本地告诉他。这位朋友已经有三年多

---

① 费丽丝·鲍威尔，卡夫卡女友。两人两度订婚，又两度解除婚约。

没有回国了,他的解释完全是敷衍了事,说是俄国的政治局势不稳,容不得一个小商人离开,哪怕是短暂的几天都不行。然而,就在这段时间内,成百上千的俄国人却安闲地在世界各地旅行。但是,恰恰对于格奥尔格自己来说,在这三年间发生了许多变化。格奥尔格的母亲去世——那是大约两年前的事,从那时起,他就和父亲一起生活——他这位朋友可能得悉了噩耗,在一封来信中表示了哀悼,但是毫不动情,其原因只能是,对这种不幸事件的悲痛是身居异国的人所完全无法想象的。不过格奥尔格从那时起,以全副精力从事他的商业以及所有别的事情。也许是他的母亲在世时,他的父亲在经营上独断独行,阻碍了他真正按自己的主意行事;也许是他的母亲过世后,他的父亲虽然还在商行里工作,但已经比较淡泊,不再事必躬亲;也许是鸿运高照,意外侥幸——很可能就是如此,不管怎么说,这两年来商行有了意想不到的发展,职工人数不得不增加了一倍,营业额增加了五倍,往后的买卖无疑会更加兴隆。

可是格奥尔格的这位朋友对这种变化却一无所知。先前,最后一次也许就在那封吊唁信里,他曾劝说格奥尔格移居俄国,并且详述了格奥尔格家若在彼得堡设分号,前景将如何如何。他所列的数字同格奥尔格现在所经营的范围相比,简直是微不足道。可是格奥尔格一直不愿意把自己商业上的成就写信告诉这位朋友,假如他现在再回过头来告诉他,那当真会令人惊讶。所以格奥尔格在给这位朋友的信中,始终仅限于写些无关紧要的、一如人们在安闲的星期天独自遐想时,杂乱地堆积在记忆中的琐事。他所希望的只是不要打扰他的朋友,让他保持自己在出国后的长时期里所形成的对于故乡的看法,并以此来安慰自己。于是发生了这样的情形,格奥尔格在三封隔开相当长时间的信中,接连三次把一个无关紧要的男人和一个同样无关紧要的女人订婚的事告诉了他的朋友,结果完全违背了格奥尔格的意图,这位朋友竟开始对这件不寻常的事情发生了兴趣。格奥尔格却宁可在信中同他谈这类事情,而不愿承认他自己在一个月前已经同一位富家小姐名叫弗丽达·勃兰登菲尔德的订了婚。他常常和未婚妻谈起这位朋友,以及他们在通信中这种特殊的情形。"那么他不会来参加我们的婚礼了,"她说,"然而,我是有权利认识你所有的朋友的。""我不想打扰他,"格奥尔格回答说,"不要误会我的意思,他可能会来,至少我认为他要来的,但他会感到非常勉强,自尊心受到损害,也许他会嫉妒我,而且一定会不满意,可是又没有能力消除这种不满,于是只好孤独地再次出国。孤独——你知道这是什么意思?""是的,难道他不会通过另外的途径获悉我们结婚的消息吗?""这个我当然不能阻止,但是由于他的生活方式,这是不太可能的。""既然你的朋友都是这个样子,格奥尔格,你就根本不应该订婚。"

"是的,这是我们俩的过错;不过我现在不愿意再改变主意了。"

她在他的亲吻下尽管气喘吁吁,却还说道:"不管怎样,我总觉得挺生气的。"这时,他真的认为,如果他把这一切写信告诉他的朋友,也不会有什么麻烦。"我就是这样的人,他也正应该这样来认识我。"他自言自语地说,"我无法把自己变成另外一种人,这种人也许比我更适宜于承当同他的友谊。"

事实上,他在这个星期天上午写的这封长信中,已经把他订婚的事告诉了他的朋友,信里这样写道:"我把最好的消息留到最后才写。我已经和一位名叫弗丽达·勃兰登菲尔德的小姐订婚了,她出身富家,是你出国以后很久才迁居到我们这里来的,所以你可能不会认识。将来反正还有机会告诉你关于我未婚妻的详细情况,今天我只想说,我非常幸福;你我之间的相互关系只在这一点上起了变化:你现在有了我这样一个幸福的朋友,而不再是一个普普通通的朋友了。此外,我的未婚妻——她嘱我向你致以亲切的问候,不久还会自己写信给你的——也将成为你的真诚的女友,这对于一个单身汉来说,不会是无所谓的吧。我知道,以往你由于种种原因而不能来看我们,难道我的婚礼不正是一次可以扫除一切障碍的极好的机会吗?但是,不管怎样,你还是不要考虑太多,而只是按照你自己的愿望去做吧。"

格奥尔格手里拿着这封信在书桌前坐了很久,把脸转向窗户。有一个过路的熟人从小巷里跟他打招呼,他正想得出神而在微笑,刚好作为对人家的回礼。

他终于把信放入口袋,走出房间,穿过狭小的过道来到对面他父亲的房间里,他已经有好几个月没有来过了。事实上,他也没有必要到他父亲的房间里去,因为他在商行里经常同父亲见面,他们又同时在一个餐厅用午餐,晚上虽然各干各的,可是除非格奥尔格出去会朋友——这倒是常事,或者如现在这样去看望未婚妻,他们总要在共同的起居室里坐上一会儿,各人看自己的报纸。

格奥尔格感到非常惊讶,甚至在这个晴朗的上午,他父亲的房间还是那样阴暗。矗立在狭窄庭院另一边的高墙投下了这般的阴影。父亲坐在靠窗的一个角落里,这个角落装饰着格奥尔格亡母的各种各样纪念物,他正在看报,把报纸举在眼前的一侧,以弥补一只眼睛视力的不足。桌子上放着剩下的早餐,看来他并没有吃多少。

"啊,格奥尔格!"父亲说着就站起来迎上去。走动时他的厚厚的睡衣敞开了,下摆在身体的周围飘动。"我的父亲仍然是一个魁伟的人。"格奥尔格心里说。

"这里黑得真受不了。"他接下去说。

"是的,确实是很黑。"父亲回答。

"那你还把窗户关着?"

"我喜欢这样。"

"外面已经很暖和了,"格奥尔格说,好像是接着前面那句话,随后坐了下来。

他父亲把早餐的杯盘收拾起来,放进一个柜子里去。

"我只是要告诉你,"格奥尔格接着说,他茫然地望着老人的动作,"我写了一封寄彼得堡的信宣布我订婚的事。"他把信从口袋中抽出一点儿,然后又放了回去。

"为什么要写信到彼得堡去?"父亲问。

"告诉我在那儿的朋友,"格奥尔格说着,用目光追寻他父亲的眼睛。"在商行里他可完全是另外一种样子,"他想,"瞧现在他劈开两腿坐在这里,双臂在胸前交叉着。"

"哦,告诉你的朋友了?"父亲以特别强调的口吻说道。

"父亲,你知道,我一开始并不想把订婚的事告诉他。这主要是考虑到他的情况,并不是由于别的原因。你自己也知道,他是一个很难相处的人。我寻思,他也会从别处获悉我订婚的消息——这我可无法阻止——虽然他离群索居,几乎没有这种可能,但是他反正决不会从我自己这里知道这件事情。"

"这么说你现在已经改变了主意?"父亲问道,一面把大张的报纸放到窗台上,把眼镜放在报纸上,并用一只手捂住了眼镜。

"是的,现在我已经仔细考虑过了。我想,如果他是我的好朋友,那么我的幸福的婚约对他来讲也是一件高兴的事。因此我不再犹豫,一定要把这事通知他。可是在我发信之前,我先要把这件事告诉你。"

"格奥尔格,"父亲说,撇了一下牙齿都已脱落了的嘴,"听我说,你是为这件事到我这里来想要同我商量,毫无疑问你这样做是值得赞许的。但是,如果你现在不把全部事情的真相告诉我,这等于什么也没说,甚至比不说更令人恼火。我不愿意提到与此无关的事情。自从你亲爱的母亲去世后,已经出现了好几起很不得体的事情。也许谈这些事情的时候到了,也许比我们想象的要来得早一些。商行里有些事情我不太清楚,这些事情也许并不是背着我做的——现在我可不是说这是背着我做的——我已经精力不济了,记忆力也在逐渐衰退,有许多事情我已无法顾全。这首先是自然规律,其次是你母亲的去世对我的打击比对你的要大得多。——但是既然我们正在谈论这件事,谈论这封信,我求你,格奥尔格,不要欺骗我。这是一件小事情,可以说是微不足道的,所以你千万不要欺骗我。难道你在彼得堡真有这样一个朋友?"

格奥尔格非常困惑地站起来。"别去管我的朋友了。一千个朋友也抵不上我的父亲。你知道,我是怎样想的?你太不注意保重你自己了。年岁可不饶人。商行里的事没有你我是不行的,这你知道得很清楚,但是如果因为做生意而损坏了你的健康,那么我明天就把它永远关门。这样可不行。我们必须改变一下你的生活方式,并且要彻底改变。你坐在这儿的黑暗里,如果呆在起居室里就有充足的阳光。你每顿早餐都吃得很少,而且不好好增加营养。你坐在紧闭着的窗户旁,而新鲜空气对你来说是多么需要呀。不行,父亲!我要请个医生来,我们都遵照医嘱行事。我们要把房间换一换,你搬到我前面那个房间去,我搬到这儿来。你不会有什么不习惯,你的全部东西都将一起搬过去。但是办这些事要有时间,现在你要上床睡一会儿,你非常需要休息。来吧,我帮助你脱衣服,你可以看到,我会做得很好的。或者你现在就愿意到前面房间去,你可以暂时睡在我的床上。这是再合适不过的了。"

格奥尔格紧挨着他父亲站着,他父亲白发蓬乱的头低垂到胸前。

"格奥尔格,"父亲轻声地说,身子一动也不动。

格奥尔格立刻在父亲身旁跪了下来,在父亲疲惫的脸上,他看到一对瞳孔从眼角直定定地望着他。

"你没有朋友在彼得堡。你总是一个爱开玩笑的人,连我也想愚弄。在那儿你怎么会有一个朋友呢!我根本就无法相信。"

"你再好好想一想,父亲,"格奥尔格说,一面将他父亲从椅子上扶起来,一面乘他父亲虚弱地站着的时候替他脱掉了睡衣,"自从上次我的朋友来看我们,到现在已快三年了。我还记得,你不是很喜欢他。至少有两次我避免让你看到他,虽然他那时正坐在我的房间里。我非常清楚你为什么对他反感,我的朋友有些怪癖。可是后来你和他就相处得很好了。你听他谈话,点着头,还提问,当时我还感到很自豪呢。如果你想一想,你一定会回忆得起来的。他当时谈了一些关于俄国革命的令人难以置信的故事。譬如有一次,他为了营业上的事来到基辅,遇上群众骚动。他看到一个教士站在阳台上,往自己的手心里刻了一个粗粗的血淋淋的十字,还举起手来,向人群呼唤。后来你自己在某些场合还讲过这个故事呢。"

说话中间格奥尔格已经扶他父亲坐下,并且小心地替他脱掉穿在亚麻布衬裤外面的针织卫生裤,又脱掉了袜子。当看到父亲的不太清洁的内衣时,他责怪自己,对父亲照顾不够。经常替父亲更换洁净的内衣,这是他应尽的责任。他还没有开口同未婚妻商量过,将来他们准备怎样安置父亲,因为他们心里早已有了这样的想法,父亲会独自留在老宅子里的。可是他现在迅速而明确地决定,要把父亲接进未来的新居。如果仔细考虑一下,搬进新居后再去照顾父亲,看来可能为时已经太晚了。他把父亲抱到床上。当时向床前走这几步路的同时,他注意到父亲正在他怀里玩弄他的表链,于是产生了一种惊恐的感觉。他一时无法把父亲放到床上,因为父亲紧紧地抓住表链不放。

但是等到父亲刚在床上躺好时,看来一切又恢复了正常。老人自己盖上被子,还把被子盖过了肩膀,他用亲切的眼光仰望着格奥尔格。

"你已经想起他了,是不是?"格奥尔格问道,愉快地向他点点头。

"我现在已经盖严实了吗?"他父亲问,好像他自己无法看到,两只脚是否也盖住了。

"你躺在床上感到舒服些了吧。"格奥尔格一边说,一边把被子盖好。

"我已经盖严实了吗?"父亲又一次地问道,似乎特别急于要得到回答。

"你放心好了,你盖得很严实。"

"不!"他父亲打断了他的答话喊道,并用力将被子掀开,一刹那间被子全飞开了,接着又直挺挺地站在床上。他只用一只手轻巧地撑在天花板上。"你要把我盖上,这我知道,我的好小子,不过我可还没有被完全盖上。即使这只是最后一点力气,但对付你是绰绰有余的。我当然认识你的朋友。他要是我的儿子倒合我的心意。因此这些年来你一直在欺骗他。难道不是这样吗?你以为我没有为他哭泣过吗?你把自己关在办公室里——经理有事,不得打扰——就是为了你可以往俄国写那些说谎的信件。但是幸亏父亲用不着别人教他,就可以看透儿子的为人。现在你认为,你已经把他征服了,可以一屁股坐在他的身上,而他则无法动弹,因为我的儿子大人已经决定结婚了!"

格奥尔格抬头望着他父亲这一副骇人的模样。父亲突然之间如此了解这位身居彼得堡的朋友,而这位朋友的景况还从来没有像现在这样打动过格奥尔格。他看见他落魄在辽阔的俄罗斯。他看见他站在被抢劫一空的商店门前。他正站在破损的货架、捣碎的货品和坍塌的煤气管中间。他为什么非要到那么遥远的地方去呢?

"你看着我!"父亲喊道。几乎是心不在焉的格奥尔格奔向床前,准备忍受一切,但是在中途他又站住了。

"因为她撩起了裙子,"父亲开始用甜丝丝的声音说道,"因为她这样地撩起了裙子,这个讨厌的蠢丫头,"为了做出那种样子,他高高地撩起了他的衬衣,让人看到了战争年代留在他大腿上的伤痕,"因为她这样地、这样地、这样地撩起了裙子,你就和她接近,就这样你毫无妨碍地在她身上得到了满足,你可耻地糟蹋了我们对你母亲的怀念,你出卖了朋友,你把你父亲按倒在床上,不叫他动弹。可是他到底能动还是不能动呢?"

说完他放下撑着天花板的手站着,两只脚还踢来踢去。他由于自己能洞察一切而面露喜色。

格奥尔格站在一个角上,尽可能地离他父亲远一点。长久以来他就已下定决心,要非常仔细地观察一切,以免被任何一个从后面来的或从上面来的间接的打击而弄得惊惶失措。现在他又记起了这个早就忘记了的决定,随后他又忘记了它,就像一个人把一根很短的线穿过一个针眼似的。

"但是你的朋友毕竟没有被你出卖!"他的父亲喊道,一面摆动食指以加强语气,"我是他在这里的代表。"

"你真是个滑稽演员!"格奥尔格忍不住也喊了起来,但立刻认识到他闯下了祸,并咬住舌头,不过已经太晚了,他两眼发直,由于咬疼了舌头而弯下身来。

"是的,我当然是在演滑稽戏!滑稽戏!多好的说法!一个老鳏夫还能有什么别的安慰呢?你说——你只要马上回答我,你还是我的活着的儿子——除此以外我还剩下什么呢?我住在背阴的房间里,已经老朽不堪,周围的一批职工又是那样的不忠实。而我的儿子却欢乐地走遍全世界,因为我已经做了准备,他就很容易把生意做成,兴高采烈,忘乎所以,俨然摆出一个高尚的人那种冰冷的面孔,走过他父亲的跟前!你以为我不曾爱过你这个我亲生的儿子吗?"

"现在他的身子将往前弯曲了,"格奥尔格想道,"要是他倒下来摔坏了怎么办?"这句话在他的头脑中一闪而过。

他父亲向前弯曲身子,不曾摔倒。他又伸直了身子,因为格奥尔格没有如他希望的走近他。

"你站在那里别动,我不需要你!你在想,你还有力量走到我这里来,只因为你不愿意过来才站在那里不动。你别搞错了!我还是要比你强得多。如果单靠我一个人也许我不得不退缩,但是你的母亲把她的力量给了我,我已经和你的朋友建立了良好的关系,你的顾客的名单也都在我的口袋里!"

"他甚至连衬衣也有口袋!"格奥尔格寻思道,并且相信,他如果把这些谈话公之于世,就会使父亲不再受人尊敬。他也只是在一刹那间想到这些,因为他不断地又把一切都忘记了。

"挽着你的未婚妻走到我的跟前来吧!我会让你还不知道是怎么一回事,就将她从你的身边赶走的!"

格奥尔格做了一个鬼脸,仿佛他不相信这些。他父亲只是朝格奥尔格呆着的角落点点头,表示他一定会说到做到的。

"今天你真使我非常快活,你跑来问我,要不要把你订婚的消息写信告诉你的朋友。他什么都知道了,你这个傻小子,他什么都知道了!我一直在给他写信,因为你忘了拿走我的笔。因此他这几年就一直没有来我们这里,他什么都知道,比你自己还清楚一百倍呢,他左手拿着你的信,连读也不读就揉成了一团,右手则拿着我的信,读了又读!"

他兴奋得把手臂举过头顶来回挥动。"他什么都知道,比你清楚一千倍!"他喊道。

"一万倍!"格奥尔格说这话本来是想嘲笑他父亲的,但是这话在他嘴里还没说出来时就变了语调,变得非常严肃认真。

"这些年来我一直注意着,等你来问这个问题!你认为,我关心的是其他的事吗?你以为,我在看报纸吗?你瞧!"说着,他扔给格奥尔格一张报纸,这张报纸是他随便带上床的。这是一张旧报,它的名字格奥尔格是完全不知道的。

"你打定主意之前,犹豫的时间可真不短啊!先得等你母亲死了,不让她经历你的大喜日子;你的朋友在俄国快要完了,早在三年以前他就已经十分潦倒;至于我呢,也到了你现在眼见的这副样子。你不是有眼无珠,我是怎么个状况你是看得见的嘛!"

"这样说来你一直在暗中监视我!"格奥尔格喊道。

他父亲替他遗憾地随口说道:"你可能早就想说这句话了。现在这么说可就完全不合适了。"

接着,他又大声地说:"现在你才明白,除了你以外世界上还有什么,直到如今你只知道你自己!你本来是一个无辜的孩子,可是说到底,你是一个没有人性的人!——所以你听着:我现在判你去投河淹死!"

格奥尔格觉得自己被赶出了房间,父亲在他身后倒在床上的声音还一直在他耳中回响。他急忙冲下楼梯,仿佛那不是一级级而是一块倾斜的平面。他出其不意地撞上了正走上楼来预备收拾房间的女佣人。"我主耶稣!"女佣人喊道,并用围裙遮住自己的脸,可是,格奥尔格已经走远了。他快步跃出大门,穿过马路,向河边跑去。他已经像饿极了的人抓住食物一样紧紧地抓住了桥上的栏杆。他悬空吊着,就像一个优秀体操运动员;在他年轻的时候,他父母曾因他有此特长而引为自豪。他那双越来越无力的手还抓着栏杆不放,他从栏杆中间看到驶来了一辆公共汽车,它的噪声可以很容易盖过他落水的声音。于是,他低声喊道:"亲爱的父母亲,我可一直是爱着你们的。"说完他就松手让自己落下水去。

这时候,正好有一长串车辆从桥上驶过。

(孙坤荣 译)

赏 析

《判决》是卡夫卡的短篇成名作,也是他最喜爱的作品。同《变形记》一样,这篇作品涉及到了良心的问题。但这里采取的形式比那一篇更为高级,界限被突破,冷酷而严厉的真理直接显现。

小说荒诞离奇。主人公格奥尔格在房间里给一位多年前迁居俄国的朋友写信,告诉他自己和一位富家女订婚的消息。当他写完信来到父亲房间时,父亲对他的态度异常不好,怀疑他根本没有俄国的朋友,指责他背着自己做生意,还盼着自己早死。突然,父亲嘲笑他在欺骗他的朋友,并承认自己一直和那位朋友通信还把一切都告诉了那位朋友;在父子两人的冲突中,格奥尔格顶撞了父亲一句,父亲当即判自己的儿子去投河自尽,于是,格奥尔格就真的去投河自尽了。

整个故事看似荒诞不经却富有深刻内涵，把人类庞大而真实的内心世界生动地展现在世人面前，给人以无限的思考空间。表面上看来，主人公对父亲满怀孝心，当他看到父亲的衣服不很干净，不禁责备自己疏忽了对父亲的照顾，但是，面对父亲的责备，他却想着"要是他倒下来摔坏了怎么办？"而在临死前，他又真诚的表白"亲爱的父母亲，我一直都是爱你们的"，这是他内心深处真实的独白。可见，主人公的内心是矛盾与痛苦的，在心理学的角度来说，是先分裂后整合，最后得到解脱。小说通过对主人公自我分裂的描写，生动地展现了作者本人的负罪心态。或者因为自己的社会责任和作家使命没有完成，或者因为自己的家庭责任没有尽到，他自己感到内疚但却无法改变事实。他控诉环境，也在控诉自己。小说除了体现宗法家长制统治的权威对人生存构成的致命威胁，还体现了作者对家长式的奥匈帝国统治者的不满。

作者对现实存在有种独有的体验，其异化感和荒诞感使语言失去了其固有的传统功能，而产生了"失语症"。因此，他的作品采用的是白描手法。《判决》里面，几乎没有直接的抒情与议论，只有平实、简洁、朴素的叙述，用最精炼的文字把真实表露无遗。

一个陌生女人的来信

〔奥地利〕茨威格

斯蒂芬·茨威格 (1881—1942),奥地利著名作家。出身富裕家庭。青年时代攻读哲学和文学,后去世界各地旅行并从事创作,认识了罗曼·罗兰和罗丹等人,深受其影响。大学时期开始创作,1901年出版了第一部诗集,受象征主义、表现主义影响。他的主要成就是中短篇小说,受弗洛伊德影响,它们细腻地描写了人的心理活动和表现情欲的力量。代表性的作品有传记《三位大师》、《同精灵的斗争》、《三个描摹自己生活的诗人》,长篇小说《焦躁的心》,短篇小说集《初次经历》、《热带癫狂症》、《象棋的故事》以及《一个女人一生中的二十四小时》等。1942年他的人道主义理想破灭,与妻子双双自杀。

茨威格的中、短篇大都描写孤独的人的种种奇特遭遇,这些人物往往被某种神秘的命运和不可言喻的力量所捉弄,最终毁于某种热情。他的艺术风格细腻,文采瑰丽,技艺精湛。

著名小说家R到山里去进行了一次为时三天的郊游之后,这天清晨返回维也纳,在火车站买了一份报纸。他看了一眼日期,突然想起,今天是他的生日。"四十一岁了",这个念头很快地在他脑子里一闪,他心里既不高兴也不难过。他随意地翻阅一下沙沙作响的报纸的篇页,便乘坐小轿车回到他的寓所。仆人告诉他,在他离家期间有两位客人来访,有几个人打来电话,然后有一张托盘把收集起来的邮件交给他。他懒洋洋地看了一眼,有几封信的寄信人引起他的兴趣,他就拆开信封看看;有一封信字迹陌生,摸上去挺厚,他就先把它搁在一边。这时仆人端上茶来,他就舒舒服服地往靠背椅上一靠,再一次信手翻阅一下报纸和几份印刷品;然后点上一支雪茄,这才伸手去把那封搁在一边的信拿过来。

这封信大约有二三十页,是个陌生女人的笔迹,写得非常潦草,与其说是一封信,毋宁说是一份手稿。他不由自主地再一次去摸摸信封,看里面是不是有什么附件没取出来,可是信封是空的。无论信封还是信纸都没写上寄信人的地址,甚至连个签名也没有。他心想:"真怪。"又把信拿到手里来看。"你,从来也没有认识过我的你啊!"这句话写在顶头,算是称呼,算是标题。他不胜惊讶地停了下来;这是指他呢,还是指的一个想象中的人呢? 他的好奇心突然被激起。他开始往下念:

我的儿子昨天死了——为了这条幼小娇弱的生命,我和死神搏斗了三天三夜,我在他的床边足足坐了四十个小时,当时流感袭击着他,他发着高烧,可怜的身子烧得滚烫。我把冷毛巾放在他发烫的额头上,成天成夜地把他那双不时抽动的小手握在我的手里。到第三天晚上我自己垮了。我的眼睛再也支持不住,我自己也不知道,我的眼皮就合上了。我坐在一把硬椅子上睡了三四个钟头,就在这时候,死神把他夺走了。这个温柔的可怜的孩子此刻就躺在那儿,躺在他那窄小的儿童床上,就和人死去时候一样;他的眼睛,他那双聪明的黑眼睛,刚刚给合上了,他的双手也给合拢来,搁在他的白衬衫上面,床的四角高高地燃着四支蜡烛。我不敢往床上看,我动也不敢动,因为烛光一闪,影子就会从他脸上和他紧闭着的嘴上掠过,于是看上去,就仿佛他脸上的肌肉在动,我就会以为,他没有死,他还会醒过来,还会用他那清脆的嗓子给我说些孩子气的温柔的话儿。可是我知道,他死了,我不愿意往床上看,免得再一次心存希望,免得再一次遭到失望。我知道,我知道,我的儿子昨天死了——现在我在这个世界上只有你,只有你一个人,而你对我一无所知,你正在寻欢作乐,什么也不知道,或者正在跟人家嬉笑调情。我只有你,你从来也没有认识过我,而我却始终爱着你。

我把第五支蜡烛取过来放在这张桌子上,我就在这张桌子上写信给你。我怎能孤单单地守着我死了的孩子,而不向人倾吐我心底的衷情呢?而在这可怕的时刻,不跟你说又叫我去跟谁说呢?你过去是我的一切啊!也许我没法跟你说得清清楚楚,也许你也不明白我的意思——我的脑袋现在完全发木,两个太阳穴在抽动,象有人用槌子在敲,我的四肢都在发疼。我想我在发烧,说不定也得了流感,此刻流感正在挨家挨户地蔓延扩散,要是得了流感倒好了,那我就可以和我的孩子一起去了,省得我自己动手来了结我的残生。有时候我眼前一片漆黑,也许我连这封信都写不完——可是我一定要竭尽我的全力,振作起来,和你谈一次,就谈这一次,你啊,我的亲爱的,从来也没有认识过的你啊!

我要和你单独谈谈,第一次把一切都告诉你;我要让你知道我整个的一生一直是属于你的,而你对我的一生却始终一无所知。可是只有我死了,你再也用不着回答我了,此刻使我四肢忽冷忽热的疾病确实意味着我的生命即将终结,那我才让你知道我的秘密。要是我还得活下去,我就把这封信撕掉,我将继续保持沉默,就象我过去一直沉默一样。可是如果你手里拿着这封信,那你就知道,是个已死的女人在这里向你诉说她的身世,诉说她的生活,从她有意识的时候起,一直到她生命的最后一刻为止,她的生命始终是属于你的。看到我这些话你不要害怕;一个死者别无企求,她既不要求别人的爱,也不要求同情和慰藉。我对你只有一个要求,那就是请你相信我那向你吐露隐衷的痛苦的心所告诉你的一切。请你相信我所说的一切,这是我对你唯一的请求:一个人在自己的独生子死去的时刻是不会说谎的。

我要把我整个的一生都向你倾诉,我这一生实在说起来是我认识你的那一天才开始的。在这以前,我的生活只是阴惨惨、乱糟糟的一团,我再也不会想起它来,它就象是一个地窖,堆满了尘封霉湿的人和物,上面还结着蛛网,对于这些,我的心早已非常淡漠。你在我生活出现的时候,我十三岁,就住在你现在住的那幢房子里,此刻你就在这幢房子里,手里拿着这封信,我生命的最后一息。我和你住在同一层楼,正好门对着门。你肯定再也想不起我们,想不起那个寒酸的会计员的寡妇(她总是穿着孝服)和她那尚未长成的瘦小的女儿——我们深居简出,不声不响,仿佛沉浸在我们小资产阶级的穷酸气氛之中——你也许从来也没有听见过我们的姓名,因为在我们的门上没有挂牌子,没有人来看望我们,没有人来打听我们。况且事情也已经过了好久了,都有十五六年了,你一定什么也不知道,我的亲爱的。可是我呢,啊,我热烈地回忆起每一份细节,我清清楚楚地记得我第一次听人家说起你,第一次看到你的那一天,不,那一小时,就象发生在今天,我又怎么能不记得呢?因为就是那时候世界才为我而开始啊。耐心点,亲爱的,等我把以前都从头说起,我求你,听我谈自己谈一刻钟,别厌倦,我爱了你一辈子也没有厌倦啊!

在你搬进来以前,你那屋子里住的人丑恶凶狠,吵架成性。他们自己穷得要命,却特别嫌恶邻居的贫穷,他们恨我们,因为我们不愿意染上他们那种破落的无产者的粗野。这家的丈夫是个酒鬼,老是揍老婆;我们常常在睡到半夜被椅子倒地、盘子摔碎的声音惊醒,有一次那老婆给打得头破血流,披头散发地逃到楼梯上面,那个酒鬼在她身后粗声大叫,最后大家都开门出来,威胁他要去叫警察,风波才算平息。我母亲从一开始就避免和这家人有任何来往,禁止我和这家的孩子一块儿玩,他们于是一有机会就在我身上找茬出气。他们要是在大街上碰到我,就在我身后嚷些脏话,有一次他们用挺硬的雪球扔我,扔得我额头流血。全楼的人怀着一种共同的本能,都恨这家人。突然有一天出了事,我记得,那个男人偷东西给抓了起来,那个老婆只好带着她那点家当搬了出去,这下我们大家都松了一口气。招租的条子在大门上贴了几天,后来又给揭下来了,从门房那里很快传开了消息,说是有个作家,一位单身的文静的先生租了这个住宅。当时我第一次听到你的姓名。

几天以后,油漆匠、粉刷匠、清洁工、裱糊匠就来打扫收拾屋子,给原来的那家人住过,屋子脏极了。于是楼里只听见一阵叮叮当当的敲打声、拖地声、刮墙声,可是我母亲倒很满意,她说,这一来对面讨厌的那一家子总算再也不会和我们为邻了。而你本人呢,即使在搬家的时候我也还没见到你的面;搬迁的全部工作都是你的仆人照料的,这个小个子的男仆,神态严肃,头发灰白,总是轻声轻气地、十分冷静地带着一种居高临下的神气指挥着全部工作。他给我们大家留下了深刻的印象,因为首先在我们这幢坐落在郊区的房子里,上等男仆可是一件十分新颖的事物,其次因为他对所有的人都客气得要命,可是又不因此降低身份,把自己混同于一般的仆役,和他们亲密无间地谈天说地。他从第一天起就毕恭毕敬地和我母亲打招呼,把她当作一位有身份的太太;甚至对我这个小毛丫头,他也总是态度和蔼、神情严肃。他一提起你的名字,总是打着一种尊敬的神气,一种特别的敬意——别人马上就看出,他和你的关系,远远超出一般主仆之间的关系。为此我是多么喜欢他啊!这个善良的老约翰,尽管我心里暗暗地嫉妒他,能够老是呆在你的身边,老是可以伺候你。

我把这以前都告诉你,亲爱的,把这以前琐碎的简直可笑的事情喋喋不休地说给你听,为了让你明白,你从一开始就对我这个生性腼腆、胆怯羞涩的女孩子具有这样巨大的力量。你自己还没有进入我的生活,你的身边就出现了一个光圈,一种富有、奇特、神秘的氛围——我们住在这幢郊区房子里的人一直非常好奇地、焦灼不耐地等你搬进来住

（生活在狭小天地里的人们，对门口发生的一切新鲜事儿总是非常好奇的）。有一天下午，我放学回家，看见搬运车停在楼前，这时我心里对你的好奇心大大地增涨起来。大部分家俱，凡是笨重的大件，搬运夫早已把它们抬上楼去了；还有一些零星小件正在往上拿。我站在门口，惊奇地望着一切，因为你所有的东西都很奇特，都是那么别致，我从来也没有见过；有印度的佛像、意大利的雕刻、色彩鲜艳刺目的油画，末了又搬来好些书，好看极了，我从来没想到过，书会这么好看。这些书都码在门口，你的仆人把它们拿起来，用掸子自觉地把每本书上的灰尘都掸掉。我好奇心切，轻手轻脚地围着那堆越码越高的书堆，边走边看，你的仆人既不把我撵走，也不鼓励我走近；所以我一本书也不敢碰，尽管我心里真想摸摸有些书的软皮封面。我只是怯生生地从旁边看看书的标题：这里有法文书、英文书，还有些书究竟是什么文写的，我也不认得。我想，我真会一连几小时傻看下去的，可是我的母亲把我叫回去了。

整个晚上我都不由自主地老想着你，而我当时还不认识你呢。我自己只有十几本书，价钱都很便宜，都是用破烂的硬纸做的封面，这些书我爱若至宝，读了又读。这时我就寻思，这个人有那么多漂亮的书，这些书他都读过，他还懂那么多文字，那么有钱，同时又那么有学问，这个人该长成一副什么模样呢？一想到这么多书，我心里不由得产生一种超凡脱俗的敬畏之情。我试图想象你的模样：你是个戴眼镜的老先生，蓄着长长的白胡子，就象我们的地理老师一样，所不同的只是，你更和善，更漂亮，更温雅——我不知道，为什么我在当时就确有把握地认为，你准长得漂亮，因为我当时想象中你还是个老头呢。在那天夜里，我还不认识你，我就第一次做梦梦见了你。

第二天你搬进来住了，可是我尽管拚命侦察，还是没能见你的面——这只有使我更加好奇。最后，到第三天，我才看见你。你的模样和我想象完全不同，跟我那孩子气的想象中的老爷爷的形象毫不沾边，我感到非常意外，深受震惊。我梦见的是一个戴眼镜的和蔼可亲的老年人，可你一出现——原来你的模样跟你今天的样子完全相似，原来你这个人始终没有变化，尽管岁月在你身上缓缓地流逝！你穿着一身迷人的运动服，上楼的时候总是两级一步，步伐轻捷，活泼灵敏，显得十分潇洒。你把帽子拿在手里，所以我一眼就看见了你的容光焕发、表情生动的脸，长了一头光泽年轻的头发，我的惊讶简直难以形容！的确，你是那样的年轻、漂亮，身材颀长，动作灵巧，英俊潇洒，我真的吓了一跳。你说这事不是很奇怪吗？在这最初的瞬间我就非常清晰地感觉到你所具有的独特之处，不仅是我，凡是和你认识的人都怀着一种意外的心情在你身上一再感觉到：你是一个具有双重人格的人，既是一个轻浮、贪玩、喜欢奇遇的热情少年，同时又是一个在你从事的那门艺术方面无比严肃、认真负责、极为渊博、很有学问的长者。我当时无意识地感觉到了后来每个人在你身上都得到的那种印象：你过着一种双重生活，既有对外界开放的光亮的一面，另外还有十分阴暗的一面，这一面只有你一个人知道——这种最深藏的两面性是你一生的秘密。我这个十三岁的姑娘，第一眼就感觉到了你身上的这种两重性，当时象着了魔似的被你吸引住了。

你现在明白了吧，亲爱的，你当时对我这个孩子该是一个多么不可思议的奇迹，一个多么诱人的谜啊！这是一位大家尊敬的人物，因为他写了好些书，因为他在另一个大世界里声名卓著,可是现在突然发现这个人年轻潇洒,是个性格开朗的二十五岁的青年!还要我对你说吗?从这天起,在我们这所房子里,在我整个可怜的儿童世界里,除了你再也没有什么别的东西使我感到兴趣;我本着一个十三岁的女孩的全部傻劲儿,全部追根究底的执拗劲头,只对你的生活、只对你的存在感兴趣!我仔细地观察你,观察你的出入起居,观察那些来找你的人,所有这一切,非但没有削弱,反而增强了我对你这个人的好奇心,因为来看你的人形形色色,各不相同,这就表现出了你性格中的两重性。有时来了一帮年轻人,是你的同学,一批不修边幅的大学生,你跟他们一起高声大笑、发疯胡闹;有时候又有些太太们乘着小轿车来;有一次歌剧院经理来了,那个伟大的指挥家,我只有满怀敬意地从远处看见他站在乐谱架前;再就是一些还在上商业学校的姑娘们,她们很不好意思地一闪身就溜进门去,来的女人很多,多极了。我不觉得这有什么奇怪,有一天早上我上学去的时候,看见有位太太脸上蒙着厚厚的面纱从你屋里出来,我也不觉得这有什么特别——我那时才十三岁,怀着一种热烈的好奇心,刺探你的行踪,偷看你的举动,我还是个孩子,不知道这种好奇心就已经是爱情了。可是我还清楚记得,亲爱的,我整个地爱上你,永远迷上你的那一天,那个时刻。那天,我跟一个女同学去散了一会儿步,我们俩站在大门口闲聊。这时驰来一辆小汽车,车刚停下,你就以你那种急迫不耐的、轻捷灵巧的方式从车上一跃而下,这样子至今还叫我动心。你下了车想走进门去,我情不自禁地给你把门打开,这样我就挡了你的道,我俩差点撞在一起。你看了我一眼,那眼光温暖、柔和、深情,活象是对我的爱抚。你冲着我一笑,用一种非常轻柔的、简直可说是亲昵的声音对我说:"多谢,小姐。"

　　全部经过就是这样,亲爱的;可是从我接触到你那充满柔情蜜意的眼光之时起,我就完全属于你了。我后来,我不久之后就知道,你的这道目光好象是把对方拥抱起来,吸引到你身边,既脉脉含情,又荡人心魄,这是一个天生的诱惑者的眼光,你向每一个从你身边走过的女人都投以这样的目光,向每一个卖东西给你的女店员,向每一个给你开门的使女都投以这样的目光。这种眼光在你身上并不是有意识地表示多情和爱慕,而是你对女人怀有的柔情使你一看见她们,你的眼光便不知不觉地变得温柔起来。可是我这个十三岁的孩子对此一无所知:我的心里象着了火似的。我以为你的柔情蜜意只针对我,是给我一个人的。就在这一瞬间,我这个还没有成年的姑娘一下子就成长为一个女人,而这个女人从此永远属于你了。

　　"这人是谁啊?"我的女同学问道。我一下子答不上来。你的名字我怎么着也说不出口:就在这一秒钟,在这唯一的一秒钟里,你的名字在我心目中变得无比神圣,成了我心里的秘密。"唉,住在我们楼里的一位先生呗!"我结结巴巴笨嘴拙腮地说道。"那他看你一眼,你干吗脸涨得通红啊?"我的女同学以一个好管闲事的女孩子的阴坏的神气,连嘲带讽地说道。可是恰巧因为我感觉到她的讽刺正好捅着了我心里的秘密,血就更往我的脸颊上涌。窘迫之余我就生气了。我恶狠狠地说了她一句:"蠢丫头!"我当时真恨不得把她活活勒死。可是她笑得更欢,讽刺的神气更加厉害,末了我发现,我火得没法,眼睛里都噙满了眼泪。我不理她,一口气跑上楼去了。

　　从这一秒钟起,我就爱上了你。我知道,女人们经常向你这个娇纵惯了的人说这句话。可是请相信我,没有一个女人象我这样死心塌地地、这样舍身忘已地爱过你,我对你从不变心,过去是这样,一直是这样,因为在世界上没有什么东西可以比得上一个孩子暗中怀有的不为人所觉察的爱情,因为这种爱情不抱希望,低声下气,曲意逢迎,委身屈从,热情奔放,这和一个成年妇女的那种欲火炽烈、不知不觉中贪求无厌的爱情完全不同。只有孤独的孩子才能把全部热情集聚起来,其他的人在社交活动中早已滥用了自己的感情,和人亲切交往中早已把感情消磨殆尽,他们经常听人谈论爱情,在小说里常常读到爱情,他们知道,爱情乃是人们共同的命运。他们玩弄爱情,就象摆弄一个玩具,他们夸耀自己恋爱的经历,就象男孩抽了第一支香烟而洋洋得意。可我身边没有别人,我没法向别人诉说我的心事,没有人指点我、提醒我,我毫无阅历,毫无思想准备:我一头栽进我的命运,就像跌进一个深渊。我心里只有一个人,那就是你,我睡梦中也只看见你,我把你视为知音:我的父亲早已去世,我的母亲成天心情压抑,郁郁不乐,靠养老金生活,总是胆小怕事,所以和我也不贴心;那些多少有点变坏的女同学叫我反感,她们轻佻地把爱情看成儿戏,而在我的心目中,爱情却是我至高无上的激情——所以我把原来分散零乱的全部感情,把我整个紧缩起来而又一再急切向外迸涌的心灵都奉献给你。我该怎么对你说才好呢?任何比喻都嫌不足,你是我的一切,是我整个的生命。世上万物因为和你有关才存在,我生活中的一切只有和你连在一起才有意义。你使我整个生活变了样。我原来在学校里学习一直平平常常,不好不坏,现在突然一跃成为全班第一,我如饥似渴地念了好些书,常常念到深夜,因为我知道,你喜欢书本;我突然以一种近乎倔强的毅力练起钢琴来了,使我母亲不胜惊讶,因为我想,你是热爱音乐的。我把我的衣服刷了又刷,缝了又缝,就是为了在你面前显得干干净净,讨人喜欢。我那条旧的校服罩裙(是我母亲穿的一件家常便服改的)的左侧打了个四四方方的补钉,我觉得讨厌极了。我怕你会看见这个补钉,于是看不起我,所以我跑上楼梯的时候,总把书包盖着那个地方,我害怕得浑身哆嗦,唯恐你会看见那个补钉。可是这是多么傻气啊!你在那次以后从来也没有,几乎从来也没有正眼看过我一眼。

而我呢,我可以说整天什么也不干,就是在等你,在窥探你的一举一动。在我们家的房门上面有一个小小的黄铜窥视孔,透过这个圆形小窗孔一直可以看到你的房门。这个窥视孔就是我伸向世界的眼睛——啊,亲爱的,你可别笑,我那几个月,那几年,手里拿着一本书,一下午一下午地就坐在小窗孔跟前,坐在冰冷的门道里守候着你,提心吊胆地生怕母亲疑心,我的心紧张得象根琴弦,你一出现,它就颤个不停。直到今天想到这些的时候,我都并不害臊。我的心始终为你而紧张,为你而颤动;可是你对此毫无感觉,就象你口袋里装了怀表,你对它绷紧的发条没有感觉一样。这根发条在暗中为你耐心地数着你的钟点,计算着你的时间,以它听不见的心跳陪着你东奔西走,而你在它那滴答不停的几百万秒当中,只有一次向它匆匆瞥了一眼。你的什么事情我都知道,我知道你的每一个生活习惯,认得你的每一根领带、每一套衣服,认得你的一个一个的朋友,并且不久就能把他们加以区分,把他们分成我喜欢的和我讨厌的两类:我从十三岁到十六岁,每一小时都是在你身上度过的。唉,我干了多少傻事啊!我亲吻你的手摸过的门把,我偷了一个你进门之前扔掉的雪茄烟头,这个烟头我视若圣物,因为你嘴唇接触过它。晚上我百次地借故跑下楼去,到胡同里去看看你哪间屋里还亮着灯光,用这样的办法来感觉你那看不见的存在,在想象中亲近你。你出门旅行的那些礼拜里——我一看见那善良的约翰把你的黄色旅行袋提下楼去,我的心便吓得停止了跳动——那些礼拜里我虽生犹死,活着没有一点意思。我心情恶劣,百无聊赖,茫茫然不知所从,我得十分小心,别让我母亲从我哭肿了的眼睛看出我绝望的心绪。

我知道,我现在告诉你的这些事都是滑稽可笑的荒唐行径,孩子气的蠢事。我应该为这些事而感到羞耻,可是我并不这样,因为我对你的爱从来也没有象在这种天真的感情流露中表现得更纯洁更热烈的了。要我说,我简直可以一连几小时,一连几天几夜地跟你说,我当时是如何和你一起生活的,而你呢,几乎都没跟我打过一个照面。因为每次我在楼梯上遇见你,躲也躲不开了,我就一低头从你身边跑上楼去,为了怕见你那火辣辣的眼光,就象一个人怕火烧着,而纵身跳水投河一样。要我讲,我可以一连几小时,一连几天几夜地跟你讲你早已忘却的那些岁月,我可以给你展开一份你整个一生的全部日历;可是我不愿使你无聊,不愿使你难受。我只想把我童年时代最美好的一个经历再告诉你,我求你别嘲笑我,因为这只不过是微不足道的小事一桩,而对我这个孩子来说,这可是了不起的一件大事。大概是个星期天,你出门旅行去了,你的仆人把他拍打干净的笨重地毯从敞开着的房门拖进屋去。这个好心人干这个活非常吃力,我不晓得从哪儿来的一股勇气,便走了过去,问他要不要我帮他的忙。他很惊讶,可还是让我帮了他一把,于是我就看见了你的寓所的内部——我实在没法告诉你,我当时怀着何等敬畏甚至虔诚的心情!我看见了你的天地,你的书桌,你经常坐在这张书桌旁边,桌上供了一个蓝色的水晶花瓶,瓶里插着几朵鲜花,我看见了你的柜子,你的画,你的书。我只是匆匆忙忙地向你的生活偷偷地望了一眼,因为你的忠仆约翰一定不会让我仔细观看的,可是就这么一眼我就把你屋里的整个气氛都吸收进来,使我无论醒着还是睡着都有足够的营养供我神思梦想。

就这匆匆而逝的一分钟是我童年时代最幸福的时刻。我要把这个时刻告诉你,是为了让你——你这个从来也没有认识过我的人啊——终于感到,有一个生命依恋着你,并且为你而憔悴。我要把这个最幸福的时刻告诉你,同时我要把那最可怕的时刻也告诉你,可惜这二者竟挨得如此之近!我刚才已经跟你说过了,为了你的缘故,我什么都忘了,我没有注意我的母亲,我对谁也不关心。我没有发现,有个上了年纪的男人,一位因斯布鲁克地方的商人和我母亲沾点远亲,这时经常来作客,一呆就是好长时间;是啊,这只有使我高兴,因为他有时带我母亲去看戏,这样我就可以一个人呆在家里,想你,守着看你回来,这可是我唯一的至高无上的幸福啊!结果有一天我母亲把我叫到她房里去,唠唠叨叨说了好些,说是要和我严肃地谈谈。我的脸刷的一下发白了,我的心突然怦怦直跳:莫非她预感到了什么,猜到了什么不成?我的第一个念头就想到你,想到我的秘密,它是我和外界发生联系的纽带。可是我妈自己倒显得非常忸怩,她温柔地吻了我一两下(平时她是从来也不吻我的),把我拉到沙发上坐到她的身边,然后吞吞吐吐、羞羞答答地开始说道,她的亲戚是个死了妻子的单身汉,现在向她求婚,而她主要是为我着想,决定接受他的请求。一股热血涌到我的心里,我心里只有一个念头,我想到你。"那咱们还住在这儿吧?"我只能结结巴巴地说出这么一句话。"不,我们搬到因斯布鲁克去住,斐迪南在那儿有座漂亮的别墅。"她说的别的话我都没有听见。我突然眼前一黑。后来我听说,我当时晕过去了。我听见我的母亲对我那位等在门背后的继父低声说,我突然伸开双手向后一仰,就像铅块似的跌到地上。以后几天发生过什么事情,我这么一个无权自主的孩子又怎样抵挡过他们压倒一切的意志,这一切我都没法向你形容!直到现在,我一想到当时,我这握笔的手就抖了起来。我真正的秘密我又不能泄露,结果我的反对在他们看来就纯粹是脾气倔强、固执己见、心眼狠毒的表现。谁也不再答理我,一切都背着我进行。他们利用我上学的时间搬运东西,等我放学回家,总有一件家俱搬走了或者卖掉了。我眼睁睁地看着我的家搬空了,我的生活也随之毁掉了。有一次我回家吃午饭,搬运工人正在包装家俱,把所有的东西都搬走。在空荡荡的房间里放着收拾停当的箱子以及给我母亲和我准备的两张行军床,我们还得在这儿过一夜,最后一夜,明天就乘车到因斯布鲁克去。

在这最后一天我突然果断地感觉到,不在你的身边,我就没法活下去。除了你我不知道还有什么别的救星。我一辈子也说不清楚,我当时是怎么想的,在这绝望的时刻,我是否真正能够头脑清醒地进行思考,可是突然——我妈不在家——我站起身来,身上穿着校服,走到对面去找你。不,我不是走过去的,一种内在的力量象磁铁,把我僵手僵脚地、四肢哆嗦地吸引到你的门前。我已经跟你说过了,我自己也不明白,我到底打算怎么样,我想跪倒在你的脚下,求你收留我做你的丫头,做你的奴隶。我怕你会取笑一个十五岁的女孩子的这种纯洁无邪的狂热之情。可是亲爱的,要是你知道,我当时如何站在门外冷气彻骨的走廊里,吓得浑身僵直,可是又被一股难以捉摸的力量所驱使,移步向前,我如何使了大劲儿,挪动抖个不住的胳臂,伸出手去——这场斗争经过了可怕的几秒钟,真象是永恒一样漫长——用指头去按你的门铃,要是你知道了这一切,你就不会取笑了。刺耳的铃声至今还在我耳边震响,接下来是一片寂静,我的心脏停止了跳动,我周身的鲜血也凝结不动,我凝神静听,看你是否走来开门。

可是你没有来。谁也没有来。那天下午你显然不在家里,约翰大概出去办事了,所以我只好摇摇晃晃地拖着脚步回到我们搬空了家俱、残破不堪的寓所,门铃的响声还依然在我耳际萦绕,我精疲力竭地倒在一床旅行毯上,从你的门口到我家一共四步路,走得疲惫不堪,就仿佛我在深深的雪地里跋涉了几个小时似的。可是尽管精疲力尽,我想在他们把我拖走之前看你一眼,和你说说话的决心依然没有泯灭。我向你发誓,这里面丝毫也不掺杂情欲的念头,我当时还是个天真无邪的姑娘,除了你以外实在别无所想:我一心只想看见你,再见你一面,紧紧地依偎在你的身上。于是整整一夜,这可怕的漫长的一夜,亲爱的,我一直等着你。我妈刚躺下睡着,我就轻手轻脚地溜到门道里,尖起耳朵倾听,你什么时候回家。我整夜都等着你,这可是个严寒冷冻的一月之夜啊。我疲惫困倦,四肢酸疼,门道里已经没有椅子可坐,我就趴在地上,从门底下透过来阵阵寒风。我穿着单薄的衣裳躺在冰冷的使人浑身作疼的硬地板上,我没拿毯子,我不想让自己暖和,唯恐一暖和就会睡着,听不见你的脚步声。躺在那里浑身都疼,我的两脚抽筋,蜷缩起来,我的两臂索索直抖:我只好一次次地站起身来,在这可怕的黑咕隆咚的门道里实在冷得要命。可是我等着,等着,等着你,就象等待我的命运。

终于——大概是在凌晨两三点钟吧——我听见楼下有人用钥匙打开大门,然后有脚步声顺着楼梯上来。刹那间我觉得寒意顿消,浑身发热,我轻轻地打开房门,想冲到你的跟前,扑在你的脚下。……啊,我真不知道,我这个傻姑娘当时会干出什么事来。脚步声越来越近,蜡烛光晃晃悠悠地从楼梯照上来。我握着门把,浑身哆嗦。上楼来的,真是你吗?

是的,上来的是你,亲爱的——可是你不是一个人回来的。我听见一阵娇媚的轻笑,绸衣拖地的声音和你低声说话的声音——你是和一个女人一起回来的。

我不知道,我这一夜是怎么熬过来的。第二天早上八点钟他们把我拖到因斯布鲁克去了;我已经一点反抗的力气也没有了。

我的儿子昨天夜里死了——如果现在我果真还得继续活下去的话,我又要孤零零地一个人生活了。明天他们要来,那些黝黑、粗笨的陌生男人,带口棺材来,我将把我可怜的唯一的孩子装到棺材里去。也许朋友们也会来,带来些花圈,可是鲜花放在棺材上又有什么用?他们会来安慰我,给我说些什么话;可是他们能帮我什么忙呢?我知道,事后我又得独自一人生活。世界上再也没有比置身于人群之中却又孤独生活更可怕的了。我当时,在因斯布鲁克度过的漫无止境的两年时间里,体会到了这一点。从我十六岁到十八岁的那两年,我简直像个囚犯,像个遭到屏弃的人似的,生活在我的家人中间。我的继父是个性情平和、沉默寡言的男子,他对我很好,我母亲为了补赎一个无意中犯的过错,对我总是百依百顺;年轻人围着我,讨好我;可是我执拗地拒他们于千里之外。离开了你,我不愿意高高兴兴、心满意足地生活,我沉湎于我那阴郁的小天地里,自己折磨自己,孤独寂寥地生活。他们给我买的花花绿绿的新衣服,我穿也不穿;我拒绝去听音乐会,拒绝去看戏,拒绝跟人家一起快快活活地出去远足郊游。我几乎足不逾户,很少上街;亲爱的你相信吗,我在这座小城市里住了两年之久,认识的街道还不到十条?我成天悲愁,一心只想悲愁;我看不见你,也就什么也不想要,只想从中得到某种陶醉。再说,我只是热切地想要在心灵深处和你单独呆在一起,我不愿意使我分心。我一个人坐在家里,一坐几小时,一坐一整天,什么也不做,就是想你,把成百件细小的往事翻来覆去想个不停,回想起每一次和你见面,每一次等候你的情形,我把这些小小的插曲想了又想,就像看戏一样。因为我把往日的每一秒钟都重复了无数次,所以我整个童年时代都记得一清二楚,过去这些年每一分钟对我都是那样的生动、具体,仿佛这是昨天发生的事情。

我当时心思完全集中在你的身上。我把你写的书都买了来;只要你的名字一登在报上,这天就成了我的节日。你相信吗,你的书我念了又念,不知念了多少遍,你书中的每一行我都背得出来?要是有人半夜里把我从睡梦中唤醒,从你的书里孤零零地给我念上一行,我今天,时隔十三年,我今天还能接着往下背,就像在做梦一样,你写的每一句话,对我来说都是福音书和祷告词啊。整个时间只是因为和你有关才存在。我在维也纳的报纸上查看音乐会和戏剧首次公演的广告,心里只有一个念头,那就是什么演出会使你感到兴趣,一到晚上,我就在远方陪伴着你:此刻你走进剧院大厅了,此刻你坐下了。这样的事情我梦见了不下一千次,因为我曾经有一次亲眼在音乐会上看见过你。

可是干吗说这些事呢,干吗要把一个孤独的孩子的这种疯狂的、自己折磨自己的、如此悲惨、如此绝望的狂热之情告诉一个对此毫无所感,一无所知的人呢?可是我当时难道还是个孩子吗?我已经十七岁,转眼就满十八岁了——年轻人开始在大街上扭过头来看我了,可是他们只是使我生气发火。因为要我在脑子里想着和别人恋爱,而不是爱你,哪怕仅仅是闹着玩的,这种念头我都觉得难以理解、难以想象地陌生,稍稍动心在我看来就已经是在犯罪了。我对你的激情仍然一如既往,只不过随着我身体的发育,随着我情欲的觉醒而和过去有所不同,它变得更加炽烈、更加含有肉体的成分,更加具有女性的气息。当年潜伏在那个不懂事的女孩子的下意识里、驱使她去拉你的门铃的那个朦朦胧胧的愿望,现在却成了我唯一的思想:把我奉献给你,完全委身于你。

我周围的人认为我腼腆,说我害羞脸嫩,我咬紧牙关,不把我的秘密告诉任何人。可是在我心里却产生了一个钢铁般的意志。我一心一意只想着一件事:回到维也纳,回到你身边。经过努力,我的意志得以如愿以偿,不管它在别人看来,是何等荒谬绝伦,何等难以理解。我的继父很有资财,他把我看作是他自己亲生的女儿。可是我一个劲儿地顽固坚持,要自己挣钱养活自己,最后我终于达到了目的,前往维也纳去投奔一个亲戚,在一家规模很大的服装店里当了个职员。难道还要我对你说,在一个雾气迷茫的秋日傍晚我终于!终于!来到了维也纳,我首先是到那儿去的吗?我把箱子存在火车站,跳上一辆电车,——我觉得这电车开得多么慢啊,它每停一站我就心里冒火——跑到那幢房子跟前。你的窗户还亮着灯光,我整个心怦怦直跳。到这时候,这座城市,这座对我来说如此陌生,如此毫无意义地在我身边喧嚣轰响的城市,才获得了生气,到这时候,我才重新复活,因为我感觉到了你的存在,你,我的永恒的梦。我没有想到,我对你的心灵来说无论是相隔无数的山川峡谷,还是说在你和我那抬头仰望的目光之间只相隔你窗户的一层玻璃,其实都是同样的遥远。我抬头看啊,看啊:那儿有灯光,那儿是房子,那儿是你,那儿就是我的天地。两年来我一直朝思暮想着这一时刻,如今总算盼到了。这个漫长的夜晚,天气温和,夜雾弥漫,我一直站在你的窗下,直到灯光熄灭。然后我才去寻找我的住处。

以后每天晚上我都这样站在你的房前。我在店里干活一直干到六点,活很重,很累人,可是我很喜欢这个活,因为工作一忙,就使我不至于那么痛切地感到我内心的骚乱。等到铁制的卷帘式的百叶窗哗的一下在我身后落下,我就径直奔向我心爱的目的地。我心里唯一的心愿就是,只想看你一眼,只想和你见一次面,只想远远地用我的目光搂抱你的脸!大约过了一个星期,我终于遇见你了,而且恰好是在我没有料想到的一瞬间:我正抬头窥视你的窗口,你突然穿过马路走了过来。我一下子又成了那个十三岁的小姑娘,我觉得热血涌向我的脸颊;我违背了我内心强烈的、渴望看见你眼睛的欲望,不由自主地一低头,像身后有追兵似的,飞快地从你身边跑了过去。事后我为这种女学生似的羞怯畏缩的逃跑行为感到害臊,因为现在我不是已经打定主意了吗:我一心只想遇见你,我在找你,经过这些好不容易熬过来的岁月,我希望你认出我是谁,希望你注意我,希望为你所爱。

可是你好长一段时间都没有注意到我,尽管我每天晚上都站在你的胡同里,即使风雪交加，维也纳凛冽刺骨的寒风吹个不停，也不例外。有时候我白白地等了几个小时，有时候我等了半天，你终于和朋友一起从家里走了出来，有两次我还看见你和女人在一起，——我看见一个陌生女人和你手挽着手紧紧依偎着往外走，我的心猛地一下抽缩起来，把我的灵魂撕裂，这时我突然感到我已长大成人，感到心里有种新的异样的感觉。我并不觉得意外，我从童年时代就知道老有女人来访问你，可是现在突然一下子我感到一阵肉体上的痛苦，我心里感情起伏，恨你和另外一个女人这样明显地表示肉体上的亲昵，可同时自己也渴望着能得到这种亲昵。出于一种幼稚的自尊心，我一整天没到你的房子前面去，我以往就有这种幼稚的自尊心，说不定我今天还依然是这样。可是这个倔强赌气的夜晚变得非常空虚，这一晚多么可怕啊！第二天晚上我又忍气吞声地站在你的房前，等啊等啊，命运注定，我一生就这样站在你紧闭着的生活前面等着。

有一天晚上，你终于注意到我了。我早已看见你远远地走来，我赶忙振作精神，别到时候又躲开你。事情也真凑巧，恰好有辆卡车停在街上卸货，把马路弄得很窄，你只好擦着我的身边走过去。你那漫不经心的目光不由自主地向我身上一扫而过，它刚和我专注的目光一接触，立刻又变成了那种专门对付女人的目光——勾起往事，我大吃一惊！——又成了那种充满蜜意的目光，既脉脉含情，同时又荡人心魄，又成了那种把对方紧紧拥抱起来的勾魂摄魄的目光，这种目光从前第一次把我唤醒，使我一下子从孩子变成了女人，变成了恋人。你的目光和我的目光就这样接触了一秒钟、两秒钟，我的目光没法和你的目光分开，也不愿意和它分开——接着你就从我身边过去了。我的心跳个不停，我身不由己地不得不放慢脚步，一种难以克服的好奇心驱使我扭过头去，看见你停住了脚步，正回头来看我。你非常好奇、极感兴趣地仔细观察我，我从你的神气立刻看出，你没有认出我来。

你没有认出我来，当时没有认出我，也从来没有认出过我。亲爱的，我该怎么向你形容我那一瞬间失望的心情呢。当时我第一次遭受这种命运，这种不为你所认出的命运，我一辈子都忍受着这种命运，随着这种命运而死；没有被你认出来，一直没有被你认出来。叫我怎么向你描绘这种失望的心情呢！因为你瞧，在因斯布鲁克的这两年，我每时每刻都在想念你，我什么也不干，就在设想我们在维也纳的重逢该是什么情景，我随着自己情绪的好坏，想象最幸福的和最恶劣的可能性。如果可以这么说的话，我是在梦里把这一切都过了一遍；在我心情阴郁的时刻我设想过：你会把我拒之门外，会看不起我，因为我太低贱，太丑陋，太讨厌。你的憎恶、冷酷、淡漠所表现出来的种种形式，我在热烈活跃的想象出来的幻境里都经历过了——可是这点，就这一点，即使我心情再阴沉，自卑感再严重，我也不敢考虑，这是最可怕的一点：那就是你根本没有注意到有我这么一个人存在。今天我懂得了——唉，是你教我明白的！——对于一个男人来说，一个少女、一个女人的脸想必是变化多端的东西，因为在大多数情况下只是一面镜子，时而是炽热激情之镜，时而是天真烂漫之镜，时而又是疲劳困倦之镜，正如镜中的人影一样转瞬即逝，那么一个男子也就更容易忘却一个女人的容貌，因为年龄会在她的脸上投下光线，或者布满阴影，而服装又会把它时而这样时而那样地加以衬托。只有伤心失意的女人才会真正懂得这个中的奥秘。可我当时还是个少女，我还不能理解你的健忘，我自己毫无节制没完没了地想你,结果我竟产生错觉,以为你一定也常常在等我;要是我确切知道,我在你心目中什么也不是,你从来也没有想过我一丝一毫,我又怎么活的下去呢!你的目光告诉我,你一点也认不得我,你一点也想不起来你的生活和我的生活有细如蛛丝的联系。你的这种目光使我如梦初醒,使我第一次跌到现实之中,第一次预感到我的命运。

你当时没有认出我是谁。两天之后我们又一次邂逅,你的目光以某种亲昵的神气拥抱我,这时你又没有认出,我是那个曾经爱过你的、被你唤醒的姑娘,你只认出,我是两天之前在同一个地方和你对面相遇的那个十八岁的美丽姑娘。你亲切地看我一眼,神情不胜惊讶,嘴角泛起一丝淡淡的微笑。你又和我擦肩而过,又马上放慢脚步。我浑身战栗,我心里欢呼,我暗中祈祷,你会走来跟我打招呼。我感到,我第一次为你而活跃起来,我也放慢了脚步,我不躲着你。突然我头也没回,便感觉到你就在我的身后,我知道,这下子我就要第一次听到你用我喜欢的声音跟我说话了。我这种期待的心情,使我四肢酥麻,我正担心,我不得不停住脚步,心简直像小鹿似的狂奔猛跳——这时你走到我旁边来了。你跟我攀谈,一副高高兴兴的神气,就仿佛我们是老朋友似的——唉,你对我一点预感也没有,你对我的生活从来也没有任何预感!——你跟我攀谈起来,是那样的落落大方,富有魅力,甚至使我也能回答你的话。我们一起走完了整个的一条胡同。然后你就问我,是否愿意和你一起去吃晚饭。我说好吧。我又怎么敢拒不接受你的邀请?

我们一起在一家小饭馆里吃饭——你还记得吗,这饭馆在哪儿?一定记不得了,这样的晚饭对你一定有的是,你肯定分不清了,因为我对你来说,又算得了什么呢?不过是几百个女人当中的一个,只不过是连绵不断的一系列艳遇中的一桩而已。又有什么事情会使你回忆起我来呢?我话说的很少,因为在你身边,听你说话已经使我幸福到了极点。我不愿意因为提个问题,说句蠢话而浪费一秒钟的时间。你给了我这一小时,我对你非常感谢,我永远也不会忘记这个时间。你的举止使我感到,我对你怀有的那种热情敬意完全应该,你的态度是那样的温文尔雅,恰当得体,丝毫没有急迫逼人之势,丝毫不想匆匆表示温柔缠绵,从一开始就是那种稳重亲切,一见如故的神气。我是早就决定把我整个的意志和生命都奉献给你了,即使原来没有这种想法,你当时的态度也会赢得我的心的。唉,你是不知道,我痴痴地等了你五年!你没使我失望,我心里是多么喜不自胜啊!

天色已晚,我们离开饭馆。走到饭馆门口,你问我是否急于回家,是否还有一点时间。我事实上已经早有准备,这我怎么能瞒着你!我就说,我还有时间。你稍微迟疑了一会儿,然后问我,是否愿意到你家去坐一会,随便谈谈。我觉得这是不言而喻的事,就脱口而出说了句:"好吧!"我立刻发现,我答应得这么快,你感到难过或者感到愉快,反正你显然是深感意外的。今天我明白了,为什么你感到惊愕;现在我才知道,女人通常总要装出毫无准备的样子,假装惊吓万状,或者怒不可遏,即使她们实际上迫不及待地急于委身于人,一定要等到男人哀求再三,谎话连篇,发誓赌咒,作出种种诺言,这才转嗔为喜,半推半就。我知道,说不定只有以卖笑为职业的女人,只有妓女才会毫无保留地欣然接受这样的邀请,要不然就只有天真烂漫、还没有长大成人的女孩子才会这样。而在我的心里——这你又怎料想得到——只不过是化为言语的意志,经过千百个日日夜夜的集聚而今迸涌开来的相思啊。反正当时的情况是这样:你吃了一惊,我开始使你对我感起兴趣来了。我发现,我们一起往前走的时候,你一面和我说话,一面略带惊讶地在旁边偷偷地打量我。你的感觉在觉察人的种种感情时总象具有魔法似的确有把握,你此刻立即感到,在这个小鸟依人似的美丽的姑娘身上有些不同寻常的东西,有着一个秘密。于是你顿时好奇心大发,你绕着圈子试探性地提出许多问题,我从中觉察到,你一心想要探听这个秘密。可是我避开了,我宁可在你面前显得有些傻气,也不愿向你泄露我的秘密。我们一起上楼到你的寓所里去。原谅我,亲爱的,要是我对你说,你不能明白,这条走廊,这道楼梯对我意味着什么,我感到什么样的陶醉、什么样的迷惘、什么样的疯狂的、痛苦的、几乎是致命的幸福。直到现在,我一想起这一切,不能不潸然泪下,可是我的眼泪已经流干了。我感觉到,那里的每一件东西都渗透了我的激情,都是我童年时代的相思的象征:在这个大门口我千百次地等待过你,在这座楼梯上我总是偷听你的脚步声,在那儿我第一次看见你,透过这个窥视孔我几乎看得灵魂出窍,我曾经有一次跪在你门前的小地毯上,听到你房门的钥匙咯喇一响,我从我躲着的地方吃惊地跳起。我整个童年,我全部激情都寓于这几米长的空间之中,我整个的一生都在这里,如今一切都如愿以偿,我和你走在一起,和你一起,在你的楼里,在我们的楼里,我的过去的生活犹如一股洪流向我劈头盖脑地冲了下来。你想想吧,——我这话听起来也许很俗气,可是我不知道还有什么别的说法——一直到你的房门口为止,一切都是现实的、沉闷的、平凡的世界,在你的房门口,便开始了儿童的魔法世界,阿拉丁的王国;你想想吧,我千百次望眼欲穿地盯着你的房门口,现在我如痴如醉迈步走了进去,你想象不到——充其量只能模糊地感到,永远也不会完全知道,我的亲爱的!——这迅速流逝的一分钟从我的生活中究竟带走了什么。

那天晚上,我整夜呆在你的身边。你没有想到,在这之前,还从来没有一个男人亲近过我,还没有一个男人接触过或者看见过我的身体。可是你又怎么会想到这个呢,亲爱的,因为我对你一点也不抗拒,我忍住了因为害羞而产生的任何迟疑不决,只是为了别让你猜出我对你爱情的秘密,这个秘密准会叫你吓一跳的——因为你只喜欢轻松愉快、游戏人生、无牵无挂。你深怕干预别人的命运。你愿意滥用你的感情,用在大家身上,用在所有的人身上,可是不愿意作出任何牺牲。我现在对你说,我委身于你时,还是个处女,我求你,千万别误解我!我不是责怪你!你并没有勾引我,欺骗我,引诱我——是我自己挤到你的跟前,扑到你的怀里,一头栽进我的命运之中。我永远永远也不会的,我只会永远感谢你,因为这一夜对我来说真是无比的欢娱、极度的幸福!我在黑暗里一睁开眼睛,感到你在我的身边,我不觉感到奇怪,怎么群星不在我的头上闪烁,因为我感到身子已经上了天庭。不,我的亲爱的,我从来也没有后悔过,从来也没有因为这一时刻后悔过。我还记得,你睡熟了,我听见你的呼吸,摸到你的身体,感到我自己这么紧挨着你,我幸福得在黑暗中哭了起来。

第二天一早我急着要走。我得到店里去上班,我也想在你仆人进来以前就离去,别让他看见我。我穿戴完毕站在你的面前,你把我搂在怀里,久久地凝视着我;莫非是一阵模糊而遥远的回忆在你心头翻滚,还是你只不过觉得我当时容光焕发、美丽动人呢?然后你就在我的唇上吻了一下。我轻轻地挣脱身子,想要走了。这时你问我:"你不想带几朵花走吗?"我说好吧。你就从书桌上供的那只蓝色水晶花瓶里(唉,我小时候那次偷偷地看了你房里一眼,从此就认得这个花瓶了)取出四朵白玫瑰来给了我。后来一连几天我还吻着这些花儿。

在这之前,我们约好了某个晚上见面。我去了,那天晚上又是那么销魂,那么甜蜜。你又和我一起过了第三夜。然后你就对我说,你要动身出门去了——啊,我从童年时代起就对你出门旅行恨得要死!——你答应我,一回来就通知我。我给了你一个留局待取的地址——我的姓名我不愿告诉你。我把我的秘密锁在我的心底。你又给了我几朵玫瑰作为临别纪念,——作为临别纪念。

这两个月里我每天去问……别说了,何必跟你描绘这种由于期待、绝望而引起的地狱般的折磨。我不责怪你,我爱你这个人就爱你是这个样子,感情热烈而生性健忘,一往情深而爱不专一。我就爱你是这么个人,只爱你是这么个人,你过去一直是这样,现在依然还是这样。我从你灯火通明的窗口看出,你早已出门回家,可是你没有写信给我。在我一生的最后的时刻我也没有收到过你一行手迹,我把我的一生都献给你了,可是我没收到过你一封信。我等啊,等啊,像个绝望的女人似的等啊。可是你没有叫我,你一封信也没有写给我……一个字也没写……

我的儿子昨天死了——这也是你的儿子。亲爱的,这是那三夜销魂荡魄缠绵柔情的结晶,我向你发誓,人在死神的阴影笼罩之下是不会撒谎的。他是我俩的孩子,我向你发誓,因为自从我委身于你之后,一直到孩子离开我的身体,没有一个男子碰过我的身体。被你接触之后,我自己也觉得我的身体是神圣的,我怎么能把我的身体同时分赠给你和别的男人呢?你是我的一切,而别的男人只不过是我的生活中匆匆来去的过客。他是我俩的孩子,亲爱的,是我那心甘情愿的爱情和你那无忧无虑的、任意挥霍的、几乎是无意识的缠绵柔情的结晶,他是我俩的孩子,我们的儿子,我们唯一的孩子。你于是要问了——也许大吃一惊,也许只不过有些诧异——你要问了,亲爱的,这么多年漫长的岁月,我为什么一直把这孩子的事情瞒着你,直到今天才告诉你呢?此刻他躺在这里,在黑暗中沉睡,永远沉睡,准备离去,永远也不回来,永不回来!可是你叫我怎么能告诉你呢?像我这样一个女人,心甘情愿地和你过了三夜,不加反抗,可说是满心渴望地向你张开我的怀抱,象我这样一个匆匆邂逅的无名女人,你是永远、永远也不会相信,她会对你,对你这么一个不忠实的男人坚贞不渝的,你是永远也不会坦然无疑地承认这孩子是你的亲生之子的!即使我的话使你觉得这事似真非假,你也不可能完全消除这种隐蔽的怀疑:我见你有钱,企图把另一笔风流帐转嫁在你的身上,硬说他是你的儿子。你会对我疑心,在你我之间会存在一片阴影,一片淡淡的怀疑的阴影。我不愿意这样。再说,我了解你;我对你十分了解,你自己对自己还没了解到这种地步;我知道你在恋爱之中只喜欢轻松愉快,无忧无虑,欢娱游戏,突然一下子当上了父亲,突然一下子得对另一个人的命运负责,你一定觉得不是滋味。你这个只有在无拘无束自由自在的情况下才能呼吸生活的人,一定会觉得和我有了某种牵连。你一定会因为这种牵连而恨我——我知道,你会恨我的,会违背你自己清醒的意志恨我的。也许只不过几个小时,也许只不过短短几分钟,你会觉得我讨厌,觉得我可恨——而我是有自尊心的,我要你一辈子想到我的时候,心里没有忧愁。我宁可独自承担一切后果,也不愿变成你的一个累赘。我希望你想起我来,总是怀着爱情,怀着感激,在这点上,我愿意在你结交的所有的女人当中成为独一无二的一个。可是当然,你从来也没有想过我,你已经把我忘得一干二净。

我不是责怪你,我的亲爱的,我不责怪你。如果有时候从我的笔端流露出一丝怨尤,那么请你原谅我吧!——我的孩子,我们的孩子死了,在摇曳不定的烛光映照下躺在那里;我冲着天主,握紧了拳头,管天主叫凶手,我心情悲愁,感觉昏乱。请原谅我的怨诉,原谅我吧!我也知道,你心地善良,打心眼里乐于助人。你帮助每一个人,即便是素不相识的人来求你,你也给予帮助。可是你的善心好意是如此的奇特,它公开亮在每个人的面前,人人可取,要取多少取多少,你的善心好意广大无边,可是,请原谅,它是不爽快的。它要人家提醒,要人家自己去拿。你只有在人家向你求援,向你恳求的时候,你才帮助别人,你帮助人家是出于害羞,出于软弱,而不是出于心愿。让我坦率地跟你说吧,在你眼里,困厄苦难中的人们,不见得比你快乐幸福中的兄弟更加可爱。像你这种类型的人,即使是其中心地最善良的人,求他们的帮助也是很难的。有一次,我还是个孩子,我通过窥视孔看见有个乞丐拉你的门铃,你给了他一些钱。他还没开口,你就很快把钱给了他,可是你给他钱的时候,有某种害怕的神气,而且相当匆忙,巴不得他马上走,仿佛你怕正视他的眼睛似的。你帮助人家的时候表现出来的惶惶不安、羞怯腼腆、怕人感谢的样子,我永远也忘不了。所以我从来也不去找你。不错,我知道,你当时是会帮助我的,即使不能确定,这是你的孩子,你也会帮助我的。你会安慰我,给我钱,给我一大笔钱,可是总会带着那种暗暗的焦躁不耐的情绪,想把这桩麻烦事情从身边推开。是啊,我相信,你甚至会劝我及时把孩子打掉。我最害怕的莫过于此了——因为只要你要求,我什么事情不会去干呢!我怎么可能拒绝你的任何请求呢!而这孩子可是我的命根子,因为他是你的骨肉啊,他又是你,又不再是你。你这个幸福的无忧无虑的人,我一直不能把你留住,我想,现在你永远交给我了,禁锢在我身体里,和我的生命连在一起。这下子我终于把你抓住了,我可以在我的血管里感觉到你在生长,你的生命在生长,我可以哺育你,喂养你,爱抚你,亲吻你,只要我的心灵有这样的渴望。你瞧,亲爱的正因为如此,我一知道我怀了一个你的孩子,我便感到如此的幸福,正因为如此,我才把这件事瞒着你:这下你再也不会从我身边溜走了。

当然,亲爱的,这些日子并不是我脑子里预先感觉的那样,尽是些幸福的时光,也有几个月充满了恐怖和苦难,充满了对人们的卑劣的憎恶。我的日子很不好过。临产前几个月我不能再到店里去上班,要不然会引起亲戚们的注意,把这事告诉我家。我不想向我母亲要钱——所以我便靠变卖手头有的那点首饰来维持我直到临产时那段时间的生活。产前一个礼拜,我最后的几枚金币被一个洗衣妇从柜子里偷走了,我只好到一个产科医院去生孩子,只有一贫如洗的女人,被人遗弃遭人遗忘的女人万不得已才到那儿去,就在这些穷困潦倒的社会渣滓当中,孩子、你的孩子呱呱坠地了。那儿真叫人活不下去:陌生、陌生,一切全都陌生,我们躺在那儿的那些人,互不相识,孤独苦寂,互相仇视,只是被穷困、被同样的苦痛驱赶到这间抑郁沉闷的、充满了哥罗仿和鲜血的气味、充满了喊叫和呻唤的病房里来。穷人不得不遭受的凌侮,精神上和肉体上的耻辱,我在那儿都受到了。我忍受着和娼妓之类的病人朝夕相处之苦,她们卑鄙地欺侮着命运相同的病友;我忍受着年轻医生的玩世不恭的态度,他们脸上挂着讥讽的微笑,把盖在这些没有抵抗能力的女人身上的被单掀起来,带着一种虚假的科学态度在她身上摸来摸去;我忍受着女管理员的无厌的贪欲——啊,在那里,一个人的羞耻心被人们的目光钉在十字架上,备受他们的毒言恶语的鞭笞;只有写着病人姓名的那块牌子还算是她,因为床上躺着的只不过是一块抽搐颤动的肉,让好奇的人东摸西摸,只不过是观看和研究的一个对象而已——啊,那些在自己家里为自己温柔地等待着的丈夫生孩子的妇女不会知道,孤立无援,无力自卫,仿佛在实验桌上生孩子是怎么回事!我要是在哪本书里念到地狱这个词,知道今天我还会突然不由自主地想到那间挤得满满的、水气弥漫的、充满了呻唤声、笑语声和惨叫声的病房,我就在那里吃足了苦头,我会想到这座使羞耻心备受凌迟的屠宰场。

原谅我,请原谅我说了这些事。可是也就是这一次,我才谈到这些事,以后永远也不再说了。我对此整整沉默了十一年,不久我就要默不作声直到地老天荒:总得有这么一次,让我嚷一嚷,让我说出来,我付出了多大的代价,才得到这个孩子,这个孩子是我的全部的幸福,如今他躺在那里,已经停止了呼吸。我看见孩子的微笑,听见他的声音,我在幸福陶醉之中早已把那些苦难的时刻忘得一干二净;可是现在,孩子死了,这些痛苦又历历如在眼前,我这一次、就是这一次,不得不从心眼里把它们叫喊出来。可是我并不抱怨你,我只怨天主,是天主使这痛苦变得如此无谓。我不怪你,我向你发誓,我从来也没有对你生过气、发过火。即使在我的身体因为阵痛扭作一团的时刻,即使在痛苦把我的灵魂撕裂的瞬间,我也没有在天主的面前控告过你;我从来没有后悔过那几夜,从来没有谴责过我对你的爱情。我始终爱你,一直赞美着你我相遇的那个时刻。要是我还得再去一次这样的地狱,并且事先知道,我将受到什么样的折磨,我也不惜再受一次,我的亲爱的,再受一次,再受千百次!

我的孩子昨天死了——你从来没有见过他。你从来也没有在旁边走过时扫过一眼这个俊美的小人儿、你的孩子,你连和他出于偶然匆匆相遇的机会也没有。我生了这个孩子之后,就隐居起来,很长时间不和你见面;我对你的相思不象原来那样痛苦了,我觉得,我对你的爱也不象原来那样狂热了,自从上天把他赐给我以后,我为我的爱情受的苦至少不象原来那样厉害了。我不愿把自己一分为二,一半给你,一半给他,所以我就全力照看孩子,不再管你这个幸运儿,你没有我也活得很自在,可是孩子需要我,我得抚养他,我可以吻他,可以把他搂在怀里。我似乎已经摆脱了对你朝思暮想的焦躁心情,摆脱了我的厄运,似乎由于你的另一个你,实际上是我的另一个你而得救了——只是难得的、非常难得的情况下,我的心里才会产生低三下四地到你房前去的念头。我只干一件事:每逢你的生日,总要给你送去一束白玫瑰,和你在我们恩爱的第一夜之后送给我的那些花一模一样。在这十年、在这十一年之间你有没有问过一次,是谁送来的花?也许你曾经回忆起你从前赠过这种玫瑰花的那个女人?我不知道、我也不会知道你的回答。我只是从暗地里把花递给你,一年一次,唤醒你对那一刻的回忆——这样对我来说,于愿已足。

你从来没有见过他,没有见过我们可怜的孩子——今天我埋怨我自己,不该不让你见他,因为你要是见了他,你会爱他的。你从来没有见过这个可怜的男孩,没有看过他微笑,没有见他轻轻地抬起眼睑,然后用他那聪明的黑眼睛——你的眼睛——向我、向全世界投来一道明亮而欢快的光芒。啊,他是多么开朗、多么可爱啊!你性格中全部轻佻的成分在他身上天真地重演了,你的迅速的活跃的想象力在他身上得到再现:他可以一连几小时着迷似的玩着玩具,就象你游戏人生一样,然后又扬起眉毛,一本正经地坐着看书。他变得越来越像你;在他身上,你特有的那种严肃认真和玩笑戏谑兼而有之的两重性也已经开始明显地发展起来。他越像你,我越爱他。他学习很好,说起法文来,就象个小喜鹊滔滔不绝,他的作业本是全班最整洁的,他的相貌多么漂亮,穿着他的黑丝绒的衣服或者白色的水兵服显得多么英俊。他无论走到那儿,总是最时髦的;每次我带着他在格拉多的海滩上散步,妇女们都站住脚步,摸摸他金色的长发,他在色默林滑雪橇玩,人们都扭过头来欣赏他。他是这样的漂亮,这样的娇嫩,这样的可人意儿!去年他进了德莱瑟中学的寄宿学校,穿上制服,佩了短剑,看上去活象十八世纪宫廷的侍童!——可是他现在身上除了一件小衬衫一无所有,可怜的孩子,他躺在那儿,嘴唇苍白,双手合在一起。

你说不定要问我,我怎么可能让孩子在富裕的环境里受到教育呢,怎么可能使他过一种上流社会的光明、快乐的生活呢。我最心爱的人儿,我是在黑暗中跟你说话;我没有羞耻感,我要把这件事告诉你,可是别害怕,亲爱的——我卖身了。我倒没有变成人们称之为街头野鸡的那种人,没有变成妓女,可是我卖身了。我有一些有钱的男朋友,阔气的情人;最初是我去找他们,后来他们就来找我,因为我——这一点你可曾注意到——长得非常之美。每一个我委身相与的男子都喜欢我,他们都感谢我,都依恋我,都爱我,只有你,只有你不是这样,我的亲爱的!

我告诉你,我卖身了,你会因此鄙视我吗?不会,我知道,你不会鄙视我。我知道,你一切全都明白,你也会明白,我这样做只是为了你,为了你的另一个自我,为了你的孩子。我在产科医院的那间病房里接触到贫穷的可怕,我知道,在这个世界上,穷人总是遭人践踏、受人凌辱的,总是牺牲品。我不愿意、我绝不愿意你的孩子、你的聪明美丽的孩子注定了要在这深深的底层,在陋巷的垃圾堆中,在霉烂、卑下的环境之中,在一间后屋的龌龊的空气中长大成人。不能让他那娇嫩的嘴唇去说那些粗俚的语言,不能让他那白净的身体去穿穷人家的发霉的皱缩的衣衫——你的孩子应该拥有一切,应该享有人间一切财富,一切轻松愉快,他应该也上升到你的高度,进入你的生活圈子。

因此只是因为这个缘故,我的爱人,我卖身了。这对我来说也不算什么牺牲,因为人间称之为名誉、耻辱的东西,对我来说纯粹是空洞的概念:我的身体只属于你一个人,既然你不爱我,那么我的身体怎么着了我也觉得无所谓。我对男人们的爱抚,甚至于他们最深沉的激情,全都无动于衷,尽管我对他们当中有些人不得不深表敬意,他们的爱情得不到报答,我很同情,这也使我回忆起我自己的命运,因而常常使我深受震动。我认得的这些男人,对我都很体贴,他们大家都宠我、惯我、尊重我。尤其是那位帝国伯爵,一个年岁较大的鳏夫,他为了让这个没有父亲的孩子、你的儿子能上德莱瑟中学学习,到处奔走,托人说情——他像爱女儿那样地爱我。他向我求婚,求了三四次——我要是答应了,今天可能已经当上了伯爵夫人,成为提罗尔地方一座美妙无比的府邸的女主人,可以无忧无虑地生活,因为孩子将会有一个温柔可爱的父亲,把他看成掌上明珠,而我身边将会有一个性情平和、性格高贵、心底善良的丈夫——不论他如何一而再、再而三地催逼我，不论我的拒绝如何伤他的心，我始终没有答应他。也许我拒绝他是愚蠢的，因为要不然我此刻便会在什么地方安静地生活，并且受到保护，而这招人疼爱的孩子便会和我在一起，可是——我干吗不向你承认这一点呢——我不愿意拴住自己的手脚，我要随时为你保持自由。在我内心深处，在我的潜意识里，我往日的孩子的梦还没有破灭：说不定你还会再一次把我叫到你的身边，哪怕只是叫去一个小时也好。为了这可能有的一小时的相会，我拒绝了所有的人的求婚，好一听到你的呼唤，就能应召而去。自从我从童年觉醒过了以后，我这整个的一生无非就是等待，等待着你的意志。

而这个时刻的确来到了。可是你并不知道，你并没有感到，我的亲爱的！就是在这个时刻，你也没有认出我来——你永远、永远、永远也没有认出我来！在这之前我已多次遇见过你，在剧院里，在音乐会上，在普拉特尔，在马路上——每次我的心都猛的一抽，可是你的眼光从我身上滑了过去：从外表看来，我已经完全变了模样，我从一个腼腆的小姑娘，变成了一个女人，就象他们说的妩媚娇美，打扮得艳丽动人，为一群倾慕者簇拥着。你怎么能想象，我就是在你卧室的昏暗灯光照耀下的那个羞怯的少女呢？有时候和我走在一起的先生们当中有一个向你问好。你回答了他的问候，抬眼看我：可是你目光是客气的陌生的，表示出赞赏的神气，却从未表示出你认出我来了，陌生，可怕的陌生啊。你老是认不出我是谁，我对此几乎习以为常，可是我还记得，有一次这简直使我痛苦不堪：我和一个朋友一起坐在歌剧院的一个包厢里，隔壁的包厢里坐着你。演奏序曲的时候灯光熄灭了，我看不见你的脸，只感到你的呼吸就在我的身边，就跟那天夜里一样的近，你的手支在我们这个包厢的铺着天鹅绒的栏杆上，你那秀气的、纤细的手。我不由产生一阵阵强烈的欲望，想俯下身去谦卑地亲吻一下这只陌生的、我如此心爱的手，我从前曾经受到过这只手的温柔的拥抱啊。耳边乐声靡靡，撩人心弦，我的那种欲望变得越来越炽烈，我不得不使劲挣扎，拚命挺起身子，因为有股力量如此强烈地把我的嘴唇吸引到你那亲爱的手上去。第一幕演完，我求我的朋友和我一起离开剧院。在黑暗里你对我这样陌生，可是又挨我这么近，我简直受不了。

可是这时刻来到了，又一次来到了，在我这浪费掉的一生中这是最后一次。差不多正好是一年之前，在你生日的第二天。真奇怪，我每时每刻都想念着你，因为你的生日我总像一个节日一样地庆祝。一大清早我就出门去买了一些白玫瑰花，像以往每年一样，派人给你送去，以几年你已经忘却的那个时刻。下午我和孩子一起乘车出去，我带他到戴默尔点心铺去，晚上带他上剧院。我希望，孩子从小也能感受到这个日子是个神秘的纪念日，虽然他并不知道它的意义。第二天我就和我当时的情人呆在一起，他是布律恩地方一个年轻富有的工厂主，我和他已经同居了两年。他娇纵我，对我体贴入微，和别人一样，他也想和我结婚，而我也象对待别人一样，似乎无缘无故地拒绝了他的请求，尽管他给我和孩子送了许多礼物，而且本人也亲切可爱。他这人心肠极好，虽说有些呆板，对我有些低三下四。我们一起去听音乐会，在那儿遇到了一些寻欢作乐的朋友，然后在环城马路的一家饭馆里吃晚饭。席间，在笑语闲聊之中，我建议再到一家舞厅去玩。这种灯红酒绿花天酒地的舞厅，我一向十分厌恶，平时要是有人建议到那儿去，我一定反对，可是这一次——简直象有一股难以捉摸的魔术般的力量在我心里驱使我不知不觉地作出这样一个建议,在座的人十分兴奋,立即高兴地表示赞同——可是这一次我却感到有一种难以解释的强烈愿望,仿佛在那儿有神秘特别的东西等着我似的。他们大家都习惯于对我百依百顺,便迅速地站起身来。我们到舞厅去,喝着香槟酒,我心里突然一下子产生一种从来不曾有过的非常疯狂的、近乎痛苦的高兴劲儿。我喝了一杯又一杯,跟着他们一起唱些撩人心怀的歌曲,心里简直可说有一种按捺不住的欲望,想跳舞,想欢呼。可是突然——我仿佛觉得有一样冰凉的或者火烫的东西猛的一下子落在我的心上——我挺起身子:你和几个朋友坐在临桌,你用赞赏的渴慕的目光看着我,就用你那一向撩拨得我心摇神荡的目光看着我。十年来第一次,你又以你全部不自觉的激烈的威力盯着看我。我颤抖起来。举起的杯子几乎失手跌落。幸亏同桌的人没有注意到我的心慌意乱,它消失在哄笑和音乐的喧闹声中。

你的目光变得越来越火烧火燎,使我浑身发烧,坐立不安。我不知道,是你终于认出我来了呢,还是你把我当作新欢,当作另外一个陌生女人在追求?热血一下子涌上我的双颊,我心不在焉地回答着同桌的人跟我说的话。你想必注意到,我被你的目光搞得多么心神不安。你不让别人觉察,微微地摆动一下脑袋向我示意,要我到前厅去一会儿。接着你故意用明显的动作付帐,跟你的伙伴们告别,走了出去,行前再一次向我暗示,你在外面等我。我浑身哆嗦,好象发冷,又好象发烧,我没法回答别人提出的问题,也没法控制我周身沸腾奔流的热血。恰好这时有一对黑人舞蹈家脚后跟踩得劈啪乱响,嘴里尖声大叫,跳起一种古里古怪的新式舞蹈来:大家都在注视着他们,我便利用了这一瞬间。我站了起来,对我的男朋友说,我出去一下马上回来,就尾随你走了出去。

你就站在外面前厅里,衣帽间旁边,等着我。我一出来,你的眼睛就发亮了。你微笑着快步迎了上来;我立即看出,你没有认出我来,没有认出当年的那个小姑娘,也没有认出后来的那个少女,你又一次把我当作一个新相遇的女人,当作一个素不相识的女人来追求。"您可不可以也给我一小时时间呢?"你用亲切的语气问我——从你那确有把握的样子我感觉到,你把我当作一个夜间卖笑的女人。"好吧,"我说道。十多年前那个少女在幽暗的马路上就用这同一个声音抖颤、可是自然而然地表示赞同的"好吧"回答你的。"我们什么时候可以见面呢?"你问道。"您什么时候想见我都行,"我回答道——我在你面前是没有羞耻感的。你稍微有些惊讶地凝视着我,惊讶之中含有怀疑、好奇的成分,就和从前你见我很快接受你的请求时表示惊讶不止一样。"现在行吗?"你问道,口气有些迟疑。"行,"我说,"咱们走吧。"我想到衣帽间去取我的大衣。

我突然想起,衣帽票在我男朋友手里,我们的大衣是一起存放的。回去向他要票,势必要唠唠叨叨解释一番,另一方面,和你呆在一起的时候,是我多年来梦寐以求的,要我放弃,我也不愿意。所以我一秒钟也不迟疑:我只取了一块围巾披在晚礼服上,就走到夜雾弥漫、潮湿阴冷的黑夜中去,撇开我的大衣不顾,撇开那个温柔多情的好心人不顾,这些年来就是他养活我的,而我却当着他朋友的面,丢他的脸,使他变成一个可笑的傻瓜:供养了几年的情妇遇到一个陌生男子一招手就会跟着跑掉。啊,我内心深处非常清楚地意识到,我对一个诚实的朋友干了多么卑鄙恶劣、多么忘恩负义、多么下作无耻的事情,我感觉到,我的行为是可笑的,我由于疯狂,使一个善良的人永远蒙受致命的创伤,我感觉到,我已把我的生活彻底毁掉——可是我急不可耐地想再一次亲吻一下你的嘴唇,想再一次听你温柔地对我说话,与之相比,友谊对我又算得了什么,我的存在又算得了什么?我就是这样爱你的,如今一切都已消逝,一切都已过去,我可把这话告诉你了。我相信只要你叫我,我就是已经躺在尸床上,也会突然涌来一股力量,使我站起身来,跟着你走。

　　门口停着一辆轿车,我们驱车到你的寓所。我又听见你的声音,我又感觉到你温存地呆在我的身边,我又和从前一样如醉如痴,又和从前一样感到天真幸福。相隔十多年,我又一次登上你的楼梯,我的心情——不说了,不说了,我没法向你描述,在那几秒钟里我是如何对于一切都有双重的感觉,既感到逝去的岁月,也感到眼前的时光,而在一切和一切之中,我只感觉到你。你的房间没有多少变化,多了几张画,多了几本书,有的地方多了几件新的家俱,可是一切在我看来还是那么亲切。书桌上供着花瓶,里面插着玫瑰花——我的玫瑰花,是我前一天你生日派人给你送来的,以此纪念一个你记不得了的女人,即使此刻,她就近在你的眼前,手握着手,嘴唇紧贴着嘴唇,你也认不出她来。可是,我还是很高兴,你供着这些鲜花:毕竟还有我的一点气息、我的爱情的一缕呼吸包围着你。

　　你把我搂在怀里。我又在你那里度过了一个销魂之夜。可是即使我脱去衣服赤身露体,你也没有认出我是谁。我幸福地接受你那熟练的温存和爱抚,我发现,你的激情对一位情人和一个妓女是一样看待,不加区别的。你放纵你的情欲,毫不节制,不假思索地挥霍你的感情。你对我,对于一个从夜总会里带来的女人是这样的温柔,这样的高尚,这样的亲切而又充满敬意,同时在享受女人方面又是那样的充满激情;我在陶醉于过去的幸福之中,又一次感觉到你本质的这独特的两重性,在肉欲的激情之中含有智慧的精神的激情,这在当年使我这个小姑娘都成了你的奴隶。我从来没有看见过一个男人在温存抚爱之际这样贪图享受片刻的欢娱。这样放纵自己的感情,把内心深处披露无遗——而事后竟然烟消云散,全部归于遗忘,简直遗忘得不近人情。可我自己也忘乎所以了:在黑暗中躺在你身边的我究竟是谁啊?是从前那个心急如火的小姑娘吗,是你孩子的母亲,还是一个陌生女人?啊,在这激情之夜,一切是如此的亲切,如此的熟悉,可一切又是如此异乎寻常的新鲜。我祷告上苍,但愿这一夜永远延续下去。

　　可是黎明还是来临了,我们起得很晚,你请我和你一同进早餐。有一个没有露面的佣人很谨慎地在餐室里摆好了早点,我们一起喝茶,闲聊。你又用你那坦率诚挚的亲昵态度和我说话,绝不提任何不得体的问题,绝不对我这个人表示任何好奇心。你不问我叫什么名字,也不问我住在哪里。我对你来说,又不过只是一次艳遇,一个无名的女人,一段热情的时光,最后在遗忘的烟雾中消失得无影无踪。你告诉我,你现在又要出远门到北非去,去两三个月;我在幸福之中又战栗起来,因为在我的耳边又轰轰的响起这样的声音:完了,完了,完了! 我恨不得扑倒在你的脚下,喊道:"带我去吧,这样你终于会认出我来,过了这么多年,你终于会认出我是谁!"可是我在你的面前是如此羞怯,胆小,奴性十足,性格软弱。我只能说一句:"多遗憾哪!"你微笑着望着我说:"你真的觉得遗憾吗?"

这时候一股突发的野劲儿抓住了我。我站起来,长时间目不转睛地盯着你看。然后我说道:"我爱的那个男人也老是出门到外地去。"我凝视着你,直视你眼睛里的瞳仁。"现在,现在他要认出我来了!"我身上每一根神经都颤抖起来。可是你冲着我微笑,安慰我:"他会回来的。"——"是的,"我回答道,"会回来的,可是回来就什么都忘了。"

我说这话的腔调里一定有一种特殊的激烈的东西。因为你也站起来,注视着我,态度不胜惊讶,非常亲切。你抓住我的双肩,说道:"美好的东西是忘不了的,我是不会忘记你的。"你说着,你的目光一直射进我的心灵深处,仿佛想把我的形象牢牢记住似的。我感到你的目光一直进入我的身体,在里面探索、感觉、吮吸着我整个的生命,这时我相信,盲人重见光明。他要认出我来了,他要认出我来了! 这个念头使我整个灵魂都颤抖起来。

可是你没有认出我来。没有,你没有认出我是谁,我对你来说,从来也没有象这一瞬间那样的陌生,因为要不然——你绝不会干出几分钟之后干的事情。你吻我,又一次狂热地吻我。头发给弄乱了,我只好再梳理一下,我正好站在镜子前面,从镜子里我看到——我简直又羞又惊,都要跌倒在地了——我看到你非常谨慎地把几张大钞票塞进我的暖手筒。我在这一瞬间怎么会没有叫出声来,没有扇你一股嘴巴呢! ——我从小就爱你,并且是你儿子的母亲,可你却为这一夜付钱给我! 被你遗忘还不够,我还得受这样的侮辱。

我急忙收拾我的东西。我要走,赶快离开。我心里太痛苦了。我抓起我的帽子,帽子就搁在书桌上,靠近那只插着白玫瑰、我的玫瑰的那只花瓶。我心里又产生一个强烈的愿望,不可抗拒的愿望:我想再尝试一次来提醒你:"你愿意给我一朵你的白玫瑰吗?"——"当然乐意,"你说着马上就取了一朵。"可是这些花也许是一个女人、一个爱你的女人送给你的吧?"我说道。"也许是,"你说,"我不知道,是人家送给我的,我不知道是谁送的;所以我才这么喜欢它们。"我盯着看你。"也许是一个被你遗忘的女人送的!"你脸上露出一副惊愕的神气。我目不转睛地注视着你:"认出我来,认出我来吧!"我的目光叫道。可是你的眼睛微笑着,亲切而一无所知。你又吻了我一下。可是你没有认出我来。

我快步向门口走去,因为我感觉到,我的眼泪就要夺眶而出,可不能叫你看见我落泪。在前屋我几乎和你的仆人约翰撞个满怀,我出去时走得太急了。他胆怯地赶快跳到一边,一把拉开通向走廊的门,让我出去,就在这一秒钟,你听见了吗? ——就在我正面看他、噙着眼泪看这形容苍老的老人的这一刹那,他的眼睛突然一亮。就在这一秒钟,你听见了吗? 就在这一瞬间老人认出我来了,可他从我童年时代起就没有看见过我呢。为了他认出我,我恨不得跪倒在他面前,吻他的双手。我只是把你用来鞭笞我的钞票匆忙地从暖手筒里掏出来,塞在他的手里。他哆嗦着,惊慌失措地抬眼看我——他在这一秒钟里对我的了解比你一辈子对我的了解还多。所有的人都娇纵我,宠爱我,大家对我都好——只有你,只有你把我忘得干干净净,只有你,只有你从来也没认出我!

我的孩子昨天死了,我们的孩子——现在我在这世界上再也没有别的人可以爱,只除了你。可是你是我的什么人呢,你从来也没有认出我是谁,你从我身边走过,犹如从一道河边走过,你碰到我的身上犹如碰在一块石头,你总是走啊,走啊,不断向前走啊,可是叫我永远等着。曾经有一度我以为把你抓住了,在孩子身上抓住了你,你这飘忽不定的人儿。可是有其父必有其子。一夜之间他就残忍地撇开我走了,一去永不复回。我又是孤零零的一个人,比过去任何时候都更加孤苦伶仃,我一无所有,你身上的东西我一无所有——再也没有孩子了,没有一句话,没有一行字,没有一丝回忆,要是有人在你面前提到我的名字,你也会象陌生人似的充耳不闻。既然我对你来说虽生犹死,我又何必不乐于死去,既然你已离我而去,我又何必不远远走开?不,亲爱的,我不是埋怨你,我不想把我的悲苦抛进你欢乐的生活。不要担心我会继续逼着你——请原谅我,此时此刻,我的孩子死了,躺在那里,没人理睬,总得让我一吐我心里的积蕴。就这一次我得和你说说,然后我再默默地回到我的黑暗中去,就象这些年来我一直默默地呆在你的身边一样。可是只要我活着,你永远也听不到我这呼喊——只要等我死去,你才会收到我的这份遗嘱,收到一个女人的遗嘱,她爱你胜过所有的人,而你从来也没认出她来,她始终在等着你,而你从来也不去叫她。也许说不定你在这以后会来叫我,而我将第一次对你不忠,我已经死了,再也不会听见你的呼唤:我没有给你留下一张照片,没有给你留下一个印记,就象你也什么都没给我留下一样;今后你将永远也认不出我,永远也认不出我。我活着命运如此,我死后命运也将依然如此。我不想叫你在我最后的时刻来看我,我走了,你并不知道我的姓名,也不知道我的相貌。我死得很轻松,因为你在远处并不感到我死。要是我的死会使你痛苦,那我就咽不下最后一口气。

我再也写不下去了……我的头晕得厉害……我的四肢疼痛,我在发烧,……我想我得马上躺下去。也许命运对我开一次恩,我用不着亲眼看着他们如何把孩子抬走。……我实在写不下去了,别了,亲爱的,别了,我感谢你……过去那样,就很好,不管怎么着,很好……我要为此感谢你,直到生命的最后一息。我心里很舒服,要说的我都跟你说了,你现在知道了。不,你只是仿佛觉得,我是多么地爱你,而你从这爱情中不会受到任何牵累。我不会使你若有所失——这使我很安慰。你的美好光明的生活里不会有一丝一毫的改变……我的死并不给你增添痛苦……这使我很安慰,你啊,我的亲爱的。

可是谁……谁还会在你的生日老给你送白玫瑰呢?啊,花瓶将要空空地供在那里,一年一度在你四周吹拂的微弱的气息,我的轻微的呼吸,也将就此消散!亲爱的,听我说,我求求你……这是我对你的第一个也是最后一个请求……为了让我高兴高兴,每年你过生日的时候,——过生日的那天,每个人总想到他自己——去买些玫瑰花,插在花瓶里。照我说的去做吧,亲爱的,就象别人一年一度为一个亲爱的死者做一台弥撒一样。可我已经不相信天主,不要人家给我做弥撒,我只相信你,我只爱你,只愿在你身上还继续活下去……唉,一年就只活那么一天,只是默默地,完全是不声不响地活那么一天,就象我从前活在你的身边一样……我求你,照我说的去做,亲爱的……这是我对你的第一个请求,也是最后一个请求……我感谢你……我爱你,我爱你……永别了……

他两手哆嗦,把信放下。然后他长时间地凝神沉思。他模模糊糊地回忆起一个邻家的小姑娘,一个少女,一个夜总会的女人,可是这些回忆,朦胧不清,混乱不堪,就像哗哗流淌的河水底下的一块石头,闪烁不定,变幻莫测。阴影不时涌来,又倏忽散去,终于构不成一个图形。他感觉的一些感情上的蛛丝马迹,可是怎么也回想不起来。他仿佛觉得,所有这些形象他都梦见过,常常在深沉的梦里见到过,然而也只是梦见过而已。

他的目光忽然落到他面前书桌上的那只蓝花瓶上。瓶里是空的,这些年来第一次在他生日这一天花瓶是空的,没有插花。他悚然一惊:仿佛觉得有一扇看不见的门突然被打开了,阴冷的穿堂风从另外一个世界吹进了他寂静的房间。他感觉到死亡,感觉到不朽的爱情,百感千愁一时涌上他的心头,他隐约想起了那个看不见的女人,她飘浮不定,然而热烈奔放,犹如远方传来的一阵乐声。

(张玉书 译)

斯蒂芬·茨威格是著名的奥地利作家,他善于从心理角度再现人物的性格和生活遭遇,特别擅长刻画女性心理,塑造女性形象。《一个陌生女人的来信》是其代表作之一。

作家用他最擅长的细腻的心理描写,以书信的形式,第一人称的手法,内心独白的方式,从一个女性的角度出发,平静地述说一个女人的爱情故事。她十三岁的时候第一次见到他便无法自拔地爱上了他,即使后来搬家后也千方百计回到他所在的城市,寒夜孤立只为了看到他房内的灯;只要他需要,她毫不犹豫前往委身于他,怀上他的孩子,拒绝任何人的求婚,只为了他随时的召唤和随时能跟他在一起的短暂时光;而他始终没有认出她,甚至还把她当作路过街头用来泄欲的妓女,他不记得她。终于她还是失去了和他的孩子,并因此丧失了继续活下去的希望和勇气。于是她在临死前写下了这段秘密,寄给他,最终向他揭示了这个爱情。小说在一种不动声色而又感人至深的氛围内娓娓道来,像是一条寂静的小河在欧洲平原上流淌。作者用惊人诚挚的笔调,描绘出女人的细腻温存、喜乐、苦痛、迷惘和绝望,一个十三岁少女的情怀,以及她死前写信时内心的如泣如诉、如梦如幻,都在茨威格的笔下款款走向人们的心底,使得整个小说动人心魄。小说的语言简洁、自然,那细雨般绵密的内心独白让人有种恍若隔世的体验。

高尔基曾盛赞《来信》"这是一篇惊人的杰作"。一部好小说的艺术魅力是持久的,在八十多年后的今天,我们仍然能感受到作家创作时的激情和作品给人带来的透彻心骨的惊讶和悸动。

阿根廷蚂蚁

〔意大利〕卡尔维诺

伊塔洛·卡尔维诺 (1923—1985),意大利作家,出生于古巴,两岁时随父母回国,后毕业于都灵大学文学系。他在第二次世界大战期间参加抵抗运动,其第一部长篇小说《通向蜘蛛巢的小径》就是根据这段经历写成的。不久此部作品获奖,他就此步入文坛。他的主要作品有:《一个分成两半的子爵》、《阿根廷蚂蚁》、《不存在的骑士》等。他的作品独具一格,擅长用童话的方式来写小说。所以他的小说也可以说是童话。除了写小说,卡尔维诺还像德国的格林兄弟一样,收集编写民间故事结集为《意大利童话》,这部《意大利童话》可以和安徒生、格林兄弟的童话媲美。卡尔维诺的创作受超现实主义、存在主义的影响,同时又具有魔幻现实主义色彩。评论家们认为他是当代欧洲最优秀的作家之一。其著名短篇小说《阿根廷蚂蚁》是一篇荒诞哲理小说,被誉为"二十世纪的一篇文学杰作"。

我们搬来住时,对这里的蚂蚁一无所知,满以为往后会过得挺惬意。天宇碧净,草木翠绿,景色宜人,对心事重重的我和我的妻子来说,也许宜人得有点过分。我们怎么能想到这个地方蚂蚁成灾呢?其实,仔细想想,奥古斯托叔叔有一次似乎对我们提起过:"你们在那里,一定会发现蚂蚁的……那里的蚂蚁,嘿,跟这里的可不一样……"不过,他或许是在谈到别的事情时顺口说的,轻描淡写,一带而过。也有可能是我们正在闲聊时突然爬来了蚂蚁,我脱口说了声"蚂蚁",引出了他的话。我们看到的大概是只离群的蚂蚁,又肥又大(现在回想起来,我们老家的蚂蚁确实又肥又大)。不管怎么说,奥古斯托叔叔讲的那几句话没有影响他对这个地方的赞誉。他对我们说,由于某些连他自己也说不清的原因,在这里谋生比较容易;还有可能发家致富,虽然并非十拿九稳。这不单是他——奥古斯托叔叔——的看法,在此地安家的许多人也是这么认为的。

来到这里的第一天傍晚,我们就已隐约猜出,为什么叔叔会在这里生活得这么愉快。我们看见,人们用完晚餐,便披着明亮的霞光,沿着通往乡村的街道,心旷神怡地漫步。我们还发现,另外一些人悠闲自得地坐在桥头纵目遐想。我们找到了叔叔常去光顾的那家酒馆后,心里就更明白了。酒馆后面与菜园毗邻。几个和他一样身材矮小、年事已高的男人在店里海阔天空,信口开河,自称是他的挚友。我相信这些人跟他相仿,也没有固定职业,靠打零工度日。其中的一个自称是钟表匠,这准是吹牛。我们听见他们用一个绰号称呼奥古斯托叔叔,大家来回说着这个绰号,还加上一些评语。柜台后面站着一位芳龄早过、体态丰满、身穿绣花白衬衫的女人。我们见她冷笑了一下。我和妻子觉得,这一切是奥古斯托叔叔生活中的重要内容:有一个外号,听凭别人跟自己打趣;晚上到桥头稍坐片刻后,到酒馆里去看那位身穿白绣花衬衫的老板娘走出厨房、走进菜园;第二天到任何一爿点心店里去卸几个钟头货。他离不开这一切。我们终于明白了,他在我们老家逗留的那些日子里,为什么一直惦念着这个城镇。

如果我是个没有任何牵挂的小伙子,或者我们一家三口的生活业已安排停当,那么这一切也会使我心满意足的。然而,我们当时情况欠佳:孩子久病初愈,我的工作尚无着落,上面那些使奥古斯托叔叔满意的事情我根本无暇顾及。相反,面对这一切,我们更觉伤悲:在这个似乎人人称心如意的城镇里,我们显得格外不幸。几个不大不小的问题使我们伤透脑筋,不顺心的事情接踵而至;不过我们对这里的蚁害仍旧一无所知。毛罗太太指着她租给我们的住房,一遍又一遍地嘱咐,简直令人难以忍受。我至今还记得,为了煤气表的事,她向我们唠叨了半天。我们只好洗耳恭听。"是的,毛罗太太……我们一定当心,毛罗太太……不会弄坏的,毛罗太太……"我们只顾听她絮叨,以至没有特别在意——但我至今记忆犹新——她的眼睛忽然紧紧盯着墙上,好似在看布告。稍后,她伸出手,用指尖在墙上掐了一下,随即使劲甩手,仿佛指头上沾着污水、沙子或灰尘。我们深信是蚂蚁爬上了她的手指,虽然她自己没说。屋里有几只蚂蚁,就像每所房子都有墙壁和屋顶一样,是很自然的;可我和妻子总觉得她想瞒着我们,唠叨也好,嘱咐也好,都是为了突出别的方面,掩盖这件事实。

毛罗太太走后,我把床垫搬进屋里。妻子一个人搬不动床头柜,把我喊过去帮忙。她走进厨房,跪在地上,开始擦地板。我对她说:"这么晚了,你要干什么?明天再说吧。现在我们大致收拾一下卧室,准备睡觉。"孩子困得直哭,先得把摇篮拾掇好,让他睡下。我们把长摇篮带来了:在我们老家,孩子一般睡在这种摇篮里。屋里有个放摇篮的好地方:一个周围不潮、离地不高、孩子摔下来也不碍事的小土台。我们把塞满摇篮的内衣统统拿出来,把摇篮放在小土台上。孩子一放进去就睡着了。

我和妻子开始打量这间屋子:四堵墙壁,一个天花板,中间有道隔墙,屋子被分成两半。"对,对,刷成白色,一定刷成白色。"我瞟了一眼天花板,回答妻子道。我拐起胳膊肘,推搡着她来到门外。她想去看看设在左面那个棚子里的厕所,但我却打算和她一起到庭院里去散散步。新居的四周是庭院;两片荒芜的土地,原先大概是花坛或苗圃;中间横着一条阡陌,上面搭着铁架,以前大约攀缘着野葛、南瓜秧或葡萄藤,现在是光秃秃的。毛罗太太原先答应把这个庭院交给我们使用,种点蔬菜瓜果之类。她不想另收租金,因为这两块地已经荒弃多年了。但她今天对此事只字不提,我们也避而不谈,因为面前有许多更加紧迫的问题亟待解决。就这样,第一天晚上我们就到庭院里蹓了一趟,为的是熟悉环境,在某种意义上说,也是为了摸清情况。我生平第一次觉得,终于有可能过上安顿日子了。今后,我们每天晚上都要到庭院里来散散步,我们的心情将越来越愉快。这些是在我脑子里盘旋的念头,我没跟妻子讲。我渴望知道,她是否也有同样的想法。我认为,我让她到庭院里来走走,已经获得预期效果:她此刻讲起话来温柔动听,稳重得当;

我去挽着她的胳臂,也没有被她推开,尽管这种亲昵举动在目前并不合适,因为我们的生活尚未安排停当。

我们手挽手,一直走到庭院尽头,看见了篱墙那边的雷吉瑙多先生。他手里拿着喷雾器,正在房前房后忙个不停。我和他相识是几个月以前的事,当时我到这里来和毛罗太太洽谈租房事宜。我和妻子贴近篱墙向他问好,我把妻子向他做了介绍。

"晚上好,雷吉瑙多先生,"我说,"您还记得我吗?""噢,当然记得,"他说,"晚上好!这么说来,您成了我们的邻居了?"这位先生个子矮小,穿着睡衣,戴着草帽,架着一副大眼镜。

"哦,我们是邻居,嗯,邻居之间嘛……"我妻子嫣然一笑,说了几句客套话。我很久没听她用这种细声柔气的语调讲话了;但我并不觉得不愉快,相反,因为自己用不着听她发牢骚而颇感高兴。

"克劳迪娅!"我们的邻居喊道,"过来,这是劳莱利别墅中的新住户!"我感到很蹊跷,因为以前从未听人用这个名字称呼我们的新居(后来才知道,这座房子的最早的主人是劳莱利)。雷吉瑙多太太应声从屋里出来,她又高又胖,一面往外走,一面撩起围裙擦手。他们两人对我们很热情,很客气。

"雷吉瑙多先生,您提着喷雾器干什么?"我们问道。

"嘿,蚂蚁……这些蚂蚁……"他边说边笑,仿佛不把蚂蚁当回事。

"唔,蚂蚁?"我妻子重复了一遍这个词,她的语调又像往常那样客气,然而冷漠了。在陌生人面前,她总是装出一副专心听他们讲话的样子,并且时时用这种若即若离的口吻插上一两句话。不过她从来没用这种声调对我讲话,即使我们初次见面时,她也没用这种口气。

我们彬彬有礼地和邻居告别。周围虽然有热情友好的邻居,但我们没时间和他们侃侃交谈,我们无暇充分享受这种乐趣。

回到屋里后,我们打算马上睡觉。"你听见了吗?"妻子问。

我聚精会神地听了一阵,是雷吉瑙多的喷雾器在嘶嘶地响。妻子走到洗碗池边,想接杯水。"给我也接一杯。"我边说边脱衬衫。"哎哟!"她嚷道,"快来!"她在自来水龙头上发现了蚂蚁。一队蚂蚁正顺着墙壁往下爬。

我们打开灯。两间屋子共用一盏灯。一列密匝匝的蚂蚁队伍在墙上爬动。它们来自门框方向,但蚁巢在何处,却无从得知。蚂蚁现在已经爬到我们手上了。我们张开手掌,凑到眼前,仔细观察它们的模样;同时不停地转动手腕,以免它们顺着胳膊往上爬。这种蚂蚁体型很小,几乎无法捉住。它们一刻不停地爬动着,好像跟我们一样浑身奇痒,不动不行。我突然想起了它们的名称:阿根廷蚂蚁;是的,它们被人叫做阿根廷蚂蚁。以前我曾听说过这个城镇里有阿根廷蚂蚁,这是肯定的;但只有现在才明白,这个名称和一种什么感觉联系在一起:一种难以忍受的、用任何办法也不能消除的痒感。使劲挥动胳臂也好,拼命搓手也好,全都无济于事,因为总会有几只蚂蚁顺着上胳膊或袖管,悄悄爬到我们身上来的。这种蚂蚁被掐死后,像一粒粒黑色的小细沙似的往下掉,但它们那股刺鼻的蚁酸味却久久地留在我们的指头上。

"这是阿根廷蚂蚁,你知道吗……"我告诉妻子,"是从美洲来的……"我不由自主地操起老师教学生的腔调,但没说几句便已后悔莫及,因为她最不能容忍我用这种口气对她讲话。她大概很清楚,我只有心里没把握时才用这种语调说话,因此每逢这种时候,她总要抢白我几句。

可是这回她仿佛没听见,全神贯注于用手掌拍打墙上的那队蚂蚁,试图拍死或驱散它们。结果是,一些蚂蚁爬到她手上,其他蚂蚁四散奔跑,满墙皆是。她匆忙拧开水龙头,一面冲手一面往墙上泼水。墙面虽已泼湿,蚂蚁却继续在上面爬动。她手上的蚂蚁也没冲掉。

"你看,屋里有这么多蚂蚁!你看,"她反复说道。"屋里一直有蚂蚁,只不过我们现在刚发现罢了!"仿佛蚂蚁早被发现的话,事情就会大不相同似的。

我劝道:"唉,算了,算了,不就是几只蚂蚁嘛!现在我们睡吧,明天再想法子!"我又加了一句:"算了,算了,不就是几只阿根廷蚂蚁嘛!"我这回用了当地人称呼它们的准确名字,旨在说明这是一件由来已久的事实,不必大惊小怪。

我妻子刚才在庭院里溜达时脸上出现的轻松表情已经消失得无影无踪了。她像通常那样,脸拉得老长,对一切都抱着戒心。在新居中过的第一夜不像我盼望的那么美好,刚刚开始的新生活并未给我们带来愉快和欣慰;相反,我们陷入了新的、永远无法摆脱的烦恼。"不就是几只蚂蚁嘛!"我还在想着。我记得当时的确是这么想的,其实对我来说,或许事情并非这么简单。

疲乏战胜了愤激,我们酣然入睡。半夜,孩子从梦中哭醒。我和妻子在床上没有动弹,以为他哭几声就会重新睡着的。然而并非如此,我们的指望落了空。我和妻子彼此问对方:"他怎么啦?怎么啦?"奇怪,他病愈后,夜里从来没哭过。

"蚂蚁爬到他身上了!"妻子嚷了一句,匆匆起了床,走到摇篮跟前。我也下床去帮忙。我们把摇篮里的东西统统拿了出来,把他身上的衣服全部脱光,然后把他抱到那盏两个房间共用的小电灯下面,勉强睁开睡意尚浓的眼睛,在他那小小的躯体上寻找蚂蚁。一丝凉风透过门缝,吹进屋里。妻子指出:"他会着凉的。"我们在他身上找蚂蚁,发现他全身皮肤通红,还有一道道搔痕,不免心疼起来。一列蚂蚁正在小土台上爬动。我们认真翻看了摇篮里的每一块垫布,直到所有蚂蚁都被捉尽为止。我们面面相觑:"现在让他睡哪里好?"床上躺两人已嫌太挤,他如果睡到床上来,我们一翻身会把他压死的。我仔细检查了一下小衣柜,那里还没有蚂蚁。我把衣柜推离墙根,打开一个抽屉,整理了一番,给孩子当摇篮。他刚躺到里面就呼呼入睡了。我们也该重新上床休息了,困倦会使我们马上进入梦乡的。但妻子还要去看看我们带来的食品。

"快来!到这边来!我的上帝!全是蚂蚁!一片黑!你来帮帮忙!"有什么用呢?我拥着她的肩膀说:"睡觉去吧,明天再想法子,现在看不清楚。明天好好整理一下,把所有东西都放在保险的地方。上床吧!"

"可是吃的东西怎么办?全糟蹋掉了!"

"让它们去吧!你现在有什么办法呢?明天我们一定把蚂蚁窝捣毁,一定……"

我们终于上了床,但一直不能安心睡觉,老在想着这些到处乱爬的小动物。吃的东西也好,用的东西也好,里面一定全是蚂蚁;没准它们现在正沿着地板和小衣柜的腿,爬到了孩子身上……

雄鸡打鸣后,我们才合眼。没过多久,一阵奇痒使我们从梦中醒来。我们辗转反侧,不住搔痒,因为觉得床上有蚂蚁;也许是从地板上爬上来的,也许是刚才翻看摇篮里的垫布时爬到我们身上来的。因此,拂晓前的几个钟头我们也没得到休息。我们早早起了床,盘算着怎么办。这些令人头疼的、小得几乎肉眼不能察觉的敌人侵占了我们的新居,我们必须立即投入战斗。真叫人烦恼。

妻子觉得应该先去看看孩子是否被蚂蚁咬坏了(谢天谢地,看来他没挨咬)。她给他穿上衣服,喂他吃了点东西。她一面做着这些事,一面不停地挪动着双脚:新居中到处是蚂蚁,不这样不行。洗碗池里、盘子的边缘、孩子的围嘴和水果上都叮着蚂蚁。我知道,她看见这些情景后,竭力控制自己,不然的话,准会惊叫起来。但她打开奶锅时,再也忍不住了:"一层黑!"牛奶上浮着一层蚂蚁,有的已溺毙,有的在游动。"不过,全浮在表面上,"我指出,"可以用勺子撇掉。"蚂蚁倒是撇净了,但我们觉得牛奶变了味,因此一口没喝。

我凝视着在墙上爬动的一列列蚂蚁,想搞清楚它们来自何处。妻子忍住满腹怨愤,开始梳头穿衣。"先把蚂蚁全弄干净,然后再摆家具!"她说。

"别着急,瞧着吧,总会有办法的。我到雷吉瑙多先生那里去一趟,他有药粉,我问他要一点,撒在蚂蚁洞口。我已经发现洞口了,屋里的蚂蚁很快就会绝迹。不过我得过一会儿去,因为现在去可能会打扰雷吉瑙多夫妇的。"

妻子平静了点,但我仍旧忐忑不安:我扬言已经发现洞口,其实只是为了安慰她。我越是仔细观察,发现的蚂蚁就越多;它们从各个方向而来,往各个方向而去。我们的新居看起来像骰子一样光洁严实,但墙壁仿佛是疏松的,上面似乎有无数道大大小小的裂隙。

我信步走到门口,望着洒满阳光的树木,心情才觉得轻松了点。脚下是萋萋芳草,虽然粘满泥土,不甚干净,但也令人赏心悦目。我顿时产生了干活的愿望:拭净沾污草叶的泥土,耕耘庭院中的荒地,撒上种子,栽植秧苗……"你老躺在摇篮里,身上会长霉的,"我对儿子说,"出来吧。"我把他从摇篮里抱出,走进"花园"。我不但自己把庭院称作"花园",而且希望妻子也习惯这个叫法,便对她说:"我把孩子抱到花园里去玩一会儿。"接着补充道:"抱到我们的花园里。"我认为"我们的花园"这种说法更亲切,能使我们产生一种主人翁的感觉。

孩子晒着太阳,高兴得手舞足蹈。我对他说:"这是长角豆,这是柿子树。"我把他高高擎起,一直碰到树枝。"现在爸爸教你怎么爬树。"

他哇的一声哭了起来。"怎么啦?你害怕?"我看见了蚂蚁,橡皮状的树干上爬满了蚂蚁。我马上把他放了下来。"哟,小蚂蚁真多……"我心神不定地对他说。我注视着顺着树干往下爬的一队队蚂蚁,发现这些肉眼几乎难以分辨的小动物爬到地上后,便在草丛中散开,朝四面八方而去。于是我想道:屋里的蚂蚁怎么能驱除干净呢?昨天我还觉得这个庭院很小,现在我用新的眼光看着它,又打量了一下眼前这些无以计数的蚂蚁,两者一对比,我便觉得这个庭院其实是硕大无比的。地面上覆盖着密密麻麻的一层蚂蚁,肯定是从地下的数千个蚁巢中钻出来的；肥沃的黏土和低矮的植物给它们提供了充足的食粮。脚下倒是一块净土，乍一看，连蚂蚁的影子也没有，我不由得舒了口气；可是仔细一看，却发现一只小蚂蚁正朝着我的方向徐徐前进，接着又发现，它只是一支蚂蚁大军中的一员。这队蚂蚁扛着大过本身几倍的面包屑和其他食品，和别的蚁军频频相遇。有的地方蚁群聚集，似乎粘成了一团，犹如伤口外面的结痂。我认为那里准有一块树脂或一个死昆虫。

我抱着孩子，回到妻子身边；我是跑着进屋的，因为觉得腿肚子上有蚂蚁在爬动。妻子说："唉，孩子被你弄哭了。怎么啦？"

"没什么，没什么，"我连忙解释，"他看见树上有几只蚂蚁，夜里的印象还没消除，大概身上又痒起来了。"

"唉，真烦人。"妻子叹了口气。她盯着在墙上爬动的一队蚂蚁，想用手指头把它们一个个掐死。我似乎又看见了门外那个硕大无比的庭院，我们仿佛站在庭院中部，陷入了几百万蚁军的重重包围。我不由自主地对她嚷道："你想干什么？你疯了？这么干不会有用的！"

她气得直发抖："可是奥古斯托叔叔……奥古斯托叔叔预先不打一点招呼！我们两个傻瓜，听了他的话！听信他这个骗子的话！"其实奥古斯托叔叔能对我们说些什么呢？他当时即使告诉我们这里蚂蚁很多，我们也决不会把"蚂蚁"这个词的传统含义跟眼下这种狼狈处境联系在一起的。有一次他好像说过这里蚂蚁成灾，我不排除这种可能性。然而就算确有此事吧，我们也只会联想到，这是一些具体的、可数的、有身躯、有重量的敌人。的确是这样，现在我回想起故乡的蚂蚁，马上便觉得它们是值得尊敬的小动物，像猫和兔子一样，可以任人抚弄，任人摆布。然而，我们在这里面临的敌人却像虚无缥缈的云雾和无孔不入的细沙，根本无法对付。

我们的邻居雷吉瑙多先生在厨房里，手拿漏斗，把一个瓶子里的液体倒进另一个瓶子。我远远喊了他一声，气喘吁吁地跑到他家厨房的落地长窗前。"噢，我们的邻居！"雷吉瑙多高声说道，"请进，先生，请进！真对不起，我正在配药水。克劳迪娅，端把椅子来，给我们的邻居坐！"

我开门见山地说："我到您家来……请原谅……是想麻烦您一件事……是这么回事，我看见您有那种药粉，我们整夜……蚂蚁……"

"哈！哈！哈！蚂蚁！"雷吉瑙多太太走进厨房，大笑道。她丈夫似乎迟疑了片刻——这是我的感觉——然后用更大的嗓门，发出几声像他太太的回声似的大笑："哈！哈！哈！你们那里也有蚂蚁！哈！哈！哈！"

我撇了撇嘴，也装出个笑容。我知道自己的处境很可笑，但别无他法：家里有蚂蚁是实际情况，正因为如此我才到这里来向他求助。

"亲爱的邻居，谁家没有蚂蚁呢！"雷吉瑙多先生举起双臂大声指出。

"谁家没有呢，邻居先生，谁家没有呢！"他妻子两手在胸前交叉，紧接着说。她和丈夫一样，脸上一直笑容可掬。

"可是，我觉得你们有一种灭蚁药，对不对？"我问道。我的声音发颤，他们大概会认为这是忍不住想笑的缘故,其实这是出于绝望,彻底的绝望。

"一种药!哈!哈!哈!"雷吉瑙多夫妇笑得前仰后合。"我们只有一种药?不,我们有二十种药,一百种药!一种比一种好!哈!哈!哈!"

他们领我进了另一间屋子,屋里有几十个贴着五颜六色商标的纸盒和铁盒,放在家具上。

"您要扑氯氟思芳吗?要迷尔硼奈克吗?还是要锑奥勃氯弗利特?阿尔索潘有粉剂和乳剂两种,要哪种?"他们相继拿起唧筒喷雾器、毛刷和喷粉器,淡黄色的药粉和药水立刻像烟雾一样弥漫在空中,一股药房和农药店里特有的味道随即扑鼻而来。他们的笑声一直不断。

"真正有效的灭蚁药有吗?"我问。

他们的笑声戛然停止。"没有。这些药都没有起到作用。"他们回答说。

雷吉瑙多先生拍拍我的肩膀,他的太太打开了百叶窗,屋里顿时充满了阳光。随后,他们带我到这所房子的内部走了一圈。他穿着背心和红条子睡裤,光秃秃的脑袋上戴了顶草帽,裤腰带在略微凸起的肚子上方系了个结。他太太身穿一件褪色连衣裙,胸褡的肩带不时露出,一头乱蓬蓬的淡黄鬈发下面露出一张通红的大脸庞。他们心境豁达,性格开朗,拉开了嗓门说个不停。这所房子的每个角落都有一个故事,他们争先恐后地给我讲述,这位刚说了一半,那位便插了进来。他们又是比划,又是感叹,仿佛每件事都可演成一出闹剧。例如,他们说,某个地点曾经喷过千分之二的阿尔法纳克塞溶液,有两天时间蚂蚁绝了迹,可是第三天又出现了,于是只得把溶液浓度提高到千分之十。蚂蚁终于从那里消失了,但它们绕了个圈子,在屋梁上开辟了一条新路线。他们在另一处撒了不少克烈索旦粉,使这个地方和别处完全隔绝;可是大风一吹,药粉被刮得到处皆是,每天撒三公斤也不顶用。他们在楼梯上试验了一下佩特洛切德的药效,蚂蚁一沾上仿佛就送了命,其实只是陷入了昏睡状态。他们在一个屋角撒了杀蚁粉,蚂蚁照样若无其事地爬来爬去,翌日清晨倒在那里发现了一只被毒死的老鼠。他在一个地方洒了点肯定能赶走蚂蚁的契莫福思弗药水,但太太却在同一处撒上了伊塔尔马克药粉;结果药粉起了解毒作用,把药水的驱蚁效能中和得一干二净。

我们的这两位邻居把房子和花园当作人蚁对垒的战场,兴致勃勃地划出好几条不许蚁军越过的分界线。他们寻索蚂蚁的新进军路线,试用各种新研制出的药水和药粉,遏制蚁军的前进。每种药都能使他们回忆起一个插曲或一件趣事。因此,只要提起一个药名,例如阿尔杀砒特、灭尔克西吐等等,他们就相互挤挤眼睛,说句双关话,乐呵呵地笑一阵。他们曾经做过许多灭蚁尝试,但所有努力都付诸东流,因此现在已放弃了这种企图。他们只是满足于设法截断蚂蚁的某几条通路,迫使它们绕道,吓唬吓唬它们,防止它们大举入侵。他们每天用不同的药物划出新的迷宫一般的分界线,看样子是在做捉迷藏游戏,而蚂蚁便是必不可缺的游戏对手。

"真拿这些小动物没办法,毫无办法,"他们说,"除非你向上尉学习……"

"唉,我们花了许多钱,"他们接着说,"买了各种灭蚁剂……上尉的方法比较经济……可想而知……"

"当然,我们不能夸口说已经战胜了阿根廷蚂蚁,"他们指出,"但上尉也一样。您以为他的方法有效吗?我怀疑……"

"对不起,这位上尉是谁?"我问。

"勃劳尼上尉,您不认识他?唔,您昨天刚搬来!他是我们的近邻,就住在右边那栋白色的小别墅中……是个发明家……"

他们扑哧一声笑了起来,"发明了一种消灭阿根廷蚂蚁的装置,不,发明了许多灭蚁装置,并不断进行改良……您去找他一趟吧。"

体态丰满的雷吉瑞多夫妇领我走进他们那个只有几平方米大的花园。他们志得意满地翘首仰望蔚蓝色的天空,脸上露出狡黠的神情。小花园里到处是乌黑的药水留下的斑渍和道道,到处撒着黄绿色的药粉,到处堆着洒水壶、喷药器、盛满乌黑的药水的瓶瓶罐罐。这里还有几个未经修葺的小花坛,里面疏疏落落地长着几株玫瑰和其他花草,叶上和茎上都蒙着一层药粉。我和他们做了这番交谈后,心情不觉轻松了很多。当然,我不能像他们那样,对蚁害只是一笑了之;但我认为也不能把区区几只蚂蚁看得过于严重,以至失去信心。

"嗯,蚂蚁,"我现在是这么想的,"蚂蚁没什么可怕的!有几个蚂蚁不会造成多大危害!"

我应该马上回到妻子跟前,取笑她一番:"你见了蚂蚁吓得魂不附体,天晓得你是怎么想的……"

我一边盘算着这样奚落她两句,一边捧着雷吉瑞多夫妇给我试用的、装在大大小小的纸盒和铁盒中的药粉,走进我家的庭院。药粉是按照我的意图挑选的,不包含对婴儿有害的成分,因为我的孩子不管见了什么都爱往嘴里塞。我看见妻子抱着他,眼泪汪汪地站在门口。她的腮帮已经凹陷了。我知道,她又发现了无数包围着我们的蚂蚁,又徒劳无益地搏斗了一番,又一次以投降告终。我想对她露个笑脸、奚落她几句的愿望一点也没有了。

"你总算回来了,"她冷淡地说,并没有对我大发雷霆,但这种语调使我更痛苦。"我在这里实在待不下去了……你看……我不知道怎么办才好……"

"呃,我们现在可以试试这种药,"我劝慰她,"也可以试试这种,还有这种……"我把拿来的盒子一个个摆在门前的平台上,开始向她解释这些药物的用法。我只是三言两语地说了几句,因为我担心她会因此而产生过高的希望。我既不想使她产生幻想,也不想打破她的幻想。我的脑海中涌出了另一个念头:立刻去找那位勃劳尼上尉。

"你照我说的用药吧。我想出去一趟,马上就回来。"

"又要走?去哪里?"

"到另一个邻居家里去,他有一种灭蚁装置,我去看看。"

我三步并作两步,朝我家庭院的右侧跑去。庭院边上竖着一个金属制的藤架,上面缠生着藤萝。太阳此时隐藏在一块云朵后面。我刚走近藤架,那座白色的小别墅就投入了我的眼帘。别墅位于一个漂亮的小花园中,几个圆形花坛之间逶迤着一条条铺着灰色砾石的小径。这些花坛和公园里的一样,围着一圈漆成绿色的铸铁矮护栏,中间栽着一棵黑色的小树，不是橘树，便是柠檬树。

万籁俱寂，地上铺满了凉爽的树阴，一丝风也没有。我产生了疑惑，正要离开时，蓦地瞥见一个脑袋从修剪得平平整整的篱墙后面冒出，上面戴着一顶皱巴巴的白帆布海滨遮阳帽，波浪形的帽檐压得低低的。帽檐下面是一副钢架眼镜和一个塌鼻子，再下面是一张微笑着的嘴和一排锃亮的钢制假牙。这是一个干瘪精瘦的男人，穿着毛衣和灯笼裤，脚踝很发达，跟常骑自行车的人相似。他穿着一双凉鞋，走到一棵橘树前，用怀疑的目光默默觑着树干，嘴角一直挂着那个僵硬的笑容。我走到篱墙前，踮起脚尖向他打招呼："您好，上尉。"

那人猛地抬起头，脸上的笑容不见了，取而代之的是一道冰冷的目光。

"对不起，您是勃劳尼上尉吗？"我问。

那人点点头。

"您知道吗，我是您的新邻居，租住劳莱利别墅……想打扰您一会儿，因为我听说您有一个灭蚁装置……"

上尉举起一只手，勾了勾食指，让我到他跟前去。我纵身一跳，越过篱墙，来到他身边。上尉的这只手一直举着，另一只手向前平伸，指着他正在观察的那棵橘树。我看见树上缠着一小根铁丝，与树干成直角。铁丝的末端缚着一样东西，像是鱼肠；中间折成锐角状，角尖朝下，成 V 形；下方吊着一个小罐，像是肉汁罐头盒。树干和铁丝上蚂蚁来来往往，络绎不绝。

"蚂蚁闻见鱼腥味后，"上尉说明道，"顺着铁丝往前爬。您看，它们来来去去，秩序井然，从未发生冲突。不过，这个 V 形很危险。来自相反方向的两只蚂蚁在这里遇上后，就得停下来互相让路。下方的小罐里盛着煤油，强烈的油味把它们熏得晕晕乎乎的；因此，它们刚伸出腿往前爬，便会撞在一起，'滴'、'滴'两声，掉进煤油中送命。"他刚说了两声"滴、滴"，两只蚂蚁便应声掉进罐里。"滴，滴，滴，滴，滴，滴。"上尉一遍又一遍地说道，他的唇边一直浮现着那个僵硬的微笑。他每说一声"滴"，便有一只蚂蚁往下掉。煤油有两指深，上面浮着厚厚一层黑蚂蚁。

"每分钟平均消灭四十只，"勃劳尼上尉说，"每小时两千四百只。当然，煤油应该勤换，否则油里全是死蚂蚁，以后掉下去的就能活命了。"

这个罕见的小装置不断地消灭着蚂蚁。我目不转睛地注视着。许多蚂蚁衔着鱼肠，从这个危险点上安然通过；但总有一些蚂蚁到此停下，动动触角，掉进煤油罐。勃劳尼上尉戴着眼镜，凝视着蚂蚁的每一个微小动作；每掉下一只蚂蚁，他就情不自禁地颤栗一下，嘴角也会微微抖动起来。他常常忍不住伸出手去，调整一下铁丝的角度，晃晃罐里的煤油，把死蚂蚁捞出来扔在地上，或是碰碰铁丝，让更多的蚂蚁往下掉。不过，他大概认为最后这个举动是犯规行为，因此立即缩回手，并用一种准备为自己辩解的目光瞟着我。

"那种装置更完善。"他边说边领我走到另一棵树前。树干上也缠着一根中间折成 V 形的铁丝，但末端缚着的是一根猪鬃。蚂蚁以为能沿着猪鬃找到出路，但煤油的气味和猪鬃的晃动使它们头重脚轻，纷纷往下掉。上尉还给我看了许多别的用猪鬃或马鬃制成的灭蚁装置。譬如，树上绑根粗铁丝，末端系根细马鬃，蚂蚁在这个突然变化面前惊慌失措,失去平衡,掉进煤油罐。他甚至还设计了一个"陷阱":一边是树干,一边是诱饵,当中是一根中间剪断的马鬃;蚂蚁爬到断处,自身的重量把鬃毛压弯,它就掉了下去。这个静寂、美丽的花园中,每棵树、每根铁管和每条栏杆上都仔仔细细地拴上铁丝,下方再挂一小罐煤油。令人心悦神爽的玫瑰花和藤萝架只是这些灭蚁装置的遮掩物而已。

"阿格劳拉!"上尉走到别墅的一个小门口,朝屋里喊了一声,然后对我说:"现在我让您看看最近几天的灭蚁成果。"一个又高又瘦、面色苍白的女人从小门中走了出来,她的眼神机警而略带恐惧,裹在头上的那条头巾在前额上打了个结。"把那几个口袋拿出来,给我们的邻居看看。"勃劳尼说。从他的口气中可以听出,她不是佣人,而是上尉太太。我朝她点点头,支吾了一句,算是问候。她没有回答我,而是立即回到屋内,拽出一个沉甸甸的口袋,来到我面前。她胳膊上的静脉根根绷起,这表明她费了很大劲;她要比外表看上去有力气得多。透过半开半闭的门扉,可以看到屋里有一堆这样的口袋。上尉太太一声不吭,又回到屋内。

上尉解开口袋,里面像是装着泥土或化肥。他伸进一条胳臂,抓出一把咖啡粉似的东西,然后摊开手掌,让它慢慢漏到另一只手中。全是死蚂蚁,像细沙子一样的黑红色的死蚂蚁。这些蚂蚁缩成一团,头足难分,发出一股股刺鼻的酸味。装满了死蚂蚁的口袋在屋里垒得像金字塔一样,大约有几百公斤重。

"真惊人……"我指出,"照这样下去,准能使蚂蚁绝种……"

"不行,"上尉四平八稳地说,"这些是工蚁,光消灭它们不管用。蚁巢遍地皆是,每个蚁巢里都有一只蚁王,它能繁殖出几百万只小蚂蚁。"

"那该怎么办?"

我走到他太太拽出的那个口袋跟前。他坐在下方的台阶上,仰着头向我解释。那顶皱巴巴的白帆布帽遮住了他的整个额头和那副钢架眼镜的上半部分。

"应该让蚁王挨饿。工蚁负责给蚁王觅食,它们的数目大大减少后,蚁王便会饿肚皮。到那时,我向您保证,哪怕外面再热,蚁王也会拖着肥胖的身躯,自己出来找吃的……到了那一天,它们被灭绝的日子就屈指可数了……"

他草草束好口袋,站了起来。我也直起了腰身。

"但有人认为,解决问题的办法是把它们赶走,"他朝雷吉瑙多的别墅瞥了一眼,嗤笑了一下,露出一嘴钢制的假牙。"还有人想把它们喂得肥肥的……那也是一种办法,知道吗?"

我不理解最后这句话的意思。

"谁?"我问道。"为什么要喂肥它们?"

"那个蚂蚁人没到您家去过吗?"

他指的是谁?"我不知道,"我回答说,"大概没来吧……"

"会到您家去的,等着吧。每逢星期四他就挨家逐户转一圈。所以,如果今天上午没上您家,下午肯定会去的。他要给蚂蚁喂补药。哈!哈!"

为了迎合他,我也抿嘴笑了一下。但我只想向他求救,没有精力再去琢磨别人的灭蚁妙法了。因此我说:"我认为您的方法最好,别的方法不可能比您的好……您觉得我们家可以试试您的灭蚁装置吗?"

"您得告诉我,您喜欢哪一种装置。"话音未落,勃劳尼便又把我带进花园,给我看了他发明的另外几件我还没见过的装置。弄死蚂蚁理应是易如反掌的,他却殚精竭虑,费尽心机,设计出这么多装置,简直令人难以想象。我总算渐渐悟出了所以然:灭蚁并不简单,方法要恰当,还得坚持不懈,持之以恒。想到这里,我泄了气,因为我觉得勃劳尼上尉在这方面表现出的惊人毅力是任何人也无法具有的。

"对我们来说,也许简单点的装置更为合适。"我说。勃劳尼从鼻孔里哼了一声,不知是表示赞许,还是认为我的要求实在太低。

"我考虑一下,"他告诉我,"先给您设计一张草图。"

我道了谢,向他告辞,重新跃过篱墙,回到自家的庭院。我居然没听见双脚落地时踩着砾石发出的声音,真像是在梦中。我的家!虽然蚂蚁成灾,但我却第一次觉得它真是我的家了!我走进家门,不由自主地说道:终于回家了。

孩子误食了灭蚁粉,妻子正在发愁。"别担心,对人体无害!"我赶紧安慰她。

虽然无害,但毕竟不是可以往肚里吞的食品。孩子疼得大叫大嚷。应该给他服催吐剂。他在我妻子刚打扫干净的厨房里吐了一地,成群的蚂蚁立刻接踵而至。我们把地擦净,哄住孩子不哭,把他放进摇篮,四周撒了厚厚一层灭蚁粉,外面还支了顶蚊帐,边角扎得结结实实。这样,他醒来后就不会爬出摇篮,乱吃东西了。

妻子买了一篮食品回家,蚂蚁立即前来侵袭,令人猝不及防。我们把每样食品,包括油渍沙丁鱼和干酪,都冲洗了一遍,叮在上面的蚂蚁一只只捉掉。接下来,我帮妻子做烧菜的准备工作:劈柴,把经济灶架在壁炉上,生火。她在洗菜。我们不能待在一个地方不动,隔不了一分钟就会蹦起来:"哎哟,咬了我一口!"我们不停地搔痒,捉蚂蚁,或者拧开自来水龙头冲掉胳膊或腿上的蚂蚁。饭做好了,但我们不知道应该在哪里吃:在屋里吧,会招来更多的蚂蚁;端到门外吧,蚂蚁会爬到我们身上来。我们只好站着用餐,一面吃,一面来回走动。尽管如此,我们还是觉得到处是蚂蚁:大概是菜里混着蚂蚁的缘故,加上我们的双手还不断地发出蚁酸味。

饭后,我叼着香烟,走进庭院。丁零当啷的餐具碰撞声从雷吉瑙多家的方向传来。我走到篱墙前,发现他们在室外用餐,地上支了个大遮阳伞,伞下摆着一张桌子。他们穿着笔挺的衣服,带着怡然自得的表情,脖子上系着方格餐巾,正在津津有味地吃着奶油布丁,呷着白葡萄酒。我祝他们胃口好,他们请我过去尝尝。我发现他们那张餐桌周围摆满了袋装的或桶装的驱蚁剂,每件物品上都蒙着一层黄白色的粉末或涂着几道沥青状的东西。一阵阵难闻的药味刺激着我的鼻膜。于是我说,十分感谢,但我没有胃口。这是事实。雷吉瑙多的收音机播着音乐,音量拧得很小;他们一面尖着嗓子哼曲子,一面做出互相祝酒的样子。

我是登在篱墙边的梯子上跟他们讲话的。站在同一把梯子上也能看见勃劳尼家的花园一角。上尉大概已经用餐完毕,正端着一杯咖啡,边走边喝着从屋里出来。咖啡杯放在一个托盘上。他的眼睛东张西望,大概在检查那些装置是否功能正常,是否在持续不断地消灭蚂蚁。我发现有两棵树中间挂着一个白色的吊床。我知道床上肯定躺着那个形销骨立、令人反感的阿格劳拉女士,但我只能看见她的手腕以下部位。她手拿蒲扇,来回扇个不停。吊床的绳索上拴着几个奇怪的圆环,大概是某种防蚁器械;也许吊床本身便是一个诱杀蚂蚁的圈套,上尉太太便是诱饵。

我不想把我拜访过勃劳尼的事告诉雷吉瑙多夫妇,因为我料到他们会以鄙夷不屑和冷嘲热讽的口吻发表一番评论的。邻里关系历来如此。所以,我特意转过头,朝位于高处的毛罗太太的花园遥望了一眼:她的别墅筑在山巅,屋顶安着一个随风转动的鸡形木制风标。

"不知道山上的毛罗太太家里是不是也有蚂蚁……"我说。

可以看得出来,雷吉瑙多夫妇在吃饭时能够克制自己的幸灾乐祸心情,因为他们听了我的话后只是微微一笑,轻描淡写地说了这么几句:"嘿,嘿,嘿……她家当然也有蚂蚁……嘿,嘿,嘿……她家也有……肯定有……当然有……"

我妻子叫我回家。她想在桌子上铺个床垫,躺下睡一会儿。

我们的床直接和地面接触,无法防止蚂蚁爬上来。桌子嘛,只要四条腿周围撒上药粉,蚂蚁一时半时就上不来。她躺下休息,我又出了门,借口说是托人找工作,实际上只是想到外面走走,换换脑子。

我觉得路上的所有地方都和昨天的所见迥然不同了:每个菜园里都是蚂蚁成群,每家墙壁上都爬着一队队蚂蚁,它们边爬边朝一切甜的或含有脂肪的食物伸出触角。我的目光专注,我发现一个男人在门外拍打他的各种杂物,因为里面爬进了蚂蚁;一位老太太手拿喷筒,在喷驱蚁药水。我还看见,一列蚂蚁满不在乎地在一个盛着毒饵的小碟的盘沿爬过;当然,这只有眯起眼睛才能看清。

然而,这却是符合奥古斯托叔叔的理想的城镇。蚂蚁纵然不少,但能把他怎么样?他时而为这个老板卸货,时而为另一个老板卸货;白天在酒馆里吃饭;晚上哪里热闹,哪里有手风琴声,就上哪里;夜里哪里空气新鲜,哪里地面柔软,就在哪里睡觉。我一边踽踽而行,一边想象着自己就是奥古斯托叔叔。我应该像他那样,每天下午沿着这些道路踯躅。当然,要成为奥古斯托叔叔那样,首先应该具有他的生理特征:身材矮小,体型粗短;胳膊如同猿臂,老是莫名其妙地张着,或是在半空挥动;腿很短,当他回头打量女人时,常常迈错脚步;嗓音尖细,脾气一上来,便用外地口音操着当地方言破口大骂。在他身上,肉体和灵魂是统一的。我有很多操心事,苦于不能解决,真希望能和奥古斯托叔叔一起,到处走走,活动活动。当然,我任何时候都可以假设自己已经变成了他;任何时候都可以这么对自己说:"喂,到干草堆上去睡觉吧!喂,到酒馆里去美餐一顿炒猪血,畅饮几杯葡萄酒吧!"看见猫后,我应该像叔叔那样,先摸摸它,然后大喝一声"嗬!",把它吓跑。碰到女佣人时,我应该对她说一句:"嗳,嗳,小姐,需要我帮忙吗?"可是,像奥古斯托叔叔那样为人处世很不容易。我越发现他在这里过得很自在,心里就越明白,他是另一种类型的人,他受不了折磨着我的这些操心事:需要安家,找工作,孩子有病,妻子脸上没笑容,床上和厨房里全是蚂蚁。我走进头天我和妻子到过的那家酒馆,向那位身穿白绣花衬衫的老板娘问道:昨天和我讲过话的那些人来了没有。店里很凉快,空气新鲜,也许不是滋生蚂蚁的场所。我听从她的建议,坐下等那帮人。我用毫不在乎的口气问她:"你们这里没有蚂蚁吧?"

她用抹布在柜台上揩了一把:"这里人们来了就走,谁也没发现有蚂蚁。"

"可是,您是一直住在这里的。"

她耸了耸肩:"我这么个大块头,难道会怕蚂蚁吗?"

她似乎把店里有蚂蚁当作一件丑事,这种遮遮掩掩的样子越来越使我愤慨。我追问一句:"您不放毒蚁药吗?"

"对蚂蚁来说,最好的毒药,"坐在另一张桌旁的一个人(我认出他来了,他是奥古斯托叔叔的朋友之一,昨天和我讲过话)说,"是这个。"他举起酒杯,一饮而尽。

其他人陆续到达。他们没能向我提供任何找工作的线索,只是让我和他们一道喝酒。他们又谈起了奥古斯托叔叔。一个人问道:"老滑头不知道眼下在那边搞什么名堂?"当地人用"滑头"这个词称呼游手好闲、机灵刁钻的家伙。大家一致认为这个称号安在我叔叔头上最合适,他正因为是个"滑头"才被人看得起。但我听后心里却颇觉不快,因为我知道叔叔虽然生活浪荡,但总的说来为人厚道,奉公守法。不过,言过其实、夸大其辞也许是当地人的共同处世方式的一个组成部分。我隐约猜出,这大约和蚂蚁成灾有关:他们有意把周围世界描绘得动荡不安、充满危险,以便忘却日常生活中的琐碎繁杂的烦人事,包括蚂蚁带来的麻烦。回家的路上,我思忖道,我无法和他们持同样的想法,障碍来自我妻子,她对想象的东西深恶痛绝。我还想道,她现在深深地影响着我的生活,我已经不能用空洞无物的词藻和虚无缥缈的想法来麻醉自己了,因为我一开始思考问题,她的面容、目光和身影便会立刻跃入我的脑海。归根结底,她对我不错,我需要她。

妻子愁容满面地走出门,朝我而来,告诉我说:"嗳,来了一位测量员。"

酒馆里那些人的夸夸其谈还在我的耳际鸣响。我心不在焉地说了句:"唔,测量员,这时来了位测量员……"

她说:"对,测量员到我们家来了,正在量屋子……"

我感到十分蹊跷,连忙进了屋。

"嗨,你说的是什么哟?! 他是上尉。"

是勃劳尼上尉。为了给我们设计一个合适的灭蚁装置,他带了一根黄色的折尺,正在丈量我们的屋子。我把妻子向他做了介绍,对他的热心表示感谢。

"我想研究一下这里的环境可能性,"他说,"一切都要像数学那样准确。"

上尉甚至量了摇篮的大小,惊醒了睡在里面的孩子。他见一根黄色的尺子在眼前来回晃动,吓得大哭。我妻子赶紧去哄他。孩子的哭声使上尉很烦躁,我尽量用别的话分散勃劳尼的注意力。幸好这时他太太喊了他一声,他走出门。阿格劳拉女士从篱墙那侧探出身来,挥动着她那双没有血色的瘦胳膊,朝他喊道:"回来! 快,快回来! 来人了! 真的,是蚂蚁人!"

勃劳尼朝我瞟了一眼,抿着嘴唇,向我递过一个会意的微笑。他必须马上回家,并为此表示道歉。"他也会到您这里来的,"他说,并且指了指那位神秘的"蚂蚁人"眼下所在的地方。

"您马上就会明白的……"上尉走了。

我不想在搞清这位蚂蚁人的身份和意图之前就和他打交道。我走到篱墙边,登上梯子,下面就是雷吉瑙多家的庭院。他刚好回家,穿着一件白衣服,戴着一顶草帽,拿着许多小口袋和罐头盒。

我问他:"喂,蚂蚁人到您家来过了吗?"

"不知道,"雷吉瑙多说,"我刚从外面回来。不过,我想他来过了,因为我发现到处都是糖浆。克劳迪娅!"

他的妻子露了面:"来过了,来过了。他也会到劳莱利别墅中来的。可是,嘿,您别指望有什么用!"

我当然不会存有任何奢望的。我问道:"这个人是谁派来的?"

"谁会派他来呢?"雷吉瑙多说。"他是与阿根廷蚂蚁作斗争局的职员,负责在每家的花园里放糖浆。您看见那些小碟子了吗?"

他妻子做了补充:"是拌了毒药的糖浆……"说罢抿嘴一笑,仿佛什么全知道似的。

"能毒死蚂蚁吗?"我明白,这个问题很难回答,有时眼看着就能得到答案了,但又会遽然节外生枝,变得比原先更为复杂和棘手。

这个问题看来是不该提的。雷吉瑙多连连摇头:"毒不死……毒药的剂量很小……工蚁很爱吮食糖浆……但应该让它们活着爬回蚁巢,吐出这种加了微量毒药的糖浆喂蚁王……据说用这种方法迟早会使蚂蚁绝种的。"

我没有追问他,蚂蚁是否真的迟早会灭绝。因为我听得出来,雷吉瑙多介绍这个方法时用的是一种客观陈述的语调;他虽然不同意这种做法,但当局的官方措施是必须尊重的。他的妻子则相反,她和许多女人一样,脾气急躁,毫不掩饰她对糖浆灭蚁法的反感情绪:一边听丈夫讲话,一边不住讪笑,还时时讽刺挖苦几句。丈夫大概觉得她的行为有失检点,或者过于放肆,但他不正面驳斥呵责,只是竭力向我解释,以便消除妻子造成的悲观主义印象。他们单独待在一起时,他或许也是用这种失望的语气讲话的,没准更糟。不过,他现在想给妻子做一个不偏不倚的榜样,说道:"哎,克劳迪娅,你未免太夸张了……当然,并不十分有效,但还是有用的……再说,糖浆免费供给……需要过几年才能下结论……"

"几年?他们像这种样子搞了差不多二十年,蚂蚁却一年多似一年,成倍增加。"

雷吉瑙多没有反驳,而是把话题转到了与阿根廷蚂蚁作斗争局所做的好事上。他谈起了粪料盒:蚂蚁人把这些盒子放在每家的花园里,等蚁王在里面产完卵后,就把盒子取走烧毁。我觉得雷吉瑙多先生讲的这些话也适于讲给我那生性多疑、悲观失望的妻子听,所以回家后就把他的话复述了一遍,而对克劳迪娅女士的冷嘲热讽则只字未提。我妻子是那种对什么也看不惯,但又无可奈何的女人;举个例子来说吧,她认为火车时刻表、列车编组、乘务员检票都是荒唐可笑、糟糕透顶、毫无意义的,但她出门时又不得不乘火车,接受这一切。听了我讲的糖浆灭蚁法后,她做出了判断:这种方法荒谬绝伦,完全是多此一举。我无言以对。尽管如此,我们还是略微收拾了一下屋子,准备迎接那位蚂蚁人来访;听说他叫包迪诺先生。我们不打算对他发牢骚,也不想徒劳无益地向他提出各种要求,应该让他专心致志地工作。

他没有叩门便走进了我们的庭院。我们正在议论着他哩，他却已经出现在眼前了，真叫人难堪。他是个五短身材，五十来岁，身上那件黑衣服已经褪了色，磨损得很厉害。脸像醉汉似的，头发还没变白，梳着儿童发型；眼睛半睁半闭，眼圈和鼻子周围泛红，唇边露出一个似有若无的笑容。他讲起话来外地口音很重，嗓子很尖，像是布道的教士；说得激动时，嘴角和鼻子周围的皱纹会轻轻抖动起来。

我把包迪诺先生描绘得如此细致入微，是为了说明他为什么会给我们留下他像蚂蚁的奇怪印象。噢，不，一点不奇怪。因为我们原先就认为蚂蚁人应该是这种样子，能在一千个人当中轻而易举地被辨认出来。他的双手粗大，手背毛茸茸的，一只手拿着一个形状像咖啡壶的器皿，另一只手端着几个陶土小碟。他告诉我们说，他要放糖浆了。他的口气表明，他是一个惯于磨洋工、对一切都无所谓的职员。他拖曳着嗓门，有气无力地说出"糖浆"这个词，这足以使我们明白，他是多么不把我们看在眼里，对他自己的工作成效又是多么缺乏信心。我发现，在这个人面前，我妻子倒给我做出了保持冷静的榜样。她耐心地告诉他，哪些地方经常有蚂蚁爬过。他谨小慎微地来回做着那几件事：把咖啡壶中的糖浆倒进小碟，把小碟放在该放的地方，当心别碰翻它们。我没看多久便失去了耐心。我观察着他的举动，重新想起他给我留下的初始印象：他像蚂蚁。原因何在？我说不上来，可他确实很像蚂蚁。大概是由于他皮肤黝黑吧，但也可能是因为他个子矮小的缘故，或者是他的嘴角老在颤动，和蚂蚁的不断抖动足和触角相似。不过，蚂蚁的另一个特点他却不具备：它们不停地奔忙和操劳，而包迪诺先生却笨手笨脚，慢慢吞吞。现在他正举着一把蘸满糖浆的小刷子，在墙上可笑地涂抹着。

我注视着他的动作，越来越感到厌恶。忽而，我发现妻子不见了。我用目光四处搜索了一遍，最后在庭院的一个角落里看见了她。雷吉瑙多和勃劳尼两家的篱墙在那里相连。克劳迪娅女士和阿格劳拉女士分别站在自家的篱墙边，指手画脚地讲个不停，我妻子所在的位置正好在她们中间，她在洗耳恭听。我朝她们走去，反正包迪诺先生正在房后涂糖浆，那里没什么重要东西，怎么涂都可以，我不必看着。我听见勃劳尼太太在大声发牢骚，她挥着胳膊说：

"那家伙是来给蚂蚁喂补药的，哪是什么毒药！"

雷吉瑙多太太为她帮腔，但口气没有这么激烈："如果有一天蚂蚁灭绝了，他们那些职员不就失业了吗？所以，您能指望他们正在干什么呢，太太？！"

"喂肥了蚂蚁，这就是他们的工作成绩！"阿格劳拉女士愤然下了结论。

两位女邻居的话都是对着我妻子说的。她凝神听着，表面上很平静，但我从她那不停抽动的鼻孔和紧紧咬着的嘴唇中可以看出，她这时内心满腔怒火，由于知道自己被愚弄而十分愤懑。说实话，我也接近于相信，这两位女士不是在信口雌黄、搬弄是非。

"还有那些带有蚁卵的粪料盒，"雷吉瑙多太太接着说，"您以为他们取走后真会烧掉吗？根本不是！"

忽然响起了她丈夫的声音："克劳迪娅！克劳迪娅！"妻子说话过了火，显然使他局促不安。雷吉瑙多太太说了声"对不起"，匆匆离开我们；她的道歉声中包含着对随波逐流、胆小怕事的丈夫的鄙视。从相反方向仿佛传来了一阵冷笑声，我回头一看，发现勃劳尼上尉正在砾石小径上调整他的那些灭蚁装置的角度。包迪诺先生刚倒上糖浆放在那里的一个陶土小碟在他脚旁成了碎片,碟底朝天;大概被他踢了一脚,但不知是有意为之还是出于不慎。

我和妻子回到屋里。我想象不出她会怎样发泄她对包迪诺先生的怒火;但我知道,我不会劝她止怒的,反倒有可能给她火上加油。可是,我们扫视了屋里屋外,却没发现这位蚂蚁人的踪迹。嗯,我们进门时,似乎听见庭院的栅门吱呀一声关上了。他大概刚走,不辞而别了。他在屋里涂下的这一道道黏糊糊的暗红色糖浆发出一种难闻的甜腻味,和蚂蚁的气味虽然不同,但我觉得两者有关系,虽然我说不出其所以然。

儿子在睡觉,我们认为这是抽空到毛罗太太家去串门的好机会。我们应该去一趟,向她要储藏室的钥匙;另外,这也是礼节的需要。但我们迫不及待地去拜访她的真正动机却是让她听听我们的抱怨:她事先不做任何说明,就把这么一个蚁害严重的住所租给了我们。还有一个更重要的原因:我们想看看房东太太是怎么对付蚂蚁的。

毛罗太太的别墅带有一个延伸在山坡上的大花园。参天的棕榈树枝叶纷披,扇状树叶已经发黄。一条小路曲曲弯弯,通向雄踞在山巅的别墅:这是一座有许多阳台和阁楼,屋顶安了一个鸡形风标的建筑物。锈迹斑斑的风标发出吱吱咯咯的声音,艰难地转动着;它的反应比棕榈树叶要迟钝得多:微风一吹,树叶就瑟瑟作响,仿佛在低声呻吟。

我和妻子沿着小路往上走,不时倚着路旁的护栏,眺望下方的一切:那座对我们来说还很陌生的新居,庭院中那片杂草丛生的荒地,雷吉瑙多家那个跟仓库的内院相似的小花园,还有勃劳尼家那个方方正正、和墓地相仿的小花园。只有在这时,我们才可以暂时忘记那些地方蚂蚁成群;只有在这时,我们才可以假设那些地方没有日夜不停地困扰着我们的蚁害;只有在这时,离得远远的,我们才觉得那些地方像天堂一样美丽。我们越往上走,心里就越懊恼:我们竟会住在那种地方。在那种庸俗、烦人的地方生活,整天只得为解决一个又一个庸俗、烦人的问题而大伤脑筋。

毛罗太太年纪不轻了,人很瘦,个子挺高。她在一间阳光照不到的屋子里接待我们,端端正正地坐在一把高靠背椅上,旁边摆着一张小桌,桌上放着针线和文具。她浑身着黑,只有上衣的男式领子是白色的。她的脸庞瘦削,扑了薄薄一层粉,头发梳得整整齐齐。她马上就把钥匙给了我们,这是她头天就答应的。她没问我们是否住得挺舒服;我们认为,这表明她心里明白,我们是向她诉苦来了。

"太太,下面那些蚂蚁……"我妻子说道,她这时的口气温顺谦恭,一反往常。我真希望她别用这种声调讲话。她是一个性格倔强、嘴不饶人的女人,但有时也谨小慎微;每逢这种时候,我就感到不高兴。

我赶紧给她撑腰,用一种深受委屈的口吻指出:"太太,您租给我们的那所房子……坦率地说,如果我们知道有这么多蚂蚁……"我没往下讲,心想这已经够清楚了。

太太连眼也没抬。"那所房子长期没人住,"她说,"有几只阿根廷蚂蚁不足为奇,这种蚂蚁到处都有……房子经常打扫,蚂蚁就会绝迹的,可是您,"她的眼睛盯着我,"拖了四个月才给我答复。如果那时您马上搬来住,现在就不会有蚂蚁了。"

"这么说,"我妻子插了一句,她的话中含有嘲讽语气,"您这里准没蚂蚁吧?"

毛罗太太撇了撇嘴。"没有。"她斩钉截铁地说。稍后,她见我们不大相信,便做了一番解释:"我们这里打扫得一尘不染,光洁如镜。蚂蚁刚从花园中爬进屋里,就会被发现。我们立刻便采取对策。"

"什么对策?"我和妻子异口同声问道。我们感到好奇,充满了希望。

"很简单,"太太耸耸肩,"把它们撵走,用笤帚把它们扫走。"

刚说到这里,她那故作镇静的表情忽然起了变化,她仿佛体会到一种难以忍受的痛楚。我们发现她坐得不是那么端正了:腰部扭向一边,全身的重心也明显地朝那边偏移。如果她刚才没有用如此肯定的语气讲出上面那几句话,那我一定会发誓说,准是有一只阿根廷蚂蚁钻进了她的内衣,在她身上叮了一口。一只,或者好几只蚂蚁在她身上乱爬,使她感到奇痒难忍。她竭力不在椅子上扭动身躯,但她显然无法像刚才那样雍容大方地坐着了。她神色紧张,表情越来越苦恼。

"我们房前的庭院里全是蚂蚁,黑压压的一片,"我匆匆说,"屋子打扫得再干净,也免不了会有几千只蚂蚁爬进来……""有道理,"毛罗太太说,她那只瘦瘦的手紧紧抓着椅子扶手,"有道理。庭院荒着,荒地里会繁殖出几百万只蚂蚁来的。我本想四个月前就在那块地里种上庄稼,可您让我等了这么久。现在您自作自受了,不仅吃了苦头,大家也跟着倒楣。蚂蚁朝四面八方爬去……"

"也爬到您这里来了吗?"我妻子问道。她差点笑出声来。

"没有!"毛罗太太立刻否认。她的脸色苍白,右手一直紧紧抓着扶手,肩膀转动了一下,胳膊肘轻轻擦着腰部。我终于明白了,除了矢口否认事实的自尊心和这所宽敞、阴凉、考究的别墅外,毛罗太太并没有什么抵御蚂蚁的对策。当然,她在蚁害面前表现得比我们要坚强得多。不过,我们在这里看到的一切,包括正襟危坐在椅子上的她在内,都被蚂蚁叮着、咬着,这是显而易见的。这里的蚂蚁也许比下面的更无情,它们像某种非洲蛀虫,能把所有东西啃食一空,最后只剩一个空壳。毛罗太太的别墅中似乎只有那条褪色的地毯和那几块积满灰尘的窗帘还没有受到蚂蚁的侵袭,其他东西仿佛转眼间就会变成粉末。

"我们上您这里来,是要向您请教如何摆脱蚂蚁……"我妻子说,她的神情泰然自若。

"屋子经常打扫,地里种上庄稼:没有别的办法。干活,只有干活才能摆脱蚁害。"她骤然站了起来,再也不能端坐在椅子上了。她的全身下意识地颤抖了一下。我们决定立即告辞。她镇静了下来,苍白的脸上浮现出一个轻松的微笑。

我们沿着小路往下走,回到我们的庭院。我妻子说:"但愿他还没醒。"我也在惦念着孩子。然而,我们还没跨进家门,就听见了他的哭声。我们连忙跑进屋,把他抱出摇篮,千方百计地哄他重新入睡。可是他仍然尖着嗓子,嚎啕大哭。一只蚂蚁爬进了他的耳朵。他没命地哭着,怎么哄也不管用。我们费了半天劲,才弄清事情的原委。其实我妻子一开始就猜到了。"准是蚂蚁!"但我却一直不明白他为什么哭个不停,因为周围并没有蚂蚁。我们脱光他的衣服:身上没发现有被咬或搔痒的痕迹。但我在摇篮里看见了几只蚂蚁。我虽然把摇篮放在离墙很远的地方,但没想到包迪诺先生在地板上涂了糖浆,蚂蚁被这位蚂蚁人的糖浆所吸引,沿着地板爬进了摇篮。

孩子的哭叫和妻子的嚷声把几位女邻居吸引到我们家里。雷吉璐多太太对我们关怀备至,勃劳尼太太为我们忙这忙那,还来了几个以前从未见过的女人。大家争先恐后出主意:往耳朵里灌温热的橄榄油;让他张开嘴,使劲撂鼻子;还有一些别的法子,我记不得了。她们高声说话,喊喊喳喳,虽然对当时的我们来说是一种安慰,但说实话,忙帮得不多,麻烦倒添了不少。她们在孩子身边忙碌,起到的主要效果是激起了大家对那个蚂蚁人的义愤。我妻子对他——包迪诺——破口大骂,把所有过错都安在他头上。邻居们全都认为,他最好还是回家抱孩子去,他在这里的工作只是为了使蚂蚁繁殖得更快,这样他才不会失业;他工作得很出色,助蚁为虐,与人作对。她们讲的话过了头,但这是可以理解的。当时我也很激动,加上手里还抱着个哭哭啼啼的小孩,所以也和她们一道骂了起来。如果包迪诺那时就在跟前的话,我真不知道会对他干出什么事情来。

一只小蚂蚁随着温热的橄榄油从孩子耳朵里流了出来。他停止了哭,傻乎乎地拿过一个赛璐珞玩具,晃了几下,塞到嘴里吮吸着,再也不理我们了。我这时和他一样,希望一个人待着;我要放松一下神经。邻居们还在咒骂包迪诺,她们告诉我妻子说,他现在大概就在附近的一个庭院里,那里有他的仓库。我妻子说:"哼,我去找他,到那里去找他算账。"

马上形成了一支由我妻子领头的小队伍,我当然走在她身边,尽管我不认为这种举动会有什么用处。唆使她这么做的女邻居们跟在她后面,有时抢先几步,给她带路。克劳迪娅女士主动提出留下给我们看孩子,她在栅门边送别了我们。后来我发现阿格劳拉女士也没来,虽然她刚才唾沫四溅,仿佛是包迪诺的不共戴天的敌人。跟我们两人一块出发的只是那几个以前没见过面的女人。我们沿着一条宽阔得像院子一样的道路前进,两旁相继闪过小木房、鸡圈和堆满垃圾的菜园。几个刚才嚷嚷得最凶的女人走到自己家门口后,停下了脚步;她们热情地告诉我们应该往哪边走,然后就回家喂老母鸡去了,或者喊过在街上玩耍的浑身是土的子女,把他们拉进家门。只有两三个女邻居跟我们一起走到包迪诺所在的那个庭院门口。不过,等我妻子敲开门后,我们发现进去的只有我和她两人。女邻居们有的趴在窗口注视着我们,有的在鸡圈里看热闹,有的一面在门外扫地,一面继续鼓动我们。当然,她们的声音很轻,除了我们以外,旁人听不见。

那个蚂蚁人站在仓库中。这是一个小棚子,四分之三已倒塌,仅存的那堵木板墙上贴着一张发黄的纸片,上面赫然写着"与阿根廷蚂蚁作斗争局"几个大字。地上堆着一叠叠放糖浆的小碟、各式各样的木盒和空罐头。这里像是一个垃圾堆,破纸、鱼骨和其他废物应有尽有,人们马上就能想到,这是当地所有蚂蚁的大本营。包迪诺先生面带愠怒和询问的神色朝我们走来,他似笑非笑地咧了一下嘴,我们发现他的牙齿已经所剩无几。

"您!"我妻子犹豫片刻后对他开了火,"您应该感到羞耻!您到了我们家,弄得到处一塌糊涂,用糖浆引来了蚂蚁。一只蚂蚁还爬进了我孩子的耳朵。"

她冲着他的脸挥拳头。包迪诺先生像受惊的动物一般躲开了,但嘴角的笑容并未消失。他耸耸肩,眨眨眼,朝周围环视着。他的视线最后落在我身上,因为附近没有别的人。他的目光似乎意味着:"她发疯了。"但他说出口的话却只是无力地为自己辩解:"不……不……怎么能呢……"

"大家都说,您不是给蚂蚁下毒,而是给它们喂补药!"我妻子嚷道。包迪诺先生溜出棚子,来到那条像院子一样宽阔的道路上。我妻子一直跟在他后面骂个不停。他开始对附近小木屋里的女人们耸肩膀和挤眉弄眼。我觉得她们此时在悄悄扮演着两面派的角色:一方面接受他的目光的含义,同意他的看法——我妻子是在胡说八道,与疯子无异;另一方面,当我妻子的视线投向她们的时候,她们又频频颔首,或者挥动笤帚,鼓励她继续向那蚂蚁人开火。我避免介入。我应该如何是好呢?当然不能像妻子那样出言不逊,更不能对节节败退的包迪诺大打出手,我妻子的这通脾气已经够他受的了。但我也不应该劝妻子息怒,因为我不想袒护包迪诺。我妻子越来越愤怒,刚嚷了句"您在坑害我的孩子!",便一把揪住他的衣领使劲摇晃。我怕他们打起来,正想奔过去把他们拉开时,忽然发现包迪诺先生并不还手,只是用越来越像蚂蚁的动作转动了几下身子,挣脱了她,滑稽地跑开了。他在不远处停下,理好衣服,耸耸肩,嘟哝道:"什么哟……谁会那样……"然后便走开了。临走前,他朝小木屋里的居民们摆了几下手,意思似乎是"她发疯了"。我妻子朝他扑去时,小木屋里的居民们发出一阵含混不清的喧哗声;那人挣脱后,喧哗声随之沉寂;而等那人离开了这里,人们看着他的背影,又开始纷纷议论起来。这回她们讲得很清楚,每句话的意思都很明白:不是抗议或威胁,而是抱怨,表示同情,以及提出要求。她们的声音很响,仿佛是在发表一篇自豪的宣言:"我们会被蚂蚁活活咬死的……床上有蚂蚁,菜盘里有蚂蚁……白天有蚂蚁,夜里有蚂蚁……我们本来就吃不饱,可是还得喂蚂蚁……"

我拽过妻子的手臂,但她还不时扭过身去喊道:"没这么便宜!我们知道谁是骗子!我们知道应该找谁算账!"她还讲了另外一些怒气冲冲的话。这时已经没有人附和她了:我们从那些小木屋门前经过时,家家户户立即关上门窗;邻居们宁愿和蚂蚁和平共处,她们不想招惹是非。

回家的路上冷冷清清,这其实也在我的预料之中。尽管如此,看到女邻居们的那种表现,我实在感到痛心。从那以后,我再也不愿看见那些只会口头上到处抱怨深受蚂蚁之害的女人。我一辈子也不会像她们那样耍两面派手法。我倒想仿效毛罗太太,独自关在家里,高傲地忍受痛苦。不过,她是个阔佬,而我们一贫如洗。我找不到出路,想不出法子,不知道怎样在这个城镇里继续待下去。但我认为,我的熟人中间,以及不久前我还觉得比我有能耐的那些人中间,也没有任何一个人想出了办法,或者即将想出办法。

我们到了家。孩子还在吮吸着他的玩具。妻子坐到椅子上,我打量着爬满蚂蚁的土地和篱墙。雷吉瑙多先生的花园里有人在喷驱蚁粉,一股粉尘在篱墙那侧冲天而起。右边是上尉家那个浓荫铺地、静谧安宁的花园,各种精巧的装置正在不断地消灭蚂蚁。这就是我的新居所在的城镇。我抱起孩子,挽着妻子说:"我们去遛遛,一直走到海边去。"

太阳已偏西。我们沿着林荫大道和傍山小路朝前走。老城的一角还沐浴着阳光,那边的房子由灰色的海泡石砌成,窗棂上抹着灰泥,屋顶长满青草。这个城镇呈扇形展开,房屋依山而筑。山坳间空气清新,大地这时染上了紫铜色。孩子回过头去,不胜诧异地浏览着这一切。我们也部分受到了他的感染,觉得颇为新奇。生活中的某些时刻是很甜蜜的,我们似乎接近了这种时刻,心头的伤口也仿佛渐渐愈合了。

我们碰见了几个老太太。她们头上垫着个草垫圈,上面顶着一个大篮子。她们低着头向前走,腰板挺得笔直,身子从不乱晃。一群裁缝姑娘跑出修道院的花园,奔到池边,伏在石栏上看着水中的一个蟾蜍;她们说:"唉,真可怜!"栅门后边的一株紫藤下,几个身穿素白衣裳的小女孩在逗弄一个玩气球的瞎子。一个光着上半身、蓄着大胡子、留着披肩发的小伙子手持木叉,在一株长满又长又白的树刺的老树下够刺梨。一户殷实人家中的几个小孩神情悒郁,每人戴副大眼镜,在窗前吹肥皂泡。铃声骤然响起,收容所里的老人该回房了:他们拄着拐棍,戴着草帽,一边喃喃低语,一边依次踏上台阶,走进寝室。两个工人在检修电话线,在下面扶梯子的那位对在电线杆上干活的伙伴说:"下来吧,该收工了,我们明天把它干完吧。"

我们来到港口,面前便是浩瀚的海洋。海边有一排棕榈树和几条石凳。我和妻子坐下,孩子乖乖地待在一边。妻子说:

"这里没有蚂蚁。"我接过她的话柄:"而且空气新鲜。在这里待着真舒服。"

海水忽进忽退,拍击着栈桥边的礁石。渔船在轻轻晃动,肤色黝黑的渔民们把一张张红色的鱼网和一个个鱼篓放进船舱,准备晚上出海捕鱼。海面平静,只是颜色在不断变化,时而蓝,时而黑,越到远处,色调越深。我想着远方的海水,想着海底的无数细小沙粒,以及被潜流带到海底、被波涛冲刷得干干净净的洁白的贝壳。

(袁华清 译)

伊塔洛·卡尔维诺是意大利当代最有世界影响的作家,在四十年的创作实践中,他总是不断探索和创新,力求以最贴切的方法和形式表现当今社会和现代人的精神,以及他对人生的感悟和信念。《阿根廷蚂蚁》是其代表作之一。

在这篇颇具荒诞色彩的小说中,卡尔维诺不厌其烦地给人们讲叙了一场人与蚂蚁的战争,战争最终没有任何的结果,蚂蚁生活在人之中,人生活在蚂蚁之中。故事中一对年轻夫妇带着刚刚病愈的孩子搬到一座环境优雅的小城来住,但随后发现这里蚂蚁成灾,由于"与阿根廷蚂蚁斗争局"的职员包迪诺为了自己不至于失业每周定时喂蚂蚁,导致它们的数量成倍增长。而该城的居民虽然明知真相,却从来不敢以实际行动来反抗。这对夫妇最后愤怒到极点,去向包迪诺讨公道,因为势单力薄——邻居们宁愿和蚂蚁和平共处,他们不想招惹是非。卡尔维诺创作的本意在于解剖和治愈人类的本性。作者意识到,只有极少数人是直接因为追求金钱、名誉走向堕落的,更大一部分因为缺乏独立和坚强的意志,无意识地做了患难世界变相的同谋。这座小城镇的每个居民都非常孤立,仅彼此保持礼貌上的往来,即便是夫妇,之间的隔膜也十分分明。而他们恰恰又很重视形式上的和谐,甚至宁愿让自己的利益受损害,也要在外人面前为助蚁为虐的包迪诺袒护几句。

除了处处体现出来的矛盾,小说还透露出重重叠叠的压抑,包迪诺对所有居民的压抑,雷吉瑞多和勃劳尼对他们的妻子的压抑……可从未见受害者反抗。作者归结于是因为在人类社会的不断演变中，人们从有意识的压抑到无意识的压抑的被继承、从积极地抵抗屡次失败到缄默的结果。文章末尾的景物描写是作者再一次向世人表明自己渴望平和的心迹。

海 的 女 儿

〔丹麦〕安徒生

安徒生（1805—1875），丹麦作家。出于欧登塞城贫民窟的一个鞋匠家庭。十二岁的时期，死了父亲，靠母亲替人洗衣服养家。他当过好几种行业的学徒，十四岁到首都哥本哈根皇家剧院打杂。剧院的热心人给他弄到助学奖，这样他十七岁才正规上学。安徒生文学生涯始于1822年。早期主要撰写诗歌和剧本。进入大学后，创作日趋成熟。曾发表游记和歌舞喜剧，出版诗集和诗剧。1833年出版长篇小说《即兴诗人》，为他赢得国际声誉，是他成人文学的代表作。其创作包括诗、剧本、游记、小说、自传，但他真正的贡献却是1835—1872年间写的168篇童话。其中《皇帝的新装》、《海的女儿》、《坚定的锡兵》、《夜莺》、《丑小鸭》、《雪女王》等，都已传诵世界。七十岁那年，终身未婚的安徒生在哥本哈根一个朋友家里去世。

安徒生童话具有独特的艺术风格：即诗意的美和喜剧性的幽默。前者为主导风格，多体现在歌颂性的童话中，后者多体现在讽刺性的童话中。

在海的远处，水是那么蓝，像最美丽的矢车菊花瓣，同时又是那么清，像最明亮的玻璃。然而它是很深很深，深得任何锚链都达不到底。要想从海底一直达到水面，必须有许多许多教堂尖塔一个接着一个地连起来才成。海底的人就住在这下面。

不过人们千万不要以为那儿只是一片铺满了白砂的海底。不是的，那儿生长着最奇异的树木和植物。它们的枝干和叶子是那么柔软，只要水轻微地流动一下，它们就摇动起来，好像它们是活着的东西。所有的大小鱼儿在这些枝子中间游来游去，像是天空的飞鸟。海里最深的地方是海王宫殿所在的处所。它的墙是用珊瑚砌成的，它那些尖顶的高窗子是用最亮的琥珀做成的；不过屋顶上却铺着黑色的蚌壳，它们随着水的流动可以自动地开合。这是怪好看的，因为每一颗蚌壳里面含有亮晶晶的珍珠。随便哪一颗珍珠都可以成为皇后帽子上最主要的装饰品。

住在那底下的海王已经做了好多年的鳏夫，但是他有老母亲为他管理家务。她是一个聪明的女人，可是对于自己高贵的出身总是感到不可一世，因此她的尾巴上老戴着一打的牡蛎——其余的显贵只能每人戴上半打。除此以外，她是值得大大的称赞的，特别是因为她非常爱那些小小的海公主——她的一些孙女。她们是六个美丽的孩子，而她们之中，那个顶小的要算是最美丽的了。她的皮肤又光又嫩，像玫瑰的花瓣，她的眼睛是蔚蓝色的,像最深的湖水。不过,跟其他的公主一样,她没有腿:她身体的下部是一条鱼尾。

她们可以把整个漫长的日子花费在皇宫里,在墙上生有鲜花的大厅里。那些琥珀镶的大窗子是开着的,鱼儿向着她们游来,正如我们打开窗子的时候,燕子会飞进来一样。不过鱼儿会一直游向这些小小的公主,在她们的手里找东西吃,让她们来抚摸自己。

宫殿外面有一个很大的花园,里边生长着许多火红和深蓝色的树木;树上的果子亮得像黄金,花朵开得像焚烧着的火,花枝和叶子在不停地摇动。地上全是最细的砂子,但是蓝得像硫磺发出的光焰。在那儿,处处都闪着一种奇异的、蓝色的光彩。你很容易以为你是高高地在空中而不是在海底,你的头上和脚下全是一片蓝天。当海是非常沉静的时候,你可瞥见太阳:它像一朵紫色的花,从它的花萼里射出各种色彩的光。

在花园里,每一位小公主有自己的一小块地方,在那上面她可以随意栽种。有的把自己的花坛布置得像一条鲸鱼,有的觉得最好把自己的花坛布置得像一个小人鱼。可是最年幼的那位却把自己的花坛布置得圆圆的,像一轮太阳,同时她也只种像太阳一样红的花朵。她是一个古怪的孩子,不大爱讲话,总是静静地在想什么东西。当别的姊妹们用她们从沉船里所获得的最奇异的东西来装饰她们的花园的时候,她除了有像高空的太阳一样艳红的花朵以外,只愿意有一个美丽的大理石像。这石像代表一个美丽的男子,它是用一块洁白的石头雕出来的,跟一条遭难的船一同沉到海底。她在这石像旁边种了一株像玫瑰花那样红的垂柳。这树长得非常茂盛。它新鲜的枝叶垂向这个石像、一直垂到那蓝色的砂底。它的倒影带有一种紫蓝的色调。像它的枝条一样,这影子也从不静止,树根和树顶看起来好像在做着互相亲吻的游戏。

她最大的愉快是听些关于上面人类的世界的故事。她的老祖母不得不把自己所有一切关于船只和城市、人类和动物的知识讲给她听。特别使她感到美好的一件事情是:地上的花儿能散发出香气来,而海底上的花儿却不能;地上的森林是绿色的,而且人们所看到的在树枝间游来游去的鱼儿会唱得那么清脆和好听,叫人感到愉快。老祖母所说的"鱼儿"事实上就是小鸟,但是假如她不这样讲的话,小公主就听不懂她的故事了,因为她还从来没有看到过一只小鸟。

"等你满了十五岁的时候,"老祖母说,"我就准许你浮到海面上去。那时你可以坐在月光底下的石头上面,看巨大的船只在你身边驶过去。你也可以看到树林和城市。"

在这快要到来的一年,这些姊妹中有一位到了十五岁;可是其余的呢——唔,她们一个比一个小一岁。因此最年幼的那位公主还要足足地等五个年头才能够从海底浮上来,来看看我们的这个世界。不过每一位答应下一位说,她要把她第一天所看到和发现的东西讲给大家听,因为她们的祖母所讲的确是不太够——她们所希望了解的东西真不知有多少!

她们谁也没有像年幼的那位妹妹渴望得厉害,而她恰恰要等待得最久,同时她是那么地沉默和富于深思。不知有多少夜晚她站在开着的窗子旁边,透过深蓝色的水朝上面凝望,凝望着鱼儿挥动着它们的尾巴和翅。她还看到月亮和星星——当然,它们射出的光有些发淡,但是透过一层水,它们看起来要比在我们人眼中大得多。假如有一块类似黑云的东西在它们下面浮过去的话,她便知道这不是一条鲸鱼在她上面游过去,便是一条装载着许多旅客的船在开行。可是这些旅客们再也想像不到,他们下面有一位美丽的小人鱼,在朝着他们船的龙骨伸出她一双洁白的手。

现在最大的那位公主已经到了十五岁,可以升到水面上去了。

当她回来的时候,她有无数的事情要讲:不过她说,最美的事情是当海上风平浪静的时候,在月光底下躺在一个沙滩上面,紧贴着海岸凝望那大城市里亮得像无数星星似的灯光,静听音乐、闹声、以及马车和人的声音,观看教堂的圆塔和尖塔,倾听叮当的钟声。正因为她不能到那儿去,所以她也就最渴望这些东西。

啊,最小的那位妹妹听得多么入神啊!当她晚间站在开着的窗子旁边、透过深蓝色的水朝上面望的时候,她就想起了那个大城市以及它里面熙熙攘攘的声音。于是她似乎能听到教堂的钟声在向她这里飘来。

第二年第二个姐姐得到许可,可以浮出水面,可以随便向什么地方游去。她跳出水面的时候,太阳刚刚下落;她觉得这景象真是美极了。她说,这时整个的天空看起来像一块黄金,而云块呢——唔,她真没有办法把它们的美形容出来!它们在她头上掠过,一忽儿红,一忽儿紫。不过,比它们飞得还要快的、像一片又白又长的面纱,是一群掠过水面的野天鹅。它们是飞向太阳,她也向太阳游去。可是太阳落了。一片玫瑰色的晚霞,慢慢地在海面和云块之间消逝了。

又过了一年,第三个姐姐浮上去了。她是她们中最大胆的一位,因此她游向一条流进海里的大河里去了。她看到一些美丽的青山,上面种满了一行一行的葡萄。宫殿和田庄在郁茂的树林中隐隐地露在外面;她听到各种鸟儿唱得多么美好,太阳照得多么暖和,她有时不得不沉入水里,好使得她灼热的面孔能够得到一点清凉。在一个小河湾里她碰到一群人间的小孩子;他们光着身子,在水里游来游去。她倒很想跟他们玩一会儿,可是他们吓了一跳,逃走了。于是一个小小的黑色动物走了过来——这是一条小狗,是她从来没有看到过的小狗。它对她汪汪地叫得那么凶狠,弄得她害怕起来,赶快逃到大海里去。可是她永远忘记不了那壮丽的森林,那绿色的山,那些能够在水里游泳的可爱的小宝宝——虽然他们没有像鱼那样的尾巴。

第四个姐姐可不是那么大胆了。她停留在荒凉的大海上面。她说,最美的事儿就是停在海上:因为你可以从这儿向四周很远很远的地方望去,同时天空悬在上面像一个巨大的玻璃钟。她看到过船只,不过这些船只离她很远,看起来像一只海鸥。她看到过快乐的海豚翻着筋斗,庞大的鲸鱼从鼻孔里喷出水来,好像有无数的喷泉在围绕着它们一样。

现在临到那第五个姐姐了。她的生日恰恰是在冬天,所以她能看到其他的姐姐们在第一次浮出海面时所没有看到过的东西。海染成了一片绿色,巨大的冰山在四周移动。她说每一座冰山看起来像一颗珠子,然而却比人类所建造的教堂塔还要大得多。它们以种种奇奇怪怪的形状出现;它们像钻石似的射出光彩。她曾经在一个最大的冰山上坐过,让海风吹着她细长的头发,所有的船只,绕过她坐着的那块地方,惊惶地远远避开。不过在黄昏的时分,天上忽然布起了一片乌云。电闪起来了,雷轰起来了。黑色的巨浪掀起整片整片的冰块,使它们在血红的雷电中闪着光。所有的船只都收下了帆,造成一种惊惶和恐怖的气氛,但是她却安静地坐在那浮动的冰山上,望着蓝色的网电,弯弯曲曲地射进反光的海里。

这些姊妹们中随便哪一位,只要是第一次升到海面上去,总是非常高兴地观看这些新鲜和美丽的东西。可是现在呢,她们已经是大女孩子了,可以随便浮近她们喜欢去的地方,因此这些东西就不再太引起她们的兴趣了。她们渴望回到家里来。一个来月以后,她们就说:终究还是住在海里好——家里是多么舒服啊!

在黄昏的时候,这五个姊妹常常手挽着手地浮上来,在水面上排成一行。她们能唱出好听的歌声——比任何人类的声音还要美丽。当风暴快要到来、她们认为有些船只快要出事的时候,她们就浮到这些船的面前,唱起非常美丽的歌来,说是海底下是多么可爱,同时告诉这些水手不要害怕沉到海底;然而这些人却听不懂她们的歌词。他们以为这是巨风的声息。他们也想不到他们会在海底看到什么美好的东西,因为如果船沉了的话,上面的人也就淹死了,他们只有作为死人才能到达海王的宫殿。

有一天晚上,当姊妹们这么手挽着手地浮出海面的时候,最小的那位妹妹单独地呆在后面,瞧着她们。看样子她好像是想要哭一场似的,不过人鱼是没有眼泪的,因此她更感到难受。

"啊,我多么希望我已经有十五岁啊!"她说。"我知道我将会喜欢上面的世界,喜欢住在那个世界里的人们的。"

最后她真的到了十五岁了。

"你知道,你现在可以离开我们的手了,"她的祖母老皇太后说。"来吧,让我把你打扮得像你的那些姐姐一样吧。"

于是她在这小姑娘的头发上戴上一个百合花编的花环,不过这花的每一个花瓣是半颗珍珠。老太太又叫八个大牡蛎紧紧地附贴在公主的尾上,来表示她高贵的地位。

"这叫我真难受!"小人鱼说。

"当然咯,为了漂亮,一个人是应该吃点苦头的。"老祖母说。

哎,她倒真想能摆脱这些装饰品,把这沉重的花环扔向一边!她花园里的那些红花,她戴起来要适合得多,但是她不敢这样办。"再会吧!"她说。于是她轻盈和明朗得像一个水泡,冒出水面了。

当她把头伸出海面的时候,太阳已经下落了,可是所有的云块还是像玫瑰花和黄金似地发着光;同时,在这淡红的天上,大白星已经在美丽地、光亮地眨着眼睛。空气是温和的、新鲜的。海是非常平静,这儿停着一艘有三根桅杆的大船。船上只挂了一张帆,因为没有一丝儿风吹动。水手们正坐在护桅索的周围和帆桁的上面。

这儿有音乐,也有歌声。当黄昏逐渐变得阴暗的时候,各色各样的灯笼就一起亮起来了。它们看起来就好像飘在空中的世界各国的旗帜。小人鱼一直向船窗那儿游去。每次当海浪把她托起来的时候,她可以透过像镜子一样的窗玻璃,望见里面站着许多服装华丽的男子;但他们之中最美的一位是那有一对大黑眼珠的王子;无疑的,他的年纪还不到十六岁。今天是他的生日,正因为这个缘故,今天才这样热闹。

水手们在甲板上跳着舞。当王子走出来的时候,有一百多发火箭一齐向天空射出。

天空被照得如同白昼,因此小人鱼非常惊恐起来,赶快沉到水底。可是不一会儿她又把头伸出来了——这时她觉得好像满天的星星都在向她落下,她从来没有看到过这样的焰火。许多巨大的太阳在周围发出嘘嘘的响声,光耀夺目的大鱼在向蓝色的空中飞跃。这一切都映到这清明的、平静的海上。这船全身都被照得那么亮,连每根很小的绳子都可以看得出来,船上的人当然更可以看得清楚了。啊,这位年轻的王子是多么美丽啊!当音乐在这光华灿烂的夜里慢慢消逝的时候,他跟水手们握着手,大笑,微笑……

夜已经很晚了,但是小人鱼没有办法把她的眼睛从这艘船和这位美丽的王子身上撤开。那些彩色的灯笼熄了,火箭不再向空中发射了,炮声也停止了。可是在海的深处起了一种嗡嗡和隆隆的声音。她坐在水上,一起一伏地漂着,所以她能看到船舱里的东西。可是船加快了速度:它的帆都先后张起来了。浪涛大起来了,沉重的乌云浮起来了,远处掣起闪电来了。啊,可怕的大风暴快要到来了!水手们因此都收下了帆。这条巨大的船在这狂暴的海上摇摇摆摆地向前急驶。浪涛像庞大的黑山似地高涨。它想要折断桅杆。可是这船像天鹅似的,一忽儿投进洪涛里面,一忽儿又在高大的浪头上抬起头来。

小人鱼觉得这是一种很有趣的航行,可是水手们的看法却不是这样。这艘船现在发出碎裂的声音;它粗厚的板壁被袭来的海涛打弯了。船桅像芦苇似的在半中腰折断了。后来船开始倾斜,水向舱里冲了进来。这时小人鱼才知道他们遭遇到了危险。她也得担心漂流在水上的船梁和船的残骸。

天空马上变得漆黑,她什么也看不见。不过当闪电掣起来的时候,天空又显得非常明亮,使她可以看出船上的每一个人。现在每个人在尽量为自己寻找生路。她特别注意那位王子。当这艘船裂开、向海的深处下沉的时候,她看到了他。她马上变得非常高兴起来,因为他现在要落到她这儿来了。可是她又记起人类是不能生活在水里的,他除非成了死人,是不能进入她父亲的宫殿的。

不成,决不能让他死去!所以她在那些漂着的船梁和木板之间游过去,一点也没有想到它们可能把她砸死。她深深地沉入水里,接着又在浪涛中高高地浮出来,最后她终于到达了那王子的身边,在这狂暴的海里,他绝没有力量再浮起来。他的手臂和腿开始支持不住了。他美丽的眼睛已经闭起来了。要不是小人鱼及时赶来,他一定是会淹死的。她把他的头托出水面,让浪涛载着她跟他一起随便漂流到什么地方去。

天明时分,风暴已经过去了。那条船连一块碎片也没有。鲜红的太阳升起来了,在水上光耀地照着。它似乎在这位王子的脸上注入了生命。不过他的眼睛仍然是闭着的。小人鱼把他清秀的高额吻了一下,把他透湿的长发理向脑后。她觉得他的样子很像她在海底小花园里的那尊大理石像。她又吻了他一下,希望他能苏醒过来。

现在她看见她前面展开一片陆地和一群蔚蓝色的高山,山顶上闪耀着的白雪看起来像睡着的天鹅。沿着海岸是一片美丽的绿色树林,林子前面有一个教堂或是修道院——她不知道究竟叫做什么,反正总是一个建筑物罢了。它的花园里长着一些柠檬和橘子树,门前立着很高的棕榈。海在这儿形成一个小湾。水是非常平静的,但是从这儿一直到那积有许多细砂的石崖附近,都是很深的。她托着这位美丽的王子向那儿游去。她把他放到沙上,非常仔细地使他的头高高地搁在温暖的太阳光里。

钟声从那幢雄伟的白色建筑物中响起来了,有许多年轻女子穿过花园走出来。小人鱼远远地向海里游去,游到冒在海面上的几座大石头的后面。她用许多海水的泡沫盖住了她的头发和胸脯,好使得谁也看不见她小小的面孔。她在这儿凝望着,看有谁会来到这个可怜的王子身边。

不一会儿,一个年轻的女子走过来了。她似乎非常吃惊,不过时间不久,于是她找了许多人来。小人鱼看到王子渐渐地苏醒过来了,并且向周围的人发出微笑。可是他没有对她作出微笑的表情,当然,他一点也不知道救他的人就是她。她感到非常难过。因此当他被抬进那幢高大的房子里去的时候,她悲伤地跳进海里,回到她父亲的宫殿里去。

她一直就是一个沉静和深思的孩子,现在她变得更是这样了。她的姐姐们都问她,她第一次升到海面上去究竟看到了一些什么东西,但是她什么也说不出来。

有好多晚上和早晨,她浮出水面,向她曾经放下王子的那块地方游去。她看到那花园里的果子熟了,被摘下来了;她看到高山顶上的雪融化了;但是她看不见那个王子。所以她每次回到家来,总是更感到痛苦。她的唯一的安慰是坐在她的小花园里,用双手抱着与那位王子相似的美丽的大理石像。可是她再也不照料她的花儿了。这些花儿好像是生长在旷野中的东西,铺得满地都是,它们的长梗和叶子跟树枝交叉在一起,使这地方显得非常阴暗。

最后她再也忍受不住了。不过只要她把她的心事告诉给一个姐姐,马上其余的人也就都知道了。但是除了她们和别的一两个人鱼以外(她们只把这秘密转告给自己几个知己的朋友),别的什么人也不知道。她们之中有一位知道那个王子是什么人。她也看到过那次在船上举行的庆祝。她知道这位王子是从什么地方来的,他的王国在什么地方。

"来吧,小妹妹!"别的公主们说。她们彼此把手搭在肩上,一长排地升到海面,一直游到一块她们认为是王子的宫殿的地方。

这宫殿是用一种发光的淡黄色石块建筑的,里面有许多宽大的大理石台阶——有一个台阶还一直伸到海里呢。华丽的、金色的圆塔从屋顶上伸向空中。在围绕着这整个建筑物的圆柱中间,立着许多大理石像。它们看起来像是活人一样。透过那些高大窗子的明亮玻璃,人们可以看到一些富丽堂皇的大厅,里面悬着贵重的丝窗帘和织锦,墙上装饰着大幅的图画——就是光看看这些东西也是一桩非常愉快的事情。在最大的一个厅堂中央,有一个巨大的喷泉在喷着水。水丝一直向上面的玻璃圆屋顶射去,而太阳又透过这玻璃射下来,照到水上,照到生长在这大水池里的植物上面。

现在她知道王子住在什么地方。在这儿的水上她度过好几个黄昏和黑夜。她远远地向陆地游去,比任何别的姐姐敢去的地方还远。的确,她甚至游到那个狭小的河流里去,直到那个壮丽的大理石阳台下面——它长长的阴影倒映在水上。她在这儿坐着,瞧着那个年轻的王子,而这位王子却还以为月光中只有他一个人呢。

有好几个晚上,她看到他在音乐声中乘着那艘飘着许多旗帜的华丽的船。她从绿灯芯草中向上面偷望。当风吹起她银白色的长面罩的时候,如果有人看到的话,他们总以为这是一只天鹅在展开它的翅膀。

有好几个夜里,当渔夫们打着火把出海捕鱼的时候,她听到他们对于这位王子说了许多称赞的话语。她高兴起来,觉得当浪涛把他冲击得半死的时候,是她来救了他的生命;她记起他的头是怎样紧紧地躺在她的怀里,她是多么热情地吻着他。可是这些事儿他自己一点也不知道,他连做梦也不会想到她。

她渐渐地开始爱起人类来,渐渐地开始盼望能够生活在他们中间。她觉得他们的世界比她的天地大得多。的确,他们能够乘船在海上行驶,能够爬上高耸入云的大山,同时他们的土地,连带着森林和田野,伸展开来,使得她望都望不尽。她希望知道的东西真是不少,可是她的姐姐们都不能回答她所有的问题。因此她只有问她的老祖母。她对于"上层世界"——这是她给海上国家所起的恰当的名字——的确知道得相当清楚。

"如果人类不淹死的话,"小人鱼问,"他们会永远活下去么?他们会不会像我们住在海里的人们一样地死去呢?"

"一点也不错,"老太太说,"他们也会死的,而且他们的生命甚至比我们的还要短促呢。我们可以活到三百岁,不过当我们在这儿的生命结束的时候,我们就变成了水上的泡沫。我们甚至连一座坟墓也不留给我们这儿心爱的人呢。我们没有一个不灭的灵魂。我们从来得不到一个死后的生命。我们像那绿色的海草一样,只要一割断了,就再也绿不起来!相反地,人类有一个灵魂;它永远活着,即使身体化为尘土,它仍是活着的。它升向晴朗的天空,一直升向那些闪耀着的星星!正如我们升到水面、看到人间的世界一样,他们升向那些神秘的、华丽的、我们永远不会看见的地方。"

"为什么我们得不到一个不灭的灵魂呢?"小人鱼悲哀地问。"只要我能够变成人、可以进入天上的世界,哪怕在那儿只活一天,我都愿意放弃我在这儿所能活的几百岁的生命。"

"你决不能起这种想头,"老太太说。"比起上面的人类来,我们在这儿的生活要幸福和美好得多!"

"那么我就只有死去,变成泡沫在水上漂浮了。我将再也听不见浪涛的音乐,看不见美丽的花朵和鲜红的太阳吗?难道我没有办法得到一个永恒的灵魂吗?"

"没有!"老太太说。"只有当一个人爱你、把你当做比他父母还要亲切的人的时候;只有当他把他全部的思想和爱情都放在你身上的时候;只有当他让牧师把他的右手放在你的手里、答应现在和将来永远对你忠诚的时候,他的灵魂才会转移到你的身上去,而你就会得到一份人类的快乐。他就会分给你一个灵魂,而同时他自己的灵魂又能保持不灭。但是这类的事情是从来不会有的!我们在这儿海底所认为美丽的东西——你的那条鱼尾——他们在陆地上却认为非常难看:他们不知道什么叫做美丑。在他们那儿,一个人想要显得漂亮,必须生有两根呆笨的支柱——他们把它们叫做腿!"

小人鱼叹了一口气,悲哀地把自己的鱼尾巴望了一眼。

"我们放快乐些吧!"老太太说。"在我们能活着的这三百年中,让我们跳舞吧。这终究是一段相当长的时间,以后我们也可以在我们的坟墓里[1]愉快地休息了。今晚我们就

---

[1] 上回说人鱼死后变成海上的泡沫,这儿却说人鱼死后在坟墓里休息。大概作者写到这儿忘记了前面的话。

在宫里开一个舞会吧！"

那真是一个壮丽的场面，人们在陆地上是从来不会看见的。这个宽广的跳舞厅里的墙壁和天花板是用厚而透明的玻璃砌成的。成千成百草绿色和粉红色的巨型贝壳一排一排地立在四边；它们里面燃着蓝色的火焰，照亮整个的舞厅，照透了墙壁，因而也照明了外面的海。人们可以看到无数的大小鱼群向这座水晶宫里游来，有的鳞上发着紫色的光，有的亮起来像白银和金子。一股宽大的激流穿过舞厅的中央，海里的男人和女人，唱着美丽的歌，就在这激流上跳舞，这样优美的歌声，住在陆地上的人们是唱不出来的。

在这些人中间，小人鱼唱得最美。大家为她鼓掌；她心中有好一会儿感到非常快乐，因为她知道，在陆地上和海里只有她的声音最美。不过她马上又想起上面的那个世界。她忘不了那个美貌的王子，也忘不了她因为没有他那样不灭的灵魂而引起的悲愁。因此她偷偷地走出她父亲的宫殿：当里面正是充满了歌声和快乐的时候，她却悲哀地坐在她的小花园里。忽然她听到一个号角声从水上传来。她想："他一定是在上面行船了：他——我爱他胜过我的爸爸和妈妈；他——我时时刻刻在想念他；我把我一生的幸福放在他的手里。我要牺牲一切来争取他和一个不灭的灵魂。当现在我的姐姐们正在父亲的宫殿里跳舞的时候，我要去拜访那位海的巫婆。我一直是非常害怕她的，但是她也许能教给我一些办法和帮助我吧。"

小人鱼于是走出了花园，向一个掀起泡沫的漩涡走去——巫婆就住在它的后面。她以前从来没有走过这条路。这儿没有花，也没有海草，只有光溜溜的一片灰色沙底，向漩涡那儿伸去。水在这儿像一架喧闹的水车似地漩转着，把它所碰到的东西全部转到水底去。要到达巫婆所住的地区，她必须走过这急转的漩涡。有好长一段路程需要通过一条冒着热泡的泥地，巫婆把这地方叫做她的泥煤田。在这后面有一个可怕的森林，她的房子就在里面，所有的树和灌木林全是些珊瑚虫——一种半植物和半动物的东西。它们看起来很像地里冒出来的多头蛇。它们的枝桠全是长长的、粘糊糊的手臂，它们的手指全是像蠕虫一样柔软。它们从根到顶都是一节一节地在颤动。它们紧紧地盘住它们在海里所能抓得到的东西，一点也不放松。

小人鱼在这森林面前停下步子，非常惊慌。她的心害怕得跳起来，她几乎想转身回去。但是当她一想起那位王子和人的灵魂的时候，她就又有了勇气。她把她飘动着的长头发牢牢地缠在她的头上，好使珊瑚虫抓不住她。她把双手紧紧地贴在胸前，于是她像水里跳着的鱼儿似的，在这些丑恶的珊瑚虫中间，向前跳走，而这些珊瑚虫只有在她后面挥舞着它们柔软的长臂和手指。她看到它们每一个都抓住了一件什么东西，无数的小手臂盘住它，像坚固的铁环一样。那些在海里淹死和沉到海底下的人们，在这些珊瑚虫的手臂里，露出白色的骸骨。它们紧紧地抱着船舵和箱子，抱着陆上动物的骸骨，还抱着一个被它们抓住和勒死了的小人鱼——这对于她说来，是一件最可怕的事情。

现在她来到了森林中一块粘糊糊的空地。这儿又大又肥的水蛇在翻动着，露出它们淡黄色的、奇丑的肚皮。在这块地中央有一幢用死人的白骨砌成的房子。海的巫婆就正坐在这儿，用她的嘴喂一只癞蛤蟆，正如我们人用糖喂一只小金丝雀一样。她把那些奇丑、肥胖的水蛇叫做她的小鸡，同时让它们在她肥大的、松软的胸口上爬来爬去。

"我知道你是来求什么的。"海的巫婆说,"你是一个傻东西!不过,我美丽的公主,我还是会让你达到你的目的,因为这件事将会给你一个悲惨的结局。你想要去掉你的鱼尾,生出两根支柱,好叫你像人类一样能够行路。你想要叫那个王子爱上你,使你能得到他,因而也得到一个不灭的灵魂。"这时巫婆便可憎地大笑了一通,癞蛤蟆和水蛇都滚到地上来,在周围爬来爬去。"你来得正是时候,"巫婆说。"明天太阳出来以后,我就没有办法帮助你了,只有等待一年再说。我可以煎一服药给你喝。你带着这服药,在太阳出来以前,赶快游向陆地。你就坐在海滩上,把这服药吃掉,于是你的尾巴就可以分做两半,收缩成为人类所谓的漂亮腿子了。可是这是很痛的——这就好像有一把尖刀砍进你的身体。凡是看到你的人,一定会说你是他们所见到的最美丽的孩子!你将仍旧会保持你像游泳似的步子,任何舞蹈家也不会跳得像你那样轻柔。不过你的每一个步子将会使你觉得好像是在尖刀上行走,好像你的血在向外流。如果你能忍受得了这些苦痛的话,我就可以帮助你。"

"我可以忍受,"小人鱼用颤抖的声音说。这时她想起了那个王子和她要获得一个不灭灵魂的志愿。

"可是要记住,"巫婆说,"你一旦获得了一个人的形体,你就再也不能变成人鱼了,你就再也不能走下水来,回到你姐姐或你爸爸的宫殿里来了。同时假如你得不到那个王子的爱情,假如你不能使他为你而忘记自己的父母、全心全意地爱你、叫牧师来把你们的手放在一起结成夫妇的话,你就不会得到一个不灭的灵魂了。在他跟别人结婚的头一天早晨,你的心就会裂碎,你就会变成水上的泡沫。"

"我不怕!"小人鱼说。但她的脸像死一样惨白。

"但是你还得给我酬劳!"巫婆说,"而且我所要的也并不是一件微小的东西。在海底的人们中,你的声音要算是最美丽的了。无疑地,你想用这声音去迷住他,可是这个声音你得交给我。我必须得到你最好的东西,作为我的贵重药物的交换品!我得把我自己的血放进这药里,好使它尖锐得像一柄两面都快的刀子!"

"不过,如果你把我的声音拿去了,"小人鱼说,"那么我还有什么东西剩下呢?"

"你还有美丽的身材呀,"巫婆回答说,"你还有轻盈的步子和富于表情的眼睛呀。有了这些东西,你就很容易迷住一个男人的心了。唔,你已经失掉了勇气吗?伸出你小小的舌头吧,我可以把它割下来作为报酬,你也可以得到这服强烈的药剂了。"

"就这样办吧。"小人鱼说。巫婆于是就把药罐准备好,来煎这服富有魔力的药了。

"清洁是一件好事,"她说。于是她用几条蛇打成一个结,用它来洗擦这罐子。然后她把自己的胸口抓破,让她的黑血滴到罐子里去。药的蒸气奇形怪状地升到空中,看起来是怪怕人的。每隔一会儿巫婆就加一点什么新的东西到药罐里去。当药煮到滚开的时候,有一个像鳄鱼的哭声飘出来了。最后药算是煎好了。它的样子像非常清亮的水。

"拿去吧!"巫婆说。于是她就把小人鱼的舌头割掉了。小人鱼现在成了一个哑巴,既不能唱歌,也不能说话。

"当你穿过我的森林回去的时候,如果珊瑚虫捉住了你的话,"巫婆说,"你只须把这药水洒一滴到它们的身上,它们的手臂和指头就会裂成碎片,向四边纷飞了。"可是小人鱼没有这样做的必要,因为当珊瑚虫一看到这亮晶晶的药水——它在她的手里亮得像一颗闪耀的星星的时候,它们就在她面前惶恐地缩回去了。这样,她很快地就走过了森林、沼泽和激转的漩涡。

她可以看到她父亲的宫殿了。那宽大的跳舞厅里的火把已经灭了,无疑地,里面的人已经入睡了。不过她不敢再去看他们,因为她现在已经是一个哑巴,而且就要永远离开他们。她的心痛苦得似乎要裂成碎片。她偷偷地走进花园,从每个姐姐的花坛上摘下一朵花,对着皇宫用手指飞了一千个吻,然后他就浮出这深蓝色的海。

当她看到那王子的宫殿的时候,太阳还没有升起来。她庄严地走上那大理石台阶。月亮照得透明,非常美丽。小人鱼喝下那服强烈的药剂。她马上觉到好像有一柄两面都快的刀子劈开了她纤细的身体。她马上昏了。倒下来好像死去一样。当太阳照到海上的时候,她才醒过来,她感到一阵剧痛。这时有一位年轻貌美的王子正立在她的面前。他乌黑的眼珠正在望着她,弄得她不好意思地低下头来。这时她发现她的鱼尾已经没有了,而获得一双只有少女才有的、最美丽的小小白腿。可是她没有穿衣服,所以她用她浓密的长头发来掩住自己的身体。王子问她是谁,怎样到这儿来的。她用她深蓝色的眼睛温柔而又悲哀地望着他,因为她现在已经不会讲话了。他挽着她的手,把她领进宫殿里去。正如那巫婆以前跟她讲过的一样,她觉得每一步都好像是在锥子和利刀上行走。可是她情愿忍受这苦痛。她挽着王子的手臂,走起路来轻盈得像一个水泡。他和所有的人望着她这文雅轻盈的步子,感到惊奇。

现在她穿上了丝绸和细纱做的贵重衣服。她是宫里一个最美丽的人,然而她是一个哑巴,既不能唱歌,也不能讲话。漂亮的女奴隶,穿着丝绸,戴着金银饰物,走上前来,为王子和他的父母唱着歌。有一个奴隶唱得最迷人,王子不禁鼓起掌来,对她发出微笑。这时小人鱼就感到一阵悲哀。她知道,有个时候她的歌声比那种歌声要美得多!她想:

"啊!只愿他知道,为了要和他在一起,我永远牺牲了我的声音!"

现在奴隶们跟着美妙的音乐,跳起优雅的、轻飘飘的舞来。这时小人鱼就举起她一双美丽的、白嫩的手,用脚尖站着,在地板上轻盈地跳着舞——从来还没有人这样舞过。她的每一个动作都衬托出她的美。她的眼珠比奴隶们的歌声更能打动人的心坎。

大家都看得入了迷,特别是那位王子——他把她叫做他的"孤儿"。她不停地舞着,虽然每次当她的脚接触到地面的时候,她就像是在快利的刀上行走一样。王子说,她此后应该永远跟他在一起;因此她就得到了许可睡在他门外的一个天鹅绒的垫子上面。

他叫人为她做了一套男子穿的衣服,好使她可以陪他骑着马同行。他们走过香气扑鼻的树林,绿色的树枝扫过他们的肩膀,鸟儿在新鲜的叶子后面唱着歌。她和王子爬上高山。虽然她纤细的脚已经流出血来,而且也叫大家都看见了,她仍然只是大笑,继续伴随着他,一直到他们看到云块在下面移动,像一群向遥远国家飞去的小鸟为止。

在王子的宫殿里,夜里大家都睡了以后,她就向那宽大的台阶走去。为了使她那双发烧的脚可以感到一点清凉,她就站进寒冷的海水里。这时她不禁想起了住在海底的人们。

有一天夜里,她的姐姐们手挽着手浮过来了。她们一面在水上游泳,一面唱出凄怆的歌。这时她就向她们招手。她们认出了她;她们说她曾经多么叫她们难过。这次以后,她们每天晚上都来看她。有一晚,她遥远地看到了多年不曾浮出海面的老祖母和戴着王冠的海王。他们对她伸出手来,但他们不像她的那些姐姐,没有敢游近地面。

王子一天比一天更爱她。他像爱一个亲热的好孩子那样爱她,但是他从来没有娶她为皇后的思想。然而她必须做他的妻子,否则她就不能得到一个不灭的灵魂,而且会在他结婚的头一个早上就变成海上的泡沫。

"在所有的人中,你是最爱我的吗?"当他把她抱进怀里吻她前额的时候,小人鱼的眼睛似乎在这样说。

"是的,你是我最亲爱的人!"王子说,"因为你在一切人中有一颗最善良的心。你对我是最亲爱的,你很像我某次看到过的一个年轻女子,可是我永远再也看不见她了。那时我是坐在一艘船上——这船已经沉了。巨浪把我推到一个神庙旁的岸上。有几个年轻女子在那儿作祈祷。她们最年轻的一位在岸旁发现了我,因此救了我的生命。我只看到过她两次:她是我在这世界上能够爱的唯一的人,但是你很像她,你几乎代替了她留在我的灵魂中的印象。她是属于这个神庙的,因此我的幸运特别把你送给我。让我们永远不要分离吧!"

"啊,他却不知道我救了他的生命!"小人鱼想。"我把他从海里托出来,送到神庙所在的一个树林里。我坐在泡沫后面,窥望是不是有人会来。我看到那个美丽的姑娘——他爱她胜过于爱我。"这时小人鱼深深地叹了一口气——她哭不出声来。"那个姑娘是属于那个神庙的——他曾说过。她永不会走向这个人间的世界里来——他们永不会见面了。我是跟他在一起,每天看到他的。我要照看他,热爱他,对他献出我的生命!"

现在大家在传说王子快要结婚了,他的妻子就是邻国国王的一个女儿。他为这事特别装备好了一艘美丽的船。王子在表面上说是要到邻近王国里去观光,事实上他是为了要去看邻国君主的女儿。他将带着一大批随员同去。小人鱼摇了摇头,微笑了一下。她比任何人都能猜透王子的心事。

"我得去旅行一下!"他对她说过,"我得去看一位美丽的公主,这是我父母的命令,但是他们不能强迫我把她作为未婚妻带回家来!我不会爱她的。你很像神庙里的那个美丽的姑娘,而她却不像。如果我要选择新嫁娘的话,那么我就要先选你——我亲爱的、有一双能讲话的眼睛的哑巴孤女。"

于是他吻了她鲜红的嘴唇,摸抚着她的长头发、把他的头贴到她的心上,弄得她的这颗心又梦想起人间的幸福和一个不灭的灵魂来。

"你不害怕海吗,我的哑巴孤儿?"他问。这时他们正站在那艘华丽的船上,它正向邻近的王国开去。他和她谈论着风暴和平静的海,生活在海里的奇奇怪怪的鱼,和潜水夫在海底所能看到的东西。对于这类的故事,她只是微微地一笑,因为关于海底的事儿她比谁都知道得清楚。

在月光照着的夜里,大家都睡了,只有掌舵人立在舵旁。这时她就坐在船边上,凝望着下面清亮的海水,她似乎看到了她父亲的王宫。她的老祖母头上戴着银子做的皇冠,正高高地站在王宫顶上;她透过激流朝这条船的龙骨了望。不一会,他的姐姐们都浮到水面上来了，她们悲哀地望着她，苦痛地扭著她们白净的手。她向她们招手，微笑，同时很想告诉她们，说她现在一切都很美好和幸福。不过这时船上的一个侍者忽然向她这边走来。她的姐姐们马上就沉到水里，侍者以为自己所看到的那些白色的东西，不过只是些海上的泡沫。

　　第二天早晨，船开进邻国壮丽皇城的港口。所有教堂的钟都响起来了，号笛从许多高楼上吹来，兵士们拿着飘扬的旗子和明晃的刺刀在敬礼。每天都有一个宴会。舞会和晚会在轮流举行着，可是公主还没有出现。人们说她在一个遥远的神庙里受教育，学习皇家的一切美德。最后她终于到来了。

　　小人鱼迫切地想要看看她的美貌。她不得不承认她的美了，她从来没有看见过比这更美的形体。她的皮肤是那么细嫩，洁白；在她黑长的睫毛后面是一对微笑的、忠诚的、深蓝色的眼珠。

　　"就是你！"王子说，"当我像一具死尸躺在岸上的时候，救活我的就是你！"于是他把这位羞答答的新嫁娘紧紧地抱在自己的怀里。"啊，我太幸福了！"他对小人鱼说，"我从来不敢希望的最好的东西，现在终于成为事实了。你会为我的幸福而高兴吧，因为你是一切人中最喜欢我的人！"

　　小人鱼把他的手吻了一下。她觉得她的心在碎裂。他举行婚礼后的头一个早晨就会带给她灭亡，就会使她变成海上的泡沫。

　　教堂的钟都响起来了，传令人骑着马在街上宣布订婚的喜讯。每一个祭台上，芬芳的油脂在贵重的油灯里燃烧。祭司们挥着香炉，新郎和新娘互相挽着手来接受主教的祝福。小人鱼这时穿着丝绸，戴着金饰，托着新嫁娘的披纱，可是她的耳朵听不见这欢乐的音乐，她的眼睛看不见这神圣的仪式。她想起了她要灭亡的早晨，和她在这世界已经失去了的一切东西。

　　在同一天晚上，新郎和新娘来到船上。礼炮响起来了，旗帜在飘扬着。一个金色和紫色的皇家帐篷在船中央架起来了，里面陈设得有最美丽的垫子。在这儿，这对美丽的新婚夫妇将度过他们这清凉和寂静的夜晚。

　　风儿在鼓着船帆。船在这清亮的海上，轻柔地航行着，没有很大的波动。

　　当暮色渐渐垂下来的时候，彩色的灯光就亮起来了，水手们愉快地在甲板上跳起舞来。小人鱼不禁想起她第一次浮到海面上来的情景，想起她那时看到的同样华丽和欢乐的场面。她于是旋舞起来，飞翔着，正如一只被追逐的燕子在飞翔着一样。大家都在喝彩，称赞她，她从来没有跳得这么美丽。快利的刀子似乎在砍着她的细嫩的脚，但是她并不感觉到痛，因为她的心比这还要痛。

　　她知道这是她看到他的最后一晚——为了他，她离开了她的族人和家庭，她交出了她美丽的声音，她每天忍受着没有止境的苦痛，然而他却一点儿也不知道。这是她能和他在一起呼吸同样空气的最后一晚，这是她能看到深沉的海和布满了星星的天空的最后一晚。同时一个没有思想和梦境的永恒的夜在等待着她——没有灵魂、而且也得不到一个灵魂的她。一直到半夜过后，船上的一切还是欢乐和愉快的。她笑着，舞着，但是她心中怀着死的思想。王子吻着自己的美丽的新娘；新娘抚弄着他的乌亮的头发。他们手挽着手到那华丽的帐篷里去休息。

船上现在是很安静的了。只有舵手站在舵旁。小人鱼把她洁白的手臂倚在舷墙上，向东方凝望，等待着晨曦的出现——她知道，头一道太阳光就会叫她灭亡，她看到她的姐姐们从波涛中涌现出来了。她们是像她自己一样地苍白。她们美丽的长头发已经不在风中飘荡了——因为它已经被剪掉了。

"我们已经把头发交给了那个巫婆，希望她能帮助你，使你今后不至于灭亡。她给了我们一把刀子。拿去吧，你看，它是多么快！在太阳没有出来以前，你得把它插进那个王子的心里去。当他的热血流到你脚上时，你的双脚将会又联到一起，成为一条鱼尾，那么你就可以恢复人鱼的原形，你就可以回到我们这儿水里来；这样，在你没有变成无生命的咸水泡沫以前，你仍旧可以活过你三百年的岁月。快动手！在太阳没有出来以前，不是他死，就是你死了！我们的老祖母悲恸得连她的白发都落光了，正如我们的头发在巫婆的剪刀下落掉一样。刺死那个王子，赶快回来吧！快动手呀！你没有看到天上的红光吗，几分钟以后，太阳就出来了，那时你就必然灭亡！"

她们发出一个奇怪的、深沉的叹息声，于是她们便沉入浪涛里去了。

小人鱼把那帐篷上紫色的帘子掀开，看到那位美丽的新娘把头枕在王子的怀里睡着了。她弯下腰，在王子清秀的眉毛上亲了一吻，于是他向天空凝视——朝霞渐渐地变得更亮了。她向尖刀看了一眼，接着又把眼睛掉向这个王子；他正在梦中喃喃地念着他的新嫁娘的名字。他思想中只有她存在。刀子在小人鱼的手里发抖。但是正在这时候，她把这刀子远远地向浪花里扔去。刀子沉下的地方，浪花就发出一道红光，好像有许多血滴溅出了水面。她再一次把她迷糊的视线投向这王子，然后她就从船上跳到海里，她觉得她的身躯在融化成为泡沫。

现在太阳从海里升起来了。阳光柔和地、温暖地照在冰冷的泡沫上。因为小人鱼并没有感到灭亡。她看到光明的太阳，同时在她上面飞着无数透明的、美丽的生物。透过它们，她可以看到船上的白帆和天空的彩云。它们的声音是和谐的音乐。可是那么虚无缥缈，人类的耳朵简直没有办法听见，正如地上的眼睛不能看见它们一样。它们没有翅膀，只是凭它们轻飘的形体在空中浮动。小人鱼觉得自己也获得了它们这样的形体，渐渐地从泡沫中升起来。

"我将向谁走去呢？"她问。她的声音跟这些其他的生物一样，显得虚无缥缈，人世间的任何音乐都不能和它相比。

"到天空的女儿那儿去呀！"别的声音回答说。"人鱼是没有不灭的灵魂的，而且永远也不会有这样的灵魂，除非她获得了一个凡人的爱情。她的永恒的存在要依靠外来的力量。天空的女儿也没有永恒的灵魂，不过她们可以通过善良的行为而创造出一个灵魂。我们飞向炎热的国度里去，那儿散布着病疫的空气在伤害着人民，我们可以吹起清凉的风，可以把花香在空气中传播，我们可以散布健康和愉快的精神。三百年以后，当我们尽力做完了我们可能做的一切善行以后，我们就可以获得一个不灭的灵魂，就可以分享人类一切永恒的幸福了。你，可怜的小人鱼，像我们一样，曾经全心全意地为那个目标而奋斗。你忍受过痛苦；你坚持下去了；你已经超升到精灵的世界里来了。通过你的善良的工作,在三百年以后,你就可以为你自己创造出一个不灭的灵魂。"

小人鱼向上帝的太阳举起了她光亮的手臂,她第一次感到要流出眼泪。

在那条船上,人声和活动又开始了。她看到王子和他美丽的新娘在寻找她。他们悲悼地望着那翻腾的泡沫,好像他们知道她已经跳到浪涛里去了似的。在冥冥中她吻着这位新嫁娘的前额,她对王子微笑。于是她就跟其他的空气中的孩子们一道,骑上玫瑰色的云块,升入天空里去了。

"这样,三百年以后,我们就可以升入天国!"

"我们也许还不须等那么久!"一个声音低语着。"我们无形无影地飞进人类的住屋里去,那里面生活着一些孩子。每一天如果我们找到一个好孩子,如果他给他父母带来快乐、值得他父母爱他的话,上帝就可以缩短我们考验的时间。当我们飞过屋子的时候,孩子是不会知道的。当我们幸福地对着他笑的时候,我们就可以在这三百年中减去一年;但当我们看到一个顽皮和恶劣的孩子、而不得不伤心地哭出来的时候,那么每一颗眼泪就使我们考验的日子多加一天。"

(刘红英 译)

 赏 析

《海的女儿》收集在1837年发表的《讲给孩子们听的故事》里,是安徒生童话宝库中的珠玑,最脍炙人口的名篇。歌颂了一位意志坚强,有抱负、有理想、不怕打击和挫折、善良而美丽的女子。

故事叙述了海国王最小的女儿——小美人鱼为了能和王子在一起,付出了巨大的代价,忍受了常人无法忍受的痛苦。最后,小美人鱼为了王子的爱不惜牺牲自己的生命,勇敢地把自己变成了大海中的泡沫。海的女儿向往人类世界,热爱"人"这种高等动物——如:有文化、有礼貌、和蔼可亲、英俊的"王子"。虽然她在海底皇宫里的生活是那么舒适、愉快,而且还能活上三百年的岁月,但她却愿意放弃这一切,而变成一个高等动物——"人"。首先她忍受了难耐的痛苦,把她的鱼尾变为一双人腿。为此,她牺牲了她的美丽的歌喉,而成了一个哑巴。但光有"人"的形体还不够,她还必须具有"人"的"一个不灭的灵魂",因为没有灵魂的人还不能算是真正的人。就在这个灵魂的问题上,她失败了。她的一切努力化为泡影。她本可以仍回到海底的皇宫里去,享受三百年的愉快生活,只须她在王子新婚之夜杀掉王子,把他的血溅到自己的脚上,恢复她人鱼的形态就行了。她却拒绝这样做。她选择了自己投进海里,变成泡沫。但是,安徒生没有让她失望。在这个故事的结尾,他写道:"通过你的善良的工作,在三百年以后,你就可以为你自己创造出一个不灭的灵魂。"在这里作者也给我们提出一个值得思考的问题:我们已经是"人"了,但我们有没有"灵魂"? 有没有真正的爱?

这是一个美丽而忧伤的故事。小美人鱼为了追求人的高洁和不死的灵魂,放弃了华贵的生活和三百年的寿命,甘受种种的痛苦,最终在希望幻灭之时,不惜抛弃生命,去诠释何为真正的人,真正的爱。这一点是永远值得人类赞赏的。

驿 站 长

〔俄国〕普希金

> **亚历山大·谢尔盖耶维奇·普希金** (1799—1837),十九世纪俄国伟大的浪漫主义诗人和现实主义文学的奠基者。他诸体皆擅,创立了俄罗斯民族文学和文学语言,在诗歌、小说、戏剧乃至童话等文学各个领域都给俄罗斯文学提供了典范。普希金还被高尔基誉为"一切开端的开端"。
>
> 普希金深受俄国十二月党人进步思想的影响,他的作品深刻反映了十九世纪初俄国复杂的社会矛盾和政治斗争,无情地批判和讽刺了俄国沙皇贵族的虚伪和腐朽,肯定了人民在历史上的伟大作用。普希金一生创作浩繁,最重要的有诗歌《自由颂》、《致恰阿达耶·夫》、《乡村》、《鲁斯兰与柳德米拉》、《高加索的俘虏》、《强盗兄弟》、《巴赫契萨拉依的喷泉》、《茨冈》、《致西伯利亚的囚徒》、《青铜骑士》,剧本《鲍利斯·戈东诺夫》、《吝啬的骑士》、《石客》,诗体长篇小说《叶甫盖尼·奥湼金》,长篇小说《上尉的女儿》以及短篇小说集《别尔金小说集》等。著名的短篇小说《驿站长》便取自《别尔金小说集》。

　　十四品的小小官儿,
　　　　驿站上的土皇帝。

　　　　　　　　——维雅齐姆斯基公爵①

　　谁人不骂驿站长?哪个不跟他们吵架?有谁在大发雷霆的时候不索取那本要命的"功过册",在那上头枉费笔墨控告他们盛气凌人、冥顽不灵和消极怠工呢?有谁不把他们当成不齿于人类的坏蛋,简直如同往日包揽讼狱的刀笔吏,或者,起码也酷似穆罗姆森林里剪径的土匪?不过,我们如果为人公道,设身处地为他们想一想,那么,我们评判他们的时候就会宽和得多了。驿站长是何许人?14等官阶的背黑锅的角色,那官衔只够他抵挡拳打脚踢之用,而且并非每次都抵挡得住(我恳请读者凭良心)。维雅齐姆斯基公爵开玩笑称之为土皇帝的人的职务究竟如何呢?难道不是实实在在的服苦役吗?日夜不得安宁。旅客把枯燥乏味的旅行中一路憋出来的满腔闷气一股脑儿都发泄到了驿站

---

① 维雅齐姆斯基(1792—1878),俄国诗人。这两句引自他的诗《驿站》,普希金稍加修改。

身上。天气坏,行路难,车夫蛮,马匹懒——全都怪他!一脚跨进他那寒酸的住房,过路客准得拿他当仇人一样怒目而视;倘若他能够很快打发掉一位不速之客,倒还好;不过,如果刚好没有马匹呢?……老天爷!会骂得他狗血淋头,恐吓之辞也跟着劈头盖脑!下雨或雨交雪的坏天气,他却被逼得挨家串户去奔波。暴风雪和主显节前后天寒地冻的时候,他却溜进穿堂里,暂时躲开发火的旅客的辱骂和冲撞,偷得一分钟的清闲,一位将军驾到,站长诚惶诚恐,拨给他最后两部三套马车,其中一部还是特快邮车。将军去了,连谢谢也不说一声。过了5分钟——又是一阵铃铛!……军机信使又到,把驿马使用证往桌上一扔!……我们只要把这一切好好体味一下,那么,我们心头的怒火便会自行熄灭,不由得对他怀抱真诚的同情心了。再多说几句:20年来,我走遍了俄罗斯的东西南北。几乎所有的驿道我都熟悉,几代车夫我都认得,很少有驿站长我没打过交道,很少有驿站长我认不清其面孔;我旅途观察所积累的有趣的材料我打算不久的将来整理出版;此刻我只指出一点:对驿站长这一类人的看法大都是不公正的。这些遭人唾骂的站长,一般说来大都为人平和,天性助人为乐,爱跟人交往,不求名,也不太逐利。听他们谈话(可惜过路君子对此毫不在意),真可以学到不少有趣和有益的东西。至于我本人,我得承认我宁愿听听他们聊天,不愿领教因公出差的某位6等文官高谈阔论。

不难猜到,在驿站长这些可敬的人物中间有我的朋友。实际上,对其中一个人的怀念我是珍惜的。情境曾经使得我跟他接近,下面我就打算跟我亲爱的读者谈谈这个人物。

1816年5月,我有事沿着现已废弃的某驿道经过某省。当时我官职卑微,只能乘坐到站换马的驿车,付两匹马的公费。因此站长们对我不讲客气,我得常常据理力争方能得到我自认为有权得到的东西。我年轻,火气大,一看到站长把为我准备的3匹马套到某位官老爷的轿车上,我便恼恨站长卑鄙,骂他没有骨头。同样,在省长的宴会上精明势利的仆役按官阶次第上菜,走过我跟前而不予理睬,这种事,也令我长久耿耿于怀。上述两件事,现在我倒觉得是天经地义的了。倘若废弃通行的规矩:"小官畏敬大官",而改换另一个规矩:"惺惺爱惜好汉",那么,实际上我们将怎么办?那会争得打破头!仆役上菜从谁开始?闲话少说,再来说我的故事要紧。

那一日天气炎热。车子距离××站还有3俄里,开始下小雨了,不一会,大雨倾盆,淋得我浑身不剩一根干纱。到了站,我第一件事便是赶快换衣,第二件事便是要茶。

"喂!冬尼娅!"站长叫道,"茶炊拿来,再拿点奶油。"

他说了这话,从屏风后边走出一个约莫14岁的女娃,跑进了前堂。她的美貌令我一惊。

"她是你的女儿?"我问站长。

"是女儿,大人!"他说,神态怡然自得。"她脑子聪明,手脚麻利,就像她下世的娘。"

于是他便动手登记我的驿马使用证。我闲着无事,便来观赏挂在他简陋而整洁的房间的墙上的一幅幅图画。这几幅画,画的是"浪子回头"的一套故事。第一幅,一个头戴便帽,身穿宽袍的可敬的老人送走一个心气浮躁的少年,他匆匆忙忙接受老人的祝福和一个钱袋。第二幅,集中尖锐地描绘了年轻人的堕落:他坐在桌边,一群酒肉朋友和厚脸皮的荡妇围绕着他。第三幅,荡光钱财的年轻人身穿粗布袍子,头戴三角帽,正在牧猪,跟一群猪同槽吃潲;他面带愁苦和悔恨之色。最后一幅,描绘他回到父亲身边;慈祥的老人穿戴同样的衣帽,迎着儿子跑出来,浪子跪下;远景画了厨子在屠宰一头小肥牛,哥哥在探问仆人这天伦之乐的起因。每幅画下边,我都读到很贴切的诗句。这套画,还有栽在瓦盆里的凤仙花、桂子花幔子的床铺以及当时我周围的其他家什至今我还记忆犹新。此刻那主人的音容笑貌还历历在目,他50来岁,气色很好,精力挺旺,穿一件深绿长制服,胸前挂着带子褪了色的3枚勋章。

我还没来得及给老车夫付清车钱,这时,冬尼娅捧着茶炊回来了。这小妖精瞅我第二眼便看出了她已经赢得了我的好印象;她垂下蓝蓝的大眼睛。我找她谈话,她答话,全无半点忸怩之态,俨然像个见过世面的大姑娘了。我请她父亲喝杯果露酒,给冬尼娅倒了一杯茶。我们3人便开始聊天,好似我们早就是熟人了。

马匹已经准备停当,但我还是不愿离开驿站长和他的女儿。最后我只得向他们道别了。她父亲祝我一路平安,女儿一直送我上车。在门厅里,我停住,请求她允许我吻她;她同意了……

自从干了这件事情,这之后,我能掐指算计我有过多少次的接吻,但没有一次在我心坎里留下如许长久、如许甜蜜的回味。

过了几年,境遇又迫使我走上同一条驿道,我又到了先前的地方。我记起了老站长的女儿,一想起又将见到她,我的心就乐开了花。但是,我心里嘀咕,老站长或许调走了,冬尼娅或许已经嫁了人,甚至老人已死或冬尼娅已死的念头也曾在我脑子里一闪。我心头怀着不祥的预感驶向××站。

马匹在驿站前的小屋旁边停下。走进屋里,我立即认出了"浪子回头"的那几幅画。桌子和床铺仍然放在原地,但窗口已经没有了鲜花,周围的一切显得零乱和衰败。站长睡下了,身上盖件大衣。我一进来就惊醒了他,他爬起来……他正是萨姆松·威林,老多了,当他正待动手登记我的驿马使用证的时候,我望着他一头白发,满脸皱纹,胡子拉碴好久没剃,背脊佝偻——三、四年工夫竟能使一名身强力壮的汉子变成一个衰朽的老头儿,我怎能不惊讶呢?

"你认识我吗?"我问他,"我跟你是老相识了。"

"也许是,"他回答,神色阴沉,"这儿是一条大道,过路旅客很多。"

"你的冬尼娅还好吗?"我又问。

老头儿锁紧眉头。

"天晓得!"他回答。

"那么,她出嫁了?"我问。

老头儿假装没有听见我的话,继续小声念着我的驿马使用证。我不再问下去,吩咐摆茶。好奇心使我不安了,我指望一杯果露酒会解放我的老相识的舌头。

我没看错:老头儿不嫌弃喝一杯。我看到,一杯甜酒下肚,他的阴沉的脸色便开朗了。第2杯倒下去,他的话就多了。他说他记起我了,或者装做记得。而我便从他嘴里听到了一段故事,当时使我感动不已。

"这么说,您认得我的冬尼娅罗?"他说起来,"有谁不知道她呢?唉!冬尼娅!冬尼娅!了不得的丫头!那时节,谁打从这儿路过,没有一个不夸她,没有一个说她的坏话。太太们送她东西,有的送头巾,有的送耳环。过路的老爷们借故停下不走,说是要吃顿午饭或者晚饭,其实嘛,不过是为了再多瞧她几眼。那时节,不论脾气多大的老爷,一见到她就老实了,跟我说话也变得和气了。先生!信不信由您:官差和军机信使跟她谈话,一口气就谈上半个钟头哩!她撑持着这个家:收拾屋子,张罗一切,把个家弄得顺顺当当。而我嘛,是个老傻瓜,真是看她看不厌,疼她疼不够哩!难道我不爱我的冬尼娅,不疼我的孩子吗?难道她的生活过的不好吗?可不是,祸从天降,在劫难逃呀!"

接着,他把他的痛苦详详细细告诉了我。

3年前,一个冬日的黄昏,驿站长正拿本新册子划格子,女儿在屏风后面缝衣,一驾3套马车到了。一个旅客头戴毛茸茸的冬帽,身穿军大衣,外罩披风,走将进来,开口就要马匹。而马匹全都出差去了。听了这话,旅客便提高嗓门,扬起马鞭;但是,见惯了这种场面的冬尼娅急忙从屏风后面跑出来,和颜悦色地问他:"先生要不要吃点什么?"冬尼娅一露面便产生了照例的效果。旅客怒火全消,他同意等待马匹并且要了一份晚餐。他摘去湿透了的毛茸茸的帽子,解开披风,脱掉大衣,此人却原来是个身材秀美、蓄了两撇黑胡须的年轻骠骑兵军官。他在站长身旁坐下,跟他和他的女儿愉快地聊天。晚餐端上来了。这时马匹已经回来,站长去吩咐,马不用喂了,给这位旅客的马车立即套上。他吩咐回来一看,年轻人已经晕倒在长凳上,几乎不省人事了:他感觉不妙,头痛头晕,走不得了……怎么办?站长把自己的床铺让给他,并且决定,病人如果还不见好,明晨便打发人到C城去请医生。

第二天病人更不得劲了。他的仆人骑马进城去请大夫。冬尼娅用浸了醋的手帕扎在他头上,坐在他床边做女红。站长在场,病人便哼哼唧唧,几乎不说一句话,不过嘛,他倒喝了两杯咖啡,一边哼哼,一边要吃午饭。冬尼娅一直守护他。他时不时喊口渴,冬尼娅便端给他一杯她亲手调制的柠檬水。病人只打湿一下嘴唇皮,趁每次递还杯子的机会,他照例伸出软绵绵的手捏一捏冬妞莎①的小手儿,以示感激不尽。午饭前大夫来了,给病人按了脉,用德国话跟他谈了一阵子,然后用俄国话宣布,病人只需好好保养,再过两三天就可以上路了。骠骑兵给了他25个卢布的出诊费,并请他一道用膳。医生没有推辞。他两位胃口挺大,喝了一瓶酒,然后分手,双方得意。

再过了一天,骠骑兵完全康复。他分外高兴,一个劲寻开心,要么找冬尼娅放刁,要么跟站长淘气;不然就自个儿吹吹口哨,跟过往客人闲聊天,帮忙把他们的驿马使用证登记入册。如此这般,他便赢得了忠厚老实的站长的欢心。到第三天早晨,站长竟舍不得跟这个逗人怜爱的小伙子分手了。那天是礼拜日,冬尼娅打点去做祷告。骠骑兵的马车套好了。他跟站长告别,大大方方付了食宿费,再跟冬尼娅道别,自动提出要送她到村口教堂去,冬尼娅犹疑不定……

"你怕什么?"她父亲说,"大人又不是狼,不会把你吞掉。跟他坐车去教堂吧!"

冬尼娅上车坐在骠骑兵身旁,仆人跳上赶车台,车夫一声吆喝,马儿便起步了。

---

① 冬尼娅的爱称。

可怜的驿站长真糊涂,他怎么能允许他的冬尼娅跟骠骑兵一同坐车走呢?他怎么会那样懵懂,当时他的脑瓜干吗不顶用了?还没有过半个钟头,他心疼了,绞得痛,惶惶然失魂落魄,终于忍不住了,拔腿就去教堂。他到了那里一看,人都散了,不见冬尼娅,庭院里没有,教堂门口也没有。他急忙走进教堂,但见神父从祭坛上走下来,执事在灭烛,两个老太婆还在角落里祈祷。冬尼娅还是不见!可怜的父亲搜罗浑身气力才打定主意去问教堂执事:她来做过祷告没有?执事回答:没来。站长临走,已经半死不活了。只剩下一线希望了:冬尼娅由于年少不懂事而自作主张,也许滑溜到下一站,上她教母家做客去了。忧心忡忡,他坐等那驾三套马车回来(就是他允许她坐上去的那一辆呀!)黄昏时候车夫终于回来了,喝得烂醉,他带来一个致命的消息:"冬尼娅从那一站又往前走了,跟骠骑兵一道。"

这一击,老头儿可受不住了。他颓然往床上一倒——就是年轻拐子手昨晚睡的那张床。此刻站长回想种种情景,猜透了那病是假装的。这可怜人生了一场厉害的热病。把他送到C城就医,调来了另一个人暂时代理他的职务。正是那个给骠骑兵按脉的医生现在给他治病。他向站长说,那年轻人根本没病,当时他早就猜出了此人居心不良,但他不敢吱声,因为怕挨鞭子。不论这德国人说的是真话还是吹嘘他有先见之明,他的话反正一点也不能安慰可怜的病人。病刚刚好转,驿站长便向C城邮务局长告假两个月,对谁也不告知自己的打算,便徒步出门寻找女儿去了。他从驿马使证上得知骑兵大尉明斯基是从斯摩棱斯克动身前往彼得堡去的。那个送走明斯基的车夫说,冬尼娅一路哭哭啼啼,不过,看起来,她倒也心甘情愿。

"说不定,"站长暗自思量,"我会把我的迷途的羔羊领回家。"

心存一线希望,他到了彼得堡,住在伊兹曼诺夫斯基团的驻地,他的老同事,一个退伍军士家里,立即开始寻找女儿。不久他打听到骑兵大尉明斯基正在彼得堡,住在杰蒙特饭店。站长决定去找他。

一天清晨,他走进明斯基的前厅,请求通报大人:有个老兵求见。那勤务兵一边擦着上了楦头的皮靴,一边说,老爷正在睡觉,11点以前不会客。站长走了,到了指定的时刻他又回来。明斯基本人出来见他,身穿晨袍,头戴鲜红小帽。

"怎么?老兄!你要干吗?"他问站长。

老头子心里嘣嘣直跳,泪珠儿往上涌,嗓门发颤,仅仅挤出一句话来:

"大人!……请您做做好事吧!……"

明斯基眼风飞快地瞟了他一眼,脸红了,抓住他的手把他引进书房,随手倒闩门。

"大人!"站长接着说,"覆水难收,至少,请您把可怜的冬尼娅还给我吧!您把她已经玩够了,别毁了她!"

"我做过的事,你扳不转来了,"年轻人说,神色狼狈,"我在你面前有错,我乐意请你原谅。但是,要我离开冬尼娅,你甭想。她会幸福的,我向你发誓。你要她干吗?她爱我,她对从前的环境已经厌弃了。不论是你还是她——你们都不要忘记,事情已经发生过了。"

然后,他给站长袖口里塞了点儿东西,打开门,于是站长自己也搞不清不知怎地就到了街上。

他发呆,好久站住不动,后来他发觉袖口里塞了一团纸。他取出来展开一看,却原来是几张揉得皱巴巴的5卢布和10卢布的钞票。他眼眶里又涌出了泪水,这是愤怒的眼泪!他把钞票捏成一团,往地上一扔,用鞋跟使劲地踩,愤然而去……走了几步,停住脚,想了想……再回转身……但钞票已经没了。一个衣冠楚楚的后生,看到他,跳上马车,一屁股坐下,对车夫一声喊,"走!"

站长不去追赶。他决定回到他的驿站去,但他想,动身前他跟可怜的冬尼娅至少总得再见一面。为了这事,两天以后他又去明斯基那里;但这一回勤务兵很严厉地对他说,老爷任何人也不接见,拿胸膛把他从前厅里顶出来,使劲砰关门,门差点碰了他的鼻子。老头站着,站着——只得走!

就在这一天黄昏时候,他在救苦救难大教堂做了祷告,沿着翻砂街走过去。突然,一辆华丽的轿车急驰而过,站长认出了车上坐着明斯基。轿车停在一栋3层楼房的大门前,骠骑兵下车跑上了台阶。一个幸运的念头在站长脑子里一闪。他转过身,走到车夫跟前。

"这是谁家的马车?老弟!"他问,"不是明斯基的吗?"

"正是。"车夫回答,"你要干吗?"

"是这么回事,你家老爷吩咐我送张条子给他的冬尼娅。可我记不得他的冬尼娅住在什么地方。"

"就这儿,第二层。不过,你的条子来迟了,老兄!现在,老爷本人已经在她那儿了。"

"不要紧,"站长说,心悸魄动,说不清什么滋味在心头。"谢谢你的指点,不过,我还有我的事情要办。"说了这话,他就走上楼梯。

门关着。他按了门铃,一颗心沉沉地等了几分钟。钥匙响了,门对他打开。

"阿芙朵琪娅·萨姆松诺夫娜住这儿吗?"

"是这儿,"年轻的女仆回答,"你找他有什么事?"

站长不答腔,走进客厅。

"不行!不行!"女仆在后面叫起来,"阿芙朵琪娅·萨姆松诺夫娜有客。"

但站长不听她,一直朝前走。头两间房里很暗,第三间房里有灯。他走到开着的门边,停住脚。房间陈设华丽,明斯基坐着在出神。冬尼娅周身珠光宝气,穿着时髦,侧身坐在明斯基靠椅的扶手上,模样活像个英国马鞍上的女骑士。她情意缠绵,注视着明斯基,捻一绺他那乌黑的鬈发缠绕在自己指环闪烁的纤指上。可怜的老站长啊!他从来没有见过女儿竟有这般美艳。他情不自禁从一旁欣赏着她。

"谁呀?"她问,没抬头。

他还是不吭声。冬尼娅没听到回答便抬起头……她大叫一声,跌倒在地毯上,明斯基吃了一惊,弯下身去把她抱起,突然,见到老站长站在门口,他便放下冬尼娅,向老人走过来,气势汹汹,浑身打战。

"你要干吗?"他对站长说,咬牙切齿,"你干吗老缠着我?你这土匪!或许,你要杀我吗?出去!滚!"一只有劲的手一把揪住老头的衣领,只一推,他便到了楼梯上。

老头回到自己的住处。他的那位朋友要他去告状。但是,老头想了想,摆摆手,决心忍气吞声算了。两天以后他从彼得堡回到自己的小站,重操旧业。

"眼看3年了,"最后他说,"我失去了冬尼娅,一个人过活,得不到她的一丝风声,半点消息。她活着,还是死了,天晓得!什么事都可能发生。

这种姑娘,她不是头一个,也不是末一个,过路浪子拐了去,养一阵子然后扔掉了事。这种傻丫头彼得堡多的是,今日遍身罗绮,一转眼,明日就跟穷光蛋一道去扫街了。我有时想,我的冬尼娅或许已经沦落了,想到这点,不由得把心一横,但愿她快点死掉……"

以上便是我的朋友老站长所说的故事。说这故事的时候,他几次喉头作梗,泣不成声。他操起上衣的下摆怆然擦掉泪水,就像是季米特里耶夫①的叙事诗中的那个热心肠的杰连季奇一样。他掉泪,部分原因倒要怪果露酒,他灌下去足有5杯。不过,无论如何,这一滴滴泪珠儿强烈地感动了我,使我久久不能忘怀老站长,使我久久惦记着可怜的冬尼娅……

前不久我又路过××小地方。我记起了我的朋友。我打听到他管理的那个驿站已经撤销了。我问:"老站长还在世吗?"没有谁能够肯定回答。我决定去寻访我那熟悉的老地方,便租了几匹马到了H村。

那是深秋时节。灰蒙蒙的云层布满天空。冷风从收割了的田野上扑面吹来,刮落枝头的黄叶和红叶飘飘乱舞。进村时太阳快落山了,我在驿站小屋旁边停车。门厅里(可怜的冬尼娅曾经在这儿吻过我)走出来一个胖婆娘,她对我的问题回答说:老站长过了快一年了,他原先的房子里住下了一个酿酒师傅,她便是那人的老婆。我感到白跑了一趟,并且惋惜白花掉的7个卢布。

"他怎么死的?"我问酿酒师傅娘子。

"喝酒醉死的,老爷!"

"他埋在哪里?"

"就在村子边上,挨着他老伴的坟。"

"带我到他坟上去看看行吗?"

"干吗不行?喂!万卡!你跟猫崽玩得也够了,来!领这位老爷上坟地去,把站长的坟指给他看。"

她说这话的时候,一个遍身褴褛的红头发独眼龙小孩跑到我面前,他马上带我去坟地。

"你认得过世的老站长吗?"路上我问他。

"怎么不认得?他教我削哨子。有的时候他从酒店走出来(祝他早进天国!)我们跟在他背后,口里叫:'老爷爷!老爷爷!给几个核桃吧!'他就把核桃分给我们吃。他老是跟我们玩。"

"过路的旅客记得他吗?"

"如今旅客少了。陪审官有时也拐弯到这儿来,可他从不问死人。夏天里有个太太

---

① 季米特里耶夫(1780—1837)俄国诗人。这里提到的叙事诗是他的《退伍骑兵司务长》。

来过,她问起老站长,也上坟地来看过。"

"怎么样的太太呢?"我好奇地问。

"挺好看的一位太太,"小孩回答,"她坐6匹马拉的车来的,带了3个小少爷、1个奶妈、1只哈巴狗。人家告诉她,老站长死了,她就哭起来,对她的小崽子说:'你们好生坐着,我到坟上去一下就来。'我走上前去愿意给她领路,可太太说:'我自己认得路,'她还给了我一个5戈比的银币哩!——多好的一位太太呀!……"

我们到了坟地,那是一块光秃秃的地方,没有围栅,立了许多十字架,没有一枝树。我平生从没见过如此凄凉的墓地。

"这就是老站长的坟。"小孩对我说,他跳上一个砂堆,砂堆上埋了个黑黑的十字架,上头钉了个铜圣像。

"那位太太也来过这儿吗?"我问。

"来过,"万卡回答,"我远远地望着她。她倒下去躺了好久。后来她回到村子里,叫来神父,给了他钱,坐车就走了。她还给了我一个5戈比的银币哩!——多好的一位太太呀!"

我也给了这小孩5戈比,不再后悔这次旅行了,花掉的7个卢布也不觉是可惜了。

(戴君篁 译)

赏析

《驿站长》发表于1830年,是普希金短篇小说中最为脍炙人口的一篇,也是俄国现实主义文学创作中描写"小人物"命运的开山之作。

《驿站长》整篇小说通过作者虚构的人物三次访问驿站,描写了一个俄国沙皇时代备受欺辱的小人物的悲惨命运,塑造了一个诚实善良、温顺博爱、逆来顺受、委曲求全的驿站长形象,为人们展现了一幅沙皇专制农奴制统治下贵族地主与人民大众的鲜明的阶级对立的画面。驿站长威林长久以来过着被侮辱被欺压的生活,他生命中唯一的安慰和幸福是女儿冬尼娅,然而这仅有的幸福也被过路的军官明斯基夺走了。作者通过威林几次寻女,逐步展示了贵族军官的凶暴和社会的不公,揭示了小人物惶惶不可终日的社会处境原因:是他们卑下无权的地位,是统治者的骄横暴虐,是专制农奴制度的反动黑暗。普希金塑造人物简洁鲜明,但并不单薄。小说中威林扔掉明斯基的钞票,后又回去寻找的细节,将人物性格的复杂性深刻地展现出来。同时,作者对明斯基的描绘也没有止于花花公子的形象,他并未对冬尼娅始乱终弃。小说结尾,冬尼娅回来了。这个美丽、勤劳的姑娘,被威林视为珍宝的女儿,来求得父亲的谅解,来弥补心灵的愧疚,可面对的却是老人凄凉的坟墓……树欲静而风不止,子欲养而亲不待。这是何等的伤痛,何等的悲哀与无奈啊!

该小说题材朴素、单纯,语言和艺术手法自然,人物形象深刻、鲜明,生活气息浓郁。小说首次塑造了俄国被侮辱与被损害的小人物形象,"开创了俄国文学史中的现实主义"(高尔基语)堪称俄国短篇小说中的典范之作。

钦差大臣

〔俄国〕果戈里

果戈里 (1809—1852),俄国十九世纪前半叶最优秀的讽刺作家、讽刺文学流派的开拓者、批判现实主义文学的奠基人。生于乌克兰地主家庭,自幼熟悉乡村生活,爱好戏剧。在彼得堡当过小公务员,薪俸微薄,生活拮据,这使他亲身体验了"小人物"的悲哀,也目睹了官僚们的荒淫无耻、贪赃枉法、腐败堕落。

1831年发表短篇集《狄康卡近乡夜话》,反映乌克兰人民热情、乐观的性格。后来题材转向都市生活,先后发表《涅瓦大街》、《狂人日记》、《外套》等短篇。喜剧《钦差大臣》、长篇《死灵魂》是他创作的顶峰,讽刺农奴制度下俄国停滞落后的社会生活,创造出许多突出的典型人物。他的作品对俄国以及世界现实主义文学的发展影响很大。

十九世纪初(即1816年后),俄国内地一个小城的市长安东诺维奇,正愁容满面地和法官、医院总监、学务总监、邮政局长等人,在客厅里议论着一个神秘而又惊人的可怕消息:一位钦差大臣就要到这里来私访了。

大家议来议去,都不明白朝廷为什么要派人来私访。市长心神不宁地说:"这两天晚上,我老是梦见有两只又黑又大的老鼠在我面前走来走去,……真可怕,恐怕是不祥之兆。……"众官员听后,都不禁为自己的前途忧心忡忡。最后,市长挺直腰,强打起精神提醒大家:我们都是清白正直的官吏,没什么可怕的,但为了预防不测,还必须作好一切必要的准备。他要求医院总监尽快给病人换上干净的衣帽,或者干脆把大部分病人赶走,这样既可以省去不少麻烦,又可以证明我们医生的高明。他又命令法官把养在法院控告室里的鸡鹅马上处理掉,把挂在公文柜上的猎枪和皮鞭拿走。接着又吩咐学务总监在二、三天内对教师进行严肃礼貌教育,以保证他们讲课时一本正经,绝不许做鬼脸和小动作。……诸如此类又吩咐了一番。大家听完市长的布置和训示后,就各怀心事默默离去。

市长留住了邮政局长,亲热地把他拉到跟前悄悄说:"我,什么也不怕,倒是有一点儿担心,那班商人和市民会说我向他们搜刮,可上帝知道我是多么的清白。我认为也许有人私自控告了我,要不然,为什么要派钦差大臣来?……喂,为了我们彼此的利益,你能不能把来往的信件通通拆开来看看,如果发现那样的信,马上就……"市长做了个扣起来的手势。邮政局长得意地答道:"这不用您老人家费心,我早就这样做了,当然不是为了预防什么,而是看人家的信件,比读报纸上的趣闻有意思不知多少倍,简直是人生最大的乐趣和享受。……"

就在这时,本城的两个大地主慌慌张张地闯了进来,争先抢着说他们在一间旅馆吃饭时的重大发现:一个外表漂亮、身着便服的青年,在旅馆里走来走去,他的脸孔现出沉思的表情。他的模样,他的举动,特别是他的额头,都显示出不同于平常人。他什么东西都考查,甚至连我们吃的菜,他都盯了很长时间。于是,我们感到了一种预兆,一打听,才知道是从彼得堡来的官员!……

在场的人一听到是彼得堡来的官员,不由得紧张地马上联想到"钦差大臣"这几个字。市长听说这个官员已经到这个城市一个星期了,更是吓得胆战心惊,他决定马上到旅馆看一看。他一边穿衣打扮,一边慌慌张张地叫来了巡官和警察局长,要他们命令所有的巡警紧急行动,马上把旅馆附近的街道打扫得干干净净;叫人赶快把堆积在街道上的几十车垃圾马上搬走;他叫秘书马上通知所有公务人员,当那个官员查问大家满意不满意时,只能回答:"回大人的话,我们一切都满意!"谁讲错了,以后就有他好看的!架子十足的市长先生,这时简直成了热锅上的蚂蚁,他毫无条理地吩咐着一些必须马上采取的措施,好不容易才走出门,坐上马车。但他马上又钻出来吩咐下属:"当问起建教堂的钱已经拨下来5年了,为什么看不见教堂时,你们就要说已经建好了,但马上又给火烧了。……"他连自己老婆和女儿好奇的打听也不理睬,就匆匆往旅馆赶去。

从彼得堡来的十二等文官希勒斯太可夫正被饥饿折磨得在旅馆里走来走去。本来这次旅行,他带的钱是很多的,但他一路上爱显威风,摆架子,胡乱花钱,更主要的是和人家赌钱把钱输光了,所以这一个星期来,他和仆人奥西泊陷入了可怕的贫困,靠旅馆老板的施舍过日子。但现在老板已下了最后通令:如果他们不把旧帐付清,就不给他们饭吃。怎么办呢?希勒斯太可夫真是心烦意乱,他叫仆人奥西泊拿烟来,奥西泊却说烟在四天前就抽完了。他无可奈何地在房里来回地走着,奇形怪状地咬着嘴唇,肚子里咕噜咕噜的叫,就像一支军队在那里吹喇叭。他曾想把自己的衣服拿去卖,但他很爱面子,决定宁愿挨饿,也要穿着彼得堡做的衣服。眼前怎么办呢?他再也忍受不了,差不多是用恳求的口气要奥西泊给他开一顿饭来。奥西泊也怕老板,因为老板曾经威胁说要告到市长那里去,把他们抓进警察局。奥西泊让希勒斯太可夫又哄又吓,只好硬着头皮去找旅馆伙计。

经过交涉,伙计终于送来了一个汤和一碟烤肉。希勒斯太可夫又摆起架子,说这样差质量的菜不是自己吃的。但一听到老板吩咐过,如果他有意见时就马上拿回去,就只好放下架子狼吞虎咽起来,只剩下很少一点汤留给奥西泊吃。等伙计走后,奥西泊悄悄告诉他,市长不知为什么事来了,还再三打听他。这可使希勒斯太可夫大吃一惊,他怕市长把他当成什么人而抓起来。……但在仆人面前,他却装出勇敢的样子,挺直身说要去质问市长,看他敢把自己怎么样?就在这时,门上的扶手一转,希勒斯太可夫当场吓得面色发白,门前出现了市长,他悄然地站着。两人静静地互相打量着,足有好几秒钟。市长看到希勒斯太可夫华丽衣服,马上紧张而又恭恭敬敬地请安。希勒斯太可夫也只好提心吊胆地防备着,鞠躬回礼。

自命不凡的市长马上主动地自我介绍了一下,并讨好地说,关心旅客和高贵人物有什么不方便是市长的责任。希勒斯太可夫以为市长的话是针对自己,因而有点张口结舌,不知所措。但他马上就解释说自己没有办法才弄成这样,随即他又大声攻击这间旅馆如何虐待自己,以此来扭转自己被动的局面。市长一听就吓坏了,他战战兢兢地解释,并劝希勒斯太可夫搬到别的旅馆去。希勒斯太可夫一听就紧张地走来走去,激动地说:"不成。我不去!你说搬到别的旅馆?就是进监狱!可是你有什么权力?你怎么敢……喂,哦……我是彼得堡的官员。"市长看到希勒斯太可夫大发脾气,又提到监狱,就以为有人告了自己,而钦差此行的目的,就是把自己送进监狱,不由脸色发白,全身发抖地哀求道:"求求你,不要害我!看在我妻室女儿的份上,……不要把一个人弄得不幸。"希勒斯太可夫听得莫名其妙,他也只好继续为自己辩解,说自己一定会付账还钱的,但现在没有办法,因为一个钱也没有了。市长听到此话,不由喘了口气,仔细一想:哦,此人手段狡猾,他提到了钱,是不是在暗示我呢?这就要碰碰运气了。于是他马上问:"如果你需要钱,我马上可以给你办到,帮助旅客是我的责任。"希勒斯太可夫马上高兴地说:"借给我,借一点给我!我立刻要跟那下流的老板把账结清。我不过欠他二百块钱。"市长马上掏出一大叠早已准备好的钞票,恭恭敬敬地递了过去。希勒斯太可夫接过钱,激动得非常亲热地说:"真感谢你,现在我完全知道你是很正直、很亲切的人。先头我还以为你来……这样一来,事情就完全两样了。"市长听到这话,半天吊的心才慢慢安定下来。他掏出手帕擦着由于刚才虚惊一场而流出的冷汗,心中不断地谢天谢地,看来什么事情都好办了。

有了钱,希勒斯太可夫的派头又出来了,他神气地吩咐奥西泊把茶房叫来算账,随即又请市长坐。在钦差大臣面前,市长怎么敢坐呢?他还是笔直地站着,故意装着一点也不知道来客身份似的打量房间,然后讨好地说:"我觉得这个房间太潮湿了,我不敢冒昧……我家里有一个房间,又光亮又安静,可是我知道我没有那么大的荣幸……"希勒斯太可夫正想离开这满是臭虫的黑房间,就愉快地答应了。市长高兴得不得了,他把正要算帐的旅馆茶房赶跑,把旅馆老板臭骂了一顿,然后就请希勒斯太可夫去参观平民医院、学校和监狱等地方。希勒斯太可夫一听监狱就讨厌,但他还是答应到平民医院走走。这时,市长想赶快写一张纸条通知夫人和医院分别作好准备,但房间里没有纸,他只好拿起放在桌面上的账单匆匆写了几个字,叫守候在门外的随从赶快送去,然后就恭恭敬敬地陪着希勒斯太可夫到平民医院去。

好虚荣的市长夫人安娜和女儿玛丽亚站在客厅窗前,热烈地议论和猜想着钦差大臣是怎样一个人。随从送来了市长的字条,安娜急不可待地打听来的客人是不是一个将军。随从上气不接下气地向她们介绍:他不是将军,但并不比将军差。起先他想跟市长为难,他大发脾气……后来他知道市长没有过失,态度就变了。感谢上帝,事情很顺利。安娜这才松了口气,细读着市长的字条:

"贤妻钧鉴:予所处地位,甚为险恶;幸赖上苍保佑,计开:腌黄瓜两条,鱼子酱半份,一共一块二角五分……"

这可把安娜和玛丽亚弄糊涂了,怎么信上写上菜单和价目?随从马上介绍说,当时

房间没有纸,只好写在一张账单上了。安娜继续念道:

"幸赖上苍保佑,诸事平安过去,望将客房从速整理就绪,以招待一位重要之客人;……命酒商将最佳美酒送上,他若不照办,予当对彼之酒库加以捣毁。……"这字条把安娜搞忙乱了,她尖声叫来女仆米希卡,吩咐她马上把那个房间收拾好,又命令人到酒店拿酒。接着,母女俩就为自己的衣着和打扮大费脑筋,她们为了争穿颜色鲜艳的衣服而差点吵起来。

肚子饿坏了的奥西泊头顶着希勒斯太可夫的行李走进了市长的家,他受到了女仆米希卡的热情接待。米希卡好奇地打听他的主人比将军大还是小,奥西泊为了能吃到丰盛的饭菜,就胡乱应酬说他的主人比将军大,使米希卡对他另眼相看,热情接待。

希勒斯太可夫在市长和医院总监、学务总监的陪同下,神气地走进了市长的家。两个警察给他开门,市长发现门口有一些纸碎片,就暗示警察拾起,警察在忙乱中撞个满怀,差点把希勒斯太可夫也撞倒,众人虚惊了一场,好不容易才把希勒斯太可夫请进了客厅。

丰盛的午宴给希勒斯太可夫留下了极其深刻的印象,使他一直赞不绝口。市长趁机吹嘘自己比别的市长高明,自己又如何为了城市的清洁、修理和改造而废寝忘食;又如何为了城市的利益而呕心沥血。希勒斯太可夫根本没注意听,他因为袋里有钱,打牌的兴致又发作了。但在市长面前又不好直接叫他们打,只好试探地问:"请问,你们这儿有什么娱乐机关,比如有什么打牌的总会?"市长又以为希勒斯太可夫转弯抹角地试探自己,于是就高声地说:"我这里决没有这样的地方。我就不知道牌是怎么打的,我一看牌心里就难过;这该死的东西,我们怎么能够把这样宝贵的时光花在这上面呢?……"讲到这里,市长的脸不禁红了一下,因为他想起刚才送礼的钱,就是昨晚打牌赢回来的。希勒斯太可夫不同意市长的看法,他情不自禁地介绍起打牌经来:"话不能这样说,有时候赌钱是很吸引人的。不过当你下三倍赌注时,你就收手。"……他想起因为赌钱而使他陷入的困境,就不再往下说了。市长他们不知怎样理解他的话才好,因而无法迎合他的话题接下去议论,大家只好装出微笑地点头,谁也不敢出声。

打扮得花枝招展的市长夫人安娜和女儿玛丽亚兴冲冲地走了进来,这才打破尴尬的局面。市长马上恭敬地给他们介绍,大家又客气了一番。希勒斯太可夫是个花花公子,看见了女人就像蜂儿发现了蜜那样,他马上向两位女士大献殷勤。后来他发现把男客冷落了,就请大家坐。大家怎么敢坐呢?他们战战兢兢地说自己官职卑小,不应当坐。希勒斯太可夫早喝醉了,他就趁机自我吹嘘说:"不要讲官职,你们都请坐下,我不喜欢客气,我一向尽量避免人家的注意,但是躲不开,我一到什么地方,他们就要说,'希勒斯太可夫来了'。有一次甚至把我当成了总司令,全体官兵对我举枪行礼。……"他看见大家更加恭敬而又吃惊的样子,就加倍胡乱吹嘘说自己还是一个作家;写了许多作品……《费嘉罗的结婚》、《恶魔罗伯特》、《诺玛》。他说:"我甚至连这些书名也都忘了,我是用一个晚上就把全部稿子都写好。……"他停了一下,突然想起了两个书名,于是又补充道:"用男爵卜拉姆卜斯名字发表的《希望的船》、《莫斯科电报》等都是我写的。"

安娜为了奉承,就故作惊奇地问,"真的吗?原来你就是卜拉姆卜斯吗?那么,我想

《尤里·米洛斯拉夫斯基》也是你的大作了。"希勒斯太可夫顺口点头说是。但天真的玛丽亚马上指出这是柴哥斯金写的。安娜见女儿出来顶证，就马上制止。希勒斯太可夫不愧为吹牛的老手，他根本不当作一回事的继续说："哦，那是柴哥斯金写的，可是另外有一本同名的书则是我写的。"安娜也趁机圆场说："对了，我读的就是你写的那本，写得真好！"

希勒斯太可夫看见大家仍然是一本正经地恭听着，就把话题转到了舞会，他更大胆地吹牛说："在舞会上，我每天和外交部长、法国大使、英国大使、德国大使凑成一个牌局。……有时甚至连总长寄给我的信，都把我称做大人。有一次我还当过司长。他们连换了几个人都当不好，后来只好请我当。当时足有35000人为我报信贺喜，那场面真是太……"听到这里，大家都吓得不由自主地从椅上站了起来，浑身发抖。希勒斯太可夫见此，就格外起劲地说："当我从办公室走过时，大家都像地震似的恐慌，害怕得像树叶似的发抖、打颤。我向他们申斥，就是国务院也怕我，每天我都进宫，嘿，明儿我就要升元帅了。……"他说得太起劲了，身子不由自主地滑了一下，几乎摔倒在地上。市长四肢发抖地扶起他，结结巴巴地问大人要不要休息，然后小心翼翼地把他扶进了为他准备好的房间。

这时，留在客厅里的官员都不由自主地活动起自己刚才被吓怕而麻木的身体，把大人议论了一番：有的说他是将军，有的说将军还不配替他脱靴子；如果他是将军，那他一定是个元帅。官员们发表一通议论后争先恐后的离开，去向亲朋报告自己被钦差大臣接见的经过。

安娜和玛丽亚则在愉快地回想着刚才钦差大臣向自己射来调情的目光，他们都说钦差大臣喜欢了自己，直到市长从房里出来才悄声地止住了她们的争吵。市长擦擦身上的汗，给亲人说："刚才我就像站在悬崖边上，又好像要去受绞刑一样，吓得我至今仍未恢复过来。世界上的事情真是莫名其妙，我以为大人物总是相貌堂堂，谁料他竟瘦得皮包骨，他又不穿军服，你怎么知道他是怎么一个人呢？刚才在旅馆他作威作福地闹了大半天，叫我一辈子也闹不明白……现在我该怎么办呢？"他想了一会，突然大声吩咐叫两名巡官到门外站着，没有他的命令，谁也不准进来，如果发现有什么人带着状子来告状，就一脚把他们踢出去。奥西泊饱吃一顿后神气地走了进来。市长和他的家人马上好奇地向他打听。安娜急切地问："好朋友，是否有许多伯爵和公爵去拜访你的老爷？"奥西泊想：如果我老实回答，就会饿肚子，我才不会那么傻瓜！于是就点头说是。安娜又好奇地问："那你老爷又是什么官呢？"奥西泊正想着如何回答，市长还以为他想保密，于是就插嘴说："天呀，你们怎么能问这些呢？喂，老朋友，你老爷是怎样一种人？……他严厉吗？喜欢责怪人吗？""是的，他喜欢守秩序，认为什么事情都得有条理。"奥西泊顺口回答。市长满意地从口袋里拿出了两块钱送给奥西泊作为茶钱，然后又问："请你告诉我，你老爷出门时最喜欢的是什么？"奥西泊想了一下，他想到了贫困挨饿时的滋味，就说："我的主人最喜欢人家用好酒席来招待。"他看见市长很注意听，就补充道："就拿我来说，虽然是跟班，但主人很留意人家对我的招待，经常问我吃得好不好，如果我说不好，他就叫我回家时提醒他一下。……"市长听了，马上又从口袋里拿出一些钱给奥西泊作点心钱。安娜也送了他几块钱。

第二天,本城的法官、医院总监、学务总监、邮政局长和两个大地主都穿着制服,踮起脚尖,小心翼翼地一同走进市长的客厅,他们是来请求钦差大臣接见的。法官把大家排成一个半圆形,指点着各人应站的位置,大家一本正经地听他的调遣。但是碰到了一个难题:用什么方法才能讨钦差大臣喜欢呢?医院总监主张塞钱,法官则认为这太危险了,弄不好会挨骂,对这样的要人,还是以贵族团的名义送他一件纪念品为好。邮政局长同意送钱,但要把钱说成是邮局里一笔没人领的款子。医院总监则说这样后果更坏,他认为还是一个一个去见他,在文明的国家里,只有两个人在一起,四只眼睛一接触,什么事情都容易解决,而且也不会泄露出去。大家一致同意这个办法。但是谁先去见呢?他们你推我让。这时,从希勒斯太可夫房间里传出了脚步声和咳嗽声,大家吓得不由自主地赶快跑到门边,争先恐后、互相碰撞地冲了出去。

希勒斯太可夫睡眼惺松地走来走去,他想着这里待他真是出乎意料的周到,再加上市长的女儿长得挺不错,甚至她妈妈也还可以,这样过日子真是太有意思了。……

法官硬着头皮浑身发抖地走了进来。他挺直腰身,一只手里攥着一叠钱,另一只手握住他的剑柄,紧张得尖声地报告:"蒙大人引见,不胜光荣之至,卑职是当地法院的法官,八品官……"当希勒斯太可夫请他坐下时,他觉得自己手里拿的钱就像一团火在烧着拳头一样,使他坐立不安,他把拿钱的手直直的向前伸去。希勒斯太可夫奇怪地看着他,这更使法官紧张得把钞票掉在地上。他看见希勒斯太可夫走过来把钱拾起来,心想,这回肯定要吃官司,巡捕车就要开来抓自己了,眼前不由一黑,差点倒在地上,但耳边却听到亲切的声音:"哎,我说,你把钱借给我好吗?"法官这才像垂死的人吃到了救心丹一样醒过来。他结巴地说:"大人,说哪儿的话,你肯赏光收下,真是莫大的荣幸。……对于上司的孝敬和侍候,我自当多多尽力。"紧接着他又立正问:"我不敢在这儿打扰你,你要给我什么命令吗?"拿到了钱的希勒斯太可夫满心高兴,他哪来什么命令呢?只好连声称谢,法官当即高兴而又恭敬地退下。

接着是七品官邮政局长的请见,他也是穿着制服手持剑把立正着。希勒斯太可夫随便和他闲扯了一阵,又趁机提出借三百块钱,邮政局长非常乐意地把早已准备好的钱递了过去,并说了几句奉承的话,请示了一下,就一步三鞠躬地走了。

九品官学务总监差不多是被人推进门来的,他害怕得浑身发抖。希勒斯太可夫正为从前两位官员中拿到了一大笔钱而高兴着,就热情接待了学务总监,并请他抽雪茄。可雪茄点了半天也点不着火,最后还是希勒斯太可夫发现他把雪茄拿倒了头。这把学务总监吓得面如土色,把雪茄掉在地上也不知道。有了钱的希勒斯太可夫正想着下一步如何去找漂亮的女士调情,就放肆地问学务总监喜欢怎样头发颜色的女人。学务总监以为钦差大臣要试探自己的私情,吓得结结巴巴的,一个字也说不出。希勒斯太可夫见他无话好谈,又开口提出借三百块钱。学务总监想:如果自己袋里没有三百块钱,自己就必死无疑了。他把袋里的钱全掏了出来,谢天谢地,刚好三百块,他马上用颤抖的双手递了过去。当他看见希勒斯太可夫满意的神色,就像受到了大赦一样,他请示一番后,就赶快溜了出去。

七品官医院总监神气地走了进来,希勒斯太可夫想起那顿在医院吃的丰盛的午餐,就对他大加赞赏。这使医院总监更是洋洋自得,他在吹捧自己的同时竭力贬低同僚。他揭发邮政局长什么也不干,邮件都给堆积起来;揭发法官只知道打猎,在法庭里养狗,还和一个地主老婆有私情;他还揭发学务总监向青年鼓吹过激言论,这样的人真是很不称职。希勒斯太可夫感兴趣的是钱,当医院总监的嘴一停,就赶快借了四百块钱,把他打发走了。

来拜见的人一个接着一个,每个人都使希勒斯太可夫满意地拿到钱,并且都完全没有让他还钱的意思,这真是大发横财。他的胃口也越来越大,当两个地主走进来时,他就直截了当地向他们借1000块钱。但这两个全城有名的财迷却使希勒斯太可夫大失所望:一个地主的钱包里仅有25块钱,而另一个掏尽了口袋,也只有40块钱。希勒斯太可夫照样把65块钱放进了口袋,而他付出的代价仅仅是口头答应将一个地主的名字让皇上和贵族都知道,同时还承认另一个地主婚前生下的儿子的合法地位。

一直到没有人再来干扰,希勒斯太可夫眉飞色舞地把袋里的钱全部掏出来反复数着:"哈哈,1000块以上。真是天公作美,竟送来这一大笔钱。"他哈哈大笑起来,兴致勃勃地把那班城市官僚嘲笑了一番:这群愚蠢得厉害的家伙,竟把我当成政府里的一个大人物到这里私访了。他们紧张而又害怕的丑态,真叫人笑破肚皮,希勒斯太可夫决定把这情形详细地写信给一个专写讽刺小品的朋友,让天下人把他们都嘲笑一番。于是就叫仆人奥西泊把纸和笔拿来。

希勒斯太可夫得意地问送来纸笔的奥西泊:"喂,你看到他们怎样怕我,而又怎样热情地招呼我了吧?"奥西泊冷淡地说:"是呀,这得感谢上帝。可是老爷,我得提醒你,我们在这儿大吃大喝了两天,也就够了,干吗要跟他们再缠下去呢?一个人不会老是走运的,老爷,咱们还是赶紧走吧!"希勒斯太可夫想了一下,就点头同意。他叫奥西泊先把信送去邮局,然后再叫他们准备最好的驿马,要他们像送专使似的唱着歌送我走。奥西泊把信交给了市长的仆人,并命令他们去准备最好的驿车。

这时,门外传来了吵闹声,巡官在门外大声地赶着人,而那些人则请求放他们进去。希勒斯太可夫奇怪地问是怎么回事?奥西泊到窗外看了一下,说是有几个做买卖的人挥动着一些纸,要来见你。希勒斯太可夫想了一下,就叫奥西泊去叫他们进来。

几个商人抬着一篮酒和一袋糖,恭恭敬敬地走了进来。他们高举着状子低声说:"请大人明镜高悬。"希勒斯太可夫看见状子上写着"谨呈财政部长大人阁下",不由暗暗好笑:妈的,自己的官又给高封了一级。他摆起架子,慢吞吞地问有什么事。商人们原来是来揭发市长的,说市长经常敲诈勒索:要送好东西给他;在商店里看见好东西就拿走,并且一分钱也不给;还经常以节日为名叫大家送礼,如果哪个商人不答应,他就派军队驻进哪家,让士兵们把这个家搞成不像样子。……

商人们的诉说,与希勒斯太可夫有什么关系呢?但一想到这都是些有钱人,大有油水可捞,他就假装同情地骂市长混蛋,是强盗。商人们感恩不尽,就奉上那一篮酒和一袋糖。希勒斯太可夫对此不感兴趣,他却说:"不成,这不可以,我是绝对不受贿赂的。要是你们能借三百块钱给我,呃,那就是另外一个问题了,借款我是收的。"商人们纷纷把钱拿了出来,他们认为三百块太少了,就凑够了五百块,用一个银盘装着,连银盘一起送了礼。当商人们再叫收下酒和糖时,希勒斯太可夫大声而又坚决地说:"不,我是不收任何贿赂的。……"奥西泊这时却走过来说:"老爷,收下吧,在路上什么东西都有用。"他把酒和糖都拿走,连解下的一根绳子也拿了,以备绑东西用。商人们诉说了一番,就满怀希望走了。

紧接着是两个女人冲破巡官的拦阻闯了进来,她们跪在地上求大人开恩,这两个女人也是来告市长的。铜匠的老婆告市长收了别人的贿赂,留下了应去当兵的人,而把她不应当兵的丈夫抓了去当兵。而排长的老婆则说市长打错了她,要市长赔偿损失。对这些没有油水可捞的平民,希勒斯太可夫不耐烦地赶快把她们打发走。门外还有几个平民装束的人在鸣冤喊屈,希勒斯太可夫打量了一下,就叫奥西泊吩咐挡住他们不让再进,而他则赶快走进客厅。

市长的女儿玛丽亚正在客厅里,她本来是到希勒斯太可夫身边转转,好再引起他的注意。但因为来的人太多,只好待在客厅里等候时机。她见到希勒斯太可夫自己主动走进来,不禁故作害羞地低下了头。希勒斯太可夫看见玛丽亚漂亮而又羞红的脸蛋,马上就给吸引了,他献媚地搬张椅靠近了玛丽亚。玛丽亚嘴里说走,身子却坐了下来。两人客套了几句后,希勒斯太可夫就故作柔情地说:"小姐,你身上的披肩是多么的美呀!我愿变作你的披肩,那我就可以抱住你那百合似的脖子。"玛丽亚回避道:"我不懂得你说什么,今天天气多奇怪呀!"希勒斯太可夫继续露骨地说:"可是,你的嘴唇比哪一种天气都好!……"接着他就公开向玛丽亚表示自己的爱情。玛丽亚简直不知道怎么办好,她呆呆地站起来,看着窗外,心里想着这突然飞来的是喜鹊呢,还是别的鸟儿。希勒斯太可夫走了过去,突然亲亲她的肩膀说:"窗外有一只喜鹊飞来了。"双手趁机抱住了她,玛丽亚给这突然过火的行动吓住了,她害怕自己受骗,就想离开这儿。希勒斯太可夫拖住她,解释说,自己的行为完全是受爱情烈火燃烧支配的缘故,并跪在地上请求玛丽亚答应他。

这情景给刚巧走进来的安娜看见了,她大叫有趣。希勒斯太可夫只好赶快站起来掩饰一下。安娜责备女儿竟敢叫大人跪在地上,她的行为简直不能容忍。玛丽亚不知所措地委屈落泪,赶快离开了客厅。

安娜接着向希勒斯太可夫道歉,谁知希勒斯太可夫看见安娜身上穿的华丽漂亮而单薄的衣服,不禁为她的肉感所倾倒。他又跪在安娜的面前,拉着安娜的一只手,诉说自己被爱情闹得满身发烧。安娜以为他是在表示对自己女儿的爱情,谁料希勒斯太可夫却说:"不是的,我爱的是你,要是你不完成我那永远不变的爱情,那我活在世上就毫无意思。……"这也使安娜不知所措,只会解释说自己是有夫之妇。可是希勒斯太可夫却厚颜无耻地说:"没有关系,爱情是没有区别的,咱们可以逃到世外桃源去!……"说完就拼命亲着安娜的手,谁料玛丽亚奉父亲之命来叫妈妈又走了进来,她看见此情不由大吃一惊而高叫起来。安娜真不高兴女儿冲撞了自己与希勒斯太可夫的调情,于是就狠狠地责备女儿。谁料希勒斯太可夫猛地抓住了玛丽亚的手,请安娜答应他与玛丽亚的爱情,以此来遮丑。安娜对希勒斯太可夫能如此随机应变很吃惊,但为了掩饰自己的丑态,也只好接着话题向女儿介绍说,希勒斯太可夫为着对玛丽亚的爱情而跪在地上向她求爱。

突然,一个人闯进来对着希勒斯太可夫跪下大叫:"大人,求你开恩,求你开恩!"大家定睛一看,原来是市长在可怜地哀求,因为他听说不少人告了他的状,为了保住自己的名誉地位而求饶。他语无伦次地说告状的人是诬陷和污蔑,自己是何等的清白,而告他状的人都是些大骗子。希勒斯太可夫只对眼前的两个女人感兴趣,因而爽快地说这一切与自己毫无相干,让告状的滚他的蛋。安娜则向丈夫报喜说大人向他们的小姐求婚了。市长简直不相信自己的耳朵,他以为夫人疯了,就马上请大人听了不要生气。谁料希勒斯太可夫却正经地证实自己是向玛丽亚小姐求婚。市长还是无法相信,无论夫人如何解释,甚至怨他是个大饭桶,他都认为简直不可思议。直到希勒斯太可夫和玛丽亚手拉着手,非常亲热地互相亲吻着,又看到安娜在为他们祝福,他才半信半疑地摸摸眼睛,看到眼前一切都是真的,才猛地快乐得跳起来,哈哈大笑:"天呀!大功告成了,我们吉星高照,红运当头了,从此一切都不用担忧了。"

就在他们互相庆贺之际,奥西泊进来报告说,马车准备好了。希勒斯太可夫只好答应马上就走。沉醉在幸福中的市长和玛丽亚惊奇地问:"什么?大人你要走了?你刚才不是提出要结婚吗?"希勒斯太可夫只好掩饰说:"哦,只是花天把功夫,去看看叔父,明儿就回来的。"市长对大人的行动怎敢阻拦呢?只好盼望他平平安安的快点回来,还亲热地问他路上是否缺钱花?"哦,不缺,要钱做什么?"希勒斯太可夫随口而答,但他想了一下,马上又说:"可是,要是你不嫌弃的话。……"市长爽脆地问他想要多少。希勒斯太可夫说:"呃,你给过我二百,哦,是四百,我不想借你的钱,也许你可以给我这个数,一共凑成八百。"市长马上从皮夹里掏出一卷钞票递了过去。希勒斯太可夫接过钞票看了一下,然后满面春风地说:"真不错,有人说,新钞票来新幸福。再见了,市长,蒙你殷勤招待,我感激万分,我推心置腹地说,从来没有人这样亲切地招待过我。再见了,市长太太,再见了,亲爱的玛丽亚。"他趁机极其亲热地亲了安娜和玛丽亚,就离开房子向驿车走去。市长看见他坐的是普通的马车,不禁惊奇了。希勒斯太可夫马上解释说自己坐惯了,坐高级马车反而会头痛。最后,市长还吩咐下人从贮藏室里找一张最好的毛毯铺在车上。于是,希勒斯太可夫和仆人奥西泊在极其亲热的告别声中离去。

钦差大臣虽然走了,但市长和夫人仍然在客厅里兴高采烈地交谈。市长满脸红光,手舞足蹈地说:"喂,安娜,怎么样?你会想到有这件事吗?他妈的,真是中了一个头彩!现在,你老老实实地承认:你做梦也想不到会有这样的运气!一个小小的市长太太,忽然……吓,好家伙!……跟一个大亨攀起亲来!"

安娜正闭上眼睛,甜蜜地回想着与"大人调情"时的情景,她讨厌市长打断她的美梦,就不高兴地说:"有什么大不了,这样的事我早就知道了,你觉得稀奇,因为你是一个普通的人。"市长这时也充满着幻想说:"我们要变成两只美丽的鸟儿,可以满天飞了。他妈的,慢着,我要叫那班进呈文、递状子的家伙吃一吃苦头。"

他大声叫来一个警察,神气地吩咐说:"你马上把那些商人找来,我要重办他们。那些下流的东西,竟敢告我的状?等着瞧吧,以前我不过打他们几下屁股,现在可要剥他们的皮!你去对所有的人说,上帝把无上的光荣赐给了我,我的女儿也已经许配给一个盖世无双的伟人,许配给一个什么事情,什么事情,什么事情都办得到的伟人!你去对全城的人大声说好了！你敲大锣好了！要庆祝,要大大地庆祝一番。"

警察走后,市长和安娜就幻想着今后伟大的生活,幻想着住在彼得堡的幸福情景；幻想着市长变成了将军,胸前佩戴着湖色绶带时的模样,他们可以像贵族一样高贵,和上层人士交往。他们眼前的一切真是太美了。直到商人们走了进来,才使市长惊醒过来。他对着商人大骂道："你们这班大流氓、畜生、骗子,你们想把我送到监牢里去？你们赢了吗？你们知道吗？我可以凶神恶煞地告诉你们,你们向他告状的那位大人,就要跟我的女儿结婚了。你们知道吗？现在我就要惩办你们！……"市长接着用他认为最恶毒的语言将商人各自的老底挖出来臭骂一顿,直到商人们服服贴贴地认错,并答应按他提出的：在他女儿结婚时送大礼的要求,才被他统统赶了出去。

紧接着法官、医院总监、学务总监、警察局长和本城的退伍官僚、要人、大地主及亲人,纷纷穿着节日的盛装前来贺喜。他们恭恭敬敬地亲亲玛丽亚的小手,极其亲切地向她祝福,然后又用最美好的语言来奉承市长和夫人。在此同时,大家也好奇地打听,事情是怎样开始的,经过的情形怎么样？市长得意地清清嗓子,做作地说："事情的经过很特别,大人亲自求婚。"安娜马上插嘴说："他是用极其庄重、极其优美的姿势、极其动听的语言向我表达的。……他突然用极其高贵的动作跪下恳求说,安娜太太,你别使我成为一个不幸的人,请你答应我,要不然,我只好用死来了结一生。"她突然想起自己讲漏了嘴,不由得满脸通红,不知所措。幸亏女儿玛丽亚插嘴说："真的,他是这样对我说的。"这才解了她母亲的围。安娜马上掩饰说："他就是这样求我答应把女儿嫁给他的。"这时,市长也加油添醋地插话说："他甚至用自杀来吓唬我们,我们只好同意了。"来宾们听到这里,不禁大声地欢呼和恭喜。安娜非常得意地说今后要住到彼得堡去,市长也要到那边去当将军。有的人听了就提醒市长今后不要忘了老朋友,有的人干脆请市长把他们的儿子带去混个好差事。市长高兴得满口答应,而安娜则摆起架子来,责备丈夫已经是大人物了,怎么还考虑这些微不足道的小事呢？这不禁引起了一些人的妒忌和不满……

就在这时,邮政局长拿着一个开口的信封,喘着大气走了进来。他向大家作了一个惊人的宣布："大家把他当作钦差大臣的这位官员,其实并不是钦差大臣。"这话使全场都怔住了。大家同声反问："什么？不是钦差大臣？"

"绝对不是！我从这封信中知道的。"邮政局长高举起手中的信,作了肯定的回答。他继续说："这个家伙派人把一封信送到我的邮局,我正准备派专人急递出去,但一看信封面上的地址是寄到邮局街,我以为他一定发现邮局有什么不妥当的地方,要报告我的上司。于是一种超自然的力量,推动我不能把这封信寄出去。我仿佛听到一种威严的声音对我一只耳朵说,你别拆,一拆你就完了！可是在另一只耳朵里,有一个魔鬼不断地叫我拆,当我把这封信一拆开来看时,我全身都冻住了,我的手发抖,我的眼发黑……"

市长马上大声怒斥道："你怎么敢拆这样一位庄严的特使的信件！"邮政局长一点也不害怕地说："可问题就在这里,他既不是一个特使,也并不庄严；鬼才知道他是什么人！"

市长愤怒地咆吼道："你怎么敢这样说他,我要把你捉起来。你难道不知道他要跟我的女儿结婚？我就要身居要职,我可以把你送到西伯利亚去充军！"

邮政局长坦然说："市长阁下,请安静！还是我把这封信念给你们听吧！"他站在一张椅子上,从信封中拿出信纸大声念:"……我在路上跟人赌钱输了个精光,结果,旅馆的老板要把我送去坐牢。可是,忽然为了我的彼得堡的派头和服装,全城的人都把我当作钦差大臣。现在我住在市长的公馆里,过得很舒服,同时,我还穷凶极恶地吊他老婆和女儿的膀子,我想先来母亲,因为她好像很有意思。……我要多少钱,他们全借给我。他们都是些妙不可言的人,相信在你的笔下,一定能把他们活龙活现地描写出来。我认为:市长他蠢得像一头灰色的驴子,邮政局长……"邮政局长不敢再往下念了。好奇的医院总监一把抢过信,继续大声地念道:"邮政局长活像咱们的门房,这个坏蛋也是一个酒鬼。医院总监……"他口吃地不再念了。全场都焦急地想听下去,于是一个有名望的退伍官僚拿过信,大声而又慢吞吞地往下念:"平民医院的总监简直是一头戴小帽的猪猡。学务总监从头到脚都有葱味儿。"刚念到这,医院总监和学务总监都大声地为自己辩解,他们愚蠢的辩解反而引起全场的哄笑。法官正庆幸自己榜上无名,马上就听到信上是这样形容自己的:法官是最恶劣的"妙味糖"。……

这些绝妙而又形象的描绘,直刺得市长和他的同僚坐立不安,无法忍受,简直可以说是当头一棒,沉重打击。市长发怒地大叫:"我的脖子给他扭住了,把他抓回来!把他抓回来!"邮政局长长叹道:"我已经给他几匹最快的马,怎么能够把他抓回来呢?我真是被鬼迷了,竟下了同样的命令给前面的驿站站长。"

法官突然大叫:"天呀!我被他借了三百块钱!"他正为这笔重大的损失而心痛。这时,被借过钱的人全都大叫上当。市长夫人和女儿被气昏了,市长猛地敲打自己的前额,大骂自己是老傻瓜,说自己做官 30 年,不论做生意或包工也好,就没有一个人能对自己耍花枪;大小骗子都上过自己的圈套,服服贴贴地向自己低头。他还骗过 3 个县知事,可偏偏撞上这混蛋小子的手里,失了钱财又丢脸,要是把这个笑柄传到全世界去,哎呀,自己的名誉、身份全都完了。他突然怒气冲冲地大声质问:"这无赖是怎样变成钦差大臣的?是哪一个混蛋先报信的?"于是,大家互相追查和指责,用最恶毒的语言,把怨气都发到这两位最先报告的地主身上。

就在这一片吵闹声中,一个宪兵神气地走了进来,大声而又庄严地宣布:"奉圣旨,从彼得堡来的官员要求你们立刻去见,他现在正待在旅馆里。"像天空猛地掠过一道闪电,大家好像被雷打中了一样,全体发出一声惊异的叫喊,全体都呆呆地愣住了,动也不能动。

(曾炜 译)

 赏析

1836 年果戈理发表了讽刺喜剧《钦差大臣》,它改变了当时俄国剧坛上充斥着从法国移植而来的思想浅薄、手法庸俗的闹剧的局面,标志着俄国现实主义戏剧创作成熟阶段的开始。

《钦差大臣》此剧描写了一个来自彼得堡的十二等文官希勒斯太可夫,被外省某市的市长——一个供职 30 余载、经验丰富的老骗子手——错当成了上级派来的钦差大臣,在

当地官僚中引起恐慌,以市长为首的官僚们把他奉为上宾极尽奴颜卑膝的能事,而他则乘机大敲竹杠,大肆吹牛撒谎,调戏市长妻子,向市长女儿求婚。后来邮政局长私拆希勒斯太可夫的信,才发现上当受骗。此时传来真的钦差大臣来到的消息,众官僚一下子呆若木鸡。果戈理以犀利的笔锋批判和嘲讽了整个腐败的沙俄官僚集团,无情地揭开了他们的丑恶面目,显示了黑暗王国的真实图景,栩栩如生地描绘出一幅群魔乱舞的百丑图。剧中市长是外省官僚的典型,通过他,作者突出表现了沙皇专制政府的腐朽性和反动性。市长为官几十年,练就了一套欺上压下的本领,但没料到竟被一个浪荡子欺骗。而希勒斯太可夫这个花花公子,其生活目的就是寻欢作乐,他的最大特点就是吹牛撒谎。希勒斯太可夫已成为庸俗无耻、精神空虚、浅薄无知的代名词。剧本极力夸张,写希勒斯太可夫的吹牛撒谎到了非常荒谬的地步,他胡诌什么"在舞会上,我每天和外交部长、法国大使、英国大使、德国大使凑成一个牌局。"等等,听起来就像真的一样。

剧本结构完整而朴素。市长的一句话就展开了戏剧的情节,宪兵的一声喊叫宣告了剧情的结束,整个戏剧简洁朴素而完整。赫尔岑高度评价《钦差大臣》这部惊世之作,称它是"最完备的俄国官吏病理解剖学教程"。

舞会以后

〔俄国〕列夫·托尔斯泰

> **列夫·托尔斯泰** （1828—1910），十九世纪俄国最伟大的现实主义作家，世界文学的巨匠。出生于贵族家庭，1840 年入喀山大学，受到卢梭、孟德斯鸠等启蒙思想家影响。1847 年退学回故乡在自己领地上作改革农奴制的尝试。1851—1854 年在高加索军队中服役并开始写作。托尔斯泰创作宏富，最著名的有自传体三部曲《幼年、少年、青年》，小说《哥萨克》、《一个地主的早晨》、《琉森》、《战争与和平》、《安娜·卡列尼娜》、《复活》以及剧本《教育果实》、《黑暗的势力》、《活尸》等。
>
> 托尔斯泰的创作深刻反映了 1861—1905 年俄国农民在资产阶级革命时期的特点，描绘了俄国社会各阶层的复杂生活，深刻地提示了俄国社会的基本矛盾。托尔斯泰的作品结构宏大、气势磅礴、人物众多、场面广阔，奔放的笔触常常揉和着细腻的描写，复杂的心理刻画结合着简洁有利的语言叙述，堪称十九世纪世界文学的巅峰。

"你们说，一个人本身不可能了解什么是好，什么是坏，问题全在环境，是环境坑害人。我却认为问题全在偶然事件。就拿我自己来说吧……"

我们谈到，为了使个人变得完善，首先必须改变人们的生活条件，接着，人人尊敬的伊凡·瓦西里耶维奇就这样说起来了。其实，谁也没有说过人自身不可能了解什么是好，什么是坏，只是伊凡。瓦西里耶维奇有个习惯，总爱解释他自己在谈话中产生的想法，然后为了证实这些想法，讲起他生活里的插曲来。他时常把促使他讲述的原因忘得一干二净，只管全神贯注地讲下去，而且讲得很诚恳、很真实。

现在他也是这样做的。

"拿我自己来说吧。我的整个生活成为这样而不是那样，并不是由于环境，完全是由于别的原因。"

"到底由于什么呢?"我们问道。

"这可说来话长了。要讲老半天，你们才会明白。"

"您就讲一讲吧。"

伊凡·瓦西里耶维奇沉思了一下，又摇摇头。

"是啊，"他说，"我的整个生活在一个夜晚，或者不如说，在一个早晨，就起了变化。"

"到底是怎么回事啊?"

"是这么回事:当时我正在热烈地恋爱。我恋爱过多次,可是这一次我爱得最热烈。事情早过去了;她的女儿们都已经出嫁了。她叫 B——是的,瓦莲卡·B——,"伊凡·瓦西里耶维奇说出她的姓氏,"她到了 50 岁还是一位出色的美人。在年轻的时候,十八岁的时候,她简直能叫人入迷:修长、苗条、优雅、庄严——正是庄严。她总是把身子挺得笔直,仿佛她非这样不可似的,同时又微微仰起她的头,这配上她的美丽的容貌和修长的身材——虽然她并不丰满,甚至可以说是清瘦,——就使她显出一种威仪万千的气概,要不是她的嘴边、她的迷人的明亮的眼睛里、以及她那可爱的年轻的全身,有那么一抹亲切的、永远愉快的微笑,人家便不敢接近她了。"

"伊凡·瓦西里耶维奇多么会渲染!"

"但是无论怎么渲染,也没法渲染得使你们能够明白她是怎样一个女人。不过问题不在这里。我要讲的事情出在 40 年代。那时候我是一所外省大学的学生。我不知道这是好事还是坏事:那时我们大学里没有任何小组①,也不谈任何理论,我们只是年轻,照青年时代特有的方式过生活,除了学习,就是玩乐。我是一个很愉快活泼的小伙子,而且家境又富裕。我有一匹剽悍的溜蹄马,我常常陪小姐们上山去滑雪(溜冰还没有流行),跟同学们饮酒作乐(当时我们只喝香槟,没有钱就什么也不喝,可不像现在这样改喝伏特加)。但是我的主要乐趣在参加晚会和舞会。我跳舞跳得很好,人也不算丑陋。"

"得啦,不必太谦虚,"一位交谈的女伴插嘴道,"我们不是见过您一张旧式的银版照片吗?您不但不算丑陋,还是一个美男子呢。"

"美男子就美男子吧,反正问题不在这里。问题是,正当我狂热地爱恋她的期间,我在谢肉节的最后一天参加了本省贵族长家的舞会,他是一位忠厚长者,豪富好客的侍从官。他的太太接待了我,她也像他一样忠厚,穿一件深咖啡色的丝绒长衫,戴一条钻石额饰②,她袒露着衰老可是白皙的肩膀和胸脯,好像伊丽莎白·彼德罗夫娜③的画像上画的那样。这次舞会好极了:设有乐队楼厢的富丽的舞厅,属于爱好音乐的地主之家的、当时有名的农奴乐师,丰美的菜肴,喝不尽的香槟。我虽然也喜欢香槟,但是并没有喝,因为不用喝酒我就醉了,陶醉在爱情中了,不过我跳舞却跳得筋疲力竭,——又跳卡德里尔舞,又跳华尔兹舞,又跳波尔卡舞,自然是尽可能跟瓦莲卡跳。她身穿白衣,束着粉红腰带,一双白羊皮手套差点儿齐到她的纤瘦的、尖尖的肘部,脚下是白净的缎鞋。玛祖卡舞开始的时候,有人抢掉了我的机会:她刚一进门,讨厌透顶的工程师阿尼西莫夫——我直到现在还不能原谅他——就邀请了她,我因为上理发店去买手套④来晚了一步。所以我跳玛祖卡舞的女伴不是瓦莲卡,而是一位德国小姐,从前我也曾稍稍向她献过殷勤。可是这天晚上我对她恐怕很不礼貌,既没有跟她说话,也没有望她一眼,我只看见那个穿白衣服、束粉红腰带的修长苗条的身影,只看见她的晖朗、红润、有酒窝的面孔和亲切可爱

---

① 19 世纪 30 年代,莫斯科一部分大学生成立了各种小组,探讨哲学和文学问题,传播先进思想,其中最重要的是斯坦凯维奇小组和赫尔岑—奥加辽夫小组。
② 一种镶有宝石的金链或绒布带,束在额头上,作为装饰的。
③ 伊丽莎白·彼德罗夫娜是 1741—1761 年的俄国女皇。
④ 当时理发店兼卖手套。

的眼睛。不光是我,大家都望着她,欣赏她,男人欣赏她,女人也欣赏她,虽然她盖过了她们所有的人。不能不欣赏她啊。

"照规矩可以说,我并不是她跳玛祖卡舞的舞伴,而实际上,我几乎一直都在跟她跳。她大大方方地穿过整个舞厅,径直向我走来,我不待邀请,就连忙站了起来。她微微一笑,酬答我的机灵。当我们①被领到她的跟前而她没有猜出我的代号②时,她只好把手伸给别人,耸耸她的纤瘦的肩膀,向我微笑,表示惋惜和安慰。当大家在玛祖卡舞中变出花样,插进华尔兹的时候,我跟她跳了很久的华尔兹,她尽管不断地喘息,还是微笑着对我说:'再来一次③。'于是我再一次又一次地跳着华尔兹,甚至感觉不到自己还有一个重甸甸的肉体。"

"咦,怎么会感觉不到呢?我想,您搂着她的腰部的时候,不但能够清楚地感觉到自己的肉体,还能感觉到她的呢。"一个男客人说。

伊凡·瓦里耶维奇突然胀红了脸,几乎是气冲冲地叫喊道:

"是的,你们现代的青年就是这样。你们眼里只有肉体。在我们那个时代可不同。我爱得越强烈,就越是不注意她的肉体。你们现在只看到腿子、脚踝和别的什么,你们恨不得把所爱的女人脱个精光;而在我看来,正像阿尔封斯·卡尔④——他是一位好作家——说的:我的恋爱对象,永远穿着一身铜打的衣服。我们不是把人脱个精光,而是要设法遮盖他的赤裸的身体,像挪亚的好儿子⑤一样。得了吧,反正你们不会了解……"

"不要听他的,后来呢?"我们中间的一个问道。

"好吧。我就这样尽跟她跳,简直没有注意时光是怎么过去的。乐师们早已累得要命,——你们知道,舞会快结束时总是这样,——翻来覆去地演奏玛祖卡舞曲,老先生和老太太们已经从客厅里的牌桌旁边站起来,等待吃晚饭,仆人拿着东西,更频繁地来回奔走着。这时是两点多钟。必须利用最后几分钟。我再一次选定了她,我们已经沿着舞厅跳到100次了。"

"'晚饭以后还跟我跳卡德里尔舞吗?'我领着她入席的时候问她。"

"'当然,只要家里人不把我带走。'她微笑着说。"

"'我不让带走。'我说。"

"'扇子可要还给我。'她说。"

"'真舍不得还。'我说,同时递给她那把不大值钱的白扇子。"

"'那就送您这个吧,您不必舍不得了。'说着,她从扇子上撕下一小片羽毛给我。"

"我接过羽毛,只能用眼光表示我的全部喜悦和感激。我不但愉快和满意,甚至感到幸福、陶然,我善良,我不是原来的我,而是一个不知有恶、只能行善的超凡脱俗的人了。

---

① 指他和另一个男舞伴。
② 男舞伴必须给自己选定一个代号,如"温顺"或"骄傲"、"喜悦"或"悲哀"之类,跳舞以前,两个男舞伴由第三者领到女舞伴面前,请她猜测代号,被猜中的就可以跟她跳舞。
③ 原文是法语。
④ 阿尔封斯·卡尔(1808—1890),法国作家。
⑤ 见《旧约》中《创世纪》第9章:有一次挪亚喝醉了酒,赤着身子睡着了,他的儿子闪和雅弗便用衣服给他盖上。

我把那片羽毛藏进了手套中,呆呆地站在那里,再也离不开她。"

"'您看,他们在请爸爸跳舞。'她对我说道,一面指着她的身材魁梧端正、戴着银色肩章的上校父亲,他正跟女主人和其他的太太们站在门口。"

"'瓦莲卡,过来。'我们听见戴钻石额饰、生有伊丽莎白式肩膀的女主人的响亮的声音。"

"瓦莲卡往门口走去,我跟在她后面。"

"'我亲爱的①,劝您父亲跟您跳一跳吧。喂,彼得·符拉季斯拉维奇,请。'女主人转向上校说。"

"瓦莲卡的父亲是一个很漂亮的老人,长得端正、魁梧,神采奕奕。他的脸色红润,留着两撇雪白的尼古拉一世式的②卷曲的唇髭和同样雪白的、跟唇髭连成一片的络腮胡子,两鬓的头发向前梳着,他那明亮的眼睛里和嘴唇上,也像他女儿一样,露出亲切快乐的微笑。他生成一副堂堂的仪表,宽阔的胸脯照军人的派头高挺着,胸前挂了几枚勋章,此外他还有一副健壮的肩膀和两条匀称的长腿。他是一位具有尼古拉一世风采的宿将型的军事长官。"

"我们走近门口的时候,上校推辞说,他对于跳舞早已荒疏,不过他还是笑咪咪地把手伸到左边,从刀剑带上取下佩剑,交给一个殷勤的青年,右手戴上麂皮手套,'一切都合乎规矩,'他含笑说,然后抓住女儿的一只手,微微转过身来,等待着拍子。"

"等到玛祖卡舞曲开始的时候,他灵敏地踏着一只脚,伸出另一只脚,于是他的魁梧肥硕的身体就一会儿文静从容地,一会儿带着靴底踏地声和两脚相碰声,啪哒啪哒地、猛烈地沿着舞厅转动起来了。瓦莲卡的优美的身子在他的左右翩然飘舞,她及时地缩短或者放长她那穿白缎鞋的小脚的步子,灵巧得叫人难以察觉。全厅都在注视这对舞伴的每个动作。我却不仅欣赏他们,而且受了深深的感动。格外使我感动的是他那被裤脚带③箍得紧紧的靴子那是一双上好的小牛皮靴,但不是时兴的尖头靴,而是老式的、没有后跟的方头靴。这双靴子分明是部队里的靴匠做的。'为了把他的爱女带进社交界和给她穿戴打扮,他不买时兴的靴子,只穿自制的靴子。'我想。所以这双方头靴格外使我感动。他显然有过舞艺精湛的时候,可是现在发胖了,要跳出他竭力想跳的那一切优美快速的步法,腿部的弹力已经不够。不过他仍然巧妙地跳了两圈。他迅速地叉开两腿,重新又合拢来,虽说不太灵活,他还能跪下一条腿,她微笑着理了理被他挂住的裙子,从容地绕着他跳了一圈,这时候,所有的人都热烈鼓掌了。他有点吃力地站立起来,温柔、亲热地抱住女儿的后脑,吻吻她的额头,随后把她领到我的身边,他以为我要跟她跳舞。我说,我不是她的舞伴。"

"'呃,反正一样,您现在跟她跳吧。'他说,一面亲切的微笑着,把佩剑插进刀剑带里。"

---

① 原文为法语。
② 原文为法语。
③ 缝在裤脚口的带子,捆在鞋跟和鞋掌之间的地方,以免人坐下时裤脚往卜吊,露出袜子来。

"瓶子里的水只要倒出一滴,其余的便常常会大股大股地跟着倾泻出来,同样,我心中对瓦莲卡的爱,也发放了蕴藏在我内心的全部爱的力量。那时我真是用我的爱拥抱了全世界。我爱那戴着额饰、生有伊丽莎白式的胸部的女主人,也爱她的丈夫、她的客人、她的仆役,甚至也爱那个对我板着脸的工程师阿尼西莫夫。至于对她的父亲,连同她的自制皮靴和像她一样的亲切的微笑,当时我更是体验到一种深厚的温柔的感情。"

"玛祖卡舞结束之后,主人夫妇请客人去用晚饭,但是 B 上校谢绝了邀请,他说他明天必须早起,就向主人告辞了,我惟恐连她也给带走,幸好她跟她母亲留下了。"

"晚饭以后,我跟她跳了她事先应许的卡德里尔舞,虽然我似乎已经无限地幸福,而我的幸福还是有增无减。我们完全没有谈起爱情。我甚至没有问过她,也没有问问我自己,她是否爱我。只要我爱她,在我就尽够了。我只担心一点——担心有什么东西破坏我的幸福。"

"等我回到家中,脱下衣服,想要睡觉的时候,我才看出那是决不可能的事。我手里有一片从她的扇子上撕下的羽毛和她的一只手套,这只手套是她离开之前,我先后扶着她母亲和她上车时,她送给我的。我望着这两件东西,不用闭上眼睛,就能清清楚楚地回想起她来:或者是当她为了从两个男舞伴中挑选一个而猜测我的代号,用可爱的声音说出'骄傲?是吗?'并且快活地伸手给我的时候,或者是当她在晚餐席上一点一点地呷着香槟,皱起眉头,用亲热的眼光望着我的时候;不过我多半是回想她怎样跟她父亲跳舞,她怎样在他身边从容地转动,露出为自己和为他感到骄傲与喜悦的神情,瞧着啧啧赞赏的观众。我不禁对他和她同样生出柔和温婉的感情来了。"

"当时我和我已故的兄弟单独住在一起。我的兄弟向来不喜欢上流社会,不参加舞会,这时候又在准备学士考试,过着极有规律的生活。他已经睡了。我看了看他那埋在枕头里面、叫法兰绒被子遮住一半的脑袋,不觉对他动了怜爱的心,我怜悯他,因为他不知道也不能分享我所体验到的幸福。服侍我们的农奴彼得鲁沙拿着蜡烛来迎接我,他想帮我脱下外衣,可是我遣开了他。我觉得他的睡眼惺忪的面貌和蓬乱的头发使人非常感动。我极力不发出声响,踮起脚尖走进自己房里,在床上坐下。不行,我太幸福了,我没法睡。而且我在炉火熊熊的房间里感到太热,我就不脱制服,轻轻地走入前厅,穿上大衣,打开通向外面的门,走到街上去了。"

"我离开舞会是 4 点多钟,等我到家,在家里坐了一坐,又过了两个来钟头,所以,我出门的时候,天已经亮了。那正是谢肉节的天气——有雾,饱含水份的积雪在路上融化,所有的屋檐都在滴水。当时 B 家住在城市的尽头,靠近一片广大的田野,田野的一头是人们游息的场所,另一头是女子中学。我走过我们的冷僻的胡同,来到大街上,这才开始碰见行人和运送柴火的雪橇,雪橇的滑木触到了路面。马匹在光滑的木轭下有节奏地摆动着湿漉漉的脑袋,车夫们身披蓑衣,穿着肥大的皮靴,跟在货车旁边噗嚓噗嚓行走,沿街的房屋在雾中显得分外高大,——这一切都使我觉得特别可爱和有意思。"

"我走到 B 宅附近的田野,看见靠游息场所的一头有一团巨大的、黑糊糊的东西,而且听到从那里传来的笛声和鼓声。我的心情一直很畅快,玛祖卡舞曲还不时在我耳边萦绕。而这一次却是另一种音乐,一种生硬的、不悦耳的音乐。"

"'这是怎么回事?'我想,于是沿着田野当中一条由车马辗踏出来的溜滑的道路,朝着发出声音的方向走去。走了一百来步,我才从雾霭中看出那里有许多黑色的人影。这显然是一群士兵。'大概在上操。'我想,便跟一个身穿油迹斑斑的短皮袄和围裙、手上拿着东西,走在我前头的铁匠一起,更往前走近些。士兵们穿着黑军服,面对面地分两行持枪立定,一动也不动。鼓手和吹笛子的站在他们背后,不停地重复那支令人不快的、刺耳的老调子。"

"'他们这是干什么?'我问那个站在我身边的铁匠。"

"'对一个鞑靼逃兵用夹鞭刑。'铁匠望着远处的行列尽头,愤愤地说。"

"我也朝那边望去,看见两个行列中间有个可怕的东西正在向我逼近。向我逼近来的是一个光着上身的人,他的双手被捆在枪杆上面,两名军士用这枪牵着他。他的身旁有个穿大衣、戴制帽的魁梧的军官,我仿佛觉得很面熟。罪犯浑身痉挛着,两只脚噗嚓噗嚓地踏着融化中的积雪,向我走来,棍子从两边往他身上纷纷打下,他一会儿朝后倒,于是两名用枪牵着他的军士便把他往前一拉,一会儿他又向前栽,于是军士便把他往后一推,不让他栽倒。那魁梧的军官迈着坚定的步子,大摇大摆地,始终跟他并行着。这就是她的脸色红润、留着雪白的唇髭和络腮胡子的父亲。"

"罪犯每挨一棍子,总是像吃了一惊似的,把他痛苦得皱了起来的脸转向棍子落下的一边,露出一口雪白的牙齿,重复着两句同样的话,直到他离我很近的时候,我才听清这两句话。他不是说话,而是呜咽道:'好兄弟,发发慈悲吧。好兄弟,发发慈悲吧。'但是他的好兄弟不发慈悲,当这一行人走到我的紧跟前时,我看见站在我对面的一个士兵坚决地向前跨出一步,呼呼地挥动着棍子,使劲朝鞑靼人背上劈啪一声打下去。鞑靼人往前扑去,可是军士挡住了他,接着,同样的一棍子又从另一边落在他的身上,又是这边一下,那边一下。上校在旁边走着,一会儿瞧瞧自己脚下,一会儿瞧瞧罪犯,他吸进一口气,鼓起腮帮,然后撅着嘴唇,慢慢地吐出来。这一行人经过我站立的地方的时候,我向夹在两个行列中间的罪犯的背部瞥了一眼。这是一个斑斑驳驳的、湿淋淋的、紫红的、奇形怪状的东西,我简直不相信这是人的躯体。"

"'天啊!'铁匠在我身边说道。"

"这一行人慢慢离远了,棍子仍然从两边落在那跟跟跄跄、浑身抽搐的人背上,鼓声和笛声仍然鸣响着,身材魁梧端正的上校也仍然迈着坚定的步子,在罪犯身边走动。突然之间,上校停了一停,随后快步走到一名士兵跟前。"

"'我要让你知道厉害,'我听见他的气虎虎的声音,'你还敢敷衍吗?还敢吗?'"

"我看见他举起戴麂皮手套的有力的手,给了那惊慌失措、没有多大气力的矮个子士兵一记耳光,因为这个士兵没有使足劲儿往鞑靼人的紫红的背部打下棍子。"

"'来几条新的军棍!'他一面吼叫,一面环顾左右,终于看见了我。他假装不认识我,可怕地、恶狠狠地皱起眉头,连忙转过脸去。我觉得那样羞耻,不知道往哪里看才好,仿佛我有一桩最可耻的行为被人揭发了似的,我埋下眼睛,匆匆回家去了。一路上我的耳边时而响起鼓声和笛声,时而传来'好兄弟,发发慈悲吧'这两句话,时而又听见上校的充满自信的、气虎虎的吼叫声,'你还敢敷衍吗?还敢吗?'同时我感到一种近似恶心的、几乎是生理上的痛苦,我好几次停下脚步,我觉得我马上要把这幅景象在我内心引起的恐怖统统呕出来了。我不记得我是怎样到家和躺下的。可是我刚刚入睡,就又听见和看到那一切,我索性一骨碌爬起来了。"

"'他显然知道一件我所不知道的事情,'我想起上校,'如果我知道他所知道的那件事,我也就会了解我看到的一切,不致苦恼了。'可是无论我怎样反复思索,还是无法了解上校所知道的那件事。我直到傍晚才睡着,而且是上一位朋友家里去,跟他一起喝得烂醉以后才睡着的。"

"嗯,你们以为我当时就断定了我看到的是一件坏事吗?决不。'既然这是带着那样大的信心干下的,并且人人都承认它是必要的,那末可见他们一定知道一件我所不知道的事情。'我想,于是努力去探究这一点。但是无论我多么努力,始终探究不出来。探究不出,我就不能像原先希望的那样去服军役,我不但没有担任军职,也没有在任何地方供职,所以正像你们看到的,我成了一个废物。"

"得啦,我们知道您成了什么'废物',"我们中间的一个说,"您还不如说:要是没有您,有多少人会变成废物。"

"得了吧,这完全是扯谈。"伊凡·瓦西里耶维奇真正懊恼地说。

"好,那么,爱情呢?"我们问。

"爱情吗?爱情从这一天起衰退了。当她像平常那样面带笑容在沉思的时候,我立刻想起广场上的上校,总觉得有点别扭和不快,于是我跟她见面的次数渐渐减少了。结果爱情也消失了。世界上就常有这样的事,使得人的整个生活发生变化,走上新的方向,你们却说……"他结束道。

(蒋　路译)

《舞会以后》写于长篇杰作《复活》之后,作家的世界观正处于由贵族地主阶级向宗法制农民立场的转变阶段,这篇小说正是这期间创作的。它以犀利的笔锋、对沙俄贵族社会作了深刻的揭露与无情的批判,鞭挞了裹着正人君子华丽外衣的上校残忍、丑恶的灵魂。

小说描述了一个纯朴的青年在一次舞会前后的亲眼所见。该小说篇幅虽短,却充分体现了作者深刻的思想和他晚年圆熟的艺术技巧。小说在叙述上运用的是第一人称,通过"我"对两个场面的两种感受与体验,增强了作品的真实性,使小说具有极强的艺术感染力;在手法上,作家成功地使用了对比手法,通过两个典型场面及上校前后判若两人的对比,鲜明地突出了作品的主题。小说前半部以很大的篇幅来渲染舞会的盛况和主人公的极端幸福的心情,此时的上校温文尔雅、风度翩翩、雍容华贵。过了一两个时辰,小说笔锋一转,出现一个意想不到的结局,一幅残酷地毒打士兵的场面出现了,而那个惨无人道的凶手竟是"舞会"上的上校。情境之悲惨、血腥,与舞会形成强烈反差。两个场面构成了"美"与"丑"、"善"与"恶"的鲜明对比,上校的两幅嘴脸、伪善被揭露得淋漓尽致,深刻地揭露了俄国贵族隐藏在优雅、高尚、温情脉脉的表面之下的残忍和无情,从而使作品产生了一种惊心动魄的效果。

　　小说的着眼点是在舞会后男主人公的所见所闻给心灵带来的震撼。主要控诉和反思了俄国贵族阶层的伪善和残酷。此时的托尔斯泰已经意识到阶级的差异是现实问题的主要焦点。他把对自己所身处的阶层感到的失望,甚至是指责都写进了这篇小说里。

变 色 龙[①]

〔俄国〕契诃夫

安东·巴甫洛维奇·契诃夫 （1860—1904），俄国十九世纪末期批判现实主义作家，情趣隽永、文笔犀利的幽默讽刺大师，短篇小说的巨匠，著名剧作家。

契诃夫出生于小市民家庭，父亲的杂货铺破产后，他靠当家庭教师读完中学，1879年入莫斯科大学学医，1884年毕业后从医并开始文学创作。他早期的幽默小说因体现社会现象而迥然不同于当时流行的庸俗逗笑故事，如《胖子和瘦子》(1883)、《小公务员之死》(1883)、《万卡》(1886)年，再现了"小人物"的不幸和软弱，劳动人民的悲惨生活和小市民的庸俗猥琐。随着对社会观察的深入，他的作品也日益严肃。契诃夫后期转向戏剧创作，主要作品有《伊凡诺夫》(1887)、《海鸥》(1896)、《樱桃园》(1903)等，都曲折反映了俄国1905年大革命前夕一部分小资产阶级知识分子的苦闷和追求。

他的小说短小精悍，简练朴素，结构紧凑，情节生动，笔调幽默，语言明快，富有音乐节奏感，寓意深刻。他善于从日常生活中发现具有典型意义的人和事，通过幽默可笑的情节进行艺术概括，塑造出完整的典型形象，以此来反映当时的俄国社会。其代表作《变色龙》、《套中人》堪称俄国文学史上精湛而完美的艺术珍品。

警官奥楚美洛夫穿着新的军大衣，胳膊底下夹着一个小包，穿过市集的广场走去。他身后跟着一个警察，生着棕红色的头发，手里端着一个粗筛，其中盛着没收来的醋栗，装得满满的。四下里一片寂静。……广场上连人影也没有。小铺和酒店的大门敞开着，无精打采地面对着上帝创造的这个世界，像是些饥饿的嘴巴。店门附近连乞丐都没有。

"你竟敢咬人，该死的东西！"奥楚美洛夫忽然听见了说话声。"伙计们，别放走它！如今不许咬人！抓住它！哎哟……哎哟！"

狗叫声响起来。奥楚美洛夫往那边一看，瞧见商人彼楚京的木柴场里窜出来一条狗，用三条腿跑路，不住地回头看。在它身后，有一个人追出来，穿着浆硬的花布衬衫和敞开怀的坎肩。他紧追那条狗，身子往前探出去，扑倒在地上，抓住了那条狗的后腿。紧跟着又传来了狗叫声和人喊声："别放走它！"带着睡意的脸纷纷从小铺里探出来，不久在木柴场的门口就聚合了一群人，像是从地底下钻出来的一样。

---

① 蜥蜴的一种，善于很快地变换皮色以适应四周物体的颜色。

"仿佛出乱子了,长官!……"警察说。

奥楚美洛夫把身子微微往左边一转,迈步往人群那边走过去。在木柴场门口,他看见上述那个解开坎肩的人站在那儿,举起右手,伸出一根血淋淋的手指头给那群人看。他那张半醉的脸上仿佛写着:"我要揭你的皮,坏蛋!"而且那根手指头本身就近似于一面胜利的旗帜。奥楚美洛夫认出这个人就是首饰匠赫留金。闹乱子的罪魁祸首是一条白毛的小猎狗,尖尖的脸,背上有一块黄斑,这时候坐在人群中央的地上,前腿劈开,浑身发抖。它那含泪的眼睛里流露出苦恼和恐惧的神情。

"这儿出了什么事?"奥楚美洛夫挤到人群当中去,问道,"这是怎么了?你竖起你的手指头干什么?……是谁在嚷?"

"我本来在走我的路,长官,没招谁没惹谁……"赫留金对着他的空拳头咳嗽着,开口说,"我正在跟米特利·米特利奇谈木柴的事,忽然间,这个坏东西无缘无故地咬我的这根手指头……请您原谅我,我是个干活的人啊。……我的活儿细致。这得赔我一笔钱才成,因为我也许一个星期都不能动这根手指头了。……法律里,长官,也没有这么一条,说是人受了畜生的害就该忍着。……要是任什么东西都这么咬人,那还不如别在这个世界上活着了。……"

"嗯!……好……"奥楚美洛夫严厉地说,咳嗽着,活动他的眉毛,"好。……这是谁家的狗?这种事我不能放过不管。我要拿点颜色出来叫那些放出狗来闯祸的人看看!现在也该管一管这类不愿意遵守法令的老爷们了!等到罚了款子,他这个混蛋才会明白把狗和别的牲畜放出来是什么滋味!我要给他个厉害看看!……叶尔迪陵,"警官对警察说,"你去调查清楚这是谁家的狗,打个报告上来!这条狗得消灭才成。不许迟延!这多半是一条疯狗。……我问你们:这是谁家的狗?"

"这似乎是席加洛夫将军家的!"人群里有个人说。

"席加洛夫将军家的?嗯!……你,叶尔迪陵,把我身上的大衣脱下来。……天好热啊!大概快要下雨了。……只是有一件事我不懂:它怎么会咬着你的?"奥楚美洛夫转过身去对赫留金说,"难道它够得到你的手指头?它矮小,可是你,要知道,长成这么一个彪形大汉!你这个手指头多半让小钉子扎了个窟窿,后来却异想天开,要人家来赔你钱了。你这种人……谁都知道是个什么路数!我可知道你们这些魔鬼!""他呀,长官,把他的雪茄烟戳到它的脸上去,拿它开心。它呢,不肯做傻瓜,咬了他一口。……他是个无聊的人,长官!"

"你胡说,独眼的家伙!你没看见,那你为什么胡说?长官是个聪明的老爷,明白谁是胡说,谁是像当着上帝一样,凭着良心说话。……要是我胡说,那就让调解法官①审判我好了。他的法律上写得明白。……如今大家都平等了。……不瞒您说……我的弟弟就在当宪兵……"

"少说废话!"

"不,这条狗不是将军家的……"警察深思地说,"将军家里没有这样的狗。他家里

---

① 帝俄时代的保安的法官,只审理小案子。

的,多半都是大猎狗……"

"你拿得准吗?"

"拿得准,长官。……"

"我自己也知道。将军家里的狗都名贵,都是良种,而这条狗,鬼才知道是什么东西!毛色也不好,模样也不中看……完全是贱畜生。……他老人家会养这样的狗?!你的脑筋上哪儿去了?要是这样的狗在彼得堡或者莫斯科跑出来,那你们知道会怎么样?那儿才不管什么法律不法律,一下子就叫它断了气!你,赫留金,受了苦,这件事可不能放过不管。……这得给他们一个教训!是时候了……"

"也许它就是将军家的……"警察一面想一面说,"它的脸上又没写着。……前几天我在他家的院子里就见过这样的一条狗。"

"没错儿,是将军家的!"人群里有一个声音说。

"嗯!……你,叶尔迪陵老弟,给我穿上大衣吧。……有点起风了。……怪冷的。……你带着这条狗到将军家里去一趟,在那儿问一下。……你就说这条狗是我找着,派你送去的。……你说以后不要把它放到街上来。也许它是一条名贵的狗,要是每个猪猡都拿雪茄烟戳到它的脸上去,那要不了多久就能把它作践死。狗是娇嫩的动物嘛。……你,蠢货,把手放下去!用不着把你那蠢手指头摆出来!这都怪你自己不好!……"

"将军家里的厨师来了,我们来问问他吧。……喂,普罗霍尔!走过来,亲爱的!你看一看这条狗。……它是你们家的吗?"

"亏你想得出!我们那儿从来也没有过这样的狗!"

"那就用不着费很大的功夫去多问了,"奥楚美洛夫说,"这是条野狗!用不着多说了。……既然他说是野狗,那它就是野狗。……把它消灭算了。"

"这不是我们家的,"普罗霍尔继续说,"可这是将军的哥哥的狗,他前几天到我们这儿来了。我们的将军不喜欢这种猎狗,他老人家的哥哥却喜欢。……"

"难道他老人家的哥哥来了?符拉季米尔·伊凡内奇来了?"奥楚美洛夫问,他的整个脸上洋溢着温情的笑容,"可了不得,天主啊!我都还不知道呢!他是来住一阵的吧?"

"住一阵。……"

"可了不得,天主啊!……他是惦记他的弟弟了。……可是我还不知道呢!那么这是他的狗?很高兴。……你把它带去吧。……这条小狗怪不错的。……挺伶俐的。……它把这家伙的手指头咬了一口!哈哈哈!……咦,你干什么发抖啊?呜呜,……呜呜,……它生气了,小坏包……挺好的狗崽子。……"

普罗霍尔招呼一下那条狗,带着它离开了木柴场。……那群人就对着赫留金哈哈大笑。

"我早晚要收拾你!"奥楚美洛夫对他威胁说,然后把身上的大衣裹一裹紧,穿过市集的广场径自走去。

1884 年

(汝龙 译)

 赏 析

  契诃夫是十九世纪末在世界上享有盛名的俄国短篇小说家,80年代中叶,他写下许多诙谐幽默的小说,《变色龙》是其中较为著名的一篇。

  《变色龙》选取了当时社会生活的一个片断——街头巷尾极为平常的狗咬人的小事来展开故事,对十九世纪八十年代俄国社会某些人的奴性给予了辛辣的讽刺。警官奥楚美洛夫面对狗的地位的变化,不停地改变自己的态度,时而威风凛然,时而奴颜婢膝,沙皇统治下的小警官可怜可恶的形象跃然纸上。其次表现在人物对话上,奥楚美洛夫的对话不停"变色",时而痛骂小狗是"疯狗""下贱胚子",时而又夸小狗"名贵""伶俐",前后矛盾,自己打自己的嘴巴,反复无常,荒谬可笑;再次通过动作、神态描写表现奥楚美洛夫的滑稽可笑。本文主人公奥楚美洛夫几次出尔反尔、自相矛盾的表演,完全暴露了沙皇专制统治虚伪、腐朽、残暴和反动。本文以《变色龙》为题,就是借变色龙这种小动物善于变换肤色,以适应周围环境的特点来讽喻奥楚美洛夫见风驶舵、趋炎附势的本质,形象而生动,有画龙点睛的作用。

  契诃夫的早期小说是不问政治的,他只是以批判者的眼光审视这个世界,所以他表达出的是这些生活中完全被扭曲了的人性,是对这种普遍存在的奴性心理进行揶揄和嘲讽。这不但没降低这篇文章的品位,恰恰相反,这篇文章为世人所称道,一方面在于他借狗写人,相得益彰,另一方面恐怕就在于他挖掘了人性的弱点。

麦琪的礼物

〔美国〕欧·亨利

欧·亨利（1862—1910），原名威廉·西德尼·波特。是美国最著名的短篇小说家之一，曾被评论界誉为曼哈顿桂冠散文作家和美国现代短篇小说之父。他出身于美国北卡罗来纳州格林斯波罗镇一个医师家庭。他的一生富于传奇性，当过药房学徒、牧牛人、会计员、土地局办事员、新闻记者、银行出纳员。1895年他被控告盗用银行款而被判处五年徒刑。在监狱里他以"欧·亨利"为笔名创作短篇小说。1901年提前获释后，迁居纽约，专门从事写作。

欧·亨利善于描写美国社会尤其是纽约百姓的生活。他的作品构思新颖，语言诙谐，结局常常出人意外；又因描写了众多的人物，富于生活情趣，被誉为"美国生活的幽默百科全书"。代表作有小说集《白菜与国王》、《善良的骗子》、《命运之路》等。其中一些名篇如《精确的婚姻学》、《警察与赞美诗》、《带家具出租的房间》、《麦琪的礼物》、《最后一片藤叶》等使他获得了世界声誉。

1块8角7分钱。全在这儿了。其中6角还是零钱凑起来的。这些小钱是每次一个两个向杂货店、菜贩和肉店的老板硬扣下来的；人家虽然没有明说，自己总觉得这种据斤播两的交易未免落个吝啬的恶名，当时羞得脸红。德拉数了3遍。数来数去还是1块8角7分钱。而第2天就是圣诞节了。

除了倒在那张破旧的小榻上大哭一场之外，显然没有别的办法。德拉就这么办了。这就使一种精神上的感慨油然而生，认为人生是由哭泣、抽噎和微笑组成的，其中抽噎占主导地位。

趁这家的女主人的悲伤逐渐地由第1级降到第2级的时候，让我们看一看她的家吧！一套备有家具的公寓，租金每周8元钱。虽然不能说绝对的难以形容，实际上，确实与贫民窟也相差无几了。

楼下的通道里有一个信箱，但是永远不会有信件投进去；还有一个电铃，鬼才能把它按响。那里还贴着一张名片，上面写着"杰姆斯·狄林汉·杨先生"几个字。

"狄林汉"这个名号是主人先前富裕时，也就是每周赚30元时，一时高兴，加在姓名之间的，现在进款减缩到20元了，"狄林汉"几个字看起来有些模糊，仿佛它们正在慎重地考虑是否缩成一个质朴而谦虚的"狄"字为妙，但是每逢杰姆斯·狄林汉·杨先生回家上楼,走进房门时,杰姆斯·狄林汉·杨太太——就是前面已经介绍过的德拉——总是把他叫做"杰姆",并且热烈地拥抱他。这当然是很好的。

德拉哭完了以后,小心地用脂粉在面颊上扑了些粉。她站在窗前,呆呆地看着外面灰蒙蒙的后院里有一只灰色的猫在一个灰色篱笆上走着。明天就是圣诞节了,而她只能拿1块8角7分钱给杰姆买一件礼物。几个月来,她尽可能地节省了每一分钱,结果不过如此。每周20元本来不经花。支出的总比她预算的多。总是这样。只有1块8角7分钱拿来给杰姆买礼物。她的杰姆。为了给他买一件好东西,德拉自得其乐地筹划了好些日子。要买一件精致、珍奇而真正有价值的东西——够得上给杰姆持有的东西固然很少,可是总得有些相称才成呀。

屋里两扇窗户中间有一面壁镜。读者也许见过房租8元钱的公寓里的壁镜。一个非常瘦小灵活的人,从一连串纵的片断的映像里,也许可以对自己的容貌得到一个大致不错的概念。德拉全靠身材纤细,才精通了这种艺术。

突然她从窗口转过身来,站在镜子前面。她的两眼晶莹明亮,但是在20秒钟内她的脸失色了。她很快地把头发解开,叫它完全披散下来。且说,杰姆斯·狄林汉·杨夫妇有两样东西是他们特别引以自豪的。一样是杰姆三代祖传的金表。另一样是德拉的头发。如果希巴皇后①住在气窗对面的公寓里,德拉总会有一天把头发悬在窗外去晾干,只是为了使那位皇后的珠宝和首饰相形见绌。如果所罗门王②做了看门人,把他所有的财富都堆在地下室里,杰姆每次经过那儿时会掏出他的金表看看,让所罗门忌妒得吹胡子瞪眼。

这时德拉的美丽的头发披散在身上,像一股褐色的小瀑布一样,波浪起伏,金光闪闪。头发一直垂到膝盖下,仿佛给她披上一件衣服。她又神经质地很快地把头发梳起来。她踌躇了一会儿,静静站在那里,有一两滴泪水溅落在破旧的红地毯上。

她穿上她那褐色的旧外套,戴上她那褐色的旧帽子。眼睛里还留着晶莹的泪光,裙子一摆,她飘然走出房门,走下楼梯,来到街上。

她走到一块招牌前停住了,招牌上面写着:"莎弗朗尼娅夫人——经营各种头发用品"。德拉跑了一楼,一面喘着气,一面定下神来。那位夫人身躯肥大,肤色白得过分,一副冷冰冰的样子,和"莎弗朗尼娅"③这个名字太不相称。

"您要买我的头发吗?"德拉问道。

"我买头发,"夫人说,"把你的帽子脱下来,让我看看你的头发什么样儿!"

那股褐色的小瀑布泻了下来。

"20块钱。"夫人用熟练的手法抓起头发说。

"赶快把钱给我。"德拉说。

啊!随后的两个钟头仿佛长了玫瑰色的翅膀似地飞掠过去了。请不要理会这种杂

---

① 希巴皇后(Queen of Sheba):希巴古国在阿拉伯西南,就是今日的也门,希巴皇后以美貌著称。
② 所罗门王(King Solomon,公元前1033—975):以色列国王,以聪明和豪富著称。
③ 莎弗朗尼娅(Sofronia),意大利诗人塔索(Torguato Tasso,1544—1595)以第一次十字军东征为题材的史诗《耶路撒冷的解放》中的人物,她为了挽救耶路撒冷全城基督徒,承认了未犯的罪行,成为舍己救人的典型。

凑的比喻吧！总之，德拉为了给杰姆买礼物，搜索了所有的铺子。

最后，她终于把它找到了。它确是专为杰姆，不为别人制造的。她把所有的商店都搅翻了一遍，各家都没有像那样的东西。那是一条白金表链，式样简单朴素，只以货色来显示它的价值，不凭什么俗不可耐的装璜——一切好东西都应该是这样的。它还真配得上那只金表。她一看到这表链就认为非给杰姆买下来不可。它简直像他的为人。文静而有价值——这句话拿来形容表链和杰姆本人都恰到好处。店里以21块钱的价格卖给了她，她带着剩下的8角7分钱匆匆地赶回家。杰姆有了这条表链，在任何场合都可以毫无顾虑地看看钟点了。那只表虽然华贵，可是因为他用一根旧皮条来代替表链，他有时只是偷偷地看一眼。

德拉回家以后，她稍稍用谨慎与理智来代替了陶醉。她拿出烫发铁钳，点起煤气，开始补救由于爱情加上慷慨而造成的灾害。那始终是一件艰巨的工作，亲爱的朋友们——简直是了不起的工作。不出40分钟，她头上布满紧贴头皮的小发鬈，变得活像一个逃学的小学生。她仔细而苛刻地对着镜子照了又照。

"如果杰姆看了我一眼不把我杀死才怪呢，"她自言自语地说，"他会说我是康奈岛游戏场里的卖唱姑娘。但是我有什么办法呢？——唉！只有1块8角7分钱，叫我有什么办法呢？"

到了7点钟，咖啡已经煮好了，煎锅也放在炉子后面热着，随时准备煎肉排。

杰姆一向准时回家。德拉把表链对折了握在手里，在他进来必经的门口的桌子角上坐下来。接着，她听到楼下梯级上响起了他的脚步声，她立刻脸色变白了。她有一个习惯，往往为了日常最简单的事情默祷几句，现在她悄声说："求求上帝，让他认为我还是美丽的。"

门开了，杰姆迈步走进来把门关上。他很瘦削，非常严肃。可怜的人，他只有22岁——就担负起家庭的担子！他需要一件新大衣，手套也没有。

一进门杰姆就站住了，像一条猎犬嗅到鹌鹑似地纹风不动。他两眼盯着德拉，有一种她捉摸不透的表情，这使她大为惊慌。那既不是愤怒，也不是惊讶，又不是不满，更不是厌恶，不是她所预料的任何一种神情。他只是带着那种奇怪的神情死死地盯着她。

德拉忐忑不安地从桌上跳下来，走到他身边。

"杰姆，亲爱的，"她喊道，"别那样盯着我看。我把头发剪掉卖了，因为我不送你一件礼物，我过不了圣诞节。头发会再长起来的——你不会在意吧，是不是？我实在没办法才这么做。我的头发长得快得要命，说句'恭贺圣诞'吧！杰姆，让我们高高兴兴的。你猜不到我给你买了一件多么好——多么美丽的礼物。"

"你把头发剪掉了？"杰姆吃力的问道，仿佛他绞尽脑汁之后，还没有把那个显而易见的事实弄明白似的。

"非但剪了，而且卖了，"德拉说，"不管怎样，你还是一样地喜欢我，是不是？没有了头发，我还是我，不是吗？"

杰姆好奇地向房里四下张望。"你说你的头发没有了？"他带着近乎白痴的神情问道。

"你用不着找了,"德拉说,"我告诉你,已经卖了——卖了,没有了。今天是圣诞前夜,亲爱的,好好地对待我,我剪掉头发为的是你呀。我的头发可能数得清,"她突然非常温柔地接下去说,"但是我对你的爱情谁也数不清。我把肉排烧上好吗?杰姆!"

杰姆好像忽然从恍惚中醒过来。他把德拉搂在怀里。为了不要冒昧,让我们花10秒钟工夫瞧瞧另一方面无关紧要的东西吧。每周8块钱的房租,或者每年一百万块钱的房租——其中有什么区别?一个数学家或是一个滑稽家可能给你一个不正确的答复。麦琪带来了珍贵的礼物,但是其中没有那样东西。这句晦涩的话,下文将有说明。

杰姆从大衣口袋里掏出一包东西,把它扔在桌上。

"不要对我有任何误会,德儿,"他说,"不管是剪发、修脸、洗头,我对我的姑娘的爱情是绝不会减低一分的。但是,你一打开那包东西,就会明白,刚才你为什么把我愣住了。"

白晰的手指敏捷地撕开了绳子和包皮纸。接着是一声狂喜的叫喊;紧接着,哎呀!突然转变成女性神经质的眼泪和号哭,立刻需要公寓的主人用尽办法来安慰她。

因为摆在眼前的是那套插在头发上的梳子——全套的发梳,两鬓用的,后面用的,应有尽有;那是百老汇路一个橱窗里的、德拉渴望了好久的东西。纯玳瑁做的、边上镶着珠宝的美丽的发梳——配那已经失去的美发,颜色恰恰合适。她知道这套发梳是很贵重的,她心向神往了好久,但从来没有存在过占有它的希望。现在居然为她所有了,可是用来装饰那一向向往的装饰品的头发却没有了。

但是她还是把它紧紧地抱在怀中,隔了好久,她才能抬起迷蒙的泪眼,含笑对杰姆说:"我的头发长得多快啊,杰姆!"

接着,德拉像一只挨了烫的小猫似地跳了起来,喊道:"噢!噢!"

杰姆还没有看到送给他的美丽礼物呢!她热切地把它托在自己掌心上递给他。这无知无觉的贵重金属似乎闪闪地反映着她的快活和热诚的神情。

"漂亮吗,杰姆?我跑遍了全城才找到它。现在你每天要把表看上100次了。把你的表拿给我。我要看看它配上是什么样子!"

杰姆并没有照她的话去做,却倒在小榻上,双手枕着头,微笑着。

"德儿,"他说,"让我们把圣诞节的礼物搁在一边,暂时保存起来。它们实在太好了,现在用了未免可惜。我是卖了金表换了钱给你买的发梳。现在请你煎肉排吧!"

那三位麦琪,读者都知道,全是有智慧的人——非常有智慧的人——他们带来礼物,送给生在马槽里的圣婴耶稣。他们首创了圣诞节馈赠礼物的风俗。他们既然有智慧,他们的礼物无疑也是聪明的,可能还附带一种碰上收到同样的东西时可以交换的权利。我的抽笔在这里向读者叙述了一个没有曲折、不足为奇的故事:那两个住在一间公寓里的笨孩子,极不聪明地为了对方牺牲了他们家里最宝贵的东西。但是,让我对目前一般聪明人说一句最后的话,在所有馈赠礼物的人当中,他们两个是最聪明的。在一切授受礼物的人当中,像他们这样的人也是最聪明的。他们就是麦琪。

(刘若端 译)

赏 析

欧·亨利在《麦琪的礼物》这篇小说中,用笔调幽默又带有淡淡哀伤的艺术语言讲述了一个"没有曲折、不足为奇的故事"。以圣诞前夜馈赠礼物如此平常的题材创构的小说,在西方文坛并非罕见,其中也不乏精心之作,而《麦琪的礼物》独自绝响,成为这类题材的杰作。

小说一开头就设置悬念,德拉只有一块八角七分钱,可是明天就是圣诞节了,她不够钱给丈夫买礼物,作者接着围绕德拉一头美丽的秀发和杰姆的金表展开描写,德拉为了给杰姆买他梦寐以求的金表表链,忍痛割爱,卖掉了一头的秀发。等到吉姆回来,她发现丈夫看见她的短发,神情不对,在这里又设下了一个悬念,待德拉打开杰姆送给她的礼物,我们才恍然大悟,原来吉姆送给妻子一套发梳,德拉已经用不着了,接着,德拉送礼物给吉姆,再次出人意料,德拉的礼物也派不上用场了,因为吉姆的金表也卖掉了。作家细致地描写了德拉无钱为丈夫买礼物的焦灼心情,写德拉的美发,甚至写德拉上街卖发和买表链的全过程,却惜墨如金地避开了吉姆卖金表买发梳的经过。同时细致地描写吉姆回家后德拉担心失去美发会伤害吉姆的爱所作的一连串解释,却在吉姆讲完卖金表的事之后戛然止住全文。

作者以其裁剪精到的构思,对话般亲切的语言,微带忧郁的情调,使这个短篇在缕缕情感的光束中显露出丰厚的内涵,激发读者对爱情、金钱的价值的思考。小说对人物、场景的描写时而细致入微,时而寥寥数笔,但读者仍能从那些不着文字之处领悟作家的弦外之音。这种寄实于虚,并兼用暗示和略写的手法,是《麦琪的礼物》所独具的。

警察与赞美诗

〔美国〕欧·亨利

索比急躁不安地躺在麦迪逊广场的长凳上,辗转反侧。每当雁群在夜空中引颈高歌,缺少海豹皮衣的女人对丈夫加倍的温存亲热,索比在街心公园的长凳上焦躁不安、翻来覆去的时候,人们就明白,冬天已近在咫尺了。

一片枯叶落在索比的大腿上,那是杰克·弗洛斯特①的卡片。杰克对麦迪逊广场的常住居民非常客气,每年来临之先,总要打一声招呼。在十字街头,他把名片交给"户外大厦"的信使"北风",好让住户们有个准备。

索比意识到,该是自己下决心的时候了,马上组织单人财务委员会,以便抵御即将临近的严寒,因此,他急躁不安地在长凳上辗转反侧。

索比越冬的抱负并不算最高,他不想在地中海巡游,也不想到南方去晒令人昏睡的太阳,更没想过到维苏威海湾漂泊。他梦寐以求的只要在岛上待三个月就足够了。整整三个月,有饭吃,有床睡,还有志趣相投的伙伴,而且不受"北风"和警察的侵扰。对索比而言,这就是日思夜想的最大愿望。

多年来,好客的布莱克韦尔岛②的监狱一直是索比冬天的寓所。正像福气比他好的纽约人每年冬天买票去棕榈滩③和里维埃拉④一样,索比也要为一年一度逃奔岛上作些必要的安排。现在又到时候了。昨天晚上,他睡在古老广场上喷水池旁的长凳上,用三张星期日的报纸分别垫在上衣里、包着脚踝、盖住大腿,也没能抵挡住严寒的袭击。因此,在他的脑袋里,岛子的影象又即时而鲜明地浮现出来。他诅咒那些以慈善名义对城镇穷苦人所设的布施。在索比眼里,法律比救济更为宽厚。他可以去的地方不少,有市政办的、救济机关办的各式各样的组织,他都可以去混吃、混住、勉强度日,但接受施舍,对索比这样一位灵魂高傲的人来讲,是一种不可忍受的折磨。从慈善机构的手里接受任何一点好处,钱固然不必付,但你必须遭受精神上的屈辱来作为回报。正如恺撒对待布鲁图一样⑤,凡事有利必有弊,要睡上慈善机构的床,先得让人押去洗个澡;要吃施舍的一

---

① 杰克·弗洛斯特(jack frost):"霜冻"的拟人化称呼。
② 布莱克韦尔岛(blackwell):在纽约东河上。岛上有监狱。
③ 棕榈滩(palm beach):美国佛罗里达州东南部城镇,冬令游憩胜地。
④ 里维埃拉(the riviera):南欧沿地中海一段地区,在法国的东南部和意大利的西北部,是假日憩游胜地。
⑤ 恺撒(julius caesar):(公元前 100—公元前 44)罗马统帅、政治家,罗马的独裁者,被共和派贵族刺杀。布鲁图(brutus):(公元前 85—公元前 42)罗马贵族派政治家,刺杀恺撒的主谋,后逃希腊,集结军队对抗安东尼和屋大维联军,因战败自杀。

片面包,得先交待清楚个人的来历和隐私。因此,倒不如当个法律的座上宾还好得多。虽然法律铁面无私、照章办事,但至少不会过分地干涉正人君子的私事。

一旦决定了去岛上,索比便立即着手将它变为现实。要兑现自己的意愿,有许多简捷的途径,其中最舒服的莫过于去某家豪华餐厅大吃一顿,然后呢,承认自己身无分文,无力支付,这样便安安静静、毫不声张地被交给警察。其余的一切就该由通商的治安推事来应付了。

索比离开长凳,踱出广场,跨过百老汇大街和第五大街的交汇处那片沥青铺就的平坦路面。他转向百老汇大街,在一家灯火辉煌的咖啡馆前停下脚步,在这里,每天晚上聚积着葡萄、蚕丝和原生质的最佳制品①。

索比对自己的马甲从最下一颗纽扣之上还颇有信心,他修过面,上衣也还够气派,他那整洁的黑领结是感恩节时一位教会的女士送给他的。只要他到餐桌之前不被人猜疑,成功就属于他了。他露在桌面的上半身绝不会让侍者生疑。索比想到,一只烤野鸭很对劲——再来一瓶夏布利酒②,然后是卡门贝干酪③,一小杯清咖啡和一只雪茄烟。一美元一只的雪茄就足够了。全部加起来的价钱不宜太高,以免遭到咖啡馆太过厉害的报复;然而,吃下这一餐会使他走向冬季避难所的行程中心满意足、无忧无虑了。

可是,索比的脚刚踏进门,领班侍者的眼睛便落在了他那旧裤子和破皮鞋上。强壮迅急的手掌推了他个转身,悄无声息地被押了出来,推上了人行道,拯救了那只险遭毒手的野鸭的可怜命运。

索比离开了百老汇大街。看起来,靠大吃一通走向垂涎三尺的岛上,这办法是行不通了。要进监狱,还得另打主意。

在第六大街的拐角处,灯火通明、陈设精巧的大玻璃橱窗内的商品尤其诱人注目。索比捡起一块鹅卵石,向玻璃窗砸去。人们从转弯处奔来,领头的就是一位巡警。索比一动不动地站在原地,两手插在裤袋里,对着黄铜纽扣微笑④。

"肇事的家伙跑哪儿去了?"警官气急败坏地问道。

"你不以为这事与我有关吗?"索比说,多少带点嘲讽语气,但很友好,如同他正交着桃花运呢。

警察根本没把索比看成作案对象。毁坏窗子的人绝对不会留在现场与法律的宠臣攀谈,早就溜之大吉啦。警察看到半条街外有个人正跑去赶一辆车,便挥舞着警棍追了上去。索比心里十分憎恶,只得拖着脚步,重新开始游荡。他再一次失算了。

对面街上,有一家不太招眼的餐厅,它可以填饱肚子,又花不了多少钱。它的碗具粗糙,空气混浊,汤菜淡如水,餐巾薄如绢。索比穿着那令人诅咒的鞋子和暴露身分的裤子跨进餐厅,上帝保佑,还没遭到白眼。他走到桌前坐下,吃了牛排、煎饼、炸面饼圈和馅饼。然后,他向侍者坦露真象:他和钱老爷从无交往。

---

① 作者诙谐的说法,指美酒、华丽衣物和上流人物。
② 夏布利酒(chablis):原产于法国的Chablis地方的一种无甜味的白葡萄酒。
③ 卡门贝(carmembert)干酪(cheese):一种产于法国的软干酪。原为Fr.诺曼底一村庄,产此干酪而得名。
④ 指警察,因警察上衣的纽扣是黄铜制的。

"现在,快去叫警察,"索比说。"别让大爷久等。"

"用不着找警察,"侍者说,声音滑腻得如同奶油蛋糕,眼睛红得好似曼哈顿开胃酒中的樱桃。"喂,阿康!"

两个侍者干净利落地把他推倒在又冷又硬的人行道上,左耳着地。索比艰难地一点一点地从地上爬起来,好似木匠打开折尺一样,接着拍掉衣服上的尘土。被捕的愿望仅仅是美梦一个,那个岛子是太遥远了。相隔两个门面的药店前,站着一名警察,他笑了笑,便沿街走去。

索比走过五个街口之后,设法被捕的气又回来了。这一次出现的机会极为难得,他满以为十拿九稳哩。一位衣着简朴但讨人喜欢的年轻女人站在橱窗前,兴趣十足地瞪着陈列的修面杯和墨水瓶架入了迷。而两码之外,一位彪形大汉警察正靠在水龙头上,神情严肃。

索比的计划是装扮成一个下流、讨厌的"捣蛋鬼"。他的对象文雅娴静,又有一位忠于职守的警察近在眼前,这使他足以相信,警察的双手抓住他的手膀的滋味该是多么愉快呵,在岛上的小安乐窝里度过这个冬季就有了保证。

索比扶正了教会的女士送给他的领结,拉出缩进去的衬衣袖口,把帽子往后一掀,歪得几乎要落下来,侧身向那女人挨将过去。他对她送秋波,清嗓子,哼哼哈哈,嬉皮笑脸,把小流氓所干的一切卑鄙无耻的勾当表演得维妙维肖。他斜眼望去,看见那个警察正死死盯住他。年轻女人移开了几步,又沉醉于观赏那修面杯。索比跟过去,大胆地走近她,举了举帽子,说:"啊哈,比德莉亚,你不想去我的院子里玩玩吗?"

警察仍旧死死盯住。受人轻薄的年轻女人只需将手一招,就等于已经上路去岛上的安乐窝了。在想象中,他已经感觉到警察分局的舒适和温暖了。年轻女人转身面对着他,伸出一只手,捉住了索比的上衣袖口。

"当然罗,迈克,"她兴高采烈地说,"如果你肯破费给我买一杯啤酒的话。要不是那个警察老瞅住我,早就同你搭腔了。"

年轻女人像常青藤攀附着他这棵大橡树一样。索比从警察身边走过,心中懊丧不已。看来命中注定,他该自由。

一到拐弯处,他甩掉女伴,撒腿就跑。他一口气跑到老远的一个地方。这儿,整夜都是最明亮的灯光,最轻松的心情,最轻率的誓言和最轻快的歌剧。淑女们披着皮装,绅士们身着大衣,在这凛冽的严寒中欢天喜地地走来走去。索比突然感到一阵恐惧,也许是某种可怕的魔法制住了他,使他免除了被捕。这念头令他心惊肉跳。但是,当他看见一个警察在灯火通明的剧院门前大模大样地巡逻时,他立刻捞到了"扰乱治安"这根救命稻草。

索比在人行道上扯开那破锣似的嗓子,像醉鬼一样胡闹。

他又跳,又吼,又叫,使尽各种伎俩来搅扰这苍穹。

警察旋转着他的警棍,扭身用背对着索比,向一位市民解释说:"这是个耶鲁小子在庆祝胜利,他们同哈特福德学院赛球,请人家吃了个大鹅蛋。声音是有点儿大,但不碍事。我们上峰有指示,让他们闹去吧。"

索比怏怏不乐地停止了白费力气的闹嚷。难道就永远没有警察对他下手吗？在他的幻梦中，那岛屿似乎成了可望而不可及的阿卡狄亚①了。他扣好单薄的上衣，以便抵挡刺骨的寒风。

索比看到雪茄烟店里有一位衣冠楚楚的人正对着火头点烟。那人进店时，把绸伞靠在门边。索比跨进店门，拿起绸伞，漫不经心地退了出来。点烟人匆匆追了出来。

"我的伞，"他厉声道。

"呵，是吗？"索比冷笑说："在小偷小摸之上，再加上一条侮辱罪吧。好哇，那你为什么不叫警察呢？没错，我拿了。你的伞！为什么不叫巡警呢？拐角那儿就站着一个哩。"

绸伞的主人放慢了脚步，索比也跟着慢了下来。他有一种预感，命运会再一次同他作对。那位警察好奇地瞧着他们俩。

"当然罗，"绸伞主人说，"那是，噢，你知道有时会出现这类误会……我……要是这伞是你的，我希望你别见怪……我是今天早上在餐厅捡的……要是你认出是你的，那么……我希望你别……"

"当然是我的，"索比恶狠狠地说。

绸伞的前主人悻悻地退了开去。那位警察慌忙不迭地跑去搀扶一个身披夜礼服斗篷、头发金黄的高个子女人穿过横街，以免两条街之外驶来的街车会碰着她。

索比往东走，穿过一条因翻修弄得高低不平的街道。他怒气冲天地把绸伞猛地掷进一个坑里。他咕咕哝哝地抱怨那些头戴钢盔、手执警棍的家伙。因为他一心只想落入法网，而他们则偏偏把他当成永不出错的国王②。

最后，索比来到了通往东区的一条街上，这儿的灯光暗淡，嘈杂声也若有若无。他顺着街道向麦迪逊广场走去，即使他的家仅仅是公园里的一条长凳，但回家的本能还是把他带到了那儿。

可是，在一个异常幽静的转角处，索比停住了。这儿有一座古老的教堂，样子古雅，显得零乱，是带山墙的建筑。柔和的灯光透过淡紫色的玻璃窗映射出来，毫无疑问，是风琴师在练熟星期天的赞美诗。悦耳的乐声飘进索比的耳朵，吸引了他，把他粘在了螺旋形的铁栏杆上。

月亮挂在高高的夜空，光辉、静穆；行人和车辆寥寥无几；屋檐下的燕雀在睡梦中几声啊啾——这会儿有如乡村中教堂墓地的气氛。风琴师弹奏的赞美诗拨动了伏在铁栏杆上的索比的心弦，因为当他生活中拥有母爱、玫瑰、抱负、朋友以及纯洁无邪的思想和洁白的衣领时，他是非常熟悉赞美诗的。

索比的敏感心情同老教堂的潜移默化交融在一起，使他的灵魂猛然间出现了奇妙的变化。他立刻惊恐地醒悟到自己已经坠入了深渊，堕落的岁月，可耻的欲念，悲观失望，才穷智竭，动机卑鄙——这一切构成了他的全部生活。

---

① 阿卡狄亚（Arcadia）：原为古希腊一山区，现在伯罗奔尼撒半岛中部，以其居民过着田园牧歌式的淳朴生活而著称，现指"世外桃园"。

② 英语谚语：国王不可能犯错误（king can do no wrong）。

顷刻间,这种新的思想境界令他激动万分。一股迅急而强烈的冲动鼓舞着他去迎战坎坷的人生。他要把自己拖出泥淖,他要征服那一度驾驭自己的恶魔。时间尚不晚,他还算年轻,他要再现当年的雄心壮志,并坚定不移地去实现它。管风琴的庄重而甜美音调已经在他的内心深处引起了一场革命。明天,他要去繁华的商业区找事干。有个皮货进口商一度让他当司机,明天找到他,接下这份差事。他愿意做个煊赫一时的人物。他要……

索比感到有只手按在他的胳膊上。他霍地扭过头来,只见一位警察的宽脸庞。

"你在这儿干什么呀?"警察问道。

"没干什么。"索比说。

"那就跟我来。"警察说。

第二天早晨,警察局法庭的法官宣判道:"布莱克韦尔岛,三个月。"

(杨驰 译)

赏 析

《警察与赞美诗》是欧·亨利的代表作品之一。欧·亨利的作品曾被誉为"美国生活的幽默的百科全书"。此篇小说更是幽默风趣、辛辣讽刺、构思奇特情节曲折多变。

小说讲述了一个可笑的故事。主人公索比在冬天即将到来的时候,开始为进入他的冬季寓所——布莱克韦尔监狱作出努力,使尽各种办法想让警察逮捕他。可是,均未成功。正当他受到教堂中赞美诗的音乐的感化,决定放弃过去的生活,重新开始时,却被警察抓了起来,"如愿"地被送到了监狱里。在整部小说里,欧·亨利幽默无处不在的。其中之一就是作者巧妙地运用了事物发展过程中的"不合理性"。苏比曾几次惹事生非,想进监狱得以安身,可他总是"背运"。当苏比受到赞美诗的感化,欲改邪归正时,警察却以"莫须有"的罪名将他投入了监狱。主人公的反常心理,跌宕起伏的情节,出乎意料的结局,令人捧腹之余又辛酸不已,警察该抓他的时候不抓,不该抓的时候偏抓。这一系列与情理相悖的现象无不使人哑然失笑。事物发展过程中的"不合理性"常被人们巧妙地利用来表现幽默,而欧·亨利就很好地运用了这种方法,并借此深刻地反映社会现实。当然,文中运用幽默的方法还有很多,但都有一个共同点,那就是什么地方有幽默,什么地方就有作者的深意。

整篇小说大量运用了幽默、对比的手法,把一个小人物苏比的悲惨生活表现得活灵活现,使人在捧腹之余深刻的感觉到资本主义社会的残酷。所以说幽默的手法是该短篇小说的最大特点。

竞选州长

〔美国〕马克·吐温

> **马克·吐温**（1835—1910），美国杰出现实主义作家，本名撒米尔·兰荷恩·克利孟斯，马克·吐温是其笔名。出生于密西西比河畔小城汉尼拔的一个乡村贫穷律师家庭，从小出外拜师学徒。当过排字工人、密西西比河水手、南军士兵，还经营过木材业、矿业和出版业。但有效的工作是当记者和写作幽默文学。这些丰富的经历，给他的创作提供了丰富的素材。
>
> 马克·吐温是美国批判现实主义文学的奠基人，世界著名的短篇小说大师。他经历了美国从"自由"资本主义到帝国主义的发展过程，其思想和创作也表现为从轻快调笑到辛辣讽刺再到悲观厌世的发展阶段。他的早期创作，如短篇小说《竞选州长》、《哥尔斯密的朋友再度出洋》等，以幽默、诙谐的笔法嘲笑美国"民主选举"的荒谬和"民主天堂"的本质。中期作品，如代表作长篇小说《哈克贝里·费恩历险记》及《傻瓜威尔逊》等，则以深沉、辛辣的笔调讽刺和揭露像瘟疫般盛行于美国的投机、拜金狂热，及暗无天日的社会现实与惨无人道的种族歧视。其作品文字清新有力，审视角度自然而独特，语言幽默、辛辣、简练生动，开创了美国民族文学的新时代，被视为美国文学史上具划时代意义的现实主义著作。

几个月以前，我被提名为独立党的纽约州州长候选人，与斯图阿特·伍德福先生和约翰·霍夫曼先生竞选。我总觉得我有一个显著的长处胜过这两位先生，那就是——声望还好。从报纸上很容易看出，即令他们曾经知道保持名誉的好处，那个时候也已经过去了。近几年来，他们显然对各式各样可耻的罪行都习以为常了。但是正当我还在赞美自己的长处，并暗自因此得意的时候，却有一股不愉快的浑浊潜流"搅浑"我那快乐心情的深处，那就是——不得不听到我的名字动辄被人家拿来与那些人相提并论地到处传播。我心里越来越烦乱。后来我就写信给我的祖母，报告这桩事情。她的信回得又快、又干脆。她说——

> 你生平从来没有干过一桩可羞的事情——从来没有。你看看报纸吧——你看一看，要明白伍德福和霍夫曼这两位先生是一种什么人物，然后想一想你是否情愿把自己降到他们的水平，和他们公开竞选。

我也正是这么想呀！那天晚上我片刻也没有睡着。可是事已至此，我究竟无法撒手了。我已经完全卷入了漩涡，不得不继续这场斗争。早餐时，我无精打采地看着报纸，忽然发现下面这么一段，老实说，我从来没有那么吃惊过——

伪证罪——马克·吐温先生现在既然在大众面前当了州长候选人，他也许会赏个面子，说明一下他怎么会在1863年在交趾支那瓦卡瓦克被34个证人证明犯了伪证罪。那次做伪证的意图是要从一个贫苦的土著寡妇及其无依无靠的儿女手里夺取一块贫瘠的香蕉园，那是他们失去亲人之后的凄凉生活中唯一的依靠和唯一的生活来源。吐温先生应该把这桩事情交代清楚，才对得起他自己，才对得起他所要求投票支持他的那些广大人民。他是否会照办呢？

我不胜诧异，顿时觉得心都要炸了！这样残酷无情的诬蔑。我一辈子连见也没有见过交趾支那！瓦卡瓦克我连听也没有听说过！至于香蕉园，我简直就不知道它和一只袋鼠有什么区别！我真不知道怎么办才好。我简直被弄得神经错乱、不知所措。我只好把那一天混过去，根本就没有采取任何步骤。第二天早上，同一报纸上登着这么一条——别的什么也没有——

耐人寻味——大家都会注意到，吐温先生对于那桩交趾支那的伪证案保持缄默，似有隐衷。

（附注——在竞选运动期中，从此以后，这个报纸一提到我，唯一的称呼就始终是"无耻的伪证制造者吐温"。）

其次是《新闻报》，上面登着这么一段——

敬请说明——新任州长候选人可否将下述事实经过向本市若干迫切等待着给他投票的市民赐予说明，以释群疑。他在蒙大拿的时候，和他同住在一间小房子里的伙伴们时常遗失一些小小的贵重物品，后来这些东西通通在吐温先生身上或是他的"皮箱"（他用来包裹身边物品的报纸）里找到了，于是大家为了帮助他改过自新，就不得不对他进行一番友谊的忠告，所以就给他浑身涂满柏油，粘上羽毛，让他吃"坐木杠"的苦头①，然后就叫他永远离开他在这个工棚里所占的位子。这究竟是怎么回事，他可以说明一下吗？

世间还能有比这更居心险恶的事情吗？因为我是一辈子没有到过蒙大拿的。（从此

---

① 这是美国的一种侮辱人的私刑，把认为犯了罪的人绑住，浑身涂上柏油，粘上鸡毛，让他骑坐在一根木根的削尖的一边上，抬着他游街示众，有时还给两只脚上各挂一铁球，加重他的痛苦。

以后,这个报纸就照例把我叫做"蒙大拿的小偷吐温"。)于是我渐渐对报纸有了戒心,一拿起来就觉得提心吊胆——很像一个人想睡觉的时候去揭开床毯,可是脑子里却担心那底下会有一条响尾蛇似的。有一天,我又看到这么一段——

谣言被揭穿了! ——根据5点区的迈克尔·欧弗兰纳根先生和水街的启特·柏恩斯先生及约翰·亚伦先生3人宣誓负责的证词,现已证明马克·吐温先生诬蔑我党德高望重的领袖约翰·霍夫曼已故的令祖父,说他是因囚犯盗劫罪被处绞刑的。这种卑鄙的说法是一种下流的、无端的谣言,连丝毫事实根据的踪影都没有。像这样毁谤九泉之下的死者、并以谰言砧污他们的令名的无耻手段,竟被人用以博得政治上的成功,这实在叫正人君子看了寒心。我们想到这种卑鄙的谣言对死者清白的家属和亲友们所必然引起的悲恸时,几乎激动得要把受了污蔑和侮辱的公众鼓动起来,采取断然行动,对诽谤者施行非法的报复。但是我们不这么办!还是让他去受到良心的谴责而苦痛吧。(不过公众如果让感情的冲动占了上风,在盲目的愤怒支配之下竟至对诽谤者加以人身的伤害,显而易见,陪审员是不能给这些激于义愤的人们定罪的,法院也不能对他们加以处罚。)

末尾那句巧妙的话居然大起作用,当天夜里就有一群"受了污蔑和侮辱的公众"从前面冲进我的房子,把我吓得连忙从床上爬起来,由后门逃出去;那些人满腔义愤,来势汹汹,一进门就捣毁了家具和窗户,走的时候把能带走的财物都拿去了。但是我可以把手按在《圣经》上发誓,我从来没有诽谤过霍夫曼州长的祖父。不但如此,直到那一天为止,我还从来没有听说过他,也从来没有提到过他。

(我要顺便说一声,从那以后,上面所引的那个报纸就把我称为"盗尸犯吐温"。)

其次一条引起了我的注意的新闻是这样说的——

好一个体面的候选人 ——马克·吐温先生原定于昨晚在独立党的群众大会上作一次中伤别人的演说,但是他不曾按时到场!他的医生打来一个电报,说他被一辆狂奔的马车撞倒了,腿上两处受伤——伤者在床上躺着,非常苦痛,如此这般,还编了一大堆这类的谎话。独立党党员们极力要把这种卑鄙的事掩饰下去,故意假装着不知道他们所提名为候选人的这个花天酒地的家伙之所以没有来的真正原因。昨晚上分明有人看见一个人醉得不成样子,一歪一倒地走进吐温先生住的旅馆。独立党党员们有不容推卸的义务,应该赶快证明这个醉鬼并非马克·吐温本人。我们终于把他们难住了!这件事情是不容避而不谈的。人民的呼声响雷似地要求回答,"那个人究竟是谁?"

当真把我的名字牵连到这个不名誉的嫌疑上面,一时实在令人难以置信,绝对难以置信。我已经整整3年没有尝过麦酒、啤酒、葡萄酒,或是任何一种酒了。

(现在我说起当初看到自己在那个报纸的下一期上被人确信地加上"酒疯子吐温先

生"的诨名,竟能毫不感到苦恼——虽然明知那个报纸会要坚持不渝地继续这样称呼我,一直到底——这就足见当时的环境对我起了多大的作用。)

这时候匿名信逐渐成为我所收到的邮件中的重要部分。普通的方式是这样的——

> 让你从你的公馆门口一脚踢开的那个讨钱的老太婆,现在怎么样了?
>
> 爱管闲事的人启。

还有这样的——

> 你干的事情,有些是除了我一人而外谁也不知道的。你最好识相一点,快给鄙人拿出几块钱来,要不然就会有一位大爷对你不客气,在报纸上给你过不去。
>
> 随你猜敬启。

大致的意思总是这样。如果需要的话,我可以继续举出许多例子,直到读者发腻为止。

不久,共和党的主要报纸又给我"判了罪"——大规模的贿赂行为;而民主党的权威报纸则将一桩大肆渲染的讹诈案硬栽到我头上。(就是这样,我又获得了两个称号:"肮脏的舞弊分子吐温"和"可恶的讹诈者吐温。")

这时候舆论鼎沸,叫我"答复"对我提出的那一切可怕的控诉,以致我们党里的主笔和领袖们都说我如果再保持缄默,那就会使我在政治上垮台。好像是要使控诉更加显得有劲似的,就在第二天有一家报纸上又登出了下面这么一段——

> **注意这个角色!**——独立党的候选人还在保持缄默。因为他根本不敢说话。一切对他的指控通通充分证实了,他自己那种等于招供的缄默态度已经一再承认了这些罪状,现在他是永远也不能翻供了。独立党党员们,请看你们这位候选人!请看这位声名狼藉的伪证犯!这位蒙大拿的小偷!这位盗尸犯!仔细看看你们这个酒疯症的化身!你们这个肮脏的舞弊分子!这个可恶的讹诈专家!睁开眼睛盯住他——把他仔细打量一番——然后再打定主意:像这么一个败类,他犯了滔天罪行、获得了一大串晦气的头衔而不敢张嘴否认任何一个,你们是否可以把你们的规规矩矩的选票投给他!

要想摆脱这种攻击,简直没有办法,所以在深感羞辱之余,我准备要"答复"那一大堆无稽的指控和那些下流而恶毒的谣言。可是我始终没有完成这个工作,因为就在第二天早上,又有一个报纸登出一个新的恐怖事件,再度的恶意中伤,严厉地控诉我烧毁了一个疯人院,连里面所有的病人也给烧死了,为的是它妨碍了我的住宅的视线。这可使我陷入了恐慌的境地。然后又来了一个控诉,说我曾经为了夺取我的叔父的财产而把他毒死了,并提出紧急的要求,要挖开坟墓验尸。这简直吓得我要发疯。这一切还不够,又给我加了一个罪名,说我在弃婴收养所当所长的时候,曾经雇用过一些掉光了牙齿的老迈无能的亲戚担任烹任工作。我开始动摇了——动摇了。最后,党派相争的仇恨所加到我身上的无耻的迫害终于很自然地发展到了一个高潮:九个刚学走路的小孩子,包括各种肤色,带着各种穷形怪相,被教唆着在一个公开的集会上闯到讲台上来,抱住我的腿,叫我爸爸!

我放弃了竞选。我偃旗息鼓,甘拜下风。我够不上纽约州州长竞选所需要的条件,于是我提出了退出竞选的声明;并且由于满怀懊恼,信末签署了这样的下款:

"你的忠实的朋友——从前是个正派人,可是现在成了伪证犯、小偷、盗尸犯、酒疯子、舞弊分子和讹诈专家的马克·吐温。"

(李晓光 译)

赏 析

马克·吐温以其颠扑不破的创作精神,颇具清雅风格的"人民的语言",尤其是其令人捧腹的讽刺和幽默,被誉为美国"文学上的林旨"。马克·吐温写过许多短篇小说,《竞选州长》是马克·吐温早期作品中触及到资本主义社会本质的佳作。

1861年,美国爆发南北战争至1865年结束,以北部的胜利恢复了国家的统一。此时,美国资本主义经济得到迅速发展,形成垄断资本,控制国家政权,对内实行两党制,以民主自由为幌子,实行残酷的阶级压迫和剥削,对外资本输出,进行掠夺和扩张。当时美国总统选举,各州州长也是由两党竞选而产生,民主党与共和党各自拉拢选票,不惜重金收买想在竞选中获胜,两党互相攻击,不惜造谣中伤。《竞选州长》反映了这一黑暗的社会现实,为美国的"民主"描绘了一幅绝妙的讽刺画。小说通过一个虚构的独立党人参加州长竞选而遭到一连串卑鄙下流无耻的诽谤和中伤的故事,有力地戳穿了美国"民主政治"的虚伪,深刻地暴露了资本主义制度在"民主政治"旗帜掩盖下的腐朽和堕落。

马克·吐温对这些资产阶级政客嘴脸的刻画,可谓入木三分,可圈可点,对资本主义社会的种种弊端与丑陋进行了深刻的剖析和揭露,极具思想性和教育性,是一篇不可多得的优秀的幽默讽刺作品。

热爱生命

〔美国〕杰克·伦敦

杰克·伦敦 (1876—1916),美国著名作家,出生于旧金山一个破产农民家庭,从小就迫于生计干过各种各样的杂活,二十岁左右还曾去阿拉斯加淘过金。1898年重返旧金山定居,边做苦工,边刻苦自学,练习写作。他一生共写了19部长篇小说,150篇短篇小说,3部剧本以及大量的论文、特写等,其中最著名的有长篇小说《铁蹄》、《马丁·伊登》、《荒野的呼唤》、《海狼》、《毒日头》、短篇小说集《狼之子》和特写《深渊中的人们》等。杰克·伦敦的众多的著述中,影响最大、流传最广的还是那些取材于淘金生活的故事。作品深刻地揭露资产阶级社会的虚伪面目和掠夺者的凶恶本质,有力地控诉了资本主义制度对人的压迫和摧残;同时,他也歌颂了个人命运的反抗,肯定了人自身所具的巨大潜力。杰克·伦敦善于以人物行动来表现主题思想,人物形象具有鲜明的个性,故事情节紧凑,文笔精练,有强烈的感染力。

一切,总算剩下了这一点——
他们经历了生活和动乱:
能做到这样也就是胜利,
尽管他们输掉了赌博的本钱。

他们两个一颠一跛,痛苦地走下河岸,有一次,走在前面的那个还在乱石中间失足摇晃了一下。他们又累又乏,因为长期忍受艰难,脸上都带着咬牙苦熬的表情。他们肩上捆着用毯子包起来的沉重的包袱。总算那条勒在额头上的皮带还得力,帮着吊住了包袱。他们每人拿着一支来复枪。走路的姿势,全是弯着腰,肩膀冲向前面,而脑袋冲得更前,眼睛总是瞅着地面。

"我们藏在地窖里的那些子弹,有两三发在我们身边就好了。"走在后面的那个人说道。

他的声调,阴沉沉的,完全没有感情。他冷冷地说着这些话;前面的那个只顾一拐一拐地向流过岩石、激起一片泡沫的白茫茫的小河里走去,一句话也不回答。

后面的那个跟着他走下河去。他们两个都没有脱掉鞋袜,虽然河水冰冷——冷得他们脚踝疼痛,两脚麻木。每逢走到河水冲激着他们膝盖的地方,两个人都摇摇晃晃地站不稳。

跟在后面的那个在一块光滑的圆石头上滑了一下,差一点摔下去;但是,他猛力一挣,站稳了,同时痛苦地尖叫了一声。他仿佛有点头昏眼花,一面摇晃着,一面伸出那只闲着的手,好像打算扶着空中的什么东西。站稳之后,他再向前走去,不料又摇晃了一下,几乎摔倒。于是,他就站着不动,瞧着前面那个一直没有回过头的人。

他这样一动不动地足足站了一分钟,好像在心中盘算。接着,他就叫了起来:

"喂,比尔,我的脚踝扭伤啦。"

比尔在白茫茫的河水里一摇一晃地走着,没有回头。后面那个人瞅着他这样走去,脸上虽然照旧没有表情,眼神却跟一头受伤的鹿一样。

前面那个人一颠一跛,登上对面的河岸以后,头也不回,只顾向前走去。河里的人眼睁睁地瞧着。他的嘴唇有点发抖,因此,他嘴上那丛乱棕似的胡子也在明显地抖动。他甚至不知不觉地伸出舌头来舐舐嘴唇。

"比尔!"他大声地喊着。

这是一个坚强的人在难中求援的喊声,但比尔并没有回头。他的伙伴干瞧着他,只见他古里古怪地颠跛着,跌跌撞撞地前进,蹒跚地登上一片不陡的斜坡,向矮山头上柔和的天际走去。他一直瞧到他跨过山头,失去了踪影。于是他掉转眼光,慢慢扫过比尔走后留给他的那一圈世界。

靠近地平线的太阳,像一团快要熄灭的火球,几乎被那些混混沌沌的浓雾同蒸气遮没了,让你觉得它好像是什么密密团团,然而轮廓模糊、不可捉摸的东西。这个人支着一条腿,掏出了他的表。现在是4点钟,在这种7月底或者8月初的季节里——他说不出一两个星期之内的确切的日期——他知道太阳大约是在西北方。他瞧了瞧南面,知道在那些荒凉的小山后面就是大熊湖;同时,他还知道在那个方向,北极圈的禁区界线深入到加拿大冻原之内。而他所站的地方,则是铜矿河的一条支流,那铜矿河又向北流去,注入加冕湾和北冰洋。他从来没到过那儿,但是,有一次,他在哈得逊湾公司的地图上曾经瞧见过那地方。

他把周围的那一圈世界重新扫了一遍。这是一片叫人看了发愁的景象。到处都是模糊的天际线。小山全是那么低低的。没有树,没有灌木,没有草——什么都没有,只有一片辽阔可怕的荒野,因此他的两眼迅速地露出了恐惧。

"比尔!"他悄悄地、一次又一次地喊道,"比尔!"

他在白茫茫的水里畏缩着,好像这片浩大的世界正在用压倒一切的力量挤着他,正在残忍地摆出得意的威风来摧毁他。他像发疟子似地抖了起来,连手里的枪都哗啦一声落到水里。这一声总算把他惊醒了。他和恐惧斗争着,竭力鼓起精神,在水里摸索,找到了枪。他把包袱向左肩挪动了一下,以便减轻扭伤的脚踝的负担。接着,他就慢慢地,小心谨慎地,疼得闪闪缩缩地向河岸走去。

他一步也没有停。他像发疯似地拼着命,不顾疼痛,匆匆登上斜坡,走向他的伙伴失去踪影的那个山头——比起那个瘸着腿、一颠一跛的伙伴来,他的样子显得更古怪可笑。可是到了山头,只看见一片死沉沉的、寸草不生的浅山谷。他又和恐惧斗争着,克服了它,把包袱再往左肩挪了挪,蹒跚地走下山坡。

谷底一片潮湿，浓厚的苔藓，像海绵一样，吸饱了水。他每走一步，水就从他脚底下溅出来，他每提起脚，就会引起一种喳叭喳叭的声音，因为潮湿的苔藓总是吸住他的脚，不肯放松。他挑着好路，从一块沼地走到另一块沼地，并且顺着比尔的脚印，走过一堆一堆的、像突出在这片苔藓海里的小岛一样的岩石。

他虽然孤零零的一个人，却没有迷路。他知道，再往前去，就会走到一个小湖旁边，那儿有许多极小极细的枯死的枞树，当地的人把那里叫做"提青尼其利"——意思是"小棍子地"。而且，还有一条小溪通到湖里，溪水也不是这样白茫茫的。溪上有灯心草——这一点他记得很清楚——但是没有树木，他可以沿着这条小溪一直走到水源尽头的分水岭。他会翻过这道分水岭，走到另一条小溪的源头。这条溪是向西流的，他可以顺着水流走到它注入狄斯河的地方，那里，在一条翻着的独木船下面可以找到一个小坑，坑上面堆着许多石头。这个坑里有他那支空枪所需要的子弹，还有钓钩、钓丝和一张小渔网——打猎钓鱼求食的一切工具。同时，他还会找到面粉——并不多——此外还有一块腌猪肉同一些豆子。

比尔会在那里等他的，他们会顺着狄斯河向南划到大熊湖。接着，他们就会在湖里朝南方划，一直朝南，直到马肯齐河，到了那里，他们还是要朝着南方，继续朝南方下去，那么冬天就怎么也赶不上他们。让湍流结冰吧，让天气变得更凛冽吧。他们会向南走到一个暖和的哈得逊湾公司的站头，那儿不仅树木长得高大茂盛，食品也多得吃不完。

这个人一路向前挣扎的时候，脑子里就是这样想的。他不仅苦苦地拼着体力，也同样苦苦地绞着脑汁，他竭力想着比尔并没有抛弃他，想着比尔一定会在藏东西的地方等他。他不得不这样想，不然，他就用不着这样拼命，他早就会躺下来死掉了，当那团模糊的太阳慢慢向西北方沉下去的时候，他想象着跑完了他和比尔向南逃避紧紧追来的冬天的每英寸路，而且跑了许多次。他反复地想着地窖里和哈得逊湾公司站头上的吃的东西。他已经有两天没吃东西了；至于没有好好地吃到他所要吃的东西的日子还绝不止两天。他常常要弯下腰，摘着沼地上那种灰白色的浆果，把它们放到口里，嚼几嚼，然后吞下去。这种沼地里的浆果只是一小粒包着一点浆水的种籽。一进口，水就化了，种籽又辣又苦。他知道这种浆果并没有养份，但是他仍然抱着一种不顾常识，不顾经验教训的希望，耐心地嚼着它们。

走到9点钟，他在一块岩石上绊了一下，由于极端的疲倦和衰弱，他摇晃了一下就栽倒了。他侧着身子，一动也不动地躺了一会儿。接着，他从捆包袱的皮带当中脱出身子，笨拙地挣扎起来勉强坐着。这时候，天还没有完全黑，他便借着留连的暮色，在乱石中间摸索着，想找到一些干枯的苔藓。后来，他收集了一堆，就升起一蓬火——一蓬不旺的，冒着黑烟的火——并且放了一白铁罐子水在上面煮着。

他打开包袱，第一件事就是数数他的火柴。一共67根。为了弄清楚，他数了3遍。他把它们分成几份，用油纸包起来，一份放在他的空烟草袋里，一份放在他的破帽子的帽圈里，最后一份放在贴胸的衬衫里面。做完以后，他忽然感到一阵恐慌，于是把它们完全拿出来打开，重新数过。仍然是67根。

他在火边烘着潮湿的鞋袜。鹿皮鞋已经成了湿透的碎片。毡袜子有好多地方都磨穿了,两只脚皮开肉绽,都在流血。一只脚踝胀得脉管直跳,他检查了一下。它已经肿得和膝盖一样粗了。他一共有两条毯子,他从其中的一条撕下一个长条,把脚踝捆紧。此外,他又撕下几条,裹在脚上,代替鹿皮鞋和袜子。接着,他就喝完那罐滚烫的水,上好表的发条,爬进两条毯子当中。

他睡得跟死人一样。午夜前后的短暂的黑暗来而复去。太阳从东北方升了起来——至少也得说那个方向出现了曙光,因为太阳给乌云遮没了。

6点钟的时候,他醒了过来,静静地仰面躺着。他直瞅着上面灰色的天空,知道肚子饿了。当他撑住胳膊肘翻身的时候,一个很大的呼噜声把他吓了一跳,他看见了一只公鹿,它正在用机警好奇的眼光瞧着他。这个牲畜离他不过50英尺光景,他脑子里立刻出现了鹿肉排在火上烤得咝咝响的情景和滋味。他不自觉地抓起了那支空枪,瞄好准星,扣了一下扳机。公鹿哼了一下,一跳就跑开了,只听见它奔过山岩时蹄子得得乱响的声音。

这个人骂了一句,扔开那支空枪。他一面拖着身体站起来,一面大声地哼哼。这是一件很慢、很吃力的事。他的关节都像生了锈的铰链。它们在骨臼里的动作很迟钝,阻力很大,一屈一伸都得咬着牙才能办到。最后,两条腿总算站住了,但又花了一分钟左右的工夫才挺起腰,让他能够像一个人那样站得笔直。

他蹒跚地登上一个小丘,看了看周围的地形。既没有树木,也没有小树丛,什么都没有,只看到一望无际的灰色苔藓,偶尔有点灰色的岩石,几个灰色的小湖。几条灰色的小溪,算是一点变化点缀。天空也是灰色的。没有太阳,也没有太阳的影子。他不知道哪儿是北方,他已经忘掉了昨天晚上他是怎样取道走到这里的。不过他并没有迷失方向。这他是知道的。不久他就会走到那块"小棍子地"。他觉得它就在左面的什么地方,而且不远——可能翻过前面的小山头就到了。

他于是回到原地去把包袱打好,准备动身。他摸清楚了那3包分别放开的火柴还在,虽然没有停下来再数数。不过,他仍然踌躇了一下,在那儿一个劲儿盘算,这次是为了一个厚实的鹿皮口袋。袋子并不大。他可以用两只手把它完全遮没。他知道它有15磅重——相当于包袱里其他东西的总和——这个口袋使他发愁。最后,他把它放在一边,开始卷包袱。可是,卷了一会,他又停下手,盯着那个鹿皮口袋。他匆忙地把它抓到手里,用一种挑战的眼光瞧着周围,仿佛这片荒原要把它抢走似的;等到他站起来,摇摇晃晃地开始这一天的路程的时候,这个口袋仍然在他背后的包袱里。

他转向左面走着,不时停下来摘沼地上的浆果吃。他的脚踝已经僵了,他比以前跛得更明显,但是,比起肚子里的痛苦,脚疼就算不了什么。饥饿的疼痛是剧烈的。它们一阵阵地发作,好像在啃着他的胃,痛得他不能把思想集中在到"小棍子地"必须走的路线上。沼地上的浆果并不能减轻这种剧痛,那种刺激性的味道反而使他的舌头和嘴唇热辣辣的。

他走到了一个山谷,那儿有许多松鸡从岩石和沼地里呼呼地拍着翅膀飞起来。它们发出一种"咯儿—咯儿—咯儿"的叫声。他拿石子打它们,但是打不中。他把包袱放在地上,像猫捉麻雀一样地偷偷走过去。锋利的岩石划破了他的裤子,膝盖流出的血在地面上留下一道血迹;但是在饥饿的痛苦中,这种痛苦也算不了什么。他在潮湿的苔藓上爬着,弄得衣服透湿,身上发冷;可是这些他都没有觉得,因为他想吃东西的念头那么强烈。而那些松鸡却总是在他面前飞起来,呼呼地转,到后来,它们那种"咯儿—咯儿—咯儿"的叫声简直变成了对他的嘲笑,于是他就咒骂它们,随着它们的叫声对它们大叫起来。

有一次,他爬到了一只一定是睡着了的松鸡旁边。他一直没有瞧见,到它从岩石的角落里冲着他的脸窜起来,他才发现。他像那只松鸡的起飞一样惊慌,抓了一把,只捞到了3根尾巴上的羽毛。他一面瞅着它飞走,一面恨它,好像它做了什么非常对不起他的事。随后他回到原地,背起包袱。

时光渐渐消逝,他走进了连绵的山谷,或者说是沼地,这些地方的野物都比较多。一群驯鹿走了过去,大约有20多头,都是那样诱人地呆在来复枪的射程以内。他心里有一种发狂似的、想追赶它们的念头,而且相信自己一定能追上去捉住它们。一只黑狐狸朝他走了过来,嘴里衔着一只松鸡。这个人喊了一声。这是一种可怕的喊声,那只狐狸给吓跑了,可是没有丢下松鸡。

傍晚时,他顺着一条小河走去,乳白色的、含有石灰的河水从稀疏的灯心草丛里流过去。他紧紧抓住这些灯心草的贴根的部分,拔起一种好像嫩葱芽的东西,只有木瓦钉那么大。这东西很嫩,他的牙齿咬进去,会发出一种咯吱咯吱的声音,仿佛味道很好。但是它的纤维却不容易嚼。它是由一丝丝的充满了水份的纤维组成的,跟沼地上的浆果一样,完全没有养份。他丢开包袱,爬到灯心草丛里,像牛似地大咬大嚼起来。

他非常疲倦,总是希望能歇一会儿——躺下来睡个觉;可是他又不得不继续挣扎前进——不过,这并不一定是因为他急于要赶到"小棍子地",多半还是饥饿在逼着他。他常常跑到小水坑里去找青蛙,或者用指甲翻起土来找小虫,虽然他也知道,在这么远的北方,是不可能有什么青蛙或小虫的。

他瞧遍了每一个水坑,都没有用,最后,到了漫漫的暮色袭来的时候,他才发现一个水坑里有一条独一无二的、像鲦鱼般的小鱼。他把胳膊伸下水去,一直没到肩头,但是它又溜开了。于是他用双手去捉,把池底的乳白色泥浆全搅浑了。正在紧张的关头,他又掉到了坑里,半身都浸湿了。现在,水已经太浑,看不出鱼在哪儿,他只好等着,等泥浆沉淀下去。

他重新又捉起来,直到水又搅浑。可是他等不及了,便解下身上的白铁罐子,把坑里的水舀出去。起初,他发狂一样地舀着,把水溅到自己身上,同时,因为泼出去的距离太近,水全流向坑里。后来,他就比较小心地舀着,尽量让自己冷静一点,虽然他的心跳得很厉害,手在发抖。这样过了半小时,坑里的水差不多舀光了。剩下来的连一杯也不到。可是,并没有什么鱼。他这才发现石头里面有一条暗缝,那条鱼已经从那里钻到了旁边一个相连的大坑——坑里的水他一天一夜也舀不干。如果他早知道有这个暗缝,他会一开始就用石头把它堵死,而鱼也就早归他所有了。

他这样想着,四肢无力地倒在潮湿的地上。起初,他只是偷偷地哭,过了一会,他就对着把他团团围住的无情的荒原号啕大哭;后来,他又大声抽噎了好久。

他升起一蓬火,喝了几罐热水让自己暖和暖和,并且照昨天晚上那样在一块岩石上露宿。最后他检查了一下火柴是不是干燥,并且上好表的发条。毯子又湿又冷,脚踝痛得在悸动。可是他只有饿的感觉,在不安的睡眠里,他梦见了许多酒席和宴会,似及各种各样的摆在桌上的食物。

醒来时,他又冷又不舒服。他看不到太阳。灰蒙蒙的大地和天空变得愈来愈阴沉昏暗。一阵刺骨的寒风刮了起来,初雪铺白了山顶。他周围的空气愈来愈浓,成了白茫茫一片,这时,他已经升起火,又烧了一罐开水。天上下的一半是雨,一半是雪,雪花又大又潮。起初,一落到地面就会融化,但后来越来越多,盖满了地面,淋熄了他的火,糟踏了他的当作燃料的干苔藓。

这是一个警告,他得背起包袱,一颠一跛地向前走;至于到哪儿去,他可不知道。他既没有想到"小棍子地",也没有想到比尔和狄斯河边那条翻过来的独木舟下的地窖。他完全给"吃"这个词儿管住了。他饿得要疯。他根本不管要走的是什么路,只要能走出这个谷底就成。他在湿雪里摸索着走到湿漉漉的沼地浆果那儿,接着又一面连根拔着灯心草,一面试探着前进。不过这东西既没有味,又不能把肚子填饱。后来,他发现了一种带酸味的野草,就把找到的都吃了下去,可是找到的并不多,因为它是一种蔓生植物,很容易给几英寸深的雪遮没。

那天晚上他既没有火,也没有热水,他只能钻在毯子里睡觉,而且常常饿醒。这时,雪已经变成了冰冷的雨。他觉得雨落在他仰着的脸上,给淋醒了好多次。天亮了——又是灰蒙蒙的一天,没有太阳。雨已经停了。刀绞一样的饥饿的感觉也消失了。他已经丧失了渴望食物的感觉。他只觉得胃里隐隐发痛,但并不使他过分难过。他的脑子已经比较清醒,他又一心一意地想着"小棍子地"和狄斯河边的地窖了。

他把撕剩的那条毯子扯成一条条的,裹好那双鲜血淋淋的脚。同时把受伤的脚踝重新捆紧,为这一天的旅行做好准备。等到收拾包袱的时候,他对着那个厚实的鹿皮口袋想了很久,但最后还是把它随身带着。

雪已经给雨水淋化了,只有山头还是白的。太阳出来了,他总算能够定出罗盘的方位来了,虽然他知道现在他已经迷了路。在前两天的路程中,他也许走得过分偏左了。因此,他为了校正,就朝右面走,以便走上正确的路程。

现在,虽然饿的痛苦已经不再那么敏锐,他却感到了虚弱。当他摘那种沼地上的浆果,或者拔灯心草的时候,他常常不得不停下来休息一会儿。他觉得他的舌头很干燥,很大,好像上面长满了细毛,而且发苦。他的心脏给他添了很多麻烦。他每走几分钟,心就会猛烈地扑通、扑通、扑通地搏动,然后变成一种痛苦的一起一落的迅速猛跳,逼得他透不过气,只觉得头昏眼花。

中午时分,他在一个大水坑里发现了两条鲦鱼。把坑里的水舀干是不可能,但是现在他比较镇静,就想法子用白铁罐子把它们捞起来。它们只有他的小指头那么长,但是他现在并不觉得特别饿。胃里的隐痛已经愈来愈麻木,愈不觉得了。他的胃几乎像睡了似的。他把鱼生吃下去,费劲地咀嚼着,因为吃东西已成了纯粹出于理智的动作。他虽然并不想吃,但是他知道,为了活,他必须吃。

黄昏时候,他又捉到了3条鲦鱼,他吃掉两条,留下一条作为第二天的早饭。太阳已经晒干了零星散漫的苔藓,他能够烧点热水让自己暖和暖和了。这一天,他走了不到10英里路;第二天,只要心脏许可,他总是往前走,一共只走了5英里多一些。但是胃里却一点也没有不舒服的感觉。它已经睡着了。现在,他到了一个陌生的地带,驯鹿愈来愈多,狼也多起来了。荒原里常常传出狼嗥的声音,有一次,他还瞧见了3只狼在他前面穿过。

又过了一夜;早晨,因为头脑比较清醒,他就解开系着那厚实的鹿皮口袋的皮绳,从袋口倒出一股黄澄澄的粗金沙和金块。他把这些金子分成了大致相等的两堆,一堆包在一块毯子里,在一块突出的岩石上藏好,把另外那堆仍旧装到口袋里。同时,他又从剩下的那条毯子上撕下几条,用来裹脚。他仍然舍不得他的枪,因为狄斯河边的地窖里有子弹。

这是一个下雾的日子,这一天,他又有了饿的感觉。他的身体非常虚弱,他一阵一阵地晕得什么都看不见。现在,对他来说,一碰就摔跤已经不是稀罕事了;有一次,他给绊了一下,正好摔到一个松鸡窝里。那里面有4只刚孵出的小松鸡,出世才一天光景——那些鲜蹦活跳的小生命只够吃一口;他狼吞虎咽,把它们活活塞到嘴里,像嚼蛋壳似地吃起来。母松鸡大吵大叫地在他周围扑来扑去。他把枪当作棍子来打它,可是它闪开了。他用石子来扔它,碰巧打伤了它的一个翅膀。松鸡拍着受伤的翅膀逃开了,他就在后面追赶。

那几只小鸡只不过引起了他的胃口。他拖着那只受伤的脚踝,一颠一拐,跌跌撞撞地追下去,时而对它扔石子,时而粗声吆喝;有时候,他只是一颠一拐,不声不响地追着,摔倒了就咬着牙耐心地爬起来,或者在头晕得支持不住的时候用手揉揉眼睛。

他这么一追,竟穿过了谷底的沼地,他在潮湿的苔藓上发现了一些脚印。这不是他自己的脚印——他看得出来。一定是比尔的。不过他不能停下,因为母松鸡正在向前跑。他得先把它捉住,然后回来查看。

母松鸡给追得精疲力竭;可是他自己也累坏了。它歪倒在地上喘个不停,他也歪倒在地上喘个不停,彼此只隔着10来英尺,然而没有力气爬过去。等到他恢复过来,它也恢复过来了,他的饿手才伸过去,它就扑着翅膀,逃到他扑不到的地方。这场追赶就这样继续下去。天黑之后,它终于逃掉了。他浑身发软,头重脚轻地栽下去,划伤了脸,包袱压在背上。他一动不动地过了好久,后来才翻过身,侧躺在地上,拧好表,在那儿一直躺到早晨。

又是一个下雾的日子。他剩下的那条毯子已经有一半做了包脚布。他没有找到比尔的踪迹。可是没有关系。饿逼得他太厉害了——不过——不过他又想,是不是比尔也迷了路。走到中午的时候,累赘的包袱压得他受不了。于是他重新把金子分开,这一次是只把其中的一半倒在地上。到了下午,他把剩下来的那一点也扔掉了,现在,他只有半条毯子、那个白铁罐子和那支枪。

一种幻觉开始找他的麻烦。他觉得有十足的把握,他还剩下一粒子弹。它就在枪膛里,而他一直没有想起。可是另一方面,他也始终明白,枪膛里是空的。但这种幻觉总是缠着他不散。他斗争了几个钟头,想摆脱这种幻觉,后来他就打开枪瞅着空的枪膛。这样的失望非常痛苦,仿佛他本来会找到那粒子弹似的。

经过半个钟头的跋涉之后,这种幻觉又起来了。他于是又跟它斗争,而它又缠住他不放,直到为了摆脱它,他又打开枪膛打消自己的念头。有时候,他越想越远,只好一面凭本能自动向前跋涉,一面让那些奇怪的念头和狂想像虫一样地啃他的脑髓。但是这类脱离现实的遐思大多维持不了好久,因为饥饿的痛苦总是会把他刺醒。有一次,正在这样瞎想的时候,他忽然猛地惊醒过来,看到一个几乎叫他昏倒的东西。他像酒醉一样地晃荡着,没让自己跌倒。他面前是一匹马。一匹马!他简直不能相信自己的眼睛。他觉得眼前一片漆黑,霎时间金星乱迸。他狠狠地揉着眼睛,让自己瞧瞧清楚,原来它并不是马,而是一头大棕熊。这个畜生正在用一种好斗的惊奇眼光盯着他。

这个人把枪举起一半,才记起来。他放下枪,从屁股后面的镶珠刀鞘里拔出猎刀。他面前是肉和生命。他用大拇指试试刀刃。刀刃很锋利。刀尖也很锋利。他本来会扑到熊身上,把它杀了的。可是他的心却开始了那种警告性的猛跳。接着又向上猛顶,迅速跳动,头像给铁箍箍紧了似的,脑子里渐渐感到一阵昏迷。

他的不顾一切的勇气已经给极端的恐惧赶跑了。他这样衰弱,如果那个畜生攻过来,怎么办?他只好竭力摆出极威风的样子,握紧猎刀,狠命地盯着那头熊。它笨拙地向前挪了两步,站直了,发出试探性的咆哮。如果这个人逃跑,它就追上去;不过这个人并没有逃跑。现在,由于恐惧而产生的勇气已经使他振奋起来。同样地,他也在咆哮,而且声音非常凶野,非常可怕,表达出那种生死攸关、紧紧地缠着生命的根基的恐惧。

那头熊慢慢向旁边挪动了一下,发出威胁的咆哮,连它也给这个站得笔直、毫不害怕的神秘动物吓住了。可是这个人仍旧不动。他像石像一样地站着,直到危险过去,他才猛然哆嗦了一阵,倒在潮湿的苔藓里。

他重新振作起来,继续前进,心里又产生了一种新的恐惧。这不是害怕他会束手无策地死于断粮的恐惧,而是害怕饥饿还没有耗尽他的最后一点求生力,而他已经给凶残地摧毁了。这地方的狼很多。狼嗥的声音在荒原上飘来飘去,在空中交织成一片危险的罗网,好像伸手就可以摸到,吓得他不由举起双手,把它向后推去,仿佛它是给风刮紧了的帐篷。

那些狼,时常三三两两地从他前面走过。但是都避着他。一则因为它们为数不多,此外,它们要找的是不会搏斗的驯鹿,而这个直立走路的奇怪动物却可能既会抓又会咬。

傍晚时他碰到了许多零乱的骨头,说明狼在这儿咬死过一头野兽。这些残骨在一个钟头以前还是一头小驯鹿,一面尖叫,一面飞奔,非常活跃。他端详着这些骨头,它们已经给啃得干干净净,精光发亮,其中只有一部份还没有死去的细胞泛着粉红色。难道在天黑之前,他也可能变成这个样子吗?生命就是这样吗,呃?真是一种空虚的、转瞬即逝的东西。只有活着才是痛苦。死并没有什么难过。死就等于睡觉。它意味着结束,休息。那么,为什么他不肯甘心地死呢?

但是,他对这些大道理想得并不长久。他蹲在苔藓地上,嘴里衔着一根骨头,吮吸着仍然使骨头微微泛红的残余生命。甜蜜蜜的肉味,跟回忆一样隐隐约约,不可捉摸,却引得他要发疯。他咬紧骨头,使劲地嚼,有时他咬碎了一点骨头,有时却咬碎了自己的牙。

于是他就用岩石来砸骨头,把它捣成了酱,然后吞到肚里。匆忙之中,有时砸到自己的指头,使他一时感到惊奇的是,他并不觉得很痛。

接下来是几天可怕的雨雪。他不知道什么时候露宿,什么时候收拾行李。他白天黑夜都在赶路。他摔倒的时候就休息,一到垂危的生命火花闪烁起来,微微燃烧的时候,就慢慢向前走。他已经不再像一个人那样挣扎了。逼着他向前走的,是他的生命,因为它不愿意死。他也不再痛苦了。他的神经已经变得迟钝麻木,他的脑子里则充满了怪异的幻像和美妙的梦境。

不过,他老是吮吸着,咀嚼着那只小驯鹿的碎骨头,这是他收集起来带在身边的一点残屑。他不再翻山越岭了,只是自动地顺着一条流过一片宽大的浅谷的溪水走去。可是他既没有看见溪流,也没有看到山谷。他只看到幻像。他的灵魂和肉体虽然在并排向前走,向前爬,但它们是分开的,它们之间的联系已经非常微弱。

有一天,他醒过来,神智清楚地仰卧在一块岩石上。太阳明朗暖和。他听到远处有小驯鹿尖叫的声音。他只隐约地记得下过雨,刮过风,落过雪,至于他究竟被暴风雨吹打了两天或者两个星期,那就不知道了。

他一动不动地躺了好一会儿,温和的太阳照在他身上,使他那受苦受难的身体充满了暖意。这是一个晴天,他想道。也许,他可以想办法确定自己的方位。他痛苦地使劲偏过身子。下面是一条流得很慢的很宽的河。他觉得这条河很陌生,真使他奇怪。他慢慢地顺着河望去,宽广的河弯蜿蜒在许多光秃秃的小荒山之间,比他往日碰到的任何小山都显得更光秃,更荒凉,更低矮。他于是慢慢地,从容地,毫不激动地,或者至多也是抱着一种极偶然的兴致,顺着这条奇怪的河的方向,向天际望去,只看到它注入一片明亮光辉的大海。他仍然不激动。太奇怪了,他想道,这是幻像吧,也许是海市蜃楼吧——多半是幻像,是他的错乱的神经搞出来的把戏。后来,他又看到光亮的大海上停泊着一只大船,就更加相信这是幻像。他眼睛闭了一会再睁开。奇怪,这种幻像竟会这样地持久!然而并不奇怪,他知道,在荒原中心绝不会有什么大海,大船,正像他知道他的空枪里没有子弹一样。

他听到背后有一种吸鼻子的声音——仿佛喘不出气或者咳嗽的声音。由于身体极端虚弱和僵硬,他极慢极慢地翻一个身。他看不出附近有什么东西,但是他耐心地等着。又听到了吸鼻子和咳嗽的声音,离他不到20英尺远的两块岩石之间,他隐约看到一只灰狼的头。那双尖耳朵并不像别的狼那样竖得笔挺;它的眼睛昏昏的,满布血丝;脑袋好像无力地、苦恼地耷拉着。这个畜生不断地在太阳光里霎眼。它好像有病。正当他瞧着它的时候,它又发出了吸鼻子和咳嗽的声音。

至少,这总是真的,他一面想着,一面又翻过身,以便瞧见先前给幻像蒙蔽住的现实世界。可是,远处仍旧是光辉的大海,那条船仍然可以清楚地看见。难道这都是真的吗?他闭着眼睛,想了好一会儿,毕竟想出来了。他一直在向北偏东走,他已经离开狄斯河,走到了铜矿谷。这条流得很慢的宽广的河就是铜矿河。那片光辉的大海是北冰洋。那条船是一艘捕鲸船,本来应该驶往马肯齐河口,可是偏了东,太偏东了,目前停泊在加冕湾里。他记起了很久以前他看到的那张哈得逊湾公司的地图,现在,对他来说,这完全是清清楚楚,合情合理的。

他坐起来,想着切身的事情。裹在脚上的毯子已经磨穿了,他的脚破得没有一处是好肉。最后一条毯子已经用完了。枪和猎刀也不见了。帽子也在什么地方丢了,帽圈里的那小包火柴也跟着一块儿丢了,不过,贴胸放在烟草袋里的那包用油纸包着的火柴还在,而且是干的。他瞧了一下表。时针指着十一点,表仍然在走。很清楚,他一直没有忘了上表。

他很冷静,很沉着。虽然身体衰弱已极,但是并没有痛苦的感觉。他一点也不饿。甚至想到食物也不会产生快感。现在,他无论做什么,都只凭理智。他齐膝盖撕下了两截裤腿,用来裹脚。他总算还保住了那个白铁罐子。他打算先喝点热水,然后再开始向船走去,他已经料到这是一段可怕的路程。

他的动作很慢。他好像半身不遂地哆嗦着。等到他预备去摘干苔的时候,他才发现自己已经站不起来了。他试了又试,后来只好死了这条心,他用手和膝盖支着爬来爬去。有一次,他爬到了那只病狼附近。那个畜生一面很不情愿地避开他,一面用那条好像连弯一下的力气都没有的舌头舐着自己的牙床。这个人注意到它的舌头并不是通常那种健康的红色,而是一种暗黄色,好像蒙着一层粗糙的、半干的粘膜。

这个人喝下热水之后,觉得自己可以站起来了,甚至还可以像想象中一个快死的人那样走路了。他每走一两分钟,就不得不停下来休息一会。他的步子很软,很不稳,就像跟在他后面的那只狼一样又软又不稳;这天晚上,等到黑夜笼罩了光辉的大海的时候,他知道他和大海之间的距离只缩短了4英里不到。

这一夜,他总是听到那只病狼的咳嗽声,有时候,他又听到了小驯鹿的叫声。他周围全是生命,不过那是强壮的生命,非常活跃而健康的生命,同时他也知道,那只病狼所以要紧跟着他这个病人,是希望他先死。早晨,他一睁开眼睛就看到这个畜生正用一种饥渴的眼光瞪着他。它夹着尾巴蹲在那儿,好像一条可怜的倒霉的狗。早晨的寒风吹得它直哆嗦,每逢这个人对它勉强发出一种低声咕噜似的吆喝,它就无精打采地咧着牙。

太阳亮堂堂地升了起来,这一早晨,他一直在栽栽跌跌地,朝着光辉的海洋上的那条船走。天气好极了。这是高纬度地方的那种短暂的晚秋。它可能连续一个星期,也许明后天就会结束。

下午,这个人发现了一些痕迹。那是另外一个人留下的,他不是走,而是爬的。他认为可能是比尔,不过他只是漠不关心地想想罢了。他并没有什么好奇心。事实上,他早已失去了兴致和热情。他已经不再感到痛苦了。他的胃和神经都睡着了。但是内在的生命却逼着他前进。他非常疲倦。然而他的生命绝不肯死。正因为生命不肯死,他才仍然要吃沼地上的浆果和鲦鱼,喝热水,一直提防着那只病狼。

他跟着那个挣扎前进的人的痕迹向前走去,不久就走到了尽头——潮湿的苔藓上摊着几根才啃光的骨头,附近还有许多狼的脚印。他发现了一个跟他自己的那个一模一样的厚实的鹿皮口袋,但已经给尖利的牙齿咬破了。他那无力的手已经拿不动这样沉重的袋子了,可是他到底把它提起来了。比尔至死都带着它,哈哈!他可以嘲笑比尔了。他可以活下去,把它带到光辉的海洋里那条船上。他的笑声粗厉可怕,跟乌鸦的怪叫一样,而那条病狼也随着他,一阵阵地惨嚎。突然间,他不笑了。如果这真是比尔的骸骨,他怎么能嘲笑比尔呢;如果这些有红有白、啃得精光的骨头,真是比尔的话?

他转身走开了。不错,比尔抛弃了他;但是他不愿意拿走那袋金子,也不愿意吮吸比尔的骨头。不过,如果事情掉个头的话,比尔也许会做得出来的,他一面摇摇晃晃地前进,一面暗暗想着这些情形。

他走到了一个水坑旁边。就在他弯下腰找鲦鱼的时候,他猛然仰起头,好像给什么刺了一下。他瞧见了自己倒映在水里的脸,脸色之可怕,竟然使他一时恢复了的知觉,能感到震惊。这个坑里有3条鲦鱼,可是坑太大,不好舀;他用白铁罐子去捉,试了几次都不成,后来他不肯再试了。他怕自己由于极度虚弱,会跌进去淹死,而且,也正是因为这一层,他才没有跨上沿沙洲并排漂去的木头,让河水带着他走。

这一天,他和那条船之间的距离缩短了3英里;第2天,又缩短了两英里——因为现在他是跟比尔先前一样地在爬!到了第5天末尾,他发现那条船离开他仍然有7英里,而他每天连1英里也爬不到了。晚秋的晴天气仍然继续,他于是继续爬,继续晕,辗转不停地爬;而那头狼也始终跟在他后面,不断地咳嗽和喘气。他的膝盖已经和他的脚一样鲜血淋漓,尽管他撕下了身上的衬衫来垫膝盖,他背后的苔藓和岩石上仍然留下了一路血迹。有一次,他回头看见病狼正饿得发慌地舐着他的血迹,他不由得清清楚楚地看出了自己可能遭到的结局——除非——除非他干掉这只狼。于是,一幕从来没有演出过的残酷的求生悲剧就开始了——病人一路爬着,病狼一路跛着,两个生灵就这样在荒原里拖着垂死的躯壳,相互猎取着对方的生命。

如果这是一条健康的狼,那末,他觉得倒也没有多大关系;可是,一想到自己要喂到这么一只令人作呕、只剩下一口气的狼的胃里,他就觉得非常厌恶。他就是这样吹毛求疵。现在,他脑子里又开始胡思乱想,又给幻像弄得迷迷糊糊,而神智清楚的时候也愈来愈少,愈来愈短。

有一次,他从昏迷中给一个贴着他耳朵喘气的声音惊醒了。只见那只狼一跛一跛地往回跳,它因为身体虚弱,一失足摔了一跤。样子可笑极了,可是他一点也不觉得有趣。他甚至也不害怕。他已经虚弱到了极点,无力害怕了。不过,这一会儿,他的头脑却很清醒,于是他躺在那儿,细细地想。那条船离他不过4英里路,他把眼睛擦净之后,可以很清楚地看到它;同时,他还看见一条在光辉的大海里破浪前进的小船的白帆。可是,无论如何他也爬不完这四英里路。这一点,他是知道的,而且知道以后,他还非常镇静。他知道他连半英里路也爬不了。不过,他仍然要活下去。在经过了千辛万苦之后,他居然会死掉,那未免太不合理了。命运对他实在太苛刻了。然而,尽管奄奄一息,他还是不情愿死。也许,这种想法完全是发疯,不过,就是到了死神的铁掌里,他仍然要反抗它,不肯死。

他闭上眼睛,极其小心地让自己镇静下来。疲倦像涨潮一样,从他身体的各处涌上来,但是他刚强地打起精神,绝不让这种令人窒息的疲倦把他淹没。这种要命的疲倦,很像一片大海,一涨再涨,一点一点地淹没他的意识。有时候,他几乎完全给淹没了,他只能用无力的双手划着,漂游过那黑沉沉的一片;可是,有时候,他又会凭着一种奇怪的心灵作用,另外找到一丝毅力,比较坚强地划着。

他一动不动地仰面躺着,现在,他能够听到病狼一呼一吸地喘着气,慢慢地向他逼近。它愈来愈近,总是在向他逼近,好像经过了无穷的时间,但是他始终不动。它已经到了他耳边。那条粗糙的干舌头正像砂纸一样地摩擦着他的两腮。他那两只手一下子伸了出来——或者,至少也是他凭着毅力要它们伸出来的。他的指头弯得像鹰爪一样,可是抓了个空。敏捷和准确是需要力气的,他没有这种力气。

那只狼的耐心真是可怕。这个人的耐心也一样可怕。这一天,有一半时间他一直是躺着不动,竭力和昏迷斗争,等着那个要把他吃掉、而他也希望能吃掉它的东西。有时候,疲倦的浪潮涌上来,淹没了他,他会做起很长的梦;然而在整个过程中,不论醒着或是做梦,他都在等着那种喘息,等着那条粗糙的舌头来舐他。

他并没有听到这种喘息,他只是从梦里慢慢苏醒过来,觉得有条舌头在顺着他的一只手舐去。他静静地等着。狼牙轻轻扣在他手上了;扣紧了;狼正在尽最后一点力量咬进它等了很久的东西里面。可是这个人也等了很久,那只给咬破了的手也抓住了狼的牙床。于是,慢慢地。就在狼无力地挣扎着,他的手无力地掐着的时候,他的另一只手已经慢慢摸过来,一下把狼抓住。五分钟之后,这个人已经把全身的重量都压在狼的身上。他的手力量虽然还不足以把狼掐死,可是他的脸已经抵紧了狼的咽喉,嘴里已经满是狼毛。半小时后,这个人感到一小股暖和的液体慢慢流进他的喉咙。这东西并不好吃,就像硬灌到他胃里的铅液,而且是纯粹凭着意志给灌下去的。后来,这个人翻了一个身,仰面睡着了。

捕鲸船"白德福号"上,有几个科学考察队的人员。他们从甲板上望见岸上有一个奇怪的东西。它正在向沙滩下面的水面挪动。他们没法分清它是哪一类动物,但是,因为他们都是研究科学的人,他们就乘了船旁边的一条捕鲸艇,到岸上去查看。接着,他们发现了一个活着的动物,可是很难把它也称作人。它已经瞎了,失去了知觉。它就像一个巨大的怪虫在地上蠕动着前进。它用的力气大半都不起作用,但是它老不停,它一面摇晃,一面向前扭动,照它这样,一点钟大概可以爬上20英尺。

3星期以后,这个人躺在捕鲸船"白德福号"的一个铺位上,眼泪顺着他的瘦削的面颊往下淌,他说出他是谁和他经过的一切。同时,他又含含糊糊地、不连贯地谈到了他的母亲,谈到了阳光灿烂的南加利福尼亚,以及桔树和花丛中的他的家园。

没过几天,他就跟那些科学家和船员坐在一张桌子旁边吃饭了。他馋得不得了地望着面前这么多好吃的东西,焦急地瞧着它跑到了别人口里。每逢别人咽下一口食物的时候,他眼睛里就会流露出一种深深惋惜的表情。现在,他的神志非常清醒,可是,每逢吃饭的时候,他免不了要恨这些人。他给恐惧缠住了,他老怕粮食维持不了多久。他向厨子、伺候船舱的茶房和船长打听食物的贮藏量。他们对他保证了无数次,但是他仍然不能相信他们,仍然会狡猾地溜到贮藏室附近亲自窥探。

看起来,这个人正在发胖。他每天都会胖一点。那批研究科学的人都摇着头,提出他们的理论。他们限制了这个人的饭量,可是他的腰围仍然在加大,身体发胖得非常惊人。

水手们都咧着嘴笑。他们心里有数。等到这批科学家派了一个人来监视他的时候，他们也知道了。他们看到他在早饭以后萎靡不振地走着，而且会像叫化子似地，向一个水手伸出手。那个水手笑了笑，递给他一块硬面包。他贪婪地把它拿住，像守财奴瞅着金子般地瞅着它，然后把它塞到衬衫里面。别的咧着嘴笑的水手也送给他同样的礼品。

这些研究科学的人很谨慎。他们随他去。但是他们常常暗暗检查他的床铺。那上面摆着一排排的硬面包，褥子也给硬面包塞得满满的；每一个角落里都塞满了硬面包。然而他的神智非常清醒。他是在防备另一次可能发生的饥荒——就是这么回事。研究科学的人说，他会恢复常态的。事实也是如此，"白德福号"的铁锚还没有在旧金山弯里隆隆地抛下去，他就正常了。

（万紫　雨宁　译）

赏　析

《热爱生命》是十九世纪末二十世纪初美国小说家杰克·伦敦最著名的短篇小说，这部小说以雄健、粗犷的笔触，记述了一个悲壮的故事，生动地展示了人性的伟大和坚强。小说一发表就轰动欧美，并得到了列宁的称赞。

这篇小说中，杰克·伦敦以巨大的艺术力量平静地叙述了一个惊心动魄的生命与死亡抗争的故事，表现了对生命的酷爱如何帮一个人战胜了死亡。尽管病饿交加，筋疲力尽，仍然在徒手搏斗中把紧跟在后面的一只饿狼制服了，并且通过冰天雪地的荒野挣扎着来到海边，终于被一艘捕鲸船救起。小说把人物置于近乎残忍的恶劣环境之中，让主人公与寒冷、饥饿、伤病和野兽的抗争中，在生与死的抉择中，充分展现出人性深处的某些闪光的东西，生动逼真地描写出了生命的坚韧与顽强，奏响了一曲生命的赞歌，有着震撼人心魄的力量！整部作品具有很强的教育意义：人，在自然中是渺小的，渺小得如同满地的荒草。但渺小的"人"因为拥有顽强的生命和坚定的信念而从远古走来、创造了异彩纷呈的文明和财富。为了达到一个人生的目标，就要同人生道路上的一切艰难险阻做殊死的搏斗，并且敢于胜利。面对生活、工作遇到困难甚至生命受到威胁的时候，不能坐以待毙；只有奋起抗争，因为除了胜利，别无选择！

作品中表现出的强烈的大自然气息，勇敢和冒险的浪漫精神，人"要活下去"的坚强意志深深地吸引着读者，使人读来激动不已。

老人与海

〔美国〕海明威

欧内斯特·米勒尔·海明威 (1899—1961)，美国著名小说家。他于1899年生于芝加哥附近的一个乡村医生家庭，1954年获诺贝尔文学奖。他从小喜欢钓鱼、打猎、音乐和绘画，曾作为红十字会车队司机参加第一次世界大战，后担任驻欧洲记者，并以记者身份参加了第二次世界大战和西班牙内战。晚年患多种疾病，精神抑郁，1961年自杀。

他的早期长篇小说《太阳照样升起》、《永别了，武器》成为表现美国"迷惘的一代"的主要代表作。三、四十年代，他塑造了摆脱迷惘、悲观，为人民利益英勇战斗和无畏牺牲的反法西斯战士形象《第五纵队》、长篇小说《丧钟为谁而鸣》。五十年代，塑造了以桑提亚哥为代表的"可以把他消灭，但就是打不败他"的"硬汉形象"，代表作《老人与海》。短篇小说《印地安人营地》也是这方面的代表作。在艺术上，他那简约有力的文体和多种现代派手法的出色运用，在美国文学中曾引起过一场"文学革命"，许多欧美作家都明显受到了他的影响。

他是个独自在湾流①里一只小船上打鱼的老头儿，他到那儿接连去了84天，一条鱼也没有捉到。头40天上，有一个孩子跟他在一起。可是，过了40天没有捉到一条鱼，孩子的爸妈就对他说，老头儿现在一定"背运"了（那是形容倒霉的一个最坏的字眼）。他们吩咐孩子搭上另一只小船到海里去，在那只船上，头一个星期就捉到了3条好鱼。孩子看见老头儿每天划着空荡荡的小船回来，心里非常难过，他总要走下岸去，帮他去拿卷起的钓丝，或者鱼钩，鱼叉，以及绕在桅杆上的帆。那一面帆上补了一些面粉袋，收起来的时候，看去真像一面标志着永远失败的旗帜。

老头儿后颈上凝聚了深刻的皱纹，显得又瘦又憔悴。两边脸上长着褐色的疙瘩，那是太阳在热带海面上的反光晒成的肉瘤。疙瘩顺着脸的两边蔓延下去。因为老在用绳拉大鱼的缘故，两只手上都留下了皱痕很深的伤疤。但是没有一块疤是新的。那些疤痕年深月久，变得像没有鱼的沙漠里腐蚀的地方一样了。

他身上的每一部分都显得老迈，除了那一双眼睛。那双眼啊，跟海水一样蓝，是愉快

---

① 湾流：是从墨西哥湾向北流的一条大海流的名字。

的,毫不沮丧的。

"桑提亚哥,"他俩从系船的地方爬上岸的时候,孩子对他说,"我又能跟你一道下海啦。我家里已经攒了一些钱。"

原来是老头儿把孩子教会了捕鱼的,所以孩子很爱他。

"不,"老头儿说,"你们那只船运气好。还是跟他们一道吧。"

"但是你可记得,你是怎样接连 87 天一条鱼也没捉到,以后我们又是怎样接连 3 个星期每天都捉到大鱼的吗?"

"我记得,"老头儿说,"我知道你不是因为不相信才离开我的。"

"爸爸叫我离开你。我是个孩子,不能不听他的话。"

"我知道,"老头儿说,"这是合情合理的。"

"他没多大的信心。"

"是的,"老头儿说,"可是我们有。你说是不是?"

"是的,"孩子说,"我请您在海滨酒店喝一瓶啤酒,然后我们把打鱼的东西带回家去,好吗?"

"为什么不好?"老头儿说,"打鱼的都是一家人啊。"

他俩坐在海滨酒店,很多打鱼的人拿老头儿开玩笑,老头儿一点也不生气。别的人,那些年老的渔人,都用眼睛望着他,心里替他难过。但是他们并没有把感情流露出来,只是轻轻地讲起海流,讲起他们把钓丝送进海水的深处,讲起久久不变的好天气,讲起他们看到的一切。在那一天交了好运的渔人们都已回来,剖开他们的马林鱼,把它们平放在两块木板上,每一块木板的一头由两个人扛着,一摇一晃地走到制鱼场里,在那儿等着冷藏卡车把它们运到哈瓦那的市场上去。捕到鲨鱼的人们把鲨鱼扛到海湾另一边的鲨鱼腌制厂去,吊在带钩的滑车上,把它们的肝取出,鳍割去,皮剥掉,肉切成一片一片准备腌制。

刮东风的时候,从海港那边的鲨鱼腌制厂里飘来了一股气味;但是今天只送来一些儿淡淡的气息,因为风往北方刮去,这会儿已经平息,阳光照着海滨酒店,天气是十分可爱的。

"桑提亚哥。"孩子说。

"呃。"老头儿回答。他把酒杯拿在手里,正在想着许多年以前的事情。

"我去替你拿些明天用的沙丁鱼来,好不好?"

"不。你去玩垒球吧。我还可以划船呢,何况还有罗吉利奥会替我撒网。"

"我还是想去。就是不能跟你一道打鱼,我也想替你做些别的事儿。"

"你已经替我买了一瓶啤酒,"老头儿说,"现在你是个大人啦。"

"你头一趟带我上船,那时我多大岁数?"

"5 岁。当年我把一条生龙活虎似的鱼拖上了船的时候,那家伙险些儿把那只船撞得粉碎,你也险些儿给送了命。还记得吗?"

"我记得鱼尾巴叭哒叭哒地直扑打,船上坐板也裂开了缝,还有你用棍棒打鱼的声音。我记得你把我扔到船头上放着湿钓丝卷的地方,我觉得全船都在颤动,我又听到你用棍子打鱼的声音,像砍一棵树似的,接着一股新鲜的血腥味儿扑遍了我的全身。"

"你真的记得那回事儿吗?还是我告诉你的呢?"

"打我们头一趟一同到海里去的时候起,什么事儿我都记得一清二楚的。"

老头儿用他那双日晒风吹的、坚定的、慈爱的眼睛望着他。

"你要是我自个儿的孩子,我就会带你去冒一冒险了,"他说,"可是,你是你爸爸的,是你妈妈的,你搭的又是一只交了好运的船。"

"我去拿沙丁鱼好吗?我还晓得从什么地方去拿4条鱼食来呢。"

"今天我自个儿还有剩下的。我把它们放在盒子里用盐腌上了。"

"那么让我弄4条新鲜的来吧。"

"一条。"老头儿说。他的希望和信心从来没有消失过,现在又像微风初起的时候那样的清新了。

"两条。"孩子说。

"那么就两条吧。"老头儿答应了,"可不是偷来的吧?"

"偷我也愿意,"孩子说,"我可是买来的呢。"

"谢谢你。"老头儿说。他真够天真,在自己谦卑的时候一点也不以为奇。但是他知道他已经变得谦卑,他知道这不是耻辱,而且给真正的高傲也没有带来损失。

"照这样的海流,明天会是一个好日子。"他说。

"你到哪儿去?"孩子问。

"去得远远的,风向一转就顺着风回来。天亮以前我就要出发了。"

"我想叫他也去得远远的,"孩子说,"那么,你要是捉到一条真正的大鱼,我们就可以来帮助你了。"

"他不高兴把船开得很远。"

"是的。"孩子说,"可是我会看见他看不见的东西,像觅食的鸟儿,我看到了就会叫他去追海豚。"

"他的眼睛那样不中用吗?"

"他的眼睛差不多瞎啦。"

"这倒也奇怪。"老头儿说,"他是从来不去捉海龟的。捉海龟才伤眼睛哩。"

"你在摩斯基多海湾捉了好些年的海龟,你的眼睛还是好好的。"

"我是一个古怪的老头儿啊。"

"可是,你现在的力气足够捉住一条真正的大鱼吗?"

"我想是可以的。何况还有许多诀窍呢。"

"我们把东西拿回家吧。"孩子说,"这样我才能够拿了网去捉些沙丁鱼来。"

他们把东西从船上捡起。老头儿扛着桅杆,孩子抱着木头盒子,盒子里盛着盘在一起的、编得很硬的褐色的钓丝,还有鱼钩和带把子的鱼叉。盛鱼食的盒子连同一根棍子放在船艄下面,那根棍子是等到把大鱼拖近船旁边的时候用来把它们打晕的。没有人会偷老头儿的东西,不过还是把船帆和沉重的钓丝带回家去妥当些,因为那些东西沾了露水就不好。同时,老头儿虽然深信当地不会有人偷他的东西,他觉得把鱼叉和鱼钩丢在船上总是不必要的诱惑。

他俩打路上一道走到老头儿的茅棚前面,从敞开的门口走进去。老头儿把桅杆连同卷起的帆靠在墙上,孩子把盒子和别的船具放在桅杆旁边。桅杆差不多有茅棚的一间屋子那么长。茅棚是用大椰子树的坚硬的苞壳,叫做"海鸟粪"的东西做成的。屋子里有一张床,一张饭桌,一把椅子,泥地上还有一块用木炭烧饭的地方。在用带有硬纤维质的"海鸟粪"的叶子按平了交叠着砌成的褐色的墙上,有一幅彩色的圣心节图,还有一幅柯布雷圣母图。这都是他老婆的遗物。过去墙上曾经悬挂一幅他老婆的彩色照相,他看见了就觉得凄凉,因此他把它拿下了,放在屋角架子上他的一件干净衬衫下面。

"你得吃点什么哪?"孩子问。

"一盆鱼拌黄米饭。你也吃点好吗?"

"不。我回家吃去。你要我替你生火吗?"

"不。过一会儿我自个儿会生的。不然吃冷饭也可以。"

"我去拿网好吗?"

"当然可以。"

事实上并没有网,孩子记得,他们已经把网卖了。可是他们每天都要编一套这样的谎话。也没有一盆鱼拌黄米饭,孩子也是知道的。

"八十五是一个吉利数目。"老头儿说,"你想看见我捉到一条净重有 1000 多磅的鱼吗?"

"我拿网捞沙丁鱼去。你坐在门口晒太阳好不好?"

"好的。我有昨天的报纸,准备看一看垒球的消息。"

孩子不晓得,老头儿所说的昨天的报纸会不会又是一句谎话。可是老头儿毕竟把那张报纸从床底下取出来。

"帕利哥在酒店里给我的。"他解释说。

"我捞到了沙丁鱼就回来。我打算把你的鱼跟我的鱼一起放在冰上保藏着,到明天早上我俩把它们平分掉。我回来的时候,你也可以把垒球赛的消息告诉我啦。"

"美国佬队不会输。"

"但是我害怕克利夫兰印第安人队。"

"相信美国佬队吧,孩子。想一想那个老狄马吉奥吧。"

"我害怕底特律老虎队,也害怕克利夫兰印第安人队。"

"小心点,别连辛辛那提红人队和芝加哥白袜队都害怕起来了。"

"你把报纸看一看,我回来的时候告诉我。"

"你觉得我们买一张末尾是 85 的彩票好吗?明天就是第 85 天了。"

"可以的。"孩子说,"不过以前你那末尾是 87 的彩票怎样了呢?"

"倒霉的事儿不会碰到第二遭。你觉得你能够弄来一张末尾 85 的彩票吗?"

"我可以订一张。"

"一张就得两块半钱。我们从哪儿去借这笔钱呢?"

"那倒不难。我想可以借到两块半钱的。"

"我想大概我也借得到。不过我尽量不去借钱。头一遭借钱,下一遭就要讨饭。"

"别着凉啦,老大爷。"孩子说,"记住,这是9月的天气啊。"

"这个月正是大鱼游来的时候。"老头儿说,"什么人都可以在5月里打鱼的。"

"我要捞沙丁鱼去啦。"孩子说。

孩子回来的时候,老头儿正在椅子上睡着,太阳已经西沉了。孩子从床上拿了一条旧军毯,搭在椅背上面,盖在老头儿的肩膀上。那两个肩膀真奇怪,老尽管老了,依然结结实实的,颈脖子也是这样,老头儿睡着了头向前耷拉下去的时候,是不大看得出皱纹的。他的衬衫不知道补过多少次,不像他的那一面帆,补钉也给太阳晒得褪成各种深浅不同的颜色。老头儿的头也同样苍老了,眼睛一闭,脸就跟死人的一样。报纸平放在他的膝头上,给一只胳膊压住,没让晚风把它吹去。他是光着脚的。

孩子又走开了,回来的时候,老头儿还在那儿睡觉。

"醒来,老大爷!"孩子喊了一声,把一只手放在老头儿的一个膝头上。

老头儿睁开了眼睛。这一会儿,他仿佛正从大老远的路上走回来似的。接着他笑了。

"你把什么拿来啦?"他问。

"晚饭。"孩子说,"我们吃晚饭吧。"

"我肚子不大饿。"

"来,吃吧,你要打鱼,就不能不吃饭。"

"我往常就是不吃饭先去打鱼的。"老头儿说着就站起身来,把报纸拿在手里叠好。然后他又动手去叠那条军毯。

"把毯子围在身上吧。"孩子说,"只要世界上还有我,决不能让你不吃饭就去打鱼啊。"

"那么,祝你长命百岁,保重你自己吧。"老头儿说,"我们吃什么?"

"扁豆拌饭,煎香蕉,还有一点儿炖菜。"

孩子是把这些饭菜放在两层的铁盒子里从海滨酒店那边拿来的,他的衣袋里放着两套刀叉和汤匙,每一套都用一块纸餐巾包着。

"这是谁给你的?"

"马丁。船老板。"

"我应该谢谢他。"

"我已经谢过他。"孩子说,"你不必再谢他了。"

"我以后要给他一块大鱼肚子上的肉。"老头儿说,"他帮我们不止一次了吧?"

"大概是。"

"那么我要送他比鱼肚子上的肉更好的东西。他对我们真关心。"

"他送了我们两瓶啤酒。"

"我顶喜欢罐头装的。"

"我晓得。不过这是用瓶子装的,哈杜威牌的啤酒,我还要把瓶子拿回去哩。"

"你真好啊,"老头儿说,"我们现在就吃吗?"

"我已经问过你啦,"孩子亲切地说,"你没准备好的时候,我是不愿打开饭盒子的。"

"准备好啦,"老头儿说,"我只花了一点时间,把手脸洗了一下。"

你是到哪儿去洗的呢?孩子想。村里的水龙头在大路那边,有两条街那么远呢。孩子想,我应该把水提来给他,还应该带一块肥皂跟一条像样的毛巾来。为什么我这样粗心呢?我还应该替他再弄来一件衬衫和短外套过冬,此外给他一双鞋,一条毯子。

"你的炖菜味道真不坏。"老头儿说。

"把垒球赛的消息告诉我吧。"孩子说。

"在亚美利加竞赛组方面,就跟我说的那样,美国佬队赢了。"老头儿眉开眼笑地说。

"他们今天可输啦。"孩子告诉他。

"那没关系,老狄马吉奥又是生龙活虎的了。"

"他们那一队还有别的人呢。"

"当然。可是他的地位很重要。在另一个竞赛组里,布鲁克林队对费拉得尔菲亚队,我认为布鲁克林队一定会打赢。但是接着我又想到狄克·西斯勒和他在老垒球场打出的猛猛的那几球。"

"那几球谁也比不上。像他打得那么远的球,我还是第一次看见呢。"

"你可记得他常到海滨酒店这边来吗?我曾经想带他去打鱼,可是我不好意思对他说。我要你问他,你也不好意思。"

"我晓得。我俩都错得厉害。要是问他的话,也许他会跟我们一道去了。那样一来,我们一辈子也忘记不了的。"

"我很想带老狄马吉奥去打鱼。"老头儿说,"听人说,从前他爸爸就是个打鱼的。也许他跟我们一样穷,会懂得我们的好意。"

"老西斯勒的爸爸一点也不穷,他爸爸像我这么大的年纪,就已经在一个很大的垒球竞赛组里打球了。"

"我像你这么大的年纪,正在开到非洲去的一只装横帆的船上当水手,我还看见过傍晚到海滩上来的狮子呢。"

"我晓得,你对我讲过。"

"我们是讲一讲非洲呢?还是讲一讲垒球?"

"还是讲一讲垒球的好,我以为。"孩子说,"把老麦克格劳的事情对我讲一讲。"

"从前他也常常到海滨酒店来。他一喝酒就非常粗暴,说话又生硬又刺耳,性子真够执拗的。他的脑子里想的又是马又是垒球。至少,不管什么时候,他的口袋里总是揣着马的花名册子,他经常在电话里说到马的名字。"

"他是个大经理。"孩子说,"我爸爸当他是个顶大的经理。"

"因为他来这儿的次数最多,"老头儿说。"要是杜洛彻也每年不断地来这儿,你爸爸也会当他是个顶大的经理的。"

"真的,谁是顶大的经理呢?是鲁克?还是迈克·冈查列斯?"

"我想他们分不出上下。"

"不过,要说打鱼,顶好的还得数你。"

"不,比我好的人多着呢。"

"怎么。"孩子说,"会打鱼的很多,打鱼的能手也不少。可是顶好的只有你一个。"

"多谢你。你的话叫我听了真高兴。我希望跑来的鱼不要大得叫我们对付不了就得啦。"

"不会有这样的鱼,只要你身上的劲儿还能像你讲的那样大。"

"也许我的身子没有我想的那样壮。"老头儿说,"可是我懂得好多决窍,我也有决心。"

"你应该上床去睡啦,这样明天你才有气力。我也要把东西拿回海滨酒店去了。"

"那么祝你晚安,明早我来叫醒你。"

"你真是我的闹钟啊。"孩子说。

"我的闹钟是年岁。"老头儿说,"为什么上了年岁的人醒得这么早呢?为了要过一个长些的日子吗?"

"我不晓得。"孩子说,"我只晓得孩子们爱睡懒觉,睡不醒。"

"我会记得的。"老头儿说,"到时候我去喊醒你得啦。"

"我不乐意让他来喊醒我,这样仿佛他倒比我强些似的。"

"我知道。"

"好好儿睡吧,老大爷。"

孩子去了。

他俩吃饭的时候,桌上连个灯也没有,孩子走开以后,老头儿脱掉裤子,摸黑上了床。他把裤子卷成枕头,把那张报纸塞在里边,然后用军毯裹住身子,睡在铺在破床的弹簧上面的旧报纸上。

他不久就睡去,梦见了他儿童时代所看到的非洲,迤长的金黄色的海滩和白得刺眼的海滩,高耸的海岬和褐色的大山。现在,他每晚住在海边,在梦中听到了海潮的怒号,看见了本地的小船从海潮中穿梭来去。睡着的时候,他闻到了甲板上柏油和填絮的味道,闻到了地面上的风在早晨送来的非洲的气息。

通常,一闻到地面上吹来的风,他就醒来,穿上衣服,前去把孩子叫醒。但是今晚上地面上的风吹来得很早,他在梦里知道时间太早了,因此继续做梦下去,梦见了从海上崛起的白茫茫的岛顶,梦见了加那利群岛的各个港口和抛锚的地方。

他不再梦见风涛,不再梦见女人,不再梦见惊人的遭遇,不再梦见大鱼、搏斗、角力,也不再梦见他的老婆。他现在只是梦见一些地方和海滩上的狮子。它们跟小猫一样在幽暗的黄昏中嬉戏,他爱它们像爱那个孩子。他从来没有梦见过那个孩子。他就那样醒了过来,望一望敞开的门外面的月亮,把当枕头用的裤子打开,穿上,然后走到茅棚外面去小便,就顺着大路走去把孩子叫醒。早晨的寒气使他冷得发抖。但是他知道打过抖身上就会暖和些,而且马上他就要把船划到海里了。

孩子住的那所房子的门没有关,他推开了门,光着脚悄悄地走了进去。孩子睡在前面一间屋子的小帆布床上,老头儿借着从外面射进来的暗淡的月光可以清楚地看到他。他轻轻地拿起孩子的一只脚,把它握在手里,孩子给弄醒以后,转过脸来对他望着。老头儿点了一点头,孩子便从床旁边的椅子上拿过他的裤子,坐在床上把裤子穿上。

老头儿走出了门,孩子跟在后面,还在打瞌睡,老头用胳膊搂住他的肩膀,说了声"真抱歉"。

"怎么。"孩子说,"男子汉就应该这样。"

他俩一路上往老头儿的茅棚走去,在这条路上,黑暗里有一些光脚的人们在扛着他们的桅杆走着。

走进老头儿的茅棚以后,孩子把一卷一卷的钓丝放进篮子里,拿起鱼叉和鱼钩,老头儿把桅杆连同收起的那面帆扛在肩膀上。

"你想喝咖啡吗?"孩子问。

"我们先把要用的东西放在船里,然后再喝点咖啡吧。"

他俩在一个卖东西给渔人吃的早市上用炼乳罐头喝了咖啡。

"您睡得好吗,老大爷?"孩子问。他现在清醒过来了,虽然好不容易才驱走睡魔。

"睡得好,曼诺林。"老头儿说,"我觉得今天很有把握。"

"我也这样想。"孩子说,"现在我得去拿您的沙丁鱼了,还有我的,还有您的新鲜的鱼食。我们那条船上的东西他自个儿去拿。他死也不肯要谁去扛一件东西。"

"我们跟他两样。"老头儿说,"你5岁的时候我就让你扛东西了。"

"我晓得。"孩子说,"我一会儿就回来,您再喝一杯咖啡吧。我们跟这儿有账的。"

他走开了,光着脚在珊瑚石上走着,往放鱼食的冷藏室那儿走去。

老头儿慢慢地在喝他的咖啡。这是他今天一整天的饮食,他知道他应该把它喝下去。很久以来,吃饭一直是叫他厌烦的事情,他从来没有携带过吃食。他在船头上放了一瓶水,这就是他一整天需要的东西了。一会儿,孩子拿了包在报纸里面的沙丁鱼和两个鱼食回来,于是他俩脚下踩着沙石,沿着一条小路走到小船那边,把船解开,轻轻地滑到水里去。

"祝你好运,老大爷。"

"祝你好运。"老头儿说。他把桨上的绳结儿套在桨架上,然后弯下身去,把桨叶往水里一撑,在黑暗里开始划出了港口。别处海滩上也有其他一些船只驶出海去。这时月亮已经落了山,老头儿虽然看不见那些船,却听得到桨叶落水和划动的声音。

偶尔一只船上有人在说话。但是除了荡桨的声音以外,大多数船只都是静悄悄的。他们一出港口就分散了开来,每一个人直向他希望找到鱼的那一块海面上驶去。老头儿知道他越走越远了,他已经把陆地的气息抛在后面,驶进了黎明时分的海洋的清新气息里。在海里划过一段地方的时候,他看见从湾流的野草里发出的磷光,渔人们把那一段地方叫做大井,因为那儿有一个突然下陷的700英寻的深渊,由于海流碰在海底的峭壁上造成的旋涡,各种鱼都麇集在那儿。在这深不可测的水穴里,聚集了小虾、小鱼,有时候还有成群的乌贼鱼,这些小鱼族在夜里游到靠近水面的地方,大鱼游到那儿就把它们吃掉。

老头儿在黑暗里可以感觉到早晨的来到,他一面摇桨,一面听见飞鱼出水时的颤声,听见它们在黑暗里凌空而去的时候从绷紧的翅膀上发出的咝咝的声音。他非常喜欢飞鱼,因为它们是他在海洋上的主要的朋友。他替鸟雀们伤心,特别是那弱不禁风的黑色的小海燕,它们永远在飞翔,永远在张望,然而多半是永远找不到任何东西。他想,"鸟儿的日子过得比我们还要苦,除非是鹰鹫和那些强大的鸟儿。为什么海洋有时候这样残忍,而像海燕一类的鸟儿却又给弄得那么柔弱,那么纤细呢?海洋是仁慈的,十分美丽的。但是她有时竟会这样的残忍,又是来得这样的突然,那些在海面上飞翔的鸟儿,不得不一面点水搜寻,一面发出微细而凄惨的叫喊,这种鸟儿啊,生来就柔弱得没有抗拒海水的力量。"

他一向把海叫做 La mar①,那是人们爱海的时候用西班牙话叫她的一个字眼儿。爱海的人们有时候也说些对海不满的话,但是他们的口气里总是把海当做一个女性。一些年轻的渔人,用浮标当做支持钓丝的浮子,并且在鲨鱼肝卖了很多钱以后买了小汽艇的,都把海洋叫做男性的 el mar。他们把海当做一个竞争者,或者当做一个地方,甚至当做一个敌人。但是老头儿总是把海当做一个女性,当做施宠或者不施宠的一个女人,要是她做出了卤莽的或者顽皮的事儿呢,那是因为她情不自禁。月亮迷住了她像迷住了一个女人一样,他想。

这时,他不慌不忙地划着船,也不需要使出多大的力气,因为他保持着一定的速度,同时除了海流偶然打个旋儿以外,海面是一平如镜的。他让海流替他做三分之一的工作,天快亮的时候,他才知道他已经来到远远地超过他希望在此刻能驶到的地方了。

我在深渊上面花了一个星期的工夫,可是没有一点儿收获,他想。

今天我一定要找出鲣鱼和大青花鱼的鱼群在什么地方,也许会有一条大鱼跟它们在一起呢。

天还没有大亮的时候,他已经送出他的鱼食,让船随着海流漂去。

一个鱼食送下 40 英寻的深处。第二个鱼食送下 75 英寻的深处。第三个和第四个鱼食分别送到大海下面 100 英寻和 125 英寻的海里去了。每一个鱼食都是头朝下悬着的小鱼,鱼肚里包着一个鱼钩的把子,系得紧紧、缝得牢牢的,鱼钩的一切突出部分,钩儿、尖儿,都用新鲜的沙丁鱼遮住了。每一条沙丁鱼都是穿过眼睛挂在钩子上的,在钓钩突出的部分构成了半个花环的模样。不论钓钩的哪一部分,凡是能给大鱼碰到的,都是香喷喷的,挺有滋味的。

孩子给了他两条新鲜的小金枪鱼,或者叫做青花鱼,它们像坠子一样挂在两根送得顶深的钓丝上,他在别的钓丝上挂的是以前用过的一条大鲭鱼跟一条黄色的小梭鱼;那两条鱼依旧保存得很好,而且还有新鲜的沙丁鱼替它们添上了香味,使它们有吸引力。每根钓丝都像一根大铅笔那么粗,给拴在一根暗绿色的竿子上,只要大鱼朝鱼食上一拉或者一碰,就会使那根竿子浸在水里,每根钓丝有两个 40 英寻长的卷儿,它们可以接在别的多余的卷儿上,必要的时候,一条鱼可以拉出 300 多英寻长的钓丝。

现在老头儿注视着 3 根竿子都浸在船边的水里,他慢慢地划着,把钓丝送到适当的深处,一上一下地让它成一条直线。天大亮了,过不多久太阳就要出来了。

---

① 西班牙文,La mar 是把海当做阴性的称呼,el mar 是把海当做阳性的称呼。

淡淡的太阳从海上升起,老头儿看见别的船只低低地伏在水面上,船头都对着海岸,在海流中散开,向着海岸驶去。一会儿太阳越来越明亮了,耀眼的光芒射在水面上,随后越上升越红,平滑的海面把太阳的光芒反射到他的脸上,剧烈地刺痛了他的眼睛,因此他就把眼光移到一旁,只管划下去。他朝水里面看,望着一直伸到暗黑的深水里的钓丝。他把钓丝垂得比什么人都直些,这样,在黑魆魆的暗流的每一层上,都会有一个鱼食恰好在他所希望的地方等待着游到那儿的鱼来吃。别的人呢,就让钓丝随着海流漂去,有时候钓丝实际上在16英寻的深处,可是那些渔人还以为它们在100英寻的深处呢。

他想:我把钓丝放在十拿九稳的地方。不过我就是没再走好运。可是谁知道呢?也许今天就要走运。今天又是一天啊。走运当然好。但是我宁肯把什么都安排得分毫不差。那么运气来到的时候,你也就有个准备了。

又过了两个钟头,太阳升得更高了些,他望着东方的时候不再觉得像先前那样刺眼了。现在他所望得见的只有3只小船,看上去都显得低矮,远远地靠在海岸的旁边。

他想:初出的太阳把我的眼睛刺痛了一辈子,不过我的眼睛还是很好的。傍晚的时候,我可以直瞪着太阳,眼前不会发暗。太阳光的力量在傍晚更要强烈些,可是在早上它却叫人痛苦。

这时他看见一只老鹰鼓着长长的黑翅膀在他前面的天上打着转儿飞翔。马上它疾速地斜着翅膀降落下去,然后又盘旋起来。

"它准是捉到什么东西啦,"老头儿提高嗓子说。"它不光是寻找啊。"

他缓慢地,一直朝着老鹰盘旋的地方划去。他一点儿也不慌,把他的钓丝一上一下地扯得挺直。但是他靠近水流一点儿,这样他依然很准确地在打鱼,虽然他的动作比起他不打算利用那只老鹰的时候要快些。老鹰在天空里越飞越高,还在打着转儿,可是翅膀一动也不动。然后它忽然俯冲下去,老头儿看见一条飞鱼从水里跃出,从水面上拼命地飞过去。

"海豚。"老头儿大声说,"一条大海豚。"

他把桨放在桨架上,从船头下面拿出一根细小的钓丝。钓丝上有一根粗铁丝和一个中等大小的钓钩,他把一条沙丁鱼挂在钓钩上。他把钓钩从船边上放下去,系在船尾的一个螺丝圈上。他又在另一根钓丝上安上了鱼食,让它盘绕在船头的阴暗地方。然后他又划起船来,望着那只长翅膀的黑色的猛禽在水面上低低地飞来飞去。

他正在凝神注视的时候,那只老鹰又忽然往下一降,歪着翅膀俯冲下去,然后追在飞鱼后面,疯狂地但是徒劳无益地抖着它的翅膀。老头儿可以看得出一些大海豚在追赶着脱逃的鱼时把海水掀得微微鼓了起来。海豚在飞逃的鱼底下划破水面,准备一旦鱼落下它就首先飞快地钻进水里。他想:这儿有一大群海豚啊。它们散布得很广,飞鱼恐怕很少有脱逃的机会了。老鹰也不会占到便宜。飞鱼的身子大到不是老鹰可以捉到的,何况它们又飞得太快。

他望着飞鱼一再从水里冒出来,望着那只老鹰的徒劳无益的行动。他想:那一群鱼儿已经跑开。它们跑得太快,太远了。但是,也许我会找到一些失群迷路的鱼儿,也许我的大鱼就在它们周围呢。我的大鱼一定在什么地方。

陆地上面的云彩现在像是巍峨的山峦似的升到上空去,海岸只剩下长长的一条绿色的线,背后是一丛淡青色的小山。现在水是深蓝色的了,深得几乎变成了紫色。他低下头朝水里望去时,看见深蓝色的水里纷纷筛出的红色的游走的小生物,和太阳幻成的奇异的光辉。他凝神地望着他的钓丝,看见那些钓丝笔直地没入水里看不见的地方,他很高兴看到那么多游走的小生物,因为这说明了那儿有许多鱼。太阳现在已经升到天空去,它在水里所幻成的奇异的光辉,说明了今天天气晴朗,陆地上面的云彩的形状也说明了这一点。但是现在那只老鹰几乎连影儿也看不见了。水面上,除了几片黄色的、给太阳晒得变白了的马尾藻,除了那紧靠着船边漂浮的一个紫色的、成形的、虹彩灿烂的水母的胶质的气囊以外,什么东西都没有。那只气囊先把身子歪到一边去,然后又恢复原状。它像个气泡似地兴高采烈地漂浮着,它的长长的深紫色的触丝在水里拖了一米长。

"海水给败坏啦①。"老头儿说,"你这个婊子。"

他从他轻轻地荡桨的地方朝水里望去,看见一些小鱼,颜色变得跟那些拖长的触丝一样,并且在触丝的中间、在漂浮的气囊所构成的阴影下面游走着。气囊上的毒伤害不了它们。但是人类就不同了。老头儿钓鱼时,如果气泡上有几根触丝挂在一根钓丝上,粘糊糊,紫微微地缠在那儿的话,那么他的胳膊和手就会有那种如同从有毒的常春藤和橡树上感染到的伤痕和肿痛。不同的是:败坏的海水中的毒传染得很快,而且痛得跟鞭梢抽打的一样。

带虹彩的气泡很美丽。然而它们是海里极其虚幻的东西,老头儿喜欢看见巨大的海龟去吃它们。海龟看见它们以后,就从正面爬到它们跟前,然后闭上眼睛,身子完全缩在龟甲里,再把它们连着触丝一并吃掉。老头儿喜欢看海龟去吃它们,喜欢在一场风暴过后在海滩上踩在它们身上,喜欢听到他用他的起了老茧的硬脚底踩在上面时它们砰地爆裂的声音。

他喜欢那些青龟和玳瑁,喜欢它们的优雅的动作,行走的速度和宝贵的价值。他对那硕大无朋的笨拙的红海龟抱一种友好的轻视态度,那些海龟的甲板是黄色的,它们的恋爱的方式是奇怪的,而且闭上了眼睛兴致勃勃地去吃水母。

他对海龟不抱神秘的看法,虽然他坐在小船上去捉海龟已经有许多年了。他替所有的海龟感到伤心,甚至那些跟小船一般长,称起来有一吨重的大棱龟。很多人对待海龟是残忍无情的,因为把一个海龟切开、杀死以后,它的一颗心还要跳动好几个钟头。但是老头儿却在想:我也有这样一颗心,我的脚和我的手也跟它们的一样啊!为了使自己身上有力气,他也吃白色的龟蛋。他吃了整整的一个5月,这样到了9、10月就会身强力壮,可以去打真正的大鱼了。

他每天也从一只大鼓形桶里舀一杯鲨鱼肝油来喝,那只鼓形桶是放在许多渔夫寄存渔具的一个小棚子里的。那只桶放在那儿,凡是想喝的都可以去喝一杯。大多数打鱼的都讨厌那油的味道。但是喝这种油并不比在那么早的时候从床上起来更叫人受不了,而且喝下去还可以预防伤风感冒,对眼睛也有好处。

---

① 原文"Agua Mala"在科学名词上叫做"赤潮",意思就是海水某一处败坏,变成了红色。

这时老头儿抬起头来，看见那只老鹰又在打着转儿了。

"它找到鱼啦！"他提高嗓子说。可是没有一条飞鱼冲到水面上来，也没有鱼食散布开去。老头儿正在望着的时候，一条小金枪鱼忽然跃到半空去，一转身头朝下掉进水里。金枪鱼在太阳下映出银白色的光，掉进水里以后，别的金枪鱼一个接着一个冒上来，纷纷地跳到四下里去，搅得水花四溅，一跳几丈远地去追鱼食，绕着它打转儿，在后面赶着它。

老头儿想：要不是它们跑得太快，我会捉住它们的。他望着鱼群把海水翻腾得白浪滔天，老鹰现在也扑下来，钻到小鱼群里去，那些小鱼在一阵恐慌中被迫浮到水面上来了。

"老鹰真是得力的帮手。"老头儿说。正在这时候，船艄的缆绳在他脚下突然绷紧，因为他在那儿打了一个活疙瘩的缘故，于是他放下了桨。当他把绳抓牢，开始把它拽回来的时候，他感觉到绳给小金枪鱼拉得沉甸甸地直抖。他越把绳往里拽，绳抖得越厉害，接着他看见水里蓝色的鱼背和金光灿烂的两侧，然后他把它从船舷上拉过来，扔到船里去，鱼躺在船艄太阳下面，它很结实，形状像个子弹，直瞪着两只迟钝的大眼睛，它的灵巧的、迅速抖动的尾巴噼噼啪啪摔在船板上，越抖越快，摔得连一点气力也没有了。老头儿好意地打着它的头，踢着它，它的身子依然在船艄的阴暗处抖动。

"大青花鱼！"他嚷起来，"它可以当做很好的鱼食。称起来怕有 10 磅重呢。"

他已经记不起他是在什么时候第一次独自高声说话的了。往年他曾经独自歌唱，有时候在夜里歌唱，那是轮到他独自在渔船上或者在捉海龟的船上掌舵的时候。当他孤单单的时候，当孩子不跟他在一块儿的时候，大概他才大声说起话来。但是他已经记不起了。他跟孩子一道打鱼的日子，通常只是有必要才交谈几句，他们的交谈是在更深夜静，在风涛险恶得不能开船的天气里。一般人认为，没有必要不在海上交谈是一桩好品德，老头儿也抱这样的看法，因此他就尊重这一桩品德，可是现在他把他心里想说的话高声地说出好多次了，因为没有一个人会受到他的打扰。

"要是有人听见我在这儿高声说话，一定会把我当成发了疯。"他提高嗓子说，"但是既然我没有发疯，我就毫不在乎。有钱的人还可以坐在船上听收音机，可以听到收音机里关于垒球赛的消息呢。"

他想：现在不是想到垒球赛的时候啊。现在只应该想到一件事，应该想到的是我生来干什么的。他想：那一个鱼群的周围很可能有一条大鱼，我拣到的也只是正在喂大鱼的那些大青鱼中间一条失了群的鱼，不过那些鱼游得远，游得快罢了。今天，凡是露出水面上来的，都游得很快，都游到东北去了。难道会有什么花样吗？或者，这是不是我猜不透的一种天气的征兆呢？

现在他看不见绿色的海岸了，他所看到的只是青青的山和那仿佛白雪皑皑的山峰，以及山峰上面的白云，那白云看去像是高耸的雪山似的。海水是黑魆魆的，阳光在水里映出五彩斑斓的光柱。游走的生物所幻成的万点霞光，已经被高空的太阳所淹没，在老头儿把他的钓丝笔直地插入 1 哩深的水里时，他所看到的也只是从深邃的蔚蓝的海水里映出的辉煌夺目的光柱。

金枪鱼（打鱼的把所有这一族的鱼都叫做金枪鱼，只在把它们出卖或者用它们交换鱼食的时候,才叫它们各自的正式名字)又沉到海底去了。现在太阳灼热起来,老头儿后颈脖子上感觉到太阳的热力,划船的时候汗珠一滴一滴从脊背上流下来。

他想,我大可以让船自在地漂流,我睡觉去,用一个绳扣儿系在我的脚趾上,让它随时把我弄醒。不过今天是85天了,我应该在这一天好好儿钓鱼才成。

正当他目不转睛地望着钓丝的时候,他看见伸在水面上的一根绿色的竿子急遽地浸到水里去。

"好啊。"他说,"好啊。"说着连船也没撞一下就把桨放在桨架上。他伸手去拿钓丝,把它放在右手大拇指和食指的中间轻轻地握着。他觉得钓丝不紧,也不重,攥在手里很轻松的。接着钓丝又动了一下。这一次是试探性的一拉,拉得既不硬又不猛,他确切地知道这是怎么一回事儿了。下面100英寻的深处,一条马林鱼正在吃着盖在钩尖和钩把子上的沙丁鱼,手制的钩子就是从那儿的小金枪鱼的头上伸出来的。

老头儿灵巧地握着钓丝,同时用左手把它从竿子上轻轻地解下来。现在他可以让它从他的手指上滑动,不使鱼感到丝毫的拉力。

他想:躲在这么远的地方,它这个月一定会长得肥肥的了。吃吧,鱼啊。吃吧。请你吃吧。那些小鱼儿长得多嫩,可你偏要躲在下面600英尺的地方,躲在那黑魆魆的冷水里。从黑暗里再转一个身,回来把它们吃掉吧。

他感觉到轻轻地、小心地一扯,接着又是猛烈地一拉,这时一定有一个沙丁鱼的头不容易从钩子上扯去。然而结果却没有半点儿踪影。"来啊。"老头儿敞开了嗓门说,"再来一次吧。闻一闻它们看。那些小鱼儿不是很美吗?趁着新鲜的时候马上把它们吃下去,回头还有金枪鱼呢。又结实,又凉,又美。别害臊了吧,鱼。把它们吃下去吧。"他把钓丝拿在大拇指和食指中间等待着,在盯着那根钓丝的同时也盯着别的钓丝,因为鱼可能一忽儿游上来,一忽儿游下去。不久又发生了那同样的小心地一扯。

"它会吃下去的。"老头儿放大了声音说,"求上帝帮助它吃下去吧。"

可是它并没有吃下去。它溜走了,老头儿什么也感觉不到。

"它不会溜走的。"他说,"绝对不会溜走的。它不过转一转身儿罢了。也许它从前上过钩,现在还有些儿记得吧。"

一会儿他觉得钓丝轻轻地动了一下,他高兴起来。

"这只是它在转身。"他说,"它会上钩的。"

感觉到下面轻轻的扯动,他很开心,接着他又觉得有一个硬梆梆的东西,重得叫人不能相信似的。这分明是鱼身上的份量,因此他就松手让钓丝滑下去,下去,下去,把两卷备用的钓丝也松开了一卷。钓丝从老头儿的手指中间轻轻地滑下去的时候,他依旧感觉到沉重的份量,虽然他的拇指和食指上的压力几乎已经觉察不到了。

"多大的鱼啊。"他说,"现在它把它斜衔在嘴里,正在带着它一道儿游动呢。"

它会转过身来把它吞下去的,他想。他嘴里没有把这句话说出来,因为他知道,一件好事儿一经说破,恐怕就不会成功了。他知道那条鱼多大,他猜想那条大鱼嘴里正在横衔着金枪鱼在黑暗里游开去。这时他觉得那条鱼突然停下不动了,可是依旧沉甸甸的,接着下面越来越重了,他又松下一段钓丝。这一会他使足了拇指和食指上的劲儿,于是钓丝上的重量增加了，一直传到水底下去。

"它上钩啦。"他说，"现在我让它好好儿吃吧。"

他让钓丝从他的手指头中间滑下去，一面伸出左手，把两个备用钓丝卷儿松开的一头系在另一根钓丝两个备用钓丝卷儿的活结上。现在他一切都准备好了。他现在有了3个40英寻长的钓丝卷儿，还有他正在使用的那个卷儿。

"再吃一点儿，"他说。"好好儿吃吧。"

他想：把它吃了吧，让钓钩的尖儿戳进你的心里，把你弄死。大大方方地上来吧，让我把鱼叉刺到你的身上去。得，你准备好了吧？你已经饱餐了很久吗？

"得！"他大叫一声，同时用双手拼命收着钓丝，收进了一米长，然后收了又收，使出胳膊上的全副力气和支持身子的重量，两只胳膊轮换地甩动着绳子。

一点影儿也没有。大鱼慢慢地游开去了，老头儿不能把它提上来一英寸。他的钓丝很结实，是用来钓大鱼的，他把它放在脊背上拽，由于绷得太紧，钓丝上面的水珠都溅出来。然后钓丝在水里开始慢慢地发出一阵咝咝的声音，但他依旧把钓丝握紧在手里，坐在座板上鼓起了劲儿拼命地支撑着，仰着身子去抵抗鱼拉钓丝的拉力。小船慢慢地向西北方漂去了。

大鱼不慌不忙地游着，鱼、船和人都在平静无波的水上慢慢地漂流。别的鱼食还在水里，可是一点儿办法也没有。

"要是孩子在这儿多好啊。"老头儿大声嚷着说，"我给鱼拉着跑，倒变成一根系牵绳的短桩啦。我可以把钓丝系紧，不过这样一来它就把钓丝扯断了。我一定要拼命牵住它，它要钓丝的时候就把钓丝放长些。谢天谢地，它还在游着，没钻到海底去。"

如果它要钻下去，我该怎么办呢？我不知道。如果它竟然钻进海底去，死了，我该怎么办呢？我也不知道。可是我一定要想点儿办法出来。我能做的事情还多着呢。

他抓紧了背在脊梁上的钓丝，目不转睛地望着钓丝浸在水里的斜线，望着小船一直向西北方漂去。

老头儿想：这就会送它的命啦。它可不能永远这样啊。但是，4个钟头以后，那条大鱼照旧拖着这只小船不慌不忙地向着浩渺无边的海面上游去，老头儿呢，照旧毫不松劲地拉住背在脊梁上的钓丝。

"我是中午把它钓住的。"他说，"可是我一直没有看见过它。"

他在钓住那条大鱼以前，就把草帽拉下来，紧紧地扣在头上，脑门都给草帽勒痛了。他也渴得要命，因此他便跪倒下去，小心地不扯动钓丝，爬到船头上他够得着的地方，伸出一只手去把那只水瓶拿过来。他揭开水瓶盖子，喝了一点儿水，然后靠在船头上。他靠在取下来的桅杆和帆上坐着，竭力不去想什么，只在忍耐下去。

他再回过头去看时，陆地已经从眼前消失了。那没关系，他想。我总可以凭着哈瓦那的灯火回来的。再过两个钟头，太阳就要落下去了，也许它在太阳落下去以前就会上来。要不然，也许它在月亮出现的时候上来。再不然，也许它在太阳出来的时候上来。我的手脚不会抽筋，我有的是力气。倒是它的嘴给钩住了。可是它能这样地拉钓丝，该是多大的一条鱼啊。它的嘴一定给铁丝堵得严严的。我很想看到它。我希望能够知道我钓住的究竟是一条什么鱼,哪怕只看一眼。

就老头儿望着天上的星星所作出的判断看来,那条大鱼通夜没有改变路线和方向。太阳落下去,天气变冷了,老头儿汗干了以后,他的脊梁上、胳膊上和老腿上都是冷冰冰的。白天,他把盖在鱼食盒上的麻袋取下,摊在太阳下面晒干。太阳落下去以后,他用它裹住他的颈脖子,好让它披挂在他的脊背上,然后他再小心地把它从压在他的肩膀上的那根钓丝下面塞过去。麻袋垫在钓丝下面后,他就弯下腰去倚在船头上,这样他就差不多很舒服啦。他这一种姿势实际上只能说是勉强好过一点儿,可是他却认为简直可以算得上是舒服了。

他想:我拿它没办法,它也拿我没办法。只要它还是照这样下去,大家一点办法也没有。

一次他站起身,打船边向外面小便。他望着天上的星去核对航行的方向。钓丝从他的肩膀上一直落下去,在水里像一道磷火似地闪出光来。现在他们漂流得更慢了,哈瓦那的灯火不那么辉煌了,他知道海流一定正在载着他们往东方漂去。他想:要是看不见哈瓦那的灯火,我们一定是更往东方去了。因为,如果鱼游的路线不改变的话,我一定还有好几个钟头可以看到那儿的灯火。他想:我不晓得垒球大联赛今天的结果怎样。要有收音机听一听多快活。于是他又想:心里总是惦记着这个玩艺儿。想一想自己正在干着的事儿吧。切不要做蠢事啦。

一会儿他又敞开喉咙嚷起来:"要是孩子在这儿多好啊。好让他帮助我,让他瞧一瞧这种景况。"

他想:一个人上了年岁可不能孤零零的。但这又是免不了的事儿。

为了保养身体,我一定要记住趁着金枪鱼没有腐烂的时候就把它吃掉。记住,不管你吃得下多少,你也必须在明早把它吃掉。记住呀,他自言自语地说。

夜里,一对小海豚游到小船的附近,他听到它们在翻腾,喷水。他可以辨别出公的发出的嘈杂的喷水的声音和母的叹气似的喷水的声音。"它们都很和气,"他说,"它们在一道儿玩耍,寻开心,你爱我,我爱你的。像飞鱼一样,它们都是我们的兄弟啊。"

然后他可怜起给他钓住的那条大鱼来。他想:它真了不起,真稀奇,而且谁知道它有几岁呢?我从来没见过这么猛的鱼,也没看过动作这么奇怪的鱼。也许它太狡猾,不肯跳来跳去的,它只消一跳,或者往前猛地一冲,它就可以要了我的命。但是也许它以前不知给钓住过好多次,它知道这是顶好的一个跟我搏斗的方法。可是它不知道跟它搏斗的只是孤零零的一个人,而且还是一个老头儿呢。话又说回来,这条鱼多么大,肉要是好的话,它在市场卖的钱可多啦。它吃起鱼食来像一条公鱼一样,拖起钓丝来也像一条公的,它斗起来不慌不忙。我不知道它有没有什么主意,还是跟我一样没有一点办法呢?

他想起了从前他把一对马林鱼钓起一条的时候。公鱼总是让母鱼先吃东西,而那条上了钩的鱼——母鱼呢,给钓住以后,就疯狂地、惊慌失措地、没命地挣扎起来,不久就弄得筋疲力尽了。那条公鱼一直跟住它,从钓丝旁边穿过去,在水面上跟它一同打着转儿。它紧靠在钓丝的旁边,老头儿生怕它用它的尾巴把钓丝一下子劈断,那条尾巴跟大镰刀一般快,大小和形状也差不多跟镰刀一样。老头儿用鱼叉把它叉上来,用棍子揍它,抓住那长剑似的嘴跟它的沙纸似的边儿,又迎面朝它的头顶上打下去,直打得它身上的颜色差不多变成了跟镜子的背面一样,然后他才和孩子两个人把它抬上船。这时候那条公鱼还是一直待在船旁。以后,当老头儿在收拾钓丝、整理鱼叉的时候,那条公鱼一纵身跳到船旁边的高空里,看一看母鱼在哪儿后,又落下来钻进水深的地方去,它的淡紫色的翅膀——它的胸鳍——张大了开来,它身上的所有淡紫色的宽大的条纹也都露出来了。老头儿想起:它真美,它一直是待在那儿的。

老头儿想:这是我生平看到的顶伤心的事儿。孩子也非常难过,因此我们请求了它的宽恕,马上动手宰了它。

"要是孩子在这儿多好啊,"他又大声说,他紧靠在船头圆圆的厚木板上,感觉到从他曳在肩头的钓丝上透过来的那条大鱼的重量,那根钓丝朝着大鱼所选择的方向缓慢地移动了开去。

老头儿想:由于我干下了对不起它的事儿,它也必须要作出一个选择了。

它的选择就是待在一切圈套、引诱和诡计都奈何它不得的黑魆魆的深水里。我的选择呢,就是到那什么人也没有去过的地方把它找出来。到那世界上什么人也没有去过的地方去。现在我跟它碰在一起了,从中午就碰在一起了。我和它谁也没有个帮手。

他想:也许我不该干打鱼的这一行。然而我生来就是干这一行的呀,我一定要记住:不等到天亮就把金枪鱼吃掉。

天亮以前没多久,有什么东西拉掉了他背后的一个鱼食。他听到竿子折断的声音,钓丝开始从船边上冲出去。他在黑暗里去掉他那把小刀的刀鞘,身子往后一仰,拼命忍住大鱼压在他左膀上的重量,把钓丝抵在船边上割断。然后他又去割断另一根离他最近的钓丝,摸着黑去系那备用的钓丝卷儿松开的两头。他用一只手灵活地打着结子,一只脚踩住钓丝卷儿,把结子拉得紧紧的。现在他有六盘备用的钓丝卷儿了。给他切断的那个鱼食上有两盘钓丝卷儿,给大鱼衔住的那个鱼食上有两盘钓丝卷儿,现在它们都连在一起了。

他想:天亮以后,我再回过头来对付那 40 英寻深处的鱼食;也把它割断,把备用的钓丝卷儿连起来。我的 200 英寻长的加塔鲁尼亚①的好绳、钓钩和粗铁丝统统都要丢掉了。这些东西都还可以再去找。但是,如果我钓上了别的鱼,让它搅得我丢了这条大鱼的话,那么再到哪里去找这条大鱼呢?我不知道刚才上钩的是什么鱼。可能是一条马林鱼,或者是一条箭鱼,或者是一条鲨鱼。我根本没有弄清楚它。我把它扔得太快了。

他又拉开了嗓门喊道:"要是孩子在这儿多好啊。"

但是孩子并不在这儿,他想。这儿只有你孤零零的一个,你现在最好还是去收拾那最后一根钓丝吧,管它摸黑不摸黑,剪断了它,把两盘钓丝卷儿连结起来。

他就这样做了。在黑暗里干起活儿来真麻烦,这时那条鱼一下子掀起了一道大浪,把他冲得脸朝下跌倒在船里,眼皮下也划破了一个口子。血打他的腮帮子上流下来一点儿,没流到下巴上就凝结住,干了。于是他硬撑着走回船头那边去,靠在木板上。他把麻

---

① 西班牙的一个海港。

袋按平,轻轻地把钓线换到肩头的另一个地方,然后用肩膀把它撑住,小心试探着鱼的动静,再用手摸一摸船在水里行驶的速度。

他想:我不懂干吗它把船颠簸得这样东倒西歪的。钓丝在它那宽大的脊梁上一定滑来滑去。当然它的脊梁不会像我感到这样痛。但是,不管它身子有多大,总不能够把我这只船永远这样拖下去。现在凡是会惹麻烦的什么东西都丢掉了,我有了一大盘备用钓丝。一个人所能得到的也不过如此吧。

"鱼啊。"他温和地、高声地说,"我到死也要跟你在一道儿。"

老头儿想,我猜它也会跟我在一道呢。于是他在等待着天明。现在正是快要破晓的时分,天气冷飕飕的,他就抵着木头取暖。它能撑多久我就能撑多久,他想。天刚蒙蒙亮的时候,钓丝就往外伸,钻进水里去。船不住地在走,太阳一出来,光线就落在老头儿的右肩膀上。

"它往北游去啦。"老头儿说,"海流要把我们远远地带到东方去了。我希望那条鱼随着海流的方向游去。那就说明它疲倦了。"

太阳升得更高的时候,老头儿才知道鱼没有疲倦。只有一个好现象,那就是:钓丝的斜度说明了它已经游到较浅的地方来。那并不一定意味着它就要跳,然而它可能跳起来的。

"让它跳起来吧。"老头儿说,"我有足够的钓丝可以对付它。"

他想:要是我把钓丝稍微拉紧一点儿,也许就会惹得它跳起来。现在既然天已经大亮,让它跳一跳吧,那么它的沿着脊骨的液囊里就会充满空气,它也不会钻到海底死去了。

他竭力把钓丝拉紧,但是钓丝自从鱼上了钩到现在已经绷紧到快要折断了,他把身子仰到后面去拉钓丝的时候就觉得硬梆梆地动也不能动,他知道他不能拉得更紧了。他想:我再也不能够那么猛地一拉了。猛拉一次,就会把鱼钩在嘴里所挂的口子加宽一些,那样,果真它跳起来,它就会把钩子甩掉。管它呢,横竖太阳已经不那么刺眼,只要我不直瞪着它就得啦。

钓丝上挂着黄黄的海藻,老头儿知道那只是增加了一件拖着鱼的东西,所以他很高兴。正是这种黄色的马尾藻在黑夜里放出那么多的磷光。

"鱼啊。"他说,"我爱你,而且十分尊敬你。可是,我要趁着这一天还没有过去的时候把你弄死啊。"

他想:但愿能够这样吧。

一只小鸟儿从北方朝着小船这边飞来。这是一只鸣禽,在水面上飞得很低。老头儿看得出它是非常疲倦了。

鸟儿飞到船艄上,在那儿歇一口气。然后它又飞起,在老头儿的头上打着转儿,最后落在钓丝上面,在那儿它显得要舒服些。

"你多大了呀?"老头儿问鸟儿,"这是你初次的远游吗?"

他说话的时候鸟儿直瞪着他。它太疲倦啦,钓丝稳当不稳当,它连看也不看一下,它的两只细小的脚抓紧了钓丝,在上面晃来晃去。

"稳当的，"老头儿对它说，"太稳当啦。昨晚上没有风，你不应该那么疲倦的。真奇怪，鸟儿们为什么要这样呢？"

他想，是因为老鹰飞到海面上来找它们。但是他没对小鸟儿说出来，因为横竖它不会懂得他的话，而且很快它就会知道老鹰的情况了。

"好好休息一会儿吧，小鸟儿，"他说，"然后你再试一试你的机会吧，人，鸟儿，鱼，不都是这样吗？"

他越讲越兴奋，因为他的脊梁在夜里已经变得硬挺挺的，他真的觉得痛了。

"鸟儿，乐意的话，请住到我家里去吧，"他说，"我很抱歉，不能趁着现在刮起小风的时候把帆挂起，把你收容到我家里去。可是我总算有个朋友在一起了。"

正在这当儿那条大鱼突然把船扯得晃荡了一下，老头儿给拖得倒向船头那边去，要不是他撑住一股劲儿，放出了一段钓丝，他准给拖到海里去了。

钓丝猛地一拉的时候，鸟儿已经飞走，老头儿甚至连看也没看见。他用右手轻轻地去摸钓丝，发现那只手正在流血。

"它一定给什么东西弄伤啦，"他高声地说，一面把钓丝拉回，看一看能不能叫鱼转个弯儿。但是当他拉到快要折断的地步时，他就拉住了不动，然后把身子往后仰着去抵挡钓丝的张力。

"鱼，你现在也觉得痛了吧，"他说，"可是，老实说，我也觉得痛啦。"

他朝四下里张望那只鸟儿，因为他很盼望它来跟他作伴，可是鸟儿已经飞走。

老头儿想：你没在这儿待多久啊。可是，在你没有飞到岸上去的时候，你飞去的地方总是风狂浪涌的。怎么我让鱼那么猛地一拉就把我的手划破了呢？一定是我太笨了。也许是因为我只顾望着那只小鸟儿，想着它的缘故。现在我得当心我的活儿，过后还得把金枪鱼吃下去，我才不会没力气。

"要是孩子在这儿多好啊，而且我还希望有点盐呢。"他又嚷起来。他把钓丝的重量换到他的左肩上，小心翼翼地跪了下去，伸出手放到海水里去洗，在水里浸了一分多钟的工夫，望着一缕缕的血流了开去，望着海水随着小船的前进在他手上不住地拍打。

"它游起来慢得多啦。"他说。

老头儿很想把那只手在海水里放得时间久些，但他害怕鱼又把船弄得猛地晃荡起来，于是他站起身，抖起精神，把手举起来放到太阳下面去晒一晒。割破他的手的也不过是一根飞快地滑出去的钓丝，可是割破的正是手上活动的部分。他知道事情没有办妥以前他还需要他这双手，所以他不愿还没有开始的时候就让手给割破。

"得。"他把手晒干的时候说，"我非要吃小金枪鱼不可了。我可以用鱼钩去把它钩过来，坐在这儿舒舒服服地吃掉它。"

他跪下去，用鱼钩在船舷下面掏到了金枪鱼，留心着不让它碰到钓丝卷儿，把它钩到自己身边来。他仍旧用左肩撑住钓丝，左手和左胳膊都使足了劲儿，然后把金枪鱼从鱼钩上取下，再把鱼钩送回原处。他用一只膝头压在鱼身上，从鱼的头颈到鱼尾巴，把深红色的鱼肉一长条一长条地割下来。条子都是锲形的，他把它们从靠近脊骨的地方一直割到肚子的边沿。当他割成6片的时候，就把它们摊在船头的木板上，在裤子上擦一擦刀子,提着鱼尾巴,把骨头扔到水里去了。

"我看我吃不下整整的一条鱼。"说着他拔出刀切开了一条鱼肉。他感觉到钓丝给拉得动也不能动弹,左手又忽然抽起筋来,那只手紧紧地贴在粗绳上,他对它轻蔑地望着。

"这算是什么样的手啊。"他说,"想抽筋你就抽筋,变成一个鸟爪子吧。可是这对你不会有好处的。"

"快点。"他想,同时朝漆黑的水里望着斜斜的钓丝。"马上把它吃掉,手上的力气就会大起来,也难怪这只手,你跟大鱼已经搞了好些钟头了,而且你还会永远跟它这样搞下去的。马上把金枪鱼吃掉吧。"

他拿起了一块鱼肉,把它放进嘴里,慢慢儿嚼下去。味道挺不坏的。

他想,好好儿嚼,把汁水都咽下去。要是跟白柚子,或者柠檬,或者和盐一道吃,那倒也不坏。

"手啊,你觉得怎样呢?"他问那只僵硬得几乎跟死尸一样的抽筋的手。"我要替你多吃一点儿。"

他把被他切成两片的那块肉的另外一片也吃了下去。细细地嚼着,然后把皮吐出。

"怎么样,手?是不是现在还不能知道呢?"

他又拿过整整的一块鱼肉,嚼着。

"这是一条肉很壮、血很旺的鱼。"他说,"我幸而捉到的是它,不是海豚。海豚太好吃啦。这条鱼简直不好吃,可是吃下去就有力量。"他想:话又说回来,专讲究实惠真没意思。我还盼望能够有点儿盐呢。我不知道太阳会不会把剩下的鱼肉都给晒坏了,晒干了,所以倒不如把它统统吃下去,虽然我现在不饿。那条鱼现在挺从容,挺自在的。我一定要把剩下来的肉统统吃掉,然后我就有力气对付它了。

"手,忍耐些吧。"他说,"我是为了你才吃东西的。"

他想:我希望能够把那条鱼也给喂一喂。它是我的兄弟啊。可是我一定得把它弄死,而且我一定得有力气去弄死它。他慢慢地、心安理得地把所有锲形条子的鱼肉都吃了下去。

他伸直了腰,在裤子上擦了一擦手。

"喂!"他叫了一声,"手,你别管钓丝啦,当你还在抽筋的时候,我会单独用右胳膊去对付它的。"他用左脚踩住原先拿在左手里的沉甸甸的钓丝,把身子仰到后面去撑住压在他脊梁上的拉力。

"上帝帮助我,让我手上的抽筋好了吧。"他说,"因为我不知道大鱼还要干什么。"

他想:可是它似乎从容不迫,并且还在照着它的计划做去。他想:它的计划是什么?我的计划又是什么呢?因为它的身子太大,我必须赶紧做出我的计划来对付它的计划。它要跳,我就可以弄死它。可是看光景它会永远这样待下去了,我也只好跟它一道儿永远这样待下去。

他把那只抽筋的手放在裤子上擦了一擦,想使手指活动活动。可是它还不能伸开。也许太阳出来的时候它会伸开吧,他想。也许要等我把生金枪鱼消化了以后。如果非它不可,我一定不顾一切地把它伸开。但是我现在不愿意硬伸它。让它自己伸开。心甘情愿地好转过来吧。归总一句话,夜里需要把每根钓丝解开来系在一起的时候,我把它使用过度了。

他朝海面上望去,他知道现在他是多么孤单。但是他可以望见深黑的水里的灿烂的光柱,望见伸到前面去的钓丝以及那种平静的奇异的波动。云彩正在堆积起来,等待贸易风来到,他向前望去,看见一群野鸭从水面向上飞去,蚀刻似地映衬在天空,它们一忽儿消失了,一忽儿又在天空出现,他知道,一个人在海上决不会孤单的。

他想,有些人害怕坐在小船上漂到望不见陆地的海上去,而他们又知道自己恰好是在天气往往会突然变坏的月份里。可是此刻正是刮飓风的月份,而在没有飓风的时候,刮飓风的月份的天气又是一年里最好的天气了。

要是飓风即将来到,而你又在海上的话,你总会在前几天就看到天上有刮飓风的征兆。他想:他们在岸上看不到,因为他们不知道看什么。陆地对于云彩的形状也一定是有影响的。但是现在不会有飓风刮来了。

他望一望天空,看见一堆堆雪白的积云,像是和谐地叠在一起的冰淇淋,上面,映在9月的高空的,是羽毛似的薄薄的卷云。

"微微的风。"他说,"鱼啊,这个天气对我比对你更有利些。"

他的左手仍旧在抽筋,他慢慢地在张开它。

他想:我恨抽筋。这是对自己身体的背叛。吃下腐败的菜得了痢疾或者因此呕吐起来,是在别人面前丢脸。但是抽筋呢(他想到 Calambre① 这个字),是自己丢自己的脸,特别是在孤单单的一个人的时候。

他想:要是孩子在这儿,他会替我揉一揉,从小胳膊揉松下去。不过,它总会松过来的。

接着,他用右手一摸,觉得钓丝的拉劲儿跟以前不同,一转眼他看到水里钓丝斜度的改变。然后,当他弯着身子扳住钓丝,把左手放在大腿上不停地拍打的时候,他看见钓线斜斜地慢慢冒上来。

"它上来啦。"他说,"快些吧,手,请快些吧。"

钓丝慢慢地、不断地往上升,然后船前边海面上鼓出了一块,鱼露出来了。它没完地往上冒,水从它的身边往四下里直涌。在太阳里,它浑身明亮耀眼,头,背,都是深紫色的,身段两边的条纹给太阳照得现出了一片淡紫色。它的吻长得像一根垒球棒,尖得像一把细长的剑,它的全身都从水里露出来,然后又像潜水鸟似地滑溜溜地钻进水里去。老头儿看见它那镰刀片似的大尾巴没入水里,钓丝也飞快地滑下去。

"它比小船还长两英尺。"老头儿说。钓丝飞快地、但是稳稳当当地滑下去,那条鱼没有受到惊慌。老头儿现在竭力用双手去攥住钓丝,使得钓丝不至于被鱼扯断。他知道,如果他不能使出一定的劲儿叫鱼游得慢一些,鱼就会把钓丝统统拖去,把它扯断。

他想:这是一条大鱼,我一定要叫它服服贴贴的。我一定不能让它知道它的力气多大,也不能让它知道它要跑掉会有什么办法。我要是它,我一定要用尽力量,直到把它扯

---

① 西班牙文,"抽筋"的意思。

断为止。但是,感谢上帝,它们可不像我们杀它们的人这样聪明,虽然它们比我们更崇高,更有力些。老头儿看见过好多条大鱼。他看见过许多重有1000多磅的鱼,往日也曾捉到过两条那么大的,不过不是他一个人捉到的。现在他是孤单单的一个人了,而且已经漂到看不见陆地的海上,跟比他所看见过、所听说过的鱼都要大的一条最大的鱼连在一起,而他的左手依旧握紧得像缩在一起的鹰爪。

他想:抽筋会好的。左手一定会好了来帮助我的右手。有3件东西是亲兄弟:鱼和我的两只手。抽筋一定会好的。手不应该抽筋。鱼游得又慢下来,用它寻常的速度在游了。

老头儿想:我不知道它为什么要跳。大概它是跳一跳让我看看它有多大吧。横竖我现在是知道了,他想。我希望我也能够让它看看我是什么样的人。不过,要是那样的话,它就会看到这只抽筋的手了。让它把我当做比现在的我更有男子汉气概些吧,事实上我一定会那样的。他想:我希望我是那条鱼,用它所有的一切来对抗我仅有的意志和智慧。他舒舒服服地靠在木板上,疼痛的时候就忍受。那条鱼不慌不忙地往前游去,船在黑魆魆的水里慢慢地移动着。从东方吹来的一阵风激起了一道小浪,到正午的时候,老头儿的左手不抽筋了。

"鱼,这是你的一个坏消息啊。"他说,把钓丝从搁在他肩膀上的麻袋上换一换位置。

他很舒服,但又很痛苦,虽然他压根儿不承认他的痛苦。

"我不信教。"他说,"但是,如果我能捉到鱼,我要说10遍'我们在天之父',10遍'福哉玛利亚',我许愿,如果我捉到它,我要去朝拜柯布雷地方的圣母。这就是我许下的心愿。"

他开始机械地作起祷告来。有时候他太疲倦,记不住祷告文了,于是他就飞快地说下去,以便能够顺嘴说出来。他想,说"福哉玛利亚"比说"我们在天之父"容易些。

"万分恩典的圣母,上帝与你同在。你在妇女中间是有福的,你的儿子耶稣也是有福的。圣洁的圣母玛利亚,现在以及在我们死亡的时刻替我们有罪的人祈祷吧。阿们。"然后他又加上一句:"蒙恩的圣母,祈祷这条鱼死去吧。虽然它是了不起的。"

作完了祷告,他觉得心里舒畅得多,可是他还是跟以前一样痛,也许还要痛得厉害一点儿,他靠着船头的木板,开始机械地搬弄起他左手的指头来。

虽然风在缓慢地飘起,现在太阳已经灼热了。

"我最好把那根小钓丝重新放上鱼食,从船艄上垂到水里去。"他说,"要是鱼决定再待一个晚上,我就需要再吃一点东西,可是瓶里的水已经减少了。我想,在这儿除了一只海豚以外我是得不着别的东西的。但是如果我趁着很新鲜的时候去吃它,味道一定不错。我希望今晚上会有一条飞鱼跳到船上来。可是我没有灯光去吸引它们。飞鱼生吃味道真不坏。我也不用把它切碎。现在我一定要节省精力。基督,我没有想到它是这么大啊。"

"话又说回来,我一定要弄死它。"他说,"尽管它是那样的大那样的了不起。"

他想:虽然这是不仁不义的事儿,我也要让它知道什么是一个人能够办得到的,什么是一个人忍受得住的。

"我告诉过那孩子,我是一个古怪的老头儿,"他说,"现在我一定要证实这句话。"

他证明了1000次都落了空。现在他又要去证明了。每一次都是一个新的开端,他也决不去回想过去他这样做的时候。

他想:我希望它睡去,这样我也能够睡去并且梦见狮子了。为什么狮子是我留在脑子里的一件主要的东西呢?他自言自语地说:别想了吧,老家伙。靠在木板上休息去,什么事儿都别去想它。它正在出力干活哩。你呀,你气力花得越少越好。

已经到了下午,船依旧慢慢地、不断地在移动。但是东风给行船添上了阻力,老头儿听凭小小的波浪把他和船轻轻地漂去,压在他脊背上的绳子使他感到比以前舒服些,滑溜些了。

下午,有一次钓丝又冒上来。然而鱼只是在稍微高一些的水里继续往前游去。太阳晒在老头儿的左胳膊上、肩膀上,晒在他的脊背上。他知道鱼已经转到东北方去了。

因为那条鱼他看过一次,他可以摹想出它此刻在水里游泳的情形,它那紫色的胸鳍像是翅膀似地大张着,一条直竖的大尾巴在黑暗里穿过。老头儿想:我不知道它在那样深的水里看东西怎么样。它的眼睛很大。一匹马的眼睛比它的小得多,在黑暗里也看得见东西。以前我摸黑看东西也挺不错,可不是在漆黑的地方。那时候我看起东西来几乎像一只猫。

太阳加上他的手指头不断的活动,现在他左手上的抽筋完全停止了,他开始在左手上多用了一些力气,松动松动他脊背上的肌肉,把绳子从勒痛的地方挪开了一点儿。

"鱼啊,要是你没累乏。"他高声地说,"那你可真奇怪透顶啦。"

他现在觉得非常疲乏,他知道夜晚马上就要来到,因此他竭力去想别的事儿。他想到垒球大联赛,也就是他所说的 Gran Ligas ①,他知道纽约的美国佬队正在跟底特律老虎队比赛呢。

他想:比赛已经比过两天了,可我还不知道结果哩。但是我一定要有信心,我一定要对得起老狄马吉奥,他这人什么事儿都做得漂漂亮亮的,即使像他脚后跟上的鸡眼那样的疼痛,他也毫不在乎。他自问自答:什么叫做"鸡眼"? Un espuela de hueso ②。我们没有。那像一只斗鸡用后爪踢在人的脚后跟上一样的疼痛吗?我想我忍受不了那个,公鸡一只眼甚至两只眼瞎了还照常斗架,这个我也忍受不了。人比起野鸟野兽来并不强得多。我还是宁愿做那只待在黑魆魆的水里的动物。

"除非鲨鱼游来。"他敞开了嗓门说,"要是鲨鱼游来的话,上帝可怜它也可怜我吧。"

他想:你认为老狄马吉奥跟一条鱼待在一起的时间会和我一样久吗?我相信他会的,而且会比我待的时间更久些,因为他年轻力壮。再加上他爸爸是个打鱼的。不过"鸡眼"会不会使他痛得太厉害了呢?

"我不知道!"他高声说,"我从来没有鸡眼。"

太阳落下去的辰光,为了替自己增加信心,他回想起在卡萨布兰卡一家酒馆里的时

---

① 西班牙文,"大联赛"的意思。
② 西班牙文,"鸡眼"的意思。

候,他跟从西恩菲哥斯来的一个力气最大的黑人码头脚夫比赛过抵手。他俩把胳膊肘放在桌上划了粉笔线的地方,前臂伸直,两手握紧,这样过了一天一夜。每一方都打算把对方的手逼到桌面上去。好多人在打赌。人们在煤油灯光下从屋子走进走出。他望着那个黑人的胳膊、手和他的脸。过了8个钟头以后,每隔4个钟头就换一次评判员,让他们能够睡觉。他和黑人的手指甲里面都流出血来,两个人,你望着我的眼睛、手和前臂,我也望着你的。打赌的人从屋子走进走出,坐在靠墙的高椅子上,目不转睛地望着。墙是木头做的,漆成亮晶晶的蓝颜色。灯光把他俩的影子投在墙上,黑人的影子庞大无比,当风把灯吹得摆来摆去的时候,他的影子也在墙上往来移动。

两个人,你来我去地打了一整夜的平手,打赌的人们给黑人甜酒喝,替他点香烟。黑人吃过甜酒,就使出全副力气来,有一次竟把老头儿(当时他不是一个老头儿,而是优胜者桑提亚哥)的手压下去将近3英寸。但是老头儿又把手扳回到原来的位置。那时他深信他要把黑人,那个好手和第一流的比赛者打败了。到了天亮,打赌的人们都要求算成和局而评判员摇头的时候,他使出了浑身力气,逼着黑人的手往下落,一直落到把那只手靠在桌面上。这次比赛从星期天早上开始,到星期一早上才结束。好多打赌的人都要求过算成和局,因为他们要到码头上去扛糖包,或者到哈瓦那煤矿公司去干活。不然什么人都想看个分晓。但是他总算已经弄出分晓来了,而且还没到人们去干活的时候。以后很久,人人都叫他优胜者,春天又举行了第2次比赛。但是这次没有赌很多的钱,他赢得也很容易,因为他在第1次比赛中已经使西恩菲哥斯地方的黑人失去了信心。以后他又比赛过几次,再往后就没有了。他断定,只要他愿意,什么人都会给他打得一败涂地,同时他也断定此后用右手钓鱼会不方便的。他曾经用左手试验过几次练习比赛。但是他的左手一向出卖他,不愿受他的支配,因此他也信不过它。

他想:现在太阳会把它晒好了。除非夜里太冷,它不会再让我抽筋的。我真不知道夜里会发生什么事情。

一架飞机从他头上掠过,这是飞到迈阿密①去的。他望见飞机的影子把成群的飞鱼都吓得飞了起来。"既然有这么多的飞鱼,那么一定会有海豚了。"他说。他把身子仰靠在钓丝上,看能不能把钓丝拉过来一点儿。但是他办不到,钓丝照样不听话,只是给扯得直抖,抖得快要断的时候,连钓丝上的水珠儿也颤动起来。这时小船缓慢地向前漂去,他望着飞机直到看不见的时候为止。

他想:坐在飞机上一定是很稀奇的。我不知道从那么高的地方往下面看,海会像个什么样子。坐在飞机上的人若不是飞得太高,一定能够把鱼看得一清二楚。我倒想在两百英寻那么高的地方慢慢地飞,从上面看一看鱼。在捉海龟的船上,我曾经坐在桅顶的横档上,即使在那里我也看得很清楚。从那里望下去,海豚的颜色显得更绿些,你可以看见它们身上的条纹、紫斑,它们游泳的时候你可以看见整整的一大群。为什么在黑漆漆的水流里游得很快的鱼都有紫色的脊背,而且往往都有紫色的条纹或者斑点呢?海豚当然现出绿颜色,因为它是真正黄金色的。但是当它要吃东西,当它真正饥饿的时候,它身

---

① 美国佛罗里达州的一个海港。

子两边就跟马林鱼一样现出了紫色的条纹。是愤怒,还是它游得太快,它才把那些紫色的条纹都露了出来呢?

天快黑的时候,船从好大的一丛马尾藻旁边经过,马尾藻在轻柔的海波中忽上忽下地摇曳着,仿佛海洋正在一条黄色的绒毯下面爱抚着什么东西。正在这里,他那根小钩丝给海豚扯住了。他先看见它往半空里跳去,给夕阳照得浑身真像是金子,它在空中扭来扭去,疯狂地扑打着。它跳了又跳,倒像是在玩惊险的绝技似的。于是他歪歪倒倒地走回船艄,把身子蹲下去,右手带胳膊攥住那根大钓丝,左手把海豚一把一把往上拉,每拉一把就用他光着的左脚踩住拉上来的钓丝。当海豚被拉到船艄,拼命地左右乱钻乱跳的时候,老头儿的身子探出船艄,把这条带紫斑的光辉灿烂的金鱼从船艄后面提上来。它那钩在鱼钩上的嘴一张一合,急促地抽缩着,它那又长又扁的身子、尾巴和头接连不断地扑打着船底,直到老头儿用棍朝它那发光的金黄色的头上打去,这才打得它浑身颤抖,最后一动也不动了。

老头儿把海豚从鱼钩上取下,在钓丝上安了另外一条沙丁鱼,把钩丝甩到水里去。然后他又一歪一倒地慢慢走回到船头那边去。他洗一洗左手,在裤子上擦干,于是把那根沉甸甸的钓丝从右手换到左手,又把右手放在海里洗一洗,同时望着慢慢沉到海里去的太阳和那根倾斜着的粗钓丝。

"它一点儿也没改变。"他说。不过,当他望着海水冲击他的手的时候,他注意到水力显然慢些了。

"我要把两个桨放在船艄交叉着绑在一起,这样在夜里就会叫鱼走得慢些。"他说,"它在夜里好过些,我也一样。"

他想:最好迟一会儿再把海豚的肠肚取出来,这样好把血留在肉里。迟一会儿我可以同时把海豚的肠肚取出来又把两个桨绑在一起,让它们拖着船走得慢些。现在我最好让鱼安安静静,不在太阳落下去的时候过分打扰它。对任何鱼来说,太阳落下去的当儿是一个难对付的时光。

他把手举起来晾干,然后抓住钓丝,尽可能使自己舒畅一下,他靠着木板让自己被拖向前去,这样,船承担的重量跟他承担的一般多,或者比他的还要多些。

他想:我现在知道怎样去做了,至少这一方面的活儿是知道了。还有,要知道它自从上了钩以来还没吃过东西呢。它身子大,需要吃得多。我已经把金枪鱼一股脑儿吃下肚去,明天我就要吃海豚啦(老头儿把海豚叫做"黄金")。我把它洗干净以后也许要吃一点儿,它比鲣鱼要难吃些,可是,这要算难,那就没有一件事情是容易的了。

"鱼啊,你觉得怎样?"他敞开嗓门说,"我觉得好过,我的左手已经好些,我已经有了一天一夜的粮食。鱼,船你就拖着吧。"

他并不真的觉得好过,因为绳勒在他背上的疼痛几乎已经超过了疼痛,变成他所不敢信任的迟钝的感觉了。他想:比这更糟的事儿也还有过呢。现在,我的一只手只是割破了一点儿,另一只手已经不再抽筋。我的两条腿都是好好的。更何况在食粮问题上我已经胜过了它。

天黑了,在9月里,太阳一落,天就很快地黑下去。他靠在船头的破木板上,把身子尽量摊在上面。最初的一群星已经出来。他不知道猎人星座左脚那星的名字,但是他看见了它,就知道它们马上都要出来,他又要有这许多遥远的朋友了。

"那条鱼也是我的朋友啊。"他高声说,"我从来没有看见过也没有听说过这样的一条鱼。但是我一定要弄死它。幸而我们不打算把星星也给弄死。"

他想:想想看,如果一个人每天要去弄死月亮,情形会怎么样呢?那样的话,月亮就跑开了。再想想看,如果一个人每天要去弄死太阳,情形又会怎么样呢?我们生来是走运的。他想。

于是他替那条没东西吃的大鱼伤心起来,可是他要杀它的决心也决没有因为替它伤心而松懈下去。他想:它的肉要给多少人吃啊。但是他们配吃它吗?不配,当然不配。照它的举止风度,照它那种很有体面的样儿,谁也不配吃它。

他想:这些事我都不懂。可是,我们不必打算去弄死太阳、月亮,或者星星,总是好的。在海上过日子,杀我们亲兄弟,够了,够了。他想:现在我得想一想拖船的事儿啦。这件事儿有危险,也有好处。要是它拼命拉扯,要是拖船的桨放得很合适,要是船不再轻飘飘的,那么,我就会丢掉那么多的钓丝也丢掉了鱼。船身轻,延长了我和它的痛苦,可是这又会使我安全,因为它还有从来没有使出过的速力。不管遇到什么,我一定得把海豚的肠肚取出,不让它腐烂,然后吃下一些,给自己添把劲儿。

现在我再歇一个钟头,等我觉得它稳定了,然后再回到船艄去干活,决定下一次主意,这会儿我可以看到它怎样在活动,有没有什么改变。把桨放在这儿倒是一个好窍门,可是已经到了拿性命当儿戏的时候啦!它依旧是个好好的鱼,我看见鱼钩挂在它的嘴角上,它的嘴闭得紧紧的。鱼钩的惩罚算不了什么,饥饿惩罚它,再加上它又碰到了教它莫名其妙的事儿,这可就严重啦。老家伙,歇一歇吧,让它拉它的,轮到你的事儿的时候再说。

他相信他已经歇了两个钟头,月亮到现在还迟迟地不出来,他没法判断现在是什么时候。他也没有真正休息,说休息只是相对的。他肩膀上依旧在忍受着鱼的拉力,不过他把左手放在船头的舷边上,越来越倚靠船的本身给鱼的阻力了。

他想:要是我能把钓丝系紧,那多简单啊。但是,稍一侧身,它就会把钓丝挣断的。我一定要用我的身子垫住钓丝的拉力,随时准备用双手把钓丝松下去。

"可是你还得睡呢,老家伙。"他又嚷起来,"已经过了半个白天和一个整夜,今天是第二天了,你还没有睡。你应该想主意,在它安安静静的时候睡一会儿。你要是不睡,脑子就会变得糊涂了。"

他想:我脑子很清醒。太清醒啦。清醒得跟我的兄弟那些星星一样;可是我还得睡。星星都要睡,月亮、太阳也要睡,甚至海洋有时候也要睡,在那些没有激流的、平静无波的日子里。

别忘了睡觉呀,他想。想办法睡去,给钓丝想一个又简单又稳当的主意。现在到那边去把海豚弄好。一定要睡觉的话,把桨装上了当做拖住船的东西,可就太危险啦。

他自言自语地说:我也可以一直这样下去不睡。可是这就太危险啦。

他又爬着回到船艄去,提心吊胆地不去拽动那条鱼。他想:它也许正在半睡半醒的。

但是我不让它休息。非要它拽到死不可。

回到船艄以后,他回过身来用左手撑住钓丝在肩膀上的压力,右手把刀子从刀鞘里拔出来。现在星星亮了,他清楚地看见了那条海豚,他把刀口从它的头上攮进去,把它从船艄下面挑出来。他把一只脚踩在海豚身上,从肛门一刀剖到下唇的尖端。然后他放下刀子,用右手掏出肠肚,掏得干干净净,再把鱼鳃完全去掉。他觉得鱼胃在手里沉甸甸、滑腻腻的。他把它剖开了。鱼胃里有两条飞鱼,又新鲜又硬梆,他把它们并排放着,把肠肚和鱼鳃从船艄扔到水里。那些东西沉下去以后,在水里留下了一缕缕的磷光。现在,海豚在星光下面显得冰冷,现出了癞病似的灰白颜色。老头儿用右脚踩住鱼头,把鱼身上一边的皮剥去,然后翻转过来,又剥去另一边的皮,再把鱼身两边的肉从头到尾给割下来。

他把鱼骨头轻轻地扔到船外面的水里去,看看它是不是在水里打着旋儿,可是看到的只是它慢慢沉到水里时泛出的光亮,他转过身,把两条飞鱼放进两块海豚肉里面,又把小刀插进刀鞘,这才慢慢地使着劲儿爬回到船头那边去,他的脊背给钓丝的重量压得弯弯的,他把鱼拿在右手里。

回到船头那边去以后,他把两块海豚肉摊在木板上,旁边放着飞鱼。然后他把肩膀上的钓丝换了一个新位置,又用左手靠在舷边上拿着它。他从舷边上弯下身去,把飞鱼放在水里洗了一洗,留心望着水向手上冲击的速度。他的手在剥鱼皮的时候沾上了磷光。他又凝视着水在手上的冲洗。水力已经弱些了。当他把手放在船身的外板上搓一搓的时候,水面上浮起了万点磷光,慢慢地飘到船后面去。

"它累乏啦,要不然就是它在休息。"老头儿说,"现在我来把这只海豚吃掉,歇一会儿,睡一会儿。"

在星光下,在越来越冷的夜里,他把一块海豚肉的一半和一条飞鱼都吃下肚去,飞鱼的肠肚已经取出,头也割掉了。

"要是把海豚煮熟了吃,这鱼的味道该多美。"他说,"生鱼的味道又是多难吃。没有盐没有白柚子,我再不愿出海了。"

他想:如果我肯用脑筋,我就会整天把海水泼在船头上,让它干去,这样就会有盐了。可是这样到天黑我也钓不到海豚。准备还是不够。不过我总算津津有味地把它嚼下去,一点也不作呕。

乌云往东边天上扩散开去,他所认识的星星一个接着一个地消失了。现在他仿佛走进了云的深谷,风已经停下来。

"三四天以后就会有坏天气。"他说,"可不是今晚,也不是明天。马上把事情安排妥当,老家伙,趁着鱼正安安静静的时候睡一睡吧。"

他把钓丝紧紧地攮在右手里,用大腿抵住右手,全身的重量都靠在船头的木板上。然后他把肩上的钓丝稍微放低一些,再用左手支撑住它。

他想:只要把它撑紧,我的右手就能够攮住它。要是我睡着的时候钓丝松出去的话,我的左手就会喊醒我。右手是很吃力的。但是它吃苦吃惯啦。哪怕睡上 20 分钟,或者半个钟头,这也是好的。他弓着腰,用他整个身子去撑住钓丝,把全身重量都压在右手上,他睡着了。

他没有梦见狮子,他只梦见伸展到8英里10英里外的一大群海豚,这正是它们交配的日子,它们一跳跳到半空去,然后又掉回到它们跳上去时搅成的那个水涡里。

接着,他又梦见他躺在村子里的他的床上,北风刮得正紧,他觉得冷透了骨髓,他的右胳膊正在睡着,因为他的头把它当做枕头枕在上面。

此后他开始梦见迤长的黄色的海滩,看到在黄昏中走上海滩来的第一头狮子,接着别的狮子也出现了。他把下巴靠在船头的木板上,他的船在吹向海面的晚风里停泊在那儿。他等着瞧一瞧有没有更多的狮子,这会他非常快乐。

月亮上来很久,他还是睡不醒。那条大鱼平稳地往前拖着,把船拖进云涡里面去了。右拳朝他脸上猛的一推,他醒转来,那根钓丝飞快地从右手里滑出去,勒痛了他的手。他的左手已经麻木,于是他用右手拼命去扳,可是钓丝还是跑了出去。最后他用左手抓住了钓丝,仰着身子去撑住它,现在钓丝又勒着他的脊背和左手,左手承担了全部的重量,给钓丝勒得很痛。他回头望一望钓丝卷儿,它们都顺顺当当地把钓丝伸在水里。

正在这当儿,那条鱼猛地一跳,把海水溅起了巨大的浪花,然后又猛地落下去。它一次又一次地在跳,虽然钓丝不断松下去,但是船走得非常快。老头儿把钓丝绷紧到快要折断的程度,一而再再而三地把它绷紧到快要折断的程度。他给拖得紧靠到船头那边去,脸贴在海豚的肉片上,身子一动也不动。

我们等待的事儿发生啦,他想。让我们承担下来吧。要叫它从钓丝上吃苦头,他想。要叫它吃苦头;他看不见鱼在跳,只听到海水的震荡和鱼落下去时水花飞溅的声音。滑走的钓丝把他的手勒得痛极了。但他早就知道这样的事儿一定要发生,他只是想法让钓丝勒到手上起茧的部分,不让它滑到手掌心里或者勒在手指头上。

他想:要是孩子在这儿,他会用水把钓丝卷儿润一润的。真的。要是孩子在这儿多好。要是他在这儿多好啊。

钓丝往水里滑下去,滑下去,滑下去,但是已经慢些了,他使鱼在每1英寸钓丝上都付出了代价。现在他能够从木板上抬起头来,并且离开了他的脸所压着的那一块鱼肉。然后他跪着,然后他慢慢地站起来。他还是在松钓丝,可是越来越慢了。于是他挣扎着回到他可以用脚去碰他所看不见的钓丝卷儿的地方。钓丝还多得很,鱼不得不遭受水里新钓丝的阻力。

他想:得!现在它已经跳了10几次,把它的沿着脊背的液囊灌满了空气,它不会钻到很深的水里,死在我无法把它拖上来的地方了。马上它就要开始打转儿,那时我一定要好好对付它。我不知道什么事惊得它这样突然跳起来。是它饿得发慌,还是有什么东西在夜里惊扰了它呢? 也许它突然害怕起来。然而它是这样的沉着,这样的强壮,看来它又是这样的毫不惧怕,这样的充满信心。这真奇怪。

"老家伙,你最好别害怕,最好也有信心。"他说,"你把它牵住了,可是你还不能把钓丝收回来。不过马上它就要打转儿了。"

老头儿现在用左手和两边肩膀撑住它,弯下腰去,用右手舀了一把水,把粘在他脸上的海豚肉洗掉。他生怕海豚肉会使他作呕,弄得他吐起来亏损了气力。把脸洗干净以后,他又把右手放到船外面水里去洗,然后放在海水里浸着,一面凝望着日出以前初现的曙光。他想:它差不多朝东去了。那就是说它已经疲倦,随着水流漂去。马上它就得打转儿。那时我们真正的活儿才算开始呢。

他料想他的右手放在水里很久了,于是他把手取出来,朝它望了一望。

"不坏。"他说,"痛苦在一个男子汉不算一回事。"

他小心翼翼地拿着钓丝,不让它经过新给钓丝勒过的任何一条痕迹上。他又把压在身上的重量换了一个地方,以便能够把左手伸进船另一边的海水里。

"你干活干得还不错。"他对他的左手说,"可是有一会儿我简直找不到你。"

他想:为什么我没生出两只好手呢?也许只怪我没把那只手好好儿训练一下。可是,天知道它有的是学习的机会呀。话又说回来。它夜里干活干得还不错,不过只抽了一次筋。它要是再抽筋的话,就让钓丝把它割掉吧。

当他正在想着的时候,他知道他的头脑这会儿不怎么清醒,他觉得他应该再吃一点海豚肉。他自言自语地说:可是我不能吃。与其吃了作呕亏损了气力,倒还不如头昏眼花的好些。我知道我吃了胃里也搁不住,因为我的脸曾经粘在上面。我要留下它应急,直到它腐烂的时候。不过要想靠吃东西来增加气力,现在已经太迟了。他对自己说:你真蠢。把另一条飞鱼吃下去得啦。

飞鱼又干净又现成地放在那儿,他用左手捡起来吃下去,细细地嚼着骨头,从头到尾巴一股脑儿吃下肚去。

他想:它几乎比什么鱼都有营养些。至少有我需要的力气。他想:现在凡是我能够做的我都做到了。让它打起转儿来,我俩斗一斗吧。鱼开始打着转儿的时候,太阳正在出来,这是他下海以来第3次出太阳。

他从钓丝的斜度上看不出鱼在打转儿。时候还太早。他只感觉到钓丝的压力微微松下去,于是他开始轻轻地用右手去拉。钓丝又像往常那样绷得紧紧的,可是,快要拆断的时候,钓丝开始缩上来。他把肩膀和头从钓丝下面抽出,轻轻地,一把接一把地去拉钓丝。他一把接一把地使用着他的双手,拿出全身带腿的力气去拉。他的两条老腿和肩膀随着拉钓丝时的摆动前后左右地晃荡着。

"这是一个大大的圈儿。"他说,"可是它到底在打着转儿啦。"

过不多久,钓丝再也拉不上来了,但他还一直在撑着它,在太阳光里看见钓丝上的水珠儿给挣得四溅。接着钓丝飞快地脱了手,老头儿只好跪下,好不甘心地让它又滑到黑魆魆的水里去。

"它正在绕着一个大大的圈儿哩。"他说。他想:我一定要拼命撑住。钓丝一拉紧,它打的转儿就会一次比一次小。也许过一个钟头我就会看到它。现在我一定要叫它服贴,过后我一定要把它弄死。

可是鱼还是照常慢慢地打着转儿,两个钟头以后,老头儿浑身给汗湿透,累得连骨头也酸了。不过现在圈儿已经小得多,他从钓丝的斜度上可以看出鱼一面在游泳一面不住地往上冒。

有一个钟头光景,老头儿都看见眼前有黑点儿在晃动,汗水渍痛了眼睛,渍痛了他眼皮上和脑门上的伤口。他不怕那些黑点儿。他在拉钓丝的时候用力过度,看见黑点儿原是很平常的,可是他已经有两次觉得头昏眼花,那倒是他担心的事。

"我不能让身体垮下去,像这样死在一条鱼的手里。"他说,"我已经叫它漂漂亮亮地冒上来了,求上帝帮助我忍受下去吧,我要说100遍'我们在天之父,'和100遍'福哉玛利亚'。可是我现在不能说。"

他想:就当做我已经说过,我迟一会儿再说吧。

这时他觉得他用双手撑住的那根钓丝砰的一声猛猛地扯动了一下。这一扯来势很猛,使人感觉硬梆梆的,沉甸甸的。

他想:它正在用它的长吻撞粗铁丝哩。那是免不了的。它势必要那样做。可是这就会使它跳起来,我倒希望它照常打着转儿吧。跳两跳对于它吸空气是必要的。但是每跳一次就会把钩在嘴上的口子加宽一些,最后它就可以把钩子甩掉。

"别跳啦,鱼。"他说,"别跳啦。"

鱼又撞了粗铁丝好几次,每撞一次老头儿就摇一下头,松出短短的一段钓丝。

他想:我一定要让它的疼痛不扩大到别的地方去。我的疼痛没关系。我忍得住。可是它的疼痛会逼得它发起疯来的。

过了一会儿,鱼不再去顶粗铁丝,又开始慢慢地打起转儿来。老头儿现在不住地收进钓丝,但是他又感到了昏眩。他用左手舀了些海水,把它洒到头上。然后他又洒了些上去,擦一擦他的后颈脖子。

"我没抽筋。"他说,"它马上就会冒上来,我可以撑得住。可是啊,你不撑也得撑。连提也别提了吧。"

他靠着船头跪下,有一会儿,又把钓丝拉上他的脊背。他下了决心:我要趁它还在打转的时候歇一歇,等它冒上来才站起来对付它。歇在船头上,就让鱼自己打一个转儿,不去把钓丝收回来,这倒是很开心的事,但是,一旦钓丝绷紧到鱼转身朝着船这边来的时候,老头儿就站起身,开始左一把右一把地把他能收进的钓丝统统拉上来。他想:我比什么时候都累。现在贸易风又起来了。不过趁着贸易风把它拉上来倒也不错。我巴望得很急呢。

"下一趟它打转儿的时候,我还得歇一会儿。"他说,"我现在感觉好得多。再转两三趟以后,我就要把它捉住啦。"

他的草帽盖在脑勺儿的老后边,一觉得鱼在转身他就随着钓丝的一扯倒向船头里边去。

他想:你现在就扯吧,鱼。你一转身我就要捉你。

海水涨得很高。但现在刮着的风是好天气的微风,他把船开回去的时候就需要这样的风。

"我只消往西南划去就得啦。"他说,"一个人决不会迷失在海里的,更何况这是一个长长的岛屿。"

鱼在第3趟转身冒上来的时候,他才看见了它。

他首先看见的是一个黑忽忽的影子,那个影子过了好久才从船底下过去,长得教他不能相信。

"不会的,"他说。"它不会那么大。"

但是它果真那么大,绕了这一转儿以后,它出现在只有 30 米开外的水面上,老头儿看见它的尾巴从水里露出来。那条尾巴比一把大镰刀的刀片还要高些,在深蓝色的水上现出了极淡的淡紫色。尾巴往后倾斜着,鱼在水面下游泳的时候,老头儿看得见它那宠大的身段和围在身上的紫色的条纹。它的脊鳍向下搭拉着,巨大的胸鳍扩张开来。

这一次鱼打转儿的时候,老头儿看得见它的眼睛和在它身旁游泳的两条灰色的小鱼。有时候它们恋恋不舍地跟着它。有时候它们突然跑开。有时候它们在它的阴影下面自在地游来游去。两条鱼每一条都有 3 呎多长,游得很快的时候,它们像黄鳝一样翻腾着整个身子。

老头儿现在流出汗来,使他出汗的并不是太阳。鱼每次从从容容地、平静地转弯的时候,他就收进一把钓丝,他深信鱼再转两个圈儿,他就可以乘机会把鱼叉攮在它身上了。

他想:可是我应该使它来得近些,近些,更近些。切不要戳它的头。应该扎它的心。

"要沉着,要有力,老家伙。"他说。

又绕了一个转儿,鱼的脊背露出来,不过离船未免太远了些。再一转,依旧太远,但是它已经高高地凸出在水面上,老头儿相信,只要再收进一些钓丝,他就可以把它拽到船旁边来了。

他久已安排好了他的鱼叉,鱼叉把子上的一卷软绳子放在一个圆篮子里,绳子一头系在船头的短桩上。

现在鱼一转就转到前面来,它举止从容不迫,非常优美,只有那条大尾巴在摆动。老头儿用力去拽,想把它拽近前些。只有一会儿光景,鱼朝他这边稍微转过来一点。然后它又伸直了身子,开始打起转儿来。

"是我把它带动的。"老头儿说,"我把它带动啦。"

他又觉得昏眩起来,可是他依旧使出全身力气去拽住那条大鱼。他想:我把它带动啦。也许这一次我就可以把它拽到跟前来。拽吧,手啊,他想。站稳啦,腿。替我撑下去,头啊。替我撑下去。决不要昏过去。这一次我会把它拽过来的。

他尽心尽力,在鱼来到船旁边以前把一切都安排妥当,然后使出全身的劲儿去拉,这时候,那鱼稍稍侧过身来,又摆正了身子游开去。"鱼啊。"老头儿说,"鱼,迟早你是免不了一死的。难道你也非得把我弄死不成吗?"

他想:照那样什么也不会成功。他的嘴已经干得说不出话,可是他不能再去拿水了。他想:这一遭我一定要把它拽到跟前来,我受不住听它再来好多转儿了。他又自言自语地说:"不过,你呀,你是永远不会垮的。"

又一转的时候,他几乎把它拽到身边了。但是鱼又摆正了身子慢慢地游开去。

老头儿想:鱼啊,你要把我给弄死啦。话又说回来,你是有这个权利的。兄弟,我从来没见过一件东西比你更大,更好看,更沉着,更崇高了。来,把我给弄死吧。管它谁弄死谁。

他想:现在你脑子糊涂啦。你应该让你的脑子清醒。让你的脑子清醒,才知道怎样去忍受,像一个男子汉。或者,像一条鱼似的。

"清醒过来吧,脑子。"他说话的声音几乎连自己也听不出来,"清醒过来吧。"

鱼又转了两个圈儿,还是那个老样子。

老头儿想:我摸不透。他已经到了每次都感觉得自己要垮下来的时候了。他想:我摸不透,但我还要试验一下。

他又试验一下,把鱼拉转过来的时候,他觉得自己真的垮了。那条鱼又摆正了身子,然后慢慢地游开了,它的大尾巴还在空中摆来摆去。这时老头儿虽然双手已经软弱无力,而他所能看见的只是一眨眼就过去的闪光,但他又下了决心:我还要试它一试。

他又试了一遍,还是跟以前一样。"那么。"他想,这时他还没动手就觉得垮了,"我再来试一遍吧。"

他忍住一切的疼痛,抖擞抖擞当年的威风,把剩下的力气统统拼出来,用来对付鱼在死亡以前的挣扎。那条鱼朝他身边游来了,轻轻地来到他的身边,嘴几乎碰到了船身的外板。它开始从船旁边过去,它,那么长,那么高,那么宽,银光闪闪的,还转着紫色的条纹,在海水里没有尽头地伸展了开去。

老头儿放下了钓丝,把它踩在脚底下,然后把鱼叉高高地举起,举到不能再高的高度,同时使出全身力气,比他刚才所集聚的更多的力气,把鱼叉扎进正好在那大胸鳍后面的鱼腰里,那个胸鳍高高地挺在空中,高得齐着一个人的胸膛。他觉得铁叉已经扎进鱼身了,于是他靠在叉把上面,把鱼叉扎得更深一点,再用全身的重量把它推进去。

接着,鱼又生气勃勃地作了一次死前的挣扎。它从水里一跳跳到天上去,把它的长、宽、威力和美,都显示了出来。它仿佛悬在空中,悬在船里老头儿的头上。然后它轰隆一声落到水里,把浪花溅满了老头儿一身,溅满了整个一条船。

老头儿觉得头昏眼花,看不清楚东西了。但他松开了鱼叉上的绳子,让它从他的皮破肉烂的手里慢慢地滑下去。当他看得清楚的时候,他看见那条鱼仰身朝天,银花花的肚皮翻到上面来。鱼叉的把子露在外面,和鱼的前背构成了一个角度,这时海水被它心里流出的血染成了殷红的颜色,先是在1哩多深的蓝色的海水里黑黝黝的像一座浅滩,然后又像云彩似的扩散了开去。那条鱼是银白色的,一动也不动地随着海浪漂来漂去。

老头儿用他闪烁的眼光定睛望了一眼。他把鱼叉的绳子在船头的短桩上绕了两圈,然后用双手捧着头。

"要教我的脑子清醒。"他靠着船头的木板说,"我是一个累乏了的老头儿。但我已经杀死了这个鱼兄弟,现在我得干辛苦的活儿了。"

他想:现在我得准备套索和绳子,把它绑在船旁边。虽然只有我们两个,即使为了装它而弄得船漫了水又戽出去,这只小船还是盛不了它。我应该安排一切,然后把它拖到跟前来,绑好,竖上桅杆,挂起帆把船开回去。

他动手去拖鱼,想把它拖到船跟前,好用一根绳子从它鳃里穿进去,再从嘴里拉出来,把它的头绑在船头上。他想:我想看看它,碰碰它,摸摸它。他想,它是我的财产啊。然而我想摸摸它并不是为了这个。他想,当我第2次拿着鱼叉的把子往里推的时候,我已经碰到它的心了。现在把它拉到跟前来吧,绑紧它,用一个套索拴住它的尾巴,另一个套索拴住它的腰,把它捆在船边。

"动手干活吧,老家伙,"他说。他喝了一点儿水。"仗虽然打完,还有好多辛苦的活儿得干呢。"

他抬头望一望天,然后又看一看他的鱼。他把太阳留意地观察了一番。他想:还不过是响午,贸易风也正刮起。现在这些钓丝都没用处了。回家以后,我要跟孩子把它们接起来。

"来吧,鱼。"他说。可是鱼偏不到他跟前来,反而躺在海里翻滚。老头儿只好把小船划到它面前去。

等他划到鱼的旁边,教鱼头靠着船头的时候,他真想不到鱼有这么大。他把鱼叉上的绳子从船头的短桩上解开,打鱼鳃里穿进去,再打鱼嘴里拉出来,在它的长吻上绕了一道,又打另一边的鱼鳃里穿进去,再在长吻上绕了一道,把双股的绳子打了个结子,拴在船头的短桩上。然后,他把绳子割断,又走到船艄去,用绳子套住鱼尾巴。鱼已经从原来的紫色和银白色变成了纯粹的银白色,身上的条纹跟尾巴一样现出了淡紫色。条纹比伸开5指的人的一只手还要宽些。鱼的眼睛孤零零地凸出来,像是潜望镜里的镜头,又像做礼拜行列中的圣徒。

"要杀死它只有这个办法。"老头儿说。喝了水以后,他现在觉得好些了,他知道他不会垮下去,他的头脑也是清醒的,他想:看它那副模样,足有1500多磅。也许还要重些。假如可以净得那重量的三分之二,卖它3角钱一磅,该赚多少钱啊?

"我需要一支铅笔来算一算。"他说,"我的头脑不怎么清醒。不过我想老狄马吉奥今天会拿我的事儿当他的体面。我没鸡眼,可是我的手跟脊梁可真够受啦。"他想:我不懂什么叫鸡眼,也许我们有鸡眼还不知道吧。

他把绑鱼的绳子系在船头、船艄和中间的坐板上。那条鱼可真大,活像小船旁边绑着一只比它大得多的船。他割下一段绳,又把鱼的下巴颏跟长吻绑在一起,使它的嘴不会张开,好让船尽可能走得平平稳稳的。然后,他竖起桅杆,用绳索拴住那根给他当做鱼钩的棍子和下桁,他挂上了带补钉的帆。船开始移动了。他半躺在船艄向西南方驶去。他不需要指南针告诉他西南方在哪儿。他只需要感觉到贸易风和帆的牵引。他想:我倒不如放一根带匙钩的小钓丝到海里去,弄点东西上来吃吃喝喝,好润润嘴,但他找不到匙钩,他的沙丁鱼也都腐烂了。所以他在船经过的时候用鱼叉钩上一块黄黄的马尾藻,把上面一些小虾抖到船的外板上去。小虾有10来个,它们跳来撞去,像沙蚤一样。老头儿用拇指和食指把它们的头掐掉,然后送进嘴里,连壳带尾巴嚼下去。这些小虾虽然小得可怜,但他知道它们都很滋养,味道也挺不坏的。

老头儿的瓶子里还有两口水,他把小虾吃下去以后喝了半口。虽然船旁边的那条鱼给了他不少的累赘,但这只船走得还算很好,他把舵柄夹在胳肢窝里掌着舵。他看得见那条鱼。他只消看一看他的手,把脊背放在船艄上碰一碰,就会晓得这是千真万确的事儿,不是一场梦。有一个时候,在事情快临到时,他的心情坏极了,他也以为或许这是一场梦。后来他看见鱼从水里跳出,没有落下来以前一动也不动地悬在半空里,他觉得这里面一定有很大的奥妙,所以他不相信。虽然他现在看得跟往常一样的清楚,那时他是看不清楚的。

现在他知道鱼果真在他身旁,他的双手和脊背的疼痛都证明他不是在做梦。他想:手很快就会痊愈的。我已经让手上的血流干净了,盐水会把它们治好的。真正的海湾里面的黑魆魆的海水,实际上就是最好的药品。我现在应该做的就是要让脑子清醒。我的手已经干完了它们的活儿,我们的船走得很好。看它闭住嘴,尾巴一上一下地伸得挺直,我俩真像亲兄弟一样在大海里漂着。这时他的脑子又有点儿糊涂了,他想:是它在带我走呢,还是我在带它走,如果我把它放在后面,牵着它,那倒是没有问题,要是鱼给放在船上,它的什么体面都丢掉了,那也没有问题的。可是老头儿跟它是并排在拴在一道,漂在海上的,所以老头儿想:让它带我走吧。只要它高兴。我不过手段比它高明些,何况它对我又没有恶意。

他们在海里走得很顺当,老头儿把手泡在咸咸的海水里,想让脑子清醒。头上有高高的积云,还有很多的卷云,所以老头儿知道还要刮一整夜的小风。老头儿不断地望着鱼,想弄明白是不是真有这回事。这时候是第一条鲨鱼朝它扑来的前一个钟头。

鲨鱼的出现不是偶然的。当一大股暗黑色的血沉在一哩深的海里然后又散开的时候,它就从下面水深的地方窜上来。它游得那么快,什么也不放在它眼里,一冲出蓝色的水面就涌现在太阳光下,然后它又钻进水里去,嗅出了踪迹,开始顺着船和鱼所走的航线游来。

有时候它也迷失了嗅迹,但它很快就嗅出来,或者嗅出一点儿影子,于是它就紧紧地顺着这条航线游,这是一条巨大的鲭鲨,生来就游得跟海里速度最快的鱼一般快。它周身的一切都美,只除了上下颚。它的脊背蓝蓝的像是旗鱼的脊背,肚子是银白色的,皮是光滑的、漂亮的。它生得跟旗鱼一样,不同的是它那巨大的两颚,游得快的时候它它的两颚是紧闭起来的。它在水面下游,高耸的脊鳍像刀子似的一动也不动地插在水里。在它紧闭的双嘴唇里,它的八排牙齿全部向内倾斜着。跟寻常大多数鲨鱼不同,它的牙齿不是角锥形的,像爪子一样缩在一起的时候,形状就如同人的手指头。那些牙齿几乎跟老头儿的手指头一般长,两边都有剃刀似的锋利的口子。这种鱼天生地要吃海里一切的鱼,尽管那些鱼游得那么快,身子那么强,战斗的武器那么好,以至于没有别的任何的敌手。现在,当它嗅出了新的臭迹的时候,它就加快游起来,它的蓝色的脊鳍划开了水面。

老头儿看见它来到,知道这是一条毫无畏俱而且为所欲为的鲨鱼。

他把鱼叉准备好,用绳子系住,眼也不眨地望着鲨鱼向前游来。绳子短了,少去了它割掉用来绑鱼的那一段。

老头儿现在的头脑是清醒的、正常的,他有坚强的决心,但是希望不大。他想:能够撑下去就太好啦。看见鲨鱼越来越近的时候,他向那条死了的大鱼望上一眼。他想:这也许是一场梦,我不能够阻止它来害我,但是也许我可以捉住它。"De ntuso①",他想。去你妈的吧。

---

① 一种最凶猛的鲨鱼的名字。

鲨鱼飞快地逼近船后边。它去咬那条死鱼的时候,老头儿看见它的嘴大张着,看见它在猛力朝鱼尾巴上的肉咬的当儿它那双惊奇的眼睛和咬得格崩格崩响的牙齿。鲨鱼的头伸在水面上,它的脊背也正在露出来,老头儿用鱼叉攮到鲨鱼头上的时候,他听得出那条大鱼身上皮开肉绽的声音。他攮进的地方,是两只眼睛之间的那条线和从鼻子一直往上伸的那条线交叉的一点。事实上并没有这两条线。有的只是那又粗大又尖长的蓝色的头,两只大眼,和那咬得格崩崩的、伸得长长的、吞噬一切的两颚。但那儿正是脑子的所在,老头儿就朝那一个地方扎进去了。他鼓起全身的气力,用他染了血的手把一杆锋利无比的鱼叉扎了进去。他向它扎去的时候并没有抱着什么希望,但他抱有坚决的意志和狠毒无比的心肠。

鲨鱼在海里翻滚过来。老头儿看见它的眼珠已经没有生气了,但是它又翻滚了一下,滚得自己给绳子缠了两道。老头儿知道它是死定了,鲨鱼却不肯承认。接着,它肚皮朝上,尾巴猛烈地扑打着水面,两颚格崩崩响,像一只快艇一样在水面上破浪而去。海水给它的尾巴扑打得白浪滔天,绳一拉紧,它的身子四分之三都脱出了水面,那绳不住地抖动,然后突然折断了。老头儿望着鲨鱼在水面上静静地躺了一会儿,后来它就慢慢地沉了下去。

"它咬去了大约40磅。"老头儿高声说。他想:它把我的鱼叉连绳子都带去啦,现在我的鱼又淌了血,恐怕还有别的鲨鱼会窜来呢。他不忍朝死鱼多看一眼,因为它已经给咬得残缺不全了。鱼给咬住的时候,他真觉得跟他自个儿身受的一样。

他想:但是我已经把那条咬我的鱼的鲨鱼给扎死啦。我从来没看过这么大的"Dentuso"。谁晓得,大鱼我可也看过不少呢。

他想:能够撑下去就太好啦。这要是一场梦多好,但愿我没有钓到这条鱼,独自躺在床上的报纸上面。

"可是一个人并不是生来要给打败的。"他说,"你尽可把他消灭掉,可就是打不败他。"他想:不过这条鱼给我弄死了,我倒是过意不去。现在倒霉的时刻就要来到,我连鱼叉也给丢啦。"Dentuso"这个东西,既残忍,又能干,既强壮,又聪明。可我比它更聪明。也许不吧,他想。也许我只是比它多了个武器吧。

"别想啦,老家伙。"他又放开嗓子说,"还是把船朝这条航线开去,有了事儿就担当下来。"

他想,可是我一定要想。因为我剩下的只有想想了。除了那个,我还要想垒球。我不晓得老狄马吉奥乐意不乐意我把鱼叉扎在它脑子上的那个办法呢?这不是一桩了不起的事儿。什么人都能办得到。但是,你是不是认为我的手给我招来的麻烦就跟鸡眼一样呢?我可没法知道。我的脚后跟从来没有出过毛病,只有一次,我在游泳的时候一脚踩在一条海鳐鱼上面,脚后跟给它刺了一下,当时我的小腿就麻木了,痛得简直忍不住。

"想点开心的事吧,老家伙。"他说,"一分钟一分钟过去,离家越来越近了。丢掉了40磅鱼肉,船走起来更轻快些。"

他很清楚,把船开到海流中间的时候会出现什么花样。但是现在一点办法也没有。

"得,有主意啦。"他大声说,"我可以把我的刀子绑在一只桨把上。"

他把舵柄夹在胳肢窝里,用脚踩住帆脚绳,把刀子绑在桨把上了。

"啊。"他说,"我照旧是个老头儿。不过我不是赤手空拳罢了。"

这时风大了些,他的船顺利地往前驶去。他只看了看鱼的前面一部分,他又有点希望了。

他想:不抱着希望真蠢。此外我还觉得这样做是一桩罪过,他想:别想罪过了吧。不想罪过,事情已经够多啦,何况我也不懂得这种事。我不懂得这种事,我也不怎么相信。把一条鱼弄死也许是一桩罪过。我猜想一定是罪过,虽然我把鱼弄死是为了养活我自己也为了养活许多人。不过,那样一来什么都是罪过了。别想罪过了吧。现在想它也太迟啦,有些人是专门来考虑犯罪的事儿的。让那些人去想吧。你生来是个打鱼的,正如鱼生来是条鱼。桑·彼得罗是个打鱼的,跟老狄马吉奥的爸爸一样。

他总喜欢去想一切跟他有关连的事情,同时因为没有书报看,也没有收音机,他就想得很多,尤其是不住地在想到罪过。他想:你把鱼弄死不仅仅是为了养活自己,卖去换东西吃。你弄死它是为了光荣,因为你是个打鱼的。它活着的时候你爱它,它死了你还是爱它。你既然爱它,把它弄死了就不是罪过。不然别的还有什么呢?

"你想得太多啦,老头儿。"他高声说。

他想:你倒很乐意把那条鲨鱼给弄死的。可是它跟你一样靠着吃活鱼过日子。它不是一个吃腐烂东西的动物,也不像有些鲨似的,只是一个活的胃口。它是美丽的,崇高的,什么也不害怕。

"我弄死它为了自卫。"老头儿又高声说,"我把它顺顺当当地给弄死啦。"

他想:况且,说到究竟,这一个总要去杀死那一个。鱼一方面养活我,一方面耍弄死我。孩子是要养活我的。我不能过分欺骗自己了。他靠在船边上,从那条死鱼身上给鲨鱼咬过的地方撕下了一块肉。他嚼了一嚼,觉得肉很好,味道也香,像牲口的肉,又紧凑又有水分,可就是颜色不红。肉里面筋不多,他知道可以在市场上卖大价钱。可是他没法叫肉的气味不散到水里去,他知道倒霉透顶的事儿快要发生了。风在不住地吹,稍微转到东北方去,他知道,这就是说风不会减退呢。老头儿朝前面望了一望,但是他看不见帆,看不见船,也看不见船上冒出来的烟。只有飞鱼从船头那边飞出来,向两边仓皇地飞走,还有就是一簇簇黄色的马尾藻。他连一只鸟儿也看不见。

他已经在海里走了两个钟头,在船艄歇着,有时候嚼嚼从马林鱼身上撕下来的肉,尽量使自己好好休息一下,攒些儿力气,这时他又看见了两条鲨鱼中间的第一条。

"呀!"他嚷了一声。这个声音是没法可以表达出来的,或许这就像是一个人在觉得一根钉子穿过他的手钉进木头时不由自主地发出的喊声吧。

"犁鲨。"他高兴地说。他看见第二条鱼的鳍随着第一条鱼的鳍冒上来,根据那褐色的三角形的鳍和那摆来摆去的尾巴,他认出这是两条犁头鲨。它们嗅出了臭迹以后就兴奋起来,因为饿得发昏了,它们在兴奋中一会儿迷失了臭迹,一会儿又找到了臭迹。但是它们却始终不停地向前逼近。

老头儿系上帆脚绳,把舵柄夹紧。然后他拿起了上面绑着刀子的桨。他轻轻地把桨举起来,尽量轻轻地,因为他的手痛得不听使唤。然后他又把手张开,再轻轻地把桨攥住,让手轻松一些。这一次他攥得很紧,让手忍住了疼痛不缩回来,一面注意着鲨鱼的来到。他看得见它们的阔大的、扁平的铲尖儿似的头,以及那带白尖儿的宽宽的胸鳍。这是两条气味难闻的讨厌的鲨鱼,是吃腐烂东西的,又是凶残嗜杀的。饥饿的时候,它们会去咬桨或者船舵。这些鲨鱼会趁海龟在水面上睡觉时就把它们的腿和前肢咬掉。它们饥饿的时候会咬在水里游泳的人,即使人身上没有鱼血的气味或者鱼的粘液。

"呀!"老头儿说,"星鲨,来吧,星鲨。"

它们来了。但是它们没有像鲭鲨那样的游来。一条鲨鱼转了一个身,就钻到船底下看不见的地方,它把那条死鱼一拉一扯,老头儿感觉到船在晃动。另一条鲨鱼用它裂缝似的黄眼睛望着老头儿。然后飞快地游到船跟前,张着半圆形的大嘴朝死鱼身上被咬过的部分咬去。在它那褐色的头顶和后颈上,在脑子和脊髓相连的地方,清清楚楚地现出了一条纹路,老头儿就用绑在桨上的刀子朝那交切点攥进去,又抽出来,再攥进它的猫似的黄眼睛里。鲨鱼放开了它咬的死鱼,从鱼身上滑下去,死去的时候还吞着它咬下的鱼肉。

由于另一条鲨鱼正在蹂躏死鱼的缘故,船身还在晃荡,老头儿松开了帆脚绳,让船向一边摆动,使鲨鱼从船底下出来。一看见鲨鱼,他就从船边弯着身子把刀子朝它身上扎去。他要扎的只是肉,可是鲨鱼的皮很结实,好不容易才把刀子戳进去。这一下不仅震痛了他的手,也震痛了他的肩膀。鲨鱼又很快地露出头来,当它的鼻子伸出水面来靠在死鱼身上的时候,老头儿对准它的扁平的脑顶中央扎去,然后把刀子拔出,又朝同一个地方扎了一下。它依旧闭紧了嘴咬住鱼,于是老头儿再从它的左眼上戳进去,但它还是缠住死鱼不放。

"怎么啦?"老头儿说着又把刀子扎进它的脊骨和脑子中间去。这一次戳进去很容易,他觉得鲨鱼的软骨断了。老头儿又把桨翻了一个身,把刀放在鲨鱼的两颚中间,想把它的嘴撬开。他把刀子绞了又绞,当鲨鱼嘴一松滑下去的时候,他说:"去,去,星鲨。滑到1哩深的水里去。去见你的朋友吧,也许那是你的妈妈呢。"

老头儿擦了一擦他的刀片,把桨放下。然后他系上帆脚绳,张开了帆,把船顺着原来的航线驶去。

"它们准是把它吃掉四分之一了,而且吃的净是好肉。"他大声说,"我真盼望这是一场梦,但愿我根本没有把它钓上来。鱼啊,这件事可真教我不好受。从头错到底啦。"他不再说下去,也不愿朝鱼看一眼。它的血已经淌尽了,还在受着波浪的冲击,他望了望它那镜子底似的银白色,它身上的条纹依然看得出来。

"鱼啊,我不应该把船划到这么远的地方去。"他说,"既不是为了你,也不是为了我。我很不好受,鱼啊。"

"好吧",他又自言自语地说。"望一望绑刀的绳子,看看断了没有。然后把你的手弄好,因为还有麻烦的事儿没有来到呢。"

"有一块石头磨磨刀子该多好。"老头儿检查了一下绑在桨把上的绳子以后说,"我应该带一块石头来。"他想:好多东西都是应该带来的,但是你没有带来,老家伙。现在不是想你没有的东西的时候,想一想用你现有的东西可以做的事儿吧。

"你给我想出了很巧妙的主意。"他敞开了喉咙说,"可是我懒得听下去啦。"

他把舵柄夹在胳肢窝里,双手泡在水里,随着船往前漂去。

"天晓得,最后那一条鲨鱼撕去了我好多鱼肉。"他说,"可是船现在漂轻些了。"他不愿去想给撕得残缺不全的鱼肚子。他知道,鲨鱼每次冲上去猛扯一下,就给扯去了好多的死鱼肉,现在死鱼已经成为一切鲨鱼追踪的途径,宽阔得像海面上一条大路一样了。

他想:这是把一个人养活一整个冬天的鱼啊。别那样想吧。歇一歇,把你的手弄好,守住剩下来的鱼肉。水里有了那么多的气味,我手上的血腥味也算不得什么,何况手上的血淌得也不多了。给割破的地方算不了什么。淌血会叫我的左手不抽筋。

他想:我现在还有什么事儿可想呢?没有。什么也别去想它,只等着以后的鲨鱼来到吧。我希望这真是一场梦,他想。但是谁晓得呢?也许结果会很好的。

下一个来到的鲨鱼是一条犁头鲨。它来到的时候就活像一只奔向猪槽的猪,如果一只猪的嘴有它的那么大,大得连你的头也可以伸到它嘴里去的话。老头儿先让它去咬那条死鱼,然后才把绑在桨上的刀扎进它的脑子里去。但是鲨鱼一打滚就往后猛地一挣,那把刀子喀嚓一声折断了。

老头儿只管去掌他的舵,连看也不看那条大鲨鱼,它慢慢地沉到水里去,最初还是原来那么大,然后渐渐小下去,末了只有一丁点儿了。这种情景老头儿一向是要看得入迷的,可是现在他望也不望一眼。

"我还有鱼钩呢,"他说,"但是那没用处。我有两把桨,一个舵把,还有一根短棍。"

他想:这一回它们可把我打败了。我已经上了年纪,不能拿棍子把鲨鱼给打死。但是,只要我有桨,有短棍,有舵把,我一定要想法去揍死它们。

他又把手泡在水里。这时天色渐渐地向晚。除了海和天,什么也看不出来。天上的风刮得比先前大了些,马上他就有希望能够看到陆地。

"你累乏啦,老头儿。"他说,"里里外外都累乏啦。"直到太阳快落下去的时候,鲨鱼才又向他扑来。

老头儿看见两个褐色的鳍顺着死鱼在水里所不得不造成的那条宽阔的路线游着。它们甚至不去紧跟着鱼的气味,就肩并肩地直朝着小船扑来。

他扭紧了舵,把帆脚绳系好,从船艄下面去拿那根短棍。这是把一个断了的桨锯成2呎半长左右的一个桨把子。因为那个桨把子有个把手,他用一只手攥起来才觉得方便,他就稳稳地把它攥在右手里,用手掌弯弯地握着,一面望着鲨鱼的来到。两条都是"星鲨"。

他想:我要先让第一条鲨鱼把死鱼咬紧了,然后再朝它的鼻尖儿揍,或者照直朝它的头顶上劈去。

两条鲨鱼一道儿来到跟前,他看见离得最近的一条张开大嘴插进死鱼的银白色的肚皮时,他把短棍高高地举起,使劲捶下,朝鲨鱼的宽大的头顶狠狠地劈去。短棍落下的当儿,他觉得好像碰到了一块坚韧的橡皮,同时他也感觉到打在铁硬的骨头上。鲨鱼从死鱼身上滑下去的时候,他又朝它的鼻尖上狠狠地揍了一棍。

另一条鲨鱼原是忽隐忽现的,这时又张开了大嘴扑上来。当它咬住了死鱼、闭紧了嘴的时候,老头儿看得见从它嘴角上漏出的一块块白花花的鱼肉。他用棍子对准了它打去,只是打中了它的头,鲨鱼朝他望了一望,然后把它咬住的那块肉撕去。当它衔着鱼肉逃走的时候,老头儿又揍了它一棍,但是打中的只是橡皮似的又粗又结实的地方。

"来吧,星鲨。"老头儿说,"再来吧。"

鲨鱼一冲又冲上来,一闭住嘴就给老头儿揍了一棍。他把那根棍子举到不能再高的地方,结结实实地揍了它一下。这一回他觉得他已经打中了脑盖骨,于是又朝同一个部位打去,鲨鱼慢慢吞吞地把一块鱼肉撕掉,然后从死鱼身上滑下去了。

老头儿留意望着那条鲨鱼会不会再回来,可是看不见一条鲨鱼。一会儿他看见一条在水面上打着转儿游来游去。他却没有看到另一条的鳍。

他想:我没指望再把它们弄死了。当年年青力壮的时候,我会把它们弄死的。可是我已经叫它们受到重伤,两条鲨鱼没有一条会觉得好过。要是我能用一根垒球棒,两只手抱住去打它们,保险会把第一条鲨鱼打死。甚至现在也还是可以的。

他不愿再朝那条死鱼看一眼。他知道它的半个身子都给咬烂了,在他跟鲨鱼格斗的时候,太阳已经落下去。

"马上就要天黑。"他说,"一会儿我要看见哈瓦那的灯火了。如果我往东走得更远,我会看见从新海滩上射出来的灯光。"

他想:现在离港口不会太远了。我希望没有人替我担心。只有那孩子,当然,他一定会替我担心的。可是我相信他有信心。好多打鱼的老头儿也会替我担心的。还有好多别的人。我真是住在一个好地方呀。他不能再跟那条大鱼讲话,因为它给毁坏得太惨啦。这时他的脑子里突然想起了一件事。

"你这半条鱼啊。"他说,"你原来是条整鱼。我过意不去的是我走得太远,这把你和我都给毁啦。可是我们已经弄死了许多鲨鱼,你和我,还打伤好多条。老鱼,你究竟弄死过多少鱼啊?你嘴上不是白白地生了那个长吻的。"

他总喜欢想到这条死去的鱼,想到要是它能够随意地游来游去,它会怎么样去对付一条鲨鱼。他想:我应该把它的长吻儿砍掉,用它去跟鲨鱼斗。可是船上没有斧头,后来又丢掉了刀子。

话又说回来,当时要是我能够把它的长吻儿砍掉,绑在桨把上的话,那该是多好的武器呀。那样一来,我俩就会一同跟它们斗啦。要是它们在夜里窜来,你该怎么办呢?你有什么办法呢?

"跟它们斗。"他说,"我要跟它们斗到死。"

现在已经天黑,可是天边还没有红光,也看不见灯火,有的只是风,只是扯得紧紧的帆,他觉得大概自己已经死了。他合上两只手,摸一摸手掌心。两只手没有死,只要把两只手一张一合,他还觉得活活地痛哩。他把脊背靠在船艄上,才知道自己没有死。这是他的肩膀告诉他的。

他想:我许过愿,要是我捉到了这条鱼,我一定把所有的那些祷告都说一遍。但是我现在累得说不出了,倒不如把麻袋拿过来盖在我的肩膀上。

他躺在船艄,一面掌舵,一面留意着天边红光的出现。他想:我还有半条鱼。也许我有运气把前面半条鱼带回去。"我应该有点儿运气的。可是没有呀,"他说,"你走得太远,把运气给败坏啦。"

"别胡说八道啦。"他又嚷起来,"醒着,掌好舵。也许你的运气还不小呢。"

"我倒想买点儿运气,要是有地方买的话。"他说。

我拿什么去买运气呢?他自己问自己。我买运气,能够用一把丢掉的鱼叉,一把折断的刀子,一双受了伤的手去买吗?

"可以的。"他说,"你曾经想用海上的84天去买它。它们也几乎把它卖给了你。"

他想:别再胡思乱想吧。运气是各式各样的,谁认得出呢?可是不管什么样的运气我都要点儿,要什么报酬我给什么。他想:我希望我能见到灯光。我想要的事儿太多,但灯光正是我现在想要的。他想靠得舒服些,好好地去掌舵;因为觉得疼痛,他知道他并没有死。

大约在夜里10点钟的时候,他看见了城里的灯火映在天上的红光。最初只是辨认得出,如同月亮初升以前天上的光亮。然后,当渐渐猛烈的海风掀得波涛汹涌的时候,才能从海上把灯光看得清楚。他已经驶进红光里面,他想,现在他马上就要撞到海流的边上了。

他想:现在一切都过去了。不过,也许它们还要向我扑来吧。可是,在黑夜里,没有一件武器,一个人怎么去对付它们呢?

他现在身体又痛又发僵,他的伤口和身上一切用力过度的部分都由于夜里的寒冷而痛得厉害。他想:我希望我不必再去跟它们斗啦。我多么希望我不必再跟它们斗呀。

可是到了半夜的时候,他又跟它们斗起来,这一回他知道斗也不会赢了。它们是成群结队来的,他只看到它们的鳍在水里划出的纹路,看到它们扑到死鱼身上去时所放出的磷光。他用棍棒朝它们的头上打去,听到上下颚裂开和它们钻到船下面去咬鱼时把船晃动的声音。凡是他能够感觉到的,听见的,他就不顾一切地用棍棒劈去。他觉得有什么东西抓住他的那根棍,随着棍就丢掉了。

他把舵把从舵上曳掉,用它去打,去砍,两只手抱住它,一次又一次地劈下去,但是它们已经窜到船头跟前去咬那条死鱼,一忽儿一个接着一个地扑上来,一忽儿一拥而上。当它们再一次折转身扑来的时候,它们把水面下发亮的鱼肉一块一块地撕去了。

最后,一条鲨鱼朝死鱼的头上扑来,他知道一切都完了。于是他用舵把对准鲨鱼的头打去,鲨鱼的两颗正卡在又粗又重的死鱼头上,不能把它咬碎。他又迎面劈去,一次,两次,又一次。他听到舵把折断的声音,再用那裂开了的桨把往鲨鱼身上戳去。他觉得桨把已经戳进去,他也知道把子很尖,因此他再把它往里面戳。鲨鱼放开鱼头就翻滚着沉下去。那是来到的一大群里最后的一条鲨鱼。它们现也没有什么东西吃了。

老头儿现在简直喘不过气来,同时他觉得嘴里有一股奇怪的味道。这种味道带铜味,又甜。他担心了一会儿。不过那种味道并不多。他往海里啐了一口唾沫,说:"吃吧,星鲨。作你们的梦去,梦见你们弄死了一个人吧。"

他知道他终于给打败了,而且一点补救的办法也没有,于是他走回船艄,发现舵把的断成有缺口的一头还可以安在舵的榫头上,让他凑合着掌舵。他又把麻袋围在肩膀上,然后按照原来的路线把船驶回去。现在他在轻松地驶着船了,他的脑子里不再去想什么,也没有感觉到什么。什么事都已过去,现在只要把船尽可能好好地、灵巧地开往他自己的港口去。夜里,鲨鱼又来咬死鱼的残骸,像一个人从饭桌子上捡面包屑似的。老头儿睬也不睬它们,除了掌舵,什么事儿都不睬。他只注意到他的船走得多么轻快,多么顺当,没有其重无比的东西在旁边拖累它了。

船还是好好的,他想。完完整整,没有半点儿损伤,只除了那个舵把。那是容易配上的。

他感觉到他已经驶进海流里面,看得出海滨居住区的灯光。他知道他现在走到什么地方,到家不算一回事儿了。

风总算是我们的朋友,他想。然后他又加上一句:不过也只是有时候。还有大海,那儿有我们的朋友,也有我们的敌人。床呢,他又想。床是我的朋友。正是床啊,他想。床真要变成一件了不起的东西。一旦给打败,事情也就容易办了,他想。我决不知道原来有这么容易,可是,是什么把你打败的呢?他又想。

"什么也不是。"他提高嗓子说,"是我走得太远啦。"

当他驶进小港的时候,海滨酒店的灯火已经熄灭,他知道人们都已上床睡去。海风越刮越大,现在更是猖狂了。然而港口是静悄悄的。于是他把船向岩石下面的一小块沙滩跟前划去。没有人来帮助他,他只好一个人尽力把船划到岩边,然后他从船里走出,把船系在岩石旁边。他放下桅杆,卷起了帆,把它捆上,然后把桅杆扛在肩上,顺着堤坡往岸上走去。这时他才知道他已经疲乏到什么程度。他在半坡上歇了一会儿,回头望了一望,借着水面映出的街灯的反光,看见那条死鱼的大尾巴挺立在船艄后面。他看见鱼脊骨的赤条条的白线,黑压压一团的头,伸得很长的吻和身上一切光溜溜的部分。

他再往上爬去,一到堤顶上他就跌倒,把桅杆横在肩上躺了一会儿。他试一试想站起来,可是非常困难,于是他就扛着桅杆坐在那儿,一面望着路上。一只猫从远处跑过去,不知在那儿干什么。老头儿直望着它,过一会儿他才转过来望着大路。

最后,他放下了桅杆站起来,再把桅杆提起,放在肩上,然后走他的路。在他走到他的茅棚以前,他不得不坐在地上歇了5次。

走进茅棚以后,他把桅杆靠在墙上。他摸黑找到了一个水瓶,喝了一口水就躺到床上去。他把毯子盖在肩上,又裹住脊背和两腿,就脸朝下躺在报纸上,手心朝上两只胳膊伸得挺直的。

第二天早上,他睡得正沉的时候,孩子来到了门口,朝里面张望着。这一天风刮得紧,漂网的渔船不能开出去,孩子睡了一个懒觉,跟每天早上一样,醒来后就到老头儿的茅棚这边来。孩子看见老头儿正在呼呼地打着鼾,又看见老头儿的那双手,他放声大哭起来,于是赶忙一声不响地走开,打算给老头儿拿来一点儿咖啡,一路上一边走,一边还在哭。

好多打鱼的都站在那只船的周围,望着绑在船旁边的那个东西。一个人卷起裤脚管站在水里,用一根长绳子在量死鱼的骨胳。

孩子没有走下坡去。他早已到那儿去过,这时一个打鱼的正在替他看守着那只船哩。

"他怎样啦?"一个打鱼的大声地问。

"睡着呢!"孩子也大声地回答。人们看见他在哭,他也毫不在乎。

"谁都别去惊醒他。"

"这条鱼,从鼻子到尾巴足有18英寻长呢。"用绳量鱼的那个打鱼的嚷着说。

"我相信。"孩子说。

他走到海滨酒店去,要了一罐咖啡。

"要滚烫的,多放些牛奶跟糖在里面。"

"还要别的吗?"

"不要啦。等一会儿我再看看他能吃什么。"

"多大的鱼啊!"酒店老板说,"从来没有过这么大的鱼。你昨天捉到的那两条鱼也很好的。"

"让我的鱼都死掉吧。"孩子说着又哭起来。

"你想喝点什么吗?"老板问他。

"不。"孩子说,"对他们说,别来打扰桑提亚哥老大爷。我就回来啦。"

"告诉他,我很挂念他。"

"多谢你。"孩子说。

孩子拿了一罐热咖啡到老头儿的茅棚去,坐在一旁等他醒来。有一回他好像快要醒了。可是他又死沉沉地睡去,孩子不得不到大路那边去借一点木柴来,把咖啡再热一热。

最后,老头儿醒来了。

"别坐起来。"孩子说,"把咖啡喝掉吧。"他把咖啡倒了些在玻璃杯里。

老头儿把咖啡接过去一口喝掉。

"它们把我给打败啦,曼诺林。"他说,"它们真的打败了我。"

"它没有打败你。那条鱼并没有打败你。"

"是的。真的没有。可是后来鲨鱼打败了我。"

"彼得利科在守着船和船上的东西。那个鱼头怎么办?"

"让彼得利科把它切碎了做鱼食吧。"

"那个长吻呢?"

"你要你就拿去。"

"我要。"孩子说,"现在我们得安排安排别的事儿啦。"

"他们找过我没有?"

"当然找过。找你的有水上警察,还有飞机。"

"海洋很大,船小,不容易看出来。"老头儿说,他觉得多么高兴,现在他有人可以叙一叙,不再自言自语,也不再对海说话了。"我很想念你。"他说,"你捉到了几条鱼?"

"头一天1条。第二天又是1条,第三天2条。"

"很好。"

"现在我俩又要一道打鱼啦。"

"不。我没有运气,我再也不会走运了。"

"去他妈的什么运气。"孩子说,"我会把运气带来的。"

"你家里人该怎么说呢?"

"谁管它。昨天我已经捉到了两条。现在我们一定得一道去打鱼,因为我还有好多东西要跟你学呢。"

"我们一定要弄来一杆能够把鱼扎死的好矛,经常放在船上。你可以从旧福特汽车上弄来一块钢板叶子,做矛头。我们可以拿到关纳巴科阿去磨它一磨。应该把它磨得快快的,同时,要不炼一炼它就会断。我的刀子已经断了。"

"我再去弄一把刀子,同时把钢板叶子磨快。风要刮多少天?"

"大概3天。也许还要久些。"

"那么我要把什么事情都安排好。"孩子说,"你也要把你的手养好,老大爷。"

"我知道怎样调理这双手。夜里我曾经吐出过不知道什么的一种怪东西,我觉得好像我的胸口上什么地方破了。"

"那么也把那地方好好调理一下吧。"孩子说,"躺下去,老大爷我去替你拿一件干净衬衫来,还弄点什么吃的。"

"我不在家时候的报纸,不管哪一天的,拿一份来。"老头儿说。

"你得赶快好起来,因为我能跟你学会好多本领,样样你都可以教我,你吃了多少苦啊?"

"一言难尽。"老头儿说。

"我去把报纸跟吃的东西拿来。"孩子说,"你好好儿休息吧,老大爷。我到药房里替你弄点搽手的药来。"

"别忘记了告诉彼得利科,那个鱼头是他的。"

"我晓得。不会忘记的。"

孩子走出了门,当他走在破烂的珊瑚石路上的时候,他又放声大哭起来。

那天下午,海滨酒店里来了一群旅行家,其中一个女人在望着海水的时候,从一堆空啤酒罐和死了的小梭鱼中间看见了一根又粗又长的雪白的脊骨,最后面有一条庞大比无的尾巴,当东风把港口码头外面的海水不住地掀得波涛汹涌的时候,那条尾巴随着潮水一上一下地晃来晃去。

"那是什么?"她指着那条大鱼的长脊骨问一个侍役,现在那东西已成了垃圾,只等着给潮水冲走了。

"Tiburon①。"侍役说,"Eshark。②"他想对她讲一讲事情的经过。

"我还不知道鲨鱼有这么漂亮的,样子这么好看的尾巴呢。"

"我也不知道。"她的男朋友说。

在路那边的茅棚里,老头儿又睡着了。他依旧脸朝下睡着,孩子坐在一旁守护他。

---

① 西班牙文,鲨鱼的意思。
② 古巴人用英语说鲨鱼时不准确的读音。

老头儿正在梦见狮子。

(海观 译)

赏 析

《老人与海》是一部寓意很深的作品,发表后立即被译成多种文字。世界各国文学评论界对这部作品解释不一。作品通过老渔夫桑提亚哥连续八十四天捕不到鱼,后来好容易捕到了一条鱼,却又被鲨鱼吃掉的故事,歌颂了老渔夫非凡的毅力和坚韧的决心,同时又流露出作者认为在人与大自然或外界势力的搏斗中最后难免归于失败的悲观情绪。海明威希望人在失败中要仍然不失尊严,应该勇敢而不妥协。

故事依然表现了"英雄与环境"这个传统的主题。在这场英雄与环境的斗争中,主人公桑提亚哥是一位失败的英雄。可贵的是,做胜利的英雄易,做失败的英雄难。正是在对待失败的风度上,桑提亚哥赢得了胜利。他认为:"痛苦在一个男子汉不算一回事","一个人并不是生来就给打败的。你尽可以把他消灭掉,可就是打不败他。"这就是他的生活信条和"硬汉子"精神,也是这一形象留给读者的最深刻的启发。在小说的结尾,桑提亚哥又梦见了狮子。这既是他力量的象征,又预示了下一场搏斗的开始。可这毕竟是作者头脑中虚构的产物,是一种孤立的个人奋斗。因为无论他怎样在精神中寻求安慰,最终仍逃不掉命运的作弄。从这个意义上讲,《老人与海》一方面歌颂了人类的伟大力量,一方面又对人生表现出无可奈何的绝望心情。但海明威同时希望人们不要在失败中丢掉尊严。这就是桑提亚哥这个不屈服于失败命运的"硬汉子"性格,也是海明威这头受伤的狮子晚年思想的最后闪光。

该小说叙述简洁凝练,行文清晰流畅,突出地表现了海明威笔下富有感情的人物形象,深刻的人物心理描写以及他那情节与景物无与伦比地和谐、融合的高超艺术。1954年,作家被授予诺贝尔文学奖,授奖是"因为他精通于叙事艺术,突出表现在他的近著《老人与海》之中;同时也因为他在当代风格中所发挥的影响。"

摩诃摩耶

〔印度〕泰戈尔

罗宾德拉纳特·泰戈尔 （1861—1941），印度著名的诗人、小说家、戏剧家和散文家，1913年诺贝尔文学奖获得者。生于加尔各答，1878年赴英国学习，1880年回国，从此献身文学事业。泰戈尔的创作接受了西方文学的影响，更重要的是他继承和发扬了印度民族文学的传统，这使他取得了巨大的艺术成就，他的创作在印度文学史和世界文学史上占有重要的地位。泰戈尔一生的著述非常丰富，有诗集五十余册，中长篇小说十二部，短篇小说百余篇，剧本二十几种，还有文学、哲学、政治论文和回忆录、游记、书简等著作。主要作品有诗集《吉檀迦利》、《新月集》、《园丁集》、《飞鸟集》，长篇小说《沉船》、《戈拉》，剧本《红夹竹桃》、《邮局》等。

泰戈尔的诗歌清新自然，想象丰富，具有独特的风格，充满了浓郁的神秘色彩和生活气息，具有很强的音乐性；他的小说结构单纯，语言精练，有很强的感染力。

一

摩诃摩耶和罗耆波在河边的一所破庙里相见了。

她默默地用她那天生就庄重的目光望着罗耆波，目光中含有责备之意，意思是："今天你怎么敢在这样一个异乎寻常的时刻叫我上这儿来？你敢于这样做，不过是因为我一直对你百依百顺罢了！"

罗耆波一向就有点儿怕摩诃摩耶，现在，她的目光使他完全心慌意乱了。他原来想好的要对她说一大篇话的计划只好放弃了。然而他总得马上说出为什么要约她来这儿啊。于是他匆匆忙忙地说道："我说，我们离开这儿，去结婚吧。"不错，罗耆波这样一口道出了自己的心事；可是他私下里编出来的开场白没有了。他的言语显得非常乏味、唐突——甚至荒谬可笑。他说过以后，自己也感到着慌，可是没有力量再说几句加以补救了。这傻瓜！他约了摩诃摩耶中午到河边这座破庙里来，却只能对她说"我们结婚吧。"

摩诃摩耶是名门之女，今年24岁，正当青春美貌的年华，像一座带有早秋阳光色彩的纯金塑像，像阳光那样宁静而光芒四射，还有着一副像白昼光辉一样的自由无畏的眼神。

她是一个孤儿。由她的哥哥帕凡尼查兰·查托巴迪雅照管。兄妹俩同一个类型——沉默寡言,可是有一种内在的精神的力量像正午的太阳那样在静静地燃烧。人们不知为什么都害怕帕凡尼查兰。

罗耆波是跟着这儿丝厂的菩罗先生从远处来的。他的父亲曾为这位先生工作;他死后,菩罗就担负起抚养这个孤儿的责任,带他到巴曼哈第厂来。当年,这些大人先生们倒是常做些这类善事的。这孩子和喜爱他的姑母住在帕凡尼查兰家的附近。摩诃摩耶是罗耆波幼年的伴侣,很得他的姑母的欢心。

罗耆波长到16岁、17岁、18岁,甚至19岁了;然而,尽管他姑母不断催促,他依然拒绝结婚。菩罗先生听到这个孟加拉青年竟有这种不寻常的见识,大为高兴,认为罗耆波是拿他作死了。

摩诃摩耶呢,除非她有一份丰厚的嫁妆,否则就得不到一个门当户对的人作她的新郎。她长大成人了,可是还待在闺房中。

不必明说,读者也能知道,虽然系红线的神长久忽略了这一对青年,但爱神在这一段时间内并未闲着。当主管宇宙的老神打瞌睡的时候,年轻的爱神却是异常清醒的。

爱神的影响在不同的人身上有着不同的表现。罗耆波在他的鼓舞之下一直在寻找机会吐露自己的心曲。摩何摩耶却从不给他这样一个机会。她的沉默的庄重的目光使怀着狂热的心的罗耆波感到胆寒。

今天,他郑重地千恳万求,她才应允到这座破庙里来。他曾经计划过要在今天毫无拘束地将所有要说的话都讲给她听;这以后,对他来说不是终身幸福,就是虽生犹死。可是,在这决定命运的紧要关头,罗耆波却只能说"我们离开这儿,去结婚吧",说完便站在那里惶惑不安,像一个背不出书的孩子一样一声不响了。

她很久未作答复,好像她从来没有想到过罗耆波会向她求婚。正午有它独特的许多不可名状的哀音;此刻,一片静寂,这些声音清晰可辨了。破了的庙门,一半已经脱离门枢,在风中时开时闭,低低地发出吱吱的悲鸣。栖息在窗棂上的鸽子开始了咕咕的呻吟。在户外木棉树上的啄木鸟不停地送来单调的啄木声。一只蜥蜴从一堆一堆的枯叶上急爬过去,发出沙沙的响声。忽然间,一阵热风从田野吹来,穿过树林,使得叶子都簌簌地响了起来。河水猛然苏醒了,泛起涟漪,掠向岸边,淹没了河边上的破石台阶。在这些零零乱乱懒懒散散的声音里还传来远处树荫中牧童吹奏乡下小调的笛声。罗耆波靠着神庙的破柱子站着,像一个疲倦的做着梦的人。他凝视着河流,不敢正眼看摩诃摩耶。过了一会,他回过头来向摩诃摩耶又投出恳求的眼光。她摇了摇头,回答说:"不,不可能。"

立刻,他的希望的殿堂倒塌了。他知道,摩诃摩耶一摇头,便是主意已定,人间谁也无法扭她过来。摩诃摩耶家多少代以来就以名门望族的血统自豪——她怎么能同意下嫁给罗耆波这样一个家世低微的婆罗门呢?恋爱是一回事,婚姻又是另外一回事啊。她现在终于明白了,是自己过去轻率的行动使得罗耆波怀有这样大胆的希望;她立刻准备离开这所破庙。

罗耆波了解她的心意赶紧说:"我明天就离开这里。"

最初她想对这个消息表示毫不在乎;可是她做不到。她想离开,她的脚不肯动。她平静地问道:"为什么?"罗耆波说:"我的东家从这儿调到梭那普尔的工厂去了。他要带我一起去。"她又默默地站了好半天,沉思着:"我们不是一条路上的人,我也不能希望一个男子在我眼前终身做囚犯。"她于是略略张开紧闭的嘴唇说,"好吧。"这两个字听来简直是一声深沉的叹息。

说了这两个字,她转身刚要走,罗耆波猛然一惊,低声说,"你哥哥来了?"

她往外一看,看见她哥哥朝着神庙走来,知道他已经发觉他们的密约了。罗耆波怕摩诃摩耶被人误解,就从墙上破洞钻出去逃走;可是摩诃摩耶拉住他的手臂,用力拉他回来。帕凡尼查兰进了庙,只默默地平静地看了他们一眼。

摩诃摩耶看着罗耆波泰然自若地说:"好吧,罗耆波,我会到你家去的。你等着我吧。"

帕凡尼查兰一声不响地离开了神庙,摩诃摩耶也一声不响地跟着他走了。罗耆波呢?他茫然站着,好像被判处了死刑。

二

当天夜里,帕凡尼查兰给了摩诃摩耶一件深红色的绸纱丽,要她马上披上。接着他说:"跟我走。"谁也不曾违抗过帕凡尼查兰的命令,哪怕只是一个暗示,摩诃摩耶也不例外。

这一天夜里,兄妹二人走到离家不远的河边的火葬场。那儿有一间小屋,收容将要送去圣河边火葬的垂死的人,小屋里正躺着一个老婆罗门,在那里等待着死神降临。两人走近床边。屋子的一角有一个婆罗门祭司。帕凡尼查兰对他打了个招呼。祭司急忙收拾好举行婚礼要用的东西。摩诃摩耶明白自己要嫁给这个垂死的人了,可是她没有一丝儿反抗的表示。在这间被附近的两个火葬堆的微弱的闪光照亮着的半明半暗的屋子里,在喃喃地念诵经文的声音和垂死的人的呻吟声中,他们为摩诃摩耶举行了婚礼。

婚后第二天她就成了寡妇。她并不为此过于悲伤。罗耆波也是这样,她的成为孀妇的消息并不像出人意料的结婚消息那样沉重地打击他。他反而有点儿高兴。然而高兴的心情并没有维持多久。第二个可怕的打击完全把他打垮了;他听说那天火葬场要举行一场隆重的典礼,摩诃摩耶要和她丈夫的尸体一起火葬。

最初他想报告他的东家,求他阻止这残酷的殉葬。可是他随即记起了,就在这一天,东家已经离职到梭那普尔去了。东家本想带他同去,可是他请了一个月的假,要暂时留在这里。

摩诃摩耶曾叮嘱他"等着我"。他决不能忽略这个要求。他请了一个月的假,可是如果需要的话,他可以请假两个月、三个月,甚至抛弃职业去讨饭,也要终身等待着她。

黄昏时分,正当罗耆波要疯狂地冲出去自杀或者干些别的可怕的事情的时候,忽然间雷电交加,大雨倾盆。暴风雨几乎把他的屋子震塌了。他见到外在世界正和他内心一致,同样在激变在翻腾,多少获得了一点平静。他觉得大自然已经在支持他,要给他一些补偿。他自己所没有的力量现在布满天地之间了。

就在这样一个时候,外面有人猛力推门。罗耆波忙把门打开。一个女人进来了,她裹着湿透了的衣裳,一幅长长的面幕遮住了整个脸庞。罗耆波一眼就认出他是摩诃摩耶。

他十分激动地问道:"摩诃摩耶,你是从火葬堆中逃出来的么?"她回答道,"是的,我答应要来你家。我守信,我来了。可是,罗耆波,我不是从前的我了;我完全变了。只有我的心还是旧日的心。只要你提出,我还能回到火葬堆去。但是,你如果发誓永不拉开我的面幕,永不看我的脸,我就会在你家住下来。"

从死神手掌中夺回了她,这已经够了;此外一切考虑都不在话下了。罗耆波立刻回答:"在这儿住下吧,你爱怎么样都行。如果你离开我,我就会死了。"

摩诃摩耶说:"那么立刻走。我们到你的东家那儿去。"

罗耆波放弃了家中所有的财物,和摩诃摩耶一起在暴风雨中出发了。风吹得他们直不起腰,被风卷起的砂砾像流弹一样打痛他们的身体。俩人避开大路。在旷野里走着。因为恐怕路旁的大树会倒下来压着他们。狂风在后面赶打着他们,好像要把这一对青年赶离人间,推向毁灭。

三

读者千万不要不相信我的故事,不要认为这是虚构的,脱离现实的。在流行寡妇殉葬的年代里,据说的确发生过这一类的事。

摩诃摩耶被绑住手脚搁在火葬堆上,在指定的时刻点上了火。火焰窜上来的时候,正好起了狂风暴雨。那些来主持大典的人连忙逃进停放垂死的人的小屋,关上了门。大雨顷刻之间便把火葬堆扑灭了。这时摩诃摩耶腕上的绳索已经烧成灰烬,她双手能活动了。她忍受烧伤的剧痛,一声不响地坐起来解开脚上的绳索。然后她裹着那已烧去了一部分的衣裳,半裸着身子从火葬堆上站了起来,先走回家去。家中谁也不在,都去火葬场了。她点亮了灯,换上一件新衣,对着镜子看一下自己的脸。她把镜子掷在地上,沉思了片刻。然后她取出一幅长长的面幕遮住了脸,走到邻近的罗耆波家。这以后发生的事,读者已经知道了。

不错,摩诃摩耶现在的确住在罗耆波家里了,可是罗耆波并不快乐。其实不过是一层薄薄的面幕隔开了他们。但这面幕却是永恒的,像死亡一样,甚至比死亡更令人痛苦;因为死亡造成的苦痛,在年深日久之后,由于绝望,还可以逐渐消失;而面幕造成的隔离却时时刻刻在粉碎活生生的希望。

摩诃摩耶原来就有一个沉静的性格;而现在面幕里的那份沉静显得加倍令人难以忍受。她好像是生活在一幅死亡的幕后面。这沉寂的死亡,缠住罗耆波的生命,似乎每天都在使他的生命萎缩下去。他失去了从前认识的那个摩诃摩耶,同时这个披着面幕的人永远默默地坐在他身旁,不让他把少女时代的她给予他的甜蜜回忆珍藏供养。他默默思量:"自然在人与人之间安置的栅栏已经够多了。摩诃摩耶更像古代的英雄迦尔纳[①],一出生就带着避邪的护身符。她身子周围本来就有一道无形的围墙。现在她仿佛是再生

[①] 迦尔纳是《摩诃婆罗多》史诗里的人物,他是他的母亲与日神所生的,相传他一生下来就是身穿铠甲,手持兵器的。

了一次,来到我的身边,周围又加上了一重围墙。她虽然总是在我身旁,可是又遥远得使我永远不能接近。我坐在她那不可侵犯的魔力圈外,以一种不满足的如饥如渴的心情,企图穿透这薄薄的而又深不可测的奥秘;恰如天上的星星一夜又一夜地消磨时光,想以永不闪动的低垂的目光看透黑夜的奥秘而终不可得。"

这两个没有伴侣的孤独的人便这样在一起过了很久。

一夜,正是新月出现后的第十天,是雨季以来的第一次云开月朗。静寂的月夜像是坐守在入睡的世界旁边。那一夜,罗耆波也离开了床,坐着了望窗外。闷热的森林把一种特殊的香气和蟋蟀的懒洋洋的低鸣一同送进了他的房屋。他了望着,见到一行行黝黑的树木旁边,已经入睡的小池塘在闪闪发光,好像一个擦亮了的银盘。很难说一个人在这样的时候会不会有清晰的思想。只有他的心朝着某一个方向奔驰——像森林一样送出一阵阵香气,像黑夜一样发出一声声蟋蟀的低鸣。罗耆波在想什么,我不知道。不过在他看来:这一夜,一切古老法律都被抛在一边了;这一夜,雨季之夜已经拉开了自己的云幕;这一夜显得静寂、美丽、庄严、正像昔日的摩诃摩耶一样。他全身的热血奔腾汇合,涌向那一个摩诃摩耶了。

罗耆波像一个梦游人似的走进了摩诃摩耶的卧室。她已经睡了。他站在她旁边俯身看着她。月光恰好照在她脸上。可是,多可怕啊!昔日熟悉的脸庞哪里去了?火葬堆的烈焰用它无情的贪馋的舌头舐净了摩诃摩耶左颊的美丽,留下的只有贪馋的残迹。

罗耆波吃惊得动了一下么?一声含糊的叫声从他唇边溜了出来么?

也许是这样。摩诃摩耶惊醒了——她看见罗耆波站在自己面前。她立刻把面幕遮上,昂然起立,离开了床。罗耆波知道霹雷要响了。他伏在她脚前,抱住她的脚,喊道:"饶恕我!"

她没有回答一个字,她走出房间回头也不回一下。她再也没有来。哪儿也找不到她的踪迹。她的沉默的怒火,在那毫不留情的永别的时刻,给罗耆波的余生烙上了一道长长的瘢痕。

(唐季雍 译)

赏 析

《摩诃摩耶》是泰戈尔短篇小说的优秀代表之一,在他的一百多篇短篇小说中享有盛名。通过一个哀婉、悲烈的爱情故事,抨击了黑暗的、不合理的婚姻制度和惨无人道的寡妇殉葬陋俗,具有很强的感染力。

小说描写了描述了一个年轻美貌的少女一生的悲剧命运。出身于婆罗门种姓的美丽女子摩诃摩耶父死早孤,缺少丰厚的嫁妆,24岁仍待字闺中。摩诃摩耶从小与同村的青年罗耆波有着真挚的爱情,但却被他哥哥强迫嫁给一个火葬场的婆罗门种姓的老头子。举行婚礼的第二天这个老婆罗门就死去了。按当时印度的旧习俗,摩诃摩耶必须陪葬。随后,她要依照旧习惯为丈夫殉葬。一场大雨,挽救了她的生命,可是她的面容却被烧坏,摩诃摩耶找到罗耆波,要求他永远不看她的脸,才能在他家住下,男友同意了。

一天夜晚,罗耆波控制不住好奇心,偷看了女主人公的面容,并受到惊吓,摩诃摩耶便出走了。小说的结尾这样写道:"她的沉默的怒火,在那毫不留情的永别的时刻,给罗耆波的余生烙上了一道长长的瘢痕。"故事通过对摩诃摩耶可悲遭遇和不幸命运的描写,尖锐地揭露和批判了印度的包办婚姻制度和寡妇殉丧恶习的落后性和野蛮性,具有强烈的反封建精神,体现了资产阶级个性解放的进步要求。

整篇小说结构单纯,语言凝炼、朴实,感情真挚,尤如一首哀婉的抒情诗。

伊豆的舞女

〔日本〕川端康成

川端康成 (1899—1972),日本著名小说家,自幼失去父母,大学时期即从事文学创作,以短篇小说《伊豆的舞女》成名。曾任日本笔会会长、国际笔会副会长,获得日本以及国际上多种艺术大奖,1968年获诺贝尔文学奖。川端康成受欧洲现代派思潮影响,早年参加发起新感觉派文学运动,鼓吹西方现代派文学。同时对日本传统文学极为热爱,逐渐探索出一条将日本传统文学精神与西方现代派文学技巧融为一体的创作道路。他的作品多为中、短篇小说,约有140多篇,这些作品大都描写舞女、艺妓、女招待等下层社会少女的不幸生活和她们纯洁的爱情。著名的还有《雪国》、《千只鹤》、《古都》、《母亲的初恋》等。

川端康成积极探索西方的文学创作方法,将它与日本古典文学传统相结合,创造出自己独特的风格。他的作品文字清丽,行文典雅,富于诗的形象、韵味和感染力。这些特色,都反映在他这篇脍炙人口的《伊豆的舞女》中。

一

山路变得弯弯曲曲,快到天城岭了。这时,骤雨白亮亮地笼罩着茂密的杉林,从山麓向我迅猛地横扫过来。

那年我20岁,头戴高等学校①的制帽,身穿藏青碎白花纹上衣和裙裤,肩挎一个学生书包。我独自到伊豆旅行,已是第四天了。在修善寺温泉歇了一宿,在汤岛温泉住了两夜,然后登着高齿木屐爬上了天城山。重叠的山峦,原始的森林,深邃的幽谷,一派秋色,实在让人目不暇接。可是,我的心房却在猛烈跳动。因为一个希望在催促我赶路。这时候,大粒的雨点开始敲打着我。我跑步登上曲折而陡峭的山坡,好不容易爬到了天城岭北口的一家茶馆,吁了一口气,呆若木鸡地站在茶馆门前。我完全如愿以偿。巡回艺人一行正在那里小憩。

舞女看见我呆立不动,马上让出自己的坐垫,把它翻过来,推到了一旁。

"噢⋯⋯"我只应了一声,就在这坐垫上坐下。由于爬坡气喘和惊慌,连"谢谢"这句

---

① 高等学校,即旧制大学预科。

话也卡在嗓子眼里说不出来了。

我就近跟舞女相对而坐,慌张地从衣袖里掏出一支香烟。舞女把随行女子跟前的烟灰碟推到我面前。我依然没有言语。

舞女看上去约莫17岁光景。她梳理着一个我叫不上名字的大发髻,发型古雅而又奇特。这种发式,把她那严肃的鹅蛋形脸庞衬托得更加玲珑小巧,十分匀称,真是美极了。令人感到她活像小说里的姑娘画像,头发特别丰厚。舞女的同伴中,有个40出头的妇女、两个年轻的姑娘,还有一个二十五六岁的汉子,他身穿印有长冈温泉旅馆字号的和服外褂。

舞女这一行人至今我已见过两次。初次是在我到汤岛来的途中,她们正去修善寺,是在汤川桥附近遇见的。当时有3个年轻的姑娘。那位舞女提着鼓。我不时地回头看看她们,一股旅行的情趣油然而生。然后是翌日晚上在汤岛,她们来到旅馆演出。我坐在楼梯中央,聚精会神地观赏着那位舞女在门厅里跳舞。

她们白天在修善寺,今天晚上来到汤岛,明天可能越过天城岭南行去汤野温泉。在天城山20多公里的山路上,一定可以追上她们的。我就是这样浮想联翩,急匆匆地赶来的。赶上避雨,我们在茶馆里相遇了。我心里七上八下。

不一会儿,茶馆老太婆把我领到另一个房间去。这房间大概平常不用,没有安装门窗。往下看去,优美的幽谷,深不见底。我的肌肤起了鸡皮疙瘩,牙齿咯咯作响,浑身颤抖了。我对端茶进来的老太婆说了声:"真冷啊!"

"唉哟!少爷全身都淋湿了。请到这边取取暖,烤烤衣服吧。"

老太婆话音未落,便拉着我的手,把我领到她们的起居室去了。

这个房间里装有地炉,打开拉门,一股很强的热气便扑面而来。我站在门槛边踟蹰不前。只见一位老大爷盘腿坐在炉边。他浑身青肿,活像个溺死的人。他那两只连瞳孔都黄浊的、像是腐烂了的眼睛,倦怠地朝我这边瞧着。身边的旧信和纸袋堆积如山。说他是被埋在这些破纸堆里,也不过份。我呆呆地只顾望着这个山中怪物,怎么也想象不出他还是个活人。

"让你瞧见这副有失体面的模样……不过,他是我的老伴,你别担心。他相貌丑陋,已经动弹不了,请将就点吧。"老太婆这么招呼说。

据老太婆谈,老大爷患了中风症,半身不遂。他身边的纸山,是各县寄来的治疗中风症的药方,以及从各县邮购来的盛满治疗中风症药品的纸袋。听说,凡是治疗中风症的药方,不管是从翻山越岭前来的旅客的口中听到的,或是从新闻广告中读到的,他都一一打听,照方抓药。这些信和纸袋,他一张也不扔掉,都堆放在自己的身边,凝视着它们打发日子。天长日久,这些破旧的废纸就堆积如山了。

老太婆讲了这番话,我无言以对,在地炉边上一味把脑袋耷拉下来。越过山岭的汽车,震动着房子。我落入沉思:秋天都这么冷,过不多久白雪将铺满山头,这位老大爷为什么不下山呢?我的衣衫升腾起一股水蒸气,炉火旺盛,烤得我头昏脑胀。老太婆在铺面上同巡回演出的女艺人攀谈起来。

"哦,先前带来的姑娘都这么大了吗?长得蛮标致的。你也好起来了,这样娇美。姑娘家长得真快啊。"

不到1小时的工夫,传来了巡回演出艺人整装出发的声响。我再也坐不住了。不过,只是内心纷乱如麻,却没有勇气站起来。我心想:虽说她们长期旅行走惯了路,但毕竟还是女人,就是让她们先走一二公里,我跑步也能赶上。我身在炉旁,心却是焦灼万分。尽管如此,她们不在身旁,我反而获得了解放,开始胡思乱想。老太婆把她们送走后,我问她:

"今天晚上那些艺人住在什么地方呢?"

"那种人谁知道会住在哪儿呢,少爷。什么今天晚上,哪有固定住处的哟。哪儿有客人,就住在哪儿呗。"

老太婆的话,含有过于轻蔑的意思,甚至煽起了我的邪念:既然如此,今天晚上就让那位舞女到我房间里来吧。

雨点变小了,山岭明亮起来。老太婆一再挽留我说:"再呆10分钟,天空放晴,定会分外绚丽。"可是,说什么我再也坐不住了。

"老大爷,请多保重,天快变冷了。"我由衷的说了一句,站了起来。老大爷呆滞无神,动了动枯黄的眼睛,微微点了点头。

"少爷!少爷!"老太婆边喊边追了过来,"你给这么多钱,我怎么好意思呢。真对不起啊。"

她抱住我的书包,不想交给我。我再三婉拒,她也不答应,说要把我直送到那边。她反复唠叨着同样的话,小跑着跟在我后头走了一町远。

"怠慢了,实在对不起啊!我会好生记住你的模样。下次路过,再谢谢你,下次你一定来呀。"

我只是留下一个5角钱的银币,她竟如此惊愕,感动得热泪都快要夺眶而出。而我只想尽快赶上舞女。老太婆步履蹒跚,反而难为我了。我们终于来到了山岭的隧道口。

"太谢谢了。老大爷一个人在家,请回吧。"我说过之后,老太婆好歹才放开了书包。

走进黑暗的隧道,冰凉的水滴滴答答地落下来。前面是通向南伊豆的出口,露出了小小的亮光。

二

山路从隧道出口开始,沿着崖边围上了一道刷成白色的栏杆,像一道闪电似地延伸过去。极目展望,山麓如同一副模型,从这里可以窥见艺人们的情影。走了不到700米,我追上了她们一行。但我不好突然放慢脚步,便佯装冷漠的样子,赶过了她们。独自走在前头20米远的汉子,一看见我,就停住了步子。

"您走得真快……正好,天放晴了。"

我如释重负,开始同这汉子并肩行走。这汉子连珠炮似地向我问东问西。姑娘们看见我们两人谈开了,便从后面急步赶了上来。

这汉子背着一个大柳条包。那位40岁的女人,抱着一条小狗。大姑娘挎着包袱。另一个姑娘拎着柳条包。各自都拿着大件行李。舞女则背着鼓和鼓架。40岁女人慢慢地也同我搭起话来。

"他是高中生呐。"大姑娘悄声对舞女说。

我一回头,舞女边笑边说:

"可能是吧,这点事我懂得。学生哥常来岛上的。"

这一行是大岛波浮港人。她们说,她们春天出岛,一直在外,天气转冷了,由于没做过冬准备,计划在下田呆10天左右,就从伊东温泉返回岛上。一听说是大岛,我的诗兴就更浓了。我又望了望舞女秀美的黑发,询问了大岛的种种情况。

"许多学生哥都来这儿游泳呢。"舞女对女伴说。

"是在夏天吧?"我回头问了一句。

舞女有点慌张地小声回答说:"冬天也……"

"冬天也?……"

舞女依望着女伴,舒开了笑脸。

"冬天也能游泳吗?"我重问了一遍。

舞女脸颊绯红,非常认真地轻轻点了点头。

"真糊涂,这孩子。"40岁的女人笑了。

到汤野,要沿着河津川的山涧下行10多公里。翻过山岭,连山峦和苍穹的色彩也是一派南国的风光。我和那汉子不住地倾心畅谈,亲密无间。过了荻乘、梨本等寒村小庄,山脚下汤野的草屋顶,便跳入了眼帘。我断然说出要同她们一起旅行到下田。汉子喜出望外。

来到汤野的小客店前,40岁的女人脸上露出了惜别的神情。

那汉子便替我说:

"他说,他要跟我们搭伴呐。"

她漫不经心地答道:"敢情好。'出门靠旅伴,处世靠人缘'嘛。连我们这号微不足道的人,也能给您消愁解闷呐。请进来歇歇吧。"

姑娘们都望了望我,显出若无其事的样子。她们一句话也没说,只是羞答答地望着我。

我和大家一起登上客店的二楼,把行李卸了下来。铺席、隔扇又旧又脏。舞女从楼下端茶上来。她刚在我的面前跪坐下来,脸就臊红了,手不停地颤抖,茶碗险些从茶碟上掉下来,于是她就势把它放在铺席上了。茶碗虽没落下,茶却洒了一地。看见她那副羞涩柔媚的表情,我都惊呆了。

"哟,讨厌。这孩子有恋情哩。瞧,瞧……"40岁的女人吃惊地紧蹙起双眉,把手巾扔了过来。舞女捡起手巾,拘谨地揩了揩铺席。

我听了这番意外的话,猛然联想到自己。我被山上老太婆煽起的遐思,戛然中断了。

这时候,40岁的女人仔细端详了我一番。抽冷子说:

"这位书生穿藏青碎白花纹布衣,真是潇洒英俊啊。"

她还反复地问身旁的女人:"这碎白花纹布衣,同民次的是一模一样的。瞧,对吧,花纹是不是一样呢?"

然后,她对我说:"我在老家还有一个上学的孩子。现在想起来了,你这身衣服的花纹,同我孩子那身碎白花纹是一模一样的,最近藏青碎白花纹布好贵,真难为我们啊。"

"他上什么学校?"

"上普通小学五年级。"

"噢,上普通小学五年级,太……"

"是上甲府的学校。我长年住在大岛,老家是山梨县的甲府。"

小憩1小时之后。汉子带我到了另一家温泉旅馆。这以前,我只想着要同艺人们同住在一家小客店里。我们从大街往下走过百来米的碎石路和石台阶,跋过小河边公共浴场旁的一座桥。桥那边就是温泉旅馆的庭院。

我在旅馆的室内浴池洗澡,汉子跟着进来了。他说,他快24岁了,妻子两次怀孕,不是流产,就是早产,胎儿都死了,他穿着印有长冈温泉字号的和服短外褂,起先我以为他是长冈人。从长相和言谈来看,他是相当有知识的。我想,他要么是出于好奇。要么是迷上了卖艺的姑娘,才帮忙拿行李跟着来的。

洗完澡,我马上吃午饭。早晨8点离开汤岛,这会儿还不到下午3点。

汉子临回去时,从庭院里抬头望着我,同我寒暄了一番。

"请拿这个买点柿子尝尝吧!从2楼扔下去,有点失礼了。"我说罢,把一小包钱扔了下去。汉子谢绝了,想要走过去,但纸包却落在庭院里,他又回头捡了起来。

"这样不行啊。"他说着把纸包抛了上来,落在茅屋顶上。我又一次扔下去。他就拿走了。

黄昏时分,下了一场暴雨。巍巍群山染上了一层白花花的颜色。远近层次已分不清了。前面的小河,眼看着变得浑浊,成为黄汤了。流水声更响了。这么大的雨,舞女们恐怕不会来演出了吧。我心里这么想,可还是坐立不安,一次又一次地到浴池去洗澡。房间里昏昏沉沉的。同邻室相隔的隔扇门上,开了一个四方形的洞,门框上吊着一盏电灯。两个房间共用一盏灯。

暴雨声中,远处隐约传来了咚咚的鼓声。我几乎要把挡雨板抓破似地打开了它,把身子探了出去。鼓声迫近了。风雨敲打着我的头。我闭目聆听,想弄清那鼓声是从什么地方传来、又是怎样传来的。良久,又传来了三弦琴声。还有女人的尖叫声、嬉闹的欢笑声。我明白了,艺人们被召到小客店对面的饭馆,在宴会上演出。可以辨出两三个女人的声音和三四个男人的声音。我期待着那边结束之后,她们会到这边来。但是,那边的筵席热闹非凡,看来要一直闹腾下去。女人刺耳的尖叫声像一道道闪电,不时地划破黑暗的夜空。我心情紧张,一直敞开门扉,惘然呆坐着。每次听见鼓声,心胸就豁然开朗。

"啊,舞女还在宴席上坐着敲鼓呐。"

鼓声停息,我又不能忍受了。我沉醉在雨声中。

不一会儿,连续传来了一阵紊乱的脚步声。他们是在你追我赶,还是在绕圈起舞呢?嗣后,又突然恢复了宁静。我的眼睛明亮了,仿佛想透过黑暗,看穿这寂静意味着什么。我心烦意乱,那舞女今晚会不会被人玷污呢?

我关上挡雨板,钻进被窝,可我的心依然阵阵作痛。我又去浴池洗了个澡,暴躁地来回划着温泉水。雨停了,月亮出来了。雨水冲洗过的秋夜,分外皎洁,银亮银亮的。我寻思:就是赤脚溜出浴池赶到那边去,也无济于事。这时,已是凌晨两点多钟了。

三

翌日上午 9 时许,汉子又到我的住处来访。我刚起床,邀他一同去洗澡。南伊豆是小阳春天气,一尘不染,晶莹透明,实在美极了。在浴池下方的上涨的小河,承受着暖融融的阳光。昨夜的烦躁,自己也觉得如梦似幻。我对汉子说:

"昨夜里闹腾得很晚吧?"

"怎么,都听见了?"

"当然听见罗。"

"都是本地人。本地人净瞎闹,实在没意思。"

他装出无所谓的样子。我沉默不响。

"那伙人已经到对面的温泉浴场去了……瞧,似乎发现我们了,还在笑呐。"

顺着他手指的方向,我看见河对面那公共浴场里,热气腾腾的,七八个光着的身子若隐若现。

一个裸体女子突然从昏暗的浴场里面跑了出来,站在更衣处伸展出去的地方,做出一副要向河岸下方跳去的姿势。她赤条条的一丝不挂,伸展双臂,喊叫着什么。她,就是那舞女。洁白的裸体,修长的双腿,站在那里宛如一株小梧桐,我看到这幅景象,仿佛有一股清泉荡涤着我的心。我深深地吁了一口气,噗嗤一声笑了。她还是个孩子呐。她发现我们,满心喜悦,就这么赤裸裸地跑到日光底下,踮起足尖,伸直了身躯。她还是个孩子呐。我更是快活、兴奋,又嘻嘻地笑了起来。脑子清晰得好像被冲刷过一样。脸上始终漾出微笑的影子。

舞女的黑发非常浓密,我一直以为她已有十七、八岁了呢。再加上她装扮成一副妙龄女子的样子,我完全猜错了。

我和汉子回到了我的房间。不多久,姑娘到旅馆的庭院里观赏菊圃来了。舞女走到桥当中。40 岁的女人走出公共浴场,看见了她们两人。舞女紧缩肩膀,笑了笑,让人看起来像是在说:要挨骂的,该回去啦。然后,她疾步走回去了。40 岁的女人来到桥边扬声喊道:

"您来玩啊!"

"您来玩啊!"大姑娘也同样说了一句。

姑娘们都回去了。那汉子到底还是静坐到傍晚。

晚间,我和一个纸张批发商下起围棋来,忽然听见旅馆的庭院里传来的鼓声。我刚要站起来,就听见有人喊道:

"巡回演出的艺人来了。"

"嗯,没意思,那玩意儿,来,来,该你下啦。我走这儿了。"纸商说着指了指棋盘。他沉醉在胜负之中了。我却心不在焉。艺人们好像要回去,那汉子从院子里扬声喊了一回:"晚安!"

我走到走廊上，招了招手。艺人们在庭院里耳语了几句，就绕到大门口去。3个姑娘从汉子身后挨个向走廊这边说了声："晚安。"便垂下手施了个礼，看上去一副艺妓的风情。棋盘上刹时出现了我的败局。

"没法子，我认输了。"

"怎么会输呢。是我方败着嘛。走哪步都是细棋。"

纸商连瞧也不瞧艺人一眼，逐个地数起棋盘上的棋子来，他下得更加谨慎了。姑娘们把鼓和三弦琴拾掇好，放在屋角上，然后开始在象棋盘上玩五子棋。我本是赢家，这会儿却输了。纸商还一味央求说："怎么样，再下一盘，再下一盘吧。"

我只是笑了笑。纸商死心了，站起身来。

姑娘们走到了棋盘边。

"今晚还到什么地方演出吗？"

"还要去的，不过……"汉子说着，望了望姑娘们。

"怎么样，今晚就算了，我们大家玩玩就算了。"

"太好了，太高兴了。"

"不会挨骂吧？"

"骂什么？反正没客，到处跑也没用嘛。"

于是，她们玩起五子棋来，一直闹到12点多才走。

舞女回去后，我毫无睡意，脑子格外清醒，走到廊子上试着喊了喊：

"老板！老板！"

"哦……"一个年近6旬的老人从房间里跑出来，精神抖擞地应了一声。

"今晚来个通宵，下到天亮吧。"

我也变得非常好战了。

四

我们相约翌日早晨8点从汤野出发。我将高中制帽塞进了书包，戴上在公共浴场旁边店铺买来的便帽，向沿街的小客店走去。2楼的门窗全敞开着。我无意之间走了上去，只见艺人们还睡在铺席上。我惊慌失措，呆呆地站在廊道里。

舞女就躺在我脚跟前的那个卧铺上，她满脸绯红，猛地用双手捂住了脸。她和中间那位姑娘同睡一个卧铺。脸上还残留着昨夜的艳抹浓妆。嘴唇和眼角透出了些许微红。这副富有情趣的睡相，使我魂牵梦萦。她有点目眩似的，翻了翻身，仍旧用手遮住了脸面，滑出被窝，坐到走廊上来。

"昨晚太谢谢了。"她说着，柔媚地施了个礼。我站立在那儿，惊慌得手足无措。

汉子和大姑娘同睡一个卧铺。我没看见这情景之前，一点儿也不知道他们俩是夫妻。

"对不起。本来打算今天离开，可是今晚有个宴会，我们决定推迟一天。如果您非今儿离开不可，那就在下田见吧。我们订了甲州屋客店，很容易找到的。"40岁的女人从睡铺上支起了半截身子说。

我顿时觉得被人推开了似的。

"不能明天再走吗？我不知道阿妈推迟了一天，还是有个旅伴好啊。明儿一起走吧。"

汉子说过后，40岁的女人补充了一句：

"就这么办吧。您特意同我们作伴，我却自行决定延期，实在对不起……不过，明天无论发生什么情况，我们也得起程。因为我们的宝宝在旅途中夭折了，后天是七七，老早就打算在下田做七七了。我们这么匆匆赶路，就是要赶在这之前到达下田。也许跟您谈这些有点失礼，看来我们特别有缘分。后天也请您参加拜祭吧。"

于是，我也决定推迟出发，到楼下去。我等候他们起床，一边在肮脏的帐房里同客店的人闲聊起来。汉子邀我去散步。从马路稍往南走，有一座很漂亮的桥。我们靠在桥栏杆上，他又谈起自己的身世。他说，他本人曾一度参加东京新派剧①剧团。据说，这剧种至今仍经常在大岛港演出。刀鞘像一条腿从他们的行李包袱里露出来②。有时，也在宴席上表演仿新派剧，让客人观赏。柳条包里装有戏装和锅碗瓢勺之类的生活用具。

"我耽误了自己，最后落魄潦倒。家兄则在甲府出色地继承了家业。家里用不着我罗。"

"我一直以为你是长冈温泉的人呐。"

"是么？那大姑娘是我老婆，她比你小一岁，19岁了。第二个孩子在旅途上早产，活了一周就断气了。我老婆的身子还没完全恢复过来呢。那位是我老婆的阿妈。舞女是我的妹妹。"

"嗯，你说有个14岁的妹妹？……"

"就是她呀。我总想不让妹妹干这行，可是还有许多具体问题。"

然后他告诉我，他本人叫荣吉，妻子叫千代子，妹妹叫薰子。另一个姑娘叫百合子，17岁，惟独她是大岛人，雇用来的。荣吉非常伤感，老是哭丧着脸，凝望着河滩。

我们一回来，看见舞女已洗去白粉，蹲在路旁抚摸着小狗的头。我想回到自己的房间去，便说：

"来玩吧。"

"嗯，不过，一个人……"

"跟你哥哥一起来嘛。"

"马上就来。"

不大一会儿，荣吉到我下榻的旅馆来了。

"大家呢？"

"她们怕阿妈唠叨，所以……"

然而，我们两人正摆五子棋，姑娘们就过了桥，嘎嘎地登上二楼来了。和往常一样，她们郑重地施了礼，接着依次跪坐在走廊上，踟蹰不前。第一个站起来的，是千代子。

---

① 新派剧是与歌舞伎相抗衡的现代戏。
② 刀鞘是新派剧表演武打时使用的道具。露出刀鞘，表明他们也演新派剧武打。

"这是我的房间,请,请不要客气,进来吧。"

玩了约莫一小时,艺人们到这旅馆的室内浴池洗澡去了。她们再三邀我同去,因为有3个年轻女子,所以我搪塞了一番,说我过一会儿再去。舞女马上一个人上楼来,转达千代子的话说:

"嫂嫂说请您去,好给您搓背。"

我没去浴池,同舞女下起五子棋来。出乎意料,她是个强手。循环赛时,荣吉和其他妇女轻易地输给我了。下五子棋,我实力雄厚,一般人不是我的对手。我跟她下棋,可以不必手下留情,尽情地下,心情是舒畅的。房间里只有我们两人。起初,她离棋盘很远,要伸长手才能下子。渐渐地她忘却了自己,一心扑在棋盘上。她那显得有些不自然的秀美的黑发,几乎触到我的胸脯。她的脸倏地绯红了。

"对不起,我要挨骂啦。"她说着扔下棋子,飞跑出去。阿妈站在公共浴场前。千代子和百合子也慌里慌张地从浴池里走上来,没上2楼就逃回去了。

这天,荣吉从一早直到傍晚,一直在我的房间里游乐。又纯朴又亲切的旅馆老板娘告诫我说:请这种人吃饭,白花钱!

入夜,我去小客店。舞女正在向她的阿妈学习三弦琴。她一眼瞧见我,就停下手了。阿妈说了她几句,她才又抱起三弦琴。歌声稍为昂扬,阿妈就说:

"不是叫你不要扯开嗓门唱吗!可你……"

从我这边,可以望见荣吉被唤到对面饭馆的3楼客厅里念什么台词。

"那是念什么?"

"那里……谣曲呀。"

"念谣曲,气氛不谐调嘛。"

"他是个多面手,谁知他会演唱什么呢。"

这时,一个四十开外的汉子打开隔扇,叫姑娘们去用餐。他是个鸟商,也租了小客店的一个房间。舞女带着筷子同百合子一起到贴邻的小房间吃火锅。她和百合子一起返回这边房间的途中,鸟商轻轻地拍了拍舞女的肩膀。阿妈板起可怕的面孔说:

"喂,别碰这孩子!人家还是个姑娘呢。"

舞女口口声声地喊着大叔大叔,请求鸟商给她朗读《水户黄门漫游记》。但是,鸟商读不多久,便站起来走了。舞女不好意思地直接对我说"接着给我朗读呀",便一个劲儿请求阿妈,好像要阿妈求我读。我怀着期待的心情,把说书本子拿起来。舞女果然轻快地靠近我。我一开始朗读,她就立即把脸凑过来,几乎碰到我的肩膀,表情十分认真,眼睛里闪出了光彩,全神贯注地凝望着我的额头,一眨也不眨,好像这是她请人读书时的习惯动作。刚才她同鸟商也几乎是脸碰脸的。我一直在观察她。她那双娇媚地闪动着的、亮晶晶的又大又黑的眼珠,是她全身最美的地方。双眼皮的线条,也优美得无以复加。她笑起来像一朵鲜花。用笑起来像一朵鲜花这句话来形容她,恰如其分的。

不多久,饭馆女佣接舞女来了。舞女穿上衣裳,对我说:

"我这就回来,请等着我,接着给我读。"

然后,走到走廊上,垂下双手施礼说:

"我走了。"

"你绝不能再唱啦!"阿妈叮嘱了一句。舞女提着鼓,微微地点点头。阿妈回头望着我说:

"她现在正在变嗓音呢……"

舞女在饭馆2楼正襟危坐,敲打着鼓。我可以望见她的背影,恍如就在跟她贴邻的宴席上。鼓声牵动了我的心,舒畅极了。

"鼓声一响,宴席的气氛就活跃起来。"阿妈也望了望那边。

千代子和百合子也到同一宴席上去了。

约莫过了一小时,4人一起回来了。

"只给这点儿……"舞女说着,把手里攥着的5角钱银币放在阿妈的手掌上。我又朗读了一会儿《水户黄门漫游记》。她们又谈起宝宝在旅途中夭折的事来。据说,千代子生的婴儿十分苍白,连哭叫的力气也没有。即使这样,他还活了一个星期。

对她们,我不好奇,也不轻视,完全忘掉她们是巡回演出艺人了。我这种不寻常的好意,似乎深深地渗进了她们的心。不觉间,我已决定到大岛她们的家去。

"要是老大爷住的那间就好罗。那间很宽敞,把老大爷撵走就很清静,住多久都行,还可以学习呢。"她们彼此商量了一阵子,然后对我说,"我们有两间小房,山上那间是闲着的。"

她们还说,正月里请我帮忙,因为大家已决定在波浮港演出。

后来我明白了,她们的巡回演出日子并不像我最初想象的那么艰辛,而是无忧无虑的,旅途上更是悠闲自在。他们是母女兄妹,一缕骨肉之情把她们连结在一起。只有雇来的百合子总是那么腼腆,在我面前常常少言寡语。

夜半更深,我才离开小客店。姑娘们出来相送。舞女替我摆好了木屐。她从门口探出头来,望了望一碧如洗的苍穹。

"啊,月亮……明儿就去下田啦,真快活啊!要给宝宝做七七,让阿妈给我买把梳子,还有好多事呐。您带我去看电影好不好?"

巡回演出艺人辗转伊豆、相模的温泉浴场,下田港就是她们的旅次。这个镇子,作为旅途中的故乡,它飘荡着一种令人爱恋的气氛。

五

艺人们各自带着越过天城山时携带的行李。小狗把前腿搭在阿妈交抱的双臂上,一副缱绻的神态。走出汤野,又进入了山区。海上的晨曦,温暖了山腹。我们纵情观赏旭日,在河津川前方,河津的海滨历历在目。

"那就是大岛呀。"

"看起来竟是那么大。您一定来啊。"舞女说。

秋空分外澄澈,海天相连之处,烟霞散彩,恍如一派春色。从这里到下田,得走20多公里。有段路程,大海忽隐忽现。千代子悠然唱起歌来。

她们问我:途中有一条虽然险峻却近两公里路程的山间小径,是抄近路还是走平坦的大道？我当然选择了近路。

这条乡间小径，铺满了落叶，壁峭路滑，崎岖难行。我上气不接下气，反而豁出去了。我用手掌支撑着膝头，加快了步子。眼看一行人落在我的后头，只听见林间送来说话的声音。舞女独自撩起衣服下摆，急匆匆地跟上了我。她走在我身后，保持不到两米的距离。她不想缩短间隔，也不愿拉开距离。我回过头去同她攀谈。她吃惊似地嫣然一笑，停住脚步回答我。舞女说话时，我等着她赶上来，她却依然驻足不前。非等我起步，她才迈脚。小路曲曲弯弯，变得更加险峻，我越发加快步子。舞女还是在后头保持2米左右的距离，埋头攀登。重峦叠嶂，寥无声息。其余的人远远落在我们的后面，连说话的声音也听不见了。

"家在东京什么地方？"
"不，我在学校住。"
"东京我也熟识，赏花时节我还去跳过舞呢……是在儿时，现在什么也不记得了。"
后来，舞女又断断续续地问了一通："令尊健在吧？""您去过甲府吗？"她还谈起到了下田要去看电影，以及婴儿夭折一类的事。

爬到山巅，舞女把鼓放在枯草丛中的凳子上，用手巾擦了一把汗。她似乎要掸掉自己脚上的尘土，却冷不防地蹲在我跟前，替我抖了抖裙裤下摆。我连忙后退，舞女不由自主地跪在地上，索性弯着身子给我掸去身上的尘土，然后将撩起的衣服下摆放下，对站着直喘粗气的我说：

"请坐！"
一群小鸟从凳子旁飞起来。这时静得只能听见小鸟停落在枝头上时摇动枯叶的沙沙声。
"为什么要走得那么快呢？"
舞女觉得异常闷热。我用手指咚咚地敲了敲鼓，小鸟全飞了。
"啊，真想喝水。"
"我去找找看。"
转眼间，舞女从枯黄的杂树林间空手而归。
"你在大岛干什么？"
于是，舞女突然列举了三两个女孩子的名字，开始谈了起来。我摸不着头脑。她好像不是说大岛，而是说甲府的事。又好像是说她上普通小学二年级以前的小学同学的事。完全是东拉西扯，漫无边际。

约莫等了10分钟，3个年轻人爬到了山顶。阿妈还晚10分钟才到。
下山时，我和荣吉有意殿后，一边慢悠悠地聊天，一边踏上归程。刚走了两百多米，舞女从下面跑了上来。
"下面有泉水呢。请走快点，大家都等着你呢。"
一听说有泉水，我就跑步奔去。清澈的泉水，从林荫掩盖下的岩石缝隙里喷涌而出。姑娘们都站立在泉水的周围。
"来，您先喝吧。把手伸进去，会搅浑的。在女人后面喝，不干净。"阿妈说。

我用双手捧起清凉的水,喝了几口。姑娘们眷恋着这儿,不愿离开。她们拧干手巾,擦擦汗水。

下了山,走到下田的市街,看见好几处冒出了烧炭的青烟。我们坐在路旁的木料上歇脚。舞女蹲在路边,用粉红的梳子梳理着狮子狗的长毛。

"这样会把梳齿弄断的!"阿妈责备说。

"没关系。到下田买把新的。"

还在汤野的时候,我就想跟她要这把插在她额发上的梳子。所以她用这把梳子梳理狗毛,我很不舒服。

我和荣吉看见马路对面堆放着许多捆矮竹,就议论说:这些矮竹做手杖正合适,便抢先一步站起身来。舞女跑着赶上,拿来一根比自己身材还长的粗竹子。

"你干什么用?"荣吉这么一问,舞女有点着慌,把竹子摆在我前面。

"给您当手杖用。我捡了一根最粗的拿来了。"

"可不行啊。拿粗的人家会马上晓得是偷来的。要是被发现,多不好啊。送回去!"

舞女折回堆放矮竹捆的地方以后,又跑了过来。这回她给我拿了一根中指般粗的。她身子一晃,险些倒在田埂上,气喘吁吁地等待着其他妇女。

我和荣吉一直走在她们的前面,相距10多米远。

"把那颗牙齿拔掉,装上金牙又有什么关系呢?"舞女的声音忽然飞进了我的耳朵。我扭回头来,只见舞女和千代子并肩行走,阿妈和百合子相距不远,随后跟着。她们似乎没有察觉我回头,千代子说:

"那倒是,你就那样告诉他,怎么样?"

她们好像在议论我。可能是千代子说我的牙齿不整齐,舞女才说出装金牙的话吧。她们无非是议论我的长相,我不至于不愉快。由于已有一种亲切之情,我也就无心思去倾听。她们继续低声谈论了一阵子,我听见舞女说:

"是个好人。"

"是啊,是个好人的样子。"

"真是个好人啊,好人就是好嘛。"

这言谈纯真而坦率,很有余韵。这是天真地倾吐情感的声音,连我本人也朴实地感觉到自己是个好人。我心情舒畅,抬眼望了望明亮的群山,眼睑微微作痛。我已经20岁了。再三严格自省,自己的性格被孤儿的气质扭曲了。我忍受不了那种令人窒息的忧郁,才到伊豆来旅行的,因此,有人根据社会上的一般看法,认为我是个好人,我真是感激不尽。山峦明亮起来,已经快到下田海滨了。我挥动着刚才那根竹子,斩断了不少秋草尖。

途中,每个村庄的入口处都竖着一块牌子:

"乞丐、巡回演出艺人禁止进村!"

六

"甲州屋"小客店座落在下田北入口处不远。我跟在艺人们之后,登上了像顶楼似的

2楼。那里没有天花板、窗户临街。我坐在窗边上,脑袋几乎碰到了房顶。

"肩膀不痛吗?"

"手不痛吗?"

阿妈三番五次地叮问舞女。

舞女打出敲鼓时那种漂亮的手势。

"不痛。还能敲,还能敲嘛。"

"那就好。"

我试着把鼓提起来。

"唉呀,真重啊。"

"比您想象的重吧,比你的书包还重呐。"舞女笑了。

艺人们和住在同一客店的人们亲热地相互打招呼,全是些卖艺人和跑江湖的家伙。下田港就像是这种候鸟的窝。客店的小孩小跑着走进房间,舞女把铜币给了他。我刚要离开"甲州屋",舞女就抢先走到门口,替我摆好木屐,然后自言自语似地柔声说道:

"请带我去看电影吧。"

我和荣吉找了一个貌似无赖的男子带了一程路,到了一家旅店,据说店主是前镇长。浴罢,我和荣吉一起吃了午饭,菜肴中有新上市的鱼。

"明儿要做法事,拿这个去买束花上供吧。"我说着,将一小包为数不多的钱让荣吉带回去。我自己则不得不乘明早的船回东京,因为我的旅费全花光了。我对艺人们说学校里有事,她们也不好强留我了。

午饭后不到3小时,又吃了晚饭。我一个人过了桥,向下田北走去,攀登下田的富士山,眺望海港的景致。归途经过"甲州屋"看见艺人们在吃鸡火锅。

"您也来尝尝怎么样? 女人先下筷虽不洁净,不过可以成为日后的笑料哩。"阿妈说罢,从行李里取出碗筷,让百合子洗净拿来。

明天是宝宝夭折49天,哪怕推迟一天走也好嘛。大家又这样劝我。可是我还是拿学校有事做借口,没有答应她们。阿妈来回唠叨说:

"那么,寒假大家到船上来迎您,请通知我们日期。我们等着呐。就别去什么旅馆啦,我们到船上去接您呀。"

房间里只剩下千代子和百合子,我邀她们去看电影,千代子按住腹部让我看:

"我身体不好,走那么些路,我实在受不了。"

她脸色苍白,有点精疲力尽。百合子拘束地低下头来。舞女在楼下同客店里的小孩游玩,一看见我,她就央求阿妈让她去看电影。结果脸上掠过一抹失望的阴影,茫然若失地回到了我这边,替我摆好了木屐。

"算了,让他带她一个人去不好吗?"荣吉插进来说。阿妈好像不应允。为什么不能带她一个人去呢? 我觉得不可思议。我刚要迈出大门,这时舞女抚摸着小狗的头。她显得很淡漠,我没敢搭话。她仿佛连抬头望我的勇气也没有了。

我一个人看电影去了。女解说员在煤油灯下读着说明书。我旋即走出来,返回旅馆。我把胳膊肘支在窗台上,久久地远眺着街市的夜景。这是黑暗的街市,我觉得远方不断隐约地传来鼓声,不知怎的,我的眼泪扑簌簌地滚落下来了。

七

动身那天早晨7点钟,我正在吃早饭,荣吉从马路上呼喊我。他穿了一件带家徽的黑外褂,这身礼服像是为我送行才穿的,姑娘们早已芳踪渺然。一种剐心的寂寞,从我心底里油然而生。荣吉走进我的房间,说:

"大家本来都想来送行的,可昨晚睡得太迟,今早起不来,让我赔礼道歉来了。她们说等着您冬天再来。一定来呀。"

早晨,街上秋风萧瑟。荣吉在半路上给我买了4包敷岛牌纸烟、柿子和"熏牌"清凉剂。

"我妹妹叫熏子。"他笑眯眯地对我说。"在船上吃桔子不好。柿子可以防止晕船,可以吃。"

"这个送给你吧。"

我脱下便帽,戴在荣吉的头上。然后从书包里取出学生制帽,把皱折展平。我们两人都笑了。

快到码头,舞女蹲在岸边的倩影赫然映入我的心中。我们走到她身边以前,她一动不动,只顾默默地把头耷拉下来。她依旧是昨晚那副化了妆的模样,这就更加牵动我的情思。眼角的胭脂给她的秀脸添了几分天真、严肃的神情,使她像在生气。荣吉说:

"其他人也来了吗?"

舞女摇了摇头。

"大家还睡着吗?"

舞女点了点头。

荣吉去买船票和舢板票的工夫,我找了许多话题同她攀谈,她却一味低头望着运河入海处,一声不响。每次我还没把话讲完,她就一个劲点头。

这时,一个建筑工人模样的汉子走了过来:

"老婆子,这个人合适哩。"

"同学,您是去东京的吧?我们信赖您,拜托您把这位老婆子带到东京,行不行啊?她是个可怜巴巴的老婆子。她儿子早先在莲台寺的银矿上干活,这次染上流感,儿子、儿媳都死掉了,留下3个这么小不丁点的孙子。无可奈何,俺们商量,还是让她回老家,她老家在水户。老婆子什么也不清楚,到了灵岸岛,请您送她乘上开往上野站的电车就行了。给你添麻烦了。我们给您作揖。拜托啦,唉,您看到她这般处境,也会感到可怜的吧。"

老婆子呆愣愣地站在那里,背上背着一个吃奶的婴儿。左右手各拖着一个女孩,小的约莫3岁,大的也不过5岁光景。那个污秽的包袱里带着大饭团和咸梅。五六个矿工在安慰着老婆子。我爽快地答应照拂她。

"拜托啦。"

"谢谢,俺们本应把她们送到水户的,可是办不到啊。"矿工都纷纷向我致谢。

舢板猛烈地摇晃着。舞女依然紧闭双唇,凝视着一个方向。我抓住绳梯,回过头去,舞女想说声再见,可话到嘴边又咽了回去,然后再次深深地点了点头。舢板折回去了。荣吉频频地摇动着我刚才送给他的那顶便帽。直到船儿远去,舞女才开始挥舞她手中白色的东西。

轮船出了下田海面,我全神贯注地凭栏眺望着海上的大岛,直到伊豆半岛的南端,那大岛才渐渐消失在船后。同舞女离别,仿佛是遥远的过去了。老婆子怎样了呢?我窥视船舱,人们围坐在她的身旁,竭力抚慰她。我放下心来,走进了贴邻的船舱。相模湾上,波浪汹涌起伏。一落坐就不时左跌右倒。船员依次分发着金属小盆①。我用书包当枕头,躺了下来。脑子空空,全无时间概念了。泪水簌簌地滴落在书包上,脸颊凉飕飕的,只得将书包翻了过来。我身旁睡着一个少年,他是河津一家工厂老板的儿子,去东京准备入学考试。他看见我头戴一高制帽,对我抱有好感。我们交谈了几句之后,他说:

"你是不是遭到什么不幸啦?"

"不,我刚刚同她离别了。"

我非常坦率地说了。就是让人瞧见我在抽泣,我也毫不在意了。我若无所思,只满足于这份闲情逸致,静静地睡上一觉。

我不知道海面什么时候昏沉下来。网代和热海已经耀着灯光。我的肌肤感到一股凉意,肚子也有点饿了。少年给我打开竹叶包的食物。我忘了这是人家的东西,把紫菜饭团抓起来就吃。吃罢,钻进了少年学生的斗篷里,产生了一股美好而又空虚的情绪,无论别人多么亲切地对待我,我都非常自然地接受了。明早我将带着老婆子到上野站去买前往水户的车票,这也是完全应该做的事。我感到一切的一切都融为一体了。

船舱里的煤油灯熄灭了。船上的生鱼味和潮水味变得更加浓重。在黑暗中,少年的体温温暖着我。我任凭泪泉涌流。我的头脑恍如变成了一池清水,一滴滴溢了出来,后来什么都没有留下,顿时觉得舒畅了。

(叶渭渠 译)

《伊豆的舞女》是川端康成早期的代表作,也是一篇杰出的中篇小说,在读者中产生了深远的影响。

小说的内容质朴动人,描述了一名学生为了排遣窒息的忧郁,独自在伊豆旅游时与一伙巡回卖艺的人邂逅。他们是舞女薰子,薰子的哥哥及嫂子等。于是,在四天的旅程中"我们"结伴而行,并渐渐地建立起了纯真的友谊和信任。特别是"我"和舞女薰子之间产生了纯洁而朦胧的爱情。旅行结束了,"我"站在返航的船头,心中无限惆怅……伊豆的青山秀水与少男少女间纯净的爱慕之情交织在一起,互相辉映,给了读者一份清新,也净化了读者的心灵,把他们带入一个空灵美好的唯美世界。

---

① 供晕船者呕吐用。

小说没有连贯的故事情节，创作看来似乎全是凭兴致进行的。独特的艺术构想，感人的美的艺术形象和"悲哀"的意境，使其小说特色鲜明，而那纯洁的舞女也成为他作品中纯真无暇的象征。人物塑造的成功，也增加了小说的魅力。如作者成功塑造了薰子的形象，因而从小说中，你能发现为"我"端茶而羞涩的薰子，听故事时天真专注的薰子，在浴场童心未泯的薰子……

　　同时，文中那种连贯首尾的感伤凄清和带有印象主义的唯美意境，总能抓住读者的心。如小说末尾写"我任泪泉涌动……"，使那与舞女别离的无限惆怅和与舞女交往的往事的甜蜜，被作家用感觉上的清泉含蓄曲折地表现了出来，生动新颖。

后　记

　　世界名著是世界语言巨匠们创造的宝贵财富,是人类语言艺术发展的伟大丰碑。她以雄伟、浓厚、崇高的时代精神,高超的语言艺术魅力,始终感染着一代又一代的人,影响着他们的思想与行为。

　　本书收入了世界五大洲数十位短篇小说名家三十余篇中短篇极品,都是由我国著名外国文学翻译家、评论家及研究学者们反复评议,认真筛选出的世界文学史上名气最大、流传最广、艺术成就最高的传世之作。她是编者为读者精心奉上的"精神大餐",也是为大家走好人生之路而准备的方向指南,是一本青少年必读的好书。

　　需要指出的是,本书在编辑整理过程中,由于入选作品来源广,有些译者地址不详,我们无法取得联系,希望译者及相关人士给予理解,并在此向他们致以衷心的感谢。凡认定自己是本书所入选的文章的译者,敬请与太白文艺出版社联系,只要情况属实,我们将按国家有关规定支付稿酬并赠送样书。

编　者